Arena que la vida se llevó

Tango novelado

También de J. Delgado-Figueroa

Ficción:
El cura se nos casa, un guion novelado
Navidad que Vuelve, diario de un dependiente de tienda
Las estrellas inclinan y otros cuentos
Fuegos fatuos, una comedia de terror
Cautiverio y otros relatos bnurgueses
Lamentos borincanos, novela
Con tanta sinceridad, cuentos (1975-2015)
La cuarterona (editor)
La ínsula de machos torunos, novela
Las fronteras del deseo, novela corta
Aplastado en el cruce o la libertad tirana (teatro)
Huracán afuera, huracán adentro (teatro)
La noche de los muertos, novela corta
El macho boricua en sus propias palabras
Puertorriqueñas al borde de un precipicio y los hombres que las empujaron
Canto de pato, 30 graznidos y una canción esperanzada
Tú eres mi delirio, una novelita burguesa
Yuya la bandolera, bioficción

Ensayo:
Jalda arriba, jalda abajo, la fantasía retórica del ELA
Ser diferente en Puerto Rico, el peso de la memoria
Homero Manzi, poesía en compás de 2 x 4
Política partidista en Puerto Rico, 1968-2021

Joseph F. Delgado

Arena que la vida se llevó

Tango novelado

Traducción de
Roberto DeMarais

BESÚS&ABĀDI

Besús&Abādi Ltd.™

Carrer Sepúlveda, 117
08011 Barcelona

filmproject@sc.rr.com

Título original: *The tango of the shipwreck*
Traducción de Robert DeMarais
Fotografía de cubierta: Ever Castro Morán
Diseño de cubierta: Guadalupe Bernal Zequeira
Diseño interior: Susan B. Elfstrom

ISBN: 979-8-89238-136-9
Tercera Edición. Copyright © 2023 Joseph F. Delgado
Segunda Edición Copyright © 2022 Joseph F. Delgado
Primera Edición Copyright © 2019 Joseph F. Delgado
ALL RIGHTS RESERVED · TODO DERECHO RESERVADO

No part of this book can be reproduced in any way, distributed or stored in any type of electronic or magnetic medium without the express consent of the author.

No puede reproducirse parte alguna, distribuirse o almacenarse en tipo alguno de dispositivo electrónico sin el consentimiento del autor.

Printed in the United States of America

Con admiración,
A
Ignacio F. Rodeño Iturriaga
y
Michael R. Schiavi

Contenido

1 Hoy 15
2 Reencuentros 26
3 Hoy 39
4 Otra visita del médico 48
5 Un cumpleaños diferente 59
6 Hoy 68
7 Una velada incómoda 77
8 Hoy 82
9 Acción de gracias 88
10 Retirada la reticencia 94
11 Hoy 101
12 Una salida imprevista 110
13 Hoy 118
14 La primera Navidad 122
15 Hoy 132
16 Lo que recetó el médico 139
17 Un comienzo en limpio 144
18 Reafirmaciones 148
19 Hoy 155
20 Llegan las sombras 159
21 Hoy 169
22 Las secuelas 177
23 Hoy 180
24 La gran fuga 186
25 Hoy 193

26 Servicio comunitario 199
27 Un joven iracundo 214
28 Para cambiar el mundo 223
29 Se echan raíces 228
30 El horror que es la vida 243
31 De vuelta al diamante 252
32 Entra la espía 271
33 La promesa de un nuevo día 279
34 La esperanza de un nuevo día 295
35 Interviene el prejuicio 311
36 En tiempos de Roma 329
37 Los chicos se divierten 343
38 El futbolista presenta su caso 357
39 El cantor de tangos 366
40 Extraño en el paraíso..382
41 Razón de padres 398
42 El horror del pasado..407
43 El yerno sorpresa 418
44 Un regreso prodigioso 430
45 La conexión trunca 443
46 El hoy llega a su fin 451
47 Aguijones fatales 461
48 De frente al pasado 470
49 Se apagan las luces 493
50 Hoy..505
51 Mañana 512
Autor 513

"Nostalgia de las cosas que han pasado,
arena que la vida se llevó,
pesadumbre del barrio que ha cambiado
y amargura del sueño que murió."

Homero Manzi, "Sur"

"Se despierta la mañana
y tengo ganas
de juntarte un ramillete de rocío…
Asómate a la flor
y entiende la verdad
que llaman corazón.
Deja el pasado acobardado en el fangal,
que aquí podemos empezar."

Homero Expósito, "Quedémonos aquí"

1 *Hoy*

El taxi lo dejó en las afueras del pueblo. El chófer había estado siguiendo las noticias: balaceras diarias entre gangas rivales, la mayoría a causa de tráfico de drogas. El pueblo tenía la incidencia más alta de matanzas en la isla. Le disparaban a la gente a pleno sol, esperando de pie en la cola del colmado o de la compañía de electricidad para pagar cuentas. A veces una riña entre familias o un marido engañado producía el mismo resultado. Bajo el toldo de la noche, ¿quién podía decir lo que podría pasar?

No había oscuridad total. Hasta aquellas ranas tropicales tan enfadosas no comenzaban su canto monótono. El pueblo tenía toda la viveza de un panteón. Era el filo tardío del crepúsculo cuando ya se va combinando con el anochecer. En el trópico es ése un momento específico, cuando es difícil determinar si se debe desear buenas tardes o buenas noches. Los sicarios no entienden de ese dilema. La muerte le había bailado alrededor por cincuenta años: su tango no podía terminar en un arrastre sincopado en el chiquero de aquel pueblo. Con suerte, podría llegar a su destino sin ayuda de paramédicos. Que no se escucharan sirenas de ambulancias ya era alentador de por sí. De hecho, el silencio era reconfortantemente ensordecedor.

Caminó sin reconocer la mayor parte de lo que veía por primera vez hacía más de cinco décadas. Durante su única visita al pueblo desde que se había ido de la isla no se había aventurado a pasar por este lado del pueblo.

Los edificios no habían cambiado; sin embargo, un toque de transformación inverosímil difícil de identificar concretamente, un enchape de opacidad con un dejo de permanencia casual fajaba el paisaje urbano. Su memoria deslustrada lo condujo a antojarse de que fachadas y alturas eran ilusiones ópticas, realidad tridimensional para otros, pero desnudas de profundidad en su imaginación, trucos que el tiempo le jugaba. Había estado aquí antes, pero no exactamente.

No sabía con certidumbre hacia donde debía orientarse, pero, en la ironía que había sido este viaje hacia un pasado que se burlaba de su presente, se extravió en un pueblo de doce calles sin salida, dos por cada una de las que tenían paso libre y conducían a algún lugar que, a la larga, tampoco tendría salida. Solamente había caminado por una hora, pero ya las gotas de sudor le bajaban desde el cuello hasta la espalda baja. Sentía como estar sumergido en el agua, intentando respirar y aspirando solamente humedad. El jadeo era inminente: de repente se dio cuenta del peso de la maleta, hecha para una estadía de tres días, con un par de cada pieza de ropa, en previsión de al menos dos cambios de ropa por día, según lo exigiera el calor aplastante.

Ya las calles estaban prietas como boca de lobo, como decía su madre. ¿Cómo saber qué tan oscura estaba la boca del lobo? ¿Sería más tenebrosa que la de una víbora? ¿La de una caverna profunda? Así, sin embargo, iba el dicho. Caminaba sin saber si habría ya hecho una travesía por la misma calle sin salida o si era otra que se le parecía. Los postes del alumbrado estaban alineados por las calles. Los vientos del huracán más reciente los había dejado por tierra, algunos recostados sobre paredes de edificios, donde habían quedado luego de partirse del ancla en la acera. Luces opacas se proyectaban desde el interior de algunos de los edificios, que supuso estar ocupados por gente. Pensó tocar a alguna puerta para pedir direcciones. Temió que alguien lo confundiera con un gánster y lo acribillara en la oscuridad. Notó un brillo que rasgaba la turbidez de las sombras en una noche sin luna. Como mariposa de luz sobre piernas, siguió el resplandor. Habían montado focos incandescentes de taller en árboles a lo largo de un bulevar estrecho, conectados a una fuente de energía invisible por la falta de claridad. No sabía si llevaban a algún lugar, pero siguió la hilera de luciérnagas hipertróficas hasta que vio un edificio iluminado como casa de juego: "Miranda Funeral Home", decía el rótulo de neón rojo sobre la pared del frente. La *u* y la *n* de "funeral" quedaban menos brillantes que el resto. Más tarde que temprano había dado con el lugar, sin mapa ni lógica.

Subió los tres escalones de baldosas de terrazo y entró al edificio. Un hálito refrescante de aire acondicionado le dio en el rostro, abrillantado y húmedo de sudor. Se debió quitar el saco, pero quiso llegar vestido de acuerdo con la ocasión en vez de como empleado de un despacho de servicios sociales, en mangas cortas y una corbata celeste de percal. Sabía que en algún momento tendría que quitárselo y ver la costra de sal formar las fronteras de una mancha de sudor.

El rumor de parloteo era bajo en algunas esquinas, pero le sorprendió el tono alto de algunos de los que se reunían por la galería. Las funerarias siempre le habían parecido templos sin altar. La estridencia allí se excedía de lo que hubiese esperado hasta de una iglesia vacía.

—Y usted, ¿quién será? —preguntó alguna que venía caminando detrás suyo. Supuso que sería la directora fúnebre. Al dar media vuelta comprobó que no era la directora, sino el director, que por la palidez, parecía escapado de un féretro.

—Soy el hijo de Milagros Berberena —respondió.
—Tomás Eduardo Príncipe. Ese nombre le daba un sabor que no experimentaba hacía mucho tiempo, como pomarrosa o guanábana. Le parecía tan ajeno como si lo hubiese dicho en italiano. Mucho más, en realidad, porque había hablado italiano con más frecuencia de lo que había usado ese nombre en más de cincuenta años.
—¡Tomás! ¡Tantos años! ¿Cómo pude reconocerte? —dijo el director fúnebre. La piel translúcida alrededor de un trazo delgado de labios se quebró en esbozos de rastros semiovalados a cada lado de la cara. —¿No me recuerdas?
El que fuera Tomás Eduardo vaciló antes de responder mientras miraba al hombre a los ojos. —Parece que debiera, pero, disculpa. Hace tanto que no vivo aquí y... Bueno, ya sabes... Cambiamos. Me imagino que tú, también.
—Raúl Hernández —dijo el hombre mientras extendía la mano para estrechar la de Tomás Eduardo. —Estuvimos juntos en la clase de tercer grado de Miss Soto.
—Ah, sí. Miss Soto —respondió Tomás Eduardo. Trataba de reclamar la mano que Raúl Hernández no soltaba. Pensó mentir y decirle a Raúl Hernández que lo recordaba. Decidió no hacerlo. El director fúnebre podía sentirse estimulado a recordar y referirse a momentos que, en lo que a él concernía, podían ser de memoria fabricada. Tomás Eduardo había hecho el proyecto de enterrar la mayoría de los recuerdos, los verdaderos y su eco, tan profundamente que ni tiopentato de sodio los pudiera extraer, aunque una que otra vez alguno se filtraba en forma subrepticia, cadáveres en búsqueda de su envoltura mortal maloliente.
—¿Recuerdas que me sentaba frente a ti? Miss Soto nos puso en dos filas cortas frente a la clase para

evitar que molestáramos a otros —dijo Raúl Hernández, tratando de silenciar su risita por respeto, supuso, del momento y el lugar. Intentaba resistir el tirar que hacía Tomás Eduardo de la mano, que Raúl Hernández retenía entre ambas de las suyas.

Tomás Eduardo se acordó. No de Raúl Hernández, sino de la disposición. Eran dos filas en semicírculo detrás de las dos cortas, que vistas desde el cielo raso parecería un signo de igualdad bajo una cúpula. Diana Sanabria y Rafael Morales Castro se sentaban en la segunda de las filas cortas en la que también se sentaba Tomás Eduardo. Desde el frente del aula esperaba Miss Soto poder vigilar y controlar a los de las filas cortas. Los tres de la segunda fila hablaban entre sí. Miss Soto interrumpía su explicación para mirarlos fijamente y emitir un chasquido con los labios.

Años más tarde Tomás Eduardo recordaba lo aburrido de la clase de Miss Soto. Se suponía que estuviera en quinto grado. Su madre se oponía a que lo saltaran de grado en primaria. "Esa práctica perjudica el desarrollo social del niño, por ponerlo entre alumnos mayores", decía su madre. Tomás Eduardo había dominado las destrezas de lectura y matemática del tercer grado con la ayuda de su madre. Había leído lo que se asignaba en el octavo grado, novelas de Pedro Antonio de Alarcón, Benito Pérez Galdós y hasta Hugo Wast. Debió estar en otro lugar, no intentando entretenerse mientras Miss Soto sonsoneteaba o alguien leía del libro insulso de cuentos: *¡A viajar y a gozar!* En Rafael Morales Castro había encontrado un conspirador dispuesto a unirse a él en las burlas de compañeros sin atractivo y sus limitaciones intelectuales. "¡Son demonios!", decía Miss Soto. Tomás Eduardo y Rafael Morales Castro lo tomaban como elogio y soltaban carcajadas. Rafael Morales Castro se hacía cuernos en la frente con los dedos y hacía muecas grotescas mientras que el resto de la clase se unía al bullicio con gran risa, que atormentaba a Miss Soto.

—Ah, sí, me acuerdo de las filas —dijo Tomás Eduardo. Raúl Hernández le dejó ir la mano. —¿En qué capilla está mi mamá?

—¡Ay, mi pésame! ¡Un fallecimiento tan inoportuno! Siento mucho tu pérdida —dijo Raúl Hernández, torciendo la cabeza a un lado como un perro confundido y con una mueca de su repertorio de gestos de lamentación. Tomás Eduardo le dio las gracias. La muerte de su madre había sido tan inoportuna como la de cualquiera, si fuese de esperarse que los humanos vivieran eternamente. De haber esperado cinco meses más, habría muerto a los noventaicuatro.

—¿Hay algún lugar donde pueda dejar esto? —preguntó Tomás Eduardo, señalando a la maleta. —No creo que sería apropiado que entrara con ella en la mano.

—¡Ay, claro! —dijo Raúl Hernández. Lanzó la cabeza hacia atrás. Se colocó una mano sobre el corazón y con la otra alcanzó la maleta. —Me encargo yo mismo —dijo. Tomó el mango de la maleta. —La voy a poner allí —añadió, señalando hacia un armario estrecho con puertas corredizas detrás de ellos, a la derecha. —Ahí está segura. Puedes retirarla cuando te vayas a ir —. Antes de rodar la maleta hasta el armario, se volteó hacia Tomás Eduardo y lo tomó del antebrazo. —Déjame saber qué más puedo hacer por ti. Estoy a tus órdenes incondicionalmente, como en los viejos tiempos —. Qué tiempos eran esos, Tomás Eduardo no tenía la más mínima idea.

—Gracias. Por el momento me puedes decir en qué capilla está mi mamá —dijo Tomás Eduardo.

—¡Oh, Madre de Misericordia Infinita! ¡Qué sesohueco soy! —dijo Raúl Hernández. Le quitó la mano del brazo a Tomás Eduardo y se la puso en el hombro a la vez que con un gesto de movimiento hacia el frente de la cabeza señaló en dirección del final de la galería. —La número uno. Es la más grande, porque esperamos mucho público.

Tomás Eduardo le dio las gracias. Varias personas se habían congregado por la puerta de la capilla. Ninguno le parecía conocido. Las mujeres todas llevaban vestimenta que le recordaba la vida del pueblo: negra, gris de varios matices. La ropa de los hombres era de colores mustios, cuadros en su mayoría. Uno llevaba un sombrero de jipijapa. Le recordó algo que decía su abuela materna. "Los hombres que se dejan puesto el sombrero después de entrar son como los que se ponen peluquín. Algo esconden".

—Y ése, ¿quién es? —Tomás Eduardo oyó a una de las mujeres preguntarle a otra cuando caminaba hacia la capilla. Vivían en un pueblo donde todos se conocían y sabían las minuciosidades más íntimas de cada cual, reales o imaginadas o supuestas.

—En su casa lo conocerán —dijo un hombre. Tomás Eduardo pensó que tal vez lo conocían, pero no lo habían identificado. Cincuentaidós años no pasarían en vano. Se había ido del pueblo a los diecisiete. Si no hubiese sido por este suceso y otra coincidencia treinta años antes, habrían pasado cincuenta y dos más sin volver.

Al lado de la puerta de la capilla había un estante en el que estaba colocado un libro para firmas de visitantes, debajo de una lámpara de banquero. Tomás Eduardo le echó un ojo. Era un revoltillo de nombres que llenaban una página y la mitad de otra. Las puertas tenían paneles de imitación de cristal de plomo, diseños irregulares de varios tamaños. Tiró de una de ellas. Los focos empotrados del plafón, de luz tenue, eran suficientes para permitirle ver dónde estaba el féretro.

No había arreglos florales en su derredor, solamente una cortina púrpura en pliegos anchos colgaba detrás de la caja para cubrir la pared completa de arriba hasta abajo, en un nicho del tamaño de un armario sin puertas. En sillas acojinadas de un tono oscuro casi negro y marcos de cromo había varias personas. Tomás Eduardo les pasó por el lado sin intentar identificarlas.

—Yo era estudiante en El Mangó cuando Mrs. Arámburu era directora —dijo un hombre cuyo tono de voz parecía precisamente el necesario para sostener un diálogo en la calle mientras pasa una locomotora.

—Eso fue antes de mi época —respondió otro igual de falto de sordina. —Yo estaba en Valenciano Abajo. Allá era principal Mrs. Navarro. Buena gente, Mrs. Navarro —. Los dos hombres estaban rodeados de murmullos y balbuceos, un zumbido de palabras indefinibles.

Un hombre maduro con las faldetas de la camisa blanca fuera de los pantalones y un sombrero hongo negro, recostado contra la pared opuesta del salón hablaba con varios que lo rodeaban, tan estentóreo como los otros, sobre el tiempo en que fue alcalde del pueblo.

Tomás Eduardo se acercó al frente y viró hacia la derecha, hasta la gruta fúnebre. Una foto de tamaño gigante de su madre colgaba en medio de una pared pintada de durazno claro. "Te pareces a Ethel Barrymore", le había dicho por teléfono al recibir una versión reducida de la misma foto. La madre lo regañó medio en broma. Ella no tenía idea alguna de quién era Ethel Barrymore, pero para Tomás Eduardo lo único que le faltaba era el bastón de Ethel, que le habría servido bien a la madre cuando le impartía justicia doméstica al hijo, armada solamente de pies y puños, a veces con la hebilla de un cinturón de cuero que tomaba prestado de su padre, a menos que ya éste la estuviera usando con el mismo fin.

El ataúd era de imitación de cerezo, ranurado con moldeado que remedaba un adorno dórico. El forro interior era de poliéster común, imitación de seda blanca. Uno de los decoradores de interiores que trabajaba por contrato para la firma de Tomás Eduardo le había dicho que la ventaja del poliéster sobre la seda era que no se pudría cuando quedaba expuesto a luz solar directa. Ese beneficio pronto sería superfluo.

Al aproximarse al féretro se percató de que su hermana estaba sentada en la primera fila. Una joven en un vestido azul plomo estaba a su lado. Tomás Eduardo supuso que sería una de sus hijas. Se viró hacia el féretro abierto, donde yacía su madre, los ojos cerrados, los brazos cruzados sobre el abdomen. No sabía si lucía más vieja que la última vez que la vio o si la textura de la piel era el resultado de sustancias químicas para embalsamar y el maquillaje. El embalsamador le debió rellenar las mejillas con algodón. Estaban demasiado llenas para alguien de su edad, especialmente cuando ella le había dicho a Tomás Eduardo que se había extraído los dientes y los llevaba postizos.

Tenía el cabello blanco, más corto de lo que él recordaba de la última vez que la vio, cuando todavía lo tenía más azabache que plata. Era un buen trabajo de embalsamamiento. Tomás Eduardo recordó que alguien había tenido el mal gusto de enviarle una foto de su padre en el ataúd diecinueve años antes, posiblemente su prima Zoila, como especie de recordatorio pasivo agresivo de lo que se había perdido por no venir al entierro. Su abatimiento se disipó al fijarse en la cara del hombre. Parecía salido de una película de horror de bajo presupuesto. Había sentido vergüenza ajena por su padre. "Tiene suerte de que no tiene que verse", le dijo a Gabriel. No obstante, guardaba un dejo de repugnancia por intentos de embalsamamiento mimético que aspiraban a la taxidermia. Recordó a alguien más en una camilla, tan apacible que quiso despertarlo para llevárselo de paseo. No lo habían embalsamado todavía. La muerte necesita que permanezca sin obstrucción el sendero que inspire amargura y desolación, no nostalgia imposible y perversa ni esperanza inútil. Mejor cerrar el ataúd que preparar un diorama de naturaleza muerta, como una escena de Nacimiento a la inversa mortal y desalmada.

Parecía dormida, por lo menos en paz y ajena a toda la agitación que había vivido y causado. Lo sobrecogió una tristeza tan aplastante que le dolió el pecho como si le hubiesen colocado sobre el torso un cargamento de plomo.

Sintió una convulsión ligera antes de sollozar calladamente. No le vinieron en caravana recuerdos de momentos ni buenos ni malos en sus vidas compartidas. La realidad dolorosa de su partida lo golpeó de repente, trenzada con el alivio de no tener que ocuparse ya de lo que fuera que le adolecía o la preocupaba cuando había 5826 kilómetros de distancia entre ellos y había poco que pudiera él hacer por ella. La muerte daba fin a llamadas ultramarinas a la compañía de electricidad para pagarle la factura extraviada, a médicos para hacerle citas que luego ella no cumplía o no se molestaba en hacerse estudios que le ordenaban, no más temor de que alguien la asesinara mientras dormía cuando supo por ella que le habían robado un aparato de televisión y un cofre de joyas por dejar las puertas sin cerrojo cuando se acostaba a dormir, no más mofas por su calvicie cuando le enviaba fotos por el Día de las Madres, no más advertencias de que no le dijera a la clientela del banco el balance milenario de su cuenta de ahorros, no más inquietarse al saber que caminaba sin saber quién la seguía en ese pueblo infestado de criminalidad, no más ira por enterarse de la negación de su hermana a cuidarla cuando vivía solamente a treintaidós kilómetros de su madre, no más resentimiento contra la única hermana de su madre por su abandono y por tildarla de loca. Era demasiado viejo para considerarse huérfano. ¿Qué palabra sería la apropiada para una persona en su lugar, amputado de las líneas que lo conectaban a sus orígenes? El pecho se le apretó de nuevo; las piernas le temblaban.

—No sé qué hace aquí —escuchó que su hermana dijo. Era una aseveración emitida como susurro, un aparte teatral dirigido a él como público único. Seguramente había fingido decírsela a la hija, si eso era la que estaba a su lado. Las piernas le dejaron de temblar; el pecho se le aflojó. Se retiró del ataúd, caminó hacia el otro lado del salón y se sentó en el extremo de una fila a cuatro de distancia de la del frente. Evitó mirar en dirección de su hermana, sentada en el lado opuesto de la capilla, de espaldas a él. Miró fijamente a Ethel Barrymore. La pared detrás de la foto se convirtió en arena movediza. Cerró los ojos para ahuyentar el síncope.

2 *Reencuentros*

De ambas paredes opuestas a lo largo de la joyería colgaba un reloj. Uno zumbaba, con su batería de nueve voltios en la parte trasera. El otro marcaba la hora mecánicamente: el mayor de los hermanos Cabrera le daba cuerda cada mañana al entrar. Tomás Eduardo podía oír los dos, según se parara entre los mostradores, aun cuando la música del radio debió ahogarlos. Iba a ser un año muy largo, oyendo recordatorios de la lentitud del tiempo cuando deseaba, más que nada, estar en otro lugar, lejos y con amnesia. Para agudizar su desesperación callada, los hermanos Cabrera sintonizaban el radio a una estación que pasaba una cancioncita de cada quince minutos: "¡KBM y su reloj! ¡Las nueve en punto, las nueve en punto...! ¡Las nueve y cuarto, las nueve y cuarto...! ¡Las diez y media, las diez y media...!" El alquitrán congelado fluía con más celeridad que el tiempo allí.

Los Cabrera tenían una joyería de lujo en el distrito histórico de la capital. Ésta era en el centro, El Azabache. Era un local estrecho, demasiado ancho para ser un corredor. A los lados del pasillo hipertrófico estaban los mostradores, entre los que no cabían más de dos clientes a la vez sin tropezar uno con otro. El joyero, en realidad un relojero, tenía una tarima estrecha hacia la parte de atrás, cerca de la oficina, que pudo servir de armario de escobas, y un servicio sanitario para empleados donde sólo cabía una persona delgada y muy baja de estatura a la vez. La puerta del fondo estaba asegurada con un portón de barrotes, como lo estaba una ventanita en el servicio sanitario. La única luz solar que entraba en la tienda se escurría con timidez sobre un mostrador al frente, que daba a la calle, filtrada por las ramas de los flamboyanes en la plaza al otro lado de la calle. Cerca del techo colgaban cuatro elementos fijos de bombillas fluorescentes; su zumbido solamente se podía oír al terminar el día de trabajo, cuando uno de los Cabrera ya había apagado el radio y los ventiladores.

—Por esto es que es un placer trabajar aquí —le dijo al mayor de los Cabrera esa mañana. Señaló hacia dos ventiladores enormes en estantes a ambos lados de la tienda, hacia el fondo, detrás de los mostradores.

—Creía que era porque te pagamos un sueldo —el mayor de los Cabrera respondió sin dejar de sacarles brillo a anillos de plata deslustrados, bajo la lámpara fluorescente con lupa gigante en la mesa de trabajo del relojero.

—Eso es un bono adicional—. Los ventiladores refrescaban la tienda, siempre fétida de almizcle y más fresca en la mañana, cuando llegaba a las ocho de la mañana, antes de que el mayor de los Cabrera abriera los cerrojos de las puertas de entrada al frente y al fondo. Las aspas ronroneaban y revolvían el polvo del piso, que solamente barrían los Cabrera—no se les había ocurrido pedirle a él que lo hiciera, por fortuna— de cada dos o tres semanas, a menos que el lodo de la calle embarrara las baldosas. Sin embargo, en aquella humedad los ventiladores eran también aereadores que mantenían alejada la fetidez de la alcantarilla frente al edificio. Cuando salía por la tarde le pegaba el golpe en la nariz de algo que mezclaba la descomposición de un roedor y una pila de comida podrida bajo la parrilla de la alcantarilla. Ni la lluvia podía llevársela; de hecho, empeoraba la situación al anegarse la alcantarilla y la tapa del desagüe en medio de la calle. Entonces las aguas negras subían por los boquetes del desagüe hasta la cuneta, como un surtidor anémico.

Exactamente once meses y una semana más le faltaban para irse, de acuerdo con sus cálculos.

"¡Las nueve en punto!" chilló la grabación en el radio. El mayor de los Cabrera entró por la puerta principal para remover el candado de la puerta de barrotes de metal detrás de la principal, con cerradura arriba, en el medio y en la parte baja del marco de metal soldado a la pared de cemento.

No formaba nadie cola para entrar. Tomás Eduardo se mantenía ocupado trapeando los mostradores de piso y los montados en la pared, de puertas corredizas de vidrio, con un paño empapado en amoníaco. Todos los mostradores estaban bajo cerradura. Los hermanos Cabrera tenían las llaves. Cuando un cliente quería ver un artículo de cerca, Tomás Eduardo llamaba a uno de los Cabrera. Una vez el cliente seleccionaba una pieza o se iba sin comprar nada, Tomás Eduardo tenía que notificarle a uno de los Cabrera, que se acercaba a echar el cerrojo. A Tomás Eduardo se le antojaban las joyas como prisioneras impotentes en almohadines y bandejas, todas anhelando salir libres del encierro. Las piezas que colgaban de clavijas en los mostradores de pared eran como cuerpos ahorcados sin que los columpiara el viento.

Todo era lento en la mañana. De vez en cuando entraba una mujer que en raras ocasiones podía darse el lujo de uno de aquellos anillos que se probaba. Si era bonita o se vestía con una falda que parecía llevar pintada en las curvas, uno de los Cabrera se encarga de atenderla. "Ese anillo se te ve muy bien... Tenemos planes de pago... O podemos hacer algún arreglo... Esa piedra te hace resaltar el verde de los ojos... Deja ver... Ah, sí... ¿Vives por aquí...? Éste viene con zarcillos que hacen juego... ¿Te los quieres probar? Ven, acércate, que no muerdo... Ja, ja, ja... Tú te verías bien en cualquier cosa. ¿Tu marido trabaja por el día...? Ah... Soltera... Qué bueno... Ah, trabaja de noche. Debe dormir el día entero. Eso te deja libre, entonces... ¿El brazalete? Acaba de llegar. Dame la mano..." Los Cabrera sabían que no venían a comprar nada. Se sentían halagadas por la atención y quizás pensaban que si les seguían la corriente a los dueños podían hacerse de joyas gratis o a un descuento sustancial. Nunca los recibían las mujeres. En su lugar, cuando era posible, los Cabrera recibían un número de teléfono garabateado en un pedazo de papel ("Llámeme por el día nada más y nunca los fines de semana") o la promesa de una caminadita a la parte posterior del edificio cuando la tienda cerrara—nunca se hacía dentro de la tienda: las mujeres podían ser ladronas o estar combinadas con algún malhechor para robarles. Las mujeres de los Cabrera estarían en casa esperándolos a que terminaran con los inventarios que pasaban a menudo en la noche.

Temprano esa tarde de agosto Tomás Eduardo acababa de regresar de la cafetería de la esquina, donde a diario pedía un sándwich, "planchao", como lo llamaba el dependiente, queso y jamón a la parrilla y una gaseosa de naranja. La única otra persona en la tienda era el Cabrera menor, en el baño. Tomás Eduardo enderezaba cajas y estuches de joyería en la parte baja de uno de los mostradores, cuando oyó que alguien saludaba sin dirigirse a nadie en particular. Se levantó.

—Buenas. ¿Eres nuevo...? —preguntó el hombre, que se mantuvo en silencio un momento antes de continuar. —¿No te operé yo hace un par de años?

Se sonrojó Tomás Eduardo. Balbuceó una confirmación. Temía que el Cabrera menor entrara y oyera la conversación. Le habría mortificado la burla de los hermanos. Había tenido que soportar dos años de mofa y risotadas en el internado a causa del cambio obvio a su anatomía. "Desgorrao", lo habían llamado hasta el fin de su último año en el colegio. Le extrañaba que nadie se cuestionaba la masculinidad de los compañeros que podían señalar la diferencia al final de las vacaciones de verano entre el décimo y el undécimo grado. Nunca les preguntó qué hacían mirándoselo.

—¡Cómo has estado? ¿Todo funcionando como debe? —el doctor Toro preguntó.

—Hasta donde he podido ver —Tomás Eduardo contestó. "No se ha quejado nadie", estuvo a punto de decir, pero eso hubiese implicado que había tenido oportunidad de constatarlo con alguien más, algo lejos de lo fáctico.

El doctor Toro quería saber si estaba trabajando allí, que provocó en Tomás Eduardo una respuesta sarcástica por la pregunta bañada en la fragancia de la redundancia. Se reservó la contestación y se limitó a asentir con la cabeza. El doctor dijo que era un cliente asiduo, aunque Tomás Eduardo llevaba tres semanas trabajando en la joyería y no lo había visto. Compraba joyas para su madre, que venía a veces a escoger algo que luego él recogía más tarde. Nunca eran suficientes los collares ni los anillos, parecía. Tomás Eduardo le dijo que evidentemente la ruta más corta al corazón de una mujer eran las joyas. —Ahí ya estoy —el doctor Toro dijo. Tomás Eduardo asintió con la cabeza y sonrió. "Tal vez donde esté sea en su bolsillo", pensó Tomás Eduardo. El urólogo había venido a lubricar un reloj pulsera y a arreglar otro. Su hermana le había dado tanta cuerda que se había detenido el reloj, posiblemente para siempre, en cuyo caso tendría que comprarle uno para reemplazarlo, el tercero en menos de un año. Tenía dedos de alicate. "Si le costaran a ella no se le irían los dedos con tanta facilidad", Tomás Eduardo pensó.

—El señor de los relojes no está hoy —explicó Tomás Eduardo. Era su día de estar en El Azabache, pero se había excusado por enfermedad. El doctor Toro podía dejar los relojes. Clodoaldo no podría mirarlos hasta la próxima semana.

—No hay prisa —el doctor Toro dijo.

El Cabrera menor salió del baño, secándose aún las manos con un pañuelo. Los dos hombres se saludaron. —¿Qué va a llevar hoy? —el Cabrera menor preguntó con una sonrisa de oreja a oreja. El doctor Toro no necesitaba nada ese día, solamente venía a traer unos relojes. —Clodoaldo no está hoy, aunque es su día para estar aquí en vez de la otra joyería de la familia, pero viene la semana que viene, como siempre —dijo el Cabrera menor. El doctor Toro miró a Tomás Eduardo y le guiñó. No dijo que ya Tomás Eduardo se lo había dicho.

—Ah, gracias por dejármelo saber. No hay problema. Ya tiene mi número de teléfono, así que me da una llamada cuando estén listos —el doctor Toro le dijo al Cabrera menor. Entonces se volteó hacia Tomás Eduardo. —O me puedes llamar tú. Aquí, toma —le dijo el doctor Toro y se sacó una tarjeta profesional de la billetera en el bolsillo trasero de los pantalones. Tomás Eduardo asintió con la cabeza, miró la tarjeta y se la metió en el bolsillo de la camisa. —No la pierdas en la lavadora —dijo el doctor Toro con una sonrisa. Tomás Eduardo y él se rieron un poco.

No bien había salido el doctor Toro cuando el Cabrera menor dijo: —Ese tipo, soltero. Siempre me ha dado sospechas —. Tomás Eduardo no dijo nada. Se le hacía difícil comprender cómo aquel hombre tan guapo, tan educado, considerado, de buen sentido del humor y, según Tomás Eduardo sabía por experiencia propia, un cirujano tan hábil, no había encontrado una mujer con quien compartir su vida. Quizás esperaba por la mujer correcta. Debía andar cerca de los treinta largos o los cuarenta. Se le estaba haciendo tarde. —Un macho completo necesita una mujer al lado. No es natural que uno no tenga una. ¿Cómo puede uno pasar una noche sin una buena papaya mojadita para aliviar los calentones, ah? —preguntó el Cabrera menor.

Hacía tiempo que se había dado cuenta de que el Cabrera menor desconocía los intentos fallidos de aliviar sus necesidades que hacía el Cabrera mayor con Tomás Eduardo cuando estaban solos en la tienda a la hora de cerrar. También tenían los dos hermanos a las callejeras que llegaban a la tienda a buscar una pieza barata de joyería a cambio de un encuentro rápido que a veces se materializaba de pie en el callejón detrás de la tienda. Tomás Eduardo se sonrojó. Por alguna razón el aire de los ventiladores no era suficiente para enfriarle la cara. Puso los relojes en sobres manila pequeños y escribió el nombre del doctor Toro en cada uno. El Cabrera menor los tomó y los guardó bajo llave en un cajón de la estación del relojero. Tomás Eduardo regresó a la tarea de reorganizar los estuches en el gabinete de uno de los mostradores.

Debía estarse preparando para su primer año de estudios universitarios en Boston. Era donde se había visto a principios de la primavera, cuando recibió la carta: admitido con beca atlética completa, para jugar béisbol en la universidad. En cinco meses se habría de abrir la puerta de su celda de prisión y podría escapar de la sentencia que le había impuesto la vida de vivir con la familia que le había tocado por diecisiete años.

—¡Te vas a matricular en una universidad aquí! —había ordenado su madre. —Eres un menor y vas a hacer lo que nosotros digamos —explicó la mujer. Cuando había hablado de sus planes, el padre había dicho que no había estudiado nada y había salido de lo más bien. Tomás Eduardo casi le pidió que le diera un ejemplo de lo que *de lo más bien* quería decir. Casi lo pidió.

Matricularse en una universidad cerca significaría tener que vivir en casa. Sus padres no pagarían para que se hospedara, mire, quite, estando tan cerca de su casa, ¿cómo así? Sería un gasto innecesario. Podía viajar por transportación pública. No se trataba de ir apretujado por transportación pública, un servicio nada fiable lo que le preocupaba, sino la idea de seguir viviendo bajo el mismo techo y dentro de las paredes sofocantes que sus padres y su hermana. No se había molestado en solicitar admisión a ninguna de las universidades de la isla, ni buenas ni malas: si no podía salir corriendo a otro lugar, no seguiría estudiando. Esperaría a cumplir los dieciocho años y se iría. A dónde no importaba, siempre que no fuera en la proximidad de su familia inmediata y, preferiblemente, sería al otro lado de un océano.

Cuando se le hizo claro que sus padres ni lo ayudarían a subvencionar sus estudios ni a darle permiso para irse, le pidió a la universidad en Boston que le difiriera la admisión por un año. La beca completa cubría matrícula, libros, hospedaje y comida, pero sabía que necesitaría dinero para otros gastos. "Ni un penique de aquí", habían dicho sus padres, cada uno por separado. "Ese capricho tuyo no me va a costar a mí", añadió el padre. En junio su madre le dijo que tenían que ir a comprar ropa para el comienzo de clases, cuando estudiaría en el campus de la universidad estatal en la capital. Le dijo a la madre que ni siquiera había solicitado admisión. No tenía interés en quedarse en la isla; ella debió saberlo. "Prefiero quedarme burro a quedarme aquí", le dijo. Ella estuvo de acuerdo en que eso era y eso permanecería.

—Te me vas a buscar un trabajo. No voy a mantener a vividores —le dijo su padre cuando regresaron de la ceremonia de graduación del internado. Tomás Eduardo concluyó que si tenía que buscar empleo, no solamente porque el padre lo había ordenado, sino porque quería ahorrar para el año siguiente, podría liberar al padre del vividor y lograr el objetivo intermedio de largarse de la casa. Se fue a buscar colocación en la capital. Pensaba buscar un puesto de vendedor, tal vez en una tienda en el nuevo centro comercial, en JC Penney, por ejemplo. o en la tienda Sears grande. Llenó solicitudes en las dos y de ambas recibió la misma reacción: a su edad solamente podían ofrecerle trabajo de tiempo parcial. No estaba emancipado, le dijeron. La única acepción que le conocía Tomás Eduardo a la palabra era la que se refería a la trata de esclavos. Una vez supo qué significaba, de inmediata supo que sus padres no contribuirían a sus esfuerzos por lograrlo. Significaba que no podrían tenerlo bajo su control, algo a lo que su madre no abdicaría hasta que la ley la obligara. A su padre no le habría importado un comino, pero necesitaba el consentimiento de los dos.

—¡Desgorrao! —oyó cuando estaba sentado, lamiéndose las heridas en la Plaza de Convalecencia, donde estaba la estación de transportación pública para el pueblo. Ni le había importado estar debajo de una rama frondosa de café de la India llena de palomas. Era Cabrera. Lo habían expulsado del internado al final del undécimo grado. Sus calificaciones no eran malas, pero no eran lo suficientemente competitivas para regresar el año siguiente.

Al principio no fue un encuentro placentero. Cabrera lo había llamado por aquel apodo cuyo origen solamente podían entender los que lo habían visto en las duchas, pero igual lo incomodaba. Era una referencia a algo demasiado personal, algo que nadie habría descubierto si las duchas comunales del internado no hubiesen intervenido para revelar la alteración quirúrgica.

En venganza callada Tomás Eduardo estrechó la mano de Cabrera y lo llamó por su propio apodo del internado, Pinga Andante. Sería la última vez que Tomás Eduardo usaría el nombre para referirse a Pinga Andante. Era el menor de los hermanos Cabrera; uno de los mayores y él administraban una joyería de la familia al otro lado de la calle. No, no había seguido estudios universitarios. Después del internado terminó la secundaria en una escuela pública para luego entrar al negocio de la familia. ¿Para qué molestarse con estudios, si eran ricos? Había gente que podía pasar hambre o atrasarse en el pago de la hipoteca de la casa, pero no podía vivir sin un anillo bonito o un reloj Bulova, para saber la hora aunque fuera después de que quedaran cesantes por robar para pagar por sus joyas. No, no era cinismo: era la realidad. La superficialidad era lo que mantenía a su familia ahogados en billetes de banco. Se había casado tan pronto se graduó de secundaria con su noviecita de escuela un par de semanas después de la graduación. Bueno, tuvieron que casarse. Habían tomado prestado contra la boda futura y les fallaron los cálculos sobre la fertilidad de la novia.

—Las matemáticas nunca fueron tu mejor asignatura —le dijo Tomás Eduardo. Era obvio que el Cabrera menor necesitaba una caja registradora y una calculadora de mano si quería seguir saliendo bien en los negocios.

—Bueno, Desgorrao, ¿y qué haces por aquí? Creía que para ahora probablemente estarías en Harvard listo para empezar —el Cabrera menor dijo. Así también creyó Tomás Eduardo, pero sus padres habían tenido ideas contrarias. Las cosas no habían salido como él había planificado. Buscaba un empleo para ayudarlo con los gastos universitarios.

—¿Alguna vez has vendido algo? —el Cabrera menor le preguntó.

No, nada, pero era donde había estado buscando. Quizás si no podía ser dependiente podía buscar trabajo de almacén. No le temía al trabajo físico. Era como jugar béisbol sin correr para anotar.

—A lo mejor tenemos algo para ti —le dijo el Cabrera menor. —¿Quieres ver si te interesa?

Fue así como Tomás Eduardo había terminado tras los mostradores de El Azabache. Los Cabrera necesitaban a alguien que ayudara en la tienda, aunque fuera solamente para vigilar a quien entrara y mantener organizadas las vitrinas. El salario sería sobre el mínimo, pero no por mucho. Después de todo, no tenía experiencia y tenía que aprender los pormenores del negocio sobre la marcha. Tendría que ponerse corbata, pantalones de vestir y zapatos buenos. El horario sería de ocho a seis. Sí, eran horas largas, pero eso lo ayudaría a ahorrar más, ¿que no?

—¿No les importa que un año me voy?

—Cuando ese momento llegue, ya habremos encontrado a alguien que te sustituya —el Cabrera mayor le dijo. —Además, ¿quién quita? A lo mejor resultas tan inepto que te echamos a la calle en dos días.

Se veía todo mejor hasta que se dio cuenta de que para estar en la tienda a las ocho de la mañana tendría que levantarse a las cuatro de la madrugada y entonces arriesgarse con transportación pública inestable. Eso era en la mañana. En la tarde ya para las seis no había servicio. Le quedaba claro que tenía que encontrar hospedaje cerca. Sería un gasto que le iba a quitar de lo que pudiera ahorrar. Por otro lado, encontrar una habitación en algún lugar le resolvía el problema inmediato de huir de la casa. La vida requería llegar a transar acuerdos, aunque fuera consigo mismo.

Su tía vivía a una media hora por autobús. Varios veranos y muchas veces en fines de semana alternos, cuando no estaba en sesión el internado, se había quedado con ella, su marido y dos hijas. Ada e Isabel se aproximaban a él en edad. El marido de su tía Elisa, el tío Ramfis, era un mujeriego tacaño a quien Tomás Eduardo detestaba, pero no lo suficiente como para considerarlo peor que vivir en casa de sus padres. Tenían una habitación disponible. Era cuestión de parar por allí para saber si quedarse allá sería una posibilidad. Era difícil que su madre se opusiera a que su hijo menor de edad se hospedara con su propia hermana.

—¿Cuándo comienzo? —Tomás Eduardo le preguntó al Cabrera menor.

—¿Qué tal el miércoles? Eso te da tiempo para que te prepares, te compres ropa si necesitas, ya sabes— contestó el Cabrera menor. La ropa no sería problema. Tomás Eduardo tenía dos pares de zapatos buenos de vestir, camisas y pantalones suficientes y cuatro o cinco corbatas. Telefoneó a la tía, quien le dijo que iba a consultar con el marido esa noche.

—Ramfis dice que vas a tener que contribuir algo —la tía Elisa le dijo. —Tú sabes, otra persona en la casa. Electricidad, agua, gas, comida.

El tío Ramfis había sugerido, o mejor dicho, establecido, doscientos dólares al mes. Tomás Eduardo recordó los cuentos de su madre de cuando su hermana e hijas vivían con los padres de Tomá Eduardo. El tío Ramfis se iba a Nueva York y casi nunca enviaba suficiente dinero para mantener a su familia. Por algún tiempo los inquilinos también incluyeron a un hijo, un bebé que murió de meningitis antes de cumplir un año. Ramfis nunca lo conoció. Cuando la tía Elisa quedaba embarazada, la montaba en un avión de Nueva York a la isla para que fuera a vivir con los padres de Tomás Eduardo, porque Ramfis no soportaba a tanto muchachito gritón.

    Tomás Eduardo calculó que la cantidad era alrededor de cincuenta dólares a la semana. Siempre que pudiera ahorrar la mayor parte de su sueldo, no estaba tan mal. Una habitación en cualquier otro sitio probablemente costaba lo mismo y tendría que compartir la vivienda con extraños—no que eso fuera necesariamente peor. El Cabrera menor le había citado seis dólares con cincuenta centavos como salario por hora, seis días a la semana. Podía pagar el alquiler, transportación por autobús y comidas y todavía tendría suficiente para guardar.

    Dos días más tarde Tomás Eduardo estaba de pie al lado de la puerta de fondo de El Azabache, esperando que llegaran los hermanos Cabrera.

3 Hoy

El salón comenzó a llenarse. Pocos se sentaban; la mayoría se mantenía de pie en grupos luego de darle el pésame a su hermana y detenerse un momento frente al féretro. Alguien mencionó que su hermana había estado allí desde la mañana. Cuando expusieron el cuerpo al mediodía para los familiares solamente, era su hermana quien único estuvo allí.

Tomás Eduardo no supo cómo gente a quien nunca había conocido supo que era el hijo de la difunta. Su madre y ellos habían pertenecido a la Legión de María, la Cofradía del Sagrado Corazón, un gremio de maestros, al Club de Madres Distinguidas, a la Fundación Rotaria por Niños Impedidos. Habían sido colegas en una de las tres escuelas donde su madre había trabajado en el pueblo. Algunos hablaban por poco rato. Otros no hallaban manera de alejarse de su presencia y desligar su mano de las suyas. Permanecían allí, extendiendo un encuentro incómodo entre dos perfectos extraños unidos durante un instante por la muerte. Comenzaron entonces a desfilar los amigos de la infancia y los vecinos, varios de ellos más o menos de su edad o más jóvenes: los mayores habían muerto ya sin tener que mantenerse en los alrededores para ser testigos de la muerte de alguno de los que todavía se resistían a pasar al otro lado de la vida.

—Tomás Eduardo —dijo una mujer a quien no reconoció—. Idalia —añadió. Él repitió el nombre y la abrazó. La última vez que la había visto Idalia pesaba unos catorce kilos menos. Su mano sintió los rollos de carne sobre y debajo del sostén en la espalda. La madre de Idalia no podría venir: estaba de cama con influenza. Había sido todo un calvario, atenderla en la enfermedad. Bueno, si hubiese ido a la farmacia de su propia hija ("Te arrecuerdas de mi hermana Eileen, ¿verdad?") a vacunarse, nada de eso habría pasado con una persona de noventa años. —No hay manera de meterle sentido común en la cabeza a un viejo —dijo Idalia, como si ella y Tomás Eduardo fueran adolescentes y no estuvieran aproximándose a los setenta.

—Que se mejore pronto tu mamá —dijo Tomás Eduardo.

—Sintió mucho no poder venir —respondió Idalia. —Ya sabes la gran amistad que había entre ellas.

Tomás Eduardo no olvidaba la reacción de su madre cuando le dijo que la madre de Idalia lo había invitado a cenar en su casa, para celebrar su graduación de secundaria. "¿Vas a comer en casa de esa gente? ¡Esas mujeres son unas cochinas! ¡Qué asco! Tosen encima de lo que están cocinando". Había hecho mucho esfuerzo Tomás Eduardo para comerse los canelones que la Doña Monchita había horneado esa noche.

A Idalia le siguieron su hermana Andrea y el marido, Miguel Ángel. Volvió a sentir los rollos de carne. Le fue incómodo abrazar a Miguel Ángel. De niño la madre de Tomás Eduardo le había prohibido tener amistad con Miguel Ángel y sus hermanos. Alegaba su madre que tenían malos hábitos. Era frase en clave para decir que les gustaba usar a niños menores que ellos como si fueran mujeres. El caso de Miguel Ángel tenía el agravante de la embriaguez de su padre, rasgo que compartía con el padre de Tomás Eduardo. Eran grandes amigos los padres; el de Tomás Eduardo pasaba las fiestas de Navidad en casa del amigo en lugar de con su familia. Miguel Ángel se identificó por su nombre, cuando el hecho de haber venido con Andrea lo hacía innecesario.

—Rafaela —le había dicho su madre en varias ocasiones sobre la madre de Miguel Ángel. —Rafaela y tu padre tuvieron algo que ver cuando vivíamos todos en casa de tu tía Meche. Se metían en la letrina tarde en la noche, cuando creían que nadie lo notaba. El marido tenía los cuernos tan largos que no le cabían por la puerta.

Miguel Ángel tenía aún su mano en la de Tomás Eduardo. —Lo sabes, ¿no?, que tu mamá era mi madrina? —preguntó Miguel Ángel.

—No, no lo sabía, pero tiene sentido. Le tenía mucho cariño a tu familia —respondió Tomás Eduardo.

Eileen era la tercera hermana, la farmacéutica. Su marido hubiese querido venir, pero tenía un caso severo de gota. Tenían tres hijos varones, le dijo Eileen cuando Tomás Eduardo le preguntó por el resto de la familia. No le hizo la misma pregunta a Andrea y Miguel Ángel por temor a la respuesta: la hija mayor de Andrea y Miguel Ángel, que ya debía andar por los treinta y pico, había quedado embarazada a los catorce años y Tomás Eduardo no sabía si mantenían relaciones de familia. Él sabía que Eileen tenía por lo menos un hijo, nacido seis meses después de su boda, un niño, de acuerdo con la madre de Tomás Eduardo, de cuatro kilos y treintaidós centímetros. "Casi le salió gateando", había dicho la que ahora era la difunta. Su hermana Idalia también había tenido uno así, pero no había mediado boda en ese caso, recordaba; con el tiempo se había casado con un dentista que le adoptó al hijo y ella se convirtió en ama de casa de tiempo completo.

—Nunca te he visto en *Facebook* —dijo uno que fue compañero del cuarto de primaria. Tomás Eduardo no lo veía desde ese año, cuando lo inscribieron en un colegio católico en otro pueblo. Mintió Tomás Eduardo al decirle que no usaba las redes sociales. La verdad era que su nombre legal ya no era Tomás Eduardo y no tenía amigos del pueblo en *Facebook*. —Chico, ¡no estás al día! —dijo Julio Juan Lebrón. —Cuando decidas unirte al género humano, pídeme que te añada a la lista de amigos.

De soslayo Tomás Eduardo pudo ver a su tío Luis. Se volteó para saludar a Catalina, otra de las amigas de su madre. —Era tan auténtica —observó Catalina. Ella y su madre habían colaborado en muchas actividades de un sindicato de maestros. Habían sido tan buenas amigas, una camarada sincera, era la apreciación de Catalina. Era cierto que habían sido buenas amigas, pero una vez Catalina empezó a tomar prestado de todo, desde dispositivos portátiles de costura hasta una máquina de lavado de paredes a presión sin devolver nada, su madre inició un distanciamiento. Catalina y su hija invitaban a su madre a almorzar y a ir de compras. Catalina alegaba que había olvidado el monedero en casa cuando llegaba la cuenta del almuerzo, pero milagrosamente lo encontraba nuevamente cuando iban de compras más tarde el mismo día. Catalina y su hija pedían para comer en el restaurante y para llevar, todo pago por su madre hasta que el cielo obraba el milagro posterior. Su madre le contaba esas anécdotas durante monólogos telefónicos prolongados en los últimos diez o quince años. Entonces no se refería su madre a Catalina por su nombre. La llamaba La Estafadora o La Buscona y por la alusión ya sabía Tomás Eduardo de quién se trataba.

Un hombre de por lo menos ocho centímetros más alto que Tomás Eduardo llegó hasta él, seguido de una mujer mayor cuyo cabello decolorado la hacían lucir mayor de lo que probablemente era. —Te acompaño en tu sentimiento —dijo y le apretó la mano. El hombre era demasiado joven para ser un viejo compañero de escuela. Tomás Eduardo debió registrar confusión en los ojos. —Güy —dijo el hombre. Todavía no significaba nada para Tomás Eduardo. —Tu tío Humberto era mi papá. El destile de extraños y de quienes le debieron ser conocidos había comenzado a convertirse en una inundación vertiginosa que le había abrumado el cerebro, expandiendo el aturdimiento por el suceso que lo había llevado a aquello.

Su tío Luis tenía un hermano llamado Humberto, cuya madre había sido concubina de su abuelo materno. Eran hermanastros de su madre. El abuelo de Tomás Eduardo tuvo otro hijo de nombre Humberto, cuyo hermano Pedro José y él eran hijos de la segunda esposa del abuelo. Los dos Humberto habían nacido seis meses entre cada uno. Tomás Eduardo no recordaba cuál de los dos era el mayor, aunque sospechaba que era el Humberto de la segunda esposa. No hallaba una forma discreta de preguntar de cuál este Güy era hijo.

—Mi abuela era Ramona —dijo Güy e inmediatamente presentó a su madre Gladys, la mujer del cabello preternaturalmente blanco. Ésta también se condolió por la pérdida de la madre.

—Milagros fue mi maestra de primer grado —dijo Gladys. Debió ser por el 1944, cuando su madre enseñaba en el colegio católico del pueblo sin comenzar sus estudios universitarios. Gladys no podía ser lo suficientemente joven para haber sido alumna de su madre en ningún otro plantel. Además, su madre solamente había enseñado segundo de primaria durante la mayor parte de sus cuarenticuatro años en escuelas públicas y privadas. La clase de Gladys y otra más que había enseñado a mediados de la década del 50 eran las únicas veces que tuvo a cargo un primer grado.

Tomás Eduardo estaba rodeado de vestidos negros que le bloqueaban la vista de la hornacina de su madre. No había podido sentarse: tan pronto se sentaba tenía que volverse a poner de pie para darle la mano o abrazar a alguien. Las mujeres, jóvenes y mayores, todas tenían los rollos. ¿Sería posible que ninguna de ellas llevara un sostén de la talla correcta?

—Siento mucho que nos encontremos en estas circunstancias, después de tantos años —dijo una mujer. La miró fijamente a la cara. Ella le retuvo la mano en la suya. Tomás Eduardo no dijo nada, a la espera de un retazo de la memoria que le revelara su identidad. La mujer debió adivinar lo que pensaba. —Juanita Rodríguez Maisonet —dijo. Aún así no podía ubicarla en el tiempo. Entonces, de improviso, como un fogonazo, reconoció el nombre.

—¡Juanita! —exclamó con un sentimiento profundo y abrumador de un regocijo que no había sentido durante todo el tiempo que llevaba en la capilla. —¡Juanita! Ay, ¡Juanita, qué inmensa alegría volverte a ver! —le dijo y la estrechó contra sí. Juanita era uno de los seres más amables y sensibles que había conocido en su vida. Al bajar la calle donde vivía Tomás Eduardo, al doblar una curva, había un conglomerado de casas humildes que habitaban familias de obreros de fábricas y campo. De vez en cuando Tomás Eduardo iba en bicicleta por el vecindario. A veces otros niños de su edad se reunían por allí a jugar canicas, gallitos de algarrobo o de esconder. Juanita y su hermano Ezequiel eran dos de los niños. Tomás Eduardo los buscaba siempre que iba por el lugar. Muchas veces la madre de ellos lo llamaba para que se sentara a descansar en el balconcito de la casa. "¡Hace tanto calor! Es peligroso estar a ese sol. Ven, siéntate y tómate un juguito de parcha", decía la señora. Tomás Eduardo había notado lo escaso de su mobiliario y lo tambaleante de las mecedoras del balcón.

Cuando Tomás Eduardo empezó a fumar a los once años, fue Juanita quien más se alarmó. "¡Eso es un vicio horrible! Te daña los pulmones, Tommy. Dios no quiere que envenenemos nuestros cuerpos. No fumes, Tommy, por favor, ¡no fumes!" Juanita lo había pedido con vehemencia tal en su voz tan dulce y dolida, que Tomás Eduardo dejó de fumar.

—¡No te quiero ver jugando con esa muchachería! —un día que Tomás Eduardo se montó en la bicicleta, su madre le había preguntado a dónde iba en ese calor. —Esa gente es adventista del séptimo día. Les gusta reclutar a otros. Tú eres un niño. Te van a infectar la mente con esa religión. Aléjate de esa gente, ¿me oyes?

Impactado por la severidad de la advertencia y sin evaluar el prejuicio de su madre, Tomás Eduardo dejó de visitar el otro vecindario.

—¡No te vemos hace tanto tiempo! —dijo Juanita. —Siempre le preguntaba a tu mami por ti cuando pasaba por su casa. A veces me invitaba a sentarme con ella en el balcón. A veces le traía pan fresco de la panadería de Isaías. Le encantaba el pan, ¿sabes? —dijo Juanita, todavía con su mano en la de Tomás Eduardo.

—¡Ay, Juanita, qué enorme alegría verte otra vez! —fue lo único que puedo decir, sosteniéndole los hombros con el brazo. Ese momento sintió reconectarse a un mundo de bondad, desnudo de cinismo ni segundas y ocultas intenciones. —Gracias por lo que hiciste por mi mamá. Dime —dijo Tomás Eduardo cuando Juanita se excusó para marcharse —¿Cómo está Ezequiel? Por favor, salúdalo y dale un abrazo de mi parte.

Se le nubló la mirada triste a Juanita. —Ezequiel murió hace treinta años.

—¡Juanita, no! ¡Cuánto lo siento! ¡Tan joven!

—Así es, Tommy. Todavía lo echo de menos —dijo Juanita. Se le acercó al oído. —SIDA.

Tomás Eduardo la abrazó nuevamente. —Esa plaga se ha llevado a lo mejor, Juanita, ya lo sabes.

—Solamente Dios sabe por qué, Tommy. Trato de no hacerme la pregunta —dijo antes de alejarse. Tomás Eduardo sintió su alegría revestirse de algo amargo.

Su tío Luis se le acercó. Luis era diácono católico. Iba a conducir el servicio religioso esa noche. La joven a su lado era su hija Margarita, monja. Tomás Eduardo le dio la mano. No le hizo caso alguno a lo que decía Luis. Se acordaba de la noche que la mujer de Luis, María Rosario, lo había llamado desde casi 6400 kilómetros de distancia para recordarle su obligación legal hacia su madre, que había perdido el conocimiento mientras esperaba en la cola del banco. Llamaron a los paramédicos; la llevaron al centro de salud del pueblo, donde su hermanastro Luis aparecía como la persona de contacto en caso de emergencias. Luis fue al centro. Con su hijo Luisito, detective del cuerpo policíaco, acompañaron la ambulancia al centro médico de la capital. Era medianoche donde vivía Tomás Eduardo; por lo tanto, eran las tres de la madrugada en la isla. Tomás Eduardo nunca preguntó cómo María Rosario había conseguido su número de teléfono, que ni en las guías telefónicas aparecía. Cuando se identificó, Tomás Eduardo creyó que su madre había muerto. María Rosario, a quien él nunca había conocido, lo llamaba a esa hora para dejarle saber que su madre se había enfermado y habían llamado al marido de María Rosario.

—No es responsabilidad suya irse corriendo a atenderla cuando se enferma. Somos personas mayores. La ley dice que tú eres el responsable de ella —dijo María Rosario.

—¿No se fijó en el código de área al que llama? —le preguntó con inconfundible sarcasmo.

—No importa dónde estés. Eres responsable —dijo María Rosario. Hasta su tuteo le molestó a Tomás Eduardo, de esa impertinente que nunca lo había tratado. En ello nada más se percató de la opinión que tenía aquella mujer de él.

Tomás Eduardo conocía la ley. Alguien más ya se la había explicado varios meses atrás bajo circunstancias similares. —No, señora. La ley requiere que de un padre de edad avanzada se ocupen los hijos que viven cerca. Estoy fuera de la jurisdicción de la isla —le respondió Tomás Eduardo. —Quisiera mucho hacer algo por ella, pero su hija está a pocos kilómetros del centro médico y de su casa. ¿La llamó a ella?

—No tengo que llamar a nadie más. Eres el hijo mayor —dijo María Rosario. Pensó en su madre, que no le toleraba el tuteo a nadie menor que ella y, si consideraba a la otra persona por debajo de ella social o profesionalmente, de inmediato la corregía: "Usted". —Tú eres responsable —afirmó María Rosario. Ya se había dado cuenta Tomás Eduardo de que esta mujer tenía su código penal personal para aplicarle.

—Gracias por recordármelo, señora —dijo, con hincapié en el título. —Voy a tomarlo en cuenta, que la próxima vez que necesite algo mi madre ni llamen a su marido ni a usted ni a nadie en su casa en lo sucesivo —terminó de decir y colgó.

Ahora el tío Luis estaba de pie frente a él, diciéndole lo mucho que sentía el fallecimiento de su querida hermana. ¿Qué podía contestar Tomás Eduardo que no fuera: "Gracias"? Lo mejor que su madre había dicho de Luis y su hermano Humberto era bastardos e hijos de puta. No iba a decirle lo mucho que los estimaba su madre: era un trecho que se negaba a recorrer.

Arena que la vida se llevó

4 Otra visita del médico

Dos semanas después de dejar los relojes en la joyería, entró el doctor Toro. Era ya casi al terminar la tarde; se habría ido temprano del consultorio. Tomás Eduardo estaba colocando anillos acabados de llegar en un estante de pana negra sobre un mostrador. El Cabrera mayor le echaría llave al mostrador una vez Tomás Eduardo terminara. Mientras tanto, se había encerrado en su despachito a hacer una llamada telefónica.

—¡Buenas, buenas! ¿Solito hoy? —el doctor Toro preguntó mientras se acercaba a Tomás Eduardo, que ya había terminado con los anillos y esperaba por el Cabrera mayor.

—Ah, no, doctor Toro. El señor Cabrera viene en un segundo.

—¿No te agrada verme? —preguntó el doctor Toro.

—¿Por qué no me agradaría?

—Porque no me has saludado —le dijo el doctor Toro. Cuando Tomás Eduardo miró hacia arriba, el doctor Toro sonreía.

—Buenas, doctor —respondió Tomás Eduardo. Hubo una pausa embarazosa que acabó con la entrada del Cabrera mayor.

—¡Doctor Toro, bienvenido de nuevo! ¡Un placer verlo por aquí! ¿Qué quiere su mamita hoy? —el Cabrera mayor preguntó con la autenticidad de un pliego de rayón.

—Vengo a buscar los relojes. Su hermano me llamó para decirme que están listos. Había pensado pasar por acá antes de que me llamara de todos modos —dijo el doctor Toro con los ojos fijos en Tomás Eduardo.

—¡Ah, ahora se los traigo! —. El Cabrera mayor fue hacia la estación del relojero y sacó los sobrecitos de un cajón. Leyó uno de los sobres. —Oh, oh... No le va a caer nada bien esto, doctor Toro —dijo. Uno de los relojes no se podía reparar, temía informarle el Cabrera mayor. La cuerda se había apretado tanto que se le había roto el cabezal. Claro, era una lástima, un reloj tan fino. No obstante, si el doctor Toro estaba interesado, tenían en El Azabache varios modelos para reemplazar el averiado. De hecho, ¡qué suerte!, varios de la misma marca funcionaban con batería. Nada de cuerda, nada que romper, señalaba el Cabrera mayor.

—Déjame hablar con mi hermana primero para ver lo que quiere hacer —replicó el doctor Toro. Quería saber cuánto debía, a lo que el Cabrera mayor le respondió que solamente le cobraría por aceitar el otro. Era lo justo, por supuesto, con un cliente tan leal como el doctor Toro: nada más sería apropiado. Tomás Eduardo bajó la cabeza, sonrojado de vergüenza ajena, la que seguramente no sentía el joyero.

—Perfecto —contestó el doctor Toro. Le hablaba al Cabrera mayor sin mirarlo, como si hubiese sido Tomás Eduardo a quien se dirigía. —Creía que eras tú quien me iba a llamar para venir a buscar los relojes —le dijo el doctor Toro a Tomás Eduardo.

—Le toca al joyero hacer esas llamadas, doctor —le respondió Tomás Eduardo, la cara en brasas.

—Ah, entiendo. Y a lo mejor se te perdió la tarjeta que te di, ¿verdad? —el doctor Toro le dijo.

Tomás Eduardo sacó la billetera del bolsillo trasero de los pantalones y buscó entre otras tarjetas hasta dar con la del doctor Toro. —No, doctor. Mire, aquí la tengo.

Entonces, mientras el Cabrera mayor se ocupaba de cobrar en la caja registradora con el billete de veinte que le había dado el doctor Toro, éste le dijo a Tomás Eduardo, casi entre dientes: —No necesitas una excusa para llamarme, ¿sabes? Llámame y salúdame.

Si alguien le hubiese dicho que el papa se había hecho luterano, Tomás Eduardo no habría quedado tan sorprendido. No hallaba qué decir. Limitó su reacción a: —Oh... Ah... Eh... Sí, claro, gracias, doctor —. La guiñada del doctor era más de lo que esperaba. La cara se le puso como hornilla púrpura.

—Que no se te olvide —le dijo el doctor Toro una vez el Cabrera mayor le entregó el vuelto y el recibo.

Era hora de cerrar. Tan pronto como se hubo ido el doctor Toro, el Cabrera mayor acerrojó la puerta de entrada. —Ese tipo te quiere comer el culo —dijo. —Le puedes ir diciendo que eso es mío —añadió, sacudiendo un dedo a la cara de Tomás Eduardo. Estaban a punto de salir por la puerta de atrás cuando sonó el teléfono.

—Qué jodienda. Déjame ver quién carajo es. Puede ser la cretina de mi mujer —dijo el Cabrera mayor.

Tomás Eduardo había seguido caminando por el callejón. El Cabrera mayor sacó la cabeza por la puerta; le gritó a Tomás Eduardo que la llamada era para él. Nadie lo llamaba al trabajo. Se apresuraba, pensando que seguramente alguna tragedia había ocurrido en su casa y lo llamaban para notificárselo.

—¿Aló...? Ah, sí... Ajá... Cerrando. Ya casi estábamos... ¿Dónde...? Oh... Eh... Oquéi... Sí, cómo no... Adiós".

—¿Quién era? —le preguntó el Cabrera mayor cuando salió del despachito y salió puerta afuera.

—Mi tío —mintió sin pensar. —Quería que comprara algo antes de llegar a casa.

Salió del callejón hacia el frente de la joyería. El letrero de neón brillaba intermitente "El Azabache" en luces rojas y azules. Todavía brillaba el sol. El septiembre tropical acortaba los días, pero faltaba un rato antes de que el letrero pudiera brillar sin competencia de la luz natural.

Dio vuelta a la esquina. Allí, al lado del teléfono público estaba el doctor Toro.

—Perdona por lo de la cita clandestina —le dijo a Tomás Eduardo. —No me pareció que Cabrera tuviera que saberlo —aclaró el doctor Toro. Era por lo que había usado una voz más profunda y le había pedido a Tomás Eduardo que no dijera quién llamaba. —Esos tipos siempre me han parecido medio cicateros. No quiero que sepan nada de mi vida privada.

Tomás Eduardo se echó a reír. No había problema con eso. Como un celaje le pasó por la mente la orden que le dio el Cabrera mayor de lo que tenía que decirle al doctor Toro.

—¿Quieres cruzar la calle para tomarte algo? —preguntó el doctor Toro. Asintió Tomás Eduardo. Era el mismo lugar donde almorzaba. Se sentaron a una mesa del fondo, bajo un ventilador que aliviaba el calor de la tarde en aquella canícula interminable. —No debes tomar esa basura —le dijo el doctor Toro, apuntando hacia la botella de Coca-Cola en la mano de Tomás Eduardo. —Es un veneno para los riñones.

—Me pidió que lo acompañara a tomarnos una gaseosa —le respondió Tomás Eduardo, consternado.

—¿Verdad que sí? Sí, eso mismo dije. No encontraba la manera de invitarte a que nos tomáramos una bebida saludable —le dijo el doctor Toro, con una botella de agua de coco de la que sorbía con una pajilla.

—¿Quiere que la bote y pida otra cosa? —preguntó Tomás Eduardo.

El doctor Toro se echó a reír. —Qué fácil es tomarte el pelo. Deja eso, muchacho. Una botella no te va a matar. Disfrútala —le dijo el doctor Toro. Lo miraba tan fijo como vigila un policía a un sospechoso. Lo hizo sentir cohibido.

El doctor Toro quería saber cómo Tomás Eduardo había terminado trabajando de dependiente en la joyería. Según recordaba, el joven había estudiado en un internado de gran reputación que exigía un aprovechamiento académico alto. Tenía fama porque a todos sus egresados los admitían en buenas universidades. El empleo de Tomás Eduardo no compaginaba con lo que hubiese esperado de él. Tomás Eduardo le explicó qué hacía allí.

—Tu perseverancia es sorprendente. Esa determinación es algo que siempre he admirado. Tiene que ser la clave del éxito en la vida, no importa lo que uno se empeñe en hacer.

—Gracias, doctor. Creo que es paciencia más que otra cosa —dijo Tomás Eduardo. Le echó un vistazo al reloj pulsera, el Hamilton que se había ganado en un sorteo en escuela secundaria. —Lo siento, tengo que irme.

El doctor Toro miró su propio reloj. —¿Para qué vas tarde?

—El servicio de autobuses para donde voy termina en cuarenta minutos. Tengo que cruzar la plaza e ir caminando hasta una calle más arriba para llegar a la parada.

—¿Dónde vives? —le preguntó el doctor Toro. Tomás Eduardo le dijo. —Quédate sentado y termina el veneno de la Coca-Cola. Te llevo.

—¿Usted vive por ahí? —le preguntó. No, el doctor Toro no. De hecho, vivía cerca del hipódromo, a unos cuarenta minutos en la dirección contraria a la de Tomás Eduardo.

—¡Ay, no, déjelo! Es una molestia. Yo...

—Si fuera una molestia no te lo ofrecería —le dijo el doctor Toro. —Tranquilízate, chico. Termina el refresco —le dijo el doctor Toro en un tono que Tomás Eduardo interpretó de cordialidad que no esperaba. Le pareció que el doctor disfrutaba de él sin intención de condescendencia. No conocía bien a ningún médico. Fuera del ámbito profesional: siempre le habían parecido distantes, cosa de un diagnóstico, un tratamiento sin empeño de nada informal. Al mismo doctor Toro lo recordaba como cirujano únicamente. Luego de terminado su tratamiento, no lo había vuelto a ver.

Casi todas las preguntas las originaba el doctor Toro. De hecho, fue él quien las hizo todas. Tomás Eduardo pudo hacer una que otra, pero no sabía qué preguntar sin arriesgarse a entrar a terreno prohibido por lo personal. —¿Volviste a tener algún problema con la cirugía? —el doctor Toro le preguntó. Tomás Eduardo se sonrojó. —No tienes que cortarte. Soy médico y fui yo quien te operó —dijo el doctor con una sonrisa de niño travieso.

—No, se sanó bien —respondió Tomás Eduardo, que por primera vez notaba que las baldosas cerca de su silla estaban quebradas.

—Nunca debieron dejarte solo en la sala de recuperación. Les canté las cuarenta a las enfermeras por haberlo hecho —le dijo el doctor. Tomás Eduardo recordó salir de la anestesia adolorido sin darse cuenta de que era él mismo quien se lastimaba. Se estiraba el glande y sangraba antes de que una enfermera notara por qué gemía. Tuvieron que llevarlo de nuevo al quirófano. Dos años más tarde, nadie habría podido darse cuenta de que la cirugía no había salido como se esperaba. Lo mejor era que el dolor que le provocaban las erecciones desde la pubertad ya eran solamente un mal recuerdo.

    Fueron hasta el carro del doctor Toro. A unas cuatro cuadras de la casa de la tía Elisa le pidió al doctor que lo dejara en un centro comercial de un nivel.

    —¿No quieres que te vean conmigo donde vives? —le preguntó el doctor y se detuvo en el estacionamiento del centro comercial.

    Tomás Eduardo rio. —No, señor. Es que como en un negocio del centro comercial todas las noches.

    —Tu tía, ¿no cocina?

    —Sí, pero si como allá me van a cobrar por la comida también —le contestó. —Hice los cálculos. Lo que me piden por comer es más de lo que pago por un sándwich acá. Ya les pago más de lo necesario —añadió. Sabía que el pago hipotecario de los tíos era de doscientos cincuenta dólares mensuales. Tomás Eduardo pagaba el ochenta por ciento de la hipoteca cuando era el veinte por ciento de los residentes de la casa. Claro, esa cantidad era más o menos lo que habría pagado en otro lugar, pero otro lugar no habría pertenecido a la hermana y el cuñado de su madre. El arreglo era relativamente conveniente.

    —¡Qué mercenarios! —el doctor Toro dijo.

    —Supongo que tuve alternativas.

    —¿Te llevas bien con ellos? —le preguntó el doctor.

    —La mayor parte del tiempo —Tomás Eduardo dijo luego de una breve pausa. No quería que al pasar un año entre secundaria y universidad se le atrofiaran los hábitos de estudio. De noche se sentaba en la cocina a resolver problemas de ecuaciones diferenciales con una guía de estudio que había comprado. La mayor de sus dos primas, Isabel, cursaba el tercer año de estudios universitarios en economía doméstica, pero su lectura preferida era las novelitas románticas. Su hermana menor, Ada, estaba en primer año de universidad. Nunca la veía levantar un libro de texto. Las hermanas lo llamaban comelibros y estofón. Isabel decía que ahora entendía las buenas calificaciones del primo, con tanto estudiar, que eso no era inteligencia natural.

El doctor Toro soltó una carcajada. —La inteligencia natural no enseña a resolver ecuaciones. Ni Newton ni Euclides hubiesen resuelto nada sin analizar.

Tomás Eduardo encogió los hombros: las había dejado por casos perdidos. Se encerraba en su habitación a estudiar. Entonces venían a tocarle a la puerta para alertarlo de que se estaba perdiendo una gran comedia televisada. "Gracias", les decía sin abrir la puerta.

—¿No te sientes solo? —el doctor Toro le preguntó. —¿Aislado?

—No más que cuando estaba en casa de mis padres. Mi hermana era igual. Acostumbraba quedarme en mi habitación —dijo Tomás Eduardo. Lo peor no eran la mofa y el hostigamiento.

—¿Te puedo acompañar a comer? —le preguntó el doctor Toro.

—Bueno. Si le da tiempo.

—No tengo nada más que tiempo —el doctor respondió.

—¿No lo espera su esposa?

El doctor Toro se rio de nuevo. Levantó la mano izquierda para mostrarle el dedo sin argolla. Salieron del carro y caminaron hasta un negocio de sándwiches entre una farmacia y una tienda de cadena nacional de helados, a su vez al lado de la lavandería automática donde los domingos por la mañana Tomás Eduardo lavaba ropa mientras que su tía y las hijas iban a misa, más abajo, en la Iglesia de los Sagrados Corazones de Jesús y María, de los que eran devotas.

—¡Hey, quiubo, amigo? —el mesero saludó. —¿Qué te pongo esta noche, lo de siempre?

Tomás Eduardo dijo que sí, un sándwich club de pavo con un refresco de ajonjolí.

El doctor Toro leyó el menú en un tablón de la pared al fondo, detrás del mostrador. Eligió un sándwich cubano y un vaso de té helado sin azúcar.

—Bueno, ¿y qué es lo peor? —el doctor Toro preguntó cuando se retiró el mesero.

—El calor —. El doctor Toro se mantuvo en silencio mirándolo, tanto esperando por la explicación como porque eso era lo que venía haciendo durante las últimas dos horas, mirándolo como si tratara de hallar la clave para un enigma. —Cada habitación tiene una unidad de pared de aire acondicionado, pero solamente una puede encenderse, la de la habitación de mis tíos —Tomás Eduardo dijo. En un enchufe en su habitación, el tío Ramfis había instalado un dispositivo para robarse la electricidad sin que lo registrara el contador de la compañía de electricidad.

—Suena a un hombre muy honrado —el doctor Toro observó.

—Ese hombre asesina a cualquiera por una moneda de diez centavos —le dijo Tomás Eduardo. El tío tiraba una extensión eléctrica del enchufe a la conexión del calentador de agua, que solamente se podía tener enchufado por una hora al día. El resto de la familia se daba entonces sus duchazos. Tomás Eduardo nunca llegaba a tiempo para encontrar agua caliente; de lunes a jueves tomaba duchas frías nocturnas.

—¿No dijiste que tenías otras opciones? No pueden ser peores —el doctor Toro señaló.

—Ya me acostumbré —le respondió Tomás Eduardo. A todo se adapta uno, hasta al escozor de la sarna, pensó. —Las cosas cambian en el fin de semana —añadió. El tío Ramfis tenía otra familia de la que nadie estaba supuesto a saber nada o por lo menos su mujer. Todos los viernes por la tarde se iba a la montaña, donde había crecido, decía, a quedarse con un primo, el Mano Felo. A la tía Elisa no le gustaba el campo, de modo que no lo iba a acompañar. En realidad, no era ahí donde iba, sino a pasar el fin de semana con la querida y el hijo que tenían juntos. La mayoría de los parientes lo sabía. El tío Ramfis contaba con que la mujer y las hijas se quedaran en casa mientras él estaba ausente. No era exactamente lo que ocurría, pero él ni sospechaba. Por lo menos los fines de semana Tomás Eduardo podía bañarse con agua tibia. También esperaba a que todos se fueran a dormir y prendía el aire acondicionado en su habitación por un par de horas, para refrescar el bloque infernal de cemento con persianas de listones de metal por donde no soplaba el viento, porque la circulación del aire se obstaculizaba con la puerta cerrada.

—Vuelvo a preguntarte si ésta era tu mejor opción —dijo el doctor Toro. El mesero acababa de traer los sándwiches; comenzaron a comer.

Tomás Eduardo no había cumplido los dieciocho años. Si no se hospedaba con familiares, sus padres podían alegar que era menor y estaba bajo su control completo. Nadie lo iba a hospedar para luego verse en problemas. Así tendrían que quedarse las cosas hasta llegar a la mayoría de edad a fines de octubre.

Al terminar, el doctor Toro se hizo cargo de la cuenta sin importarle las objeciones de Tomás Eduardo. El doctor le preguntó si apetecía un barquillo de helado. A menudo Tomás Eduardo se comía uno, pero lo mortificaba en tal medida la insistencia del doctor Toro en pagar por la cena, que rechazó la oferta. Le dijo que seguía a pie hasta la casa, pero el doctor Toro se rehusó a permitírselo y lo llevó en el carro. Para entonces ya había caído la noche y venía casi una hora más tarde de lo que acostumbraba.

—Espero que podamos salir otra vez —le dijo el doctor Toro cuando llegaron a la casa. —Disfruto oírte hablar.

Tomás Eduardo se sonrojó otra vez. —La próxima vez quiero oírlo hablar a usted —dijo en un tono que el doctor debió interpretar como timidez.

—Eso quiere decir que sí, que habrá otra vez— dijo el doctor, riendo. —Estamos de acuerdo. La próxima vez hablo yo. ¿Tienes planes para este fin de semana?

—Trabajo los sábados —contestó Tomás Eduardo, a lo que respondió el doctor Toro que seguramente no sería día y noche y, además, el domingo no trabajaba. Tomás Eduardo prometió llamarlo el viernes en la tarde para confirmar que estarían libres los dos.

El doctor Toro esperó hasta que Tomás Eduardo llegara al portón de hierro forjado de la cochera. Le debió parecer extraño que Tomás Eduardo tuviera que llamar para que alguien removiera el candado y poder entrar a la casa, antes de despedirse con la mano.

5 *Un cumpleaños diferente*

—¿Quién es ese viejo que te trae? —. Isabel estaba bebiéndose su Nescafé con leche. Con una cuchara recogía del fondo galletas de soda empapadas y se las tragaba. Eso tomaba los domingos después de regresar de misa. Para comulgar no podía comer nada por lo menos una hora antes de tragarse la hostia y, cuando llegaba de vuelta a la casa, calentaba leche para el café instantáneo y le añadía azúcar y galletas de soda con mantequilla. Tomás Eduardo se sentaba a leer el periódico que compraba en un quiosco cuando iba al centro comercial para desayunar en un comivete mientras lavaba ropa.
 —¿Qué viejo?
 —Ese viejo con el carro grande. No te hagas el que no sabes de qué hablo —Isabel dijo.
 —No es un viejo. Es mayor que yo, pero no es viejo —le respondió Tomás Eduardo con los ojos fijos en la sección de deportes del periódico.
 —Oquéi, no es tan viejo. ¿Quién es?
 —Un cliente de la joyería —. Su equipo de la liga local de béisbol estaba en segundo lugar. No recordaba cuándo lo había visto jugar por última vez. Debió ser cuando todavía estaba en primaria, cuando su padre lo había llevado a un partido nocturno. Su equipo, los Criollos, jugaban contra el equipo que favorecía su madre. Cuando su equipo anotaba, la madre daba vivas; el padre la maldecía entre dientes.
 —¿Los clientes te montan en sus carros?

—Éste sí —le respondió Tomás Eduardo.
—Guau. Qué suerte la tuya. ¿Qué es? ¿En qué trabaja? ¿O se dedica a comprar bisutería de fantasía? —. Isabel recogió el último bocado de galletas del fondo del vaso empañado de aceite.
—Es urólogo. Cirujano urólogo —. El equipo en tercer lugar había ganado muchos menos partidos que su equipo. Todos los equipos debajo del primer puesto tenían récords pésimos.
—¿Qué quiere contigo? —Isabel preguntó, fingiendo curiosidad pasajera al levantar la novela de Corín Tellado que tenía abierta bocabajo sobre la mesa. Retiró el vaso mugriento con la cuchara en él y un bulto minúsculo de residuo en el fondo. Tomás Eduardo no había tenido éxito en evitar mirar aquel chichón de vómito de gato.
—Es un persona interesante. Muy inteligente.
—¿Ah, sí? Todavía no se explica que tenga interés en ti —Isabel dijo. Tenía la novelita pegada de la cara.
—Le tendrías que preguntar a él por qué. Y tú serías capaz, claro —respondió Tomás Eduardo. Miró someramente un reportaje sobre un jugador local de tenis que había ganado muchos partidos en la Florida. No le interesaba. ¿Tenis? ¿A quién le podía importar?
—Es extraño, un hombre maduro, un médico, que sea tan amigo de uno de diecisiete años. Dependiente de joyería.
—Más extraño es que un hombre maduro se vaya a pasar todos los fines de semana con otro hombre en la montaña —dijo Tomás Eduardo a la vez que doblaba el periódico. Lo dejó sobre la mesa. Más tarde ese día llegaría el tío Ramfis y lo buscaría para leerlo. Tomás Eduardo lo doblaba con cuidado. El tío Ramfis le había dado un regaño por no doblarlo por los pliegues originales, para encontrarlo como nuevo y sin abrir.

La única actividad que echaba de menos los domingos por la tarde, de su vida en casa de sus padres, era escuchar tangos. Era un aficionado a esa música su padre, cuya idea de una canción de cuna, cuando Tomás Eduardo era niño, era un tango de Carlos Gardel, generalmente algo que, con el tiempo, Tomás Eduardo había llegado a entender que era una letra escabrosa de infidelidad y engaño. Su padre, por lo común, hablaba en un tono controlado, a menos que su mujer y él estuvieran enfrascados en una de sus peleas temerosas; hasta cuando le pegaba a Tomás Eduardo lo hacía sin decir mucho. Sin embargo, cuando tocaba discos de tango lo hacía de una manera tan estrepitosa, que los vecinos tenían por fuerza que disfrutar los tangos también.

Una tarde en casa de la tía Elisa había prendido el tocadiscos para escuchar una grabación de "Sur" por Edmundo Rivero. La letra estaba repleta de nostalgia e imágenes sorprendentes. Tomás Eduardo se sentó en silencio, hechizado por el bandoneón y los violines.

—¿Qué diablos es esa porquería de viejos? —había gritado Ada poco después de que comenzara la canción: "Tu melena de novia en el recuerdo y tu nombre flotando en el adiós..." Le dijo a la prima que se trataba de un cantante de tango de mucha fama en la Argentina a quien admiraban muchos quienes gustaban del tango.

—Lo que tú pagas de hospedaje no cubre tocar esa basura en nuestro tocadiscos —dio Ada por respuesta. A partir de ese momento, Tomás Eduardo solamente escuchaba sus discos de tango los viernes y sábados por la noche, cuando las tres mujeres salían y lo dejaban solo para hacerse la ilusión de que controlaba su entorno.

También al doctor Toro le gustaba el tango. A su padre le gustaba escuchar a Agustín Magaldi y a Carlos Gardel. Una tarde sorprendió a Tomás Eduardo con un álbum doble de tangos de Gardel. Tomás Eduardo se emocionó con el gesto. Quiso ir a escucharlos de inmediato, pero recordó que tendría que esperar hasta que estuviese solo.

    Isabel ignoró el comentario sobre su padre. Tomás Eduardo se preguntaban qué pensarían la tía y sus hijas sobre este nuevo amigo que lo traía a veces durante la semana. El doctor Toro nunca lo buscaba en la casa. Esperaba a Tomás Eduardo a la vuelta de la esquina de la joyería para ir a cenar o al cine. A veces iban a la playa de turistas. Se sentaban a comer barquillos en un banco que daba al mar hasta que el atardecer había hecho su transición hacia la noche. Durante la semana Tomás Eduardo tenía que estar en la casa antes de las nueve. A esa hora se acostaba el tío Ramfis. Se levantaba a las cuatro y media de la madrugada para irse a la obra de construcción a la que lo hubiese asignado la empresa. Su mujer y sus hijas podían quedarse levantadas, pero nadie podía estar fuera de la casa una vez el tío Ramfis cerrara la puerta de su habitación.

    —Felices sueños, Ceniciento —le decía el doctor Toro cuando lo dejaba en la casa durante la semana.

    Tomás Eduardo se sentía halagado por la atención del cirujano urológico. Era un médico de mucho prestigio. Pudo tener muchas oportunidades de reunirse socialmente con colegas y familia. Sin embargo, había elegido a Tomás Eduardo para compartir su tiempo casi todas las noches. Algo había visto que le valía la pena en aquel joven que no era tan ingenuo. Llevaba semanas dándose cuenta de que el interés del doctor Toro no era puramente social ni altruista ni intelectual. Sí, era verdad que hablaban de muchos temas, de escritores que les gustaban a los dos, de deportes, de asuntos científicos, de historia. A veces Tomás Eduardo se pescaba manifestándose con demasiado entusiasmo sobre un tema de ingeniería, algo con lo que temía aburrir al doctor Toro. "De ningún modo me aburro. Me encanta escucharte, con toda esa pasión", decía el doctor Toro. A menudo tenían conversaciones sobre temas de actualidad de los que Tomás Eduardo sentía orgullo de conocer y poder sostener un diálogo inteligente con su nuevo amigo. Era posible que el doctor lo tratara de forma condescendiente, para hacerlo sentir mejor en vías a la seducción posterior. Tomás Eduardo conocía sus límites en torno a ciertos temas. De todos modos, el doctor nunca le dijo que era demasiado joven para saber de nada. Por la razón que fuera, el doctor Toro siempre era respetuoso, deferente, amable, cortés, mucho más que ninguna otra persona lo había sido en su vida.

El tedio de El Azabache solamente se quebraba cuando Tomás Eduardo tenía que eludir la insistencia del Cabrera mayor en que se dejara ayudarlo a satisfacer sus necesidades sexuales, una vez se ausentaba el Cabrera menor. Ese aburrimiento solamente se aliviaba cuando pensaba sobre el tiempo que pasaba con el doctor Toro. Había llegado a disfrutar sentarse junto a él en la oscuridad del cine y sentir el deslizamiento lento del muslo del doctor hasta que llegaba a frotar el de Tomás Eduardo. Los dos se quedaban inmóviles, muslo contra muslo, durante la película entera. Le hacía sentir rubor y algo así como una dicha que no podía expresar. Colocaba el brazo en el descanso de la butaca y el doctor Toro compartía lo que quedaba del descanso hasta que hacían contacto. Tomás Eduardo sentía el calor de la piel del doctor y el hormigueo delicioso de los vellos. Aparte de eso, en ocasiones cuando estaban en el carro, el doctor Toro le colocaba la mano en el muslo brevemente para hacer hincapié sobre un punto. Cuando se encontraban por la cabina de teléfono público el doctor le estrechaba la mano con fuerza. Con el tiempo, al apretón de manos le seguía un abrazo que nadie pudo confundir con nada que no fuera un gesto entre viejos amigos o parientes. Al llevarlo a la casa, últimamente el doctor Toro le apretaba el hombro en forma de despedida a la vez que le deseaba felices sueños a Ceniciento.

—¿Cuándo cumples años? —el doctor Toro le preguntó ese lunes por la noche. Tomás Eduardo se echó a reír y vaciló antes de responderle. —¿Por qué te da gracia eso? Todos tenemos cumpleaños. El mío es el dieciocho de febrero. No te digo cuántos cumplo, por no asustarte.

Volvió a reírse Tomás Eduardo. —Es que es gracioso, porque es este miércoles —respondió entre risas.

—Ah, bueno, entonces me alegro de haber preguntado. ¿Qué has planificado para ese día tan portentoso? —el doctor preguntó.

—Nada —Tomás Eduardo respondió. Estaban de pie frente a la heladería.

—¿Qué te han planificado tus tíos y tus primas?

—Nada —repitió Tomás Eduardo. Se limpió una gota de helado de ron y ciruelas pasas que tenía debajo del labio inferior.

—A lo mejor te van a dar una fiesta de sorpresa.

Volvió a echar una risotada Tomás Eduardo. —Ésa sería una sorpresa doble. No saben cuándo es. Ni aunque lo supieran.

—¿Y tus papás? ¿No vienen? —el doctor Toro preguntó.

Tomás Eduardo no pudo ocultar su incomodidad ante la pregunta.

—¿Dije algo malo?

—No —Tomás Eduardo contestó luego de un breve silencio. —No les hablo desde que me vine acá. Ellos tampoco llaman —. Notó que la expresión del doctor delataba su confusión. —No sé si tienen coraje o les soy indiferente. Tal vez las dos cosas.

—¿No los echas de menos? ¿No los visitas?

Tomás Eduardo permaneció en silencio por un momento. —La distancia entre su casa y donde vivo es la misma yendo y viniendo. No conduzco, no tengo carro. La transportación pública es casi imposible los domingos, el único día que tengo disponible. En los últimos meses he llegado a pensar que éramos un hábito, no una familia. No he sentido síntomas de ansiedad por la separación. Ya sé que eso suena horrible.

—Todos tenemos parientes que preferimos no ver. Se me hace difícil entender que los padres estén entre esos. O a la inversa, que sean los hijos —el doctor Toro dijo. Tomás Eduardo calló. —Perdona. Lo siento. No es asunto de mi incumbencia. Me extralimité —. Tomás Eduardo fue hasta el bote de la basura a depositar lo que quedaba del barquillo. —¿Te enfadaste conmigo? —le preguntó el doctor Toro.

—¡Ay, no! Es que se trata de un tema que en este momento no quiero plantear.

—En lo sucesivo, labios cerrados, entonces —el doctor Toro dijo. —¿Así que no tienes planes para el miércoles?

—Trabajar. Es mi único plan —contestó Tomás Eduardo antes de subirse al carro.

—¿Me permites que haga planes?

Tomás Eduardo miró por la ventana. —¿Sería posible hacerlos para otro día? —preguntó, la vista fija hacia el frente.

—¡Claro, chico! Es que pensé que...

—Y se lo agradezco. Es que prefiero no tener que estar mirando el reloj a cada rato para asegurarme de que vamos a regresar antes de las nueve, ¿ve? De lo contrario, se convierte usted en ratón y yo pierdo la zapatilla de cristal —dijo Tomás Eduardo y siguió con una risita. —Acepto sus planes si los podemos hacer para otro día, se lo prometo.

—¿Qué tal el sábado?

—Está bien. Después del trabajo —Tomás Eduardo dijo.

—¿Quieres que te venga a buscar aquí? —el doctor Toro preguntó. Ya estaban frente a la casa.

—Si no le molesta. A lo mejor debo venir a ducharme. Si no es molestia, podemos salir de aquí —sugirió Tomás Eduardo.

—Si salimos de aquí vamos a desperdiciar tiempo de la celebración —objetó el doctor.

Tomás Eduardo abrió la puerta. —Bueno, está bien. Lo espero donde siempre.

Los próximos días el doctor Toro no pudo llevarlo a la casa. Tuvo dos cirugías de emergencia, una con complicaciones. "Algo bastante desagradable", le había dicho el doctor Toro. Lo había llamado del hospital para dejárselo saber. Tomás Eduardo había respondido con frases crípticas para indicar que entendía.

—¿Quién te llamó? —le preguntó el Cabrera menor ese viernes por la tarde.

—Mi tío. Quiere que vaya al colmado a buscar algo.

—A tu tío se le olvidan las cosas a menudo —dijo el Cabrera mayor desde el fondo.

—Sí, así parece. Tiene problemas de la memoria.

—Regálale una libretita en Navidad —le dijo el Cabrera menor.

El sábado el doctor Toro lo había estado esperando por la cabina del teléfono público a la que Tomás Eduardo se refería como la tía Cabi cuando hablaban él y el doctor Toro por teléfono desde la joyería. El doctor llevaba una camisa almidonada azul claro de mangas largas y pantalones grises de hilo. Las mangas ocultaban los contornos de brazos fuertes, evidencia de que fuera de horas de trabajo el doctor tenía que estar en un gimnasio o en equipo que tuviera en su casa para hacer ejercicio arduo. Era imposible desarrollar aquellos bíceps levantando cistoscopios. Imposible pensar que aquella cintura fuera la de un hombre cuya edad Tomás Eduardo calculaba entre treintaiocho y cuarentaidós. Su rostro era el rasgo que mejor representaba su edad, y aún se veía joven. ¿Qué importaba la edad de aquella cara viril y tierna a la que se había acostumbrado Tomás Eduardo y que verla valía la pena esperar cada segundo del día largo y abrumador de trabajo detrás de los mostradores? Los días en que no podía venir a traerlo a la casa el doctor Toro, luego de comprarse el sándwich y comerse el barquillo le hacían interminable el viaje a casa en autobús.

—¡Feliz cumpleaños! —le dijo el doctor Toro con un abrazo que Tomás Eduardo sintió más estrecho y prolongado que de costumbre. Le dio las gracias al doctor, que había hecho reservaciones en La Petite Maison, un restaurante francés en el distrito histórico de la capital.

Tomás Eduardo se sintió abochornado. No se creía merecer ese regalo. El doctor Toro sobrepasaba sus expectativas. La Petite Maison era muy diferente a La Sandwichera de Pepe.

—¿Podemos ir a otro lugar? —le preguntó Tomás Eduardo. Ya habían llegado al carro.

—¿No te gusta ese restaurante?

—Nunca he estado ahí —respondió Tomás Eduardo. —Entiendo que es muy elegante.
—No lo es tanto —dijo el doctor Toro. —Y aunque lo fuera, es a donde quiero llevarte.
Pero resultó que sí lo era.

6 *Hoy*

Aquella cascada turbia de extraños y otros que Tomás Eduardo hubiese preferido que lo fueran era un culebrón sin fin discernible. La capilla estaba dividida por una frontera entre el campamento de su hermana y el suyo, aunque los más cruzaban y el de ella estaba más constantemente poblado.

Uno que creyó conocer se aproximó hasta que Tomás Eduardo confirmó que, de hecho, era Jaime Flores. Su hermano y Tomás Eduardo habían sido compañeros de primaria; Jaime era tres años mayor.

—Tomasito, siento mucho tu pérdida —dijo Jaime, probablemente con la misma sinceridad de todos los que ya habían expresado el sentir. Jaime tenía que saber la baja estima en que lo tenía la difunta. El éxito académico era una de las medidas principales que aplicaba al juzgar el valor de los demás. Ella tuvo que conformarse con ser lo que era pudiendo ser tantísimo más, si no hubiese tenido hijos que cuidar ni se hubiera casado con un hombre tan por debajo de su nivel intelectual. No era cuestión de conclusiones ni especulaciones durante los diecisiete años que Tomás Eduardo vivió en casa de sus padres. Su madre lo dijo más de una vez cuando, sin darse cuenta de lo que salía de la boca, se le escapaban alusiones involuntarias al hombre con quien se casó, padre de sus hijos.

Cuando Tomás Eduardo le comunicó a su madre lo que había decidido sobre sus estudios universitarios en lugar de matricularse inmediatamente después de graduarse de secundaria en el internado, su madre había reaccionado de manera menos que agradable.

—Tú y tus sueños de grandeza. Estás muy por encima de la universidad pública, ¿verdad? Sigues pensando que puedes triunfar en otro lugar. ¿Ves a ese Jaime Flores? —preguntó su madre sobre el Jaime que estaba presente solamente en su registro mental de perdedores. —También tenía esos delirios, que estaban por encima de sus posibilidades. Tenía que irse, decía. Tenía que irse a Princeton, decía. Ah, claro, ¡Princeton! Añádele a Harvard, por si acaso. Año y medio después, ¿dónde estaba? En el colegio técnico de la capital —. Se puso de pie y caminaba de un lado a otro. Miraba las paredes en lugar de a Tomás Eduardo. Lo veía Tomás Eduardo como si hubiese sido ese día en la mañana y no cincuentaidós años antes. —Vas a terminar igual. Tú has salido bien en la escuela porque te pongo el ojo encima y me aseguro de que hagas lo que debes— prosiguió. Lo llevó a preguntarse dónde había estado ella escondida en el internado, donde no tenía control sobre sus horas de estudio ni de su esfuerzo. —Una vez te vayas de aquí y pruebes en otro sitio, sin mí para guiarte, se te va a poner de manifiesto tu mediocridad y vas a quedar flotándole encima al pozo séptico de tus pretensiones.

A pesar de toda la psicología que alegaba saber tan bien—"Tengo una preparación menor en psicología y sé de estas cosas"—el efecto concreto de sus palabras la eludía. A través de los años, cuando pensaba en aquello, se daba cuenta de que no era un intento de aplicar psicología negativa, aunque su llamado dominio de la disciplina la equipara de estrategias similares. Era mucho más probable que su temor de perder control la subyugara.

—Jaime, qué tiempo hace —dijo Tomás Eduardo, alargando ambas manos para estrechar la de Jaime. —

Es un gusto verte, aunque sea en esto —. Jaime había pasado por lo mismo hacía algunos meses. Su esposa había muerto de cáncer metastático; no vivió mucho después del diagnóstico.

—Sufrí mucho viendo lo que estaba pasando —dijo Jaime. Notó Tomás Eduardo que se le aguaban los ojos al referir la experiencia. —Me acogí a la jubilación prematura para poder cuidarla, de allá de mi puesto de oficinista en una división del Departamento de Servicios Sociales.

—Amigo mío, la muerte nos llega a todos —dijo Tomás Eduardo. —Ya sé que no es mucho consuelo saberlo cuando se trata de alguien a quien uno ama quien ha tenido que aguantar todo eso antes del despegue final —. Tomás Eduardo sentía revivir lo que había sufrido unos treinta años antes. —Lo único que nos queda es el buen recuerdo y la satisfacción de saber que les trajimos alegría y ayudamos a que sus vidas tuvieran significado más allá de la muerte. Ya sé de esas cosas, te lo aseguro —dijo Tomás Eduardo. No elaboró. No era Jaime la persona adecuada con quien compartir ni aquel el momento apropiado.

—Por tu papá y tu mamá, ¿verdad? —Jaime preguntó. Suponía conocer la razón por el conocimiento de Tomás Eduardo del dolor.

—Sí, por ellos.

Acababa de alejarse Jaime cuando oyó una voz en grito asordinado. —¡Tomás Eduardo! —. Era una mujer maquillada para revista de belleza o un espectáculo de travestis. Era casi tan alta como él. Le echó los brazos. —¿No te acuerdas de mí? —preguntó la mujer. La pregunta casi lo hizo responder que si lo hiciera la habría saludado por su nombre. —¡Adivina! —lo invitó la mujer. Eso lo fastidió más todavía.

—Lo siento. La vista ya no me ayuda. Y llevo mucho tiempo lejos... —, Tomás Eduardo respondió y la mujer lo interrumpió.

—¡Marion Pilar! —dijo. Ya lo estaba apretando sin tregua. Conocía el perfume. Boucheron. Una mujer con quien trabajaba se bañaba en él. Era una fragancia exquisita en dosis pequeñas, como todo perfume, pero nauseabundo en exceso, así como hedor de axilas con un toque de rodaja de limón. Siempre con su buen gusto, Marion Pilar se había aplicado la cantidad justa.

Aunque se sentara allí por una hora tratando de figurarse quién era, no habría podido dar con el nombre. Se veía mucho más joven de lo que era. ¿No tendría por lo menos sesenta? Claro, sí, era un año menor que su hermana, que tenía sesentaicinco. Por fin se retiró, pero lo asió por el antebrazo como si temiera que se le escapara.

—Marion Pilar, es un placer verte. A pesar de las circunstancias, es decir —dijo Tomás Eduardo con la esperanza de que al bajar el brazo se diera cuenta ella de su deseo de que lo soltara. No fue así. Esa juventud solamente era posible gracias al escalpelo de cirugía estética costosa. Su figura estaba un poco del lado rollizo. En la adolescencia había sido delgada, casi demasiado, igual que su madre. Llevaba el cabello marrón repelado hasta formar un moño. Los aretes tenían que ser diamantes genuinos: de otro modo, no los llevaría. Tenía que admitirse que aún era seductora. Hasta exótica.

—¿Dónde has estado viviendo? Oí que fuiste a...
—Marion Pilar dijo. La interrumpió Tomás Eduardo.

—Todo lo que has oído es cierto. Hace décadas que no vivo aquí, pero esta noche me han hecho preguntas y he oído tantas afirmaciones sobre mi paradero, que concluyo que mi vida ha sido un libro abierto y transcurrida aquí mismo —Tomás Eduardo dijo. Su madre muy seguramente había añadido detalles y falsedades que la hacían verse mejor por tener un hijo cuyos logros, en realidad, le eran casi desconocidos. Esa noche en la funeraria no sabía si alguno allí le había hecho preguntas sobre su formación y ocupación solamente para constatar la información que tenían o escucharlo contradecir a su madre con los hechos. No se había molestado en rectificar nada. Quería cambiar el tema.

—¿Cómo está la familia? —le preguntó a Marion Pilar.

Ella fue de hijo en hijo y de nieto en nieto para decirle sobre todos sus grandes éxitos, que todos eran dechados de virtudes e inteligencia. Algunas cosas nunca cambian, concluyó Tomás Eduardo. Por eso era famosa en el pueblo, por exagerar y hasta crear realidades que lo eran solamente en su cabeza vana y superficial. Su abuelo había sido miembro fundador de alguna sociedad o un instituto cuyo nombre no recordaba. Su abuela había sido oficial importante del gobierno, su tío un contador de fama con una firma de gran prestigio en la capital, los hermanos de su padre eran miembros de la alta sociedad en el pueblo de origen por el oeste de la isla. Había hecho indagaciones sobre el apellido italiano de su padre y descubrió que se escribía más precisamente con dos bes, no una, y se la añadió extraoficialmente al suyo.

—Su abuelo nunca fundó nada más que una estafa que usaba para desplumar al incauto. La abuela esa bastarda. Trabajaba de secretaria de la oficina local de la autoridad del agua —había explicado la madre de Tomás Eduardo cuando le contó lo que había dicho Marion Pilar sobre su familia en una reunión familiar.

—El tío era un viejo maricón ridículo, tenedor de libros en un almacén de madera. Ni los hermanos ni las hermanas de su padre llegaron a graduarse de escuela superior. Son estrictamente clase media baja.

La madre de Tomás Eduardo alardeaba de la educación universitaria de us hijo en Massachusetts, algo que ella no supo hasta quince años después de él recibirse de ingeniero. Marion Pilar había dicho que eso mismo había estudiado su primo Modestito. —¿No digas? —había dicho su madre. Su primo Modestito era operador de computadoras en un posuniversitario privado de segunda categoría en un pueblo cercano.

Marion Pilar había estado en la reunión familiar donde describió su linaje en términos distintos a los de su verdadero trasfondo, porque en ese tiempo iba de novia de Edgardo, primo de Tomás Eduardo por parte de padre. Llegaron a casarse y él murió de mal de Lou Gherig, dejándole una fortuna que los padres de Edgardo le habían heredado y que él aumentó con su práctica de medicina basada en métodos dudosos de pérdida de peso con aretes y tés alegadamente chinos, que Edgardo destilaba en un almacén no muy lejos del pueblo.

—Está muy bien maquillada —dijo Marion Pilar volteada hacia la esquina del ataúd. —Se ve muy bien.

—Sí, el maquillaje. Se ve, sí —observó Tomás Eduardo

—¿Había estado enferma? —Marion Pilar preguntó.

—Entiendo que lo estuvo unas dos semanas antes de morir —respondió el hijo. Se avergonzaba de decir la verdad. Un pariente con quien se comunicaba por Facebook le había enviado un mensaje por correo electrónico: "Supe lo de tu madre. ¿Vienes al sepelio?" Tomás Eduardo lo llamó desde California. "Cuánto siento que te enteraras de esta forma", el pariente le dijo. Su madre había fallecido dos días antes de que él lo supiera. Había llamado a la funeraria donde sabía que prepararían el cadáver. Le informaron el día y las horas del velorio y el entierro. Avanzó a hacer reservaciones aéreas y de hospedaje. Por algunos que estaban en el velorio supo que la madre había sufrido una caída tres meses antes, con fractura en la pelvis. Nunca volvió a levantarse. No lo sabía Tomás Eduardo porque la madre había estado sin servicio de teléfono desde el azote del huracán María; supuso que no tenía quién le recogiera el correo, por donde había tratado de comunicarse con ella.

Su hermana se había apresurado a almacenarla en un hogar de ancianos. Dos semanas antes de la muerte había dejado de comer. La recluyeron en el Hospital Menonita en una ciudad cercana, donde le colocaron un tubo en la barriga para alimentarla. Tomás Eduardo era la última persona en el mundo que esperaba ver allí su hermana. Se había esmerado en ocultar lo que ocurría hasta que fuera necesario por razón de repartición de herencia, lo que quedara después que su hermana se adelantara a echarle mano a todo lo que no estaba clavado en las paredes. Era obvio que su hermana desconocía la existencia de un testamento en el que su madre lo nombraba albacea y heredero de cinco sextos de todos los bienes. "Por ley tengo que dejarle eso", le había dicho su madre cuando lo había llamado dieciséis años antes para informárselo. El abogado de su madre se comunicaría con él cuando fuera necesario, por más que se empeñara su hermana en evitarlo.

Un hombre que nunca había visto antes vino a estrecharle la mano. Era el director del último colegio católico donde había trabajado su madre cuando se jubiló del distrito escolar público. Se llamaba Julio y decía haber sido compañero de Tomás Eduardo en el cuarto de primaria. Talmente parecía que el pueblo entero había cursado el cuarto grado con él.

—Hace tiempo que no la veía —dijo Marion Pilar.
—Sabes que vivo en el complejo turístico —dijo, señalando a algún lugar que Tomás Eduardo concluyó ser la dirección del complejo, que no estaba en el pueblo. Su madre probablemente había evitado encontrarse con ella y con todos los miembros de su familia. Sólo sentía desprecio por todos ellos. "Esa bruja pretensiosa les puso a las hijas, esas burras, les dio nombres rusos que ni siquiera sabía escribir. La mayor estaba encinta cuando se casó. Su foto salió en la revista ésa de la que fue *Miss Universe*. Cada una se casó con un don nadie que venía a buscar el dinero del padre", había dicho su madre con frecuencia.

Su madre había sido prometida de un hombre que había ido a estudiar ingeniería en la universidad del oeste de la isla. Mientras estaba allá se metió con otra. La madre de Tomás Eduardo lo supo por un amigo mutuo y rompió el compromiso. Dos meses más tarde se casó con un hombre que solamente conocía de vista en el pueblo, el hermano de la modista de su madre. El novio plantado no se resignó. La acosaba. La tía Meche, la madre de Edgardo, lo oyó decir y se lo dijo al padre de Tomás Eduardo. Fue el comienzo de riñas basadas en la inseguridad del marido sobre el afecto de la mujer. Los encuentros, llenos de recriminaciones que fundamentaba el marido en las sospechas que Tomás Eduardo siempre supo que no eran ciertas, era lo que más recordaba Tomás Eduardo de su niñez: imputaciones de infidelidad, *no eres más que una puta, estás loco, estabas en la playa con ese hombre y ahora regresas con el culo lleno de arena después que te la metió en alguna playa, deja de insultarme frente a estos muchachitos, deja que sepan quién es su madre*. Era una grabación que se repetía desde que Tomás Eduardo recordara. Su padre salía a emborracharse y regresaba ya tarde en la noche a gritarle a la madre. El vecindario entero oía lo mismo que le reventaba los tímpanos a él.

Recordaba que estando aún en el jardín de infancia ya trazaba un plan para dejar la casa tan pronto le fuera posible, a menos que sus padres se mataran el uno al otro en un baño violento de sangre. Trataba de pasar el mayor tiempo posible en casa de su tía Elisa en la capital, a pesar de lo desagradable de sus hijas Isabel y Ada y la fanfarronería injustificada de su marido Ramfis.

Una tarde había llegado la hermana de Tomás Eduardo a casa para decirle a su madre lo que había dicho Marion Pilar en el autobús escolar: "Tu mamá rompió el hogar de mi tía". Años después su hermana llegaría de la escuela de verano igualmente enfadada cuando una compañera le dijo que su mamá había sido la primera esposa del abuelo de Tomás Eduardo y de su hermana y habían tenido una hija mucho mayor que Milagros. La abuela le había tenido que explicar que la madre de la compañera no había sido esposa, sino otra de tantas concubinas, una sirvienta de la casa del frente que el abuelo había dejado embarazada antes de casarse con la abuela.

—La tía de Marion Pilar, la Hilda ésa, se casó con un hombre que yo dejé porque me fue infiel —dijo la madre. —Estuvieron casados por muchos años. Su hijo Modestito fue alumno mío. El padre nunca vino a la escuela. Ella nunca me demostró ninguna incomodidad —y para remachar, añadió la madre otro detalle. —Hilda es una borracha, igual que en lo que se convirtió su marido. Eso puede servir de mejor explicación para su divorcio.

Y allí estaba Marion Pilar ahora. Si su madre se hubiese dado cuenta de su presencia se habría virado de costado para ignorarla.

Joseph F. Delgado

7 *Una velada incómoda*

—Pensé regalarte un reloj, pero supuse que podías hacerte de uno a buen precio en la joyería —le dijo el doctor Toro en broma. —Además, ya tienes uno.

El doctor Toro había entrado al restaurante con una caja envuelta con papel de regalo. Al terminar la cena había pedido un coñac. Hubiese pedido uno para Tomás Eduardo, pero dijo no querer contribuir a la delincuencia de un menor. Pausó y rio. Tomás Eduardo pidió un café con leche. Cuando se hubo alejado el mesero, el doctor Toro le entregó la caja. —Felicidades en tu día, Tomás.

En la tarjeta de felicitación había escrito: "Que sea éste el primero de muchos cumpleaños que podamos compartir" La había firmado: "Con mucho afecto, Javier".

—Gracias por el voto de confianza —dijo Tomás Eduardo. El regalo era una polo tejida de azul sólido. —¡Gracias! ¡Me encanta!

—Va con tu tipo de piel —el doctor Toro dijo antes de añadir: —Sabes que ya es hora de que sueltes lo de doctor y usted.

—Me disculpa, doctor. Nos enseñaron en casa que a los médicos se les llama doctor. Hasta un amigo de la familia que fue compañero de escuela de mi madre, hasta a él lo llamamos doctor.

—Esos títulos no van entre amigos íntimos. Obstaculizan la confianza —el doctor Toro respondió.

—No me vas a respetar menos por llamarme Javier. ¿O sí?

—¿Cómo cree? Claro que no —le contestó Tomás Eduardo. Sonrió. Se sonrojó cuando fijó la mirada en la de Javier. —Gracias otra vez por la camisa.

—Cuando te la pongas acuérdate de quién te la dio.

Tomás Eduardo sonrió de nuevo y se puso color granada.

La brisa que soplaba desde el océano al otro lado de la calle cuando salieron a esperar al valet era refrescante y un poco del lado frío. Se acercaba el invierno, o por lo menos lo que se conocía como tal en el trópico, mayormente una humedad que calaba los huesos en casas construidas de cemento. Javier se fue por uno de los bulevares de la zona turista.

—¿Quieres que paremos en casa un rato? —Javier preguntó.

La pregunta llenó de pavor a Tomás Eduardo. Temía lo que implicaba la invitación. Tenía un conflicto entre el deseo que sentía hacía semanas y el recelo que emanaba de saber lo que podía suceder. —¿Sabes? Ha sido un día tan largo, que prefiero irme a acostar. ¿Me puedes guardar la invitación para otro momento?

—Claro, como gustes —le dijo Javier. —Cuando quieras ver cómo vivo, me acuerdas que tienes una invitación abierta, aunque no creo que se me vaya a olvidar.

No creyó que hubiese reproche en sus palabras, pero de todos modos se sintió malagradecido.

Hablaron de todo un poco hasta que llegaron a la casa de la tía. Las luces estaban apagadas.

—¿Están ahí? —Javier preguntó.

—No lo creo.

Javier quería saber cuándo regresarían, pero Tomás Eduardo no podía decirle. A veces regresaban para la medianoche, a veces más tarde. Siempre planificaban algo para viernes o sábado en la noche, a veces para ambas noches. El novio de Isabel las llevaba a donde fueran. El tío desconocía la existencia del novio.

—El tío Ramfis se va los fines de semana —Tomás Eduardo dijo. Aclaró a dónde iba el tío Ramfis en realidad, un secreto que guardaban los parientes de la esposa y de las hijas. Si estaba en casa no podían ir a ningún sitio. Detestaba la idea de gastar dinero, inclusive el del autobús a menos que fuera para ir las hijas a la escuela o la mujer al trabajo. La tía Elisa era tenedora de libros en una base militar, pero ni su salario quería el marido que gastara. Su presunción o, en realidad su convicción, era que cuando se iba, la mujer y las hijas permanecían en su encierro viendo televisión, estudiando o cortando tela por patrones para ahorrarse lo que tendrían que pagar por ropa en alguna tienda. También se arreglaban el cabello para salir, pero se deshacían los peinados antes de que él llegara, porque el cabello daría indicios de algo extraordinario. Si se cortaban el cabello, que no podían esconder, el tío exigía saber cuánto habían pagado; ellas siempre rebajaban el costo real. "¡Jesucristo, qué estafa!", decía. Su tío Felino era barbero: ¿por qué no iban a recortarse con él? Sí, era peluquero de hombres, pero pelo es pelo y lo mismo se corta el de un hombre que el de una mujer.

—Entonces, ¿qué vas a hacer, esperar afuera? —Javier preguntó, un poco alarmado.

—No es tan malo. Ya no pueden tardarse.

—Son las diez. ¿Y si no regresan hasta la medianoche? —le preguntó Javier. Los mosquitos lo picarían. ¿Y si llovía?

—Me guarezco en la casa del lado hasta que lleguen, claro. No hay problema, Javier —dijo Tomás

Eduardo. Era el debut de su referencia a quien fue el doctor Toro.

—No me convences. Quédate aquí para esperar.

—Ay, no, no, de veras, está bien. No te preocupes. Gracias, Javier —Tomás Eduardo dijo, asiendo la manija de la puerta y tomando la caja con el regalo. Javier le apretó el hombro. Esa noche no invocaría a Ceniciento al despedirse.

Al marcharse Javier, Tomás Eduardo subió la entrada inclinada del frente y se paró contra el portón de hierro forjado. Había contado con el regreso rápido de las mujeres, donde estuvieran. ¿El boliche? ¿El cine? ¿Un baile amenizado por una de las orquestas locales? ¡La casa de amistades? Llevaba una hora esperando, batiendo los brazos para espantar los mosquitos, cuando se desplomó el cielo en un diluvio que hacía horas amenazaba con venir. La cochera del vecino estaba abierta. Había un carro estacionado. Dio un salto y quedó de pie bajo el techo de la cochera.

Algunos minutos más tarde oyó que se abría la puerta del frente de la casa. Era un hombre, el dueño, a quien Tomás Eduardo había visto, pero no conocía. En la mano tenía un revólver.

—¿Qué carajo quiere? —el hombre gritó, apuntándole con el revólver.

—¡Señor, por favor, señor, baje el arma! —suplicó Tomás Eduardo. —No le voy a hacer daño, por favor. Vivo aquí al lado. Soy sobrino de Ramfis y Elisa.

—¿Qué hace aquí? —volvió a gritar el hombre. Estaba parado en el balcón, no muy lejos de la puerta entreabierta.

—No tengo llave de la casa. Mi tía y sus hijas salieron. Está lloviendo a cántaros. vea. Si no quiere que esté aquí, por favor, déjeme salir, pero, por favor, no dispare —dijo Tomás Eduardo con voz temblorosa.

El cuerpo entero le temblaba; las rodillas le fallaban. Dio unos pasos sigilosamente para salir.

Unos segundos más tarde el hombre le dijo que estaba bien, que podía esperar allí. Se disculpó por la reacción, pero se comprendía, ¿no? Que se pusiera en su lugar, un extraño metido en su casa de noche.

—Perdone usted y gracias por dejarme aquí —le dijo Tomás Eduardo, aliviado de que el hombre preguntó primero en lugar de disparar.

De acuerdo con su reloj, faltaban quince minutos para las dos cuando las mujeres llegaron en el carro del novio de Isabel. Era un modelo viejo de Lincoln Continental que le pertenecía a su padre, un hampón que operaba un club nocturno en el distrito histórico de la capital, en una calle rotulada *Off Limits*, con la entrada prohibida a personal militar: en las esquinas había oficiales de policía militar para patrullar la extensión de la calle.

Nadie se disculpó por la tardanza. Nadie le preguntó cuánto tiempo llevaba allí esperando. Nadie le preguntó qué llevaba en la caja. La tía Elisa venía tambaleante con Ada detrás. Isabel se quedó en el carro para despedirse con un beso de Pedro Silva.

No aceptó la invitación de Javier para salir viernes o sábado en la noche. A mediados de noviembre compró dos boletos de teatro para la matiné de una representación de una obra italiana, *Filumena Marturano*, de Eduardo DiFilippo, en el teatro antiguo del distrito histórico de la capital. Tomó dos horas de trabajo para irse en el autobús metropolitano hasta la taquilla del teatro. Entonces llamó a Javier para invitarlo. Había pensado sugerírselo a Javier primero, pero ya se sentía incómodo con la insistencia constante de pagar por boletos de cine y de hacer lo que fuera necesario para llevarlo a la casa. A petición suya Javier dejó de pagarle la cena. La vez que se ofreció a pagar por el combustible del carro, Javier le puso mala cara antes de rechazar la oferta. Se veía verdaderamente enojado por la sugerencia.

Entonces llegó el Día de Acción de Gracias.

8 *Hoy*

Un empleado de la funeraria entró con una corona de flores tan grande como él. La colocó en un estante de varillas en la hornacina del féretro. Veinticuatro orquídeas formaban un círculo ininterrumpido en los bordes del arreglo. La cinta decía: "De tus queridos hija y nietos". Las quejas de su madre sobre la manera en que los hijos de su hija se comportaban con ella eran frecuentes y amargas cuando le contaba a Tomás Eduardo en conversaciones telefónicas. Los hijos de su hija nunca la llamaron abuela. En su presencia se referían a ella en tercera persona. "Dile a tu mamá que me dé una Coca-Cola" era uno de los ejemplos que su madre citaba a menudo. Su madre les diría que no tenía, pero podía exprimirle al nieto un zumo fresco de naranja, un néctar de tamarindo o una limonada. "Dile a tu mamá que lo deje. No quiero nada".

Tomás Eduardo sabía que los gastos de funeraria se pagaban con el dinero que su madre había señalado para ese fin. Su hermana trabajaba de cagatinta en una agencia del gobierno. Su sueldo no podía ser suficiente para la extravagancia de arreglos de orquídeas. Sospechó que la difunta había pagado por la ofrenda floral. No se le había ocurrido a Tomás Eduardo mandar a hacer una corona. Apenas había tenido tiempo de llegar al velorio, mucho menos de llamar a un florista para encargarla.

—¡Tomás Eduardo! —escuchó su nombre invocado otra vez por una voz que no reconocía. —Soy yo,

Rosalba —dijo una mujer, otra que se abalanzaba contra él con los tentáculos abiertos para apretarlo. ¿Quién demonios era Rosalba? Vaciló un momento luego que ella se retirara un poco. Solamente había conocido a una Rosalba; tenía que ser ésta.

—Hola, Rosalba. Es un placer verte —dijo. Qué tanto placer era, no podía precisarlo. No creía haber visto a esta mujer desde que estaba en escuela intermedia y ella era alumna de los grados superiores de primaria. La imagen que guardaba de ella era en un sayo marrón plisado, blusa blanca de mangas cortas y un emblema en forma de diamante, también marrón con borde dorado, del Colegio San José, cosido al bolsillo.

—Casi no llego —Rosalba dijo. —He estado cuidando a mi mami, ¿sabes? —. No, no lo sabía. Creía que su mami estaba muerta. Sin duda su papi si lo estaba. —Le amputaron una pierna hace dos meses. No ha podido adaptarse ni aceptarlo, pobre Mami. Ya sabes, ¿no? Diabetes.

Tomás Eduardo recordaba a la madre de Rosalba como se veía, nueve centímetros más alta que el marido. La mujer había sido alcaldesa por un término a principios de la década del 60. Sus rivales políticos llamaban al marido y a ella Benitín y Eneas. Durante su período en la casa alcaldía, la mujer había reconstruido el puente sobre un río que a menudo inundaba los vecindarios más bajos del pueblo, casi todos arrabales. El puente era uno de dos accesos principales al pueblo, por el lado sureste. Debido a que el puente era demasiado estrecho para permitirle dos carriles y el gasto para expandirlo sería exorbitante, el municipio construyó otro paralelo a la estructura existente, medio metro más abajo del antiguo. Los enemigos políticos de la alcaldesa bautizaron los puentes Jacinto y Lydia Esther, en honor al primer matrimonio de la municipalidad.

"Lydia Esther está seca, pero Jacinto está sumergido", Tomás Eduardo había oído en muchas ocasiones en tiempos de inundaciones. A veces era posible escuchar que ya Lydia Esther estaba mojada", lo que obviaba la tragedia para dar paso a las risotadas.

El pusilánime de su marido lo parecía más aún cuando estaba de pie al lado de la mujer. La constitución de Jacobo era tan liviana e insignificante, mientras que la escultura rubenesca que era Lydia Esther parecía capaz de aniquilarlo si se le sentaba encima sin notar que ya la silla estaba ocupada. Rosalba se parecía más a su madre que a su padre; por lo que recordaba de sus dos hermanas, su presencia de aquellas estaba más próxima a la del padre.

—Y tengo que hacerme cargo de ella yo sola, ¿sabes? Tengo carcinoma de células basales, ¿ves? —dijo mientras señalaba a una lesión en la frente. Tomás Eduardo había creído que era un lunar.

—Ay, lo siento, Rosalba.

Procedió a enumerar una serie de males que le impedían darle a su madre toda la atención que requería. Su hermana Ruby venía por avión de la República Dominicana a ayudarla, aunque Ruby tenía problemas también, bueno, con asuntos cardíacos y la neuropatía crónica de su marido. Es posible que mencionara más achaques, pero Tomás Eduardo la había desintonizado para cuando otra mujer se acercó.

—No creo que me recuerdes —dijo la otra mujer. Tenía razón. —Mi papi era Pepe Ronrico —añadió. No le puso la mano para que él se la estrechara ni los brazos para abrazarlo ni rollos de carne de sostén para sentir.

Tomás Eduardo sabía exactamente quién era el padre, pero no creía haber conocido a ninguno de los hijos. Se apellidaban Torres, pero el pueblo los conocía como los Ronrico, porque el padre era propagandista del ron del mismo nombre. Había visto a la madre de Tomás Eduardo hacía unos seis meses en el mercado. Se veía bien Mrs. Berberena. —Le dije que la llevaba a la casa y esperé por ella. La vi que sacó el dinero del bolso para pagar los víveres. Sabía bien cuál era la vuelta, también, y yo pensé: "Caramba, la mente de ésta está mejor que la mía".

—Sí, tenía que ir de compras por taxi o trole— Tomás Eduardo dijo. —Nunca aprendió a manejar. Dejó de usar el trole cuando se desmayó en uno.

—Siempre encontraba voluntarios que la trajeran —afirmó la Ronrico, que nunca dijo su nombre.

Rosalba permanecía en el mismo lugar sin decir nada. Alguien más llegó. Dijo llamarse Chuchi Hernández. Ese nombre le era familiar—ah, sí, pero no porque la conociera personalmente. El tío Miguel y su mujer, Cruz, eran padrinos suyos. Tomás Eduardo la había visto algunas veces antes de llegar a la adolescencia. Dolores, la tía de la Chuchi, y su madre habían sido amigas de la iglesia, pero su madre a menudo se refería a la sobrina de Dolores como alguien que venía del lado menos decente del pueblo, igual que su madrina Cruz. Siempre que Tomás Eduardo se encontraba con personas que su madre consideraba estar por debajo de su nivel social recordaba que en una ocasión llamó a su madre clasista. "Sí, ¡lo soy!", respondió la madre al interpretar el término como elogio. Chuchi se limitó a darle el pésame, se dio vuelta y se fue. Le hizo darse cuenta de que su prima Zoila, hija de Miguel y Cruz, no estaba en la capilla, como tampoco estaba su hermano Carlos Miguel, el fiscal convertido en defensor criminalista, ni su hijo Alexis, catedrático de biología marina, de acuerdo con su madre. Esto podía o no ser cierto: Tomás nunca tuvo la oportunidad de confirmarlo. Su madre acostumbraba a decir que su hija era la segunda en posición administrativa en la agencia donde trabajaba, pero Tomás Eduardo sabía que no era cierto. Su madre decía también que la nieta de su gran amiga Margot era una exitosa empresaria en el negocio de la joyería con su tía Ivette. Con el tiempo Tomás Eduardo había podido darse cuenta de que la chica vendía mercancía falsificada de Tiffany's, Chanel y Louis Vuitton de la cajuela de un carro.

—¿Así que vives allá afuera? —preguntó Rosalba, de pie en el mismo lugar. Le confirmó que sí. —Tu mamá me dijo que eras catedrático de algo. No recuerdo qué.

—Creo que a veces mi mamá se confundía con mi profesión. No, no enseño —respondió. Tomás Eduardo sabía que a algunos su madre les decía que era abogado; a otros, que era presidente de una empresa y que era miembro de la junta de directores de otra. Eso era cierto, pero él nunca se lo había informado. Su madre entendía lo que quería creer. Sentía que, sin importar lo que hiciera o lograra, nunca era suficiente para ella. Lo que fuese mejor reflejo de ella misma sería lo que ella se convencería de que era la ocupación del hijo. Igual hacía con la hija a quien no le hablaba hacía diecinueve años, trabajadora social empleada en una agencia estatal de salud. Era una trabajadora de casos asignada a un escritorio. Su madre tenía un grado en educación primaria. Tomás Eduardo sospechaba que su madre pensaba que pudo haber sido abogada o seguramente pudo obtener un doctorado en alguna disciplina en que pudo sobresalir. Los logros reales o imaginarios de sus hijos le daban vida a sus aspiraciones frustradas y le daban el prestigio de ser la madre de personas importantes a quienes ella había traído al mundo para su gloria personal.

—Mi mami admiraba mucho a tu mami —Rosalba dijo.

—Ah, mi mamá admiraba mucho a la tuya también —contestó Tomás Eduardo. No supo cómo lo dijo con la cara seria. El cuerpo de su madre estaba a unos ocho metros. La representaba incorrectamente después de muerta. Su madre pertenecía al partido político opuesto al de la madre de Rosalba. Detestaba todo lo que estuviera relacionado con la filosofía política de la facción bajo la que habían elegido a Lydia Esther. "Le pega cuernos al marido con Cantero, el contador municipal", había dicho su madre en una que otra ocasión, haciéndose eco de un comentario malicioso en el pueblo. "Tu papá, también. Era muy afectuosa con tu papá", había dicho su madre una vez.

El padre de Rosalba, Jacinto, solamente había llegado al sexto grado de primaria. Mediante sus conexiones políticas lo habían nombrado juez de paz. La madre de Tomás Eduardo hacía cuentos sobre los errores que cometía Jacinto desde el estrado. Ella repetía las anécdotas mal intencionadas y seguramente apócrifas del uso de Jacinto de un catálogo de Sears para determinar las multas a los acusados.

9 *Acción de gracias*

El día antes de Acción de Gracias, Javier lo llamó a la joyería para fijar la hora en que iría a recoger a Tomás Eduardo. Ese miércoles Javier no podría llevarlo a la casa: le habían hospitalizado a un paciente con ruptura de la vejiga, algo rarísimo, y estaba de turno. A Javier y a él los habían invitado a cenar al día siguiente en casa de uno de los colegas de Javier.

Siempre tenían que hacer estos arreglos por teléfono desde el consultorio o por la tía Cabi. Cuando Tomás Eduardo usaba el teléfono de la casa le echaban malas miradas las primas y hasta los tíos, como si el alquiler excluyera el uso de servicios telefónicos. Las pocas veces que Javier lo llamó y alguien más contestó el teléfono, le notificaban que la llamada era para él luego de decirle a quien lo llamaba que esperara, con tono brusco y cortante.

Javier vino a buscarlo a las seis de la tarde el jueves.

—Me invitaron a que fuera con ellas a comer — Tomás Eduardo dijo entre mortificado e intrigado. — Tenía una cajita de cereal de hojuelas de maíz, de unas que guardo en el armario para desayunar, pero hoy no he almorzado. La sandwichera está cerrada. No quería comer nada del refrigerador. El tío Ramfis es capaz de saberlo y comenzar a tirarme bolas sobre lo mucho que pagó por el pan o la mayonesa o la jamonilla. Se fue ayer por la tarde. Ya sabes, a la montaña, a comer pava silvestre.

—¿De veras crees que tienes que aguantar eso?

—Se ha vuelto costumbre —repitió Tomás Eduardo su apreciación anterior. —Excepto cuando me oigo decirlo y me doy cuenta de lo insoportable que es. El absurdo aflora a la superficie de la conciencia.

—Tal vez debieras considerar otras opciones.

—¿Cuáles? —Tomás Eduardo preguntó. —No quiero pasar por otro cambio.

—Piénsalo —le dijo Javier antes de cambiar el tema.

Sus anfitriones y dos invitados más eran médicos que Javier conocía de la escuela de medicina. Uno de ellos había hecho la residencia en urología en Boston, un año después que Javier. Recordaron los días de Acción de Gracias de mucha nieve y el trabajo en la sala de urgencias, mayormente viendo pacientes con infecciones de la orina y uno que otro caso de penes de hombres que habían pensado que era excitante meterse cosas en ellos. Los otros invitados eran el abogado de Javier y su pareja, un profesor universitario de química. Tomás Eduardo escuchaba más de lo que hablaba, aunque tanto los invitados como los anfitriones trataban de que participara en la conversación. Les agradecía la hospitalidad y la atención, pero sentía que se preguntaban de dónde había salido y la naturaleza de la relación entre Javier y él. Por momentos se sentía incómodo con pensar que los demás habrían supuesto que era uno que había recogido Javier, un cachorrito realengo rescatado de un refugio de animales sin jaulas. ¿Se debía la deferencia a interés legítimo por el acompañante de su amigo o era un teatro para encubrir la fantasía que se trataba de un amorío pasajero y clandestino que mantenía con este muchacho? Se arrepintió de haber venido.

—Les caíste muy bien a mis amigos —le dijo Javier de camino a la casa. Tomás Eduardo emitió un sonido de acuerdo o tal vez de incredulidad: él mismo no sabía cuál. —Tienen que haberse dado cuenta de que eres alguien muy especial para mí. Nunca los había visitado con nadie —añadió Javier con una sonrisa afable y calurosa. Tomás Eduardo también sonrió con agradecimiento en silencio.

Nuevamente cuando llegaron a la casa estaba en tinieblas. Tomás Eduardo no tenía idea alguna de dónde podían estar; supuso que la hermana casada de Pedro Silva o sus padres las habían invitado a cenar. Eran las diez y media. Intentó persuadir a Javier para que se fuera.

—No, esta noche, no. Vamos a esperar aquí hasta que se aparezcan —Javier dijo.

—No es necesario.

—Sí, sí lo es —respondió Javier. Comenzó a golpear el volante con la punta de los dedos. Tomás Eduardo se sentía culpable por arruinar el día con este suceso desafortunado. Javier respiró profundo. —Nunca me has dicho por qué no tienes llave de la casa.

—Nunca me la he pedido.

—¿La pediste? —Javier le preguntó. Tomás Eduardo no lo había hecho. Sentía que era un privilegio que sus caseros no consideraban que debieran otorgarle.

—Eres un inquilino, Tomás. ¿Pagas alquiler, no?

—Sí —respondió Tomás Eduardo con vergüenza. Se le ocurrió que Javier podía pensar que era un imbécil, alguien que todos podían pisotear sin consecuencias. La injusticia de la situación se le hizo clara con el aguijoneo de Javier. Por donde lo llevaba Javier se vería nada más que como un tonto débil. Él mismo lo diría de otro en sus circunstancias.

—Entonces eres un inquilino. En cualquier hospedaje el dueño te habría tenido que entregar una llave. Es como si te mantuvieran fuera de tu propia casa, a merced de la caridad de otro.

Los dos se mantuvieron callados por unos minutos.

La noche estaba llena del ruido del croar chillón de las ranas tropicales. Aparte de eso, nada rompía el silencio de la calle. El calor del día se había reducido algo y, aunque no había brisa, por lo menos estaba más fresca la noche de lo que generalmente lo estaba en esa época del año. La humedad fría se había escurrido en el carro y ponía a Tomás Eduardo a sudar frío, como si llevara puesta una pieza recogida del cordel de la ropa antes de que estuviera del todo seca.,

—No tienes que esperar aquí, Javier.

Javier miró a Tomás Eduardo con una mirada que destilaba frustración revuelta en un torrente de afecto. —Ya te dije que sí. Aquí me quedo.

Tomás Eduardo le dio las gracias. En realidad, no le molestaba pasar el tiempo con Javier, pero hubiese preferido que fuera porque querían hacerlo. El arrepentimiento de una imposición nunca conduce al placer. El resplandor de luces rojas intermitentes llenaron el interior del carro. Tomás Eduardo miró en el espejo retrovisor del lado izquierdo, pero no veía de dónde venía la luz.

—La policía —Javier dijo. —Me atrevería apostar que sé por qué están aquí.

Se le desplomó hasta los pies el corazón a Tomás Eduardo. También él sabía.

Un oficial se acercó al carro por ambos lados. El del lado del conductor saludó antes de preguntar qué hacían allí. El que estaba por el lado de Tomás Eduardo le alumbró la cara y el interior del carro con una linterna de mano. Javier le dijo al oficial a su lado que esperaban por la gente que vivía en la casa.

—¿Qué tienen que ver ustedes con ellos? —preguntó el mismo oficial.

La voz le temblaba a Tomás Eduardo, no de miedo, sino de ira. —Vivo ahí. No tengo llave, así que tengo que esperar a que lleguen mi tía y sus hijas.

El oficial le pidió a Javier la licencia de conducir; entonces se fue a la patrulla mientras que el oficial al lado de Tomás Eduardo permaneció en el mismo lugar, la linterna apagada. Unos minutos más tarde volvió el otro oficial de la patrulla. Le devolvió la licencia a Javier.

—Todo está bien, señor —dijo el oficial.— ¿Ustedes creen que vayan a volver pronto?

Tomás sentía furia, no hacia los oficiales, sino por aquello que habían causado las inconscientes de la tía y las hijas. —No deben tardar, señor, pero no puedo decir con certeza. ¿Quiere que esperemos en otro lugar?

—Eso no es necesario —contestó el oficial, doblado a la cintura para mirar a Tomás Eduardo, al otro lado del asiento delantero. —Nos llamó un vecino para reportar un carro sospechoso. Le vamos a dejar saber que no hay problema.

Los oficiales regresaron a la patrulla. Se quedaron un rato allí antes de irse por fin.

—De veras, lo siento mucho, mucho —dijo Tomás Eduardo. La vergüenza le quemaba la cara. —Esto ha sido terrible, tan innecesario —le dijo a Javier. Le contó lo de la noche en que casi le disparó el vecino.

—No me lo digas, Tomás. Me estoy encojonando como no te imaginas. No contigo —dijo Javier mirándolo directamente. —Tienes que hacer algo. Esto es humillante y no tiene razón de ser. Reciben tu dinero, ¿no? Te repito que eres inquilino. Te tienen que dar llave. Punto —Javier dijo terminantemente. Permanecieron callados un momento. —Esto es una estupidez. Debimos haber ido a mi casa en vez de estar aquí sentados —. Javier se viró hacia Tomás Eduardo como para sugerir que eso mismo iban a hacer.

En ese momento les pasó por el lado el tanque militar para enanos de Pedro Silva, ya al subir la entrada de la casa.

—¿Quieres que vaya a hablar con la tía ésa? —Javier preguntó.

—¡Ay, no, no, por favor! Yo me encargo. Puedes irte ahora, Javier. Siento mucho todo esto.

—Yo no. Me sirvió para pasar un rato contigo que no habría pasado si hubieran estado en casa esas mujeres —Javier dijo sonriente. Tomás Eduardo se bajó del carro. Javier se fue, pero antes de desaparecer pegó un bocinazo. Eran las dos y veinte de la mañana.

—¿Qué le pasa a ése? —preguntó Ada. Nadie se disculpó por hacerlo esperar fuera de la casa.

Se cepilló los dientes, cerró la puerta de su habitación, se desnudó y cayó en la cama, donde yació sin poder dormir, volteándose de un lado para otro para buscar el lado más frío. Pero no era el calor de la habitación solamente lo que lo mantenía insomne.

10 Retirada la reticencia

La semana siguiente Javier estuvo más ocupado que de costumbre, por lo que se excusó. Tomás Eduardo tuvo que irse a casa por autobús.
—¿Quiubo, amigo? ¿Dónde dejaste a tu papá esta noche? —preguntó el mesero de la sandwichera.
—No es mi papá. Es un amigo. Un amigo de la familia —le respondió Tomás Eduardo. —Está ocupado... y es demasiado joven para ser mi papá. Un hermano mayor, quizás.
Hasta el sándwich le sabía diferente esas noches. No se molestó con el helado y se fue a pie a la casa. La ducha se sentía más fría todavía ahora que se habían refrescado los días. En enero se convertiría en bloque de hielo.
Una semana más tarde, mientras cenaban sus sándwiches el viernes, Javier le preguntó: —¿Crees que puedas venir a cenar a mi casa mañana? —. Tomás Eduardo no respondió de inmediato. Miró a Javier confundido. —No es tan difícil la pregunta, ¿verdad? ¿Puedes?
Durante los tres meses pasados Tomás Eduardo se había preguntado cómo sería el apartamento de Javier. Tenía una idea general de la localización, por una carretera que iba al hipódromo. A lo mejor había visto el edificio alguna vez cuando se aventuraba en esa dirección antes de que hubiese comenzado a trabajar, cuando se escapaba para ir a la capital y se montaba en los autobuses metropolitanos sin destino específico,

para explorar la ciudad. Los domingos los negocios estaban cerrados, de modo que irse en autobús hacia donde estaban Kresge's y la bolera habría sido en balde. A veces los domingos se iba al distrito turista, a sentarse en un murito de cemento a la orilla del mar a ver la gente pasar o se quitaba los zapatos y caminaba por la arena en la playa. Nunca se metió al agua. No había dónde cambiarse de ropa; regresar a casa en autobús con el traje de baño húmedo debajo de los pantalones habría sido incómodo. También habría parecido que se había orinado encima.

—¿Tienes piscina? —le preguntó a Javier.

—Haré que construyan una esta noche —Javier dijo con una sonrisa. —De hecho, sí, hay una en el complejo. ¿Quieres darte un chapuzón este fin de semana?

Desde su graduación de secundaria Tomás Eduardo no nadaba. El internado tenía una piscina olímpica que estaba abierta a los alumnos todas las tardes los siete días de la semana. Los fines de semana cuando estaban confinados al campus, Tomás Eduardo pasaba la tarde dando vueltas, nadando a lo largo de la piscina. Cuando único no nadaba tanto era durante la temporada de béisbol, porque tenían práctica o partido todas las tardes. Sería estupendo ir a nadar a casa de Javier.

—Ven el viernes, nadamos un rato antes de que cierren la piscina a las ocho y entonces salimos a comer. O puedo cocinarnos algo.

Tomás Eduardo recordó el desastre de la noche anterior de sábado. El viernes sería igual de arriesgado. Pensó recordárselo a Javier, pero cambió de parecer. Le preguntaría otra vez por el asunto de la llave, que no había resuelto, y parecería un tonto—más bien lo que más temía, un soberano mamalón.

El jueves por la noche metió el traje de baño en una bolsa de lona que se llevó al trabajo el próximo día. Al salir fue por el zaguán para encontrarse con Javier al voltear la esquina.

El edificio era de doce pisos de alto. Tomás Eduardo lo había visto anteriormente. Estaba en medio de un terreno deslindado por una cerca de barrotes de hierro que, al frente, se extendía a lo largo de la acera. Subieron por ascensor al undécimo piso. Javier le mostró dónde estaba el baño antes de enseñarle el dormitorio principal, una habitación donde tenía montado equipo de gimnasio y otra donde había una cama doble y un escritorio de tamaño mediano.

—Éste es el cuarto de huéspedes. Nadie ha dormido nunca en él —Javier dijo con el brazo sobre los hombros de Tomás Eduardo. —No cobro alquiler, garantizo llave al edificio y al apartamento.

Tomás Eduardo se rio. Se sentía acogido y refugiado bajo el brazo de Javier. —Voy a tomar nota de eso.

—Repito —le dijo Javier, acercando a Tomás Eduardo hacia él y sacudiéndolo ligeramente. —Sin pago de alquiler, llave incluida. Cuartos con aire acondicionado. Agua caliente las veinticuatro horas del día. Si está fría el agua, es la mezcladora equivocada o se dañó el calentador. No desconecto. ¿Quieres que lo repita?

—No, si ya entendí —le contestó Tomás Eduardo riendo. Miró a Javier a los ojos. Se percató de la sinceridad juguetona de su rostro. Sintió que algo adentro se le conmovía en una forma que no había experimentado antes.

La vista no era precisamente espectacular. El apartamento daba al lado opuesto de la autopista, hacia una vegetación espesa que apenas servía para esconder la decrepitud de edificios de vivienda pública y lo que quedaba de un arrabal que el gobierno no había logrado desalojar por completo. El balcón, sin embargo, permitía una vista amplia de un cielo más que azul y daba al levante, lo que significaba que en la noche el calor se sentiría más en el lado opuesto. La brisa era liviana y menos calurosa de lo que se esperaba para esa época del año. Abajo Tomás Eduardo podía ver una piscina bastante grande donde nadie nadaba. Se dio cuenta de que era noviembre en el trópico: las nataciones nocturnas no se conocían en las aguas gélidas de piscinas, como igual pensaban los habitantes de la isla sobre los turistas que venían a chapucear en el océano en meses que se escribían con ere, de septiembre a abril.

—No creo que la natación vaya a ser parte de nuestra velada —dijo Tomás Eduardo.

—Cobarde —le dijo Javier.

—No me veo bien en tiendas de oxígeno. Lo único que podría agarrar allá abajo esta noche es una pulmonía.

—Bueno, entonces. La piscina se queda adonde está, para la próxima vez, te lo prometo —le dijo Javier. —Voy a encargar más calor para entonces. Volvió a echarle el brazo sobre los hombros a Tomás Eduardo. Le pidió al huésped que se sentaran en el sofá, un mueble para cuatro, tapizado de tela azul añil. —¿Qué te apetece tomar?

—Una Coca-Cola —le respondió Tomás Eduardo. —Ah, no, espera. Coca-Cola, no. Me acordé que es venenosa. ¿Qué hay?

—Jugo de guanábana del país. Néctar de guayaba en lata. De piña en lata también.

—De piña, entonces —Tomás Eduardo le dijo.

—Pensándolo mejor, Tomás, ¿te puedo ofrecer una copa de vino? Es la primera vez que vienes, algo que he deseado desde hace tiempo. Quisiera celebrar. ¿Qué dices?

Sin pensarlo, Tomás Eduardo asintió. —Tinto, no —dijo. Javier se le quedó mirando, esperando una explicación. —Las dos veces que lo he probado he tenido mala reacción. Dolor de cabeza y urticaria.

—Deben ser los taninos. No queremos malestares, ¿verdad? Tengo dos botellas de blanco enfriándose, un Riesling y un Viognier. Voy a escoger uno.

Tomás Eduardo miró al otro lado del vidrio de las puertas corredizas del balcón. El horizonte estaba teñido de un naranja sobre una capa imprecisa de azul claro que se teñía en oscuridad. El resplandor de las luces de la ciudad en la distancia comenzaba a abrillantarse bajo estrellas tintineantes que apenas eran visibles, luchando por resplandecer contra la luz moribunda del sol.

Poco después de entrar al apartamento, Javier había encendido la radio, sintonizada a una estación pública. Tomás Eduardo reconoció la melodía. Era algo que había estudiado en la clase de apreciación musical el último año de secundaria. Javier regresó de la cocina a la sala. Apagó la radio, sacó un disco de la carátula y lo colocó en el plato del tocadiscos.

—Llevo tiempo queriendo poner esto para ti. Aquí nadie te va a ridiculizar el gusto —dijo Javier al voltearse hacia Tomás Eduardo luego de colocar el brazo del tocadiscos sobre el borde del plato de vinilo. De inmediato Tomás Eduardo reconoció la pieza: Roberto Goyeneche cantaba "Afiches", uno de sus tantos favoritos, interpretado por uno de sus compositores más admirados, cantado por el tangueros contemporáneo más destacado. Era uno de aquellos tangos compuestos durante la revuelta lírica postgardeliana de matices nacionalistas argentinos. Al padre de Tomás Eduardo, que cantaba y bailaba el tango, no le gustaba la nueva ola tanguera. Era más tradicionalista, en el estilo de los años 20, le explicó

Tomás Eduardo a Javier en un tono tan animado que era imposible que Javier no se diera cuenta del significado de lo que había puesto a tocar. "Afiches" encabezaba la lista de tangos que no se cansaba de escuchar, seguido de "Desencuentro" y "La última curda". Sabía que un tango titulado con el equivalente de "La última borrachera" sonaba algo barato, pero no había tal. "Arrastra el sol su lento caracol de sueños" era uno de los versos de la canción, llena de tropos insólitos y referencias enigmáticas. Las apóstrofes al bandoneón, un instrumento de origen alemán perfeccionado por los ingleses, definía el tango, ¿veía Javier?, como si el cantante sostuviera una conversación con el instrumento. ¡Genial! ¿Aníbal Troilo? Hasta su amargura se vestía talmente de poesía, que el oyente perdía conciencia de la tristeza de los versos.

—¡Me está dando envidia! —Javier dijo. Se había ido de nuevo a la cocina y regresaba con las copas en la mano. Le dio una a Tomás Eduardo.

—¡Ay, perdona! Me animo demasiado. Gracias por ser tan generoso. Y considerado.

—Te entusiasmas tanto que se me alegra el corazón de pensar que fui yo quien te trajo tanta alegría. En vista de lo desagradable que me parece que ha sido tu vida estos meses pasados, digo —le respondió Javier. —Ya sabes, nosotros los médicos, siempre buscando aliviar el dolor. Aunque sea un poquito.

—¿Un poquito? Querrás decir un montón.

—¡Fantástico! —Javier le dijo. Alzó la copa. —Un brindis. A tu felicidad. A nuestra amistad, que espero que signifique para ti tanto como lo que significa para mí.

Tomás Eduardo alzó la suya. —Tal vez hasta más.

Oyeron los acordes y las primeras palabras de "Malevaje": "Decí, por Dios, qué me has dao, que estoy tan cambiao, no sé más quién soy". Tomás Eduardo cantó al unísono con Goyeneche. Su madre lo cantaba con una voz que Tomás Eduardo prefería no oír. Venía escuchando el tango desde que tenía memoria. Debió ser cuando tenía tres años, porque recordaba que su hermana acababa de nacer. Su padre lo sentaba sobre las rodillas cuando vivían en el segundo piso de una casa de alquiler del pueblo y le cantaba tangos. Eran de los pocos momentos que su padre le demostró interés. Llevaba grabado el momento como una pintura brillante en medio de un paisaje de desolación. Tal vez se aferraba al tango por ser el último reducto de algo de poca duración, pero deseado, una conexión a un lazo emocional cercenado.

Eran también las veces que su padre lo dejaba darle chupadas al cigarrillo que siempre tenía engomado a la comisura de los labios, cuando nadie lo notaba. Se ahogaba. Su padre se soltaba una risita conspiratoria. Una vez se le quitaba la tos, Tomasito también se reía solidario.

No apuraron las copas de vino. Un beso suave persuadió a Tomás Eduardo a que dejara que la mano de Javier los guiara hasta la habitación principal.

No se apresuraron: en cámara lenta y ambos con los ojos completamente abiertos, recorrieron la ruta del desvestir hasta sentir la piel de uno unirse en una contra la del otro. Tomás Eduardo sentía cada poro erizarse con cada caricia simultánea con labios que apenas se separaban, intercambiando la humedad del deseo, que formaban un vacío sensual en la boca. Comenzaron lo que tanto habían dilatado, alternadamente de pie o de rodillas, preludio a la unión horizontal sobre el lecho. Allí entre el roce de manos que exploraban sus cuerpos y penetraciones repetidas que ajustaban la velocidad de acuerdo con el apasionamiento, Tomás Eduardo creyó levitarse de la tierra a un espacio extraterrestre de ardor y amor. No sería hasta años más tarde que sabría de variaciones, emociones todavía por experimentar, con la misma profundidad, pero en aquel momento el mundo empezaba y se terminaba entre la trenza de carne y músculo que formaban sus cuerpos, vasija del alma que se le transmigraba eternamente de Tomás Eduardo hasta el corazón de Javier.

Eran ya más de las tres de la madrugada cuando se dieron cuenta de que no se habían comido la cena que Javier había preparado el día anterior.

—Tenías razón —le dijo Javier, el doctor Toro. —Sanó muy bien.

11 Hoy

No disminuía la multitud. Tomás Eduardo quería irse. Llevaba cuarentaiocho horas despierto. Cuarenta años atrás, quizás hasta diez, no le habría sido problemático mantenerse en pie saludando a gente y demostrando gratitud por sus pésames. Esta noche todo era muy diferente. Eran casi las nueve y media. Décadas antes la funeraria no cerraría por la noche. En realidad, los velorios en funerarias eran prácticas modernas en la isla. Al igual que los hogares de ancianos durante los últimos veinte años, más o menos, se habrían estimado inaceptables para seres queridos, las funerarias se habían considerado lugares indeseables para velar el cuerpo del difunto. La modernidad, con su conveniencia emocional, había venido a interferir con el dolor cercano al masoquismo de rigor del cristianismo hispano. La tradición era que el cadáver se expusiera en el féretro en la sala, la de la familia o un pariente. Los de duelo venían a mantener vela a veces con un ataúd cerrado: embalsamar no era común; el cadáver debía enterrarse pronto a causa del calor agobiante y acelerador de la descomposición. Los anfitriones del velorio servían chocolate caliente, queso y galletas de soda para los que permanecían a través de la noche. Los entierros nunca se realizaban más de dos días después de la muerte, antes de que comenzara el hedor. Ahora el entierro se efectuaba dentro de un plazo de cuatro días a pesar del embalsamamiento, por razones económicas:

los velorios domésticos no costaban nada, pero las funerarias cobraban por hora. En ocasiones era necesario esperar por algún familiar que residiera lejos, pero si las circunstancias lo exigían, el pariente tendría que limitarse a participar en los novenarios de rosario, si el difunto era católico. De lo contrario, tal vez podían asistir a un servicio en memoria del finado en una de las iglesias protestantes. Era más probable, sin embargo, que tuvieran que conformarse con colocar flores artificiales en floreros de tumbas. Tomás Eduardo, a pesar de la distancia y los obstáculos que había impuesto su hermana, había llegado a tiempo para el evento entero. Sin querer se preguntaba si habría sido lo más recomendable.

La prisa de Tomás Eduardo en venir al velorio era la conciencia de que, si hubiesen funcionado los designios de su hermana, habría venido a lo de las flores de goma. Nadie se habría enterado de la treta de la hermana. *Con lo mucho que Milagros quería a ese hijo, ¿sabes? ¡Era su favorito! ¡Ni siquiera se molestó en venir al entierro!* Podía oírlos. La única forma de callarlos habría sido con un anuncio de página entera en el periódico de mayor circulación en la isla, un texto que explicara lo que sucedió.

Con la vista siguió a su tío Luis mientras atravesaba el frente del salón para acercársele nuevamente.

—Tengo que reiterar mi pésame —el tío Luis dijo. —Pero era mi hermana y también me duele su ida —. Mantuvo la mano en el hombro de Tomás Eduardo. ¿No lo había visto allí durante toda la noche? —Cuando tu hermanita vino a notificarme antenoche, me dijo que era posible que vinieras, pero que no estaba segura.

Tomás Eduardo quiso decir que ni siquiera le había notificado, pero, ¿para qué molestarse? El tío Luis no podía sospechar la ira que sintió Tomás Eduardo al saber que su hermana había tenido el gesto repugnante de ir a casa del tío Luis y María Rosario a darle la noticia, en lugar de notificárselo primero al hijo de la difunta antes de que tuviera que saberlo por casualidad de un conocido. Pensó en la ironía de que a la hermana se le ocurriera decírselo primero al tío Luis, cuando su madre habría preferido que el hermanastro no viniera a la funeraria y mucho menos al entierro.

—Vamos a comenzar el servicio religioso en algunos minutos —dijo el tío Luis como el mesero que viene a recordarle al cliente que está por servirle una cena que no ha pedido. Forzó a Tomás Eduardo a descartar los planes de hallar la oportunidad de hacer mutis. Tendría que encontrar a alguien que lo transportara al hotel del complejo turístico, en la misma zona donde vivía Marion Pilar. No la veía hacía rato; lo más seguro era que ya se hubiese ido. Creyó que no podría dar con un taxi que lo viniera a buscar, especialmente a esa hora de la noche.

El tío Luis se alejó. Fue hacia un atril al lado del ataúd, justo frente a la hermana de Tomás Eduardo, a reajustar un micrófono. Un trío se puso de pie a su lado. Uno llevaba una guitarra asida al cuello con un cinturón.

—¿Sabes quién soy? —preguntó un hombre de unos cuarenta años que le tomaba la mano para estrecharla. Repentinamente pensó en esos casos en que le preguntan a un emplazado quién es o si conoce a alguien antes de presentarle una orden de comparecencia en corte. No sabía de nadie que lo estuviera demandando en algún tribunal y lo hubiese seguido más de seis mil kilómetros para pescarlo.

—Disculpe. No me es familiar —Tomás Eduardo dijo. La mano húmeda y pringosa sacudió la suya. Por fortuna, la mano era tan flácida que no pudo transferirse el sudor frío completamente a su mano.

—Soy el hijo de Blondi Negrón. Quique.

—Ah, un placer —dijo Tomás Eduardo. Logró zafar la mano. ¿Cómo podía saber quién era? Habría necesitado tener por lo menos cincuentaicinco para que Tomás Eduardo lo conociera. El Blondi Negrón era un abusador doméstico que había desquiciado a su esposa con palizas, de acuerdo con la madre de Tomás Eduardo. La hermanastra de Bloondi estaba casada con Rafael, el hermano de padre y madre de la difunta, de los que solamente había tres. Instantáneamente Tomás Eduardo hizo las conexiones mentales que le había provisto su madre. Rafael se había casado con su mujer, Luz, la media tía de Quique, la mañana siguiente a la fiesta de despedida de soltero a la que ella había ido de invitada remunerada, como parte del entretenimiento. Rafael estaba comprometido con una muchacha a quien la abuela de Tomás Eduardo se refería como alguien decente y joven—por lo tanto, la implicación era que la que resultó desposada no era ninguna de las dos. Además de lo obvio, era doce años mayor que Rafael, divorciada de un hombre que nadie había conocido.

—Hace tiempo que no veía a tu mami, pero antes me la encontraba a menudo en el mercado —dijo Quique.

—Ah, sí, parece que compraba ahí a menudo.

—Creo que la última vez que le hablé fue en el entierro de titi Luz —Quique dijo. Ahora se le había acercado tanto que la cloaca en miniatura de la boca de Quique obligó a Tomás Eduardo a aguantar la respiración. Cuando por fin se fue Quique, Tomás pudo dejar de respirar por la boca y de tener la sensación de un desmayo inminente.

Detrás de Quique había una mujer mayor. También llegó donde él como a cajero de banco que recibe depósitos. Al lado de la mujer había otro hombre, más joven que Tomás Eduardo, pero de ningún modo joven.

—Lo vine a saber esta noche —dijo el hombre, que nunca se identificó. ¿Estaba Tomás Eduardo supuesto a conocerlo? —No oí que lo anunciara la camioneta fúnebre.

—No creo que lo anunciaran —añadió la mujer, que no se había retirado.

—¿Ya no la sacan a hacer los anuncios? —preguntó el extraño.

—Ah, no, sí, todavía. A lo mejor no salieron ayer —dijo un hombre sentado en la línea frente a la de Tomás Eduardo. Ése, ni lo había saludado ni ofrecido el pésame.

La mención de la camioneta fúnebre le trajo el recuerdo a Tomás Eduardo. Era un vehículo negro que pasaba lentamente por las calles del pueblo, equipado de altavoces sobre el techo. Las dos funerarias del pueblo lo contrataban para anunciar los muertos del día: "Sentida nota de duelo. Quien en vida fuera... ha fallecido. Su desconsolada esposa... Sus queridos hijos..., al comunicar la sensible pérdida le invitan al velorio en la funeraria... mañana jueves... El sepelio se verificará el sábado a las..., partiendo de la funeraria..." La camioneta no era un fenómeno que se diera en la isla entera. Solamente en aquel pueblo, en aquel tiempo, alguien había tenido la creatividad de meterse al negocio de publicidad fatal.

—Ya no tenemos a Funeral para que nos informe, tampoco —dijo alguien más, una mujer detrás de Tomás Eduardo, con un rosario que le colgaba del cuello y llevando una mantilla como las de ir a misa antes de los años 60.

Funeral. Era otro personaje pueblerino, entre tantos pacientes de salud mental que deambulaban por las calles del pueblo. Igual que sucedía en el continente después que Ronald Reagan retirara los fondos públicos que sostenían los servicios de salud mental, en la isla dementes de ambos sexos caminaban por las calles, abandonados por familiares que no podían o no querían cuidar de los desdichados. Los más desquiciados vivían de comida desechada en botes de basura o de la caridad, dormían donde los sorprendiera la noche, a menudo debajo del puente de Lydia Esther, y se protegían de la maldad de niños de edad escolar con piedras y varas.

Funeral no podía viajar en carro, alguien había comentado en una ocasión: padecía de epilepsia y los movimientos del carro le provocaban accesos del mal. Caminaba por el pueblo con un bastón improvisado de bambú delgado que giraba como batuta en la mano. Por el cuello le colgaba un letrero de cartón: "Funeral", como los que colocaban en el parabrisas de carros en las procesiones fúnebres. Los que se paraban en las esquinas o se sentaban en balcones le preguntaban quién había muerto y dónde lo velaban.

—Murió el año pasado, oí decir —dijo el hombre sentado delante de Tomás Eduardo sin darse vuelta para hablar. —Ya estaba bastante viejo. Casi no podía caminar—. Tomás Eduardo lo recordaba como un hombre de tez oscura, de unos veinte años, descalzo y siempre vestido en una chaqueta caqui de safari.

—Bueno, de todos modos, me alegro de haberlo sabido —dijo el extraño. —Me lo dijo su prima, Alba. De casualidad me la encontré en el ventorrillo de Balbino. Era evidente que habían sido días de casualidades y coincidencias.

Alba no estaba en la funeraria. Tal vez habría venido más temprano. Alba era prima de su madre por parte de padre. Era hija de su tío Adalberto y su tercera esposa, Tomasita. Ésta era para Adalberto lo que Ramona había sido para el abuelo materno de Tomás Eduardo: la tercera esposa había vivido en concubinato por años mientras Adalberto también vivía con su segunda esposa, Atilana. Alba había pertenecido a la tropa de Niñas Escuchas de la que fue líder su madre hacia fines de la década del 50. Tomás Eduardo no la veía hacía unos sesenta años. Era posible que estuviera en la funeraria, después de todo, y ni él la reconocería a ella ni ella a él.

Un hombre de poca estatura, con la piel más avejentada de lo que debía, se le acercó por la izquierda, con sombrero de jipijapa asido por el ala. Una mujer igual de baja se detuvo detrás del hombre. —Mi pésame, señor Príncipe —dijo. —Me llamo Peyo. Pedro Maldonado, pero me dicen Peyo, para servirle—. Tomás Eduardo le dio la mano y le dijo que gracias, que igual. —¿Le habló su señora madre de mí?

—No me parece.

—Mire, ésta es mi esposa —Peyo dijo a la vez que se viró algo hacia ella. Tomás Eduardo asintió. —Yo le limpiaba el patio y le recortaba la grama a su señora madre. Una vez al mes. Me pagaba cuarenta dólares cada vez —. No podía determinar Tomás Eduardo hacia dónde iba el hombre, a menos que fuera para decirle que la madre no le había pagado el último trabajo y esperaba que los herederos pagaran la factura. —Su señora madre era loca conmigo, ¿sabe? Era adoración conmigo. Yo la adoraba —dijo Peyo. Se volteó hacia la mujer. —¿No es verdad, Amelia, que era loca conmigo? —. La mujer asintió con la cabeza y con un ruido de la garganta. —¿Sabe? Yo fui el que la llevó a comprar la máquina de lavar.

—Ah, sí. Mencionó que había tirado a la basura la vieja. Ésa no era tan vieja, me dijo ella —interpuso Tomás Eduardo. —Una máquina bastante cara que no duró mucho.

—Así es, señor, *míster* Príncipe, eso mismo —dijo Peyo. —Se la instalé en el *laundry room*, allí al lado del palo de parcha. Ella no estaba segura de que la quería allí, ¿sabe? Los arrieros hacen nidos... Yo no sé si usted sabe cómo son los palos de parcha.

—Sí, don Pedro, los conozco —respondió Tomás Eduardo. —Las raíces están sobre la tierra y forman una red, una especie de laberinto. Los ratones se meten ahí. Uno los ve, pero no puede sacar.

—¡Así mismo es, así mismo! Usted se fue hace tiempo, como decía su santa madre, pero no se ha olvidado de las cosas —dijo Peyo. —Bueno, ella tenía miedo de que los ratones se le metieran dentro a la máquina, hicieran un nido y mordieran los cables o algo, ¿sabe? Pero yo le dije que eso lo más seguro no pasaba, porque ya tenían el nido en el palo de parcha. Monté la máquina en mi picó y se la traje a la casa de la tienda, ¿sabe? Su santa madre, mire, yo la amaba.

—Se lo agradezco, don Pedro —dijo Tomás Eduardo. —Yo, estando tan lejos y la hija... Bueno, la hija que no respondía, necesitaba a personas que la ayudaran.

—Ah, sí, sí, y yo la ayudaba, yo, sí, ¿verdad, Amelia? —. Nuevamente la mujer asintió con la cabeza e hizo un ruido indefinible con la boca sin mirar a Tomás Eduardo. —Dígame, ¿ya decidió lo que va a hacer con la máquina de lavar? Usted sabe, yo fui el que la trajo y se la instalé a su señora madre. Sería una desgracia que la máquina se quede allí. Alguien puede robársela, ¿sabe?

—Está en una caseta detrás de la casa, protegida por la cerca de tres metros de alto. Con los vecinos ojo de águila que no despegan los ojos de lo que pasa en el vecindario y en las casas ajenas, no creo que sea una posibilidad el hurto —respondió Tomás Eduardo.

—Ay, mire, por aquí, con tanta droga, usted no sabe de lo que es capaz la gente. Sería una lástima, oiga, una lástima —Peyo dijo.

—No puedo disponer de nada en esa casa, don Pedro —respondió Tomás Eduardo. —Ahora es parte de la herencia. Tengo que esperar a que eso se resuelva. Eso se tarda. No sé si la hija la quiera. Yo ni la quiero ni la necesito, pero si ella la quiere, que se la lleve. Me voy a asegurar de que le notifiquen a usted lo que se decida. Si ella no la quiere, es suya.

—Ah, ahora veo... Sí, eso sería muy bueno, sí, mucho, gracias —contestó Peyo, estrechando la mano de Tomás Eduardo. —Usted me dice. Yo también me encargo del patio de doña Irma. Y de doña Sabina y doña Bárbara. Me puede dejar saber con ellas. Yo voy a estar pendiente. Gracias, gracias. Yo estoy seguro de que era lo que su santa madre habría querido. Usted sabe, ella era loca conmigo.

12 Una salida imprevista

Excepto el tío Ramfis, todos estaban en la casa cuando Javier lo llevó a la casa el sábado por la tarde, después del trabajo, con la misma ropa del día anterior. Gritó desde el portón para que viniera alguien a sacar el candado. Javier no se fue hasta que apareció Ada con la llave.

—¿Dónde carajo estabas? —Ada le preguntó.

—Fuera.

Ada lo siguió hasta que entró en la casa. —¿Fuera dónde?

Sin detenerse a responder ni voltearse, con un aplomo que no había demostrado antes, le respondió: —A donde no te importa. Soy un adulto, no tu hijo.

—¡Ay, mírate, intelectual de bellotas! —le dijo Ada cuando ya estaban en la sala. —¡Míster Gran Mierda!

—Si te ibas a quedar en otro sitio debiste decírmelo con tiempo —añadió la tía Elisa.

—No lo creí necesario —le respondió Tomás Eduardo. La tía Elisa debió sorprenderse de que le contestara y cuestionara sus expectativas.

—Es por consideración —dijo Isabel en tono de regaño. Ada se quedó al lado de la puerta del frente con la mano a la cadera.

—También es consideración y cortesía que me dejen saber cuándo van a regresar de sus salidas —le dijo Tomás Eduardo en voz alta.

—¡Adiós, ahora se supone que tenemos que pedirte permiso! —Ada dijo. Agitaba la cadera hacia un lado con el puño contra ella.

Por primera vez desde que fue a vivir allí, Tomás Eduardo se sintió con derecho de rechazar la basura que le echaban las mujeres. Allí estaba Ada, ya maquillada para salir esa noche, con los rulos en el pelo. La tía Elisa estaba en bata de casa, seguramente ya con la ropa interior puesta para salir. También ella llevaba rulos. Isabel, en la cocina, probablemente se aplicaba esmalte de uñas, el cabello también enrollado en rulos del tamaño de latas de sopa *Campbell's*.

—La próxima vez que se te ocurra hacer esto, tienes que dejárnoslo saber con anticipación —le dijo la tía Elisa. —Estábamos preocupadas cuando nos dimos cuenta de que no dormiste aquí.

—¿Y cómo lo notaron? —quiso saber Tomás Eduardo. Cuando llegaron de la salida del viernes en la noche su puerta estaba cerrada. La había dejado así cuando se fue a trabajar el viernes. Los sábados se iba antes de que ninguna de ellas se hubiese levantado y abría el candado con las llaves que le dejaban sobre la mesa de la cocina. La hora de ellas levantarse dependía de la hora en que regresaran. Nunca era antes de las siete.

—No te oímos cuando llegamos anoche —la tía Elisa dijo, curiosamente. Para cuando llegaban de la calle ya él estaba dormido. Ella sabía que él no roncaba. Su aseveración le confirmó que habían salido el viernes, no que le importara un pepino a menos que lo dejaran esperando a la intemperie. Si no hubiese pasado la noche con Javier, allí habría estado aguardando que regresaran. Por fin, después de meses, se había admitido que había estado a la merced de los cuatro. Eso estaba a punto de cambiar.

—Sí, claro. No tengo inconveniente alguno.

Como suponía, a eso de las siete de la noche las tres desfilaron hacia afuera cuando les dio el bocinazo Pedro Silva desde la entrada de la casa. Como siempre cuando él se quedaba en la casa, dejaron el portón sin candado. Por lo menos, esa cortesía habían demostrado, para darle la oportunidad de escapar si estallaba un incendio; además, le tenían que permitir salir a comer algo antes de que cerrara la sandwichera. Tan pronto se alejaron levantó el tubo del teléfono. Javier ya estaba en casa, esperando la llamada. A los cuarenticinco minutos estaba estacionado frente a la casa. Tomás Eduardo le abrió el portón. Condujo a Javier hasta su habitación, donde ya había amontonado la ropa sobre la cama. Javier la llevó al carro. En una caja de cartón que había encontrado en la covacha de la lavadora, puso sus libros y discos. Los zapatos, cinturones y efectos de aseo los colocó en una bolsa de papel de colmado de las que guardaba la tía Elisa dobladas entre los gabinetes y el refrigerador.

Tomás Eduardo dejó una nota sobre la mesa de la cocina: "Me quedo fuera esta noche, regreso mañana por la tarde".

Todo salió según lo habían dispuesto. Esa noche Javier y él durmieron un poco más que la anterior. Después de una cena temprana se habían sentado en la oscuridad, iluminada la sala solamente por una luna llena colgada sobre el horizonte. Oyeron tangos.

—No creo que haya disfrutado tanto de esta música como esta noche —dijo Tomás Eduardo.

—Dudo que la haya disfrutado antes —le susurró Javier al oído.

Se las ingeniaron para recuperar algo del sueño, pero solamente después que una rodaja del sol mañanero se desplazó tenue por una ventana.

****

Cuando regresaron a la casa ya estaba el tío Ramfis de vuelta de su excursión campestre. Era media tarde. El tío nunca volvía antes del mediodía. El portón, como siempre cuando estaba de regreso el tío Ramfis, estaba sin candado. Tomás Eduardo y Javier entraron juntos.

—Dejaste el portón abierto anoche —le gritó Ada desde la terraza.

—No sabía si se habían llevado una llave cuando se fueron —le gritó Tomás Eduardo con suficiente fuerza como para que lo oyera el tío Ramfis. Eso debió dejar perplejo al hombre. Ada no respondió.

Tomás Eduardo le presentó a Javier al tío Ramfis como el doctor Toro.

—¿Doctor? ¿En qué, en filosofía? —dijo el tío Ramfis con sorna.

Javier no sonrió. —En urología —le respondió. Le alargó la mano para estrecharla con la del tío sin mucho entusiasmo.

—¡Ah, urología! Bueno, pues tengo algo que consultarle, doctor —declaró el tío Ramfis a la vez que le indicaba a Javier que se sentara al lado opuesto al suyo en el sofá.

Tomás Eduardo se disculpó y fue hasta el que dentro de poco dejaría de ser su habitación de alquiler. Cerró la puerta. El objetivo era mantener en secreto lo que iba a suceder hasta que llegara el momento apropiado. Escuchó al tío Ramfis explicarle a Javier su situación de salud. Le habían extraído un riñón hacía cuatro años. Lo habían puesto a un régimen estricto. Claro, nada de licor. Eso, sabía Tomás Eduardo, era lo que más le molestaba al tío Ramfis. Era un borracho que había dejado parapléjico a un estudiante de último año de derecho una noche vieja hacía ocho años, cuando había estado vaciando una botella de ron en la casa y decidió irse manejando a comprar lechuga del país a la plaza de mercado. El contenido de alcohol de la sangre era tal que, según él mismo, no se dio cuenta de estar enyesado en el hospital hasta varios días después. Aun después de eso siguió tomando licor hasta que un médico le dio a escoger: o dejaba el licor o se iba a tener que buscar a otro médico. No estaba en disposición de un fracaso profesional a causa de un paciente irresponsable e inconsciente.

Al buscar en la habitación para asegurarse de que no olvidaba nada, Tomás Eduardo encontró en un cajón del vestidor un par de gemelos que le habían regalado sus padres cuando se graduó de escuela intermedia. Nunca se los había puesto. Los puños de sus camisas llevaban botones y odiaba las camisas de manga larga. Al salir de la habitación hacia la sala oyó el final de la conversación, en realidad monólogo del tío Ramfis.

—No, no le podría decir cuánto tiempo más podrá vivir con un solo riñón. Eso es un asunto de nefrología, señor. No creo que nadie le pueda decir eso. Lo que sí le puedo decir es que no consuma licor ninguno si quiere seguir viviendo con el único riñón. Debe discutir eso con su médico —le explicó Javier.

—¡Él tampoco me supo decir! —exclamó el tío Ramfis. Sonaba perplejo, como si los médicos tuvieran que predecir el día y la hora de la muerte de alguien por la lectura de una etiqueta biológica de expiración en un órgano.

Javier miró a Tomás Eduardo. —¿Listo?

—Casi —contestó Tomás Eduardo. Se paró frente al tío Ramfis con dos billetes doblados en la mano. Le entregó el dinero. —Ya pagué por el mes de noviembre. Hoy es el tercer día del mes de diciembre. He prorrateado el pago. Aquí tienes dos billetes de diez dólares. Son sesentaicinco centavos más de lo que te debo, pero te puedes quedar con el vuelto

El tío Ramfis lo miró sin comprender. La tía Elisa había entrado de la terraza. Isabel estaba callada en la cocina, seguramente ocupada en la lectura de uno de sus clásicos de la librería de la botica. Ada no se había ido, sentada en el lado opuesto de la sala de donde estaba el tío Ramfis.

—¿Qué se supone que sea esto? —preguntó.

—Me voy. Gracias por tu hospitalidad —Tomás Eduardo dijo. Sabía que el sarcasmo se les escaparía a todos, por lo menos al tío Ramfis.

—Pero, ¿cómo que te vas? ¿Ya se lo dijiste a tus papás? —preguntó la tía Elisa. Estaba al lado de la puerta de acceso a la cochera. Tenía en las manos la escoba con que había estado barriendo la terraza.

—Hace un mes me hice mayor de edad. A lo mejor estaban demasiado ocupados para acordarse. O no lo sabrían, no sé. Ya no tengo que darle cuentas a nadie de lo que hago.

El tío Ramfis seguía sin entender. —Pero esto es tan de repente... No contaba con esto —dijo, extrañado. Tomás Eduardo sabía lo que significaba aquello. Tendría que pagar más de su propio bolsillo para completar el pago mensual de hipoteca. Ya no le sobraría tanto para gastarlo en la concubina y el bastardo.

—He sido inquilino de mes a mes. Me han dicho que, como no había contrato de por medio ni acuerdo para ese fin, no tenía que advertirte —le respondió Tomás Eduardo. —Y aunque así fuera, ya sabes, aquello de la familia, etcétera. Espero que puedas comprender.

—¿Te hemos hecho algo? —el tío Ramfis preguntó.

—Bueno, creo que se trata más de lo que no me hicieron —Tomás Eduardo le contestó. Quedó más confundido el tío Ramfis.

—¿Dónde vas a estar más cómodo? ¡Te abrimos las puertas de esta casa cuando no tenías a dónde más ir! —dijo la tía Elisa.

—Tal vez no busqué bien. Eso de comodidad, depende de a lo que te refieras. Y ahora que lo mencionas, ustedes siguen abriéndome la puerta. Llevo aquí más de cuatro meses. Nunca me dieron una llave.

—Creía que tu tía te había dado una —dijo el tío Ramfis.

—Yo creía que tú le habías dado una —la tía Elisa le respondió.

Tomás Eduardo trató sin éxito de contener la risa. Le recordó a la tía Elisa las veces que había tenido que esperar frente a la casa a que regresaran los fines de semana, una vez cuando hasta lo había amenazado de muerte el vecino de al lado, pensando que era un intruso. En cualquier caso, era humillante pagar alquiler y vivir en una casa donde no se le confiaba ni siquiera para tener una llave que le permitiera entrar y salir cuando quisiera.

—¿Qué es eso de que has tenido que esperar afuera? —preguntó el tío Ramfis. Nunca lo había notado Tomás Eduardo, pero parecía tener un tic nervioso que lo hacía cerrar los ojos y abrirlos rápidamente. Quizás le pasaba cuando estaba alterado, que nunca había visto Tomás Eduardo.

—Bueno, eso te lo pueden explicar mejor tu mujer y tus hijas —contestó Tomás Eduardo. Javier se había puesto de pie y estaba casi a la puerta. Tomás Eduardo, que se había volteado para salir, cambió de parecer en aquello de contar con que la tía y las primas dijeran a lo que se refería sin hacer de él un mentiroso que solamente quería desacreditarlas, en una especie de venganza perversa y sin fundamento. "Ya sabes lo raro que es", habría dicho una de ellas, y las otras lo habrían confirmado con ejemplos de su extrañeza.

Tomás Eduardo le dio la cara el tío Ramfis. —Te vas viernes y regresas domingo. ¿Crees que tu mujer y tus hijas se quedan en el convento? No bien has salido, detrás van ellas encampanadas para la fiesta. ¿Quién las lleva? El novio de Isabel, de quien no sabes nada, el mismo.

Un silencio cacofónico cayó sobre la sala. El tío Ramfis se puso del color de una sábana de hospital. La tía Elisa trató de regresar al barrido de la terraza, pero el tío Ramfis le gritó que volviera. para negar lo que había dicho Tomás Eduardo. Era una olla de grillos para cuando se subían Javier y Tomás Eduardo al carro.

—Hombre, no sabía lo que tenías adentro —Javier dijo.

—Yo tampoco —dijo Tomás Eduardo un poco cortado. La mano de Javier le sacudió el muslo. Ayudó a aplacarle el presentimiento de que acababa de hacer algo muy feo, que había ido mucho más allá de lo necesario.

13 Hoy

Mientras el guitarrista afinaba la guitarra y las dos mujeres a sus costados revisaban las hojas de música, Tomás Eduardo lentamente giró la cabeza para ver quién más estaba en la capilla. Nadie se veía conocido. Entonces vio la cabeza de la prima Isabel apenas sobre las de los que estaban sentados. Fue hasta su hermana para abrazarla a ella y a su hija, si aquella era, de hecho, la hija. Es posible que lo fuera. Su otra hija trabajaba de ayudante legislativa para una congresista de Illinois en Wáshington, D.C., de acuerdo con su madre. Eso pudo ser falso o parcialmente cierto o completamente cierto. Tomás Eduardo no tenía manera de constatarlo, al menos no con tacto. No quería que fuera nadie a pensar que estaba entremetiéndose en la vida de la hermana distante. En realidad, no le importaba un pepino. El hijo mayor, que sería sobrino de Tomás Eduardo, legalmente, le había dicho su madre, trabajaba para el Bank of America en Delaware. Tomás Eduardo le aplicó al dato la misma importancia que le había dado a cualquier noticia sobre las otras dos hijas.

Isabel fue hasta el féretro, abriéndose camino por el lado de los músicos. Allí estuvo por un momento. ¿Diciendo una plegaria? ¿Mandándola a paseo? La difunta había ayudado a criar a Isabel. Cuando su madre había estado hospitalizada con un diagnóstico de linfoma, fue Isabel a verla. "¿Por qué no ha venido tu hijo a verte?", le preguntó Isabel a la tía, que no pudo responderle. Cuando al fin se enteró, ya su madre estaba en tratamiento de quimioterapia. Así se lo dijo a su madre. Ella le había pedido a la hija que lo llamara al número que tenía. La hermana nunca lo hizo. Tomás Eduardo temió entonces que si le sobrevivía a su madre, tal vez no lo sabría hasta que fuera demasiado tarde para asistir a su sepelio. Ese presentimiento estuvo a punto de convertirse en realidad.

No comprendía el origen de la antipatía que sentía su hermana hacia él. De niños nunca se llevaron bien, pero de eso había pasado tanto tiempo que no podía creer que todavía le guardara tanto desagrado, hasta el punto de excluirlo de todo lo que atañera a la familia. A los dos se les educó en colegios privados que pagaba su madre, él en un internado equivalente a la misma escuela superior de externas a la que asistía la hermana en la misma ciudad. Tomás Eduardo no había dependido de ellos para nada desde la edad de diecisiete años. Su aversión no podía deberse a que hubiese recibido más que ella de sus padres.

—Tu hermana dijo que no iba a venir a cuidarme —le había dicho su madre por teléfono. Se había desmayado en el banco por segunda vez. Tomás Eduardo bromeó que el dinero la mareaba, pero para sí estaba horrorizado de lo que le podía pasar y, más aún, por la razón por la que le daban los episodios. Llamó al hijo de un amigo de la familia, especialista en otorrinolaringología, con la sospecha de que fuera un problema del oído medio. Le había hecho una cita para que la evaluara el médico en una ciudad cercana. Tomás Eduardo la llamó para preguntarle si había ido a la cita con el doctor Ortiz. "No tengo nada malo con la audición", le respondió la madre. Tomás Eduardo sabía que algo, de hecho, andaba mal. Con mayor frecuencia, cuando hablaban por teléfono le pedía la madre que le repitiera lo que acababa de decir. Le preocupaba que un día fuera caminando por el pueblo, alguien se le acercara por detrás, la golpeara para robarle el bolso y ella ni siquiera lo hubiese oído acercarse. Cuando Emma, la vecina del frente, llamó a la hermana de Tomás Eduardo para pedirle que viniera a ayudar a la madre, la hermana se rehusó a ir. Le dijo que llamaran al favorito, que quería decir a Tomás Eduardo.

Tomás Eduardo no hubiese reconocido a Isabel de no ser por la estatura y por el busto teratológico. Cuando la vio por última vez Isabel tenía veintidós años y él, dieciocho. Se sentó al lado de la hermana de Tomás Eduardo. Al poco rato entró un hombre de unos tres centímetros más alto que Isabel. El hombre abrazó a la hermana y su hija—sí, tenía que ser. Fue hasta el féretro por tiempo suficiente como para cerciorarse de que estaba muerta y allí dentro y regresó a sentarse con Isabel. Tenía que ser uno de los hijos que había tenido con Pedro Silva. Su madre le había dicho que tuvo tres hijos con Pedro, pero los dos menores habían nacido cuando ya Pedro no vivía con ella, sino con su mamá enviudada después que a su marido lo acribillaron matones que la policía sospechaba estar relacionados con la mafia en Nueva York, donde el Pedro, padre, tenía negocios ilícitos de lotería clandestina. Nunca identificaron a los asesinos.

—Tu abuela está muy mortificada —le había dicho la madre a Tomás Eduardo. —Quedó embarazada dos veces, pero Pedro y ella no dormían juntos.

—He ahí el problema —dijo Tomás Eduardo. —Si hubiesen estado durmiendo no habría quedado encinta.

El hijo de Isabel y Pedro, cualquiera que fuera su nombre, era el espejo de su padre. Tomás lo llamaba Pedro Cara de Perro cuando Isabel y él eran novios. Era el nombre perfecto para el hijo del hampón. Isabel no era trofeo, escasa de atractivo a no ser para alguien con un fetiche mamario. Era dominante y engreída, pero Pedro tampoco tenía rasgos físicos que avasallaran a ninguna mujer. Él, sin embargo, tenía que desenvolverse dentro de los deslindes que le fijaba la sociedad en cuanto a la estatura de un hombre en relación con la de su prometida. Si ella se hubiese levantado el cabello, como era la moda en ese tiempo, Isabel habría quedado unos cuatro centímetros sobre el novio.

Isabel miró sobre el hombro. Tomás Eduardo le clavó los ojos. Ella se inclinó hacia su hermana, que asintió. Entonces giró la cabeza hacia el hijo, que también miró hacia Tomás Eduardo y se encontró con una cara dura, de pocos amigos; el pequeño de inmediato viró de nuevo la cabeza hacia el frente. Su madre siempre aludía a lo que llamaba "la cara Berberena", un gesto que infundía temor en quien lo mirara. Tomás Eduardo se enorgullecía de ser el heredero de la cara Berberena: se la puso a Isabel y su vástago intencionalmente. No olvidaba la forma en que Isabel lo había tratado cuando se hospedaba en casa de su tía Elisa y el tío Ramfis. Había sido cruel y despectiva. Tomás Eduardo no tenía por qué ponerle la otra mejilla a la arpía.

¿Dónde estaban Ada, la tía Elisa y el tío Ramfis? Su madre había mencionado que Ada se había cambiado al extremo oeste de la isla, todavía casada con el hombre, dos años menor que ella, con quien se había fugado a mediados de su segundo año en la universidad. ¿Vivían todavía los tíos? Debían estarlo, a menos que se hubiesen muerto en los últimos tres meses, la última vez que había hablado con su madre. Ella no los veía desde el velorio del padre de Tomás Eduardo. Su madre nunca supo por qué no habían vuelto a visitarla, aunque estaba consciente de que Elisa se había puesto de parte de su hija en la ruptura de relaciones entre madre e hija. Podía ser. ¿Cómo saberlo? ¿A quién ya le importaba?

14 La primera Navidad

La sobrina mayor de Javier se sentó en el sofá con Tomás Eduardo. Era una de tres hijas que compartía la hermana de Javier con aquél que no quería volver ella a ver en su vida, permitiera Dios que un tren le corriera por encima y se le pudriera el pájaro. Allí no había trenes. La segunda parte de la maldición era posible, pensó Tomás Eduardo cuando lo dijo la mujer en su presencia. El canalla le había comprado una trapo de sortija de matrimonio y ni siquiera un par barato de aretes durante los cinco años que estuvieron casados.

Más temprano el mismo día Javier había insistido en que llamara a sus padres para desearles feliz Navidad. Era una petición ajena a su deseo. Tomás Eduardo había corrido un pesado telón entre su presente y los recuerdos del pasado. Eso incluía a sus padres. Los llamó de todos modos.

—¿Dónde estás viviendo? —su madre le preguntó como respuesta a su saludo. Le dijo que alquilaba una habitación en un apartamento. —¿Por qué te fuiste de casa de Elisa? —preguntó. Le dijo que había encontrado un lugar mejor situado. Ella supuso que él no había podido aguantar vivir con una familia decente y se había ido a hacer Dios sabía qué y con quién y se había ido lejos, donde nadie supiera lo que hacía. Tomás Eduardo le respondió que no tenía tiempo para esas cosas, aunque quisiera, trabajando seis días largos cada semana. No podía sacar tiempo para visitarlos el Día de Navidad, quería saber la madre. Había esperado una conversación por la que corriera una veta fría, pero no toda la bilis. Le deseó felicidades de nuevo. Y por si acaso no hablaban antes de eso, feliz año nuevo también. Colgó. No sabía cuándo disminuiría la inquina ni cuándo los llamaría otra vez. Se tardaría años, quizás. Nunca, tal vez.

Javier le había pedido a Tomás Eduardo que lo acompañara a casa de su mamá para una reunión navideña. Tomás Eduardo vaciló. Mejor era que Javier fuera solo. Explicar al pupilo sería difícil, aunque fuera solamente un estudiante que necesitaba un lugar donde hospedarse hasta que volviera a estudiar en el otoño. ¿Por qué de repente se había vuelto un filántropo? ¿Con un extraño? ¿No tenía miedo de que ese hombre lo agrediera? ¿Le robara? ¿Lo asesinara mientras dormía? La caridad tiene sus límites y Javier era lo suficientemente mayorcito para saberlo.

—Tommy Eddie, me haría muy feliz que vinieras. Deja que piensen lo que les dé la gana. Si se pone feo, me despido y nos vamos —le dijo, la mano contra el lado de la cara de Tomás Eduardo. Sería su manera de exhibir su felicidad. Si su madre y su hermana veían cómo le radiaba nada menos que dicha completa el rostro, sabrían que no podían cuestionar sus motivos. Se alegrarían por él y ahí quedaría todo.

Javier y él celebraron la Navidad la noche anterior. Temió pecar de presuntuoso cuando le pidió a Javier que solamente le diera un regalo, nada extravagante. La entrega de sus vidas el uno al otro ya era un gran obsequio. Javier rompió su promesa y le dio un par de lentes de aviador, un libro sobre la historia del béisbol, un libro sobre maravillas de la arquitectura, una guitarra española con dos libros de música. ¿Qué había sucedido con la promesa que se habían hecho? A Javier no le había dado la gana de guardarla. Quería darle el mundo entero a Tomás Eduardo, pero no habría podido encontrar un lugar para esconderlo hasta la víspera de Navidad. Quedaba sin abrir un paquete envuelto en papel rojo brilloso.

—También es tuyo —le dijo Javier.

—Me has hecho sentir avergonzado.

—No hay necesidad de eso —respondió Javier. —Anda, ábrelo.

Era un traje de baño bikini tan rojo como la envoltura del regalo.

—Ahora tienes qué ponerte cuando vayamos a nuestra aventura de esnórquel. Solamente en caso de que haya otros por allí —explicó Javier.

Tomás Eduardo le había comprado una reimpresión de un libro de Jacques Cousteau, *El mundo silencioso*, que había encontrado en la librería a algunas cuadras de la joyería. Javier le había dicho que un día irían a hacer esnórquel en uno de los islotes cerca de la costa este de la isla. Javier y algunos amigos solían ir allá de pasadía en un bote de alquiler y hacían esnórquel para ver los corales, el suelo del océano cubierto de erizos de mar, las mantarrayas flotar sobre ellos.

—Iremos solos, tú y yo —había dicho Javier, acostado a su lado debajo de la frazada mientras le revolvía el cabello a Tomás Eduardo, las caras casi tocándose. —No habrá nadie, ya verás. Nadaremos desnudos.

—Me voy a asegurar de modelarte el bikini antes de que lo deje caer sobre la arena.

El último regalo era otra grabación de tangos. Javier lo había buscado para asegurarse de que incluía "Mi noche triste". No sabía si el cantante era uno que le gustara a Tomás Eduardo.

—¡Edmundo Rivero! —exclamó Tomás Eduardo con indudable regocijo. —¡Y nada menos que con la orquesta de Aníbal Troilo! ¿Estás seguro de que no sabías? —. Una noche mientras escuchaban un disco de Alfredo De Angelis, Tomás Eduardo le había explicado la importancia de "Mi noche triste" en la historia del tango. "La cumparsita" era el primer tango grabado para un aparato sonoro, en aquel tiempo el cilindro mecánico de caucho vulcanizado, pero "Mi noche triste" era el primer tango con letra. Era sobre la soledad, la añoranza de un hombre por una mujer que lo había abandonado. Tomás Eduardo lo oía como un himno a todo lo que implicara cualquier tipo de abandono, físico o emocional.

> La guitarra en el ropero
> todavía está colgada.
> Nadie en ella canta nada
> ni hace sus cuerdas vibrar...
> Y la lámpara del cuarto
> también tu ausencia ha sentido
> porque su luz no ha querido
> mi noche triste alumbrar.

Las palabras reflejaban la oscuridad del alma solitaria. Desde su niñez ese tango le aguaba los ojos.

—Eres demasiado sensible para tu propio bien —le dijo Javier con el brazo sobre los hombros. —La lámpara del cuarto nunca se va a negar a alumbrar para ti jamás. La voy a tener apagada nada más que mientras cuido tu sueño. Solamente la muerte hará que me desprenda de tu lado. Y aun después de la muerte estaré a tu lado —. Besó a Tomás en la frente con algo próximo a la inocencia.

Después de desenvolverlo todo, se dieron el mejor regalo, envuelto en sábanas.

—No hablas mucho, ¿verdad? —le preguntó la sobrina mayor de Javier.

—Ah ,no, es que prefiero escuchar lo que dicen todos —le dijo Tomás Eduardo. Se veía más o menos de su misma edad. Mirar a las hijas le hizo darse cuenta de la diferencia de edad entre Javier y él. No era asunto que le importara mucho, pero se preguntaba qué les pasaría a las parientes por la cabeza cuando lo vieron.

Al entrar a la casa de la madre, todo se veía natural, alegre. Su mamá se sentía tan contenta de verlo: se estiró sobre los dedos de los pies para echarle los brazos al cuello a Javier, pero tuvo él que agacharse un poco para que ella lo pudiera besar en ambas mejillas y la frente. Su hermana se apresuró a abrazarlo. Las sobrinas corrieron a besarlo en la mejilla, Tomás Eduardo a sus espaldas. Javier presentó a Tomás Eduardo como un amigo, un estudiante que se hospedaba con él hasta que regresara a sus estudios en Estados Unidos en el otoño.

Nadie le dio la mano. —Felicidades —les dijo a todos y a nadie en particular. Le devolvieron el deseo. La madre de Javier le mostró el camino hasta el sofá, un mueble acojinado de ratán. Una de las paredes de la sala estaba cubierta de fotografías enmarcadas de Javier, algunas suyas nada más, otras con gente que Tomás Eduardo supuso ser parientes. En una de las fotos en un tablillero sobre lo que parecía un tocadiscos de mueble había una foto de graduación de Javier junto a una aerografía grande en marco de metal de la madre más joven junto a un caballero, seguramente el padre de Javier, que había muerto poco después de recibirse Javier de médico.

Javier había traído regalos para toda la familia. Todos recibieron un paquete; para la madre había cinco de diferentes tamaños, cuatro de las que Tomás Eduardo había cargado. La hermana de Javier le dio una caja envuelta. Era una guayabera cubana blanca, de mangas cortas. El panel delantero de la camisa tenía un listón plegado en cada lado y cuatro bolsillos, dos en la parte superior y dos más en la inferior.

—¡Ay, qué preciosa! —dijo Javier. —No debiste. ¡Esto es tan caro!

—Mami cooperó —la hermana dijo. —Es de las dos.

—Entonces es más preciosa todavía, porque sé que es un sacrificio para ella —añadió. Le había dicho a Tomás Eduardo que su madre vivía con poco. Su pensión de viuda no era de tanto. A él le daba satisfacción ayudarla. Tenía una afición extraordinaria para la joyería, aunque a menudo veía las piezas que le compraba, en las orejas y los dedos de su hermana. —¡Gracias, Mami!

—¿De dónde eres? —le preguntó la sobrina mayor a Tomás Eduardo. En la mano tenía un cómic. Él le dijo donde vivían sus padres. —Eso no es tan lejos de aquí. ¿Por qué tienes que quedarte en casa de mi tío? —preguntó la joven. Javier le explicó tan sucinta y cuidadosamente como pudo. —Ah, entonces te está haciendo un favor. Titi Javier es demasiado generoso. Más de lo que le conviene.

Tomás Eduardo sintió retorcerse levemente. No hizo más comentarios. La sobrina se levantó y salió de la sala. Los demás chismearon sobre miembros de la familia e hicieron recuentos de sucesos pasados en los que Tomás Eduardo no podía inyectarse, aunque hubiese querido. De vez en cuando Javier miraba hacia él, volteaba la cabeza de modo que nadie pudiera verle la cara y sonreía con sutileza tal, que nadie más pudiera ver cuando le guiñaba. Tomás Eduardo sonreía levemente, que solamente Javier lo notara. Javier levantaba las cejas y esbozaba una sonrisa. Tomás Eduardo disfrutaba de mirar aquella cara tan bonita. Una vez se terminara la reunión, podría acaparar esos ojos, esa boca, esos brazos, esa amabilidad rebosante de afecto; podría susurrarle al oído lo mucho que lo adoraba aunque no fuera necesario susurrar, excepto para suavizar las palabras con ternura y honestidad.

Sirvieron el almuerzo en una mesa para cuatro. Dos de las sobrinas se llevaron el plato a la sala; la mayor, la que había comentado sobre la generosidad extravagante de su tío, se apretujó en el espacio entre Javier y su madre en una banqueta de cocina. Javier estaba sentado en el lado contrario a Tomás Eduardo, que hubiese preferido estarse comiendo un sándwich de carne fiambre con queso procesado derretido en el comedero de la esquina cerca de la joyería, donde a veces, cuando el horario se lo permitía, Javier se le unía en un almuerzo rápido. Temía cortar algo de la bandeja de pernil de puerco, con miedo de que alguien lo regañara por atreverse a participar de aquel almuerzo en lugar de quedarse sentado esperando que terminaran los adultos. Javier mismo le cortó algunas rebanadas del asado y le sirvió pedazos de tubérculos hervidos.

—No seas tímido, Tomás —le dijo Javier. —Hay más en la cocina.

Tomás Eduardo le dio las gracias y sonrió. Durante la tortura entera apenas si levantó la cabeza para mirar a nadie. Mientras Javier felicitaba a la madre por el asado tan delicioso y su madre le decía que siempre lo hacía igual, lo asaba con la grasa hacia arriba hasta quedar crujiente y que los jugos y el sabor del asado se mezclaran con la sal, el orégano, el romero, el ajo y la pimienta negra.

La hermana de Javier le preguntó a Tomás Eduardo si trabajaba. —Sí, trabajo —. La miró. Ella jugaba con un trozo de asado trinchado que movía por el plato. Evadía la mirada de Tomás Eduardo.

—¿Dónde? —preguntó. Se cambió al otro lado el bocado que le abultaba la mejilla.

—En una joyería. Un negocio pequeño— respondió a punto de decirle que allí había conocido a su hermano. Lo pensó. No había sido allí y, en resumidas cuentas, no era de su incumbencia.

—¿Dónde es eso? —la hermana de Javier preguntó antes de tomarse un trago de Coca-Cola de un vaso de metal. Javier seguía hablando con su madre sobre una receta de familia que quería y a ella se le seguía olvidando copiársela, un pudín o flan que su madre le hacía cuando era niño.

—Frente a la Plaza de la Convalecencia —le contestó Tomás Eduardo. No había vuelto a levantar los cubiertos: tenía las manos debajo de la mesa.

—Es donde le compro prendas a Mami y te compro los relojes a ti —dijo Javier.

—¡Oigan, ustedes! —les dijo en voz alta la madre de Javier a las dos nietas en el sofá. —¿Por qué no se van a comer a la cocina? Van a manchar ese sofá tan caro.

—¡Ay, Abuela! —protestó una de las niñas. —No somos chiquitas.

Se quedaron donde estaban. En un momento de silencio la hermana de Javier dijo en voz alta: —Eso por ahí está lleno de patos.

—¿De dónde hablas? —preguntó Javier.

—La Plaza de la Convalecencia. Es famosa— añadió la hermana de Javier, batiendo el cuchillo y el tenedor que tenía en las manos y mirando al hermano como si dictara cátedra. —Si pasas por ahí de noche, los ves. Un montón de maricones de los que cobran por los servicios.

Antes de que pudiera Javier contestar nada (¿iba a decir algo?), Tomás Eduardo comentó, mirándolo: —No sé de eso. No creo que pudiera identificar a uno de ésos si los viera.

—¡Pero si se nota a leguas! —la hermana de Javier dijo, que uno sabía. Se encogió de hombros.

Javier le preguntó a la hermana por la rodilla. ¿Había ido al ortopeda? ¿El que le había recomendado? ¿No? Mejor era que lo hiciera antes de que se le pusiera peor. —¿Cuándo empiezan las clases otra vez? —les preguntó a las sobrinas del sofá.

—Cuando sea, ¡no va a ser lo suficientemente rápido, me atrevo a apostar! —dijo la mayor, como un embutido entre las rebanadas de pan que eran su tío y de su madre. —Ésta tiene un noviecito —dijo, refiriéndose a una de las del sofá.

—¡Embustera! —gritó la aludida con un alarido chillón.

—¡Sí que lo tienes! —dijo la otra sobrina al otro extremo del sofá.

—¡Betty tiene novio, Betty tiene novio! —comenzó a cantar con aplausos la mayor. Las demás se le unieron.

Betty—supuso Tomás Eduardo que era ella—se levantó para irse a la cocina. Les sacó a todos la lengua. No regresó para comerse el postre de cascos de guayaba en almíbar con queso de la tierra. Tomás Eduardo rechazó su porción. No podía ya comer ni un bocado más, dijo como justificación; esperaba que nadie notara que tenía todavía la mayor parte de la comida en el plato. Estaba de colado en la fiesta de otros: nadie tenía que decirlo.

—Gracias por aguantar —le dijo Javier cuando regresaban a casa una hora después de que sirvieran otro postre, un flan de coco. Tomás Eduardo iba a responder que no había necesidad de decir eso, que todo había salido bien, pero Javier lo interrumpió. —No, no salió todo bien. Se notaba tu incomodidad. Quería venir a plantarte un beso para consolarte y que se fueran todas a freír espárragos.

—Si lo hubieses hecho, te habría pegado un bofetón. "¿Por quién me tomas, por uno de esos de la Plaza de la Convalecencia?", habría gritado —le dijo Tomás Eduardo entre risas. Eso desmanteló lo desagradable de la conversación. Nunca había estado en una situación como ésa, pero ya anticipaba lo que podía pasar y fue de todos modos, como corderos que saben que entran en el matadero donde ya han muerto los que les han precedido, pero siguen hacia un destino ineludible. —Pudo ser peor. Pudo ser en casa de mis padres o la de la tía Elisa.

—El año próximo nos quedamos en casa —Javier dijo. —O hacemos algo diferente a esto.

Le dio en la cara a Tomás Eduardo la realidad de lo que pasaría al llegar agosto. Un hervor ácido de náusea le subió a la garganta.

15 Hoy

Pero se había mentido a sí mismo. Sí sabía por qué su hermana rebasaba la indiferencia para entrar en la ciénaga del odio hacia él, desde donde lo trataba como escoria.

Primero, había lo del resentimiento. Su madre nunca había ocultado su preferencia por Tomás Eduardo, aunque ya de adulto, cuando oía decir que su hermana lo llamaba el favorito, se daba cuenta de que no era el preferido, sino el menos despreciado. Su hermana no podía perdonarlo de la misma forma que Caín detestaba que otros no lo vieran de la misma forma que veían a su hermano Abel. Sin embargo, Abel tuvo que haber sabido que no era tan perfecto como todos creían: era todo cuestión de proyección de imagen.

En Filadelfia en el 1983 Tomás Eduardo había oído algo tan inauditamente absurdo que casi se ahoga con un rollito primavera. Era año nuevo chino. Viajaba por razones de negocios, un asunto de un proyecto de renovación urbana en el distrito Parkside de la ciudad. Había sabido que su amigo Benjamín, arquitecto egresado de la misma universidad que él en Boston, y su esposa Alicia se encontraban en Filadelfia, donde Alicia terminaba su tesis doctoral. Tomás Eduardo se comunicó con ellos; quedaron en encontrarse para cenar en *Chinatown*. El marido de su hermana, Heriberto, había recibido un traslado a Filadelfia de la isla a las oficinas centrales de la refinería de petróleo con que trabajaba. Mientras estudiaba, Alicia dirigía un proyecto piloto en la Universidad de Temple. Alicia había empleado a la hermana de Tomás Eduardo, de quien al cabo de algunos meses Alicia se había arrepentido de contratar: era deficiente, indolente y, peor todavía, era intrigante y desleal. Urdía conflictos con el fin de sacar a su directora para que la ascendieran a ella.

—Dime, Tommy —le preguntó Alicia. —¿Qué es eso de tu hermana y las cerezas en el coctel de frutas?

Tomás Eduardo pensó por un instante antes de reírse a mandíbula batiente. Un pedazo del rollito primavera se le alojó en la garganta, lo que provocó un acceso de tos que terminó después de varios sorbos de agua. Alicia, psicóloga clínica, tenía que comprender y tal vez estaba sorprendida del tiempo a quien alguien le había durado el trauma de una experiencia banal, al menos en la superficie. Tomás Eduardo estaba seguro de que su hermana había relatado el asunto hasta en los detalles más absurdos, pero quiso contarlos desde su perspectiva. Según Alicia, su hermana había narrado el incidente repetido con el tono de quien padece de un trauma tan profundo que era imposible superarlo.

Cuando eran niños, a veces de postre comían coctel de frutas enlatado, algo que pasada la adolescencia aborrecía, todo ese sirop sobre trozos de fruta desnaturalizada, que no tenían ya ni despojos de su sabor original. La lata contenía solamente dos mitades de una cereza marrasquino. Para los niños era algo especial recibir una de las medio esferas que sobresalían en medio de pedazos pálidos de ananás, peras y duraznos blanqueados.

—Nunca las pedí, pero siempre una hallaba la rumbo a mi plato —explicó Tomás Eduardo. Le daba gracia que nunca había descifrado la mirada hueca que le echaba su hermana cuando comían coctel de frutas.

Lo hallaba extraño. Ahora sabía a qué se debía la mirada mortal. Él tendría unos nueva años, de modo que su hermana tendría seis. Desde el primer grado de primaria había sentido ese rencor por recibir él una de las mitades de cereza marrasquino, mientras que alguien más se comía la otra y ella, quizás, tenía que esperar su turno para recibir su manjar guindillesco.

Tomás Eduardo no podía revelarles a Benjamín y Alicia por qué le daban a él la codiciada cereza marrasquino que nunca pidió. Despachó el asunto como una fijación enfermiza y lamentable de su hermana por males de los que se le había hecho víctima a la galardonada con una maestría en trabajo social durante los doce años que vivieron bajo el mismo techo. La verdad era que en ese tiempo tenían una cocinera de nombre Herminia. De noche Herminia se colaba al cuarto de Tomás Eduardo y se metía en la cama con el niño. Le acariciaba el pene y, cuando lo tenía erecto, se recostaba para que él le penetrara la vagina. Tomás Eduardo dudaba que del acto a aquella edad llegara a sentir un orgasmo: pensó que de ser así lo recordaría como todavía tenía vivo en la mente el éxtasis sin réplica de la primera masturbación. Nunca se lo dijo a los padres. Sabía que despedirían a Herminia y no quería que eso sucediera. Herminia trabajó para la familia por un par de años más antes de fugarse con un carpintero casado que había hecho un trabajo, construyendo una covacha para la máquina de lavar en la parte trasera de la casa. La cocinera pensaba, probablemente, que el obsequio de la cereza marrasquino era pago por su placer.

Si hubiese sabido que habría perturbado tanto a su hermana que le dieran la cereza, se la habría sacado con cuchara de su plato de postre y se la habría dejado caer en el suyo. Habría evitado lo que siguió, aunque es posible que el daño ya había calado tan profundamente y a una edad tan tierna, que el resentimiento para entonces estaba anclado en su alma repleta de pequeñeces. Nada podía hacerse para transformarle los sentimientos. Además, la envidia por la cereza sonaba más a algo sintomático que al fenómeno mismo.

Una vez que su madre y él se habían reconciliado por lo de su partida en la adolescencia y hablaban mensualmente por teléfono, su madre pasaba la mayor parte del tiempo quejándose de la maldad de su hija hacia ella. "Ya superé esa ingratitud", decía su madre una y otra vez, para luego pasar cuarenta minutos reviviendo algún momento reciente de falta de agradecimiento y afecto. Tomás Eduardo la dejaba sacárselo del pecho con la esperanza de que fuera la última vez que tendría que pagar por una llamada ultramarina para oírle el rollo de la pugna sin tregua con la hija, aquella perra, una perra sin vergüenza, una perra hija de la gran puta. En toda ocasión su madre encontraba algún modo de inyectar un comentario que su hermana había hecho sobre él, algo producto de sus conjeturas habituales, pero que tenían aspecto de verdad.

—Ahora anda diciendo que tu papá y yo nunca nos casamos —le dijo su madre una noche. —¿Te imaginas algo tan falso y difamatorio?

Tomás Eduardo se echó a reír. Si lo había dicho, el motivo debió ser vil, por lo menos. El vestido de novia de su madre había estado al fondo de un canasto de ropa sucia por décadas, desde los 40, porque desde antes de nacer los hijos y después de varios cambios de residencia hasta el 1958, el vestido estaba en el mismo lugar. Vaciaban el canasto para lavar ropa, pero el vestido seguía allí. Era una tela de encajes que no había resistido ponerse amarilla, pero por lo demás se conservaba. En 1945 era muy cara, por haberse tenido que importarla de España cuando había escasez de todo en la isla debido a la guerra. Tanto Tomás Eduardo como su hermana habían estudiado en colegios católicos donde era requisito de admisión presentar evidencia del matrimonio de los padres por la iglesia, que no se habría podido efectuar sin precederle el trámite civil. Tomás Eduardo sabía que sus padres se habían casado el 10 de diciembre del 1945; también sabía el nombre del sacerdote y de los padrinos.

—¿Qué saca con esa mentira y el resto de su patología? —preguntó Tomás Eduardo. Si no era perversa, estaba demente. O ambos. Era evidente que se proclamaba a sí misma bastarda.

—Eso no es todo lo que anda diciendo —añadió la madre. —Alega que la razón por la que tú no regresas a la isla es porque robaste en la joyería donde trabajabas. Dice que los dueños mandaron detectives a buscarte antes de que huyeras de la isla.

Le pudo estallar el cerebro en ese preciso momento en que oyó lo que dijo su madre. Se lo inventó esa mujer, claro. ¿Cómo era posible que siguiera persiguiendo venganza por la mitad de una cereza marrasquino mustia y empalagosa? Debió hacer lo que pensó en el 1983. Tal vez no habría logrado nada más que satisfacer una necesidad neurótica, enviarle cuatro litros de cerezas marrasquino de coctel al lugar donde trabajaba, con una nota: "Hártate para que puedas ponerte al día con las que no te comiste hace cuarenta años".

Tomás Eduardo reconocía que a su madre le gustaba poner en boca de otros lo que quería decir, para encubrirse y desviar el malestar que podía dirigirle Tomás Eduardo. La otra persona se convertía en el blanco de la ira de Tomás Eduardo, pero no podría decirle nada a la otra persona, por temor a revelarle que era su madre quien había sido indiscreta—si era cierto. Ella, por su parte, había dicho lo que quería y permanecía sin culpa. "Tu tía dice que Dios te va a castigar por no ir a misa los domingos". "Tu tío Guané dice que te vas a volver maricón si sigues encerrado en tu cuarto en vez de tomar lecciones de boxeo con él. "Tu abuela dice..." "Tu prima..." "Mrs. Blanco..." Las palabras nunca lo persuadieron para que hiciera nada por satisfacer a los que supuestamente encontraban algo deficiente en su conducta, pero enlodaban la opinión que tenía de quien alegadamente lo decía. Siempre cabía la posibilidad de que, de hecho, alguien, no su madre, lo hubiese dicho.

Esto otro, sin embargo, sonaba a algo que la hermana habría dicho, especialmente luego de saber lo del síndrome postraumático de cerezas. Llamó a su hermana al trabajo. Luego de identificarse, la secretaria volvió a la línea para decirle que se había equivocado, que su hermana no estaba en su despacho. Le envió un fax al trabajo. La motejó con nombres viles y señaló sus peores defectos, inclusive su falta de higiene personal, su pereza y su mediocridad. Tomás Eduardo esperaba que alguien más leyera el fax en el área común de la oficina antes de que le llegara a ella: "Nunca has logrado nada por tus propios méritos, porque no tienes ninguno. Te sofocas con un rencor tóxico de mezquindad con la que te envenenas". En caso de que no fuera suficiente, concluyó: "Ve a buscarte una mujer que te haga feliz y te satisfaga, alguien que te ayude a dejar de menospreciar a los demás".

Desde la niñez sabía sobre su hermana. Una vez le dijo que a veces se levantaba pensando que quería ser niña, pero decidía que quería ser niño. Su matrimonio lo había sorprendido, pero no su divorcio de un hombre que había sido alumno en el mismo internado que él. Vivían en Filadelfia cuando rompieron. De acuerdo con Alicia, habían traído de la isla a una joven de niñera del hijo.

—A quien único engaña es al marido —había dicho Alicia.

Y ahora allí estaba sentada, a unos seis metros de él, a 1,8 metros del cadáver de la persona que había aportado bastante para mantenerlos como enemigos que compartían sangre ponzoñosa, una mujer que se refería al rechazo del control que quería ejercer sobre la vida de sus hijos como ingratitud, que les pasaba facturas al echarles en cara todo lo que había hecho por ellos, los préstamos que había tenido que hacer para educarlos sin el apoyo del inútil de su marido, los vestidos y zapatos caros que le había comprado a su hija, el carro que le compró a crédito para que su hija no tuviera que asistir a la universidad por transportación pública, el costo de la recepción nupcial de la hija, las primas de póliza de seguro de salud bajo la que su hija tuvo su primer hijo. Tenía poco de qué pedirle cuentas a Tomás Eduardo. Tal vez eso explicaba por qué había sido posible reconectar con ella a pesar de que solamente era por teléfono y una vez nada más se vieron cara a cara en cincuentaidós años desde que había logrado escapársele del agarre de gangrena emocional. El patético de su padre había corrido otra suerte.

16 Lo que recetó el médico

El 12 de abril el comercio en la isla cerró sus puertas al mediodía. Los Cabrera decían ser católicos devotos. La joyería no abriría esa tarde, cuando crucificaron a Cristo. Los médicos se irían a casa al mediodía también; algunos ni abrían los consultorios el Viernes Santo. Javier se había quedado en casa para esperar a que llamara Tomás Eduardo antes de salir, para irlo a recoger. Estaba preparando un mero horneado para la cena. No observaba los días de guardar hacía años, pero, decía, comer carne el Viernes Santo parecía más un reto insignificante que un desafío al dogma. Había ido a la plaza de mercado a comprar el pescado fresco en la parte sureste de la isla, para aderezarlo la noche antes en un adobo de ajo, aceitunas, pimientos morrones, granos de pimienta, sal y cebolla.

—¿Por qué no me llamaste? —le preguntó a Tomás Eduardo, sorprendido cuando lo vio entrar poco después de la una.

—Me imaginé que estarías ocupado en la cocina —le contestó Tomás Eduardo. Se quitó los lentes ahumados y los dejó en la mesa del comedor. Javier vino a besarlo.

—¿Pasa algo?

—No, nada —le dijo Tomás Eduardo. Sabía que no convencía a Javier. Evadió la mirada de Javier: eso era siempre señal que Javier descifraba y lo presionaba para que dijera la verdad.

—Ven. Quítate esa corbata y siéntate. Vamos a hablar —le dijo Javier, tomándolo de la mano y llevándolo al sofá.

Tomás Eduardo rio. —Apestas a cebolla.

—Claro que apesto a cebolla. A ajo, también. Y a pescado —Javier dijo con la mano sobre la nuca de Tomás Eduardo. —Ahora el cuello también te apesta a cebolla —.

Luego de un silencio breve, añadió: —No me cambies el tema.

Tomás Eduardo se inclinó hacia el frente con los dedos entrelazados. —Mi amor —dijo sin mirar a Javier. —Ya sabía que este momento iba a llegar y no quería imaginármelo, porque no creo que pueda encararme a lo que viene —dijo y se detuvo un instante antes de continuar. —Hemos vivido una historia que solamente creía posible en la fantasía. ¿Cómo podía ser yo quien nos echara a rodar, a estrellarnos contra le muro de la realidad?

Javier no dijo nada. Le puso la mano en la espalda a Tomás Eduardo y lo frotó.

—Ya no se puede ignorar —. Tomás Eduardo se enderezó y miró a Javier. —Te había dicho que pospuse mi admisión a la universidad por un año. El lunes recibí carta de ellos. No había querido abrirla hasta hoy. Me piden que confirme que quiero que activen la admisión.

Javier lo miró como si hubiese oído a Tomás Eduardo decir que le empezaba un resfriado nasal. Se sintió confundido. ¿Había montado el drama de la separación en la cabeza, algo sin conexión a un hecho detestable? ¿Cómo pudo Javier quedarse allí sentado sin reventar en sollozos? ¿Había sido su profesión de afecto tan artificial que la posibilidad de lo que venía no tenía importancia para él? Por un momento creyó odiarlo.

—Sí, sabíamos que esto venía, ¿verdad? —Javier preguntó. —Ya me había convencido de que iba a pasar.

Tomás Eduardo se sentía como un perfecto idiota. Había sobrestimado los sentimientos de Javier. ¿Había sido un corte conveniente de carne para la satisfacción de aquel hombre, nada más? No había más que decir. Si no se sentía conmovido Javier por lo que iba a suceder en algunos meses, ¿cómo podían seguir viviendo de la misma manera? Se preguntaba qué venía ahora.

—¿Qué sugieres que hagamos? —le preguntó Javier.

—No sé qué... —respondió, de nuevo inclinado hacia el frente con los codos recostados sobre los muslos y las manos a los lados de la cara. —Una vez me dijiste que estarías siempre a mi lado, que solamente la muerte podría separarnos. Lo tomé como tu intención sincera aun sabiendo que este momento iba a llegar —. Se volteó hacia Javier. — ¿Eso era todo una pila de mierda para mantenerme contento y disponible?

El gesto de Javier se tornó desagradable. Las palabras de Tomás Eduardo obviamente lo habían ofendido.

—Por primera vez desde que nos conocemos has dicho algo más hiriente de lo que jamás vas a sospechar. Tienes que pedirme perdón. ¡Ahora mismo! —le dijo Javier en un tono duro, lleno de reproche. Se sobrecogió Tomás Eduardo con temor y vergüenza, sin explicarse precisamente el porqué de lo segundo.

—Lo siento. Estoy confundido y...

—Te perdono. Siempre te voy a perdonar, Tommy Eddie —dijo Javier con el tono ya sosegado. —Pero te pido que nunca vuelvas a decirme algo así —continuó Javier con la barbilla de Tomás Eduardo entre los dedos. —Hay algo que tengo que decirte.

Tomás Eduardo permaneció sentado y escuchó. Fue atravesando un territorio minado para la destrucción, para llegar a un islote placentero de incredulidad, antes de quedar tan abrumado que rompió a llorar de vergüenza, pero también de amor. No le quedaba duda: nadie lo había amado tanto en su vida, inclusive sus padres. Lo toleraban, lo mantuvieron hasta que ya no lo tenían que hacer, manipularon sus sentimientos y controlaron su voluntad hasta que ya no pudieron. Su hermana: ¿a quién le importaba? Nunca le había caído bien y mucho menos lo había querido.

—Ahora, ¿tienes alguna objeción? —preguntó Javier luego de decirle lo que había hecho.

A principios de enero Javier les había hecho llamadas telefónicas a colegas en el área de Boston donde Tomás Eduardo iba a estudiar ingeniería. Había hecho su residencia en urología en un hospital al otro lado de la ciudad de donde estaba la universidad.

—Tengo dos posibilidades excelentes. Las dos me darían la bienvenida en su práctica —dijo. —Una de ellas es una clínica. Necesitan un especialista en urología para completar el directorio, así que sería perfecto para ellos.

Ya Javier se lo había notificado a su colega de consultorio. Se iba a fines de julio. Su socio, también su amigo, se sintió mal de perderlo, pero iba a empezar a buscar su remplazo de inmediato. No tenía inconveniente en comprarle su parte de la práctica. Javier también se había comunicado con un agente de bienes raíces. Era común en la isla vender propiedades informalmente, de boca, pero no quería correr el riesgo de quedarse estancado con el apartamento cuando ya fuera hora de irse, mucho menos de tener que quedarse en casa para mostrar el local en lugar de trabajar. Era propietario de la unidad, de modo que no habría complicaciones con hipotecas. El edificio estaba en un punto óptimo y no había vacantes: sabía que los compradores harían cola para empuñar el apartamento tan pronto se pusiera en el mercado. Se irían juntos.

—Voy a estar a tu lado —le dijo Javier. —Ni la muerte va a poder separarnos. Ya te lo dije. No te queda de otra. No puedes deshacerte de mí.

Tomás Eduardo había oído decir a otros que se sentían como si el corazón les fuera a estallar en el pecho. No sabía cómo se sentía eso. Hasta ahora, no. Cuando comenzó a llorar de nuevo abrazado fuerte a Javier, su pareja le dijo: —Deja esas cosas de mujercita. Cógelo como un hombre —. Pero la voz de Javier también se había quebrado. Ninguno de los dos dejaba ir al otro. Cuando al fin pudieron soltarse, Javier dijo que había algo más que tenía que consultar con Tomás Eduardo.

—No, no puedes invitar a tu hermana a venir con nosotros —le respondió Tomás Eduardo.

—Mi vida, siempre voy a ayudar a mi mamá, no importa dónde esté, pero te aclaro. Me siento mal cuando tengo que practicarle una cistoscopía a un hombre. Me parece que soy yo a quien le están metiendo un tubo por la uretra. ¿Traer a mi hermana? La quiero mucho, pero no puedo ser tan cruel. Menos contigo —dijo Javier medio en broma. —Es otra cosa. Ya sabemos que la ley no reconoce nuestra unión. Quiero planificar una ceremonia de compromiso aquí con algunos amigos, hacia fines de mayo. ¿Qué dices?

—No me voy a poner vestido de novia.

—No hay problema. Me lo pongo yo —replicó Javier.

—El de mi madre está todavía al fondo de un canasto de ropa sucia... Ah, no, déjalo. Tú no eres muy petite.

—En serio. Esa ceremonia es importante para mí. Para nosotros. Sé que nuestros amigos más íntimos se alegrarán por nosotros. Van a ser solamente cinco o seis. Tenemos que tomar un paso más para que se reconozca nuestra relación, sea como sea.

Ni idea tenía Tomás Eduardo de qué hablaba Javier. ¿A dónde iba con esto? ¿Iba a traer un juez de paz?

Javier le tomó las manos a Tomás Eduardo en las suyas, lo miró directamente a los ojos. —¿Me dejas adoptarte?

17 Un comienzo en limpio

El equipo de gimnasia de la habitación del apartamento cupo perfectamente en el sótano. En lugar de comprar muebles y enseres menores, lo habían trasladado todo de la isla por Flor de Mayo Express. El carro se había quedado en la isla. Un modelo más nuevo constaría menos en Boston. Primero se habían quedado en un apartamento de un edificio que se especializaba en alquiler para ejecutivos de empresa y profesionales médicos. Estaba amueblado. Su mudanza ya había llegado; estaba en un almacén aguardando el cierre de la compra de la casa nueva. Estaba en una estructura de arenisca de cuatro unidades, a mitad de la distancia de la universidad y del consultorio donde ya había comenzado a trabajar Javier.

Javier conocía sobre los cambios de temporada por el tiempo que había vivido en la región. Javi, como ahora llamaba Javier a quien fuera Tomás Eduardo después de la adopción, cuando el nuevo hijo tomó el nombre del padre, pensó sentir lo que Cristóbal Colón ante aquel mundo de maravilla hacía unos quinientos años.

Javier había hablado de ir a esquiar tan pronto hubiese suficiente nieve en el suelo y se prepararan las pistas. Las habilidades atléticas de Javi serían justo lo que necesitaba para lo que exigía el deporte. Javier le había comprado un par nuevo de esquíes y botas. "Los esquíes y las botas de esquiar son como guantes de béisbol, tienen que amoldarse al atleta que los lleva.

Necesitas algo de tu talla, algo que puedas dominar", había dictaminado Javier. Le escogió esquíes de 180 centímetros marca K2 a Javi y de 190 para él. Una vez dominara los 180, también Javi tendría algo de mayor longitud.

Poco tiempo después de hacer corridas de práctica en la colina de baja pendiente, Javi estaba listo para subir a la pista de principiantes. Javier quería mostrarle a Javi cómo detenerse en el declive parándose detrás de Javi con los esquíes paralelos, dentro los de Javi, en forma de V, con el vértice frente a ellos.

—Te estás aprovechando de mí —le dijo Javi.

—Sí, lo estoy. La lección es más fácil de esta manera —Javier contestó. Lo besó en la nuca.

Hacia principios de diciembre ya estaban ambos esquiando por pistas intermedias. Javi estaba listo para las de expertos. Para él era una buena distracción. Había estado estudiando con tanto ahínco, que Javier empezaba a preocuparse por él. Nadie tenía que preocuparse, decía Javi. Se aproximaban los exámenes de fin de curso del primer semestre. Javi entraba en ellos con calificaciones excelentes en química orgánica, introducción a la ingeniería, ecuaciones diferenciales, física e italiano básico. En la primavera comenzaría la temperada de béisbol. Javier había estado yendo con él a las jaulas de bateo un par de horas los sábados por la mañana hasta que la temperatura comenzó a bajar demasiado para estar afuera. Los dos habían mantenido un protocolo de acondicionamiento en casa: dos horas un día, una hora el próximo, por la noche.

—Verte me motiva —le dijo Javi a su padre adoptivo una noche. —Quiero verme así de atractivo como tú.

—¡Mira qué coincidencia! Eso mismo me impulsa a mí, llegar a verme así, como tú. Y acaparar tu atención, claro.

—Tendrías toda mi atención, aunque te saliera un cuerno en medio de la frente. A lo mejor hasta más.
—Voy a hacer lo posible, para que me crezca uno —. Javier se puso la mano en la frente y señaló hacia Javi con un dedo.
—Retiro lo dicho —dijo Javi. —Estás bien como estás.

El consultorio donde trabajaba Javier era uno de los más prestigiosos del área metropolitana de Boston. Se iba muy temprano cada mañana de lunes a viernes, pero no sin antes dejarle listo el desayuno a Javi y besarlo de despedida con la esperanza de que Javi volviera a dormir, lo que raras veces funcionaba. Javi se levantaba, se duchaba, desayunaba y estudiaba un poco antes de irse a la parada a esperar el autobús, a dos cuadras de la casa. Si Javier estaba de turno, una noche a la semana y sábados alternos, Javi preparaba la cena y el desayuno.
—Éste es mi hijo Javier —dijo el padre adoptivo para presentarlo poco después de haber comenzado a trabajar. —Soy Javier con la jota española. Él se conoce como Javi, también con jota española, y la uve española, también, como la be en *best*.
—Es mucho más guapo que usted —le dijo a Javier una de las enfermeras.
—Es que es la viva imagen de su madre, que en paz descanse —. La madre había muerto poco después de Javi nacer. Se habían casado cuando Javier estaba todavía en la universidad y permaneció en la isla cuando Javier se había ido a hacer su residencia. Javi no la había conocido. Javier esperaba que esa explicación fuera suficiente. El doctor Gillian, uno de sus colegas del consultorio, había hecho la residencia con él. La situación familiar a distancia explicaba por qué Javier

nunca salió con mujeres en citas y no hablaba de su familia allá en la isla.

—Me hace sentir mal —le dijo Javier a Javi en la primavera. Había querido ir a todos los partidos de Javi que se jugaban en Boston mismo. Solamente podía asistir los fines de semana si no estaba de turno e infrecuentemente a alguno en la tarde.

—No me digas cuando vayas —Javi le dijo. —Me pondrías nervioso.

Javier se echó a reír. —Pensaba que te inspiraría a que me hicieras orgulloso de ti.

—Prefiero hacerme de cuenta que estás ahí siempre y voy a hacer todo lo posible por hacerte feliz, pero solamente si no sé si estás.

—Eso no tiene ningún sentido —Javier replicó. Se le acercó a Javi y lo tomó de la nuca y juntaron la frente mientras el agua de la ducha les bajaba por la cara y el pecho. —Hasta cuando dices algo que no tiene sentido te quiero.

18 Reafirmaciones

Durante el verano entre su primer y segundo año de estudios Javi hizo trabajo de oficina en el consultorio. Su primer año había terminado con A en todas sus asignaturas y un ascenso al grupo de primera en el equipo de béisbol. No habían llegado al campeonato, pero los partidos que ganaron se los debieron en gran medida a la habilidad de Javi. Tenía un promedio de bateo de .355.

—Debe ser genético. Mi lado de la familia es muy inteligente —había dicho Javier cuando llegó el informe de calificaciones a fines de mayo.

El plan de Javi era aceptar un empleo en el campus por el verano. El dirigente del equipo le había ofrecido ayudar con los campamentos de béisbol para niños y luego realizar el inventario de materiales y aparejos en el edificio atlético. El empleo pagaba salario mínimo, dos dólares más por hora de lo que pagaban en la isla. También pensó matricular una clase de una de las electivas de su preparación complementaria en arquitectura. De ser así, aún le quedaría el mes de agosto para trabajar con los campamentos.

—Pensé que podríamos pasar más tiempo juntos ahora en verano —le dijo Javier cuando compartió con él sus planes. Javi le recordó que si tenía horario completo en el consultorio, de todos modos no iban a estar juntos durante el día. —Si trabajas en el consultorio, podríamos.

No hubo que maniobrar mucho. Siempre podían utilizar manos que se ocuparan de los archivos de expedientes, de atender la recepción, tal vez de hacer transcripciones. —Podría ayudarnos mucho —le dijo el doctor Mallory a Javier. —Especialmente tratándose de un muchacho tan brillante como tu hijo.

Resultó que terminó haciendo los tres trabajos en diferentes momentos del día. No era el tipo de empleo que le gustara. El aburrimiento de la joyería le había enseñado que prefería estar al aire libre. No obstante, estar cerca de Javier durante el día lo compensaba sobremanera.

—Tu papá y tú, ¿van juntos a todas partes? —le preguntó Marjorie, la gerente del consultorio, una tarde que se encontraban de receso en el comedorcito de empleados.

—Bueno, sí, podría decirse eso. Somos bastante unidos —le respondió Javi.

—Tu papá todavía es joven —observó Marjorie. —Podría rehacer su vida. Ya sabes, con una pareja sentimental.

Javi estuvo a punto de escupir el café. Se limitó a carraspear.

—No se imagina las veces que se lo he dicho. "Encuéntrate una esposa, dame una madrastra y ten con ella una docena de niños que sean mis hermanitos, seis de cada uno.

—Eso no es saludable para ti tampoco. Necesitas la libertad de buscarte a alguien con quien salgas en citas sin tu papá —Marjorie dijo, completamente ignorante del sarcasmo de Javi.

—Ah, no, claro. Ya tengo a alguien en la mirilla. Veremos —replicó Javier antes de volver al trabajo.

—Seguro se cree que no lo noto —dijo Javier esa noche cuando Javi le reportó la conversación. —Tendría que estar embalsamado para no darme cuenta.

Se la pasa quitándome pajitas imaginarias de la ropa y el pelo. Me pone la mano en el hombro cuando hablamos y allí la deja. Me toma prestado el bolígrafo y luego me lo repone en el bolsillo del batín con las manos contra el pecho. No pierde oportunidad de enderezarme la corbata.

—Por favor, no me la pongas de madrastra —dijo Javi. Los dos rieron. Estuvieron de acuerdo en que la próxima vez que le preguntara a Javier cómo le había ido en el fin de semana le diría que había tenido una cita fogosa con alguien de promesa, alguien de quien ya estaba enamorado. No estaría mintiendo ni exagerando.

Y así lo hizo. Y Marjorie dejó de insinuarse.

Su vida social se limitaba principalmente a cenas en casa de colegas, que ellos reciprocaban con cocteles y ocasionalmente un almuerzo dominical de bufet. Javier había sugerido ir a uno de los clubes nocturnos para hombres en las afueras de la zona metropolitana. No quería correr el riesgo de encontrarse con un paciente o enfermero, tal vez hasta con otro médico si iban a uno en la ciudad. Javi le recordó que todavía no tenía edad de ir a barras. Tendría que esperar a cumplir los veintiún años, dos años más tarde.

—Ah, miren a quienes tenemos aquí —dijo la esposa del doctor Mallory cuando les abrió la puerta para la cena de Acción de Gracias. —Son Javier y su sombra.

El resto de la velada Javi quedó matizado de su incomodidad por el comentario. A Javier no le había molestado, le dijo en casa. —Si eres mi sombra, justamente ahí es que quiero que estés.

—Sería mejor que fueras solo a esas actividades —Javi sugirió.

—Si no vienes conmigo no voy a ir —Javier respondió. —¿Cómo iba a disfrutar de nada sabiendo que te quedabas acá? ¿Qué razón tendría para querer pasar mi tiempo libre alejado de ti? —. La voz de Javier delataba su malestar con la sugerencia. —No tienen por qué saber que veo por tus ojos, que respiro porque eres mi oxígeno, que sin ti estaría perdido. No, ellos no tienen por qué saberlo, pero tú ya te debiste enterar.

Javi sonrió su sonrisa de costumbre cuando Javier le revelaba sus sentimientos más íntimos en forma casi poética, sin necesidad de hacerlo. Entonces hizo lo de siempre cuando Javier le hablaba de esa manera: le echó los brazos por los hombros y lo besó suavemente en la mejilla, con ternura despojada de lujuria, con gratitud desnuda de deseo carnal. Se equivocaba Javier: era él quien recibía de Javier el aire que respiraba, la persona sin la que estaría en el extravío.

Hacia fines del invierno siguiente Javi mencionó que con sus dos años de italiano probablemente podía ir a Roma o Florencia, entender y hacerse entender. Javier le preguntó qué quería decir con eso; Javi contestó que nada. Solamente estaba afirmando su dominio del idioma. Se parecía algo al español, pero no del todo. Tenía que hacer a veces un esfuerzo consciente para no permitir que el español interfiriera con el otro idioma. Era buen ejercicio mental. En una tienda del barrio italiano de Boston había encontrado dos libros de guitarra; uno de ellos lo tomó por sorpresa. Incluían los acordes de guitarra, uno de baladas italianas y el otro de tangos argentinos. De noche, a veces Javi tocaba las canciones durante un receso de estudio. Javier se sentaba al otro lado de la sala a escucharlo con una sonrisa.

—Tienes una voz increíble —solía decir Javier.

—Tú me escuchas con los oídos del amor —Javi le respondía, haciendo una pausa en el canto.

—Cualquiera diría lo mismo. Especialmente con esa emoción sincera que transmites cuando cantas tangos. Es otra ocupación que podrías practicar si fuera necesario, aunque prefiero de pareja de vida a un ingeniero talentoso y guapo.

Javi le soplaba besos, sonreía ampliamente y arrugaba la nariz para asentir.

—Bueno, de todos modos, sería interesante estudiar en Roma o Florencia. Los italianos son ingenieros y arquitectos formidables —dijo Javi.

—Podemos hacerlo —dijo Javier con toda seriedad.

—Oh, no, no, no quise decir que debiéramos hacerlo. O que yo debiera —Javi protestó.

—Debiéramos, porque si tú vas, me voy contigo. Podría hasta conseguir un empleo temporero en un hospital americano donde no tuviera que hablar italiano. O tú me podrías dar clases, *amore*.

Javi se echó una carcajada. —Siempre me tomas en serio. No, gracias. No quiero desviar mi foco.

—Podemos hacerlo —insistió Javier.

—Oquéi. Permíteme sugerir una alternativa. Cuando acabe aquí, podemos irnos un año y sigo algún tipo de estudios posgraduados en Italia. ¿Te parece?

—Te lo firmo en sangre — le dijo Javier.

—Eso es lo que hace Satanás, he oído decir. Ahórrate la sangre, Javier.

—Sé que eso va a suceder. Desde el día aquél que nos sentamos en el local mugriento a tomar refrescos. ¿Te acuerdas?

—Mi vida entera me voy a acordar —le dijo Javi.

—Ese día tuve el presentimiento de que no eras el tipo de hombre que se dejaba vencer cuando fijaba la mira en conseguir algo. Fue una de las artimañas de que te valiste para seducirme, lo sé.

—¡Artimañas! ¡Mira quién habla, el hombre que se sentó allí a regañarme por tomar Coca-Cola con aquella boca tan apetecible y destilando dulzura! —dijo Javi.

—Oyéndote hablar de la razón por la que estabas en aquella pocilga de joyería me di cuenta de que eras un ser de emociones profundas que resultan en lealtad firme. ¡Y la madurez con la que hablabas en tu timidez, tan impresionante! Tu juventud engaña: quien crea que eres un chico sin temple no ha pasado cinco minutos contigo. Supe desde aquel momento que eras el hombre con el que quería pasar el resto de mi vida.

Entonces Javier dijo algo que Javi jamás olvidaría.
—Eres las velas del barco de mi vida en altamar, Javi. Eres el norte de mi brújula, el río que fluye apasionado sobre mi cauce.

Javi se sintió sobrecogido por la emoción que surgía de lo más profundo de su alma. Significaba más por saber que todo aquello brotaba de la sinceridad de Javier, que nunca desilusionaba. Se aferró a Javier como si tratara de detener una fuerza invisible que luchaba por quitárselo.

—Mírame —le dijo Javier cuando Javi oprimió el rostro contra el lado del suyo. —Nunca te cuestiones eso. Nunca lo dudes. Prométeme que cuando ya no esté nunca vas a olvidar lo que has sido para mí.

—¡Por Dios, Javier! —le respondió Javi con algo parecido a la desesperación, tan junto a Javier que parecían estar fundidos en el pecho. —¡Qué cosa tan detestable! Parece que estuvieras invocando la muerte. ¡No lo soporto! —. Rompió a llorar convulso, con gemidos profundos.

—No, mi amor, no. Ya, ya. No quise alterarte. Perdona, mi vida. Por favor, perdóname —dijo Javier para tratar de calmarlo. Le frotaba la espalda a Javi como si temiera marchitarla. —Ya, mi amor, ya, vida de mi vida, fue algo que dije sin pensar. Voy a estar siempre contigo, para siempre, ¿entiendes? ¡Para siempre!

Javi retiró la cabeza de la de Javier lo suficiente para mirar la de Javier completa. Colocó la mano en el lado de la cara de Javier como si quisiera retenerla en la palma ahuecada de la mano. —No quiero siquiera imaginarme que nuestra felicidad se interrumpiera por algo que ninguno de los dos pudiera evitar.

Javier puso los labios en los de Javi como si temiera que su seda pudiera deshilarse bajo la más leve presión.

Esa noche Javi aguardó inútilmente la llegada del sueño.

19 Hoy

El servicio religioso no comenzó cuando estaba programado. Tomás Eduardo no estaba seguro de ser porque alguien sin quien no podían empezar no había llegado o porque el de la guitarra no hallaba la clave. Era más probable que fuera porque nada en la isla se llevaba a cabo cuando estaba señalado. Era como una serpiente que se mordía su propia cola: nada empezaba a tiempo porque los que estaban supuestos a llegar no estaban y los demás no estaban presentes porque no esperaban que nada empezara a tiempo. Podría ser que llegarían tarde a su propio entierro si no fuera por el hecho de que aunque llegaran a tiempo para el sepelio, nadie más llegaría a tiempo de todos modos.

Por fin el tío Luis tomó el micrófono y escupió todos los lugares comunes que la gente está acostumbrada a escuchar en tales ocasiones. Nuestra hermana ha ido a la gloria del Señor, a su recompensa celestial. Estaban reunidos allí para recordarla y celebrar su vida en Jesucristo. Tomás Eduardo se mantuvo en silencio con la esperanza de que todo aquello acabara pronto, pero sabía que, sin importar cuán corto, sería mucho más largo de lo que él hubiese querido estar oyéndolo.

Mientras el tío Luis prolongaba el sonsonete, un teléfono celular sonó detrás de Tomás Eduardo.

—Sí, recibí tu llamada —dijo una mujer de edad avanzada. Luego de una pausa siguió sobre la voz amplificada del tío Luis. —No, no puedo ir. Estoy en la funeraria... Sí, el servicio es ahora —. El tío Luis continuó. Tenía sentimientos encontrados Tomás Eduardo sobre la llamada. La vieja inoportuna no debió contestar la llamada o, mejor aún, debió apagar el móvil. Escuchar al tío Luis, sin embargo, no era mucho mejor que la conversación insensata detrás de él.

—Sí, sí, venme a buscar. Yo te llamo —dijo la vieja.

—Nuestra lectura esta noche viene de la epístola de Pablo a... —el tío Luis dijo, pero Tomás Eduardo no pudo escuchar más. La referencia epistolar coincidió con la promesa de una llamada posterior que escuchó detrás de él. El tío Luis se movió hacia el lado. La hermana se puso de pie y fue hasta el atril. Leyó de la Biblia. Tomás Eduardo casi perdió la compostura cuando comenzó a leer. Lo hizo con pronunciación castiza que lo hizo pensar en un campesino de Alabama hablando como si fuera británico. ¿Por qué lo hacía? ¿Creería que se hacía más refinada, sofisticada? Su madre se habría echado una carcajada profunda y prolongada con la boca cubierta para reírse como cuando alguien decía o hacía algo ridículo.

Muchos años antes la hermana de su padre, Mercedes, le había pedido a su madre que la acompañara a una cita médica en la capital. Mercedes no estaba acostumbrada a ir en autobús y los que había tomado no tenían torno a la entrada: el conductor recogía la tarifa y el pasajero entraba por la libre. En aquella tenía que depositar la moneda en la ranura del torno. Mercedes agarró uno de los tubos, lo empujó y lo haló y, como no cedía, levantó una pierna para saltar sobre la valla. Su madre la detuvo para evitar que les diera a los demás pasajeros un vistazo de la ropa interior y depositó la moneda por Mercedes. Cuando se sentaron, su madre se estaba riendo tan fuerte que se le filtraron los orines hasta mojarle el vestido. Por años su madre hacía el cuento y se reía como si hubiese sido en ese mismo instante.

Cuando Tomás Eduardo estaba en el séptimo grado tomaba clases de piano en una ciudad cercana. Su padre había comprado un budín de pan la noche anterior, de una repostería en la misma barra donde se emborrachaba los viernes antes de regresar a casa, luego del día de trabajo. Esa noche, antes de acostarse, Tomás Eduardo se comió más de la mitad de la torta. El próximo día, en ruta a la clase de música por transportación pública, pensó que no podría aguantar los deseos de evacuar. Eran unos retortijones de diarrea que lo hacían sudar frío. Tan pronto llegó a la academia tenía que ir al baño, pero la profesora de piano se inventó todo tipo de excusas para evitar que Tomás Eduardo usara el retrete. Ella, el marido y seis o siete hijos vivían en el mismo local de la escuela y evidentemente todos se daban duchazos en tandas corridas. Tomás Eduardo tuvo que ir a una barra al lado de la academia. El baño estaba en una casucha en el patio trasero del edificio. Abrió la puerta anticipando el uso de aquel hueco apenas levantado del piso, pero lo halló detrás de una puerta con candado. Perdió el control. Se limpió como pudo y salió corriendo del lugar hasta llegar a la academia de ballet donde su hermana tomaba lecciones.

—Me evacué encima —le dijo a su madre, avergonzado y temeroso de que pudiera apestar. Su madre se rio tan alto que las demás madres que esperaban a que sus niñas terminaran la lección se dieron vuelta para ver de qué se trataba. Hasta el profesor de ballet detuvo la lección brevemente para voltearse a averiguar qué ocurría.

Tomás Eduardo solamente quería dinero para comprar un antidiarreico. Ella, en vez, seguía riendo. —Cuando papi compra budín, ¡es todo para mí! —dijo, remedando con un tono infantil lo que había dicho Tomás Eduardo la noche anterior. —¡Ay, me meo!

Cuando Tomás Eduardo estaba en undécimo grado de secundaria y un día se comió dos bizcochitos, uno más que los demás en la casa, su madre dijo: "Cuando papi compra budín, ¡es todo para mí!" Entonces rompió a reír igual que aquella mañana de sábado en la escuela de ballet.

Una de las otras veces que Tomás Eduardo había escuchado esa risa fue cuando uno de sus vecinos, un hombre que a duras penas había terminado la secundaria, empezó de la noche a la mañana a hablar como si fuera de Castilla la Vieja, como hablaban los inmigrantes españoles y algunos miembros correspondientes de la isla a la Real Academia Española de la Lengua.

Su hermana tenía la suerte de que su madre estaba muerta y no era capaz de escucharla. Tenía un portal de tolerancia muy bajo para entretenerse con las desventuras y absurdos de los demás. Su madre encontraba hilaridad riendo, no con otros, sino de ellos.

20 Llegan las sombras

Ya Javi se había estado preguntando qué ocurriría al llegar junio. Se recibiría: ¿se quedarían en la ciudad? No sabía si Javier estaría de acuerdo en mudarse a otro lugar o si tenía el derecho de pedirle a Javier que se fueran a otra localidad donde Javi tuviera mejores oportunidades profesionales. Esa área estaba tan saturada de programas de ingeniería que la competencia para puestos de entrada era absurdamente cerrada y los sueldos bajos. A lo mejor sería preferible quedarse en el instituto un año más y terminar una segunda preparación en arquitectura. No lo había discutido con Javier cuando hablaban, por temor a que Javier comenzara a ofrecer sacrificios en su propia carrera. Javier sufría de un desprendimiento total cuando se trataba de la felicidad de Javi.

De todos modos, le quedaban seis meses para tomar una decisión. Sería de los dos, no solamente suya.

Se les había escurrido otra fiesta de Acción de Gracias. No iban a aceptar ninguna de las invitaciones que tenían para almorzar y cenar. Prepararían su propio pavo con todos los aderezos necesarios. El martes en la noche Javier había horneado el pastel de manzana: no había por qué dejarlo todo para el último momento. Anteriormente el mismo día habían ido al mercado a escoger el pavo que tendría que descongelarse para adobarlo el miércoles en la noche. El miércoles Javier se iría al trabajo por autobús y le dejaría el carro a Javi para que fuera al mercado en la mañana en su día libre de clases, a buscar lo que faltaba, que Javier había anotado en una lista.

El verano anterior Javi había aprendido a manejar.
—No necesito aprender —había objetado Javi.— Estamos en la ruta de autobuses. La estación de tren está a pocas cuadras.

—Aprender a manejar es un rito de transición —Javier le dijo. —No puedes ser un adulto completo sin licencia de conducir. Además, algún día vas a tener que darme un descanso y llevarme, en lugar de la inversa.

—Ah, un rito egoísta de transición.

—Eso mismo —le respondió Javier. De la misma forma que hacía con más frecuencia esos días, fue hasta Javi, lo abrazó fuerte y lo besó en la frente, luego le tomó la cabeza entre ambas manos para frotar suavemente las sienes de Javi. —Sabes cómo te adoro, ¿verdad? —decía cada vez.

Javi le respondía: —Nunca se me olvida, igual que no puedes olvidar lo mucho que te amo.

La semana antes del Día del Trabajo Javi obtuvo la licencia de conducir.

La tarde del miércoles Javier lo llamaría en la tarde cuando estuviera listo para que lo buscara Javi. Cuando llegaran a la casa los dos empezarían a cocinarlo todo menos el pavo y las papas majadas. Javi decidió adelantarse en el adobo del pavo. Sorprendería a Javier con una receta que había sacado de uno de sus libros de cocina. Había visto una que recomendaba inyecciones de mantequilla derretida con romero molido debajo del pellejo del pavo antes de ponerlo al horno. Había comprado una jeringuilla de cocina en el mercado con ese propósito, cuando estaba buscando el cordel para atarle las patas al pavo.

Javi enjuagó el pavo y lo dejó en el fregadero. Buscaba el frasco de sal cuando sonó el teléfono. Era todavía temprano para que lo llamara Javier. Habría acabado temprano. Mejor todavía: pasarían más tiempo juntos el resto de la semana y luego en las pistas de esquí el sábado.

Se limpió las manos con el delantal de tela de toalla. —¿Estás listo? —preguntó. No era Javier. —Ah, lo siento. Esperaba llamada de Papi.

El doctor Mallory sonaba extraño. Hablaba como restringido, sin poder ocultar un elemento de urgencia. —Tu papá tuvo un percance en el consultorio.

—¿Qué clase de percance? —Javi preguntó. No le había tomado mucho en apoderársele la desesperación.

—Perdió el conocimiento. Se lo llevaron a la sala de urgencias del Hospital General —dijo el doctor Mallory. La voz le temblaba. —Tienes que ir allá tan pronto puedas.

—¿Qué le pasó a mi papá, doctor Mallory?

—Voy a dejar que te explique el médico allá, Javi. Vete ahora —contestó el doctor Mallory y colgó.

No pensó en cambiarse. Se lavó las manos para sacarse lo más posible de los condimentos. Se echó un abrigo, bajó de prisa a la cochera, puso el motor en marcha y condujo más rápido de lo que debía para sus destrezas de chofer en calles nevadas. Redujo la velocidad: no llegaría vivo a la sala de urgencias si no se controlaba.

—Soy el hijo del doctor Javier Toro —le dijo a la recepcionista. —Me han dicho que lo trajeron acá.

La recepcionista buscó por una hoja de registro. —Oh, sí. Un momento, por favor, señor.

—¿Dónde lo tienen? ¿Cómo lo veo?

La recepcionista levantó el tubo del teléfono. Miró a Javi antes de oprimir un par de teclas en la cara del teléfono. —Por favor, señor, tome asiento. Espere un minuto. Estoy llamando al médico encargado.

Las manos le temblaban a Javi. Igual le sucedía con la mandíbula. Tenía la cabeza como brasa y liviana.

Se abrieron dos puertas batientes al fondo de la sala de espera. Salieron un hombre con un batín blanco y otro con cuello de clérigo, un ministro de algún tipo. Vinieron directamente hasta él. Lo sentía mucho el médico. No quedaba mucho por hacer para cuando trajeron al doctor Toro. La hemorragia que había sufrido en el consultorio fue fatal.

¿Se había dormido y se encontraba en un sueño oscuro? Pidió despertarse. Esto no podía ser real. Este mal sueño tenía que acabarse, ya no más del mal sueño, por favor.

—Dios sabe lo que hace, joven. No tenemos forma de saber por qué Dios decide que es hora de que vayamos a su santa gloria —dijo el ministro. Javi tenía el cerebro adormecido: ¿de qué hablaba ese hombre? Era una jerigonza sin significado. —Hay que buscar consuelo en la promesa que Dios nos ha hecho de darnos vida eterna a su lado. ¿A qué iglesia asistía?

Javi no dijo nada. Se volteó hacia el hombre del batín. El gafete decía: "Dr. Harrell". Esperó a que los sollozos no interfirieran con las palabras hasta el punto en que nadie pudiera entender lo que decía. —¿Qué le sucedió?

—Hay que esperar que le hagan la autopsia —dijo el doctor Harrell. —Por lo que he visto, he hecho un diagnóstico preliminar de que fue algo cerebral, lo más probable una aneurisma que reventó. Murió instantáneamente.

Nada hubiese preparado a Javi para escuchar esas palabras con el alma desgarrada. El mundo se le desplomó encima. Todo se puso oscuro. Perdió la esperanza de que fuera una alucinación cruel, la concreción de un miedo subconsciente que su mente nunca le había permitido admitirse como posible.

—¿Cuándo puedo verlo?

—¿Está seguro de querer verlo? No es necesario identificarlo. ¿Está...? —preguntó el doctor Harrell antes de que Javi lo interrumpiera.

—Sí, estoy bien seguro. Tengo que verlo —replicó Javi sin una onza de duda en el tono de voz temblorosa.

El ministro los siguió. Los corredores profundos parecían cerrársele tan pronto los pasaban. Era un ambiente incógnito para Javi, uno que sabía que nunca volvería a cruzar una vez terminara su última visita con Javier. Llegaron a puertas batientes dobles con una ventanilla de vidrio en la parte superior central. El doctor Harrell entró primero y le aguantó la puerta a Javi y al ministro. Al abrirse la puerta, un muro de cortinas flotó hacia el lado, velas que empujaba un mal viento.

El doctor Harrell sacó mascarillas de un depósito en la pared. Se dirigió a Javi: —¿Quiere una?

—No —le respondió Javi, molesto por la implicación de que pudiera querer evitar el aroma de la piel de Javier. El doctor Harrell se puso una y le dio otra al ministro.

Otra cortina blanca de tela colgaba para separar la sección interior de la sala con acceso de las puertas batientes. El doctor Harrell haló la cortina hacia el lado. Allí, en una camilla, cubierto hasta el pecho con una sábana que colgaba por los lados, estaba Javier, desnudo debajo de la sábana, los ojos cerrados, la boca medio abierta como si un dolor profundo buscara alivio desde los recesos más hondos de su cuerpo y de alguna manera no lo lograra.

Javi pensó que las piernas no lo sostendrían. Se sobrepuso. Colocó la mano donde adivinó que estaría la de Javier. Parecía estar vivo, como si un cualquier momento podía abrir los ojos y decirle lo arrepentido que estaba de haberle dado el susto, que todo estaba bien, que estaba listo para irse a casa y que, por favor, que alguien le buscara la ropa. ¡Tenía una cena que preparar con su adorado! Javi se dio cuenta de que sus lágrimas estaban humedeciendo la sábana. Comenzó a gemir, pero rápidamente los gemidos se convirtieron en un llanto incontrolable. Quiso decirle a Javier lo mucho que lo quería, que le dolía el cuerpo entero ante esta pérdida pavorosa. La presencia del doctor Harrell y el ministro lo inhibieron de decirle un voz alta algo que pudiera revelarles a aquellos lo que la muerte de Javier verdaderamente significaba para él. Entonces se sintió más herido al darse cuenta de que la verdadera naturaleza de su vida juntos tenía que mantenerse oculta como si fuera un crimen vergonzoso. *Mi amor, mi amor, ¿cómo voy a vivir sin ti?*, le preguntaba a Javier sin pronunciar palabra. *Velas sin barco, norte sin brújula. ¿De qué sirvo ahora, mi amor?*

En la sala de urgencias, Marjorie se ofreció hacerse cargo de los arreglos fúnebres. Se lo agradeció. El dinero no sería problema: tenían sus cuentas de banco conjuntas y los fondos estarían disponibles, aunque Marjorie mencionó que el consultorio se haría cargo de los gastos hasta que la sucesión se estableciera.

—Me dejó esto hace como año y medio. Me dio instrucciones de que si algo le sucedía, debía entregártelo tan pronto fuera posible —Marjorie dijo. Le puso en las manos un sobre manila grande. —Creo que debes irte ahora. No queda nada que puedas hacer aquí. Vas a necesitar el descanso.

Javi se sentía atornillado al asiento. A cada momento creía ver a Javier salir por las puertas batientes sonriendo, pidiéndole que lo llevara a casa. Por fin decidió que no le quedaba opción que no fuera aceptar lo que había sucedido. Se fue a casa. Ver el pavo en el fregadero le pareció una burla obscena. Fue a la habitación donde habían dormido y el mundo se le convirtió en una cascada de vidrio roto cuyas esquirlas lo punzaban inmisericordes al caer. Se hizo un bulto en una esquina y se quedó allí sentado hasta la mañana siguiente, cuando el sol comenzó a aclarar de nuevo la habitación, incongruentemente, como si a ese día especial hubiese que darle la bienvenida y celebrarse a pesar de la ausencia de Javier. Ahora era cauce seco. ¿Dónde estaba su río?

Querido Javierito mío:
 Si estás leyendo esto, se me acabó el tiempo. Sin intención de presumir, sé qué dolor estás sintiendo. Quisiera poder estar ahí para podértelo aliviar. En mi incertidumbre por no saber cuándo me llegaría el fin, mi angustia más enorme era reconocer que, sin que fuera culpa mía, ibas a pasar por esto.
 Cuando estabas en tu segundo año de universidad, hace cuatro meses, me diagnosticaron una aneurisma inoperable. Son bombas de tiempo. El paciente no puede oír el tictac ni saber cuánto tiempo le queda. No hay por qué preocuparte. Lo único que me ha quedado por hacer era tratar de prepararte para una vida independiente y asegurarme de que el tiempo que nos quedara estuviera lleno de un amor que no olvidaras y que te sirviera de consuelo luego de que llegara el final. Espero que haya servido mi esfuerzo. No creo que muchos experimenten el regocijo de amarse como nosotros lo hemos hecho. Por favor, halla conformidad en eso también. Hemos sido de los pocos con esa suerte.
 El corazón me ha latido por ti desde que nos vimos en aquella joyería. Antes habías sido solamente un paciente, un joven apuesto y educado y nada más.

¡Cómo han cambiado las cosas! Según te dije que eras las velas de mi barco, tienes que saber que has sido mi inspiración, mi razón de vivir, el objeto de mi admiración incondicional. Ahora tienes que ser tu propio velero. Algún día darás con tus propias velas. Espero que quienquiera que sea te ame por lo menos la mitad de lo que te he amado: eso te hará el hombre más amado de esta tierra. Te doy mi bendición hasta que nuevamente Dios nos una.

Tu amante Javier

El mensaje estaba en un sobre sellado dentro del grande que Marjorie le había dado. Javi lo leyó el día después del servicio en memoria de Javier. Cuando Marjorie lo consultó sobre el servicio fúnebre, Javi le dijo que no habría entierro. Luego del servicio lo cremarían. Con el tiempo Javi llevaría las cenizas para dispersarlas sobre las pistas nevadas donde los dos habían aprendido a depender el uno del otro y donde Javier había sido el maestro amoroso de un alumno idólatra.

Le había notificado la decisión de cremarlo a la hermana de Javier cuando la llamó para darle la noticia.

—¡Esa decisión no te pertenece, carajo! —le gritó la hermana por teléfono.

—Me pertenece y está tomada.

—¡Atrevido! ¿Con qué autoridad, hijo de la gran puta? Nosotras somos su única familia —volvió a gritar la hermana.

Javi no estaba de humor para garatear con nadie. Su obligación era dejárselo saber a la madre y a la hermana. En el sobre manila Javi había encontrado el testamento de Javier, donde lo nombraba heredero universal y administrador de sus bienes.

—¡Embustero! ¡Pillo! —le respondió la hermana con más gritos.

—No voy a discutir con usted —le dijo Javi . Estaba exhausto, vacío. Bastaba con la notificación; no iba a argüir un caso inútil.

—Yo siempre supe que lo eres. Tú sedujiste a mi hermano. Él no era así, de ésos como tú. Después que se conocieron fue que él cambió —añadió la hermana. —¡Fuiste una mala influencia para mi hermano!

Javi ignoró la apreciación que hizo la mujer sobre la personalidad de Javier. Le dijo el nombre, la dirección y el número de teléfono del abogado de Javier. —Llámelo. Él le explicará. Hágale las preguntas que quiera.

—¡Ustedes están combinados! Tú lo que quieres es robanos lo que nos toca.

—Espero que haya anotado la información que le di. No vuelvo a hablarle —Javi dijo y colgó.

Días más tarde recibió una llamada del que había sido abogado de Javier en la isla. La hermana del difunto lo había llamado. Sentía mucho saber que Javier había fallecido. Debió ser un momento difícil para *Tomás Eduardo*. El abogado había sido un amorío pasajero de Javier cuando estaban en la universidad y era uno de sus amigos mutuos durante el año que habían vivido juntos Javier y Javi en la isla. No le cabía duda al abogado de que lo que había alegado la hermana de Javier sobre la designación del heredero fuera falso.

—Javier me adoptó —le dijo Javi. —Con o sin la designación ni su madre ni ella habrían heredado más que algo que él hubiese querido legarles por separado. Estoy muy seguro de que Javier le dejó algo a su madre, pero no sé dónde pueda estar. Tal vez lo sepa el abogado que trabajó aquí el testamento. No quiero comunicarme otra vez con esa mujer. No bien le dije que había muerto el hermano me preguntó si había dejado testamento y dónde estaba.

—No sabía lo de la adopción —dijo el abogado. Era cierto: Javier había ido a otro abogado para ejecutar el proceso, para mantener la decisión privada. —Eso fue muy sabio y generoso de su parte —. Nada más por verificar y comunicárselo a la hermana de Javier, el abogado quería saber dónde estaban las pólizas de seguro de vida de Javier: sin duda les habría dejado por lo menos una. Javi le dijo que sí, que de hecho, él tenía las pólizas, pero solamente las que lo nombraban beneficiario. Si les había dejado alguna más, Javi no tenía información. Las compañías de seguro se pondrían en contacto con los beneficiarios una vez recibieran el certificado de defunción. Javi le informaría cuando llegaran las advertencias de lapso por falta de pago de primas. No tenía que ver nada con eso. Le dio al abogado la misma información que le había dado a la hermana. —Si también quiere saber sobre las cuentas de banco y las inversiones, por favor, dígale que mi nombre aparece en todo —añadió. —Supongo que podría ser generoso y compartir con ella. Eso no parece haber sido la intención de Javier. Ella ciertamente no ha hecho nada por ganarse mi respeto ni me ha dado ninguno. Le deseo buena suerte —. Javi supuso que tal vez querría demandar. Esperaba que el abogado le hubiese aconsejado que no lo hiciera. Iba a desperdiciar mucho más dinero del que le iba a tocar, que no era ninguno.

Javi no volvió a saber de la hermana.

21 Hoy

El tío Luis no habría obtenido premios en ningún certamen de dicción. En lugar de inspirarlo, Tomás Eduardo sentía vergüenza ajena por él. El hombre había sido su profesor de piano en primaria. Tomás Eduardo sentía gran respeto por él entonces. Le enseñaba solfeo; con él aprendió a leer música y a desarrollar buena posición de espalda y manos. El tío Luis había dicho que Tomás Eduardo tenía una gran habilidad para tocar instrumentos, especialmente para un niño de su edad.

—A lo mejor pueden comprarle un piano usado para practicar en casa —le dijo el tío Luis a la madre de Tomás Eduardo. El niño solamente llegaba a practicar en la escuela durante el receso y las lecciones. Podría adelantar considerablemente si pudiera practicar en casa, le sugirió el tío Luis a su hermanastra.

—A no ser que sea en uno de esos de ocho teclas que venden en La Gran Tienda, no creo que su papá quiera gastar el dinero en uno de esos armatostes— había respondido la madre entre risas.

Su padre dijo que los pianos eran para maricones, cuando la mujer le repitió lo que había dicho el tío Luis. "No quiero que mi hijo se convierta en otro Liberace". El marido de su prima era marino mercante. Podía comprarle un acordeón fantástico en Italia. —Ahí, ahí sí tienes un instrumento que vale la pena —había observado el padre.

Lo único que le llamaba la atención a Tomás Eduardo de las monstruosidades que eran los acordeones era que tenían un teclado a un lado. Le pareció que la preferencia de su padre por el acordeón era que sonaba en cierto modo a algo así como el bandoneón argentino, el instrumento que más se identificaba con el tango. Tomás Eduardo era fanático del tango y ojalá pudiera aprender a tocar el bandoneón. Recordó, sin embargo, que las orquestas de tango también tenían pianista.

El niño siguió tomando lecciones de piano con una profesora que era también la organista de la parroquia. Ya en escuela intermedia dejó las lecciones después del percance intestinal. En el internado también tuvo una profesora que venía una vez a la semana a dar lecciones en una estructura que había sido parte de las porquerizas que mantenían los monjes del colegio. Sus padres no pagarían por las lecciones. Tomás Eduardo les escribía las composiciones a otros estudiantes, sus compañeros de clase y otros en grados más bajos, por dos dólares cada trabajo. Todas las semanas tenía por lo menos los diez dólares que cobraba la profesora por la hora de lección

En escuela primaria no se había percatado de lo ineducada que sonaba la pronunciación del tío Luis: dejaba consonantes sin emitir y las añadía donde no iban. A la segunda persona informal del pretérito indefinido le añadía una ese final que le daba vergüenza a Tomás Eduardo por ser indicio de su ultracorrección ignorante. La lectura de la Biblia, donde no había tales eses en el texto original, pero se las ponía, resultó una selección bochornosa que Tomás Eduardo hubiese preferido no escuchar.

Su hermana se hacía Cervantes, mientras que el tío Luis era el Sancho.

El trío cantaba un himno adaptado a un ritmo campesino de la isla. Querían sonar como cantantes folclóricos profesionales. El esfuerzo merecía algún encomio, pero les faltaba un largo camino. Volvió a pensar que era mejor que no podía oírlos su madre. No tenía oído y croaba en lugar de cantar, pero no la detenía para cantar algo en misa y acompañar tango cuando su padre tocaba los discos. Con frecuencia cuando su padre se sentaba en la terraza con amigos a darse tragos y tocar tangos en la vieja guitarra, la madre entraba y cantaba sin control, creyéndose la Libertad Lamarque isleña, convencida de que era su voz la que necesitaba el Teatro Colón o el Teatro alla Scala para atraer más público. Cuando su padre estaba ya lo suficientemente borracho, dejaba de cantar y le preguntaba si también quería tocar la guitarra. Esto le provocaba risa a la mujer. "Como si cantaras tan bien", respondía por fastidiar. Tomás Eduardo pensaba que su padre tenía una gran voz, casi tan buena como las voces de los discos. Su madre disfrutaba cantando: lo hacía dondequiera que iba en pasadías de playa, jiras de maestros, fiestas familiares. Nadie se quejaba. Les gustaba su ánimo y entusiasmo y cantaban más alto que ella, seguramente para ahogarla.

—Nunca quisiste tomar el seno —le dijo su madre una vez. —Tuvimos que darte leche evaporada de lata. ¡Eras tan quisquilloso! Hacías lo mismo que cuando te cantaba canciones de cuna. Empezabas a llorar —. Se habría apretado las narinas para evitar dar resoplidos de risa si hubiese oído al trío de espaldas a su féretro.

Otra lectura bíblica y dos himnos más tarde el tío Luis le pidió a su hermana que viniera a decir algunas palabras. Ya había hablado el honorable alcalde, que entre sus elogios a la madre de Tomás Eduardo había dicho que su presencia se debía a que venía a acompañar a la hija de la difunta. Al entrar a la capilla alguien lo había dirigido a Tomás Eduardo para darle el pésame. No había venido a acompañar al hijo, sino a la hija. A Tomás Eduardo le pareció superflua la aseveración: hasta insulsa.

Las palabras de la hermana, dijo el tío Luis, irían dirigidas a la hermana del tío. Si su madre hubiese estado viva lo habría corregido: "Hermanastra. Hermana de padre solamente". Lo había hecho en otras ocasiones.

—Tenía virtudes, como todos las tenemos. También tenía defectos, como todos los tenemos —dijo su hermana en algún momento en su discurso, que Tomás Eduardo calculó ensayado, una retahíla de referencias que tenían poco que ver con su madre. Su hermana se había declarado experta en la madre. Su hermana no visitaba a la madre en dieciocho años. Tomás sintió el rostro arderle. La hija solamente había reaparecido a asistirla en los últimos tres meses de su vida, luego que Tomás Eduardo la había amenazado con arresto por negligencia criminal de un envejeciente. Era una ley de la isla que su hermana había decidido ignorar. Tomás Eduardo se había comunicado con conocidos y amigos de su hermana para que trataran de persuadirla a venir a por lo menos estar pendiente de su madre. Finalmente, la reportó al Departamento de la Familia de la isla. Por su puesto de trabajadora social en una agencia pública. se habría visto feo que vinieran a arrestarla en el trabajo mismo. Por fin se presentó.

Se hastió de la hora semanal que pasaba con su madre, sin embargo. Su madre se cayó; la caída la dejó postrada. Su hermana había decidido ponerla en el hogar de ancianos, donde su madre casi murió. Su hermana solamente ocupó un lugar más activo en la vida de su madre durante los últimos dos meses de su vida. También se había hecho la receptora de los beneficios del Seguro Social de su madre y había intentado que su madre la autorizara a sacar dinero de las cuentas de banco, alegadamente para pagar los gastos de su madre, que era completamente innecesario: su madre recibía pensión cuantiosa del gobierno, además de los beneficios del Seguro Social, para una persona cuya casa estaba paga y vivía sin dependientes.

Como le había dicho la mujer que, de hecho, era quien se hacía cargo del cuidado diario de su madre, cuando vino a presentarse en la capilla, su hermana había hecho venir al gerente del banco para obligar a su madre a firmar los papeles de autorización de acceso a las cuentas. "Su hija podría sacar así dinero para pagar sus gastos", había aclarado el gerente. "También se me requiere por ley que le informe que con esa autorización su hija puede también vaciar las cuentas sin tener que darle a nadie explicaciones". Su madre, que entraba y salía de estado de conciencia por los efectos secundarios de Demerol en una persona de edad avanzada, estaba muy lúcida ese día. Miró al gerente y con una risita se rehusó a firmar nada.

—Ya sabe —le dijo la cuidadora, Annie. —Su hermana debe haber querido comprar los pañales al por mayor sin usar su propio dinero —. Lo dijo con una mueca mal disimulada.

—Lo absurdo de todo esto es que si me hubiese llamado para decirme que mi mamá necesitaba quien la cuidara veinticuatro horas al día y medicamentos o pañales que le duraran diez años o alimentos, con gusto le hubiese dado lo que fuera necesario —dijo Tomás Eduardo. Naturalmente, entendía que eso habría requerido que se comunicara con él, lo que hacía su participación nula. El rencor vence al hambre, a menos que sea la propia.

—Cuando éramos chiquitos, Mami nos llevaba en sus visitas a los hogares de sus alumnos —la hermana dijo desde el atril. —Tenía muchos de arrabales y proyectos de vivienda pública.

En la imaginación se vio saltar de su asiento para llamar mentirosa a la hermana. Su madre se quejaba de que muchos de sus alumnos, cuando tenía a cargo el grupo de segundo grado de peor aprovechamiento académico, eran hijos de narcotraficantes y prostitutas, mujeres "de la vida". Los juzgaba lo peor desde que había venido al pueblo a trabajar, cuando anteriormente había sido maestra rural. La madre decía que a los alumnos no se les podía enseñar los colmillos hasta mayo; significaba que no se podía sonreír hasta el cierre del año escolar. Se le conocía por impartir disciplina inmisericorde y castigos descarnados a los alumnos, en aquellos días en que los maestros eran amos de sus dominios. Los padres podían querellarse, pero, a menos que brotara sangre, las autoridades no hacían caso alguno. Su madre acostumbraba decir que los niños de vecindarios de clase baja solamente respetaban la vara sobre la espalda y la mano abierta cacheteándoles la cara. Si objetaban los padres y se presentaban a su puerta, les gritaba: "Si no quiere que le toque al bebé, ande, lléveselo a casa. Menos trabajo para mí. No me van a pagar menos".

Siguió la hermana hilvanando tramas de Sherezade sin que dependiera de ello su vida. —Una vez la madre de uno de esos chiquilines le regaló a Mami un reloj pulsera en Navidad. Y Mami lloró. Y lloró. Y lloró. 'No tenía que comprarme nada', decía Mami. 'Yo sólo cumplo con mi deber. ¡Pobre mujer!', decía.

¿Qué pudo haber hecho su madre con el reloj? De seguro no lo usó. "Mis muñecas son demasiado cortas para llevar un reloj", decía. No lo eran para las pulseras que se compraba o que obligaba al marido a comprarle. Le fascinaban las de oro y filigrana. Un árabe que iba vendiendo joyas de casa en casa encontró en su madre una mina de veta inagotable. A los más allegados les admitía la verdad: "Odio los relojes. Controlan a una.

No me gusta que me recuerden que tengo que estar en algún sitio a tal hora. Mi tiempo es mío. No dejo que ni mi marido me controle. ¿Por qué voy a dejar que un trapo de reloj lo haga?" Llegaba a tiempo al trabajo porque el marido dejaba preparado el reloj despertador. Sabía a qué hora cambiar de asignatura o acabar las clases por el reloj de pared en su aula. A cualquier otro lugar—iglesia, actividades sociales, el cine—llegaba a tiempo solamente por pura coincidencia y la mayor parte del tiempo llegaba tarde.

Cuando al fin terminó con su panegírico a lo Saturnino Calleja, Tomás Eduardo sintió alivio. No creyó poder soportar mantenerse allí escuchando más fábulas. El tío Luis se levantó para añadir sus recuerdos, inclusive el de la vez que su propia hija pasaba al segundo de primaria, asignada a la clase de su hermana Milagros. Su querida hermana estaba tan preocupada de la oportunidad de la hija del tío Luis de progresar en sus destrezas de lectura, que buscó que la pusieran en la clase de la Mrs. Guadalupe. Tomás Eduardo pensó que era mucho más factible que su madre no quisiera encuentros con el tío Luis si ella maltrataba o le gritaba a su hija según lo hacía con los demás alumnos.

Un año, después que a su madre le asignaron el grupo de más aprovechamiento de segundo grado, le tocó el hijo de la directora del plantel. El nombre más caritativo que le daba su madre a la directora, Mrs. Cáceres, era jodida jorobada. No quería trabajar ni con la madre ni con el hijo. El niño tenía una vuelta decididamente afeminada que lo hacía blanco de burlas y hostigamiento. La madre de Tomás Eduardo era despiadada con cualquier varón de la edad que fuera, que tuviera la más ínfima apariencia de lo que no fuera masculinidad inequívoca. No tenía intenciones de defender al niño cuando otros lo motejaban. "Si no fuera tan mariconcito, nadie se metería con él", había dicho sobre el niño, que vivía en el mismo vecindario que ellos, a sólo cuatro casas.

Su madre hizo examinar al niño y manipuló los resultados de las pruebas, para subir la puntuación a un nivel más alto que el de segundo grado. Su madre, que se había negado a permitir que a su propio hijo lo saltaran de grado, recomendó que promovieran al hijo de la directora a tercer grado, tan brillante como era y tan por encima del nivel del grupo. Habría sido criminal, una injusticia, someterlo a menos de lo que era capaz de lograr.

Vino otro himno. La gente lo conocía, tal vez por ser uno de los corrientes en misa. Tenía que ser de años recientes. Tomás Eduardo no iba a misa desde que tenía trece años. Más reciente significaba de los últimos cincuenta y pico de años.

22 Las secuelas

Javi no fue a la universidad el lunes siguiente al servicio fúnebre. No creyó que regresaría. Dondequiera que posaba los ojos en la casa veía un boquete enorme cuya profundidad no podía medir ni podía hundirse en él. Se sentaba de lado en la mecedora de Javier, abrazado al lado trasero del espaldar donde Javier ponía la cabeza en lugar de centrarla sobre el cojín. Le llegaba el aroma de Javier según lo había olido en las almohadas del lado de la cama donde dormía Javier, al costado detrás de Javi, porque nunca se dormía sin sentir a Javier contra él con su brazo echado sobre el pecho de Javi. Había salido de la casa después del servicio para tirar la basura. El pavo a punto de putrefacción comenzaba a llenar la casa con un hedor que le parecía la miasma de la muerte misma.

Se sentó a la mesa del comedor consumido por el pensamiento de que en aquel envase sobre el centro estaba lo que quedaba de la persona que había sido su universo por más de cuatro años. Los sentía como cuarenta siglos y, a la misma vez, como cuatro horas.

Se sintió culpable cuando tuvo que ceder al hambre y se comió una tostada con mantequilla de maní. Alimentarse era un sacrilegio, cuando su obligación era sentarse en silencio, inmóvil, de luto por Javier y adorando su memoria. Volvió la noche. Puso la cabeza sobre la mesa y se quedó dormido. En algún momento de la madrugada se despertó. Pensar en acostarse sin

Javier a su lado lo abrumó. Se acostó a lo largo del sofá y volvió a quedarse dormido.

—Admiro tanto tu perseverancia, tu determinación —oyó a Javier decir mientras estaba en el portal entre el sueño y el conocimiento. Por un instante se sintió desorientado. ¿Ahí estaba Javier? Claro que no, pero se dio cuenta de la razón por la que había escuchado esas palabras como un eco. Había sucumbido a la compasión por sí mismo, a la parálisis emocional. La decepción habría embargado a Javier si hubiese sido testigo de lo que hacía. De nuevo sintió que traicionaba a Javier como lo había hecho con la comida, excepto que esta vez las palabras le repiqueteaban en los oídos. Se había hablado a sí mismo, repitiendo aquellas palabras que le alegraban el alma de saber que eso pensaba Javier de él.

Javi se duchó rápidamente, se vistió, se tomó una taza de café, agarró la mochila y se apresuró a tratar de irse en el autobús de las 7:35 en la esquina.

Terminó ese semestre con solamente una B. Lo demás, A. ¡Javier habría estado tan orgulloso!

Para Navidad el doctor Mallory lo invitó a cenar con la familia. Se cansaba del silencio absoluto que a veces le daba deseos de hablar solo, como si Javier estuviera presente. Fue a la cena. El doctor Mallory intentaba que Javi le prestara más atención a una de las hijas. Javi se comportaba con gentileza y cortesía. Después de la cena Javier nunca cumplió la promesa de llamarla para acordar ir al cine un día. Cuando fue ella quien llamó pocos días después del comienzo del semestre, le dijo que estaría muy ocupado esos días, cuando tenía que dividir el tiempo entre clases y un internado en una empresa de ingeniería al otro lado de la ciudad. Entonces vendría la temporada de béisbol y todo se le complicaría más. No obstante, si surgía la oportunidad, le agradaría mucho darle una llamada a ver qué podían concretar. Nunca surgió la oportunidad.

A principios de la primavera retomó su posición defensiva de receptor y la ofensiva de cuarto bate. Lo nombraron el jugador más valioso de la liga al terminar la temporada, cuando su equipo tuvo un récord de solamente dos partidos perdidos y llegaron al campeonato, en el que obtuvieron el segundo lugar. Siempre que se paraba a batear sobre el plato de *home* creía sentir la mano de su ángel en el hombro y la voz que le decía que todo iba a salir bien. "La próxima, vas a ver", oía cuando no acertaba a batear o le anotaban un error. Había tenido razón Javier: ni la muerte había podido interponerse entre ellos. Javi sonreía cuando esa idea le cruzaba la mente. Javier seguía siendo el viento que empujaba sus velas; había encontrado su propio norte. La corriente de agua del recuerdo de Javier mantenía vivo su cauce.

Mientras se duchaba después de un partido, uno de los compañeros del equipo le preguntó: —¿Por qué sonríes tanto?

—Porque sé algo que tú no sabes —Javi le respondió sin dejar de enjabonarse. Se rio. La sonrisa consciente lo ayudaba a recordar y a ahuyentar la tristeza. Le había tomado algún tiempo dominar esa estrategia. Le funcionó hasta cuando desfiló en los ejercicios de graduación a recibir su grado de ingeniero con los más altos honores, deseando que Javier hubiese estado allí para verlo. *Siempre te veo, mi amor. No lo dudes. Te adoro*, oía en un susurro al oído. Le hablaba las mismas palabras durante las once entrevistas que trabajo que tuvo en el noreste y en la costa atlántica media.

Vendió la casa sin problemas. Era un vecindario codiciado y una casa cómoda para una familia de más de cuatro, que fue la que la compró, una pareja con dos hijas en escuela secundaria. Pensó que le dolería el alma de dejar atrás su vida con Javier. No fue así. Javier estaba ahí mismo con él cuando iba camino a un empleo en Pittsburgh.

23 Hoy

—Necesitamos una vela para el servicio —dijo el tío Luis al micrófono. Cayó un velo de silencio sobre la capilla. Se rasgó con la navaja de un celular, un ritmo de *reggaeton* incongruente con la naturaleza del servicio. Alguien salió del salón después de saludar a quien estuviera al otro lado de la línea. Cuando Azucena, la gerente de la funeraria, entró desde el fondo con una vela en una palmatoria cardenal sobre una base de peltre, la del teléfono desapareció del campo de visión de Tomás Eduardo.

Mientras esperaban por la llegada de la vela, Tomás Eduardo miró hacia el lado con cautela. Pudo ver a Nadia, en una versión agrietada de la cara en su juventud: los mismos rasgos, el mismo peinado en un tono más oscuro, la misma mirada marchita con una pincelada de demencia. Había estado dos grados más bajos que el de Tomás Eduardo en el colegio católico. Era mal hablada y de malos cascos, aficionada a gritarle maricón a cualquiera que se le pusiera en el camino.

Nadia se echó hacia el frente. Tomás Eduardo no estaba completamente seguro al principio, pero luego de mirarlo más detenidamente reconoció a su marido, José Francisco. Había sido vecino de Tomás Eduardo cuando los dos estaban en primaria, José Francisco un año más adelantado que Tomás Eduardo. Le pareció extraño que estuviera allí José Francisco. Tenía que saber que su antiguo vecino estaría en el velorio de su madre; su presencia le recordaría a José Francisco la razón por la que la difunta lo odiaba y había prohibido su presencia en la casa de los Príncipe Berberena.

La relación entre los dos muchachos había obligado a su madre a internarlo en un colegio donde estaría confinado dos semanas por vez. Cuando Tomás Eduardo venía a casa los fines de semana alternos, la madre lo motivaba para que se fuera a pasar los dos días libres a casa de su tía en la capital hasta que llegara el momento de regresar al colegio, la tarde del domingo.

—¡Vamos a hacer lucha libre! —le decía José Francisco a Tomás Eduardo cuando estaban en sexto o séptimo grado y Tomás Eduardo estaba de visita en casa de los García. Tomás Eduardo rechazaba la invitación. José Francisco era más fuerte y ágil; parecía saber bien cómo aplicar toda suerte de llaves para mantener a Tomás Eduardo sujetado debajo. José Francisco siempre vencía. Si Tomás Eduardo se negaba a participar, José Francisco se iba por detrás y trataba de tumbarlo. No le quedaba a Tomás Eduardo más remedio que intentar zafarse. Siempre terminaba de pecho en el suelo, con la ingle de José Francisco contra las nalgas. Hacía sentirse cohibido a Tomás Eduardo. También amenazaba con revelarles a otros que lo estaban usando como a niña.

—¡Mírate! —le gritaba la madre cuando llegaba a casa, de una sesión de lucha a lo José Francisco. Tenía la ropa arrugada, los codos raspados y la cara enlodada por los puntos despejados de yerba en el patio de los García. —¿Por qué vas a esa casa? ¡Ya sabes lo que busca!

Tomás Eduardo iba a visitar a Elena, hermana de José Francisco. Eran compañeros de escuela. Si sabía que estaba allí el hermano, se iba con rapidez o simplemente no iba.

En la primavera del octavo grado, un sábado por la tarde cuando Tomás Eduardo estaba solo en la casa entró José Francisco. —¿Dónde tienes los cómics de Supermán? —preguntó. La madre de Tomás Eduardo no le permitía conservar las estibas de cómics en su habitación. Era un asco aquel almacenamiento de papelería, decía. Había tenido que llevarlos a la cochera o echarlos. ¿Para qué servían aquellas porquerías una vez se leían?, quería saber su madre. Todas las semanas traía un número nuevo. ¿Cuánta de aquella basura podía nadie volver a querer leer? La madre le dio el ultimátum.

Fueron José Francisco y él hasta la cochera a buscar las cajas de cartón de los cómics en la parte trasera de la estructura, que nunca se usaba para guardar el carro y estaba llena de objetos que Tomás Eduardo consideraba peor basura que sus cómics. Eran desperdicios que su madre debió embolsar y poner en el basurero en lugar de almacenarlos: ¿quién iba a ponerse otra vez aquellos vestidos pasados de moda? ¿Los zapatos? ¿Los enseres y los motores quemados de máquinas de coser que dejaba su padre allí? En comparación con aquello, los cómics eran un tesoro. Algún día los podría intercambiar o vender o se convertirían en artículos de coleccionista. Ya verían ellos.

—Ya sabes lo que quiero —susurró José Francisco. —Olvídate de los cómics —. Empujó a Tomás Eduardo hacia abajo, venciendo todo intento de Tomás Eduardo por desligarse del agarre. —Esto es lo que vas a hacer, y no te creas que te vas a escapar —dijo José Francisco.

Tomás Eduardo tenía la boca contra la ingle de José Francisco, que se bajó la bragueta. Extrajo de los pantalones el pene erecto.

—Pégale los labios —ordenó José Francisco. Ante el rechazo de Tomás Eduardo, con los labios apretados, le propinó una bofetada y le apretó la boca hasta que se la hizo abrir. Tomás Eduardo mantuvo los dientes juntos. Cansado ante la derrota, José Francisco le pegó con el puño por la cabeza. —Parapingas. Sabes lo que te gusta y a la hora de hacerlo te pones con remilgos, pendejito.

José Francisco se subió los pantalones y salió de la cochera. Tomás Eduardo quedó confundido y dolido de cuerpo y mente. No se le ocurrió contárselo a nadie: temía que su madre, que nunca confiaba en él, creyera que lo había provocado Tomás Eduardo mismo. Cuando decía que debía saber Tomás Eduardo qué buscaba el otro, quizás se refería a eso, sin que él se percatara del significado de sus palabras.

Días después volvía a estar Tomás Eduardo solo en la casa. Entró José Francisco en su habitación sin que lo notara Tomás Eduardo.

—Vengo a que acabes lo que no quisiste terminar el otro día —dijo José Francisco con una mano en la cremallera.

—Hoy tampoco lo voy a hacer, Che Fico. Déjame quieto y vete.

—No te hagas, mariconcito —dijo, removiendo el pene de los pantalones. —Acaba de mamármelo de una vez y deja de joder—. Se acercó amenazante a Tomás Eduardo. Trató de agarrarlo por el cuello.

—Si me lo vuelves a poner en la boca, te lo muerdo —le dijo Tomás Eduardo.

—Ni te atrevas a menos que quieras perder los dientes, so maricón —José Francisco respondió. Le puso las manos sobre los hombros y lo hizo perder el equilibrio. Cuando volvió a quedar Tomás Eduardo con la cara a la altura del pene, José Francisco intentó metérselo entumecido en la boca.

Ninguno de los dos oyó cuando se abrió la puerta. Al abrirla la madre de Tomás Eduardo ya era tarde para

José Francisco disimular lo que hacía. ¿Qué pasaba allí?, quiso saber la madre, a pesar de lo obvio de la situación. ¿Qué asquerosidad hacía el degenerado del vecino con su hijo? Tenía que largarse el torcido del vecino.

—¿Así que esto es lo que haces cuando salgo, sucio? ¿Quién te enseñó a meterte en la boca eso que tienen los hombres ahí abajo, maricón asqueroso? —gritaba la madre. Ni en un millón de años hubiese sospechado que el hijo era pato, un maricón que se la chupaba a otros hombres. ¿Qué dirían sus amigas si se enteraran? La reputación se le arruinaría. No iba a decirle nada a su padre, porque no quería la sangre de Tomás Eduardo en sus manos: no cabía duda de que el padre lo mataría con sus propias manos si supiera lo que había encontrado la madre. Tendría que buscar la manera de que aquello no se repitiera, cualquier cosa menos mudarse. No iba a privarse de su casa en aquel vecindario de clase alta por el mal hábito tan asqueroso del hijo. Era capaz de volverlo a hacer dondequiera que vivieran. Tenía que haber alguna forma de mantenerlos separados, a menos que—Dios no lo permitiera—ya hubiese hecho eso también con otros hombres y hasta cosas peores. ¿Que sería de ella si alguien se enterara? Le exigió que le dijera con quién más lo había hecho, temiendo que ya fuera de conocimiento público y ella, tan ajena a todo.

—No, con nadie. Perdona, yo... —trató de explicar el hijo con la vergüenza reflejada en la voz.

—Sí, claro que ahora pides perdón. Perdón porque te sorprendí, ¡hijo de la gran puta!

Tomás Eduardo no volvió ni a saludar a nadie en la casa de al lado. Cuando la madre de José Francisco le dijo por el zaguán separado por verja de cemento entre las dos casas que ya no venía a visitar, Tomás Eduardo le respondió que estaba muy ocupado con sus estudios.

No se dio cuenta de que era verano y que las clases habían terminado hacía ya casi un mes. Su madre, por su parte, había estado ocupada buscándole ingreso en un internado de donde no vendría a la casa más que dos veces por mes, un colegio para varones. La madre, concentrada en separarlo de José Francisco y temerosa de las repercusiones que tendría para opacar su buen nombre con la mariconería que sospechaba del hijo, no se detuvo a pensar que sería una medida contraproducente aquella de meter al hijo en un lugar lleno de posibilidades de que se repitiera lo que trataba de evitar. Fue una medida en balde, pero recibió doble beneficio Tomás Eduardo: pudo asistir a un colegio de primera categoría y no tuvo que soportar vivir en la misma casa con sus padres y su hermana la mayor parte del tiempo. Había sido su arco iris una vez despejado el diluvio destructor.

José Francisco llegó a ser farmacéutico. Se casó con Nadia. Tomás Eduardo recordó que su apodo era Nadia la Loca. Le daban rabietas e insultaba a la más leve provocación. Después de casada, trabajaba en la farmacia que le había montado su padre al marido. José Francisco tenía queridas, una menor que su hija mayor, le había dicho a Tomás Eduardo su madre durante una conversación por teléfono.

Cuando Tomás Eduardo estaba en el internado, su madre desechó todos los cómics que tenía almacenados en la cochera.

Nadia volteó la cabeza hacia él mientras que colocaban el estante de la vela. Pensó Tomás Eduardo que le había sonreído, pero no podía asegurarlo. Él sonrió de todos modos, por si acaso. Ella se volteó hacia el marido para susurrarle algo en el oído. José Francisco no miró hacia Tomás Eduardo.

24 La gran fuga

Trabajó por un año con una empresa multinacional con sede en Pittsburgh. Entonces determinó volver a estudiar, a hacer una maestría en ingeniería de materiales en relación con ingeniería mecánica. Todavía no tocaba la mayor parte del dinero que le había heredado Javier. Su frugalidad le resultó valiosa. Al final del año de trabajo, tenía para por lo menos dos años de estudios posgraduados. Si le fuera necesario suplementar el sueldo que había ahorrado, podía usar algunas de sus reservas. A su edad se había convertido en un millonario, aunque de poca monta, mediante las cuentas bancarias e inversiones, además de las pólizas de seguros de vida, en especial las tres que Javier había obtenido luego de recibir el diagnóstico y por saber que no quedaría sujeto a un examen médico que revelara su condición.

Raras veces salía, pero en ocasiones los compañeros lo invitaban a un partido de fútbol o de béisbol, éste último de los que disfrutaba más que otras actividades extracurriculares. El Estadio *Three Rivers* era todavía relativamente nuevo; su apartamento en el distrito de Oakland estaba cerca de los antiguos terrenos del parque Forbes, donde su ídolo Roberto Clemente había jugado para los Piratas de Pittsburgh. Del viejo parque solamente quedaba una sección del campo central en los terrenos de la Universidad de Pittsburgh. Javier había ido a pie a tocarla cuando llegó a la ciudad por primera vez: era terreno sagrado, como las ruinas de una catedral derribada por ataques aéreos.

Una tarde casi fría de otoño, con algunos compañeros de estudios tomó un autobús desde el estadio, donde habían ido a un partido de fútbol de los Steelers, hasta el centro y fueron a pie al distrito comercial. Iban a comerse un sándwich del restaurante de los hermanos Primanti. Pasaron la antigua estación central de trenes de Pittsburgh, que ya había visto Javi. Era una de las obras del legendario Stanford White, un peregrinaje de rigor para estudiantes de ingeniería y arquitectura en Pittsburgh. Se rumoraba que estaba por venderse a una constructora para poner condominios de vivienda.

—Capicola con queso suizo —pidió Javi a viva voz del otro lado del mostrador. Con sus amigos se sentó a una mesa a esperar sus pedidos. Eran sándwiches de pan italiano blando con papas fritas encima, ensalada de col y tomate rebanado.

—¿Quién será ese hombre? —preguntó Florence, miembro del grupo, torciendo la cabeza hasta una mesa donde había cuatro hombres sentados. —Parecen matones a sueldo. Aunque matones sexy.

Javi y su compañero Luke se voltearon para echarles un vistazo. Los dos dijeron simultáneamente: —el Muro —. El verdadero nombre era Walter O'Keefe. Jugaba en la línea de defensa de los Steelers. Uno de los otros era Chuck Molitor; Javi no sabía quiénes eran los otros dos, pero supuso que también eran jugadores, a juzgar por el aspecto musculoso.

—Hace rato está mirando para acá el Muro ése —Florence dijo.

—Es que eres irresistible —dijo Luke.

—Vete a la mierda, Luke —Florence respondió. Todos rieron, menos ella.

—Pero, sí, si eres irresistible —añadió Luke. —Hasta que abres la boca.

—¿Nunca habías visto al Muro? —Javi le preguntó a Florence.

—¿Con esos cascos, quién putas puede verlos? Todos parecen gigantones. Tal vez si se viran y me dejan verles las nalgas en esos pantalones tan pegados. Ven, así sí que los puedo reconocer sin problema.

Javi había visto la foto de Walter en varias ocasiones y escuchado entrevistas que le hacían. El línea delantera no solamente tenía la figura perfecta para la posición que jugaba: era más alto que el jugador promedio—mucho más, de hecho—y era casi tan ancho como dos hombres juntos por los hombros, de donde colgaban dos brazos sólidamente musculosos. De acuerdo con artículos de periódico, también era muy inteligente, no la manera típica de describir a jugadores profesionales de fútbol.

Florence sonrió. —Está mirando otra vez —dijo Florence, saludándolo. el Muro no devolvió el saludo. No era a ella a quien miraba, notó Javi. Parecía más hacia donde él estaba sentado, opuesto a Florence.

—Lo cegaste —le dijo Martin del otro lado de la mesa. —Por eso no te vio saludar.

—También tú te vas a la mierda —le dijo Florence y todos volvieron a reír, hasta Florence misma.

El próximo sábado Javi decidió tomar un descanso y se fue en autobús al centro para cenar un sándwich de Primanti, tal vez uno de pavo asado con queso de papa, como los que comían Javier y él en los tiempos de la tía Elisa. No había cerca un Baskin Robbins para completar con el helado de ron con ciruelas pasas.

A veces se quedaba en el distrito de Oakland o iba a Shadyside, de moda esos días para los que querían ver y ser vistos, para comerse algo ligero en lugar de cocinar. El único sitio a donde no volvería jamás era el

O en la Avenida Forbes. Lo que vendían era principalmente cerveza para estudiantes con tarjetas falsas de identificación y unos perros calientes de dieciocho centímetros, cocidos en un caldero enorme y en un líquido igual de grasiento que el Río Ohio en Cleveland. Le recordaba al agua que se filtraba por la alcantarilla al frente de El Azabache en tiempos de lluvia. Primanti había sido algo diferente de lo que hacía comúnmente. Además de lo que preparaban, le daba curiosidad saber cómo los dependientes podían recordar quién pedía cada plato sin anotarlo.

Los Steelers jugaban de nuevo el próximo día, pero ni él ni Luke habían conseguido boletos. Era un partido contra los Bengals de Cincinnati, rivales tradicionales. Todas las localidades estaban vendidas. Además, en realidad no quería salir con nadie. Estaba en uno de sus humores de nostalgia.

Entró al negocio por la entrada de la Avenida Liberty y pidió su sándwich, sin las papas fritas, con ensalada extra de col. Buscó mesa y encontró una que daba a la avenida.

Alguien dijo algo lo suficientemente alto como para que él lo oyera, pero sin discernir qué decía. Lo ignoró. Oyó la voz otra vez. —Solo hoy, ¿eh? —. No estaba seguro de que alguien se le estuviera dirigiendo a él. Se volteó y miró sobre el hombro derecho. Había tres hombres sentados a una mesa. Uno de ellos era el Muro; le estaba hablando.

—Ah, sí, correcto —dijo Javi con una risita.

—¿Qué le pasó a la cuadrilla?

—No sé. En casa, supongo. A veces es mejor estar solo —dijo Javi en un tono liviano.

—Sí, a veces —dijo Walter, levantando un vaso de cerveza. —Salud y buen provecho.

—Igual —respondió Javi con un vaso de té en alto.

Todavía se estaba comiendo el sándwich cuando los tres jugadores pasaron por su lado hacia la salida. Walter lo saludó con la mano. —¿Vas a ver el partido mañana? —le preguntó Walter a Javi sin detenerse.

—Por nada me lo pierdo.

Se paró Walter por la puerta de salida y miró hacia Javi. —Y a quién vas a buscar?

—A Terry y a Franco —dijo Javi.

—¿Y...? ¿Y...?

—No hay que decirlo. Al Muro O'Keefe —dijo Javi, riendo. —No hay manera de ignorarlo.

—¡Listo el muchacho! —respondió Walter. Una vez bajó al nivel de la acera detrás de los otros dos hombres, mientras aún lo miraba Javi, él también lo miró y sonrió como muchacho travieso.

Javi no regresó a Primanti mientras vivió en Pittsburgh, por lo menos no en fin de semana. No era que lo hubiese planificado así, sino que fue de ese modo.

Dos años después de comenzar su grado, Javi terminó. Había escrito una tesis que su consejero llamó altamente prometedora para provocar un cambio radical en innovaciones de construcción en zonas de frecuente actividad sísmica. Javi había combinado su interés en ingeniería mecánica y de materiales con arquitectura, su campo complementario en estudios subgraduados. El profesor Mead, su supervisor de tesis, un investigador de renombre internacional y especialista en la materia de estudio de Javi, había hecho arreglos para que Javi se entrevistara con una firma en la costa oeste, que podía estar extremadamente interesada en su trabajo.

La firma lo llevó a una entrevista que duró dos días. Al final de la visita, Javi sentía que casi le estaban rogando que viniera a trabajar con ellos tan pronto recibiera su grado.

Cuando el profesor Mead le preguntó cómo había salido, Javi le reportó el resultado. —Voy a regresar a casa antes de irme ahí —añadió.

—¿Qué vas a hacer en la isla? —el profesor Mead le preguntó al borde del horror. —¡Qué tres pasos hacia atrás!

—No quise decir allá. Me refería a Boston. Es de donde vine, donde hice mi vida hasta llegar aquí.

El profesor Mead no opinaba que esa fuera la mejor movida profesional. ¿Para qué hacer estudios posgraduados si luego no iba a expandir su horizonte? Tendría mucho más sentido ir a trabajar a la parte del país donde habría mucho más interés en su campo de estudios. Massachusetts no se conocía por sus terremotos.

—Es difícil de explicar, profesor —replicó Javi. —Es algo que tengo que hacer —. Estaba convencido de que necesitaba regresar al lugar donde todo había florecido entre él y Javier. La presencia de Javier lo envolvía. Podría mostrarle a Javier lo que había logrado en el terreno que habían caminado. Claro, eso no era algo que pudiera explicarle al profesor Mead. Además de la razón obvia, no habría tenido sentido.

Javi regresó a la ciudad para tomar un empleo cerca de donde había realizado sus estudios subgraduados. Alquiló un apartamento cerca de su domicilio anterior. Pensó que caminar por la casa cada día le serviría para mantener encendida la llama de amor que llevaba muy adentro para Javier. Se sorprendió, sin embargo, cuando la primera vez que se acercó a la casa se le congeló el corazón. Se detuvo algunos metros antes de llegar. Se veía todo según la había dejado. Era verano, pero soplaba una brisa fría norteña que le enfrió la cara. En lugar de revivir los buenos momentos que había experimentado allí con Javier, sintió repugnancia por la idea de pasar frente a aquel mausoleo ajeno a sus sentimientos, un pasado que le repelía de repente como si lo que había sido y lo que ahora era estuvieran en polos opuestos de un imán de sangre que trataba de atraerse a sí mismo. No podía respirar. Dio la vuelta y se apresuró a regresar al lugar de donde había salido.

No sabía si traicionaba el recuerdo de Javier. No estaba seguro de que sus sentimientos hubiesen cambiado. No, eso era imposible. Había juzgado incorrectamente su deseo más insondable de estar cerca de ese santuario. Decidió que ya no era un lugar de adoración, sino una casa que ocupaban extraños que no tenían nada que ver con Javier ni él. Una pared invisible se había levantado de la tierra para rodear la casa y llevarlo a darse cuenta de que su vida ya no era la misma. ¡Pensar que había determinado darles lo que fuera a los dueños para que se la vendieran! Era una fantasía morbosa pensar que podía exorcizar aquel espacio sacro de la profanación de que había sido objeto. Era hora de mantener la memoria de Javier donde tenía que permanecer, en su corazón por siempre. Tenía que divorciarse del universo material de lo que debía ser únicamente la provincia de su vida emocional y espiritual.

Le notificó al jefe que se iba y pagó el balance del alquiler del apartamento por los once meses que le quedaban del contrato. Iba a aceptar el empleo de California después de todo.

25 *Hoy*

Su madre le había dicho quince años antes que lo había nombrado albacea de sus bienes en el testamento.
—¿Estás segura de que eso es lo que quieres? —le preguntó por teléfono.
—Sí. ¿A quién más, a tu hermana, esa estúpida, esa ingrata?
Mirando a la espalda de su hermana, alineada perpendicularmente al ataúd, se preguntaba Tomás Eduardo si la hermana sabía cuál había sido la determinación de su madre. Ésta no le habría dicho a la hija lo de la sexta parte que le tocaba a su muerte por obligación legal, porque si de ella dependiera, no habría heredado ni la bacinilla de orinar. El resto pasaba a Tomás Eduardo. —Siempre tengo la última palabra —le dijo su madre. Así parecía, aunque más tarde supo Tomás Eduardo del desfalco que había logrado hacer su hermana en las cuentas de su madre.
Pensó en el tango de Gardel: "Sus ojos se cerraron y el mundo sigue andando... Se acabaron los ecos de su reír sonoro..." Su madre le daba su propia interpretación disonante al tango cuando se sentaba al balcón, tratando de opacar la voz del marido. Ahora se le habían cerrado para siempre los ojos. Ya no le latía el corazón, pero los temblores secundarios del terremoto de su vida, su afición por aferrarse a un resentimiento, de bañar su consideración de otros en rencor y venganza por cualquier palabra o acto que desafiara su voluntad, que

estimara irrespetuoso de su importancia—ese corazón quedaba incólume y palpitante.

El servicio improvisado, como el de una agrupación callejera de mambo en La Habana, tuvo principio, pero no parecía dar con la manera de llegar a su fin. El tío Luis dijo una oración que Tomás Eduardo dudaba ser original. Tenía los distintivos de uno de esos textos genéricos en los que el orador solamente necesita insertar el nombre pertinente en el espacio rotulado: "Nombre del difunto". A eso le siguió otro canto folclórico de matiz católico que acompañó el trío al unísono del auditorio. Cuando se terminó, el tío Luis preguntó si alguien más quería pronunciar algunas palabras sobre su hermana Milagros. *Hermanastra.*

Tomás Eduardo permaneció callado. Se levantó. El tío Luis lo siguió con la vista hasta que atravesó el frente y llegó al atril. Los folclóricos se quedaron donde estaban.

Para aquellos entre ustedes que no me conozcan, soy Tomás Eduardo Príncipe Berberena, el hijo mayor de Milagros. Hace muchos años desde que vine al pueblo por última vez y, por consiguiente, hasta los que sabían de mi existencia tal vez no me reconozcan.

Mami y Papi raras veces iban junto a ningún lugar. Llevaban vidas separadas fuera del hogar. Hace un tiempo Mami me dijo que algunos entre los más jóvenes del pueblo, inclusive colegas, pensaban que era solterona. Por pensar que nunca se había casado, supongo que la idea de que tuviera hijos no les cruzó la mente.

Le agradezco a mi hermana Julia que se haya encargado de todos los arreglos fúnebres. Tiene que haber sido una carga pesada para ella, todo el trabajo que seguramente tuvo que realizar para organizar este servicio. También le doy las gracias por haberse dedicado con tanto esmero a cuidar a Mami... durante los últimos tres meses de su vida. No dudo que Mami estuviera agradecida.

Pausó para mirar a su hermana. Tenía la palidez contorsionada. Había captado el doble sentido de sus palabras. Otros que también conocerían los hechos del distanciamiento entre su madre y su hermana habrían recogido la señal de onda invisible e irónica, sin muecas ni énfasis.

La razón por la que tengo mucho que decir es porque no anduve de turista por la geografía vital de mis padres. Por desgracia, no alcanza el tiempo. Conocí bien a mi madre. También a mi padre, más que en el sentido que la mayoría de la gente conoce a sus padres. Mi madre fue buena hija. Mi madre fue buena hermana. Mi madre fue buena esposa y madre. Era tal su carácter que vivía bajo un principio: "No me importa que me quieran, pero que me respeten". No todos pudieron apreciarlo. Yo sí. Era difícil para otros aceptarlo. Muchos entre nosotros le temían, puede ser que más de lo que la respetábamos. No quiere decir que no estuviéramos agradecidos de lo que hizo por nosotros, sin importar sus motivos. Mi madre hizo lo que tuviera que hacer para asegurarse de que sus hijos recibieran una buena educación. Nos pagó colegios de matrícula cara. Nos compraba la ropa y nos proveyó un hogar seguro en un buen vecindario. Tuvo razones de más para optar por el divorcio, pero recordó la angustia y la adversidad que sufrieron ella y sus hermanos cuando sus padres se separaron. Cobijaba su razonamiento bajo el paño del dogma católico: "Cuando uno se casa, es para siempre".

Mi madre comenzó su vida profesional fructífera y larga como maestra en el 1944. Muchos de sus alumnos siguen vivos. Que yo sepa, dos de ellos han estado aquí esta noche. Luego fue maestra en escuelas rurales y urbanas en distritos de la región este de la isla. Una de las escuelas donde trabajó estaba en la cima de una montaña, al final de un camino sin pavimentar que se convertía en un pantano cuando llovía, y pasados seis pasos de agua, riachuelos y quebradas que cruzaba a caballo. Lo sé, no por cuentos, sino porque en ocasiones la acompañaba a aquella escuelita donde enseñaba primer grado en la mañana y segundo en la tarde. Entonces tenía que servir de maestra, de conserje para barrer y limpiar la letrina, además de atender un jardín y supervisar un comedorcito escolar sostenido con fondos federales de asistencia púbica. Una de sus tareas era también la de registrarles el cabello a los niños para matarles liendres y piojos.

Mis padres contrajeron nupcias el 10 de diciembre del 1945, porque mi padre se iba con las fuerzas armadas a Panamá en enero. Sus padrinos de boda fueron Concepción, hermana de mi padre, y su primo Federico. Mi madre perdió dos bebés mientras trabajaba en esas escuelas lejanas. Cada aborto fue resultado de una caída de caballo.

Su vocación por el magisterio era tal, que hasta cuando se jubiló del sistema de educación pública tomó un trabajo de paga baja en el resucitado colegio católico del pueblo. Con ello combinaba su amor por la docencia y su compromiso con su religión.

Esta noche he oído muchas cosas buenas sobre mi madre, algunas de los que se me han acercado para ofrecerme su condolencia y de otros que han venido hasta aquí a elogiarla, inclusive el honorable señor alcalde, quien no creo que haya conocido en realidad a mi madre. No estoy seguro de que todo lo que he oído sea cierto. De hecho, sé que parte de ello no lo es. De todos modos, es siempre confortante oír a quienes, con certeza o sin ella, prefieran recordar a alguien bajo un foco tan brillante una vez la persona muere. Eso lo agradezco, pero mi memoria es larga y no todo en nuestras vidas fue color de rosa. No obstante, este momento es para encomiar, no para condenar y, por lo tanto, me detengo aquí.

Tomás Eduardo pausó de nuevo. Creyó ver que se ponía de pie el tío Luis, pero no había terminado.

Entre los recuerdos que compartió conmigo mi mamá cuando yo era joven, uno se destaca. Quiso enseñarme a no tomar atajos y a perseverar. Aprendí mi lección. Cuando mi madre estaba en undécimo grado de secundaria, Jane Eyre *era lectura requerida. Ya saben que es la novela de Charlotte Bronte. Su padre obligaba a mi mamá a ganarse la ropa de la escuela y los libros, que entonces no se distribuían gratuitamente. Su trabajo era lavar las botellas reusables que usaba su padre en el colmado para embotellas el refresco de mabí. Eran botellas de ron de ocho kilos. Llegó a casa una noche tan agobiada que no pudo mantener los ojos abiertos para acabar de leer* Jane Eyre, *asignado para informar el día siguiente. Saltó algunas páginas, luego leyó mucho del medio y, finalmente, el último capítulo. Al otro día la profesora la llamó para que viniera al frente a resumir la trama.*

Al terminar, le pidió la profesora que hablara del fuego, a lo que contestó mi mamá: "¿Qué fuego? En el pueblo no ha habido ningún fuego". Si ustedes conocen la novela, saben lo que eso significaba. Mi mamá tuvo que leer Cumbres borrascosas *y* Orgullo y prejuicio *para compensar su negligencia. "Me encantaron las dos novelas", me dijo mi madre, "pero no habría tenido que leerlas si hubiese planificado y hecho el trabajo que se requería de mí". Eso iba mano a mano con sus dichos favoritos: "No dejes caminos por veredas". "Llamar al diablo no es lo mismo que verlo venir". "El que todo lo come, todo lo evacua". Claro, no es exactamente lo que decía, pero el momento exige decoro. Y cuando pensaba que alguien miraba con malos ojos algo que había hecho, decía: "Comamos, bebamos, pongámonos gordos. Y si algo dijeren, hagámonos sordos". Tenía un repertorio pintoresco, la mayoría de los que guardaban pepitas de oro de las que podíamos aprender algo.*

A mi madre le gustaba recitar poesía. Su poeta favorito era el español Federico García Lorca, cuya copla: "¡Qué trabajo me cuesta quererte como te quiero!" recitaba de vez en cuando. Su poema favorito era "Romance sonámbulo". Dos de los versos son: "Pero yo ya no soy yo ni mi casa es ya mi casa". Mi mamá era muy apegada a su casa, la que compró con un préstamo hipotecario que recibió del Fondo de Retiro para Maestros en julio del 1958 y saldó treinta años después con el sudor de su frente. Esta madrugada mientras venía de camino después de que me notificaran de su muerte la tarde del día anterior por casualidad, me dije esos versos y me di cuenta de que mi mamá ya no es ella ni su casa es ya su casa. Creía en la vida eterna. Si estaba en lo correcto, ha ido a una casa mejor, una casa más segura, una casa donde me va a esperar hasta que pueda verla otra vez. Hasta entonces, adiós, madre mía.

Se retiró del atril y se volteó para darle una mirada a su madre. Se detuvo allí en silencio por un minuto antes de regresar a su asiento. Se tomó algunos minutos el tío Luis antes de ir al lugar desde donde había hablado Tomás Eduardo; tal vez quiso asegurarse de que no iba a darse vuelta para seguir hablando. Alguien que no conocía se acercó desde atrás y le susurró en el oído: "Que palabras tan bonitas". Le dio las gracias.

26 Servicio comunitario

No le tomó mucho tiempo a Javi sentirse como que en la nueva ciudad había vivido toda su vida. Se dio cuenta de que mudarse al otro lado del país era un paliativo para aliviar las heridas todavía sangrantes de su pérdida. Javier siempre cuidaría de él, pero ahora estaba por su cuenta, con las riendas de su vida en el puño. Tenía que rehacerse como un entero sin su cara mitad.

—Me alegro de vivir adentro y no tener que mirarlo desde afuera —le dijo a un colega de Bay Engineers and Architects, BEA, cuando le describió el edificio donde había alquilado un apartamento. Era una estructura de posguerra que carecía de distintivos arquitectónicos. Sin embargo, el apartamento era cómodo y el edificio estaba situado en una ruta de autobuses, lo que lo hacía conveniente, aunque no fuera agradable para su sensibilidad estética profesional.

Javi se entregó al trabajo. Era el más nuevo y joven de los cincuentaiséis miembros del personal divididos en siete departamentos. Era la empresa más grande de su tipo en la ciudad y aparentemente también la más próspera tras cincuentaicinco años de existencia. Oliver Kepner, el padre del presidente actual, la había fundado. Al igual que su padre, Oliver Kepner II era exalumno de la Universidad de Stanford. El personal venía de la Universidad de Carnegie Mellon, el Instituto de Tecnología de Massachusetts y de Stanford. Uno era graduado de la *Ecole Polytechnique* en París; otro había terminado sus estudios de ingeniería en la *Università degli Studi di Padova* en Italia. A diferencia de la empresa de ingeniería para la que había trabajado Javi en Pittsburgh, Bay Engineers and Architects estimulaba a sus empleados a trabajar durante horas de oficinas y a no pasar las noches allí. Cuando Javi se había entrevistado para la posición de socio en la sección de ingeniería de materiales, el señor Kepner—"Con Oliver basta, pero gracias de todos modos"—le había dicho que contaba con que los empleados estuvieran en sus puestos para las nueve de la mañana y se fueran no más tarde de las seis de la tarde.

—Papi decía que cuando el trabajo se convierte en la vida de alguien, el trabajo se transforma en la meta y no el medio de ganarse un sueldo con qué disfrutar la vida —le había dicho Oliver el primer día de trabajo en una especie de sesión de orientación. —Con el tiempo eso arrastra a la gente al piso sin que se den cuenta de la causa—. La norma en BEA era fijar fechas y objetivos factibles de entrega de proyectos que no requirieran trabajar de noche y fines de semana. Hasta el profesional más dedicado, con el tiempo llegaría a odiar su ocupación si se convertía en sustituto de vida personal. —Vas a encontrar que algunos aquí no tienen interés en una vida personal separada del trabajo. Los dejo que erijan sus propios patíbulos. Decisión suya — le siguió diciendo Oliver ese primer día mientras almorzaban en un restaurante cerca de la sede de BEA, que se encontraba en el cuarto y quinto pisos de un edificio de banco en el distrito financiero. —No voy a darles la soga.

Una vez llegaron sus pertenencias al nuevo domicilio. Javi dedicó la mayor parte del tiempo libre a organizar lo que necesitaba. Almacenó el resto: no esperaba vivir en ese apartamento más de un año. Durante ese tiempo quería familiarizarse más con los vecindarios, para luego decidirse por uno donde comprar casa. No sabía si encontraría la misma vista magnífica del apartamento. Era otra de las ventajas del lugar. Su lado del edificio daba a la orilla de la bahía de la ciudad. Estaba lo suficientemente alto como para ver bien el paisaje. El techo le proveía un alcance de sesenta grados de la vista de la bahía misma y de uno de los puentes que unía la ciudad a áreas por el noreste y el sureste. A veces después de cenar subía a la azotea para disfrutar la vista de las luces de la ciudad, algo de lo que creyó no cansarse nunca de ver. Era uno de los momentos en que más falta le hacía Javier, que lo habría abrazado fuerte y le habría acariciado la espalda mientras estaban allí mirando el desafío urbano a las tinieblas de la noche. Era tal su dicha que se sentía culpable de egoísmo por no poder compartirla.

En su tiempo fuera de la casa y el trabajo exploraba la ciudad. Contaba con quedarse allí por mucho tiempo, quizás para siempre. Quería llegar a describirlo todo como si fuera su ciudad natal. Hacía caminatas por las montañas aledañas, tomaba el ferry para visitar las comunidades al otro lado de la bahía. El paisaje de la ciudad del lado opuesto era tan impresionante de día como de noche. La niebla por la que era conocida la ciudad le confería una cualidad enigmática. Nunca era completamente impenetrable: era obvio que una ciudad mágica se escondía tras el tul rasgado que se levantaba para el mediodía y revelaba la majestad del paisaje urbano.

A veces se iba en el carro, el Mercedes Benz por el que había cambiado el que Javier había comprado y que le traía buenos recuerdos entrelazados con la pésima realidad de su ausencia física, y conducía hacia el sur a lo largo de la costa, de belleza imponente.

A fines de octubre supo que en la ciudad había una liga de verano de béisbol organizada por distritos e instituciones comerciales y de servicio público. Los bomberos tenían un equipo; igual la policía y una asociación de taberneros. Uno de los distritos era el barrio gay, que tenía que jugar contra el equipo del vecindario más católico e intolerante de la ciudad, por lo menos cuatro veces durante la temporada. Cuando llegara la primavera iría a probar suerte con la liga.

Los domingos por la tarde cuando no tenía deseos de aceptar invitaciones de colegas para almorzar—con hermanas, primas una compañera de universidad, la vecina del lado y todas solteras—se iba en carro a un punto al noroeste de la ciudad, a un restaurante con vista al Pacífico a sólo metros de la orilla, sobre una base rocosa natural. Se sentaba a una mesa para dos por donde se veía el océano, sorbiendo un *bloody Mary* mientras veía las aguas cambiar de azul muy oscuro a plomo casi negro o gris, según se cubriera el cielo de un velo de nubes espesas o livianas como algodones dispersos o grupos apiñados, cargados de lluvia. Cuando comenzaban los diluvios antes de que saliera rumbo al océano, se sentaba en un sillón de orejas al lado de la ventana. Era un mueble tapizado de verde oscuro que había sido el favorito de Javier para sentarse a leer. Javi alternaba el foco de atención de una novela al espectáculo natural al otro lado de las ventanas mientras Chopin, Liszt, tangos, valses peruanos, Simon y Garfunkel o zarzuelas españolas salían de las bocinas del tocadiscos. Con menos frecuencia veía por televisión un partido de fútbol profesional si jugaban los Steelers o los Patriots—los veía siempre cuando se enfrentaban los dos equipos.

Cuando sobre el clima de la ciudad comenzó a trepar el frío húmedo de invierno, buscó el calor de la chimenea de la sala. Era una concesión que la arquitectura plebeya y anodina del edificio le había hecho a los tiempos que le precedieron a su construcción.

BEA proveía fondos a varias organizaciones sin fines de lucro en la ciudad. Cuando uno de sus empleados iba de voluntario a una de ellas, la empresa donaba tiempo y medio del equivalente del sueldo por hora del empleado. La lista de agrupaciones aprobadas estaba en el comedorcito, al lado del horno de microondas. Javi buscó por las cuatro páginas, que incluían el nombre de la organización, la dirección, el tipo de servicios que prestaba cada una y el nombre de la persona encargada de voluntarios. Una vez el empleado de BEA eligiera una o más, se le enviaba una notificación a BEA para registrar a la organización como receptora de fondos. De los nombres que aparecían en la lista le llamó la atención un centro de servicios para menores deambulantes.

La semana siguiente fue a visitar el centro.

—Tenemos reglas escritas que tienen que seguir los ingresados —le dijo Brenda, la trabajadora social a cargo de coordinar los servicios voluntarios. No era un programa como Hermanos Mayores. Estos muchachos estaban a un paso del centro de detención juvenil, yendo o viniendo. —Lo que de verdad necesitamos son tutores. ¿Es bueno para las matemáticas?

—Creo que sí —contestó Javi. Había supuesto que si Brenda sabía el tipo de trabajo que realizaba, que sí, era muy probable que sirviera para las matemáticas.

—Tenemos a tres jóvenes que están tratando de obtener el diploma de secundaria por estudios libres. Dos de ellos, no estoy segura de que lo logren, pero uno es bastante talentoso. ¿Quiere conocerlo? —Brenda preguntó y Javi estuvo de acuerdo. —Se llama Gabriel. Gabriel Madrid.

El salón de estudio era un cuarto alumbrado con bombillas fluorescentes, de paredes amarillo pálido lustroso y un librero de altura mediana, de tres tablillas. Por lo que podía ver Javi, los únicos libros que había era un diccionario bastante ajado de inglés y algunos folletos sobre redacción. Además de Gabriel había dos jóvenes más leyendo cuadernos de trabajo. Una caja de cigarros en el medio de la mesa a la que estaban sentados contenía tres lápices afilados sin borrador. Dos de las sillas plegadizas de metal estaban desocupadas alrededor de la mesa de patas plegables.

—Gabriel, éste es el señor Toro —dijo Brenda. Gabriel miró a Javi con escaso interés antes de volver la vista al cuaderno. —Viene a ayudarte a preparar el examen en lo de matemáticas. ¿Quieres que te ayude?

—Sí, cómo no —Gabriel respondió. Se enderezó, se estiró el borde inferior de la camiseta, una pieza de negro desteñido de las Tortugas Ninja Mutantes Adolescentes. Con la parte superior del lápiz golpeó varias veces el cuaderno.

—Aquí está Gene, señor Toro —dijo Brenda, señalando hacia otro joven que parecía de veinte años, pero no podía ser, porque a esa edad no estaría ya en el centro. —Gene está por tomar el examen en dos semanas. Puede que necesite ayuda de último momento. Y Jordan —dijo Brenda de nuevo, esta vez señalando a un chico con la cabeza colmada de un revoltillo de rizos café. —No estoy segura de cuánto esté preparado Jordan. A lo mejor él le dice. No sé cuánto tiempo tenga para ayudarnos, pero...

—No sé todavía —respondió Javi. —Pero deje ver lo que podemos hacer.

—Tenemos a otro ingresado que a lo mejor se interese ahora que tenemos tutor nuevo, pero tengo que verificar con él primero. Le dejo saber —. Si Javi tenía tiempo, tal vez pudiera comenzar esa misma noche.

Brenda no sabía si los muchachos estaban disponibles, pero Javi podía hacer esos arreglos con ellos. Ella estaría en la recepción, por si algo se le ofrecía.

Javi se sentó entre Gabriel y Gene. Gabriel parecía que hacía calistenia. Debería tener unos dieciséis, por ahí. Sus rasgos físicos reflejaban un origen aborigen americano, muy posiblemente azteca, a juzgar por el nombre. Gene dijo que no necesitaba ayuda, pero de ser así se lo dejaría saber al señor Toro.,

—Yo sí. Yo necesito ayuda, me parece —dijo Gabriel. Le mostró a Javier lo que estaba resolviendo. Era una ecuación de álgebra de décimo grado. Cuadrática, de hecho. El problema especificaba que $a = 4$, $b = 12$ y $c = 5$. Javi miró lo que había hecho Gabriel.

—¿Con qué necesitas ayuda? Tu respuesta es la correcta —dijo Javi.

—¿De veras? —Gabriel preguntó.

—Verifícala. Vas a ver —sugirió Javi.

Gabriel le echó una mirada que Javi no pudo descifrar. Entonces se rio y dijo: —Ya lo sabía. Estaba asegurándome que usted lo sabía.

Javi sonrió. —Puede que no sepa de otras cosas, pero las matemáticas no están entre ellas. Soy ingeniero.

—Ah, pues, qué bueno. Eso lo que quiero llegar a ser. Quizás —dijo Gabriel. —¿Le puede echar un vistazo al resto de lo que he hecho?

Javi le revisó el trabajo anterior en el cuaderno y en una tableta de papel amarillo. —No necesitas mi ayuda, Gabriel. Quizás es mejor que ayude a...

—¡Claro que necesito ayuda! No siempre estoy seguro de lo que estoy haciendo. Necesito a alguien que me oiga mientras resuelvo el problema y me advierta cuando no voy por el rumbo correcto. Usted puede hacer eso, ¿sí, señor Toro?

Javi lo pensó por un momento. ¿Era éste un payaso que quería probarlo? En ese caso, esto sería todo una soberana pérdida de tiempo. Sin embargo, cabía la posibilidad de que Gabriel lo dijera con sinceridad.

—Bueno. Adelante.

Ambos trabajaron dos páginas adicionales. Gabriel resolvió los problemas sin ayuda. Siempre obtuvo la respuesta correcta. Acordaron volver a reunirse tres noches a la semana. Gabriel dijo que en lo que más necesitaba ayuda era con la gramática y la redacción. Los estudios sociales no eran problema. Eso era solamente cuestión de aprender datos de memoria y vomitarlos en la hoja de respuestas. Con la redacción, tenía las ideas, pero no siempre lograba organizarlas.

—Creo que te puedo ayudar con eso, también. Vamos a encargarnos de un asunto a la vez —Javi le dijo.

—Oiga, señor Toro, usted parece como que hace mucho ejercicio —dijo Gabriel, señalándole el pecho con el lápiz. —Debe tener mucho tiempo libre —añadió con un guiño.

—Tengo equipo en casa. No se necesita tanto tiempo. Es principalmente para mantenimiento.

—Su novia, ¿también hace ejercicio con usted? —Gabriel preguntó.

Sintió Javi que la pregunta rebasaba los límites de lo que Gabriel tenía que saber. —Sí, cuando puede.

—Ah —fue todo lo que dijo Gabriel.

Javi se excusó y salió.

El 5 de noviembre Javi leyó en el periódico gratuito en español de esa semana que un club nocturno latino llevaría a cabo un certamen la próxima semana. Los participantes tenían que ser adultos sobre la edad de veintiuno, hablar español con fluidez y preparar tres canciones, una de las que tenía que ser un tango. El club estaba en un distrito que no había identificado como latino. Era italiana la mayoría de los negocios en el área: lo había notado en un par de ocasiones en que había ido a almorzar en domingo con gente del trabajo. Los letreros de los locales estaban en italiano o llevaban algún detalle italiano. La Gondola, La Trattoria, Enrico's Pizza, el Caffè Napolitano.

Desempolvó la guitarra y buscó los libros de canciones que Javier y él habían comprado algunos años atrás. La última vez que había tocado la guitarra, Javier le había pedido que le tocara una de sus canciones favoritas, "Come prima", cuya letra Javier decía que le caía a la perfección: "Como la primera vez, más que la primera vez te amaré. Mi vida por la vida te daré Parece un sueño verte de nuevo y acariciarte..." La última vez que Javi se la había cantado, la guitarra había terminado contra una esquina, sus ropas colgadas de ella y sobre el sofá, mientras hacían el amor en el piso de la sala, los ojos color avellana de Javier alumbrados por las llamas danzantes del fuego en la chimenea.

El próximo sábado en la noche fue al distrito. Llegó justo antes de la hora señalada para comenzar el certamen. El edificio era un viejo cine remodelado. Conservaba la marquesina, que anunciaba la actuación de un cantante que no le era conocido. Las cajas de exhibición de afiches contenían fotos de cantantes famosos que habían cantado en el club. A una de ellas la reconoció, una tanguera de voz elegantemente ronca, uruguaya. Las otras dos cajas tenían fotos de personalidades famosas de Norte y Sur América que habían estado en el auditorio en distintas ocasiones.

Por la apariencia del club creyó que tendría espacio para unas veinticinco o treinta personas. Al entrar e inscribirse para el certamen, estuche de guitarra en mano, pudo ver que fácilmente cabían doscientos en las mesas distribuidas a través del salón. Había una barra en el fondo, al entrar, y otra en el lado, más cerca del proscenio. Ya se había anunciado el certamen para esa noche. Los parroquianos ya estaban sentados en la mitad del salón. Se había habilitado una mesa al frente, al pie del proscenio, donde los jueces ocuparían los tres asientos de espaldas al público.

A Javi le tocó el turno número diecinueve: por lo menos dieciocho cantarían, además de él. Mientras esperaba su puntuación al final del certamen, se dio cuenta de que eran veintinueve los participantes, seis de ellos dúos. Por algunos Javi sintió vergüenza ajena. Por otros, deseó haber traído protectores de oído. Algunos eran increíblemente buenos; sospechó que para esos no sería la primera vez que se paraban frente a un auditorio. La mayoría de los tangos era de los más conocidos del repertorio de Gardel. Javi había preparado su tango favorito de Héctor Stamponi, "El último café". No era tan conocido excepto entre verdaderos aficionados al tango y se prestaba para demostrar buen fraseo y habilidad para modular. Había pensado que estaría más nervioso, pero cantó como cantaba para Javier como único público.

> *El último café que tus labios con frío*
> *pidieron esa vez, con la voz de un suspiro.*
> *Recuerdo tu desdén, te evoco sin razón*
> *te escucho sin que estés.*
> *"Lo nuestro terminó"*
> *dijiste en un adiós*
> *de azúcar y de hiel...*

El torrente de aplausos lo sobresaltó. Hasta los jueces, dos caballeros maduros y una dama de edad mediana, estaban aplaudiendo. Siguió al tango con una habanera: "El amigo que hoy necesito", con letra emotiva sobre un hijo que ha perdido a su querido padre. Esa causó varios "¡Bravo!" y por los bordes del foco pudo ver a varias personas ponerse de pie. Su última canción era una balada popular del mexicano Armando Manzanero, cuya letra había cambiado del español, "Esta tarde vi llover", a "Ayer oí la lluvia" en inglés. El público estaba tan entusiasmado nuevamente, que le hizo aflorar sentimientos de humildad.

—¿Habés preparado otra? —preguntó uno de los jueces. Varios en el auditorio comenzaron a gritar: "¡Sí, otra, otra!" No, no la había preparado, pero decidió arriesgarse—"¿Qué diache? No tengo nada que perder'—y se atrevió con una que no cantaba desde sus días en Boston, de María Grever, la mexicana de ancestros alemanes. La mayoría de los bilingües aficionados al jazz la reconocerían por la música, pero con una letra muy distinta: "Cuando vuelva a tu lado, no me niegues tus besos", en inglés Dinah Washington la había cambiado a: "Qué diferencia de un día para otro, veinticuatro horitas". La balada con su carga emocional le llegó de golpe, como si la hubiese tocado esa misma mañana. Tuvo el mismo efecto que las anteriores.

"¡Otro tango, otro tango!" gritaban desde varios puntos. Los jueces no objetaron. Tuvo que pensar. ¿Qué podía tocar? No quería terminar con algo triste. Rolando Lasserie le había dado ritmo de mambo a "Las cuarenta", que era como decir "la verdad cruda", y por un momento pensó cantar ese tango de Roberto Grela. Lasserie también había rehecho uno de Carlos Gardel, "Esta noche me emborracho". Rechazó la idea de cantarla; la letra era demasiado aniquilante. Por otro lado, los tangos eran así. Seleccionó "Fuimos", de José Dames, que siempre le había gustado por la tropología, las palabras en aquella cadencia apasionaba sobre remordimiento y negación de sí mismo por el bien de la persona que se ama.

> *Fui como una lluvia de cenizas y fatigas*
> *en las horas resignadas de tu vida.*
> *Gotas de vinagre derramadas*
> *fatalmente derramadas sobre tus heridas...*
> *Rosa marchitada por la nube que no llueve.*
> *Vete, ¿no comprendes que te estás matando...?*

El público parecía inmune al efecto de la angustia que la letra debió tener. Pudo haber estado cantando "Se va el caimán".

Los jueces y el auditorio se quedaron allí para escuchar a nueve canciones más. —Debido a lo avanzado de la hora —dijo uno de los jueces al terminar el concursante número veinticinco de cara al público—, sentimos tener que informarles que cada uno de los participantes que quedan se tendrán que limitar a una canción cada uno o una. Espero que comprendan. Subestimamos el número de personas que estarían interesados en el certamen y todavía debemos reunirnos los jueces para seleccionar a los ganadores".

Llevaban siete horas allí, pero pocos de los parroquianos se habían ido. Los jueces fueron hacia el fondo del salón a lo que parecía una oficina. Regresaron al rato y subieron al proscenio. La mujer les dio las gracias a los concursantes por participar y al público por venir y permanecer allí, con su gran reacción.

El tercer lugar le tocó a una joven que, pensó Javi, había sido muy profesional y capaz, aunque su mejor interpretación no había sido el tango. El segundo lugar fue para un caballero maduro que dijo en sus palabras de agradecimiento que era de la ciudad de Medellín, Colombia, donde el legendario Carlos Gardel había muerto en un accidente aéreo en el 1935, por lo que le dedicaba su actuación y aquel reconocimiento a aquel símbolo del tango. Luego de cuidadosas deliberaciones, anunció uno de los jueces, le otorgaban el primer premio por unanimidad a Javier Toro. El público gritó y aplaudió su asentimiento. Javi no sabía qué hacer. lo había hecho como por retarse a salir y estar entre otra gente, para probarse algo—¿pero, qué? No acertaba a figurárselo. No sospechaba siquiera quiénes serían su competencia. Agradeció a los jueces el premio inmerecido de cien dólares y la estatuilla, plástico dorado, de Carlos Gardel.

Ya casi había salido puerta afuera, cuando uno de los jueces lo llamó. Era el dueño del club. De más estaba decir que recibía sus más cálidas felicidades. ¿Cantaba profesionalmente? Imposible que fuera en el área de la bahía, porque difícilmente se le habría escapado de oírlo antes. ¿Ah, no? ¿No era cantante de profesión? Él, Sigfredo Morel, pudo haber jurado que tenía mucha experiencia. ¡Qué voz para un hombre tan joven! Claro, había otra intención relacionada con la celebración de la competencia—la primera en la historia de El Bandoneón. Buscaba talento para encabezar algunos de los espectáculos. Solamente sería el primer viernes de cada mes. Sigfredo ya le había hablado a la joven que obtuvo el tercer premio y al del séptimo—"Desigual, sin balance armónico, pero el tango le había salido muy bien y su interpretación tuvo buena acogida, mejor que el de la del segundo lugar, tenés que haberlo notado"—y habían mostrado mucho interés en un par de veces al mes, martes en la noche. Javi se ganaría 350 dólares por compromiso, además de un traje y corbata. Las presentaciones comenzaban a las nueve y terminaban a la medianoche. Serían sets de cuatro canciones, con un receso entre cada uno.

¿Me pagaría tanto por pararme ahí y cantar tangos? Pensó Javi en lo absurdo que era aquello.

Mejor no aceptar la oferta del hombre. Podía terminar haciendo el ridículo.

—Hay una condición —dijo Sigfredo. Despidió con la mano a uno de los últimos que quedaba en el club terminado sus tragos. —No tenés que tocar la guitarra todo el tiempo. Tenemos orquesta, un bandoneón, claro, a veces dos, tres violines, contrabajo y piano.

—Eso suena a algo bastante completo —dijo Javi. Algunas agrupaciones de tango eran más pequeñas todavía: si un violinista acompañaba al bandoneonista, en ocasiones eso era todo. No era gran cosa, pero era adecuado.

—Tendrías que venir los miércoles y jueves por la noche a ensayar con la orquesta. Si las cosas no van bien, los ensayos duran hasta sabe Dios cuándo. Si laburás en algo tradicional, te podría traer problemas. Quiero serte a vos tan franco como sea posible, ¿entendés?

Eso le ponía fin al interés que empezaba a nacerle a Javi. Le había prometido a Gabriel que vendría al centro de lunes a miércoles en la noche.

—Le agradezca la oferta, Sigfredo. Señor Morel.

—Vos, llamame Sigfredo —le dijo el hombre, de unos treinta años más que él. Hablaba con aquella tonada tan seductora de los porteños: aquellos, no Sigfredo.

—Sigfredo, tengo otro compromiso los lunes y miércoles.

—Bueno, veo... Dejame ver... —dijo Sigfredo y pensó un momento. —A ver. Hagamos una cosa. Probamos con un solo ensayo y vemos cómo sale la primera vez. Si las cosas no marchan bien con la orquesta, siempre podés tocar la guitarra. ¿Tenés disponible algún otro día, digamos el domingo?

—El domingo es una posibilidad, sí, además del jueves. A cualquier hora el domingo, pero solamente de noche los jueves. Trabajo de tiempo completo.

—¿Y cómo te ganás la vida, pibe?

—En la ingeniería —respondió Javi.

—¡Mirá, pues, talentoso e inteligente! No se encuentran muchos así en este negocio —dijo Sigfredo entre risas.

¿Podría hacer esto? Había sido completamente imprevisto. ¿Qué podía decir? ¿Por qué no? ¿Había huido alguna vez de algo novedoso? ¿Y no había perseverado? ¿No era lo que admiraba Javier en él?

—Bueno, Sigfredo. Trato hecho.

Sigfredo estaba contentísimo. Javi sospechaba que no le había sido fácil contratar talento que atrajera suficiente público. Era un riesgo, esto de tomar a un cantante sin experiencia. ¿Qué sucedería si no cuadraba con la orquesta? Solamente había una forma de saberlo.

Habría que firmar contrato, pero sería para cada presentación individualmente, no por temporadas.

—Podés traer hasta cuatro invitados a cada presentación —le dijo Sigfredo. —De seguro querrás traer a la novia. Bueno, cuando no pueda venir la mujer —Sigfredo dijo, soltando una carcajada.

—Soy soltero.

—Hey, ¡menos complicaciones! —replicó Sigfredo y volvió a reír.

27 Un joven iracundo

La primera Navidad en la ciudad, Javi decidió no aceptar invitaciones a ninguna de las fiestas de colegas de trabajo. También había querido pasar Acción de Gracias solo. La noche antes le había pedido permiso a Brenda para llevar a Gabriel a cenar en un lugar cerca del centro. Tuvo que firmar un acuerdo para asumir toda responsabilidad por el bienestar y la seguridad del joven esa noche. Le preguntó a Brenda si también tenía que dejar a su primogénito como colateral.

—Creía que era soltero —contestó Brenda al recoger los documentos que le entregó Javi.

—No se necesita certificado de matrimonio para producir hijos —replicó. Había esperado que Brenda se percatara de la broma.

—Por desgracia, eso es verdad. ¿Usted tiene hijos?

—Ninguno que yo sepa —dijo Javi. Espero un tiempo prudente. —Brenda, lo dije en broma.

—Oh. Ja, ja, ja. Qué jocoso.

Se fueron Gabriel y él a un restaurante de hamburguesas a dos cuadras del centro juvenil.

Gabriel pidió una hamburguesa doble. —¿Te das cuenta de que la sencilla es enorme?

—Sí, ya lo sé. Me gustan más enormes todavía —Gabriel dijo, subiendo y bajando las cejas repetidamente. Entonces emitió un ruido carraspeado que Javi interpretó como risa en boca cerrada.

Javi pidió un sándwich de pollo.

—Mañana va a comer pavo, don Toro. ¡Deje vivir a las aves!

—Es Javi, Gabriel. ¿Quieres que te llame señor Madrid?

—Si quiere. Me hace sentir importante —Gabriel contestó. —No se me presentan oportunidades para sentirme así.

—No necesitas un título para sentirte importante. Ya lo eres para ti mismo. Para otros también, estoy seguro —le dijo Javi en el mismo tono que habría usado para un hijo, si lo tuviera.

—Eso es profundo, don... Javi.

—Si no te molesta que te pregunte...

Lo interrumpió Gabriel. —Oh, oh. Cuando la gente empieza con esa pregunta, van a preguntar algo que me va a molestar contestar —dijo Gabriel. Jugaba con dos pajillas de sorber como si fueran palillos de batería.

—Entiendo.

—Oh, no me deje detenerlo. Pregunte lo que quiera. Yo he aprendido que las preguntas no son indiscretas, don... Javi. Son las contestaciones. Las contestaciones son las indiscretas.

—Bueno. ¿Qué hacías que terminaste en el centro juvenil?

—Ah, ¡ya sabía que íbamos a terminar ahí —dijo Gabriel sin dejar de sonar los palillos contra el borde de la mesa

—Olvídalo —Javi le dijo avergonzado.

—No es hora de meterse en eso, don Javi. Casi ni nos conocemos. Me perdona. No quiero ofenderlo. No es algo que me guste compartir con otros. Cuando le diga sin que usted me lo pregunte, va a saber que tengo confianza en usted —Gabriel explicó.

Se comieron los sándwiches. No intercambiaron palabras. Javi no sabía de qué hablar. No quería escuchar más comentarios negativos. Esa época del año ya le traía suficiente tristeza. Sus recuerdos iban como péndulo, del lado donde todo se veía bello, al otro, donde no había más que tinieblas lúgubres, solitario, saqueado de afecto. Pasaría las fiestas como había pasado las anteriores después de la muerte de Javier, con la chimenea encendida, un disco de baladas en español que le gustaba a Javier, cantando al unísono frente a una botella de Riesling.

El miércoles antes de Navidad Javi vino al centro juvenil para la lección de Gabriel. Le trajo un regalo, un pulóver azul de cuello de tortuga. Gabriel desenvolvió la caja con la ferocidad de un animal salvaje sobre la presa. Desdobló la camisa y se la puso contra el torso.

—Vaya, don Javi, esto está bueno y bonito. Me imagino que le habrá costado su buen billete —. Se colocó la camisa sobre el regazo y le pasó los dedos a la tela. —Suave. Buena calidad. Gracias. Muchas gracias —. La dobló y la repuso en la caja. Se la devolvió a Javi. —No puedo aceptarla.

Javi se confundió. ¿Por qué no?

—Es algo demasiado bueno. Si me hubiese comprado un par de camisetas de la tienda de segundas manos, la habría tomado. Esto no. Si quiere cambiarla por algo así, eso sí lo acepto.

—¿Tienes algo en contra de las cosas buenas? —le preguntó Javi.

—Aquí, si la tengo, va a echar patas— Gabriel contestó. —Alguien se la va a robar. Entonces voy a tener que pelear con el que se la robó, él me va a detener para que no se la quite, nos vamos a entrar a los puñetazos, le voy a partir el alma. ¿Dónde voy a terminar sin el pulóver bonito y caro? En la calle por violento e incorregible. Así dicen cuando lo sacan como a perro rabioso. No importa quién tenga la razón. Es que uno tomó medidas extremas para defender su propiedad lo que les molesta. Nos dicen que tenemos que resolver nuestras diferencias con argumentos racionales, con disciplina, siguiendo los canales y no a bofetadas. Ni gritando. Eso tampoco les gusta.

En eso no había pensado Javi. Era un mundo nuevo el que se le abría. En el internado expulsaban al que robaba, si se averiguaba. La víctima raras veces delataba a nadie, porque ser un chota le ganaba el escarnio y el rechazo de los compañeros. Todo lo que era de valor se tenía que mantener bajo llave. Algunos tomaban prestados los calzoncillos o los calcetines cuando se les acababan los limpios, pero nunca se quedaban con ellos: la ropa estaba etiquetada con el nombre de cada alumno. No recordaba que alguien hubiese agredido a nadie por hurto. Se les habría expulsado a los dos. En la universidad vivía en casa: solamente un intruso que entrara por una ventana le habría podido robar algo.

—Oye, he estado viniendo aquí a ayudarte a recibir una educación, pero soy yo quien se educa —dijo Javi.

—Quédese conmigo. Ya va a ver cómo viven los otros tres cuartos de la humanidad.

—¿Cuándo piensas tomar el examen? —le preguntó Javi.

—Oh, todavía me falta bastante. No sé todavía. ¿Qué, va a dejar de venir?

—No, nada de eso. Solamente quería saber qué planes tienes, es todo —le respondió Javi.

—No me gusta hacer planes. Alguien siempre llega y los destroza. Entonces me quedo sin ayuda para hacer otro plan que después viene otro y también hace polvo. Es un círculo vicioso, ese asunto de hacer planes.

—Eres demasiado joven para ser tan despiadado —le dijo Javi.

—Hay que andar por las calles y vivir de lo que se pueda para que la realidad le dé en la cara. En este mundo cada cuál tiene que rascarse con sus propias uñas —dijo Gabriel con total desparpajo. Empezó a mover las manos como si tuviera palillos de batería mientras hablaba, sacudiendo la cabeza como si escuchara una melodía que nadie más podía oír.

El primer domingo de enero lo llamaron a ensayar. Todo se le había hecho más fácil de lo que creía, aunque había tenido sus tropezones. Julio Malerba, el director de la orquesta, era un hombre paciente de disposición paternal que hablaba en un tono bajo. Se pusieron de acuerdo sobre un repertorio de tangos que Javi conocía. Eso reducía la necesidad de ensayar más: en el futuro añadirían otros que tal vez Javi no sabía y con los que tendría que trabajar antes de los ensayos. Regresó el jueves para un ensayo completo. Julio quedó impresionado con la habilidad de Javi para recibir direcciones, su oído para la melodía y los descansos.

—¿Cuánto tiempo llevás cantando? —Julio le preguntó.

—Desde que recuerdo. Por lo menos tangos.

—Quise decir profesionalmente —aclaró Julio. El matiz plomizo del humo del cigarrillo le borraba las facciones.

—¡Ja! Esperá que diga a lo que se dedica —gritó Sigfredo del otro lado del piano.

—Soy ingeniero, no cantante. Profesional, por lo menos. Canté en público por primera vez la noche del certamen de octubre.

—¿En serio? ¡Qué excepcional, pibe! ¿Venís de una familia tanguera? —Julio preguntó. Javi tragó duro. Recordó los domingos en casa, oyendo los discos o a su padre cantar con la guitarra. Javi no cantaba con él, ni siquiera para revelar que sabía la letra. Hacía más de diez años que no veía a su padre. Nunca pensó que lo echaría de menos. No estaba seguro de que lo echara. La soledad lo llevaba a añorar un pasado que tenía de todo menos de felicidad. Era irónico pensar que cualquier tiempo pasado fuera mejor que el presente. En sus adentros sabía que no lo era.

¿Cómo estarían todos en casa? No tenía forma de saberlo. No recogía el teléfono para llamar a nadie, familia o no, desde que se había ido de la isla. Tal vez algún día lo haría.

—Mi padre era un aficionado dedicado. Cuando me cantaba canciones de cuna siempre era en compás de dos por cuatro —Javi dijo con una sonrisa. Algo parecido a la nostalgia le brotó de una esquina olvidada del alma.

—¿Ves que es un fenómeno? Fue tremendo hallazgo —dijo Sigfredo en su tono de costumbre, apropiado para alguien que tiene una deficiencia pronunciada de la audición. —Y con la pinta de galán de cine, este pibe va a tener a las minas al borde del desmayo. ¡A algunos hombres, también!

Ese primer viernes el nombre de Javi aparecía en la marquesina como Javier La Plata, un intento de hacerlo sonar más porteño. Una foto en blanco y negro de doce centímetros por quince de él en el traje que se había comprado para la ocasión estaba montada dentro de una de las cajas de afiches: "Ganador del prestigioso primer certamen anual de tango del Club El Bandoneón... Javier La Plata!" Entró por donde estaba Omar, el portero, un gigante con músculos sobre los músculos y, a juzgar por las pocas conversaciones que había sostenido Javi con él, con el casco un tanto hueco. Sin embargo, Omar era agradable y demostraba mucha más admiración por el nuevo cantante de la que Javi hallaba justificada. Omar venía a los ensayos. Esperaba a Javi por la puerta principal y siempre decía lo mismo: "Hombre, ¡usted es estupendo, don Javier!" Javi le daba las gracias. Durante los ensayos se sentaba al fondo en una banqueta de la barra y cuando la orquesta se tomaba el receso, llegaba hasta Javi a decirle: "Hombre, ¡usted es increíble, don Javier!" Al final, cuando salía Omar le abría la puerta, le deseaba buenas noches y le decía: "¡No se puede creer lo estupendo que es, don Javier!"

—Usted es muy amable, Omar —respondía Javi.

Sigfredo había sacado un anuncio de una página en el periódico hispano. Todas las mesas estaban ocupadas. Quedaban algunos espacios en las barras. Omar cortó la admisión al llegar al número máximo de ocupantes, de acuerdo con el código de protección de incendios. Solamente podría entrar un número equivalente al número de personas que saliera. Nadie se fue durante las primeras dos horas de la presentación. Algunos salieron durante el último receso antes del acto final. Para entonces la mayoría de los que esperaban afuera se habían cansado de esperar. Nadie parecía decepcionado. Después de la interpretación que hizo Javi de "El día que me quieras", el tango por el que mejor se conocía Carlos Gardel, con acompañamiento de guitarra solamente y luego "Volvió una noche" con la orquesta, el público estaba de pie. "¡Dale, dale", oyó de varios puntos del salón. "¡Macanudo, che!"

28 Para cambiar el mundo

¿Tenía una vida plena? A veces se lo preguntaba cuando estaba acostado y tratando de conciliar el sueño o cuando se tomaba el café de la mañana a la mesa de la cocina, que tenía al lado de la ventana que daba al estacionamiento del edificio. ¿Era por eso que se había llenado la vida de actividades que lo mantuviesen ocupado? ¿De qué pretendía distanciarse? Lo que fuera, concluyó, disfrutaba de todos sus compromisos, de modo que no había que cuestionarse la virtud de lo que elegía.

De lunes a miércoles en la noche seguía dedicado a Gabriel. Gene, otro de los jóvenes, había decidido trabajar solo después de dos sesiones con Javi. Así, tenía el tiempo libre para atender a Gabriel. Siete meses después Gabriel sentía que estaba listo para el examen; Gabriel concurrió.

—Así que, don Javi, ya pronto. Cuando pasé el examen, ¿volveré a verlo alguna vez? —le preguntó Javi una noche. No había pensado en eso.

—Puedo venir a visitar de vez en cuando —Javi respondió. ¿Qué haría ahora con sus noches? Nadie más había solicitado sus servicios en el centro juvenil. Quizás buscaría en la lista de instituciones que solicitaban voluntarios, para irse a otro lugar.

—Ahora puede pasar más tiempo con su novia —le dijo Gabriel.

—No tengo novia.

—¿Por qué no? —le preguntó Gabriel.

—No es algo que uno persiga nada más por decir que tiene una.

Gabriel lanzó una carcajada. —Conozco a un montón de tipos que hacen eso mismo.

—No veo la necesidad. Estoy bien solo por ahora. Tengo demasiado que hacer —. Javi mencionó que estaba buscando casa nueva. Eso le había dado algo más de que ocuparse.

—¿Un apartamento?

—No, una casa —contestó Javi.

—¿Para usted nada más? ¿Para qué necesita tanto espacio?

—Se puede pensar en una casa como una inversión —dijo Javi.

—¿Por qué no invierte en acciones, como el resto de los americanos ricos?

—Es otro tipo de inversión. Bienes raíces. Otra cosa —le contestó Javi.

—Y entonces se busca una esposa. Eso lo va a tener más ocupado. Y después, una tribu de bebés chillones que va a tener que ayudar a alimentar y cambiar pañales.

—Ya te lo tienes todo figurado, ¿verdad? —Javi le dijo con una risita.

—Eso es lo que hacen los americanos saludables.

—Y tú, ¿no has pensado en encontrarte una novia para casarte cuando salgas de aquí? —Javi le preguntó.

—Después que tengas tu diploma de secundaria. En algún momento vas a salir de aquí.

Se le convirtió la expresión a Gabriel de juguetona a la pesadumbre. —Estoy consciente de eso.

—¿Y has pensado en qué vas a hacer entonces?

—Ahí vuelve con sus jodidos planes —Gabriel contestó de mal talante. —Ya hemos tenido esta conver...

Lo interrumpió Gabriel. —

—En primer lugar, el día que yo use ese tipo de palabras y tono contigo, siéntete en libertad de usarlos conmigo —Javi dijo en un tono menos que amigable. —Segundo, tu actitud hacia el resto de tu vida es cínica y negativa. Ninguna de ésas te va a llevar muy lejos. Deprime oírte hablar así —. Gabriel se quedó callado, con la mirada baja. —Aunque venga algo y te desbarate los planes, aunque no los hagas realidad, necesitas tener un objetivo en la vida. Si no sabes hacia dónde vas, ¿cómo vas a saber si el lugar donde acabaste era el que querías? ¿O es que vas a usar eso de excusa para vivir dondequiera que el mundo te tire? —. Gabriel seguía sin decir nada. Se veía sumamente incómodo. —Diría que vas a tener que pensar en lo que quieres ser cuando crezcas, pero ya creciste, de una forma. De otra, tienes que hacerte crecer y despojarte de esa capa de pesimismo. Dentro de ti hay algo que grita tratando de romper ese cascarón duro —. Lo decía Javi con sinceridad. Desde que había conocido a Gabriel había percibido una ira controlada que se hacía ver como falta de fe en la humanidad.

Gabriel se puso de pie. —Gracias por la charla de estímulo. Lo voy a anotar en mi diario —. Salió y desapareció en la oscuridad del corredor.

Oliver se había esforzado en dar a conocer el trabajo de Javi, por diseminarlo y comercializarlo mediante los socios comerciales de BEA. La parte de fabricación ya estaba lista con una inversión inicial de equipo de terceras partes, un golpe empresarial, de acuerdo con Oliver. —Esto tiene un potencial tan enorme en tantas partes del mundo —Oliver había dicho a menudo. —Vamos a hacer mucho bien a la vez que vamos a tener ganancias fabulosas.

Los proyectos de Javi estaban basados en su tesis de maestría. Era una mejora de costo efectivo sobre el aislamiento de base en la construcción, una combinación de su interés tanto en ingeniería mecánica como en la de materiales. Había desarrollado y probado un diseño novedoso para un sistema que mezclaba lo último en tecnología de materiales con cilindros acolchados y resortes, una variación que proveía mayor estabilidad a los métodos al uso para controlar el vaivén de edificios y evitar el colapso estructural durante actividad sísmica. El diseño de Javi podía ser eficaz en terremotos de magnitud 8.0, quizás más. BEA había patentado el proceso y el desarrollo de materiales bajo el nombre de *BayToro Seismic Control*. al que extraoficialmente llamaban *BayToro*. Esperaban que fuera de particular aplicabilidad en zonas donde la construcción se había hecho sobre terreno reclamado de la costa del océano Pacífico o pantanos dragados. En el distrito financiero de San Francisco ya se levantaban dos edificios de altura moderada que usaban el sistema BayToro. Naturalmente, la prueba final de la efectividad no vendría hasta que volviera la ciudad a temblar de nuevo. No obstante, las investigaciones de Javi lo llevaban a concluir que el sistema no era solamente superior en tecnología a las técnicas que se habían venido aplicado, sino que era más seguro y menos costoso que la alternativa, amortiguadores afinados en masa que se colocaban en la azotea de edificios para que se mecieran en lugar de desplomarse con un terremoto. Un ejemplo de aplicación defectuosa de amortiguadores había resultado totalmente inútil—y mortal—en el terremoto más reciente en Ciudad de México.

Oliver había reducido la carga de trabajo de Javi de proyectos de otros clientes, para permitirle dedicar más tiempo a perfeccionar propuestas de producción. Se habían hecho presentaciones en congresos profesionales y directamente a posibles clientes de Japón, el Perú, Chile, Italia y Grecia, además de México y la costa entera del Pacífico de Estados Unidos y el Canadá.

—La seguridad no tiene que existir independiente de la belleza —había dicho Javi durante un almuerzo del capítulo local de la Sociedad Americana de Ingenieros Mecánicos. Había hecho una presentación semejante en la convención anual de la Sociedad Nacional de Ingenieros Mecánicos en Minneápolis. La referencia había tenido gran impacto cuando la presentó ante la Cámara Técnica en Atenas, Grecia. —Lo que construyamos en nuestros espacios urbanos en lo sucesivo tiene que considerar que la arquitectura de una estructura que sobrevive tiene que ser funcional, segura y de atractivo estético. Esto, claro, es cierto de cualquier edificio, pero el consuelo de saber que un edificio ha resistido fuerzas laterales de la naturaleza debe incluir que también la belleza y la funcionabilidad han quedado intactas, no solamente el cemento, el vidrio y el acero.

Su alma máter en Pittsburgh lo nombró el ingeniero más influyente del año. —Esto me llena de humildad —dijo Javi en su discurso en la ceremonia, a la que Oliver y Gloria Kepner habían asistido. —Es mi deber siempre tratar de que se enorgullezcan de su exalumno —. Su foto apareció en el número de ese mes de la revista de la universidad en la que había cursado estudios subgraduados en Boston, con el calce: "Cuando se encaran novedosamente los retos de la naturaleza".

Sin embargo, se tardaría dos años más en estallar BayToro en el mercado mundial.

29 Se echan raíces

Brenda lo llamó al trabajo. Gabriel quería hablar con él.
—¿Conmigo? Creía que no quería más mi ayuda —respondió Javi.
—Mire, lo dejo que le explique él.
Era noche de ensayo en El Bandoneón. —Esta noche tengo un compromiso.
—¿Mañana por la noche? —Brenda preguntó.
—También comprometido.
—¿Está enfadado con Gabriel? —preguntó Brenda.
—No. ¿Por qué pregunta?
—Parece que está muy ocupado de repente —replicó Brenda.
—No estoy inventando excusas. Francamente, es irracional llamar a alguien de sopetón y esperar que la persona esté disponible solamente porque alguien quiero verlo, ¿no le parece?
—Tiene razón. No tuve intención de enojarlo. ¿Cuándo cree que podría pasar por acá? Solamente quiero decirle al muchacho cuándo sería posible. O si siquiera lo es —aclaró Brenda.
La tarde del sábado y la mañana del domingo, imposible. Había comenzado a jugar béisbol con el equipo de la representación gay en la liga municipal, Esos Chicos. Los sábados por la tarde practicaban y jugaban domingo por la mañana. Después del partido iban a un desayuno almuerzo, a Shirley's, en el gueto

gay, al que Javi se refería como Alturas de Homo Disney.

—¿Qué le parece el lunes a eso de las siete de la noche? —le preguntó a Brenda.

—El horario es el suyo. Si eso le conviene, estoy segura de que Gabriel esté de acuerdo. Después de todo, no tiene a dónde más ir.

Gabriel se veía menos dispuesto a un enfrentamiento hostil ese lunes. Al menos fue cordial. Se sentó a la mesa del salón de estudio en el lugar contrario a Javi. El otro muchacho que estaba allí trabajando con un cuaderno se levantó y se fue cuando Javi y Gabriel entraron.

—Le pido perdón. Fui grosero con usted la última vez que nos vimos —dijo Gabriel con la vista baja.

—Sí, lo fuiste. Acepto la disculpa.

La incertidumbre sobre la razón por la que Gabriel había pedido que viniera se convirtió en alegría cuando Gabriel le dijo que había aprobado el examen de secundaria. Sintió que se le iluminaba la cara. Era una gran noticia. Javi extendió la mano sobre la mesa para estrechar la de Gabriel. —¡Eres un joven tan brillante, chico!

—Gracias. Se lo debo a usted —dijo Gabriel.

—Oh, no, Gabriel, no, para nada. Te guie un poco. ¿Sabes? A veces me parecía que nada más estabas usándome para hacer alarde.

Gabriel sonrió. —No, no fue así... Bueno, un poco.

—¿Qué vas a hacer ahora?

—Tengo algo pensado —dijo Gabriel.

—¿Oh? ¿Ahora haces planes?

Gabriel sonrió de nuevo. —Por algún sitio hay que empezar, ¿verdad? Es algo en lo que creo que voy a necesitar su ayuda.

Gabriel quería tomar el examen nacional de aptitud académica, el que tendría que tomar y aprobar para poder ir a la universidad. Dejó estupefacto a Javi. El examen de secundaria, bueno, eso era una cosa. El examen de aptitud implicaba estudios más amplios, suponía educación formal en una escuela, experiencias guiadas de aprendizaje. Javi enmudeció. ¿Qué podía decirle a Gabriel para ayudarlo a mirar la realidad sin llevarlo a pensar que no era capaz de ir más allá que un diploma de secundaria? —¿Cómo piensas hacerlo? Digo, estudiar para llegar a un nivel razonable de aprovechamiento?

Entonces Gabriel respiró hondo. Sus padres lo habían echado a la calle cuando tenía quince años, dijo, al comienzo de su último año de secundaria.

—¿Por qué fue eso?

—Eso ahora no importa. Lo que quiero decirle es cuál ha sido mi experiencia académica —dijo Gabriel. Su aseveración tenía un dejo de madurez extraordinaria incompatible con su edad. Si los cálculos de Javi eran correctos, Gabriel no podía tener más de diecisiete.

Gabriel había estado en clases especiales desde el tercer grado de primaria. Estaba consistentemente adelantado a su grupo. En su último año estaba en clases de nivel avanzado en matemática, inglés y física. Pensaba que podía salir bien en el examen de aptitud con un repaso intensivo. Pudo haberlo tomado al final del penúltimo año de secundaria, de hecho, o al menos la versión preliminar. Cuando tomara el examen el primer semestre del último año, ya habría aprobado las asignaturas que el examen incluía: nadie esperaba al final del último año para tomarlo.

—El problema es que llevo ya mucho tiempo fuera de la escuela. Puedo hacerme de algunos libros de estudio de la biblioteca pública y hacer el repaso. Me puedo inscribir para el examen por mí mismo, porque el centro me paga la matrícula. No estoy seguro de que pueda hacer el repaso por mi cuenta. Necesito ayuda de alguien como usted —. Gabriel dijo que necesitaba que Javi lo ayudara a reforzar lo que hacía, para asegurarle que iba por la pista correcta, no necesariamente para servirle de tutor en todo. El examen de aptitud se dividía en la parte de aptitud verbal y la de matemática. Eso no sería gran problema. —Quiero tomar el examen de segundo nivel de aprovechamiento en matemática y el de física también.

Eso era tan ambicioso, pensó Javi, aun para un alumno matriculado en un programa tradicional. No estaba seguro de que pudiera consolar a Gabriel cuando los resultados demostraran que su esfuerzo no había sido suficiente. No obstante, ¿quién era él para determinar lo que Gabriel podía o no hacer? Recordó la evaluación de su madre sobre su propio talento.

—¿Cuándo quieres comenzar? —le preguntó a Gabriel.

—¿Me va a ayudar? —contestó Gabriel. —¿De veras? —. El entusiasmo esperanzado de su voz era tal que el corazón le dio un vuelco en el pecho.

—Admiro el ahínco con el que lo haces todo, tu perseverancia —le dijo Javi como eco de Javier y se le enterneció el alma de darse cuenta de lo que se sentía de tener esa fe en alguien, la misma que evidentemente había tenido Javier hacia él. En ese momento se despojó de toda ambivalencia. Ese muchacho iba a triunfar sin importar los obstáculos y él con mucha alegría dejaría a Gabriel pararse sobre sus hombros hasta que Gabriel se dejara seguir por su propio esfuerzo para alcanzar la meta.

Javi creyó haber encontrado la casa perfecta. Con el agente de bienes raíces fue viendo propiedades durante más de un mes. El agente se alegraba de que Javi no tenía un presupuesto en mente: le había dicho que sabría cuál quería cuando la viera, dentro de ciertos límites, porque no iba a pagar más de un millón por una casa. Prefería una casa de madera, dos niveles de vivienda yuno de sótano, cuatro dormitorios, por lo menos una chimenea, una cocina amplia, una biblioteca o estudio, un salón de estar, aunque eso no era requisito, pero un patio trasero sí, algo con sombra y privado. —Quiero darme baños de sol desnudo sin que me vean —dijo y rectificó para explicar que eso era broma. El agente soltó una carcajada y explicó que entendía lo de los baños y la broma. Javi le recordó que si el vecindario era bueno y la arquitectura aceptable, pagaría lo que valiera—claro, como había pensado, dentro de ciertos límites. William Randolph Hearst no era.

—¿Piensa casarse pronto? —el agente preguntó. Era un hombre de edad mediana que Javi había tomado por gay desde el principio. Se anunciaba en el periódico gay. Le eliminaba tener que dar explicaciones. Evidentemente el agente no había captado la situación.

—No, a menos que usted esté disponible —Javi dijo, sorprendido de sí mismo por el riesgo. Tal vez este hombre se anunciaba en el periódico gay para expandir su base de clientes.

El agente comenzó a reírse. —Está bueno eso. Tristemente, has venido demasiado tarde. Tengo marido celoso. Un ex tronquista.

—No importa. Podemos hacerlo un ex de otra cosa.

El agente echó otra carcajada. —Me gusta tu sentido del humor. Ahora no tengo que pasar por la mierda del hombre a punto de tener familia. No tengo que ponerle de relieve todos los atractivos del vecindario para familias ni el gran distrito escolar.

Cuando examinaron la casa que Javi pensó que habían construido según sus especificaciones antes de que el dueño original supiera que él vendría a verla, el agente dijo: —Puedo ver que esta propiedad sería una gran inversión. El mercado está subiendo a pasos agigantados. En cuatro o cinco años puede venderla con una ganancia impresionante.

—Si estoy a gusto aquí, la posibilidad de una ganancia sería superflua. Aquí me muero —dijo Javi en serio.

—Y no tienes que poner piscina —dijo el agente.

—¿En esta parte del país? No creo que sea buena idea.,

—Por eso es que la de tu vecino es interior —dijo el agente. Al otro lado de la verja del patio estaba la mansión de un magnate del comercio de carne vacuna en Chicago. —Si calculas bien, puedes darte tu chapuzón de vez en cuando. Ya la casa casi nunca está ocupada, pero la mantienen.

La observación le recordó a Javi lo mucho que disfrutaba y echaba de menos la natación. Se acordó de sus años en el internado y de la piscina en el edificio donde vivió con Javier, a donde iban los dos a nadar una que otra vez y luego al regresar al apartamento dejaban los trajes de baño en el piso para hacer el amor. Ahora para nadar tendría que ir a la *YMCA* y en realidad no le interesaba ese ambiente. Quizás algún día podría construir su propia piscina interior.

—Soy más del tipo de bañeras —dijo Javi. Había notado que dos de los tres baños de la casa tenían bañeras; el medio baño del primer piso no tenía ninguna. El baño de la recámara principal tenía una cabina de ducha doble con puertas transparentes que seguramente instalaron durante una renovación. No eran distintivos de casas tan antiguas como ésta.

En dos meses estaba ya en la casa nueva, cercada con barrotes de hierro forjado en dos lados que se intersectaban en la esquina del solar que daba al cruce de dos calles. La cochera doble tenía un apartamento tipo estudio en el segundo piso. La mitad del acceso a la cochera tenía de la misma verja de hierro del lado opuesto hasta el portón de otra verja de planchas entrelazadas de madera que iba a lo largo y seguía en la esquina posterior de la casa para darle la vuelta al patio, donde seguía para unirse con la verja de barrotes.

La casa tenía una capa fresca de pintura de un azul moderado con terminaciones de amarillo. La puerta doble del frente, por donde se entraba al recibidor, estaba pintada de amarillo con un centro rectangular rebajado en la sección central de cada panel vertical.

Eric Sawyer y su esposa Esther, arquitectos de BEA, vinieron a ver la casa antes de que Javi se mudara por completo.

—Estaba bajo la impresión de que habías comprado una de las damas pintadas victorianas —dijo Eric, refiriéndose a las casas típicas de la ciudad, estrechas de fachada y largas hacia el fondo del solar, pintadas de colores brillantes.

—Ésta no es ninguna dama. Es más una perdida con conflictos de identidad —dijo Javi. El balcón, que en las casas típicas de la ciudad era un cuadrado de poco espacio, se extendía a lo ancho del frente de la casa y daba la vuelta por el lado de la propiedad opuesto al de acceso a la cochera. El segundo nivel comenzaba a unos tres metros del primer piso, desde el que se veían las tejas glaseadas de gris azulado del techo del balcón, que hacían juego con las del techo de la casa. El techo terminaba a medio metro de la pared de fondo de la casa. Se había construido diez años después del terremoto del 1906. —Demasiado tarde para el estilo de Victoria, ni siquiera el de Alberto, más algo así como resurgimiento de Charleston, Carolina del Sur, si es posible tal cosa —dijo Javi. Había investigado la historia de las escrituras de la propiedad. El dueño original había tenido domicilio en Carolina del Sur. Javi conjeturaba que era el hijo de algún dueño de plantación de algodón que había huido antes de que estallara la Guerra Civil: si hubiese esperado a que se estableciera la Confederación, no habría tenido dinero. Era tal vez un banquero o un inversionista con lazos financieros en la costa oeste.

Esther quedó muy impresionada con los detalles y las puertas de nogal, las dos chimeneas, una en la sala y otra en el dormitorio principal. De la otra habitación del frente en el segundo piso se podía ver gran parte de la maravilla del puente que unía el lado montañoso al otro lado de la bahía con la ciudad. —¡Envidio tu casa, de verdad! Espero que seas muy feliz aquí, Javi —dijo. —Ahora lo que necesitas es una esposa que la disfrute contigo.

Faltaban dos años para que Eric y ella supieran que no había ni esposa ni deseo de una.

Gabriel estaba enterrado en guías y libros de referencia en el centro juvenil. —Se quedó sin comer dos veces la semana pasada —dijo Brenda. —Está obsesionado.

Javi había añadido el sábado por la mañana a su trabajo de tutoría. Después de tres horas de estudio se llevaba a Gabriel a comer la hamburguesa doble de costumbre, para entonces despedirse hasta el lunes por la noche. —¿Te gustaría venir a mi casa mañana por la tarde? Creo que podrías estar más cómodo estudiando allá —Javi le sugirió una mañana de sábado. —Puedo pedirle autorización a Brenda y traerte después de cenar. Antes de las nueve.

—¿Para qué querrías llevarme a tu casa? —le preguntó Gabriel.

—Para varias. Tal vez te ayude a salir de algo de la tensión que percibo en ti. Algo diferente. No es necesario si no te interesa.

Con los labios juntos Gabriel hizo un ruido que pudo ser un *jum*. —Bien. Mañana vamos.

Javi lo fue a buscar a la una y media, acabando el desayuno almuerzo después del partido.

—¡Centellas, usted debe ser bien rico! —dijo Gabriel mientras se subía al Mercedes Benz. Javi no dijo nada. —Esto es un carro de gente adinerada— Gabriel observó mientras pasaba la mano por el cuero de los asientos.

Veinte minutos después llegaron a la casa. Javi estacionó en el acceso a la cochera.

—¿Ésta es su casa? —Gabriel preguntó con la incredulidad estampada en la voz.

—Sí.

—Pues ahora sé que usted es un rico. —dijo Gabriel mientras se dirigían a la casa por el portón del frente.

—Vas a tener que dejar de quedar impresionado con cosas materiales —Javi le dijo cuando entraban al estudio.

—¿Quién le dijo que estoy impresionado? Eso no es elogio. No de donde yo vengo, del lado del sur de la ciudad.

—Oquéi entonces. Vamos a cambiar el foco de atención. Ven acá —dijo Javi al ofrecerle la silla de cuero color vino al otro lado del escritorio.

—¡Qué lujo! ¿Usted ha leído todos esos libros? —Gabriel viraba la cabeza a ambos lados, donde estaban los libreros de nogal. Javi asintió con la cabeza.

—Algunos son libros de referencia. A lo mejor quisieras hojearlos. Varios de ellos son libros de texto de física y matemática aplicada.

Gabriel se levantó, caminó alrededor del escritorio y se acercó a las tablillas, doblando la cabeza para leer el lomo de los libros. Dijo que por el momento no necesitaba consultar ninguno de ellos. Volvió a sentarse al escritorio y sacó sus propios libros de una bolsa de tela. Los colocó sobre un secante de bordes de cuero. Javi le dio varios blocs de papel de gráficas y amarillo que extrajo de uno de los cajones del escritorio. Gabriel sacó un lápiz mecánico de un envase de cuero a su izquierda. Haló la cadena de la lámpara de banquero con pantalla verde de vidrio para encenderla y comenzó a trabajar. Javi le dijo que podía quedarse allí o, si era más cómodo, podía sentarse en el sofá para dos si quería leer o podía irse a cualquier lugar de la casa, si quería. Gabriel podía llamarlo si lo necesitaba para algo. También le dijo dónde estaba el baño, al otro lado del estudio, hacia la parte posterior de la sala y antes de llegar al salón de estar.

—¿No tiene televisor? —Gabriel le preguntó.

—Sí. en el salón de estar. Tengo uno pequeño en la cocina para ver las noticias cuando estoy cocinando y desayunando. Pero no viniste a ver televisión.

—Bien —le dijo Gabriel. —Puede irse. Lo llamo si lo necesito.

Javier se fue a la cocina a asegurarse de que tendrían suficiente para cenar más tarde. Le quedaba pasta con pollo, vegetales para una ensalada y pan fresco de masa fermentada que había comprado en Shirley's esa mañana. De postre serviría berzas con kiwi. Nada requería preparación inmediata. Se fue a la sala y se tendió en el sofá de cuero blando con la cabeza bajo la lámpara de piso. Leía la nueva novela de José Donoso. Estaba por terminar *Casa de campo*, el penúltimo capítulo, donde se había quedado la noche anterior cuando lo venció el sueño. Después de un rato oyó que lo llamaba Gabriel.

Cuando entró al estudio encontró a Gabriel desnudo con la mitad del cuerpo sobre la barriga en el sofá, las piernas colgadas casi hasta el piso. —¿Qué haces, Gabriel? —gritó Javi casi lleno de espanto, como un hombre que sorprende a alguien ahogando un cachorrito.

—¿No es esto lo que quería? —Gabriel le preguntó.

—¿Te has vuelto loco? —volvió a gritar mientras recogía del piso la ropa del montón sobre la alfombra persa frente al escritorio. —¡Vístete! ¡Ya!

—¿Está seguro? —Gabriel le preguntó desde el mismo lugar donde lo había encontrado Javi.

—¡Claro que estoy seguro! ¿Qué te hizo hacer esto? —preguntó Javi, que no estaba tan iracundo como abochornado de pensar que Gabriel pudo interpretar mal su invitación. —Date prisa. Te voy a llevar ahora mismo al centro.

Gabriel se levantó. De frente a Javi se vistió mientras Javi miraba hacia afuera por la ventana.

—Perdone. Creía que era lo que tenía que hacer. Usted sabe, pagándole. Creí... Pensé que usted quería acostarse conmigo.

—Ni puedes imaginarte lo equivocado que estás. Me avergüenzo de pensar que te pude dar algún motivo para darte la impresión de que quisiera algo de ti, tu cuerpo menos que nada. ¡Por Dios, si eres un niño! —. El vidrio de la ventana se empañaba y le opacaba la voz, pero nada podía disminuir la proyección del tono de su agitación mental.

—Ya me vestí —. Javi se volteó y le pidió que recogiera sus libros. —De verdad lo siento. No va a volver a pasar. Por favor, no se enoje conmigo, don Javi. Me pongo de orillas y le pido perdón.

Javi se quedó callado. Luego de una pausa le pidió a Gabriel que se sentara en el sofá, donde también se sentó.

—¿Me puedes explicar por qué pensaste que eso es lo que he estado buscando?

—No estoy seguro. No estoy acostumbrado a que nadie haga nada por mí sin esperar que de alguna manera se lo pague. Creía que le gustaban los hombres —Gabriel dijo.

—Si me gustaran, serían los hombres, no niños. No me ha pasado por la mente ningún tipo de relación contigo que no sea la de un mentor y su alumno. Ahí acaba.

—¿Pero usted, es gay? —le preguntó Gabriel.

—¿Qué tendría que ver eso contigo? ¿Qué tiene que ver mi orientación sexual con nada, Gabriel?

—Nada. Curiosidad. Si es gay, no sería mi primera vez enredado con un hombre mayor —dijo Gabriel.

Javi había quedado atónito. Miró a Gabriel a la cara para preguntarle si eso se relacionaba de forma alguna con la razón por la que estaba en el centro juvenil.

—En parte. Fui yo quien pidió que me admitieran. Estaba en una situación mala con un compañero de apartamento. Bueno, no exactamente. Yo andaba quedándome donde pudiera. Estaba tratando de salirme de algo —dijo Gabriel sin mirar a Javi. Había estado cobrando por relaciones sexuales en una calle por el lado sórdido de la ciudad, cerca de los muelles, por la estación de autobuses de la Greyhound. Javi no podía imaginarse la basura que lo recogía, le decía Gabriel, pero no todos eran basura. De hecho, algunos eran hombres que pasaban por respetables en la comunidad. Dos veces dos tipos juntos lo habían golpeado a puñetazos para robarle el dinero en un callejón detrás de la Iglesia de Nuestra Señora del Perpetuo Socorro.

La mejor hora para él era los domingos por la mañana, cuando las esposas de los hombres estaban en alguna iglesia y se suponía que los maridos estuvieran en casa o haciendo mandados. A veces pasaban a recogerlo hombres en carros y se iban a algún estacionamiento a tener relaciones sexuales después de abrir espacio en la camioneta, donde estaban las bolsas de colmado y juguetes de niño. La mayoría podían ser su padre, algunos su abuelo. A veces tres o cuatro hombres lo llevaban a un motel o a un hotel, una vez el Westin, o a una casa que se veía que ocupaba una familia y tomaban turnos penetrándolo. Esos tipos casi siempre se drogaban antes de hacerlo y querían que él también se drogara, pero nunca lo hizo. La mera idea de inyectarse algo lo espantaba. No soportaba las agujas. Les tenía pavor. Igual no podía enviciarse así si quería tener dinero para comer y asearse en casa de un conocido—por un precio, dinero o carne. Si se metía en drogas tendría que robarles a los clientes, que a la larga sabrían quién era y no volverían donde él si no podían informarle a la policía. Un juez que había visto una vez en una entrevista de televisión era uno de sus clientes; venía a recogerlo tarde en la noche con un sombrero y lentes oscuros ridículos. Y un cura que conocía de la catedral episcopal en la colina lo llevaba al coro en vestimenta de misa y...

—Ya he oído suficiente —lo interrumpió Javi. —No creo que quiera oír más.

—Es que quiero que entienda por qué no creo que nadie haga algo por mí nada más que porque sí. Me he acostumbrado a cobrar y pagar lo que sea.

Javi estaba petrificado. Primero pensó que tenía un degenerado en su casa, alguien que la llenaba de mugre con su mera presencia.

—He estado en la calle demasiado tiempo, don Javi. No era el sitio donde esperaba encontrarme cuando mi madre me echó a la calle. ¿La mayor parte de esos muchachos que se venden por las calles de esta ciudad? Lo mismo les pasó. Algunos empezaron gay, otros lo hacen porque cuando el hambre aprieta no hay masculinidad ni ocho cuartos: hay dónde acomodar lo que otro quiera por dinero. Nadie se va de un hogar tibio y con tres comidas al día para irse a vender el culo.

Javi sintió vergüenza de lo que antes pensó de Gabriel. No era un modo de vida que debiera tener un niño. A él también pudo sucederle si no hubiese sido por suerte y el afecto de otro hombre. De no ser así y la ayuda de los Cabrera, aunque el Cabrera mayor tuviera planes que nunca pudo ejecutar del todo con él, y hasta la ayuda que le dieron la tía Elisa y el tío Ramfis, a su manera, ¿pudo él caer igual? Él por lo menos tenía un diploma de escuela secundaria de un colegio de prestigio cuando sus padres prácticamente lo empujaron a irse si no dejaba que lo controlaran. Tuvo esa opción de claudicar ante la presión de su madre de dejarse manipular. ¿Qué alternativa le había quedado a Gabriel? Había tenido que traficar con la única mercancía que contaba. ¿Cómo se atrevía él juzgar a un muchacho sobre cuyas rodillas no había tenido él que arrastrarse?

—Entiendo. Creo que entiendo. Bueno, no del todo —Javi dijo. —Gracias por compartirlo conmigo. Me cambia la manera de verte.

—Ahora me ve como una puta sucia —Gabriel dijo sin emoción ni énfasis.

—No fue eso lo que quise decir cuando dije que te veo de manera diferente.

—Pero es verdad. No se sienta mal por pensarlo —le respondió Gabriel.

Javi comenzó a sentir ira palpitante subirle a las sienes. —Eso no es algo que te llamaría nunca. Saber que es así como te ves me ofende. No repitas eso nunca en mi presencia.

—Ahora tengo que pedirle perdón otra vez. Parece que eso es lo único que hago cuando estoy con usted.

—Si no quieres que pase eso, deja de hablar sin pensar —le contestó Javi.

Ya era hora de la cena. Académicamente la tarde había sido una pérdida de tiempo, pero en otro sentido se había aprovechado bien el tiempo. Javi calentó la pasta, cortó los tomates y mezcló la verdura para la ensalada. Puso la mesa en el comedor principal en lugar de la mesa más pequeña en la cocina. Al sentarse quedaron seis lugares más a la mesa.

—¿Espera más invitados? —le preguntó Gabriel.

—No. Es lo más que se reduce esta mesa. Se expande para acomodar a cuatro más.

No dijeron mucho. Gabriel felicitó a Javi por la pasta. Quería saber si venía de una caja congelada o de bolsa. Javi se rio. No comía nada congelado. Había hecho los fideos en una máquina de pasta.

—¿También crio al pollo?

—No seas payaso, Gabriel.

—El patio es tan grande que podría criar ganado.

—Quizás un par de vacas. Nada más —Javi dijo.

—¿Qué te hizo creer que soy gay?

—No pensé que sea gay. Me lo preguntaba. Un hombre de su edad, tan guapo, soltero, supongo que es probable.

—Lo soy.

—Tranquilo. Algunos de mis mejores amigos también —dijo Gabriel. Javi gimoteó. —Es la razón por la que terminé en la calle. No es tan sencillo como eso, pero tuvo algo que ver. Es una historia larga.

—Tenemos más de dos horas.

30 El horror que es la vida

A Gabriel su familia lo llamaba Gabo. Cuando todo empezó tenía ocho años. Una noche su padre entró en la habitación que Gabriel compartía con un hermano mayor y otro menor. Se despertó y encontró a su padre de pie frente a la cama baja de la litera donde también dormía su hermano mayor. Su padre le ordenó que se mantuviera callado. Haló a Gabriel al borde de la cama, donde la cabeza del niño quedó al nivel de la ingle del padre.

Sin decir palabra, el padre le puso los dedos en la boca a Gabriel para abrírsela. La aguantó hasta que pudo meterle el pene en la boca.

—No sabía qué hacer. Empecé a gemir. Me apretó la cara y me indicó con el dedo contra su boca que no hiciera ruido.

Comenzó a empujar el pene dentro de la boca de Gabriel. Lo tenía duro. El niño casi no podía respirar. Se puso a sollozar, pero de nuevo la mano del padre, tan ancha como la cara del niño, le apretó los lados de la cara. Le susurró al oído que se suponía que se lo chupara y se estuviera quieto. No quería que se fueran a despertar los hermanos.

Parecía que aquello no se acababa, que duraba horas, pensó entonces, pero no pudo ser más de dos o tres minutos. Cuando acabó el padre, el niño se ahogó y trató de toser para sacarse lo que tenía en la boca. El padre le juntó los labios. "Traga", le susurró al oído. "Trágala toda". Gabriel sintió náusea y casi vomitó. El padre se guardó el pene en los pantalones del pijama y salió de la habitación en punta de pie.

    Gabriel, a quien todos conocían como el bromista y el más alegre de sus hermanos, se convirtió en reservado. "No sé qué voy a hacer con este malcriado que se ha puesto tan antisocial", decía la madre. Su hermano mayor, Matías, lo miraba con saña y desprecio, con ira mal ocultada. Sin motivo, Matías se le acercaba cuando nadie miraba, le daba un puñetazo por la espalda y lo amenazaba de hacerle algo peor si decía algo. Alma Rosa, la hermana, lo llamaba imbécil siempre que se refería a él. "Creía que los imbéciles nacían así en vez de hacerse", dijo una noche, riéndose.

    —Vamos tú y yo a visitar al tío Bernardo esta tarde —dijo su padre un domingo cuando Gabriel tenía diez años. A Gabriel no le caía nada bien el tío Bernardo. El hombre tenía un perro nada más que para poderlo patear. Su mujer lo había abandonado hacía varios años y se había regresado a Hermosillo, México. Según Gabriel había oído, el tío Bernardo le había pegado un puñetazo tan fuerte una vez que le había desplazado la vejiga. Dos años de ese trato fueron más que suficientes para la mujer, la mala esposa, como la llamaba la madre de Gabriel, la ingrata, que seguramente había engañado a Bernardo tan bueno, le había pegado el cuerno con uno más joven y se había fugado cuando Bernardo estaba trabajando. Después de ésa, Bernardo se puso a vivir con una mujer mayor a la que trató de darle lo mismo que a la esposa. La mujer había sacado un leño de un fogón de ladrillos que tenía en el patio. Cuando Bernardo no la veía, la mujer le pegó el leño ardiente en el brazo. Lo sacó a coces de su casa mientras él aullaba de dolor. Todavía tenía las cicatrices, pellejo chamuscado como el tope de una hogaza de carne molida. Lo amenazó con hacerle daño cuando salió del hospital con quemaduras de tercer grado, pero ella había cambiado las chapas de las puertas.

La mujer le gritó por la ventana: —¡Estamos en Estados Unidos, no en Sinaloa, pendejo! Voy a buscar una orden judicial de protección contra ti, salvaje. Si te me acercas vas a terminar en prisión a que te chinguen las madres, ¡pero no sin que mis hermanos te den tu escarmiento, cobarde, cabrón!

El mismo tío Bernardo lo contaba como ejemplo de la crueldad de la mujer.

El tío Bernardo era un amargado y mezquino. Había perdido un ojo en una pelea de barra y se negaba a ponerse un parche sobre el párpado caído. Su apartamento hedía a orines rancios y comino. Visitarlo no era como ir al parque de diversiones.

—Aquí lo tienes —dijo el padre de Gabriel mientras lo empujaba por la puerta. —No pierdas tiempo, carnal.

Sin palabras, el tío Bernardo llevó a Gabriel a su habitación, donde las sábanas de la cama estaban grises de falta de lavado y el olor habría vuelto loco a un cerdo. El tío le bajó los pantalones y los calzoncillos. Tiró a Gabriel de frente al borde de la cama. En segundos Gabriel sintió como si un hacha le hubiese quebrado el cuerpo entero en dos. Gritó de dolor y trató de deslizársele de debajo al tío, pero el intento fue inútil. El hombre le cubrió la boca.

—Si vuelves a gritar, escuincle de mierda, te voy a dar una golpiza tal, que no vas a poder caminar por semanas. ¡Ya cállate! —fue lo que le dijo el tío. Aquello pareció durar horas. Cuando el tío Bernardo se la sacó a Gabriel, el niño estaba seguro de sangrar. Tenía algo caliente y viscoso saliéndole de atrás. Creyó que moriría de aquello. Cuando miró hacia el lado de la cama vio a su padre halándose el pene mientras él se subía los pantalones y se secaba las lágrimas. Hasta más tarde no supo que su padre se masturbaba.

Desde ese día la mera mención de un paseo a casa del tío Bernardo hacía a Gabriel sudar frío. Estaba tan avergonzado que no le dijo nada a la madre. Ella se pondría de parte de su padre para acusarlo de mentir. Eso mismo había hecho cuando Alma Rosa se había quejado de que le parecía que el padre la fisgaba cuando se duchaba.

Para Gabriel la escuela era el único refugio. Dedicó más esfuerzo a sus estudios. Quería salir lo mejor posible. Sería la manera de convencerse de que valía algo, que podía llegar a ser alguien a pesar de lo que había tenido que aguantar.

La tortura terminó cuando cumplió doce años, sin explicación o advertencia. Nunca volvió a ser el de antes, vivaz y amigable. Al menos no lo estaban lastimando más. Al poco tiempo se dio cuenta de que la actitud y el carácter de su hermano menor, Mickey, juguetón y dicharachero, había cambiado. Gabriel vivía de luto por su ser anterior, pero ahora estaba adolorido por su hermanito, porque sabía la causa.

Entonces Alma Rosa se mofaba de su hermano menor. —Mira, quédate lejos de Gabo, que eso es contagioso. ¿Ves lo que le ha hecho a Mickey?

Gabriel también comprendía la ira del hermano mayor hacia él. Entonces era demasiado joven para entender lo que ocurría, pero más tarde pensó que su hermano se resentía a la vez que buscaba vengarse de Gabriel por usurparle el lugar que había ocupado en el afecto del padre. Matías sentía celos. Gabriel lo había desplazado: ahora era él quien recibía más atención. Era un concepto muy torcido, pero, a decir la verdad, también lo eran las circunstancias.

Se le partió en pedazos el corazón ante la pérdida de la inocencia de Mickey. Siempre que tenía la oportunidad la daba un abrazo a Mickey, le decía lo bueno que era. Le compraba golosinas con el dinero que sacaba de la alcancía.

Canalizó todos sus esfuerzos por salir bien en la escuela. Le daba una desembocadura, en un lugar donde nadie sabía lo que le sucedía. Las asignaturas escolares eran como una fantasía a la que podía escaparse para pensar que tenía mérito, que su vida valía algo, donde la mente triunfaba sobre el cuerpo, enlodado por los monstruos que abusaban de él. De algún modo sabía que salir bien en sus estudios le daría el boleto de salida de la miseria de vida que tenía en casa.

Gabriel nunca dijo nada, pero de inmediato supo lo que Mickey y él tenían en común.

Cuando estaba en el penúltimo año de secundaria, Gabriel se hizo amigo de un muchacho en su clase de francés, Rick Leeder. Eran dos de los mejores alumnos de la clase. La profesora, Madame Pelletier, a menudo los ponía de pareja para que practicaran diálogos y desarrollaran narraciones cortas de su invención. Los muchachos pasaban juntos mucho del tiempo que tenían libre. Rick jugaba básquet. Gabriel fue a las pruebas del equipo para estar más cerca de Rick, que vivía en la calle detrás de la suya y cuatro cuadras más abajo, pero no pudo ser. De acuerdo con el entrenador, Gabriel tenía el cuerpo, pero no la habilidad. A menudo Rick le pedía a Gabriel que viniera a su casa a ver televisión y comer palomitas de maíz. Una noche de sábado cuando los padres de Rick habían salido a una reunión familiar, los dos jóvenes se percataron de que estaban más interesados en explorarse los cuerpos que en ver la película en televisión. Era la primera vez que ambos besaban con pasión a otra persona. Sus caricias eran torpes, pero sinceras y afectuosas. Esa primera vez se habían limitado a eso. La próxima vez que estuvieron solos en la casa—la de Rick, porque era imposible en la casa de Gabriel—pasaron a otra etapa física.

—¡No me gusta ahí! —**le dijo Gabriel con brusquedad y aguantándolo por un brazo.** —Eso duele.

—**¿Cómo lo sabes?** —**le preguntó Rick En lugar de continuar lo que hab**ían comenzado, Gabriel le confió a Rick cómo había sido su niñez Rick no pudo creer lo que le refería Gabriel. —¡Eso es una monstruosidad, Gabo! Me sangra el corazón por ti. Creo que ahora te quiero más que antes, nada más de saber lo que has soportado.

Con el tiempo los dos encontraron la forma de superar el temor de Gabriel. —Gracias por ser paciente —le dijo Gabriel a Rick. —No ha sido nada como con ese hombre.

A principios del último año de secundaria de Rick y Gabriel, Gabriel se descuidó con una carta que le había entregado Rick durante la última clase del día. Gabriel la estaba usando de marcador del libro de texto de lectura. Gabriel se levantó para ir al baño. Su padre vio la carta sobre la mesa del comedor. Después de leerla, fue a la cocina para enseñársela a la madre de Gabriel.

—¿Sabes? Esto tenía que salir tarde o temprano —dijo el padre. Gabriel lo oía desde el comedor. Desde que Gabriel tenía diez años había tratado de tocar al padre allá abajo a menudo. El padre le había pegado una cachetada, pero lo volvía a intentar. Varias veces le había puesto la boca en la entrepiernas cuando nadie más lo veía. No había querido decir nada, porque no quería buscarle problemas al escuincle. Entonces se enteró de que cuando visitaban a su hermano Bernardo, Gabo se le había insinuado al tío. Se había quitado los pantalones para tratar de que Bernardo le hiciera porquerías por detrás. Ese chamaco era pura maldad, un degenerado. Y ahora estaba haciendo porquerías con otro chamaco del vecindario.

Gabriel se quedó tieso en la silla del comedor donde había estado haciendo la tarea. Loss huaraches de la madre se arrastraban en su dirección.

—Esto, ¿es verdad, lo que me dice tu jefe? —preguntó la madre. Gabriel no podía contestar. —Me imagino que vas a negarlo, ¿sí? Claro que sí —la madre dijo, abanicándole la cara con la carta de Rick. —Pero cierto tiene que ser. Esta carta prueba que te gusta ese asunto, ¿que no? ¿Que te gusta que de la metan por el chiquito? ¿Por el cagadero?

El miedo se apoderó de Gabriel al prever lo que iba a pasar. Su única alternativa era, sí, negarlo y decir la verdad sobre lo que le habían hecho el padre y el tío Bernardo.

Como si anticipara lo que alegaría el hijo, el padre se apresuró a decir: —Puedes llamar a Bernardo ahoritita mismo si no me crees. Él te confirmará lo que te dije.

La madre comenzó a barrerle la cara al muchacho de lado a lado con las manos abiertas. Cuando se cubrió el rostro, le hizo lo mismo en la cabeza y le dio de puñetazos por la espalda. —¡Pedazo de mugre! —gritó. No le era posible la compasión —¡No eres digno de vivir entre gentes decentes! ¿Quieres hacer esas cosas? ¡En esta casa no! ¿Me oyes? —. Lo empujó hacia la puerta del frente. Abrió la puerta y le dio un empujón para que saliera. —¡Sal! ¡Sal ahorita! ¡Aquí no hay lugar para ti! —le gritó. Gabriel oyó al hermanito llorando en el fondo. Sintió hacérsele añicos el corazón por lo que pasaría con Mickey de ahí en adelante, despojado de su limpieza de alma y sin apoyo de Gabriel.

—¿No pensaste en ir a alguna agencia de protección de menores? —le preguntó Javi, que había permanecido en un silencio horrorizado.

—No sabía de esas cosas. Creía que era a lo que estaba condenado mi hermanito, sin remedio.

Una vez se libró del alcance de la madre y ella cerró la puerta, Gabriel se paró en medio de la calle y gritó: —¡Todo lo que te dijo es mentira, Mamá! ¡Es él quien nos ha hecho esas cosas de noche cuando tú dormías, me oyes? ¡Le hizo lo mismo a Matías y se lo está haciendo a Mickey! ¡Esto va sobre tu conciencia, Mamá! ¡Ese hombre no tiene ninguna! —. Permaneció en el mismo lugar y notó que varios vecinos habían salido de sus casas para ver la escena. Lo único que tenía puestos eran una camiseta vieja, pantalones vaqueros rasgados y zapatos de tenis sin calcetines. Tenía que hacer un último intento por conseguir la atención de la madre. —¿Me oíste, Mamá? ¡Por favor, déjame entrar, Mamá!

Gabriel pausó, evidentemente abrumado por el mal recuerdo.

—Alguien adentro de la casa apagó la luz del balcón. Fui hasta la casa de Rick y le conté lo que había pasado. No podía ofrecerme asilo, pero me dio un par de camisas y un par de pantalones vaqueros que me quedaban demasiado grandes. Me fui a dormir a un callejón. Por ahí iba a dormir casi siempre, hasta que conocí a otros que me dejaban dormir en donde vivían.

Una ola de dolor y repugnancia bañó a Javi al escuchar la historia de Gabriel. Quiso tomar al joven en sus brazos, abrazarlo fuerte y decirle sin palabras lo mucho que se preocupaba por él, el hueco enorme que tenía en el alma luego de escuchar aquello tan lastimoso y cruel. Ningún muchachito se merecía eso. Qué ironía. Era ironía que su madre lo hubiese llamado maldad pura, repitiendo lo que lo había llamado su padre, mientras le aporreaba la espalda, cuando era ella precisamente quien estaba casada con lo maldad en carne viva.

—¿Has vuelto a ver a tu familia? —le preguntó Javi.

—No, ya después de esa noche, no. Pienso mucho en mi hermanito —dijo Gabriel con los ojos nublados de lágrimas, la voz trémula y la vista baja. —Yo pude valerme por mí mismo, aunque no fue para nada noble, pero por lo menos yo sabía lo que hacía. Nadie me obligó. Nadie abusó de mi confianza, porque no confié en nadie. Nadie se aprovechó de mi disponibilidad bajo el mismo techo para satisfacer sus necesidades enfermizas.

—Gabriel... Gabriel, gracias por decirme todo esto —dijo Javi apenado. —Cuando te conocí por primera vez me chocaron tu furia y tu sarcasmo.

—¿Furia? ¿Cómo pudo notarlo? Nunca lo demuestro —le dijo Gabriel.

—Si se te escucha con cuidado, siempre se puede oír lo que te aguantas —Javi dijo. —Tu tono a veces es como sentir la presión del mar contra un muro en la orilla. La estructura la retiene, pero comienza a desplazarse. Se puede percibir si se presta atención. Es cuestión de tiempo antes de que empiece a reventar y el mar se trague todo lo que tenga a su paso —. El sarcasmo de Gabriel, bueno, no se necesitaba un grado en psicología para saber de dónde venía.

31 De vuelta al diamante

El tiempo estaba más caluroso que de costumbre. Una sequía severa amenazaba los viñedos, secaba los riachuelos y encogía los ríos de la parte norte del estado. La ciudad estaba bajo una orden voluntaria de control de consumo de agua, para no hacer necesario racionarlo. Javi no podía pensar en alguna forma de usar menos agua de lo que ya lo hacía, a no ser que tomara duchas más cortas o dejara de tomarlas. Cerraba el grifo mientras se enjabonaba. Las plantas de flores del patio estaban marchitas y el césped ya parecía heno.

Aparte de hacer lo posible por disminuir los efectos de la sequía, Javi desarrolló conciencia sobre otras formas de ayudar a conservar recursos ambientales. El combustible, por ejemplo: la gasolina era más cara en esa zona que en ninguna otra parte del país. Reducir su uso ayudaba al ambiente y a su bolsillo. Iba al trabajo en autobús. Usaba el carro solamente para ir al supermercado, a prácticas de béisbol y los partidos los domingos. Además, tenía los ensayos y la presentación cada primer viernes del mes.

Iba en el autobús de regreso a casa una tarde cuando vio el letrero del concesionario Harley Davidson. El próximo día bajó del autobús en la parada más cercana al lugar y caminó allá, conociendo sobre motocicletas solamente que usaban gasolina, que tenían unmotor que conocía muy bien y que eran parecidas a las bicicletas, que había manejado desde los ocho años. El vendedor lo abrumó con preguntas. ¿Qué le interesaba? ¿La iba a llevar por la autopista? ¿Qué tal por terreno montañoso? Javi solamente había pensado en ahorrar en combustible y evitar la contaminación del ambiente.

—Ésta es nuestra edición limitada este año, la XL-1000-Sportster —dijo el vendedor con el brazo extendido en un gesto parecido al que hace un primer ministro al presentar a un rey. Le señaló los frenos dobles de disco de frente, la ignición electrónica—"¡Se acabó la bobina de arranque!"—los detalles en oro y ruedas de fundición ahumadas. —Y asiento doble. Ahora no tiene que comprarle otra motocicleta a la doña.

Este hombre no le lucía así como el agente de bienes raíces. No había necesidad de hacer el chiste sobre la esposa.

Javi lo iba a pensar, le dijo al vendedor, que ni lo presionaba ni lo despachaba.

—Si decide venir a llevarla a dar una vuelta, déjeme saber antes para que le preparemos una. Abrimos de diez de la mañana a diez de la noche lunes a viernes y hasta las seis los sábados, pero no estoy aquí los lunes. Aquí está mi tarjeta profesional —dijo el vendedor, entregándole el cartoncito.

Camino a casa Javi se percató de que aprender a manejar una motocicleta no sería como hacerlo con un carro. El aprendiz en este caso podía usar el de un amigo o pariente o tomar clases. Para esto necesitaba una motocicleta, a menos que encontrara una escuela para aprender a conducir motocicletas, de las que no encontró ninguna a menos que ya tuviera el vehículo, en cuyo caso, si la llevaba a las clases, ¿para qué necesitaba las clases? Llamó al concesionario: le podían dar lecciones, dos sesiones en dos días diferentes, por una cuota razonable que le devolverían si compraba la motocicleta allí.

El mes siguiente se fue en su XL-1000 Sportster al ensayo del sábado por la tarde. La experiencia le resultó tan excitante como temible. Aquello de no tener la protección de una estructura como la de un carro mientras estaba a merced del tráfico lo hizo pensar, pero la velocidad y el viento le hicieron recapacitar y eliminar las objeciones. El casco era tan incómodo y aparatoso como necesario y práctico. Al día siguiente fue en ella al trabajo. En lo sucesivo, solamente iría en carro o autobús si llovía: el autobús, dependiendo de lo fuerte del aguacero. Su primera carrera nocturna fue el próximo primer viernes, a cantar a El Bandoneón. Se encaprichó con acelerar mientras esperaba que cambiara el semáforo. Vivía la fantasía de chico malo.

La temporada de béisbol se acabó a mediados de octubre. En el banquete de la liga le otorgaron a Javi el premio al mejor jugador. Sus compañeros de equipo celebraron con aplausos y ululatos. Era más que solamente un logro en la liga municipal para ellos. Esos Chicos habían ganado trece de los dieciséis partidos, para hacerse campeones de la liga. Javi había sido imprescindible para el triunfo. Algunos de los jugadores no tomaban los partidos muy en serio antes de que se les uniera Javi, pero una vez sintieron la influencia de la dedicación y el compromiso a apoyar al equipo, hasta los más veleidosos habían cambiado de actitud y estaban dispuestos a extender las prácticas hasta que constataran que habían mejorado. Lo consideraban el entrenador y dirigente extraoficial. Valoraban sus sugerencias. Lo escogieron capitán.

Dos jugadores más habían sido jugadores en secundaria también. Con Javi se dieron cuenta de que podían exceder las expectativas, dedicarse y a la vez divertirse, que era, después de todo, el objetivo. Su ejecución había sido tal que un exjugador profesional que jugaba con el equipo de comerciantes, Das Kapitals, se cambió a jugar para Esos Chicos y salió del armario.

Las Luciérnagas eran el equipo de bomberos de la ciudad. Sus fanáticos venían a los partidos a mofarse de Esos Chicos. A menudo los jugadores de Esos Chicos se sentían amedrentados por los jugadores de Las Luciérnagas y sus fanáticos. Cuando empezó a jugar Javi, las burlas comenzaron a disiparse. Ya para el cuarto partido los jugadores de Las Luciérnagas venían a felicitar a los gays. A Javi lo buscaban en especial.

—Esto es muy merecido. Es un atleta extraordinario —le dijo el capitán de Las Luciérnagas a Javi cuando se acercó a felicitarlo en el banquete y a estrecharle la mano. Javi le dio las gracias y le recordó que un equipo de un solo jugador no era equipo: los demás jugadores habían hecho una labor sobresaliente.
—Y usted es tan decente que puede reconocer lo que contribuyen los demás. Tiene todo mi respeto, señor.

Cuando se alejó, dijo Tim Hanlon, uno de los miembros del equipo: —Ese tipo se babea por ti.

—Yo también me babearía por mí —Javi respondió. Todos a la mesa se echaron a reír.

—Eso sería muestra de que tienes tremendo buen gusto —dijo Charlie Gordon, el exjugador profesional, quien había obtenido el mejor récord en carreras de la temporada.

—¿Crees que ya estás listo? —Javi le preguntó a Gabriel la primera semana de noviembre. Gabriel iba a tomar el examen de aptitud el próximo sábado, comenzando a las ocho de la mañana, en una secundaria a eso de un kilómetro del centro juvenil. Javi lo llevaría.

—Más vale que esté —le dijo Gabriel. —Estoy un poco nervioso, no mucho. ¿Qué puede pasar si no salgo bien, verdad? —. Javi no contestó nada. —No dice nada. Ya sé, ya sé lo que pasaría. El mundo entero se me derrumba a los pies, eso es lo que pasaría.

Javi se levantó de la silla en el salón de estudio y se sentó en la mesa, al lado de Gabriel. —No seas tan dramático. Nada se derrumba ni se desploma en ningún lugar. Vas a salir bien. Y si no, lo tomas de nuevo.

Gabriel hizo aquel ruido que Javi ya reconocía, con los labios apretados, algo que surgía de la garganta y se hacía sonoro, vibrado.

El día del examen Javi estacionó la motocicleta frente al centro. Había traído un casco adicional para Gabriel. Entró al centro y le informó al recepcionista que venía por Gabriel Madrid. El de recepción llamó y apareció Gabriel con el boleto de admisión al examen y tres lápices afiliados, con borrador, en la mano.

—¿Para qué eso? —le preguntó a Javi cuando vio el casco. —¿Cree que me vayan a dar convulsiones y me haga daño?

Javi le pidió a Gabriel que lo acompañara hasta la motocicleta. —Vamos aquí.

—¿Se ha vuelto loco? No me voy a montar en esa cosa. Prefiero caminar.

Javi entendió entonces la estupidez de la motocicleta. Creía que sería algo para aliviar la tensión de Gabriel. Se había equivocado. Lo menos que necesitaba Gabriel era algo que lo sacara de sus casillas, con la posibilidad de herirse camino a aquel compromiso tan importante. —Te aseguro que es completamente segura y que yo soy un conductor excelente. Pero si no estás seguro, vamos caminando. Yo te acompaño. No hay problema.

Javi oyó de nuevo el ruido de la garganta de Gabriel, como si estuviera tratando de decir *ah* sin abrir la boca.

—Está bien, está bien. Confío en usted. Vamos —. Se subió al asiento trasero y se aseguró el casco. Se puso el boleto de admisión y los lápices en el bolsillo de la camisa. Javi le dijo que se aguantara de las barras de los lados del asiento. —Pero si quieres sentirte más seguro, ponme los brazos por la cintura —le dijo Javi. —¿Listo?

—¡Ya, ya, acabe, estoy listo!

Cuando llegaron al centro de examen Gabriel le entregó el casco a Javi.

—¿Cómo estuvo? No tan mal, ¿verdad?

—No sé. Tenía los ojos cerrados hasta que se detuvo —dijo Gabriel.

Javi se rio. —Nena.

—Bueno, como pregunta, le digo. Se me paró la verga con todos esos saltos contra sus nalgas, así que no todo está perdido.

Javi puso el gesto serio. —Ése no era el plan. Me voy a asegurar de que no vuelves a montarte ahí.

Gabriel miró hacia el edificio. Ya iban entrando otros. Tenía que estar en el salón asignado en diez minutos. —Entra, ve. No te voy a desear suerte. Vas a comerte el examen sin chistar.

Gabriel fue hacia la entrada y al subir el segundo escalón tropezó y se fue hacia el frente. Javi saltó de la motocicleta y corrió hacia él.

—¿Estás bien, Gabriel, estás bien?

Ya Gabriel estaba sobre ambos pies. —¡Ay, no te preocupes, Papá! —dijo Gabriel tan alto que otros oyeran. —Estoy bien. Te desesperas por cualquier cosa, Papá —. Se limpió con la mano cualquier polvo que pudo haber recogido en los pantalones. Miró a Javi sonriendo con malicia.

—Te das cuenta de que soy demasiado joven para ser tu papá, ¿no?

—Tendría edad si hubiese empezado a los seis o siete, apuesto —Gabriel dijo sin dejar ir la sonrisa. Como un relámpago Javi vio la imagen de Herminia y sus encuentros furtivos en la niñez. —Me alegro de que alguien se preocupe —le dijo de modo que solamente Javi lo oyera. Volvió a subir la voz para decir: —Nos vemos al mediodía aquí mismo, Papá. Dile a Mamá que se quede con la camioneta hoy. Trae la moto.

Poco antes del mediodía Javi ya había estacionado la motocicleta frente a la escuela. Gabriel estaba sentado en los escalones del frente con los brazos cruzados sobre el pecho.

—¿Qué se cuenta?

—Nada. Creo que sobreviví —le respondió Gabriel. —No puedo bajar la guardia hasta esta tarde.

—¿Tienes frío? —le preguntó Javi. —Me temo que vas a sentir más frío cuando regresemos.

—Usted está lo más bien. Tiene ese jaquet pesado de cuero. Yo no tengo más que este colador de poliéster —Gabriel dijo. Se puso el casco y se subió al asiento trasero. —Ahora sí que voy a tener que aguantarme fuerte de usted o me voy a congelar.

—Más vale que no sienta nada allá detrás —Javi le dijo. —En serio.

—Pierda cuidado. Ese examen me enfrió los motores.

Se fueron a una cafetería cercana para almorzar. Los exámenes de aprovechamiento eran en la tarde, a partir de la una.

Javi llevó a Gabriel de nuevo al centro de examen justo a tiempo. Le prometió volver por él más tarde.

Javi se fue a casa y estacionó la motocicleta en la cochera. A eso de media hora antes de la hora que acordaron, se subió al Mercedes Benz y fue a buscar a Gabriel.

—Casi ni lo reconozco —le dijo Gabriel cuando se subió al carro. —Gracias por no torturarme otra vez con ese cajón de muerto sobre dos ruedas.

—Los exámenes, ¿cómo estuvieron?

—Suaves. Los de esta mañana, quién sabe. ¿Los de esta tarde? Pan comido.

Fueron a la casa. Se sentaron en la cocina a comerse un pedazo de pastel de zanahoria: Gabriel había dicho que era su favorito. Gabriel comenzó a repasar el examen de la mañana; por el tono de voz, Javi sabía que tenía dudas sobre sus respuestas.

—Ya no se puede hacer nada, ¿sí? —dijo Gabriel.

La última semana de noviembre se agitó la ciudad con disturbios. Un miembro del cabildo, Dan White, había asesinado al alcalde y a un activista gay, también miembro del cabildo, Harvey Milk. Javi trató de unirse a las protestas, pero no encontró forma de llegar al centro. Se quedó en casa jueves y viernes de esa semana.

La segunda semana de diciembre Javi asistió a un congreso en Dallas, dos días auspiciados por el Instituto de Ingeniería Arquitectónica. Estaba en el programa para hacer una presentación sobre BayToro tarde en la mañana del segundo día. Se quedó para la sesión de la tarde y lo embistieron representantes de la industria y centros de investigación interesados en la tecnología. Era buena señal. El día después de regresar a la ciudad, le informó a Oliver y le entregó las referencias de contacto con los que habían demostrado serio interés en las innovaciones a la metodología original. De acuerdo con Oliver, a principios del año nuevo viajarían a Chile, entonces a Venezuela a formalizar un acuerdo. El terremoto de Puebla del 1973 en México había alarmado a los países de América del Sur en zonas de riesgo sísmico. El mes anterior un terremoto violento había sacudido a San Juan en la Argentina; los chilenos estaban nerviosos. Que Javi hablara español sería de gran ayuda.

—Nos buscan los chinos, también —dijo Oliver durante una junta breve el mismo día. —Están interesados en serio en reforzar estructuras ahora que habían tenido que enfrentar el terremoto de Tangshan el año anterior. —No creo que se hayan podido recuperar todavía. Claro, tienen que reconsiderar todos sus métodos de construcción, no solamente lo que puedan hacer con la tecnología de BayToro.

—¿Tienen los recursos económicos para lograrlo? —preguntó Deborah Wilkins, una de las nuevas ingenieras asignadas a proyectos de BayToro.

—Eso se tiene que explorar —replicó Oliver. — Desde la apertura de la China con Nixon creo que podemos contar con la habilidad de los chinos para respaldar proyectos que nos incumban. Le voy a dar una llamada a George H. W. Bush. Acaba de regresar de la China de su puesto de oficial de enlace de los Estados Unidos en Beijing. Somos buenos amigos desde Phillips Academy, ¿sabes?

—No hablo chino —Javi dijo.

—Hablan inglés —dijo Oliver con un resoplido.

La siguiente semana Javi fue por el centro juvenil para pasar un rato con Gabriel. Su horario de trabajo se ponía cada vez más ocupado con los cambios a BayToro, nuevos contratos, proyectos que supervisar en el mundo entero. Trataba de balancear sus compromisos artísticos con el trabajo y lo demás en su vida. Visitar a Gabriel era un oasis en medio de todo lo demás.

Encontró a Gabriel menos animado que en ocasiones anteriores.

—Siento que no haya podido venir antes a verte. He estado viajando y volviéndome loco —. Javi sentía que Gabriel estaba enfadado por su ausencia.

—Debe estar haciéndose rico —dijo Gabriel. Le faltaba humor. Tenía la mente a miles de kilómetros de distancia y a igual número de leguas bajo tierra.

—¿Qué te pasa, Gabriel?

—Bah, nada. Siempre me pongo así para esta época navideña —. En la voz tenía un dejo de falta de convicción en la respuesta.,

—Me gustaría saber si te interesa venir a una fiestecita que voy a dar en la casa el fin de semana que viene. Gente del trabajo, casi toda.

—No sé. No tengo qué ponerme —respondió Gabriel con desgano.

—Podríamos ir a.,.

Lo interrumpió Gabriel. —No. No voy a tomar más de usted. No lo tome a mal. No es que no se lo agradezca. Es que no creo que eso sea lo correcto —. Miraba hacia la mesa y corría el dedo índice por el borde de la superficie.

—Me gustaría que vinieras.

—¿Quiénes van a estar ahí? Una bola de viejos, me imagino.

—En comparación contigo, sí. Una partida de ancianos —dijo Javi, un tanto herido. —Bueno, olvídalo.

Gabriel siguió mirándose el dedo a lo largo del borde de la mesa.

—Sé que te pasa algo. Ni aunque no te conociera sabría que algo no está bien —le dijo Javi en un tono de reconciliación.

—Sí, es verdad —dijo Gabriel luego de respirar profundo. —Pero no es nada con lo que nadie pueda hacer.

Eso, naturalmente, le dio más razón para presionar a Gabriel, algo que le muchacho combatiría. Decidió intentar un ángulo diferente. —¿Cuándo he dejado de escucharte? ¿Me puedes decir cuándo me has pedido algo que no haya podido hacer todo lo que pudiera por obtener para ti, Gabriel? ¿Cómo sabes que nadie puede ayudarte con lo que sea que necesitas o quieres?

—Ya sé lo que está haciendo. Eso parece un chantaje emocional nada más que por hacerme hablar. A lo mejor solamente tiene curiosidad —Gabriel dijo sin mirar a Javi.

—Me estás despachando. No creo merecer eso. Guarda esas palabras para la gente a quienes no les importa un culo de rata lo que te pueda pasar.

—Lávese la boca con jabón, señor don Javi.

—Oquéi, ahora puedes usar esa frase cuando yo la pueda oír. Sigo mereciendo una explicación.

Gabriel se chupó los labios y volvió a respirar hondo. Se empezó a morder el labio inferior. —El 20 de diciembre cumplo dieciocho años.

—Ah, ¿eso es todo? ¿Qué quieres para el...?

—Dieciocho —lo interrumpió Gabriel.

—La adultez, según la ley. Ahora vas a ser legalmente responsable de tus propias decisiones —le dijo Javi. La imagen de Javier se irguió para eclipsar lo que tenía al frente. Recordó las palabras de Javier para persuadirlo de que se fuera de casa de la tía Elisa y el tío Ramfis y saliera del arreglo abusivo de alquiler aquella vez.

—No entiende —dijo Gabriel. Javi lo miró, esperando una explicación. —En mi cumpleaños tengo que irme del centro —. Pausó. —Aquí no es donde quiero pasar el resto de mi vida. No es ni siquiera donde quiero pasar las próximas veinticuatro horas. Pero ésta ha sido mi casa, el sitio donde me han dado de comer y me cuidan, aunque tenga que mantenerme en vela contra ladrones y estafadores.

—¿Qué arreglos hace el centro para los residentes que tienen que irse? —Javi preguntó, dirigiéndose al lado de la cara de Gabriel, sin ser posible verle los ojos al joven.

—Le encuentran a uno un empleo en un restaurante de comida rápida o uno de lavaplatos. A veces es un empleo de lavaplatos en un restaurante de comida rápida. Entonces uno puede pagar por el cuarto en una pensión de mala muerte donde se tiene que compartir el excusado con cinco más, egresados todavía en tratamiento de centros de rehabilitación de droga.

Sería preferible a regresar a la calle de nuevo, pensó Javi, pero se puso en el lugar de Gabriel. No era mucho mejor. Hasta su seguridad personal no habría sido muy diferente a la que tenía antes de llegar al centro juvenil. ¿Cómo podría ayudarlo?

—Gabriel, quizás pueda darte una mano con eso. ¿Ves? Es posible que alguien te ayude después de todo.

—¿Cómo así? —preguntó Gabriel con la mirada finalmente sobre Javi.

—No sé todavía, pero voy a hacer todo lo que pueda por pensar en algo que pueda hacerse antes de que llegue ese día. Quédate tranquilo, no te dejes apabullar por esto, por favor.

Gabriel hizo el ruido de siempre. —Cuando lo vea, lo creo. Tengo que encarar la realidad. No tengo habilidad para nada. Un diploma de estudios libres, sí, para lo que pueda servir aparte de hacerme sentir bien de mí mismo.

—Eso es más de lo que muchos aquí tienen ni vayan a tener, Gabriel. Puede que te ayude más de lo que crees.

—Lo único que tengo son aspiraciones de ser más de lo que soy y sobrestimando mis posibilidades.

—Gabriel. ¡qué habilidad tienes para cavarte un hueco y meterte en él! ¿Para qué se molestaría nadie en hundirte más abajo de lo que ya lo hiciste tú mismo sin ninguna ayuda?

Gabriel no dijo nada. —Cuando miro hacia el frente no veo más que tinieblas. Disculpe si con eso lo ofendo.

—A mí no me ofende. He estado donde estás, aunque por razones diferentes y bajo otras circunstancias. Sé lo que es estar rodeado de luz y ver solamente un túnel oscuro —dijo Javi, de repente envuelto en un mal recuerdo. —Con el tiempo me convencí a mi mismo de que tenía que cumplir las expectativas que alguien que me quería tuvo para mí. Me tienes a mí. Algún día tú también podrás decir: "Alguien me quiso lo suficiente para ayudarme a alcanzar la luz en vez de dejarme hundir en el fango donde me hundí a mí mismo".

Javi fue a la oficina central. Brenda estaba al teléfono; le hizo seña con la mano de que esperara. Al otro lado del tabique detrás de Brenda vio Javi a un niño de unos doce años en compañía de dos oficiales de policía. El niño lloraba con convulsiones inconsolables. En medio del invierno el niño llevaba una camiseta de mangas cortas. Tenía el cabello amasado y demasiado largo. Javi retiró la vista.

—¿En qué puedo ayudarlo? —le preguntó Brenda desde su escritorio luego de colgar el teléfono. Javi le narró lo que Gabriel le había referido. —Sí, eso es correcto. El 21 de diciembre le damos cincuenta dólares y una referencia para una casa de huéspedes. Ya le hemos conseguido un empleo. Barrendero en la estación de autobuses. Le va a quedar cerca de donde va a vivir, así que no va a tener gastos de transportación. Para él va a ser un buen trabajo. Sueldo mínimo, pero es algo.

—Veo —es lo único que se le ocurrió decir a Javi.

Le había hablado a Keith Sondrall, uno de sus colegas gay, ingeniero civil, sobre Gabriel. No estaba seguro de por qué había compartido esa información con Keith; tal vez buscaba oírse a sí mismo hablar sobre el joven y encontrar así una perspectiva más positiva.

—No te puedes responsabilizar por todos los casos de caridad que conoces, Javi. El mundo está lleno de esa gente. Le diste tu tiempo ya. Deja que siga solo su camino —dijo Keith.

En eso mismo estribaba el problema de Javi. No podía dejar a Gabriel seguir solo su camino. Había invertido demasiado sus sentimientos en el bienestar del muchacho. No podía salvar al mundo entero o siquiera un puñado de los necesitados, pero podía hacer algo por algunos. Se tenía que admitir que llevaba a Gabriel colgado de un hilo de las fibras de su corazón.

—Eso me suena demasiado indiferente, casi cínico —le respondió a Keith.

—Puedes regresar al centro juvenil y ayudar a otro. Es más de lo que esos van a recibir de nadie. Cuando llegues a mi edad entenderás —añadió Keith. Javi lo miró sobre el borde de la rebanada de pan del sándwich de jamón. Una de las bombillas fluorescentes del comedorcito parpadeaba como efecto especial de una película de horror. Le hacía la cara a Keith—y seguramente a la suya también—azul verdoso. Es posible que Keith tuviera unos cuarenta años. Pensó que haber escogido a Keith como una fuente de ideas compasivas había sido un gran error que no repetiría en el futuro. ¿Qué derecho tenía ese maricón sueco de hielo a referirse a Gabriel de esa manera?

Llegó el 19 de diciembre. Javi no había podido hallar una alternativa al alta de Gabriel del centro. Lo atormentaba la certeza de esa posibilidad. Pensó no venir al centro. ¿Sería ésa una decisión moral? Se avergonzó. Las reacciones evasivas no lograrían nada. Tendría que vivir el resto de su vida consigo mismo y con la conciencia de esa mezquindad tan infame. Había que enfrentarse a Gabriel.

Estacionó a una cuadra del centro cuando ya acababa la tarde. Era como visitar a un paciente terminal en el pabellón de cuidado intensivo, donde el personal médico está a punto de desconectar el ventilador sin el que el paciente no puede respirar. No había encontrado forma de que pudiera respirar el paciente por sí mismo. Cada paso que tomaba y lo acercaba al centro requería un esfuerzo sobrehumano, pero los tomaba con un estoicismo que otros habrían rotulado histriónico. Él, no.

Brenda tocó el interruptor interior que abría la puerta. Esperó en una sala pequeña para visitas en el primer piso, detrás del cuarto de ingresos. Había alguien allí de nuevo, esta vez un agente encubierto, parecía, un grandulón con una placa de identificación colgada del cuello con una cadena. El muchacho se veía mayor que el anterior, pero igual de mugriento y ajado. Al rato entró Gabriel. Javi creyó percibir una mirada a la vez esperanzada y angustiada, como preguntando con los ojos si Javi había hecho algo para liberarlo de lo inevitable. En vano Javi trató de ocultarle la desilusión por su propia impotencia: era claro que Gabriel había leído el mensaje.

—Eso me imaginaba —dijo Gabriel. —Gracias, de todos modos.

—¿De qué hablas, Gabriel? No he dicho nada y ya llegaste a conclusiones —. No sabía por qué había dicho eso. La lectura de Gabriel era acertada.

—No lo oigo decir qué pudo hacer. No soy estúpido.

Javi estaba de cara al paciente, intentando respirar desesperadamente por una máquina que gemía como un pulmón artificial con un bloqueo bronquial. Ya bastaba de pensar. —Empaca.

Gabriel se quedó donde estaba, al lado de la puerta, con la confusión labrada en la cara.

—Empaca.

—¿Que empaque qué? —preguntó Gabriel, perplejo.

—Empaca tus cosas. Nos vamos a casa —Javi dijo. No bien se le escaparon las palabras por la boca y se escuchó a sí mismo decirlas, el peso aplastante se le cayó de los hombros y se hizo pedazos a los pies.

—¿A casa? ¿Qué casa?

—Vienes a casa conmigo. A la casa que vamos a compartir, por lo menos por ahora. Ya más tarde desenredamos las cosas. Ahora, en este momento, nos vamos a casa.

—No puedo hacer eso, señor, don Javi. Yo...

—Gabriel, no me enfades. No discutamos —lo interrumpió Javi. —Vamos a mirar las cosas más tarde, en casa. No puedo permitir que te vayas allá afuera hasta que estés preparado. Déjame ayudarte a poner las cosas claras hasta que encuentres un camino.

No sabía cómo interpretar la reacción de Gabriel a esas palabras. La cara revelaba una especie de dolor que pronto le cedió a un regocijo cauteloso que le brotaba de los ojos. —¿Está seguro?

—Si no lo estuviera no lo habría ofrecido.

—No sé qué... ¿Cómo le voy a pagar?

—El dinero no es factor en esto. Ninguna forma de pago tampoco, Gabriel. De veras necesito que vayas a recoger tus cosas y las traigas acá. No quiero tener que hacer más de un viaje. ¿Tú, sí?

—Ya vuelvo —dijo Gabriel, dio dos pasos, se detuvo en la puerta y se volteó. —No puedo irme. Brenda no me deja. No hasta que cumpla los dieciocho.

—¿Qué va a hacer, mandar a agente en las próximas veinticuatro horas? Cuando se dé cuenta de que te fuiste les va a tomar cuarentaiocho para presentar informes policíacos y que vengan a buscarte. Para entonces, demasiado tarde.

Gabriel salió y subió las escaleras al segundo piso. Javi había tratado de convencer a Gabriel: no iba a complicar el asunto sacando a Gabriel a escondidas. Tocó a la puerta de Brenda. Lo vio a través del vidrio de alambre incrustado de la puerta y vino al portal. —Me llevo a Gabriel.

—No hasta mañana —respondió Brenda. —Tenemos reglas.

—Brenda, eres una trabajadora social, no una oficinista de papeleo ni oficial de policía —le dijo Javi. Pensó en su hermana, la supuesta trabajadora social en una agencia de gobierno que probablemente hacía lo mismo que Brenda en un despacho mal iluminado en la isla. —La objeción que me presenta es un detalle burocrático, no una noción sensible ni práctica.

—¿Está dispuesto a enfrentarse a las consecuencias judiciales si saca a ese niño de aquí?

—¿Hay algún documento que quiere que firme para confirmar que sí?

Brenda miró a Javi. —¿Qué intenciones tiene para con este niño?

—Por favor, deje de llamarlo niño —dijo Javi.

—Le voy a ser franca. ¿Para qué quiere a Gabriel?

Eso no era difícil de descifrar. —Mi única intención es la de proveerle un ambiente seguro, apoyo emocional, también, hasta que esté listo para encontrar un empleo mejor y vivienda adecuada. Punto. Puede hacerme una investigación de antecedentes si es necesario. Le puedo traer una docena de cartas de referencias de colegas, hasta de bomberos, catedráticos y vecinos. ¿Qué necesita?

—Tiene que entender, usted es...

—Un hombre soltero que se acerca a los treinta años, mucho mayor que el adolescente que quiere llevarse a su casa. Sí, ya sé a lo que eso suena, especialmente en su tipo de trabajo. Mire, Brenda, puede buscarle un cuarto por ahí, quizás mejor que lo que ustedes pueden ofrecerle aquí. Yo puedo hasta alquilarle un apartamento de una pieza sobre la cochera. Supongo que eso puede ofrecerle más seguridad del riesgo de que pueda abusar de él. No voy a hacer eso, porque Gabriel necesita compañía, necesita un ambiente estructurado y necesita de alguien en quien pueda confiar de que tenga como prioridad su bienestar. Esa persona so y yo.

Brenda pensó por un momento. —Oquéi. Contra mi mejor juicio, voy a firmar su alta. Le voy a poner la fecha de mañana. Le voy a dar los cincuenta dólares.

—Ahórrese los cincuenta dólares. No los va a necesitar —dijo Javi.

—Oquéi. Tiene que dejarme toda la información de contacto: dirección, números de teléfono en casa y en el trabajo, el nombre de una persona que lo conozca y no viva con usted. Deje ver... —. Fue a un archivo y sacó varias hojas de papel. —Tiene que hacer el informe trimestral mientras viva con usted y hasta que cumpla los veintiún años.

—Dudo que a esa edad todavía viva conmigo. Creo que es una persona muy independiente y querrá vivir por su cuenta —le respondió Javi.

—No nos adelantemos a los acontecimientos. Por ahora, es lo que hay.

Gabriel estaba al otro lado del panel de la sala de recepción y puso en el piso varias cajas, sobre las que colocó varias camisas y pantalones que llevaba en el brazo. Mientras Javi llenaba formularios, Brenda fue donde Gabriel y le entregó el documento de alta. Gabriel lo firmó. Javi salió por la puerta al otro lado.

—Mucha suerte, Gabriel —le dijo Brenda. —Este caballero me ha prometido que va a cuidarte mejor de lo que nosotros podemos. Le voy a tomar la palabra. Si las cosas no salen como tú esperas, vuelve acá. Te vamos a ayudar a encontrar un sitio para vivir y un empleo otra vez.

Gabriel le dio las gracias. Javi levantó dos de las cajas. Gabriel levantó lo demás. Salieron. Era el crepúsculo. Una niebla prematura le echaba un vendaje a las calles como una gaza vaporosa. Gabriel no hablaba. Cuando llegaron al carro, Javi echó las cajas y la ropa en la cajuela. Al darle vuelta a la ignición, Gabriel se le acercó y torpemente lo envolvió en los brazos.

—¡Gracias, gracias! —dijo con un tono bajo, cargado de emoción. Besó a Javi en la mejilla, permaneció callado por un instante, con la respiración entrecortada, apretando a Javi contra él. Javi sintió la humedad de las lágrimas de Gabriel en su mejilla.

32 Entra la espía

—Alma Rosa va a pasar por aquí esta tarde— Gabriel le dijo en la cocina aquel sábado por la tarde. Javi estaba preparando una lasagna vegetariana para la cena. Le había estado enseñando a Gabriel cómo colocar todas las capas para que saliera del horno como si fuera del restaurante Nona's, en el barrio italiano de la ciudad.

Su temporada de Navidad había sido bastante sosegada, excepto por la fiesta que habían dado para gente del trabajo y a la que asistieron en casa de Jerry y Martin, compañeros de equipo con Esos Chicos; habían recibido con alegría a Gabriel y le advirtieron sobre Carl, el viejo verde que lo iba a perseguir toda la velada. Para noche vieja se habían quedado levantados hasta la medianoche. La celebración se había trasmitido desde Nueva York por televisión.

—Eso es Nueva York —Javi le dijo. —Tenemos una alternativa. Podemos celebrar la llegada del año a lo Nueva York o podemos esperar a nuestra medianoche en tres horas.

—Podemos esperar —Gabriel le dijo.

Tomaron cidra sin alcohol, que Javi bautizó champán *mongo*. A la medianoche cada uno se comió doce uvas, una tradición en la isla que Javi no observaba desde la última noche vieja con Javier. De hecho, había evitado quedarse levantado hasta la medianoche. Se acostaba y se quedaba en la cama sollozando.

Ingeridas las uvas y luego que el director del programa de televisión anunciara la llegada del año nuevo, se dieron un abrazo y cada cual se fue a dormir. Gabriel había tomado el otro dormitorio del frente de la casa. Javi le había dado la opción de esa habitación o la del fondo, la que daba al patio. La otra habitación del segundo piso, al otro lado de la de Javi, era donde estaba el equipo de gimnasio. Javi había pensado ponerlo en el sótano, al lado de la lavandería, en uno de los compartimientos terminados detrás de la caldera. No le agradó la idea de estar allá abajo durante un terremoto, aunque había reforzado el edificio con una aplicación modificada de BayToro disponible, sin tener que volver a construir la casa, para reducir la posibilidad de un colapso durante actividad sísmica. De todos modos, no quería ponerse a hacer ejercicio en el sótano cuando estaba solo en la casa. Además, la ventilación no era adecuada.

A principios de año le hizo una propuesta a Oliver. Necesitaba un ayudante, alguien que le hiciera mandados, le organizara los planos y contestara el teléfono cuando no estaba disponible. —Una secretaria glorificada —le dijo Oliver. Javi objetó: sería alguien que esperaba que evolucionara hacia un técnico diestro, para que pudiera hacerse cargo de los detalles menos exigentes. —Déjame adivinar. Y tienes la persona justa para el puesto y da la casualidad que vive en tu casa. ¡Tan conveniente! —Oliver dijo, con una sonrisa.

—Deberías ir a televisión a hacer trucos de lectura de mente.

Sería un puesto de tiempo completo con sueldo mínimo. Si Oliver no tenía presupuesto para eso, Javi estaba perfectamente conforme con que el salario de Gabriel saliera del suyo.

—Eso no será necesario. ¿No te has enterado que tu eres la gallinita de los huevos de oro en BEA?

—Por supuesto que sí —respondió Javi. —Estaba tratando de ser razonable, por si acaso. Sigues siendo el jefe.

—¡Qué lindo de tu parte recordarlo! —dijo Oliver, fingiendo sorpresa. —De acuerdo. Puede comenzar cuando esté listo.

Gabriel vino a trabajar el próximo día. Javi lo había llevado a comprar ropa nueva para que la llevara en la oficina, inclusive las corbatas. —Esto no es regalo, por cierto. Cuando hayas ganado lo suficiente, cuando te sientas tan cómodo pensando que ya puedes ir a comprarte una casa con patio y verja de postes blancos, siéntete en libertad de pagarme —. Gabriel entendió la broma. Él, por su parte, si llegara a pasar eso, ni aun así habría aceptado un centavo de Gabriel.

—Sí, Papá.

—Ja, ja. Hijo.

La noticia de la visita de la hermana de Gabriel lo tomó de sorpresa. Habían acordado que tendrían expectativas—de ambas partes; Javi no las quiso llamar reglas. Gabriel era responsable de mantener su habitación limpia y en orden, además de lavar su propia ropa, a menos que fuera poca y se pudiera juntar con la de Javi para ahorrar agua. Javi prepararía el desayuno, porque se iban juntos en autobús. Javi estaría a cargo del almuerzo los fines de semana, pero tanto para el almuerzo como para la cena en casa, Gabriel ayudaría. Gabriel no estaba en prisión: podía entrar y salir cuando quisiera, como había hecho cuando Javi estaba en Chile, pero Javi agradecería que le dijera a dónde iba y cuándo regresaba. Javi suponía que Gabriel tendría amigos que querría traer de visita. Bajo ninguna circunstancia permitiría Javi que trajera huéspedes a pasar la noche. Si tenía invitados cuando Javi no estaba, Javi esperaba que fueran personas que Gabriel ya conocía, no conocidos casuales. La visita de la hermana de Gabriel, pensó Javi, habría sido una de ésas que habría esperado que Gabriel le notificara antes de que llegara.

—¿Cómo supo dónde vives?

—Yo le dije —contestó Gabriel. —Espero que eso no sea problema.

—Por supuesto que no. Es familia —Javi dijo y pausó. —Siempre y cuando no venga a montar un lío. Ya sabes a lo que me refiero. Digo, por lo que me contaste.

—No se preocupe. Creo que ella solamente viene a satisfacer la curiosidad y no va a estar mucho rato —Gabriel explicó. —Tengo un motivo oculto para querer que venga —. Javi lo miró y esperó. —Quiero que venga y vea que estoy mejor de lo que he estado. Quiero que vea que cuando Mamá me echó de la casa no me condenó a la cuneta, como se proponía. Y quiero que lo conozca, porque usted es mi héroe, mi ángel y no solamente mi amigo, y yo estoy muy orgulloso de usted. Quiero jactarme de tenerlo en mi vida y quiero que vuelva a casa y los deje con la boca abierta por mi buena suerte.

—Eso es un muy...

—¿Superficial? —Gabriel interrumpió.

—No, halagador.

Sonó la campana de la puerta al rato. Gabriel fue a abrir. Entró la hermana. Javi miraba sin ser visto desde el otro extremo del corredor. No hubo ni abrazos ni apretones de mano. Gabriel la dirigió a la sala. Era una mujer de cabello oscuro, varios centímetros más baja que Gabriel y con varios kilos más de los que permitía su estatura.

—Te ves bien —oyó Javi que Alma Rosa dijo.

—Gracias, tú también. ¿Cómo están todos?

—Todos están muy bien. ¿De veras vives aquí? Este vecindario es de ricos. Esta casa se ve elegante —dijo Alma Rosa.

—Sí, ¿verdad? La casa donde crecí... Bueno, en la que crecí y de donde me echaron, esa casa cabría en esta como seis veces y todavía sobraría espacio en el sótano. Vivo aquí desde diciembre. Desde mi cumpleaños

Por un momento que debe haber sido incómodo, Javi no oyó nada.

—¿Tienes tu propia habitación? —preguntó Alma Rosa.

—Sí, claro. ¿Quieres verla?

—Ah, no, gracias, está bien.

—¿Te puedo ofrecer algo de tomar? ¿Coca-Cola, jugo, café?

—No gracias. Acabo de almorzar y todavía estoy llena —Alma Rosa dijo.

Javi entró a la sala. Había subido un momento a cambiarse de sus pantalones de estar, sudadera y pantuflas a una camisa azul de mangas largas, chinos caqui y mocasines. —Tu hermana, Alma Rosa, ¿supongo? —. Se acercó al sofá y le ofreció la mano, que ella se dejó estrechar con la mitad de la suya y los dedos flácidos.

—Un placer conocerlo —dijo Alma Rosa. Javi no podía descifrar su actitud, pero no se le notaba tan amigable y apenas cortés.

—El placer es mío. ¿Vino manejando, Alma Rosa?

—No, viene en autobús —replicó Alma Rosa. —Tuve que conectar con la línea que viene hasta acá. No hay servicio directo desde nuestro distrito hasta esta parte de la ciudad.

—Ah, claro. Me imagino —dijo Javi. Miró a Gabriel, sentado en la butaca de orejas al lado de la chimenea, diagonal a la hermana en el sofá. —¿Ya le dijiste de la prueba de aptitud académica?

—No, todavía.

—Bueno, los dejo, para que le cuentes —Javi dijo mientras caminaba hacia el corredor. —Me voy a preparar algunos entremeses en la cocina. ¿Qué desea de tomar, Alma Rosa?

—Ya le ofrecí —dijo Gabriel. —Dice que está llena.

—Ah, bueno —. Javi miró hacia Alma Rosa. —Tengo que decirle algo, Me sorprendió, agradablemente, por supuesto, cuando Gabriel me dijo que usted venía a visitarlo. Nunca la menciona. Ahora que lo pienso, nunca dice nada sobre su vida familiar antes de que lo conociera en el centro juvenil donde vivía —. Alma Rosa se sonrojaba con los ojos torcidos hacia arriba para mirar a Javi. Parecía estarse encogiendo para desaparecer entre los cojines de cuero. —Estoy sumamente orgulloso de todo lo que ha logrado Gabriel hasta ahora y estoy seguro de que va hacia un gran futuro. No sé por qué vino de visita, pero, claro, es bienvenida y siempre lo será, al igual que el resto de su familia. Me daría mucha alegría que vinieran a ver lo bien que está su hermano y lo bien que le va. ¿Le dijo que trabaja en una empresa de ingeniería?

—No, no había dicho nada —Alma Rosa dijo, en un tono tan bajo que Javi tuvo que suponer que había hablado sin estar seguro.

—¡También ahí le va muy bien! Siempre pone todo su esfuerzo en lo que hace. Por eso sé que va a llegar lejos. Yo me siento feliz de darle un empujoncito hasta esa meta —. Pausó para mirar a Gabriel, que parecía haber dejado de respirar de quieto que estaba. —Y ahora me disculpa. Tengo que ir a la cocina. Estoy preparando un plato horneado para la cena. Está invitada a unirse a nosotros, si desea. Lo haga o no, espero que usted y su hermano tengan una conversación grata. Así que no vuelvo a interrumpirlos. Antes de irme, hay algo que quiero aclarar y espero que a Gabriel no le moleste.

Volvió a voltearse hacia Gabriel, que había subido las cejas como en espera de que hablara Javi para decir algo completamente desconocido para él.

—Compartimos esta casa. Gabriel puede quedarse aquí el tiempo que guste. Me dio mucha alegría invitarlo a quedarse aquí y de que él también considere ésta su casa. La nuestra es una amistad basada en el respeto mutuo y el afecto entre los dos. Por lo menos yo supongo que él me tiene algún afecto. Respeto, yo sé que me tiene. Nunca será un inquilino, porque personas que queremos y por quienes nos preocupamos tanto como para compartir nuestras vidas con ellas nunca pueden ser ni invitados ni inquilinos. Sin embargo, quiero que sepa y quiero que les diga a todos allá en su casa, que hasta ahí llegamos. No paga alquiler con dinero ni paga con nada más. No compartimos la cama, nunca lo hemos hecho y nunca lo vamos a hacer. Gabriel —dijo Javi, extendiendo el brazo hacia el punto donde estaba sentado— es para mí todo lo que he dicho. Pero como sé la forma en que llegó a vivir en la calle, me es importante que sepa usted esto. Mi cariño por su hermano es limpio y desinteresado. Llena mi vida de dicha cuando sé que es feliz y se siente satisfecho.

Alma Rosa estaba acobardada, pensó Javi. Seguramente no esperaba lo que le acababa de decir. Asintió con la cabeza, la cara ahora una superficie pálida y el gesto en blanco.

—Disfrute la visita, Alma Rosa. Y ahora, con su permiso —dijo Javi y salió.

Unos cinco minutos después Javi oyó la puerta del frente abrirse y cerrarse. No oyó a Gabriel entrar de nuevo. Fue a la sala y lo llamó, pensando que había ido a su habitación. Volvió a la cocina luego de mirar por las ventanas del comedor para ver si estaba en el balcón. Nada de Gabriel. Unos diez minutos más tarde oyó la puerta del frente y la del vestíbulo abrir y cerrar. Estaba en la cocina lavando una verdura. Llamó a Gabriel.

—Aquí estoy —respondió Gabriel. Caminó hasta la cocina. Había llevado a la hermana hasta la parada de autobuses. —Creo que se sentía incómoda de que la acompañara hasta la parada. Me dijo que no era necesario.

—Te pido una disculpa por haberte avergonzado con lo que le dije. Temo que fui demasiado maniduro con ella, pero...

Antes de que pudiera terminar, Gabriel se le acercó por detrás y apretó a Javi con los brazos. —Gracias, señor, don Javi.

—Oh, por Dios, Gabriel, ¡deja ya de llamarme señor! No estamos en Alabama —dijo Javi y se volteó.

Gabriel empezó a reírse. —Gracias. ¡Te quiero tanto!

—¿Ves ahora? Ahora sé que no estamos en Alabama, de seguro. ¡Estarían corriéndonos del pueblo con escopetas! —. Javi le dio palmadas en la espalda a Gabriel y lo acercó hacia él. Gabriel no lo dejaba ir. —Yo también te quiero, Gabriel. Mucho.

33 La promesa de un nuevo día

Aquel viernes de febrero se fueron al trabajo en el Mercedes Benz, para no tener que esperar por el autobús bajo el diluvio matutino. Al regresar por la tarde ya había escampado casi completamente. Javi le pidió a Gabriel que fuera al frente a buscar el correo del buzón. Javi entró a la casa por la puerta de atrás. Esperaba disfrutar el fin de semana. Era posible que hiciera lo que raras veces: sentarse en la bañera a darse un baño tibio hasta que se le encogiera el pellejo. Había sido una semana dura. El lunes Oliver y él habían tenido que volar a Seattle para unas negociaciones contractuales que inicialmente se habían programado para realizarse en la sede de BEA. Martes y miércoles se requirió la presencia de Javi en un campo de construcción para certificar la instalación de equipo BayToro. El jueves tuvo juntas con clientes el día entero. Ese día había tenido que remplazar a Margaret Elswick en una junta para discutir un proyecto del que sabía poco más de nada, pero tenía que proyectar una imagen de dominio completo de los detalles con el que pudiera impresionar al cliente. Margaret había roto fuente al sentarse frente a su estación de trabajo esa mañana. Tuvo menos de media hora para absorber toda aquella información que no le era completamente ajena, pero sí en lo que atañía a ese proyecto en particular. Por fortuna, Gabriel lo había organizado todo lo que necesitaba. El joven había resultado un verdadero tesoro desde el primer día. Ya Javi dependía de que supiera dónde estaba todo y cómo ponerlo todo en orden antes de que Javi lo articulara. Gabriel se había convertido en su cerebro auxiliar.

Tampoco Gabriel la había pasado bien ese día. Había estado una parte significativa de la tarde en el consultorio del dentista. No lo examinaba un dentista desde que estaba en escuela intermedia. Se le veían bien los dientes, todos parejos y brillantes, pero las caries acechaban por detrás. Durante el último mes había ido a ver al doctor Hipp para rellenar las caries. Ese viernes le tocaron dos.

—¡Qué odio les tengo a las agujas! —le había dicho a Javi cuando el doctor le dio el plan de tratamiento, que requería seis platificaciones en las muelas. —Ni te imaginas el odio que les tengo a las agujas.

—¿Prefieres que te las arregle sin anestesia? —le había preguntado el doctor Hipp. —Algunos de mis pacientes lo hacen así.

—Señor, eso suena a sadismo. Me quedo con la inyección —le respondió Gabriel, vencido.

Javi pensó que Gabriel quería reponerse de la tortura de las últimas platificaciones que necesitaba. Colgó las llaves de los ganchos al lado de la puerta de atrás. Gabriel tenía el correo en la mano cuando entró a la cocina a colgar sus propias llaves de otro gancho. Estaba callado, con la cara un tanto pálida. Le entregó a Javi las piezas, con una excepción. Javi miró las cartas: solamente dos cuentas eran correo legítimo. El resto era la basura de costumbre, anuncios de baratas y ofertas de compañías de seguro, con un ejemplar gratuito del *Ladies Home Journal* para estimularlo a que se suscribiera. El correo extra terminó en el bote de basura al lado de la puerta de la cocina.

Cuando se volteó, Gabriel estaba en el mismo lugar, al lado de la puerta al corredor. Javi lo miró, esperando que le diera la razón por la que estaba como congelado.

—Una carta del *College Entrance Examination Board*. —dijo Javi. Eran los resultados de la prueba de aptitud para estudios universitarios.

—¡Estupendo! Vamos, ¡ábrela! —le dijo Javi. Estaba muy entusiasmado y un poco tembloroso.

—No sé si deba.

—¿Bromeas, verdad, Gabriel?

—Tengo miedo.

—¿De qué? No es una sentencia de muerte, ¡por Dios! Vamos, no seas bebé. ¡Ábrela! —Javi ordenó.

—Ábrela tú.

—Es tu informe de puntuación, tonto —le dijo Javi.

—¿Por favor?

Javi alcanzó el sobre, más grande de lo ordinario. Fue al estudio a buscar un abrecartas. Gabriel se quedó en la cocina esperando.

—Esos que oigo, ¿son tus platificaciones nuevas crujiendo? —le preguntó Javi con la intención de aliviar la tensión—estrategia equivocada. Javi le echó un vistazo al contenido del sobre. El documento principal era un folleto sobre ele que habían pegado un sello con el nombre del examinado y un informe de puntuación. A Javi casi se le saltaron los ojos de las cuencas.

—¿Qué tan mal salí? —preguntó Gabriel desde la puerta del estudio. Su tono era bajo, sus palabras brotaban como si las articulara luego de pasar horas en temperaturas árticas.

—Míralas.

—Por favor, no me hagas esto. Lee las malditas puntuaciones de una vez.

Javi lo miró fijamente. —Si estos hubiesen sido mis resultados, habría podido ir a Harvard y Yale. Simultáneamente —. Javi leyó: —Verbal, 781. Matemática, 794. Quisiera saber qué problema fallaste, para obligarte a resolverlo una y otra vez, hasta que lo hicieras correctamente —. Le dio el folleto. Buscó en el otro folleto, el de los resultados de los exámenes de aprovechamiento. —Madre mía, ¡no termina ahí. Nivel dos de matemática y física. Te odio. Toma —añadió Javi, poniéndole en la mano el documento.

Gabriel permaneció por la puerta del estudio más pálido de lo que había estado, con los resultados en las manos, los ojos tan abiertos como la boca. —¡Ay, Dios, Dios, Dios! —. Comenzó a dar saltos en un círculo, se detuvo, se llevó la mano a la frente, volvió a saltar y entonces se lanzó contra Javi y lo abrazó, saltando aún un poco. —¡Gracias, Javi, gracias, gracias! Gracias por esto. ¡Te lo debo a ti!

—Nada de eso, Gabriel. Te lo debes a ti mismo — le dijo Javi, apretando a Gabriel casi igual que lo apretaba Gabriel.

Gabriel se sentó en el sofá, los ojos fijos en las puntuaciones como si quisiera asegurarse de que todavía eran las mismas, sin cambiarse a algo menos estimulante.

—¿A dónde quieres ir a celebrar esta noche? —le preguntó Javi.

—¿No que querías irte a la bañera y luego comerte un sándwich? Dijiste que querías ser vegetal esta noche.

—¡A la mierda con eso! —dijo Javi. —Oh, oh. Ahora puedes usar esa palabra también. Bueno, no hay problema. No hay por qué sobrestimar los baños, con o sin burbujas.

—A cualquier lugar, a cualquiera —dijo Gabriel. —Yo invito.

—Quién te oye, magnate. De ninguna manera.

—Oquéi, escoge tú —le dijo Gabriel. Tenía los ojos fijos todavía en los folletos.

—¿Te molesta si invito a Jerry y a Marvin? Se van a alegrar por ti.

—Sí, sí, claro —Gabriel le contestó.

Javi levantó el tubo del teléfono y oprimió el número de Jerry y Marvin. —¿Marvin? Javi... Todo muy bien. ¿Ustedes...? ¿Tienen algo planificado para esta noche...? ¡Excelente! Vamos al P.M. a cenar. Los cuatro... No, manejo yo. Pasamos por ustedes a eso de las siete y media, ¿te parece...? Tenemos que celebrar. Mi criatura se va a Harvard. Creo... No, no, bromeo.. Les explico cuando los veamos... Perfecto... Hasta un rato.

—¿Harvard?

—Puedes ir a donde quieras, Gabriel, vas a ver.

—Como decía Brenda, no nos adelantemos a los acontecimientos.

—¡Brenda! ¡Brenda! ¿Crees que todavía esté en el centro? —preguntó Javi.

—Puede ser. Los viernes a veces trabaja más tarde.

Javi tomó el teléfono otra vez. —¿Brenda? —. Después de colgar Javi le dijo a Gabriel que no les quedaba mucho tiempo. Tenían que ir a recoger a Jerry y Marvin, para luego regresar hacia el P.M. in el distrito de la Vieja Plaza.

—¿Qué es el P.M.? —Gabriel le preguntó.

—Para mi gusto, el mejor restaurante gay de la ciudad. Tiene un bar con piano. Caben sobre cien clientes. Con *maître d'*, de todo. Y lo mejor, servicio de aparcacoches. No hay que dar vueltas y vueltas para encontrar dónde estacionar. Y nadie tiene que aparentar ser hetero para evitar que lo tiren a la calle. Lo reservo para ocasiones muy especiales. Ésta definitivamente lo es.

—El único restaurante gay que conozco es *Mary Dear* —Gabriel dijo.
—Un peldaño más abajo de McDonald's. Lo deberían llamar la Central de Hepatitis A,B y C. Ve, ve a ponerte ropa de domingo. El P.M. siempre está lleno los fines de semana. Ya no creo que podamos sentarnos antes de las nueve. ¡Muévete!

Hubo cambios de planes. Javi llevó a Gabriel a la oficina ce admisiones del recinto local del sistema de la universidad estatal. Allí lo aconsejaron sobre lo que debía seguir. Todavía estaba a tiempo de solicitar admisión para el primer trimestre del año académico siguiente. Gabriel le dijo a Javi que toda aquella catarata de información lo abrumaba. La consejera de admisiones era como uno de esos aparatos mecánicos en el museo al lado del restaurante que le gustaba a Javi, a orillas del Pacífico, donde Javi se quedaba fascinado por el océano. La mujer cascabeleaba datos y requisitos, miraba las puntuaciones de la prueba de aptitud, lo felicitaba, claro, Javi o Gabriel, cualquiera de los dos tendría que solicitar que le enviaran los resultados directamente a la universidad, a ver, jum, de estos papeles, ah, sí, con aquello podía haber un problema, pero, no, no creía, ja, no debería ser un inconveniente, ya ella verificaría. Era como si lo sumergieran bajo agua, lo halaran por el cabello y volvieran a sumergirlo. Javi lo fue orientando sobre todo lo que la mujer había dicho cuando llegaron a casa. Le había quedado más claro, le dijo Gabriel. Si hubiese estado matriculado en un programa secundario tradicional, estaba seguro, un orientador había hecho todo lo que habían tenido que hacer ellos mismos.

—Aquí está el tío Javi. Es mejor que ningún orientador de secundaria —le dijo Javi. —¿Ya has pensado en lo que quieres estudiar?

Gabriel entrelazó los dedos alrededor del tazón de café. Parecía inseguro sobre qué decir. —Espero que no te ofenda si te digo que quiero ser lo mismo que tú. Ingeniero mecánico.

Se emocionó Javi. —¿Cómo me vas a ofender, muchacho? Me honras. No quiero que vayas a elegir eso por algún sentido de obligación hacia mí. Algo así como gratitud.

—Puedo pensar en cosas peores, señor. Digo, Javi —respondió Gabriel. —Y aunque así fuera, pero no. Veo lo que tú haces. Siempre me ha llamado la atención. Quiero hacer lo que haces.

—Ya sabes que la universidad estatal aquí no tiene un programa de ingeniería. Tendrías que buscar otra universidad —Javi le dijo.

—Creo que puedo asistir el primer año aquí. Tienen las mismas asignaturas que tomaría en otros programas el primer año de escuela de ingeniería. Después me puedo transferir.

—Te has informado bien, joven. Tienes razón —le dijo Javi. Luego de una pausa añadió: —Bueno, decidido. Sigamos al próximo asunto.

Gabriel había pensado en algo más. Quería probar la universidad antes de que comenzara oficialmente en el otoño. A lo mejor podía tomar una clase en la escuela nocturna de la estatal. No necesitaba ser alumno regular y los créditos que aprobara se le acreditarían si lo aceptaban.

—Me impresiona tu espíritu emprendedor, Gabriel. Vas tres pasos más adelantado que yo.

—¿Qué te parece? —preguntó Gabriel mientras se levantaba a llenar el tazón de café. —¿Te lleno el tuyo? —le preguntó a Javi con la jarra de café en la mano.

—Voy a dar brincos y salir ventana afuera si tomo más cafeína. Gracias. La estatal opera bajo el sistema de trimestres. Me parece una idea fenomenal. Seguramente tienen un programa nocturno de extensión que comience en abril.

—Lo tienen. Ya tengo el horario —dijo Gabriel. —Me gustaría tomar una clase de psicología o redacción. Algo que no tenga nada que ver con ciencias. De eso tendré bastante en la universidad. Creo que sería un buen comienzo. Dime qué crees.

Se le hizo un nudo en la garganta a Javi. —Tu sabiduría excede tu edad. Admiro tu determinación, tu perseverancia. —Ese eco fue el que le tocó las emociones a Javi. Sintió algo de nostalgia y el recuerdo de amabilidad amorosa de tiempos pasados.

La estatal tenía línea de autobuses, pero no le era conveniente a Gabriel. Dos noches por semana tendría que irse del trabajo una hora más temprano para apresurarse hasta la primera parada. Ese autobús lo llevaría hasta otra donde conectaría con la ruta que lo llevaría por la base militar hasta la próxima parada. De allí tenía que esperar por el próximo, el que pasaba por la estatal. De vuelta sería un autobús menos, porque podía irse en uno que pasaba a seis cuadras de la casa.

—¿Qué crees de aprender a manejar? —le preguntó Javi.

—¿Manejar? —. Hizo el ruido de siempre con la garganta.

—Podrías comprarte algo módico. Probablemente tienes suficiente ahorrado para hacerte de un carro de inicio.

—¿Un carro? —preguntó otra vez, seguido del ruido. —Eso quiere decir comprar póliza de seguro, gastar en gasolina y estacionamiento dos días por semana, entonces pagar por estacionamiento en el campus. Suena demasiado caro para ahorrar tiempo de autobús dos veces a la semana.

—Vamos a pensar en otra posibilidad. Puedes examinarte para la licencia de conducir luego de tomar lecciones de manejar con alguna escuela.

—¿No puedes enseñarme tú?

—Podría, pero te expondría a todos mis malos hábitos de conducir. Estaría de dar brincos, probablemente te gritaría tanto que te pondría tan nervioso que te tirarías del carro todavía en marcha y no volverías a tocar un volante en tu vida —. Ése era el recuerdo de Javi cuando su padre había tratado de enseñarle a conducir: lo que acaba de describir fue lo que hizo en su momento. Había sido la paciencia y la ecuanimidad quirúrgica, la generosidad de espíritu de Javier para volver a sentarse en el lugar del conductor.

—Hay cosas que son mejor dejarle a un profesional. Yo me encargo del costo.

—No tienes que hacer eso. Yo lo hago —le dijo Gabriel.

—Bueno. Me dejas saber si cambias de parecer —. Javi esperó un momento antes de seguir. —Ya cuando tengas licencia puedes conducir cualquier vehículo que esté por debajo del peso de un camión de tumba.

—Tienes razón. Puedo conseguir un empleo haciendo entregas.

—Tú ya tienes empleo. A tu jefe no le gustaría en nada que te fueras y lo dejaras sin el apoyo que necesita. Y te daría muy malas referencias —le dijo Javi. —No es a lo que me refería. Digo que puedes conducir una motocicleta.

Gabriel no dijo nada. Javi recordó la primera experiencia que tuvo Gabriel como pasajero de una moto y se arrepintió de mencionarla. Desde entonces Javi había limitado el contacto de Gabriel a la Harley a explicarle los controles cuando la máquina estaba estacionada en la cochera. Gabriel había mostrado interés, pero no el deseo de probar por sí mismo.

—¿La Harley? —preguntó Gabriel. Entonces vino el ruido. —A lo mejor puedo empezar con una bicicleta motorizada. No necesito licencia de conducir para eso.

—Ese tipo de vehículo no subiría las colinas ce la ciudad. Terminarías rodando hacia atrás o empujándola calle arriba.

—¿Dónde me deja eso? —preguntó Gabriel.

Javi no respondió. Repiqueteaba sobre la mesa con los dedos. —Vamos a probar con las lecciones de conducir. Ya después resolvemos qué hacer con eso.

Gabriel pasó las tardes del mes de marzo en el lado del aprendiz de un carro de transmisión automática de una escuela de conducir. Era un modelo Colt de Dodge que Javi consideraba menos seguro que la Harley. Gabriel era casi demasiado alto para el vehículo, pero de algún modo se las ingenió para meter las piernas en aquel féretro sobre ruedas. Lo importante era aprobar el examen práctico, lo que Gabriel aprobó sin problema. Javi lo añadió a su póliza de seguro de automóvil.

El día después de obtener la licencia, Javi se puso de pie en la cocina, al lado de la puerta de salida, cuando acabaron de desayunar. Tenía el llavero entre los dedos de la mano en alto. —Vamos a dar una vuelta.

—¿En qué?

—En el carro. Vamos a cruzar el puente y a subir por las carreteras de dos carriles por las montañas al otro lado.

—¡No estoy listo para eso! Me estás presionando —dijo Gabriel, casi al borde del pánico.

—Tranquilo, Gabriel. Voy a estar a tu lado en caso de que las cosas no salgan bien. Si crees que no puedes, no hay problema. Yo me hago cargo. No tienes que ir de prisa, te tomas el tiempo que necesites y te fijas a las señales de tránsito y a otros conductores. Si no estás listo ahora, ¿cuándo? ¿Vas a conducir solamente de aquí al trabajo? No tengas miedo. Confía en mí, ven —le dijo Javi en el tono más apacible que pudo. Recordó cuando Javier le había hecho lo mismo, forzarlo a cruzar la ciudad en medio de tránsito pesado, para ir a la bahía y cruzar el puente para dirigirse al estado al norte de ellos por la autopista 95. También él había estado asustado, pero de regreso se sintió más confiado y le agradeció a Javier el voto de confianza.

—No sé...

—Pero yo sí. Voy a subirme a un carro contigo. ¿Crees que lo haría si no estuviera seguro de que puedes hacer esto? Vamos.

—¿Y si tengo un accidente y te destrozo el coche? —preguntó Gabriel.

—No vas a destrozar nada. En el peor de los casos, un rasguño. Para eso pago el seguro.

Se fueron. Gabriel tenía tan asido el volante que los nudillos se le emblanquecieron. Javi le notó las gotas de sudor rodarle lentamente por las sienes. Aparte de la inseguridad inicial, pudieron cruzar el puente, Javi limitándose a alertar a Gabriel sobre carros frente a él y detrás en el mismo carril. Subieron por las carreteras estrechas y sinuosas del lado norte del puente. Pararon a comerse un almuerzo liviano en un restaurante vegetariano casi escondido detrás de una arboleda de eucaliptos y secoyas. De regreso Gabriel llegó a relajar el brazo izquierdo sobre el tirador de la puerta, aunque solamente por segundos. Las manos se le habían acostumbrado a la dirección asistida, tan diferente al forcejeo que requería el volante del Colt. Las tenía colocadas suavemente sobre el volante en posición de las tres en el reloj.

Era ya poco después del crepúsculo cuando Gabriel encendió los focos delanteros y subió por la colina que intersectaba su calle. Se detuvo en la esquina justo detrás de la señal de "Pare" y se adelantó con cuidado hasta asegurarse de que no venían otros vehículos. Dobló por el acceso a la cochera, oprimió el botón del control de la puerta de la cochera y se estacionó junto a la motocicleta.

—¿Ves lo que te dije? —le preguntó Javi.

—¿Quieres que te lleve al mercado ahora? —le preguntó a Javi.

—No exageremos —le respondió Javi. —No necesitamos nada del mercado —. Concentró su atención en el cuello, que empezó a relajar antes de que hiciera lo mismo con los hombros y los brazos.

Sentía la espalda como si hubiese soltado un resorte tan ajustado que pudo haber reventado. Tenía las piernas tiesas de oprimir los frenos imaginarios. Los dedos de la mano derecha se le estaban acalambrando de tenerlos tan apretados en el borde derecho del asiento. Si hubiese sido creyente aún. se habría arrodillado para besar el suelo. No quería volverse a subir a un carro ese día. Lo que de veras necesitaba era un baño caliente, una almohadilla caliente y dos aspirinas.

No obstante, ya para mediados de abril Javi había convencido a Gabriel de que condujera la Harley. —Manejas hasta el parque cuando vamos al desayuno almuerzo. Manejas de noche cuando vamos al cine, me buscas en el aeropuerto, maniobras por el tráfico en ambos puentes, ¿y no puedes manejar una bicicleta con motor? —. Javi trató y triunfó en hacerle ver a Gabriel lo irracional de su posición. Gabriel fue en la motocicleta con Javi detrás, en el carro. Se atoró un par de veces, pero no tardó en manejarla con soltura y seguridad.

Cuando le empezaron las clases se llevaba la Harley dos noches a la semana. Si iba en autobús hasta la casa una hora antes de la hora oficial de salida y se iba en motocicleta hasta la estatal.

Era uno de los espectadores en los partidos cuando Esos Chicos comenzaron a jugar los domingos en la mañana en verano. En lugar de irse con Javi, se llevaba la Harley, para poder regresar o ir a la biblioteca a hacer sus investigaciones para la clase de sociología que tomaba. Fue al banquete de la liga al final de la temporada, para ver a Javi recibir nuevamente el premio de mejor jugador y el reconocimiento a Esos Chicos por volver a ganar el campeonato, principalmente por la ejecución de Javi.

Cuando empezaron las clases en la estatal a principios de octubre, iba en la Harley a estudiar. Si llovía, se llevaba la bolsa de libros bajo un impermeable. Solamente un monzón podía obligarlo a pedirle a Javi que lo llevara en el carro.

A la fiesta de Navidad ese año invitaron gente de la empresa, varios compañeros de la universidad de Gabriel, Sigfredo y su esposa Elba Palmira, jugadores de Esos Chicos y amistades adquiridas entre los fanáticos, la mayoría de quienes, según Gabriel, padecían de un caso crónico de ansias de metérsele en los pantalones—"Y tú haciéndote de rogar, Javi, solterona". Javi tocó una campanilla para que le prestaran atención los invitados.

—Amigos, les agradezco que se nos hayan unido esta noche. Ha sido un año magnífico para los ocupantes del número 1904 de la calle Hayes y queremos compartir nuestra dicha con ustedes, nuestros buenos amigos —. La mayoría de los invitados aplaudió. —El año ha sido en especial bueno para Gabriel. Acaba de terminar su primer trimestre en la universidad estatal y siento mucho orgullo en anunciar que sus calificaciones finales son todas perfectas, Aes. Aplauso, por favor —dijo Javi con una sonrisa y todos aplaudieron. Los invitados vinieron a donde Gabriel a darle la mano y palmadas por la espalda.

En febrero comenzaron las conversaciones sobre la transferencia. No era un tema que Javi había querido abordar. Lo que escogiera Gabriel y dondequiera que lo admitieran, requerirían que se fuera a otro lugar. Javi había hecho lo posible por ocultar su pena de pensar en ver a Gabriel partir. Había pensado en irse a trabajar a otro sitio cerca de la universidad a la que asistiera Gabriel. Sabía perfectamente que eso no podía ser. Tendría que encararse al hecho de que Gabriel, el chico que se había convertido en un joven en vías de ser mucho más de lo que Javi mismo creyó que Gabriel llegaría a ser. Pronto Gabriel estaría en la casa solamente en sus vacaciones.

—Tienes que empezar a buscar una universidad a donde te puedas transferir, si sigues con tu plan de estudiar ingeniería. ¿Has cambiado de parecer? —Javi preguntó, medio deseoso de que la respuesta fuera afirmativa.

—Claro que no. ¿Qué te dio esa impresión? —le preguntó Gabriel.

—Verifico nada más. A veces los jóvenes alteran sus planes —contestó Javi. Estaban cenando el plato favorito de Gabriel: pizza con vegetales, anchoas, aceitunas, piña y tocineta canadiense. Javi se había hecho la ilusión de aprovechar un resquicio subconsciente que hiciera a Gabriel recapacitar por la vía digestiva. Nadie en otro lugar le iba a hacer esa pizza. En días recientes le había horneado lasagna vegetariana, arroz amarillo y pollo a la mexicana, picadillo cubano y hasta un asado de puerco a la cubana que Javi solamente preparaba como plato especial para Navidad. Javi sabía que lo manipulaba el egoísmo. Una vez la muerte lo había dejado desesperanzadamente solo. Se consoló con pensar que esta vez no sería permanentemente.

—¿Crees que tu alma máter me admita? —Gabriel le preguntó.

Esa posibilidad llenó a Javi de pavor. Se le atoró en la garganta un pedazo de la corteza de la pizza. Se cubrió la boca con una servilleta y sorbió un trago de té helado. ¿Su alma máter? ¡Al otro lado del país! ¿Qué de malo tenía Stanford? ¿El Instituto Tecnológico de California?

—No veo por qué no —respondió Javi con los ojos posados en una rebanada de pizza que estaba arrancando de la bandeja de hornear.

—He estado mirando sus programas. Me parecen justo lo que quiero hacer —le dijo Gabriel. Su entusiasmo permeaba el ambiente a la vez que le punzaba el alma. Sabía que no era así, pero en ese momento sintió que Gabriel sería más feliz yéndose lejos de él.

—¿Qué te parece el Instituto Tecnológico de California?

—Creo que es excelente, pero tu alma máter se aproxima más a mis intereses profesionales —Gabriel sonaba tan maduro en su juicio que Javi decidió abandonar sus intentos por hacerle cambiar de opinión.

—No tengo duda de que te admitirían. Definitivamente te has ganado un lugar allí con tu esfuerzo —dijo Javi. Lo dijo con sinceridad, sólo que no con ninguna implicación de aprobación o placer.

Oliver había contratado a alguien para remplazar a Gabriel. Lo que había comenzado como un gesto caritativo se había convertido en una necesidad. Victoria Gaffney había terminado un curso de dos años en un colegio comercial. Sus destrezas de taquigrafía eran sobresalientes, muy impresionantes. Javi, sin embargo, tenía un sistema de procesar textos y en realidad nunca había hecho dictados. Victoria era alerta; Javi estaba completamente consciente de su disposición para ayudar en todo lo que pudiera, que se acercaba muy poco a lo que hacía Gabriel con su diploma de estudios libres. No era ya lo mismo. Ahora tendría que acostumbrarse a la ausencia de Gabriel en casa también.

Le dio una llamada al profesor Mead. Su protegido, Gabriel Madrid, solicitaba admisión como estudiante de transferencia. Javi sabía que no era fácil la admisión de esa naturaleza, pero estaba seguro de que este joven se merecía la oportunidad. —¿Cree que yo era un estudiante sobre el promedio cuando era mi consejero?

—Javier, tú nunca estuviste sobre el promedio —le dijo el profesor Mead. —Tú siempre estuviste en la cima.

—Gracias, favor que me hace, profesor. ¿Gabriel Madrid? Gabriel está muy por encima de mí.

A mediados de mayo Gabriel recibió la confirmación de admisión. Javi escondió su desaliento y fingió alegrarse por Gabriel. En realidad, se alegraba. Sólo que no tanto. Sin embargo, no lo pensó dos veces cuando Gabriel le dijo que no recibiría beca y la matrícula era increíblemente cara. En su empeño por llegar hasta allá no había pensado en el factor económico. Solamente le daban participación en el programa de estudio y trabajo.

—Un hijo mío no necesita ir becado a ninguna parte. Tampoco necesita trabajar mientras estudia.

—Ah, Papá —dijo Gabriel. Fingió pegarle con el puño por el costado. —Te excedes. Me gusta que lo hagas.

—Mírame, Gabriel —le dijo Javi. Cuando los ojos de Gabriel se encontraron con los suyos, Javi le preguntó: —Gabriel, ¿me permites adoptarte?

Joseph F. Delgado

34 La esperanza de un nuevo día

Acababa de entrar mayo cuando Oliver llamó a Javi a su despacho. —Viene un cliente hoy. Potencial, digo. Un hombre de palabra, gran personalidad, espontáneo. Es dueño de una firma de inversiones. Creo que también hacen trabajo de contaduría. Sí, de hecho. Empresa joven, pero sólida. Quiere que hagamos algo con su edificio, pero todavía no se ha decidido por renovaciones o construcción nueva en otro terreno. Creo que podemos ayudarlo a tomar la decisión. Está interesado específicamente en BayToro Seismic Control y no quiere irse con uno de nuestros concesionarios —. Javi escuchaba atentamente. — Tiene con qué, así que eso no es un factor. ¿Estás libre esta tarde?

—Después de las cuatro. Tengo una llamada de conferencia con Akimoto y Fujimori para ponernos al día con el proyecto de Nippon Telephone and Telegraph. Ya sabes lo fastidiosos que son esos japoneses. Van a estar en la oficina bien temprano, hora de Tokio, para que hablemos antes de que me vaya. Hablamos a las tres.

—Le digo al cliente —le dijo Oliver. —Pidió a quien mejor tengamos, así que tenías que ser tú.

Javi estaba tratando de sobreponerse a su tristeza, la que tenía que esconder de Gabriel. A veces sentía que si Gabriel adivinaba cómo en realidad sentía con el

exilio universitario, sería capaz de cancelar sus planes y quedarse en casa. El egoísmo tenía que ceder ante el desprendimiento total, ya lo sabía. Habían estado ocupados haciendo los trámites finales para la adopción. Gabriel lo había notificado a la estatal para comunicarle el cambio de nombre a la nueva universidad, de Madrid a Toro. Había sido iniciativa de Gabriel. A Javi se le encogió el corazón cuando Gabriel le dijo que quería hacerlo, a menos que Javi se opusiera.
—¿Cómo podría objetar este gesto? Me honras. Me emocionas —le dijo Javi, conmovido hasta lo más profundo de su alma. Sin saberlo, Gabriel le rendía homenaje al hombre que había hecho posible la vida de Javi. Calladamente tornó los ojos al cielo, sonrió, arrugó la nariz como le gustaba verlo a Javier y le guiñó.

Tal vez este nuevo proyecto lo ayudaría a mantener la mente en algo que no fuera la partida de su hijo.

¡Su hijo! ¡Qué calidez de pensamiento!

A las cuatro y cuarto Oliver metió la cabeza por la puerta del despacho de Javi. —El cliente espera en la sala de conferencias —dijo en voz baja. Javi le indicó con los dedos que esperara un segundo mientras se despedía de Akimoto y Fujimori. Levantó su cuaderno de notas y le dijo a Victoria que si llamaba su hijo debía desviar la llamada a la sala de conferencias en lugar de tomar el mensaje. —Has tomado esto de la paternidad muy seriamente, ¿verdad? —le preguntó Oliver camino a la sala.

—¿De qué otra manera se puede tomar?

Oliver abrió la puerta. Sentados a la mesa había dos hombres, ambos trajeados. El escepticismo se tiene que haber dibujado en el rostro de Javi. Por poco deja salir una risita. Oliver extendió el brazo hacia el que estaba a la izquierda, el del pecho ancho, la sonrisa radiante y los ojos azulados brillantes contra un marco de cabello lustroso y como azabache. —Señor O'Keefe, le presento a nuestro ingeniero estrella, Javier Toro —. El señor O'Keefe se puso de pie. Sobrepasaba la estatura de un metro con ochentaidós de Javi por cuatro a seis centímetros.

—Es un placer —dijo el señor O'Keefe, estrechando la mano de Javi con firmeza y una mano doble de gruesa que la suya.

—Señor Barton —Oliver dijo en dirección del otro hombre. —Javier Toro. El señor Barton también se puso de pie y le dio la mano a Javi, no tan decididamente como el señor O'Keefe y definitivamente no de la misma estatura.

—¿Nos hemos conocido? —le preguntó a Javi el señor O'Keefe mientras que Oliver y él se sentaban.

—De conocernos, conocernos, no lo creo. Lo recordaría —dijo Javi.

—Me va a matar no recordar, pero nunca se me olvida una cara y estoy seguro de que nos hemos visto antes —dijo el señor O'Keefe.

—No nos hemos conocido antes, pero hemos hablado brevemente. Yo sabía quién era usted.

—¿Ah, sí? ¿Y dónde fue eso? —preguntó el señor O'Keefe.

—Javi —dijo Oliver —, el señor O'Keefe está jubilado de los 49ers de San Francisco. Jugó con ellos después de muchos años con los Steelers de Pittsburgh.

—Ah, sí. Ya lo sabía —Javi dijo. Estaba sonrojado. Se volteó hacia el señor O'Keefe. —Hice mis estudios posgraduados en Pittsburgh, señor O'Keefe. Lo recuerdo bien. el Muro O'Keefe.

—¡Primanti! —exclamó el Muro. —¡Estaba en Primanti aquella vez! —. Batió las palmas un par de veces con la cabeza ligeramente inclinada; entonces rio y miró de nuevo hacia Javi. —Ya le dije que no se me olvidan las caras. Estaba solo la última vez que lo vi.

Fui varias veces más a Primanti —dijo el Muro, mirando a los otros dos hombres. —¿Saben? El día antes de un partido o después de uno, íbamos algunos a comer algo. Tienen unos sándwiches increíbles en ese restaurante. Primanti Brothers. El nombre completo es el Casi Famoso Primanti Brothers. ¡Legendario! —dijo y miró hacia Javi. —No volví a verlo allá.

—Tiene razón. Ésa fue la última vez que fui a Primanti. Tenía demasiado trabajo para andar cabriolando por Pittsburgh comiendo sándwiches de papas fritas.

—¿Qué demonios es eso? —preguntó el señor Barton.

—Lo que oíste. Sándwiches con papas fritas adentro. Hay que verlo —dijo el señor O'Keefe.

—Oh, me parece que mejor es no haberlo visto —dijo el señor Barton.

—Es un gusto adquirido —le dijo el señor O'Keefe al señor Barton. Se volvió a voltear hacia Javi. —El mundo es un pañuelo.

—Así parece —Javi le contestó. Les pidió a los clientes potenciales detalles sobre sus objetivos, exactamente qué buscaban hacer. el Muro dijo que no habían decidido todavía si construir por completo o renovar la propiedad, de modo que necesitaban reacciones de Javi y Oliver, si quería participar para ayudar con la decisión. Era un asunto de puntos a favor y puntos en contra, no de dinero. Claro, construir del suelo hacia arriba representaba más insumos, en término de finanzas, pero a la larga sería una inversión. O'Keefe Financial Services podía ocupar dos o más pisos y alquilar el resto del edificio si se decidían tomar esa ruta. Por el momento tenían alquilados los primeros tres pisos y ocupaban el cuarto, pero estaban expandiendo. Un solo piso no sería suficiente. De hecho, ya estaban al borde del hacinamiento. Podían renovar y cancelar los contratos de alquiler de los inquilinos de los primeros pisos, pero eso tomaba tiempo. Entonces, con todos los enredos legales para pagarles a esos inquilinos y que se fueran, etcétera, podía terminar costando lo mismo que construir un edificio nuevo. No era la mejor opción, pero era una. El señor Barton era el oficial financiero principal; para fines del proyecto, él se ocuparía del lado económico y él, el principal de la firma, supervisaría el proyecto en sí.

—Si vamos con todos los cañones, vamos a necesitar servicios de arquitectura, también —dijo el Muro, mirando a Javi. —Usted, ¿es arquitecto?

—Esa fue mi preparación secundaria en la universidad. He servido de asesor en proyectos de arquitectura, pero no, no es mi tipo de trabajo principal.

—Si quiere asesorar en esto, también, le damos la bienvenida —dijo el Muro.

—Señor O'Keefe, vamos... —dijo Javi antes de que el Muro lo interrumpiera.

—Por favor, llámeme Walter. O Walt, mejor todavía.

—Gracias, señor... Walt —dijo Javi. —Me puede llamar Javier. O mejor Javi, como todos me llaman. Vamos a hablar sobre horarios y expectativas. No hemos decidido todavía si este tipo de proyecto es uno que deseemos aceptar.

Oliver le dio una mirada severa del otro lado de la mesa. ¿Qué demonios estaba diciendo?, decía la mirada sin gestos ni palabras.

—No quiero decir que no lo queramos, pero necesitamos saber qué conlleva el proyecto para determinar si tenemos los recursos para completarlo en el tiempo que ustedes requieran. ¿No te parece, Oliver?

—Oh, sí, definitivamente —Oliver dijo. *Vaya, qué chico más listo*, pareció decirle Oliver con una nueva mirada.

—¡Perfecto! ¿Cuánto tiempo tiene? —preguntó Walt.

Oliver estaba a punto de decir algo que Javi interpretó, si conocía en algo a Oliver, equivaldría a "todo el que necesiten". —Una hora.

—De acuerdo —Walt dijo. Miró al señor Barton, quien asintió. —Pero podemos continuar esta conversación en otro momento, ¿verdad?

—Por supuesto, Walt —le respondió Javi. —Esto es solamente una sesión exploratoria, según lo veo. Va a ser imposible discutir toda la información que ambos necesitamos nada más que de sentarnos aquí un rato o ni siquiera reuniéndonos dos o tres veces más. Este proyecto me suena a un esfuerzo de peso.

—¡Perfecto! —dijo Walt. —Empecemos.

Walt hablaba, el señor Barton hacía preguntas y sugerencias. Oliver preguntaba, Javi comentaba, preguntaba y proponía. A las cinco y media dijo que se tenía que excusar.

—Estamos más que interesados en este proyecto, Walt, Nada más de oírlo me doy cuenta de que tenemos los recursos y la pericia para ser socios en el proyecto. Estoy feliz de que viniera a nosotros con la propuesta —Javi dijo.

—¿Cuándo nos reunimos de nuevo? —Walt preguntó.

—Lo dejo en las manos capaces de Javi —Oliver respondió. —Él habla por la empresa. Lo que ustedes decidan, puede estar seguro de que yo lo respaldo al cien por ciento.

—¿Cómo está tu horario, Javi? —preguntó Walt.

—No tengo mi cuaderno de citas encima, pero hagamos esto. Mañana dígale a su secretaria que me llame y podemos acordar lo que sea más conveniente para los dos.

—Conmigo no hay problema —dijo Walt.

—Gracias por concedernos tu tiempo —le dijo a Javi el señor Barton, ofreciendo la mano para que la estrechara. Javi pensó que durante la discusión el señor Barton se había confundido con las cortinas, en la mayor parte. Tenía el presentimiento de que el señor Barton no era más que el cuentafrijoles sin más que aportar a O'Keefe Financial.

—Me alegro mucho de que nos hayamos encontrado otra vez —Walt le dijo a Javi antes de irse en direcciones contrarias, estrechándole la mano.

—La casualidad trabaja en modos misteriosos —Javi le dijo. Era posible que se equivocara, pero sentía que Walt no encontraba la manera de soltarle la mano. Trató de retirarla. Al fin, lograron despedirse.

Cuando Gabriel y él cortaban vegetales para hervirlos, plato secundario para el salmón al horno, Javi mencionó el incidente.

—¿Walt O'Keefe, el de la línea de defensa de los 49ers? —preguntó Gabriel. Javi confirmó. —Dicen que es gay.

—¿Quién lo dice?

—En la calle. Y en la universidad. No sé si está fuera del armario, pero los rumores andan por ahí —dijo Gabriel. —¿Crees que le atraes? Te podría ir mucho peor —Gabriel añadió con una carcajada.

—Si anduviera buscando eso —respondió Javi. Echó el brécol y las zanahorias en la olla de agua hirviendo.

—A lo mejor deberías. Dios sabe que has estado solo por mucho tiempo. Eres casi virgen, ¿sabes?

—Si fuera posible, sí, creo que sí —Javi dijo. Los dos rieron.

Dos compañeros de Gabriel venían a trabajar en un proyecto para una clase de historia, algo sobre Europa en la posguerra y la intervención de Estados Unidos. Iban a producir una grabación de un reportaje sobre la reconstrucción de Europa. Ya tenían el guion. Uno de los muchachos venía con una grabadora de cartucho. Gabriel le preguntó a Javi si podían usar el estudio, donde había silencio y la grabación saldría mejor.

—No tienes que pedir permiso, Gabriel. Solamente déjame saber por cortesía, no porque necesites autorización.

—Gracias, Papá.

Javi se sentía como pavo real cuando Gabriel lo llamaba así.

—Habla Walt O'Keefe —dijo la voz al otro lado de la línea. —Espero que te acuerdes de mí.

Javi se rio. —Esperaba que fuera la secretaria.

—¿Para qué dejar a la servidumbre encargarse de los asuntos importantes?

—Ya sabrás lo que haces —contestó Javi.

Walt quería saber si Javi estaba disponible para almorzar. Javi le dijo que dependía de dónde: su horario estaba muy comprometido. Tendría que ser en un lugar cerca a BEA, que le daba tiempo nada más que para almorzar y regresar de prisa. Acordaron encontrarse en una taberna a una cuadra de BEA.

—Por favor, trae todos los detalles que creas que pueden ser necesarios para el proyecto. Digo, si seguimos adelante —sugirió Javi.

—De acuerdo.

Se encontraron a la una frente a la taberna y tomaron una cabina hacia el fondo.

—¡Hey! —dijo el mesero. —Hace tiempo que no lo veo.

—¡Es verdad! He estado demasiado ocupado para andar por el circuito gastronómico —dijo Javi, sonriendo. —Un placer saludarte, Caleb.

—Igual. —¿Con qué aperitivo comenzamos?

—No, para mí, lo de siempre. No tengo mucho tiempo —le dijo Javi.

El mesero miró hacia Walt, que le dijo: —No sé qué tienen. El menú, por favor.

Lo trajo Caleb. Javi notó que Walt no había traído nada de notas. ¿Lo tendría todo en la cabeza? Éste era el hombre más organizado que había conocido o iba a improvisar una junta de negocios de la nada.

—¿Cuánto llevas viviendo en la ciudad?

—Casi cinco años —Javi replicó.

—¿Viniste de Pittsburgh? —Walt quería saber. Javi le explicó que había regresado a Boston después de estudios posgraduados, pero solamente por un tiempo.

—No puedes imaginarte lo sorprendido que quedé cuando te vi ayer. Felizmente, por supuesto.

—Sí, qué sorpresa, ¿verdad?

—¿Te mudaste acá con la familia o...? —Walt preguntó antes de que lo interrumpiera Javi.

—Soy soltero.

—¿Cómo así, un tipo bien parecido como tú? Me imaginaba que las tendrías en caravana persiguiéndote —Walt observó.

Javi rio. —Si las tengo, no se dejan ver. Compartimos una casa mi hijo y yo.

—¿Divorciado?

—No precisamente. Lo adopté. Está estudiando en la estatal este año. Quiere ser ingeniero mecánico —aclaró Javi.

El mesero regresó. —¿Ya decidió? —le preguntó a Walt.

—Ni he visto el menú. Deme un par de minutos, por favor —Walt respondió. Cuando el mesero dio vuelta Walt le dijo a Javi: —Tu hijo ha tenido una gran inspiración en casa, de seguro.

—Eso prefiero pensar —dijo Javi. Pausó. Señaló hacia el menú. —Tal vez deberías mirar el menú. El mesero se va a enfadar. Lo conozco. Y ya no tenemos mucho tiempo.

—De acuerdo —dijo Walt. Le echó un vistazo somero al menú y le hizo seña al mesero. Pidió un sándwich club, sin mayonesa ni papitas fritas y un vaso de agua.

El mesero dejó de anotar el pedido y lo miró con gesto de enojo. —Preferimos que pida otra bebida. Por la sequía, ya sabe.

—De acuerdo. Una Fresca, entonces. En vaso, sin hielo.

Caleb le dio las gracias, recogió el menú y se fue.

—¿Qué tal tú? ¿Tienes hijos? —preguntó Javi por tener algo de que hablar, porque era ya obvio que no se trataba de un almuerzo de negocios.

—No. No tengo esposa tampoco. NI novia —le dijo Walt. —Mis padres murieron. Tengo un hermano que vive en Alemania desde que se licenció del ejército. No he visto a Alan hace años. Nunca fuimos muy unidos.

—Ah. Creo que tenemos algo en común en ese sentido —Javi dijo. —Hermana, no hermano.

—Entiendo. Creo que tenemos más de eso en común.

Javi ignoró el comentario. —¿Has pensado en lo que discutimos ayer? ¿Qué otras ideas tienes de las que podemos hablar?

—No, no puedo decir que lo haya hecho. Espero que eso no sea problema —Walt contestó.

—No, en realidad, no. El proyecto es tuyo. Necesitas tiempo para examinar las variables. No hay que tener prisa —le contestó Javi. —El único problema puede surgir más tarde, si tomo otro proyecto que me quite el tiempo que pudiera dedicarle a éste.

—De acuerdo. Me pareció que por el momento podíamos tratar de conocernos mejor. Ya sabes, ver desde qué perspectiva viene cada uno, establecer una base de familiaridad. He encontrado que ayuda en acuerdos de negocios.

—Bien, pero recuerda que en algún momento tendremos que conocer el proyecto mejor de lo que nos conocemos nosotros —Javi aclaró.

—¿Por qué la distinción?

—Porque en este momento eres el cliente y yo represento a la empresa que piensas contratar. Oliver querrá saber cómo van las negociaciones —explicó Javi.

—De acuerdo.

Llegó Caleb con los platos. Hablaron sobre la experiencia de Javi, los rasgos generales de BayToro, su éxito mundial, su aplicabilidad para un proyecto como el de O'Keefe Financial. Walt explicó que mientras todavía jugaba fútbol profesional tomaba clases en primavera y verano en administración de empresas. Llevaba una vida muy ahorrativa, habría quien decía, pero no le molestaba. Cuando dejó el fútbol se fue a Stanford de tiempo completo y terminó la maestría en administración, especializada en contabilidad. Fue a trabajar para una compañía que comenzaba operaciones y se dio cuenta de que no usaban su talento para nada. Era mayormente una rareza, el ex futbolista que la empresa usaba para promoverse y en relaciones públicas. No estuvo mucho tiempo con ellos. Fue a otro lugar de pronosticador financiero. Mientras tanto se preparó para los exámenes de contador público autorizado. Los aprobó. Entonces Claude Barton vino donde él con una propuesta para un negocio de servicios financieros para el que Claude tenía buenos contactos. Claude había trabajado con el Bank of America, TransAmerica, el Banco Mundial. Conocía a mucha gente. Para levantar la compañía en un período corto de tiempo, se dedicó a promover el negocio. Tuvieron mucho éxito.

—Claude no es una persona muy sociable. Ya debes haberlo notado —Walt dijo. Javi no hizo comentarios. —Pero tiene una agudeza increíble, brillante, para el negocio de las inversiones y opera en el fondo sin llamar la atención. Perdió a su esposa a causa de cáncer hace dos años. Desde entonces se ha puesto más huraño, pero todavía lo da todo. Se especializó en economía en la Universidad de Chicago y luego hizo estudios posgraduados en la Escuela de Economía de Londres. Cuando regresó a Estados Unidos estudió por algún tiempo en la Universidad Columbia. En algunos años fue uno de los candidatos más mencionados para la Junta Federal de la Reserva.

—Parece que entre ustedes dos hay un tesoro de conocimiento y talento —dijo Javi.

—Tratamos de llegar a algo.

Se había terminado la hora. Al final del almuerzo de negocios donde no se discutió el negocio, Javi no sabía nada más de lo que sabía al final de la sesión del día anterior. No obstante, sentado allí al otro lado de la mesa de Walt había comenzado a sentir algo que no había sentido en años. Habría tenido que ser de piedra para no reaccionar. Aquel bigote de brocha invitaba al tacto; le servía de cubierta a unos labios sensuales detrás de los que había una dentadura perfecta. No podía haber quien resistiera a derretirse con aquella sonrisa tan sincera. Decidió actuar con cautela.

Estaban frente a la taberna cuando Walt preguntó:
—¿Crees que podríamos reunirnos alguna noche de éstas para continuar nuestra discusión, digamos, ¿durante la cena?

Empezó a sentirse Javi como la cortejada en una de esas películas donde el romance sale de la sala de la junta de directores.

—No acostumbro a salir a cenar. La noche es mi tiempo para estar con mi hijo y ponerme al día con asuntos tecnológicos. Pero podemos reunirnos para almorzar, a menos que pienses que es mejor que nos reunamos en la oficina, donde estaríamos en un ambiente más apropiado para tratar de negocios.

—De acuerdo, de acuerdo. ¿Me puedes llamar el viernes por la mañana? —Walt preguntó. —Podemos fijar una fecha para reunirnos, entonces. ¿Te parece? A lo mejor puedes reconsiderar lo de la cena para el viernes.

Aunque creyera que era buena idea, el viernes era la noche de El Bandoneón. —No, el viernes no es posible, lo siento. Tengo un compromiso que no puedo deshacer.

—De acuerdo, de acuerdo. Hablemos el viernes por la mañana de todos modos a ver en qué punto estamos.

—Claro, cómo no —respondió Javi.

Se dieron las manos, de nuevo por demasiado tiempo, y se fueron en direcciones opuestas.

El miércoles en la mañana Victoria le notificó que tenía una llamada. Un tal señor O'Keefe. Javi tomó la llamada. Walt quería saludarlo y saber si había algo nuevo.

—Walt, estamos esperando por ti. Hasta que tengamos más información no creo que podamos proseguir con plan alguno —respondió Javi. Ya se estaba poniendo irritante. Mirarlo daba gusto, pero la insistencia apenas sutil no era atractiva.

—Dime, ¿qué te gusta hacer los fines de semana?

Quiso contestar que su pasatiempo favorito los fines de semana era olvidarse del trabajo y disfrutar su vida. —En invierno nos vamos a la sierra a esquiar —. Javi trató de acordarse de la última vez que Gabriel y él habían subido hasta allá: hacía bastante tiempo. Le había enseñado a Gabriel, que al principio estaba horrorizado por la posibilidad de ganar velocidad en las pistas de principiantes. Cuando Javi le ofreció comprarle equipo, Gabriel le dijo que todavía no: no estaba seguro de que fuera algo que le interesara hacer tanto. Javi le demostró cómo frenar colocándose a su lado, pero recordó el método de Javier y sonrió —. Cuando el clima es adecuado, me llevo a mi hijo a pasear por carretera o a escalar montes y dar caminatas —. También se dio cuenta de que hacía bastante tiempo que no hacían esos viajes para explorar la naturaleza. Tal vez ese fin de semana podrían dar uno, si se mantenía el tiempo soleado.

—Nada más preguntaba por curiosidad. A veces invito a algunos amigos a darnos una cerveza y a asar hamburguesas. Si te interesaría, te puedo llamar y decirte cuándo, a ver si puedes unirte al grupo —Walt dijo.

—Muy amable de tu parte, Walt. Gracias. Lo voy a tomar en cuenta —le dijo Javi. No tenía que inventarse un compromiso: el cliente que tenía cita para las nueve y media había llegado. Tenía que organizar planos y otros documentos. Victoria no era tan eficiente como Gabriel en el campo de la organización, por lo menos con los planos. —Hablemos en otro momento. Tengo que excusarme.

—Que sea pronto.

—Seguro. Trabaja con tus planes, para que tengamos algo que discutir —Javi dijo. Cuando salió del despacho le dijo a Victoria: —La próxima vez que llame el señor O'Keefe, toma el mensaje aunque esté yo aquí, por favor.

Walt siguió llamando, Javi siguió preguntándole qué había determinado sobre el proyecto. No, Walt no lo había hecho, pero lo estaba discutiendo con Claude. Entonces se embarcaba en un contrainterrogatorio personal que obligaba a Javi a operar en modo de protección.

—¿Qué pierdes con aceptar una invitación de ese hombre? —le preguntó Gabriel una noche.

—No quiero darle esperanzas.

—¿Por qué no? —. Como Javi no tenía respuesta, Gabriel le preguntó: —¿Te gusta estar solo? —. No era algo en lo que Javi hubiese pensado. Su vida era complicada, pero no por necesidad. Había rellenado su vida con cosas que hacer. Cuando su proyecto del centro juvenil se convirtió en un asunto de familia, cambió el foco de un punto geográfico a otro, algo que había investido de amor en lugar de caridad. Cantaba en el club una vez al mes y tenía las sesiones de ensayo, para las que tenía más tiempo desde que vivían juntos Gabriel y él. En verano tenía el béisbol. Lo que no tenía era alguien con compartir su amor romántico. ¿A causa de qué? No pudo contestarse su propia pregunta.

—Te tengo a ti.

—No es lo mismo. No es bueno para tu salud mental estar tan alejado de tus necesidades emocionales. Y ni hablar de las sexuales. Supongo que tienes de ésas, ¿sí?

—Ya, ya. Eso es demasiado personal —Javi contestó.

—Tengo derecho. Me hiciste tu hijo. Ahora puedo hacerte preguntas sobre esos asuntos, igual que puedes preguntarme tú a mí.

Javi lo miró. —¿Quieres que te pregunte?

—Sí, claro que quiero. Quiero que me digas de un muchacho. Sabes quién, uno de los que vino a hacer la grabación, el que llevaba los vaqueros bien apretaditos —explicó Gabriel. Pausó para masticar un trocito de la manzana que se venía comiendo después de la cena. — No sé si estamos en la misma onda. De verdad me gusta, pero creo que hasta ahí va a llegar.

Javi le preguntó a Gabriel si el joven le había dado alguna indicación de interés mutuo. No, no lo había hecho. Gabriel lo había visto por el campus con un par de muchachas. No sabía de qué se trataba eso.

—Dale tiempo —dijo Javi.

—Si le doy más tiempo ya me habré ido.

—Entonces no va a importar —Javi respondió.

—De cierta forma sí importaría. Nunca me he enamorado de ningún hombre, si entiendes lo que quiero decir —Gabriel dijo.

Con Javi no había problema.

—Todavía no me has dicho si te gusta estar solo —dijo Gabriel. Escupió en la mano una semilla de manzana.

—Ya tengo la costumbre. Ya sé que eso no quiere decir que me guste.

35 Interviene el prejuicio

Gabriel acabó el trimestre a fines de junio. Estaba preocupado por sus calificaciones. Una de las clases estaba dudosa, aunque estaba bastante seguro de que recibiría una A. O tal vez fuera la fuerza de los deseos. Ea, Señor, ¿para qué preocuparse ahora? ¿Qué remediaba? ¿La suerte? Echada.

Por el verano había retomado su trabajo en BEA. Javi creyó que tendría conflictos con Victoria; inicialmente trató de mantenerlos separados. No se tardó Gabriel en decirle a Victoria cómo prefería Javi las cosas y cómo no le gustaban, cómo quería que se organizaran los planos, cómo catalogar los planos y los croquis. Empezaron a almorzar juntos. Una noche le dijo a Javi que se llevaba la Harley para darle un paseo a Victoria, nada lejos. Entonces la preocupación de Javi cambió, de la falta de compatibilidad en el trabajo a la posibilidad de que Victoria confundiera las intenciones de Gabriel con un interés romántico. Javi le preguntó a Gabriel si le había dicho a Victoria sobre su orientación sexual. No, nada. No era asunto suyo. —Déjame decirte sobre los pajaritos gay y las abejas hetero —Javi le dijo. Si no quería que Victoria se llevara la impresión equivocada, tenía que cortar un tanto las salidas y las citas inocentes a películas y conciertos. No era justo para ella. Un día empezaría a preguntase por qué nunca la besaba ni intentaba ponerse fresco. Si era lo suficientemente lista, ya se daría cuenta sin ayuda. Si quería cegarse a la posibilidad por tratarse de un muchacho guapo, masculino y fornido. seguiría persistiendo. No iba a terminar bien.

Gabriel le dio las gracias a Javi por el consejo. Lo siguió. Empezó a poner distancia entre Victoria y él poco a poco.

—¿Gabriel tiene novia? —Victoria le preguntó a Javi.

—No, que yo le conozca ninguna.

—Es tan inteligente y lindo —dijo Victoria mientras organizaba unos rollos de croquis en un estante de esquina. —Cualquier muchacha querría tenerlo de caballero visitante.

—Fuera de alguna película vieja o de *El zoológico de cristal*, Javi nunca había oído el término para referirse a un novio. Estuvo a punto de reírse, pero se dio cuenta de la sinceridad de Victoria. Se cubrió la boca para evitar que Victoria se percatara de su esfuerzo por mantenerla cerrada.

—Sí, es muy inteligente —Javi le dijo. —No sé si lo sepas, pero está muy concentrado en sus estudios. No va a permitir que nada interfiera con sus planes. Lo admiro mucho por eso. No creo que entre sus planes ahora esté tener novia. A lo mejor cuando termine sus estudios.

—Yo lo esperaría si él demostrara algún interés —. Javi permaneció en silencio.

El cuatro de julio caía en domingo ese año. Esos Chicos no jugaban los fines de semana de día feriado del Día de Recordación al Día del Trabajo. Javi estaba libre para llevar a Gabriel a celebrar sus calificaciones. Igual que el trimestre anterior, puras Aes. Javi había llamado a Jerry y Marvin—autoproclamados padrinos de Gabriel—, Stewart y Eddie, las bellas sureñas— como se conocían Houston y Purvis—, Dean, Frederick y Andrew—los únicos solteros—, Dean—una autodenominada víctima de un divorcio feo del hijo de puta infiel de Kevin Royce—, casi todos jugadores del equipo de béisbol. Dean y Andrew eran fanáticos que habían asumido el papel de porristas del equipo, que añadía un toque de picardía a los partidos y escandalizaban a los jugadores de los demás equipos. Excepto Eddie, que estaba en Jefferson City viendo a la madre enferma, todos aceptaron la invitación para cenar en el P.M. la noche del sábado, el tercer día del mes. Hubiese sido la noche anterior, pero era el primer viernes del mes y tenía que irse a El Bandoneón. La orquesta había contratado a un nuevo bandoneonista para remplazar a Laureano, que se había ido de regreso a Mendoza, Argentina. Che Mansilla, el músico nuevo, era un virtuoso tal que Javi prefería escucharlo y no cantar. Pero sí cantó y, como de costumbre, acabó. Hasta tuvo que cantar dos adicionales, temiendo que lo atacaran si no lo hacía.

Tuvieron que esperar cerca de una hora por una mesa.

—Si no fueran tantos, ya estarían comiendo —dijo Alex, el anfitrión que tomaba los nombres.

—¡Amor! —dijo Andrew. —¿No has oído ese refrán gay antiguo, que mientras más somos, más se goza? —. Eso causó risas entre los demás que también esperaban por una mesa.

Al piano estaba Jules. Javi fue hasta allí y se detuvo en la parte posterior del piano de cola. Jules levantó los ojos del teclado, lo vio, sonrió y le guiñó. A menudo, tarde en la noche algunos se agrupaban alrededor del piano y, remojados en licor, hacían coro sin importarles mucho la calidad de las voces ni la clave. Casi todas las canciones eran versiones procaces de obras musicales de Broadway. Las de *Mame* eran objeto de sustituciones de creatividad. "Si entrara en mi vida de nuevo" era una de las favoritas, al igual que "Hasta que llegaste", de *The Music Man*.

Jules le indicó a Javi con el dedo que se acercara. Él también se había hecho fanático del equipo de béisbol, un deporte que había afirmado odiar hasta que alguien le dijo que fuera a ver a Javi jugar. —¡No quiero ser de ningún hombre que no sea ése! —Jules, que hacía tiempo había dejado de creer en dietas ni ningún tipo de restricción alimentaria, gritó desde los bancos y chillaba descontrolado cuando le tocaba a Javi el turno al bate. Eso provocaba mucha risa y falsos desmayos entre los asistentes. Al terminar el partido, cuando el equipo contrario venía a estrechar manos, Jules se abría paso entre la multitud, gritando: "¡Melissa, aléjate de ese hombre, que yo lo vi primero!" Javi se reía con los demás. Jules lo besaba en la mejilla. "Bestia machota!", decía.

Cuando Javi se acercó lo suficiente al lado del teclado, Jules lo haló hacia él y lo besó en los labios. —Ahí está. ¡Ahora llevas la marca del amor! Es como la cruz del miércoles de ceniza, pero menos trágica —le dijo Jules. Javi lo abrazó. En algunas ocasiones en que Javi había ido al P.M. a tomarse un trago con algunos de los mismos amigos que lo acompañaban esa noche, si estaba Jules al piano Javi se le acercaba. Jules le preguntaba qué canción quería escuchar y Javi sugería una.

Mientras esperaban por la mesa esta noche, Jules le dijo que tocaría el acompañamiento para lo que Javi quisiera cantar. Javi se rio.

—Sólo canto tangos —Javi dijo.

—¡La única música que no toco! —respondió Jules. —Excepto "El escondite de Hernando" y eso es demasiado Doris Day para mi gusto.

—Deja ver —dijo Javi y calló un momento. —¿Qué tal "La sombra de tu sonrisa"? —. De inmediato

Jules tocó los acordes iniciales. —Medio tono más bajo —le dijo Javi. Jules rectificó. Cuando Javi terminó, el bar entero irrumpió en aplausos; también del comedor venía el ruido de palmas batiendo.

—¡Ahora sí que soy todo tuyo! ¡Tómame aquí mismo! —dijo Jules de pie y con los brazos extendidos.

Los invitados de Javi estaban aún en el área de espera. —¿Qué me dices de "¿Qué piensas hacer el resto de tu vida"?

—Estoy a tu disposición, preciosidad —contestó Jules antes de empezar a tocar la melodía. Javi comenzó a cantar. Javier le había pedido a menudo que la tocara en la guitarra y se la cantara, sentados en la sala. Cuando llegaba a la parte que aludía a lo que deseaba Javier, decía: "Eso mismo es lo que quiero, pasar el resto de mi vida contigo y mi vida contigo es lo único que recordaré de mi vida". Lo decía cada vez que se la cantaba.

Después de morir Javier había tratado de cantar la canción cuando estaba solo, pero nunca podía acabarla, porque la voz se le quebraba y se le ahogaba en llanto. Se quedaba deprimido por el resto del día. Ahora podía cantarla como tributo a Javier más que como recordatorio de su ausencia.

Había llegado al último verso: "Lo único que recordaré de mi vida es toda mi vida contigo", cuando los clientes comenzaron a aplaudir y celebrar, pidiendo que cantara otra. —Tú y yo podríamos hacer bellas melodías juntos —dijo Jules. Javi le contestó que estaba seguro de que podrían y Jules le sopló un beso.

Javi saludó con la mano a dos hombres que levantaban las manos para aplaudir desde la barra, parados en el riel al pie de las banquetas, antes de volver a donde estaban sus amigos, cuando miró dos veces para asegurarse de haber visto a quien creía detrás de él.

—¡Cantas fantástico! —dijo Walt. —¿Es que hay algo que no sepas hacer?

Javi estaba abochornado, con la cara que le ardía. Extendió los brazos para abrazar a Walt, quien correspondió.

—¡Qué bueno encontrarnos aquí! —dijo Javi, todavía abrazado a Walt. Se separó. —Ahora podemos abandonar el disfraz de envenenamiento de testosterona.

—Hace años que no sufro de esa condición. Creo que has sido lento en reconocer las señas. ¿Estás aquí con tu pareja?

—¡Deja de pescar! No hay pareja. Tú, ¿estás aquí con la tuya? —preguntó Javi.

—¿Ahora quién pesca? Nada de pareja, pero esperanzado. Estoy con...

Javi lo interrumpió. —Con clientes gay a quienes sirves de anfitrión, pero tú no eres gay de por sí.

—Oh, no, no, no. Soy un hombre gay que le sirve de anfitrión a amigos maricas. ¿Estás aquí solo?

—Para variar, no —. Javi señaló hacia sus invitados, en el área de espera. Todos saludaron con la mano. —Son mis amigos. Vinimos a una celebración de familia.

—Yo estoy con estos dos amigos —Walt dijo. Los presentó como Sean Palmer y Greg Gervais. Se dieron la mano. Sean le preguntó a Javi si era cantante allí. Javi se rio: solamente estaba allí para hacer el ridículo. Los tres protestaron: que ya quisieran muchos hacer ese ridículo, con esa voz, qué presencia, muy profesional. Walt les explicó que Javi era ingeniero, el inventor de un sistema de control sísmico que la empresa de Walt quería usar cuando construyeran la nueva sede.

—¡Carajo, inteligente, también! Y de seguro tienes a un hombre igual de guapo allá detrás esperándote —dijo Greg.

—Me espera uno guapo, sí, pero nada de lo otro —. Antes de que pudiera explicar lo que quería decir, llamaron a su grupo a la mesa. —Ha sido un verdadero placer —dijo y se dirigió a Walt. —A lo mejor volvemos a vernos.

—Oh, de eso no cabe duda —le dijo Walt, dándole otro abrazo según iban Gabriel y los demás del grupo hacia el comedor.

Algunos minutos más tarde, después que el anfitrión y dos meseros unieron tres mesas y se sentaron, Walt y los dos amigos les pasaron por el lado camino a su mesa, justo detrás de la de Javi. El mesero, en lazo negro, vino donde Javi. —Hola de nuevo, Mick —lo saludó Javi y el mesero reciprocó, llamándolo señor Toro. —Esta es una ocasión muy especial. Javi pidió una botella de champán. —No del barato, Mick.

—Ya sabe que no tenemos champán barato. El de nosotros es barato, pero lo cobran caro —Mick dijo y le siguieron risas.

—Nueve copas. Este joven no tiene edad para ingerir de aquello.

—¡Hey, es mi celebración! —protestó Gabriel. El resto de los hombres estuvo de acuerdo.

—No podemos servirle licor si no tiene edad —Mick dijo.

Javi miró a Gabriel y luego a Mick. —¿Podemos darle un anticipo de los veintiún años? Sólo le faltan dos años.

Mick se rio y luego se puso serio. —No.

—Entonces, hazme el favor. Nos traes diez copas. Me pones dos al frente. Voy a meterme el champán a dos puños. ¿Problema?

—Eso sí es aceptable. Tú tienes edad, como todos sabemos. Puedes metértelo a tres puños, si quieres —le dijo Mick.

—¡Tres puños! Te gustan los retos, ¿verdad? —gritó Andrew del otro lado de la mesa.

—¡Cuidado! —dijo Jerry. —Te puede oír el n-i-ñ-o.

—Sí, tía Mame —respondió Andrew mientras todos excepto Gabriel se reían. Le echó una mirada a Javi, que le dijo que luego le explicaba.

Javi sintió algo cerca por la espalda. Se volteó hacia el lado. Walt había volteado su silla de la posición directamente detrás de Javi y le había puesto la mano en el hombro.

—Perdonen por escuchar, pero, ¿oigo que se trata de una noche especial para ustedes?

—Sí, así es. Mi hijo terminó su primer año de universidad con calificaciones sobresalientes. Pronto se nos va a terminar sus estudios —le explicó Javi.

—¡Le deseo felicidades! —Walt dijo. —¿Cuál es? —. Walt se puso de pie y vino hasta el lado de Javi,

—Él —dijo Javi, señalando a Gabriel, sentado a su derecha. —Gabriel. Gabriel Toro.

Walt le dio la mano. Javi presentó a los demás a la mesa como cliente de BEA.

—Tenía la esperanza de que fuera amigo, pero me conformo con ser cliente —Walt dijo.

—Un amigo cliente —aclaró Javi. —O un cliente amigable.

—¿No es usted Walt O'Keefe? —preguntó Purvis.

—Culpable —Walt dijo, riéndose.

—¿Hemos de suponer que es uno de nosotros, o entró aquí por error cuando iba a casa de su novia? —Marvin preguntó.

Walt soltó una carcajada. —Una vez hubo una chica. No terminó bonito —. Felicitó a Gabriel nuevamente y se disculpó para regresar a su mesa.

Gabriel haló a Javi hacia él para susurrarle. —¿Ése es el tipo? —. Javi asintió. —¡Demonios, Papá! Tiene mi voto.

—¿De verdad necesitas un padrastro con tanta urgencia? —Javi le preguntó con carcajadas.

—¿Dos machotes como ustedes dos? Tendría algo de qué jactarme. Todos sabrían de dónde salí así de guapo... En serio, se ve agradable. Creo que está tratando lo que más pueda por no babearse encima por ti.

—Eso es una vulgaridad —le dijo Javi. —Pero acertado —. Los dos se rieron.

—¿Qué traman ustedes dos allá atrás? —Frederick gritó.

Javi lo despachó con un gesto de la mano. —Manténganse sintonizados.

Cuando llegaron las copas Javi sirvió champán en las dos copas frente a él y puso una frente a Gabriel. Javi brindó por su hijo, por logros presentes y futuros. Dos horas más tarde el local estaba casi vacío y solamente quedaba uno que otro además de los de su mesa. Frederick comentó que tal vez habían asustado a los demás con su escándalo. Se pusieron de pie para salir. Walt también. Les puso los brazos alrededor de los hombros a Javi y Gabriel.

—Joven —le dijo a Gabriel —, no sé qué ha hecho para ganarse la bendición de un padre como éste —. Gabriel estuvo de acuerdo. Walt se dirigió a Javi. —Si el orgullo hiciera la cabeza estallar, la tuya estaría ya en pedazos por el salón —. Javi también estuvo de acuerdo. Walt bajó los brazos. Le dijo a Javi: —Mira, voy a invitar a un grupo de amigos a casa el lunes para una parrillada. Me encantaría que vinieran Gabriel y tú.

Javi miró a Gabriel. Sin palabras le decía que le gustaría ir, pero solamente si estaba bien con Gabriel y que también viniera.

—No sé si esté libre. Hice planes para ir con algunos amigos de la universidad a la marina a ver los fuegos artificiales —dijo Gabriel.

—Walt, permíteme verificar mi calendario. ¿Estaría bien si te llamo mañana para confirmar? —le preguntó Javi.

—Naturalmente —replicó Walt. Se sacó una tarjeta comercial de un estuche en el bolsillo de la chaqueta y escribió en ella el número de teléfono de la casa. —Espero que puedan ir. ¡Sería estupendo! Estoy seguro de que se vas a divertir.

Cuando estaban en el carro, Javi le preguntó a Gabriel sobre el plan de los fuegos artificiales del lunes.

—No estoy seguro de que sea yo a quien él quiere ver allí. Lo dijo por cortesía. Pero está bien por mí, de verdad. Si quieres ir, ve. Me daría la oportunidad de caminar por la casa desnudo.

—Mi hijo, el exhibicionista de armario.

—Es eso o conseguir un trabajo en el club de striptease —dijo Gabriel.

—Camina desnudo por la casa.

Javi tuvo dificultad en encontrar la casa. Estaba en una de esas calles laterales escondidas por las que se conocían ciertos vecindarios de la ciudad, una especie de paseo angosto que era en realidad una calle, pero a quien no lo sospechara y no tuviera algo a que ir por allí, parecía más un callejón sin salida. Estacionó el carro en la calle que se intersecaba con la de la casa y subió el declive. Como siempre hacía antes de entrar a una casa, examinó su arquitectura, se imaginaba cómo la habría construido él, qué cambios le haría o si la hubiese derribado al suelo para empezarla de nuevo. Ésta no estaba mal. Se podía vivir en ella. Una vez subió hasta el último escalón pudo ver parte de la bahía más allá de los pinos que definían el borde del campo de golf en el lado este de la base militar.

—¡Qué alegría que vinieras! —le dijo Walt de bienvenida. Le puso los brazos por los hombros y lo condujo hasta la parte trasera de la casa, pasando por el corredor que se abría por una puerta corrediza a una plataforma amplia varios metros sobre el patio de atrás. Había una docena de hombres sentados o reclinados contra la baranda de la plataforma, que tenía escalones contra la pared de la casa, para ir al nivel bajo..

Walt presentó a Javi como Javier Toro. Javi saludó a Sean, que había conocido en el P.M. La mitad de los reunidos parecía de la línea de ofensa de un partido de fútbol; los demás, jugadores de rugby que no se habían cuidado bien o que no jugaban nada, pero tampoco se habían cuidado. Uno llevaba una camisa perfecta para ese deporte. Después de las presentaciones Walt le preguntó a Javi qué deseaba tomar—"Agua mineral, gracias, si tienes"—y Walt le respondió: —Si no tuviera, salía como un celaje a buscarte —. Walt señaló hacia los platos de hors d'oeuvres en una mesa de centro, alrededor de la que había varios sentados en butacones acojinados de hierro forjado.

—Siéntete en libertad de entrar a tomar cualquier otra bebida que desees. Todo está en la cocina, la puerta a tu derecha tan pronto entras —Walt le dijo. Javi se sentó en una de las butacas. —Hey, Doug, Javi es un cantante increíble. Trae la guitarra y apago a Gloria Gaynor.

Doug miró hacia Javi. —¡Con gusto! Hagámoslo tan pronto comamos —dijo Doug. Se puso las manos alrededor de la boca, imitando un megáfono, y cuando Walt ya entraba a la casa le gritó: —¡Indirecta, indirecta!

Walt volvió a salir con un vaso para Javi. Uno de los invitados se le acercó desde la baranda. Se paró al lado de Walt y le colgó un brazo en el hombro.

La conversación fue desde la campaña para alcalde a la huelga de béisbol profesional—"Despídete del resto de la temporada", dijo el hombre en la camisa de rugby—a uno que se parecía al fabuloso Harrison Ford en *Saqueadores del arca perdida*.

—¿Quién ha seguido la noticia ésta sobre los cinco hombres gay en Los Ángeles con un caso extraño de pulmonía? —preguntó Greg, el otro hombre que había estado con Walt en el P.M. y al que Javi había saludado poco después de sentarse.

—Yo no le presto atención a esas sandeces —dijo uno sentado a la izquierda de Javi. —Son estrategias de la ultraderecha cristiana. Ahora todo el mundo nos va a temer. Los portadores de una nueva plaga.

Nadie más había oído nada más después de un par de noches en las noticias de televisión. Javi no tenía idea alguna de lo que hablaban.

Walt había vuelto a entrar a la casa. El hombre que tenía el brazo encolado a su hombro se recostó contra la puerta.

—Probablemente sea algo que trajeron esos chinos sucios —dijo el hombre.

—¿En Los Ángeles? No tienen tantos chinos— dijo el hombre de la camisa de rugby.

Volvió a salir Walt. Se paró por la puerta, en el lado opuesto al hombre que había estado junto a él. En segundos el hombre dio algunos pasos y de nuevo le puso el brazo alrededor de los hombres a Walt. Éste se sacudió imperceptiblemente y el hombre retiró el brazo, pero casi de inmediato se lo colgó por el mismo hombro.

—Asco, están dondequiera, igual que los *spics* — dijo el hombre con el aparente problema de equilibrio.

—Creería que los negros asquerosos, pero aquí hay más *spics* que esos negros.

—¿Por qué tendría que ser una minoría racial? —Javi preguntó. —Puede ser un ucraniano o lituano. Sufren de la mayor incidencia de tuberculosis en Europa y son más blancos que la nieve. Y ya sabemos que Reagan quiere que emigren más blancos a Estados Unidos.

—Para añadirle a la recesión. Y enfermedades raras —dijo alguien desde la baranda.

—Lo dudo. Apuesto a que es un *spic*, dijo el hombre al lado de Walt. —Gente cochina de países antihigiénicos como México. ¿Has estado en Tijuana?

—¿Has estado alguna vez en Kentucky? ¿En las Apalaches? —preguntó Javi. Javier y él habían ido por esa región por carretera. —Increíble, que eso sea parte de los Estados Unidos en el siglo veinte —Javi dijo. —Perdieron todas las batallas contra la pobreza, la insalubridad y la ignorancia.

—Esos son americanos. Americanos blancos. ¿No han visto esas maquinitas chingonas color marrón vendiéndose por los muelles? —preguntó el hombre al lado de Walt

—Yo he visto a muchos jovencitos blancos desafortunados por allí haciendo lo mismo —Javi dijo.

Nadie más hacía comentarios. Walt se veía incómodo con la vuelta que había tomado la conversación, pero no dijo nada.

—Es para lo único que sirven esos *spics* maricones. Robar y vender el culo —dijo el mismo hombre.

Walt calladamente se había retirado del hombre y había caminado hasta pararse detrás de Javi. Le colocó las manos en los hombros, se inclinó hacia el frente y le preguntó si quería algo más de tomar. —Estoy bien con esto, gracias —dijo Javi, levantando el vaso de agua.

Walt le dio palmadas en los hombros y se paró en el lado opuesto de la plataforma, de frente a Javi.

—Parece que tuviste una mala experiencia con uno de esos —Sean dijo. —¿Quieres que hablemos sobre eso? Te puedo dar una sesión gratis de terapia emocional fuera de mi despacho —. Varios comenzaron a reír.

—Yo no trasteo con enchiladas. No toco carbones, tampoco —dijo el hombre. —Buscones. Mojados y frijoleros, que vienen aquí a desplumarnos de una manera u otra. Buscones y mineros de oro. Los ves en las discotecas, pendientes de los tipos que parece que tienen dinero. Me dan náusea.

Javi miró a Walt, callado y obviamente molesto. —Yo soy un *spic* —dijo Javi. —No mojado. O frijolero. Ni enchilada. Nací ciudadano de Estados Unidos. Soy un profesional, igual que muchas de esas personas que llama buscones y ladrones —. Con la excepción de un avión y el zumbido del tráfico cerca, no se oía ruido alguno. —Le puedo asegurar que no me dedico a busconear. Y no tengo que minar oro. Soy dueño de la mina.

La mayoría de los demás invitados empezó a ulular y a aplaudir riéndose. "¡Bravo!", gritó Greg, que se había puesto de pie y palmoteaba. Walt hizo un gesto de aprobación con el pulgar en círculo contra la punta d el dedo índice. El hombre se quedó plantado en el mismo lugar con la cara del color de una guinda.

—Con el permiso —dijo Javi. Se puso de pie y fue hacia Walt. —¿Me puedes enseñar por donde voy al baño?

—Claro, con todo gusto —dijo Walt. Javi lo siguió por el corredor.

—Buena selección de amigos —dijo Javi. —¿Los invitaste para que me ofendieran?

—Ése no es mi amigo —protestó Walt. —Es el compañero de apartamento de Christopher. Es el hombre mayor en la camisa roja. Invité a Christopher, pero como no tiene carro, cuando lo invitan a algún lugar tiene que arrastrar esa basura. Te pido disculpas por él.

Estaban frente a la puerta del baño. —No tienes que excusarlo. Algo lo hace sentir amenazado, supongo. Ha estado marcando su territorio desde que llegué.

—Este territorio no le pertenece, así que no tiene por qué marcarlo.

—Qué curioso —le dijo Javi con una risita, la mano en la perilla de la puerta. —Tienes un olor decididamente a orines rancios encima.

—Ingenioso, pero te equivocas, Javi. Ni en un millón de años. Eso no es mi tipo. Se huele la defunción inminente de Christopher, que tiene un padecimiento renal y está tratando de asegurar el próximo boleto de almuerzo.

—Bueno, como sea. Perdona, que no puedo esperar —dijo Javi. Cerró la puerta. Oyó alejarse los pasos de Walt. Cuando estuvo seguro de que no estaba al otro lado de la puerta, la abrió con cuidado. La puerta del frente estaba a la derecha, al final de un pasillo que daba a un salón de estar o a una oficina. Abrió la puerta y salió. Sin importar cómo se viera mientras avanzaba cuesta abajo para llegar al carro, estaba lleno de furia por el silencio de Walt, que no lo defendió en su propia casa. No tenía que poncharle la cara al racista xenófobo, pero pudo pararlo antes de que llegara al punto que llegó.

Entró a la casa desde el patio de atrás. Ante el fregadero estaba Gabriel, completamente desnudo y sirviéndose un vaso de jugo de arándano.

—¡Gabriel! ¿Qué demonios haces!

—¡Oh, lo siento, lo siento! ¡No te esperaba! —decía mientras se cubría la ingle con la mano, pero no lo suficiente para cubrir toda el área, que era imposible tapar con una mano, y salió corriendo. Javi fue hasta la encimera. Puso la botella de jugo en el refrigerador y se sentó a la mesa. Algunos minutos más tarde Gabriel regresó, vestido con una camiseta y pantalones de gimnasia.

—No bromeabas cuando dijiste que ibas a andar por la casa desnudo, veo. Mejor dicho, vi.

—Disculpa. No te esperaba tan pronto. ¿Qué pasó? ¿Aburrido?

—Algo. No era mi clase de gente —respondió Javi. —Ahí está tu jugo —añadió, señalando al vaso. Gabriel tomó el vaso y se sentó. Javi se levantó para servirse una taza de café de la jarra que había estado allí desde el desayuno.

—Algo pasó. ¿Me dices qué? —preguntó Gabriel.

—¿Decirte qué?

—Lo que pasó allá —contestó Gabriel. Javi puso la taza de café a calentar en el horno de microondas.

—Nada, un poco desanimado. Debimos ir al centro a ver a los turistas yendo a restaurantes. Ya sabes, haciendo cola para una cena de langosta que pudieron comerse en su casa. Algo fresco. Alguien debería decirle a esa gente que no hay langosta en la bahía aquí. Probablemente vino en el mismo avión que ellos de Nueva Jersey.

—Algo no anda bien. Estás hablando demasiado, creyéndote que se me va a olvidar la pregunta —Gabriel le dijo.

—Nada pasó, Gabriel. Fue solamente una pérdida de tiempo que pude pasar contigo.

Gabriel dejó de preguntar. —Todavía podemos ir al centro.

—No quiero tener que soportar esas multitudes. Podemos sentarnos en el balcón a ver los fuegos artificiales del fuerte, al otro lado de la bahía.

—Si quieres —respondió Gabriel.

Sonó el timbre del teléfono. Gabriel lo contestó en la extensión de la cocina.

—¿Quién...? Un momento, por favor —dijo Gabriel. Cubrió la bocina. —Tu amiguísimo. el Muro.

—Dile que creíste que estaba en casa, pero que te equivocaste.

Gabriel pasó el mensaje. —Bueno, sí, le digo —. Colgó. —¿Qué le hiciste a ese hombre?

—¿De qué hablas?

—Suena como si le hubiesen dicho que o paga el rescate o le van a liquidar a toda la familia —le dijo Gabriel.

—Yo no hice nada. No estoy de humor para recibir llamadas suyas.

—Aquí hay gato encerrado. No soy tonto. Y tú no quieres hablar de lo que pasa —le respondió Gabriel. — Siempre me dices que confíe en ti, pero eso parece que no funciona del lado tuyo al mío. Me siento herido.

La ira que Javi había contenido en su interior pudo zafarse y surgió, una ola que se alzó a la vez que recordaba lo que había sucedido. Le dijo a Gabriel.

—¿Y te estás desquitando con Walt? ¿Por qué es él responsable?

—Porque pasó en su casa. Porque no hizo nada más que formar la rosca con los dedos —Javi contestó.

—No parece que él comparta esa opinión de ti —le dijo Gabriel.

—De verdad que no me importa, Gabriel. Quizás es que todo ocurrió en su presencia. Culpable por asociación. Lo que sea, en este momento no puedo separar el prejuicio de ese hombre de Walt. Comparta o no las ideas de ese hombre, no me importan. Es demasiado pronto para ser racional.

—¡Qué revelación! ¡Eres humano después de todo! —dijo Gabriel desternillado de la risa. Alcanzó a Javi, le echó el brazo por la espalda y lo apretó contra él. —Tienes razón. Tienes derecho a tu sinrazón hasta que se te enfríe la cabeza.

Volvió a timbrar el teléfono.

—¿Contesto? —Gabriel preguntó sin levantarse.

—Deja que lo grabe el contestador.

Oyeron el timbre cada media hora. El contestador tomó tres de las llamadas. Las demás eran colgadas. Javi calentó el pollo asado de la noche anterior e improvisó una salsa de naranja mientras Gabriel mezclaba la ensalada de espinaca con pedazos de pimiento dulce rojo, semillas de calabaza y almendras. Echó los ingredientes de una vinagreta en la botella de aderezo y la puso sobre la mesa.

Cuando el timbre del teléfono sonó otra vez durante la cena, Javi se levantó y despegó la base y todas las extensiones en la casa.

Se sirvieron platos de requesón con fresas y moras de postre y lavaron los platos. Javi sugirió que salieran al balcón. Dentro de poco comenzarían los fuegos artificiales. Los vecinos, los Meyerson, estaban en sillas plegadizas en el césped. Javi notó las botellas de vino sobre las neveras de acampar frente a la fila de sillas. Javi saludó, ellos devolvieron el saludo con la mano. Les preguntó cómo estaban y los Meyerson respondieron que bien; se desearon felices fiestas de parte y parte.

El cielo nocturno se alumbró con la pirotecnia. De verdad había sido espectacular. El condado había dispuesto todo para que dispararan hacia arriba y cayeran en la bahía, alejadas de las laderas con la vegetación seca. No caía una gota de lluvia en más de cuatro meses.

Javi se fue a la cama deseando bloquear la escena de la tarde. Lo deseó en vano. En algún momento antes de la alborada se le distrajeron los pensamientos con un ruido que no oía hacía tiempo. Se levantó y miró incrédulo por la ventana. El chaparrón era tan increíble como los fuegos artificiales de la noche anterior. Regresó a la cama. Con el rítmico tintinear de la lluvia sobre la ventana y la brisa cargada de lluvia fluyendo entre los sicómoros frente a la casa, no pudo darse cuenta de cuándo logró dormirse.

36 En tiempos de Roma

—¿Victoria...? El ingeniero Toro... Buenos días a ti también. ¿Te dijo Gabriel que...? Sí, voy retrasado, pero voy en una hora... ¿Quién...? Ah, sí... Bueno... No sé qué quiere el señor O'Keefe con tanta urgencia. Cuando llame otra vez... ¿La octava...? Cuando vuelva a llamar dile que voy a estar en mi despacho a las diez y media... Bien... Nos vemos a las diez.

Javi tenía que pasar esa mañana por la agencia de viajes. Todo lo demás ya estaba arreglado. Gabriel y él tenían pasaportes y visas, reservaciones de hotel y habían hecho contactos para las excursiones. En menos de una semana estarían en Roma. Gabriel había estado insoportable de entusiasmo. Habían acordado no contárselo a nadie excepto a Oliver hasta que estuvieran próximos a salir para Nueva York, donde pasarían dos días antes de abordar el avión a Londres, para pasar en la ciudad dos días más antes de volar a Roma. Estarían de viaje tres semanas. Javi estaba un tanto preocupado por ser algo inoportuno. El equipo de béisbol estaba disgustado con él por irse en un momento crucial en la temporada. El verano era la peor época del año para ir a cualquier lugar en Europa, lo sabía, con las multitudes de turistas y la dificultad de visitar los lugares de más popularidad, pero era la única apertura que permitía el calendario de estudios de Gabriel. A fines de agosto se iría a Pittsburgh. Javi lo acompañaría cuando fuera a orientación de estudiantes de primer año y de transferencia.

Tomó el autobús hasta la agencia, pagó por los boletos y se apresuró a llegar a BEA.

—Ese hombre me está volviendo loca —le dijo Victoria cuando entró al despacho. Ya sabía de qué se trataba.

—Lo siento, Victoria. La próxima vez que llame, tomo la llamada, aunque no sean las diez y media.

—No, si ya no llama. Está en la sala de conferencias —le dijo Victoria.

Tomó de sorpresa a Javi. —Gracias. Ya voy a verlo. Toma nota de mis llamadas a menos que sea Gabriel. Ésa, me la pasas.

Al abrir Javi la puerta de la sala de conferencias, encontró a Walt sentado a la mesa como esperando el silbato del árbitro, listo para embestir a la línea de ofensa del equipo contrario, sorbiendo de un tazón de café, uno de los que había en la sala en una bandeja al lado de la cafetera.

—Walt, no era necesario que vinieras hasta acá. Podíamos hablar por teléfono.

Walt se enderezó. —No creí que el teléfono habría servido. He estado tratando de llamarte desde...

—Sí, lo sé. No tenía deseos de hablar, Walt. Espero que comprendas.

—Lo puedo intentar, pero me parece que hay algo muy injusto en todo esto.

Javi se sentó al otro lado de la mesa de donde estaba Walt. —Permíteme explicarte algo. Mi vida social y mi trabajo se encuentran en pistas separadas. Hice una excepción para ir a tu reunión. Me arrepiento.

—Me lastimas con eso —dijo Walt. Javi notó las bolsas bajo los ojos ensangrentados. ¿Habría dormido? Él también tenía sus ojeras como evidencia del insomnio. —Me caes bien. Me impresiona tu talento profesional, pero más que nada quiero ser tu amigo. ¿Por qué tenemos que mantener eso separado? Estás diciendo que debemos limitarnos a la relación de cliente.

Javi le narró lo que había sucedido el día anterior. —No tenía por qué andar por allí para escuchar lo que ese hombre dijo sin que nadie se molestara en abrir la boca para protestar.

—No creo que puedas entender nunca lo mucho que siento que haya estado allí para decirlo. Ya te dije que no es...

Lo cortó Javi. —Sí, eso dijiste. No es tu amigo, es el compañero vividor de tu amigo, con un complejo notable. Lo que me encojonó, para serte franco, fue que lo dijo y nadie intervino.

—Te refieres a mí.

—Había otros, pero sí, hablo de ti. Eras el anfitrión. Con tu silencio le diste licencia para que siguiera escupiendo el resto del veneno. ¿Ves lo que te digo? —preguntó Javi. —Ponte en mi lugar por un momento y verás cómo te sentirías por tener que oír todo lo que dijo. A decir verdad, creo que lo decía porque oyó mi apellido. Sus insultos no estaban dirigidos a nadie más que no estuviera allí para defenderse.

Walt tenía el tazón asido por el mango y raspaba el otro lado con el dedo índice. —No dije nada porque creí que eras tú quien tenía que ponerlo en su lugar. Es basura, un desperdicio de espacio. Nada de lo que le dijiste tal vez le hizo mella. No creo que se avergonzara siquiera cuando se dio cuenta de lo que había hecho, si es que lo hizo sin saber tu etnicidad —. Walt levantó los ojos hasta encontrar los de Javi. Suplicaba con el gesto. —Dejas que alguien que no es digno de besarte los dedos de los pies interfiera en la posibilidad de que lleguemos a conocerme mejor —. Su tono manifestaba la frustración desesperada de alguien que intenta escalar un monte de lodo, un hombre que no puede encontrar las palabras que le sirvan para argumentar el caso. —¿Importa en algo que yo no comparta su ignorancia y su prejuicio?

Una vez Walt se dio cuenta de que Javi se tardaba en regresar a la plataforma, fue por él. No le contestó al tocar a la puerta del baño. Caminó por la casa, con la esperanza de que Javi estuviera ambulando por otros cuartos. Lo que menos se sospechaba es que Javi se hubiese ido sin saber que cuando Javi estaba en el baño Walt había regresado a la plataforma para tirar a la calle al hombre después de decirle hasta lo que no está escrito. Los demás aplaudieron. El compañero también se tuvo que ir, porque necesitaba quién lo llevara, pero se excusó profusamente y disculparse con Walt. Le dijo a Christopher que solamente lo recibiría en el futuro si venía solo.

Desaminado, Walt le dijo: —Tus palabras me dicen que no fue suficiente y demasiado tarde para enmendar las cosas contigo.

Javi sintió compasión. Le pesó haber sido tan intransigente. —Walt, me he portado de forma injusta contigo. Tienes razón —. Pudo haber jurado que detectó una traza—leve, pero aun así—de sonrisa en el rostro que se conocía por ser uno de los más feroces e inmisericordes en el fútbol profesional. —No soy tan desalmado.

—Nunca dije que lo fueras —dijo Walt. Ahora sí sonreía, sin duda. —Lo pensé. Un poco nada más.

—Escucha, tenemos que reunirnos para discutir el proyecto más que nada. No quiero que nuestra amistad...

—¿Relación? —lo interrumpió Walt.

—Amistad. Que nuestra amistad tenga influencia alguna sobre la razón por la que viniste aquí. Si no adelantamos con el proyecto, bien, seguimos siendo amigos. Si lo hacemos, entonces tendremos que establecer fronteras entre nuestra relación social...

Walt lo interrumpió. —Relación, dijiste. Relación social —. Walt estiró la sonrisa de la manera en que un triunfador reconoce el desenlace feliz a su favor.

—Nuestra relación social y nuestros lazos de negocios.

—De acuerdo, de acuerdo —dijo Walt.

—Como quieras. Antes de que te vayas quiero que sepas que te agradezco tu interés en continuar nuestra amistad. Hace tiempo necesito un buen amigo. Me siento optimista de pensar que tú puedas ser esa persona.

—Estamos en paz, ¿entonces? —preguntó Walt.

—Estamos en paz.

—¿Cuándo nos reunimos otra vez? Quiero presentarte algunas ideas para que podamos poner las cosas en marcha —Walt le dijo.

—Estoy bastante seguro de que mañana tendría tiempo. Digamos que desde el mediodía hasta cuando necesitamos parar —sugirió Javi.

—Temo preguntarte —Walt dijo. Pausó un momento. —¿Podemos empezar con almorzar?

Javi se echó a reír. —Es fácil intimidarte para ser muro.

—Ni te imaginas —dijo Walt. —Prefiero encararme a una línea humana de tres mil kilos que nada más sospechar que puedo poner en peligro nuestra... amistad.

—Búscame al mediodía.

Por el corredor cuando regresaba a su despacho, Javi se encontró con Oliver.

—¿Todo bien? —preguntó Oliver.

—Todo.

—¿Qué le sucede al Muro?

—Está confundido —respondió Javi.

—¿No serás tú quien está confundido?
Javi se rio y siguió caminando.

—Apostaría a que el Muro llamó a la oficina —dijo Gabriel.
—Una o dos veces. Dos docenas, antes de aparecerse en BEA —respondió Javi mientras examinaba el correo sobre el escritorio en casa.
—Ese hombre está que se embarra por ti. No se imagina a lo que se enfrenta.
—¿Exactamente qué quieres decir con eso? —le preguntó Javi.
—Una vez se te mete entre ceja y ceja algo, se necesita a Dios mismo para que te haga cambiar de idea.
—¡Ah, caray! Ahora tenemos un experto en Javi Toro aquí, ¿no? —. Javi se rio. —Pero tienes razón. Es uno de mis defectos.
—O virtudes. Depende de quién esté en la picota. ¿Le preguntaste cómo consiguió nuestro número de teléfono?
—Supongo que llamó al 411. Me gusta eso. Cada día me haces sentir mejor cuando lo oigo —Javi dijo con una sonrisa de felicidad.
—¿Qué?
—Cuando dices *nuestro* y no *tuyo*. Me dice que tienes la mente donde tiene que estar, en el nivel de lo de compartir.
—Ju. Ni siquiera lo había notado —dijo Gabriel.
—Mejor todavía. Lo internalizas. ¿Ya hiciste ejercicio?
—Hoy lo brinco. Hazlo tú por mí. Como los esclavos por los amos blancos en la Guerra Civil.
Javi subió, se desvistió, se puso la ropa de gimnasia y se fue al cuarto de ejercicio. Al final de la sesión se

duchó, se puso pantalones cortos y una camisita y bajó a empezar a cocinar. Gabriel se hizo cargo de su tarea de costumbre, preparar la ensalada y cortar los vegetales. Javi se hizo cargo del picadillo cubano con pavo molido en lugar de carne de res.

—¿Cuándo ves de nuevo al Muro?

—¿Quién dijo que vuelvo a verlo? —preguntó Javi.

—Lo vas a ver, porque por más que finjas que estás luchando contra esto, sientes por él la misma calentura que siente él por ti.

—No todo puede reducirse al apetito sexual, Gabriel. Supongo que a tu edad eso tiene sentido. Tuve tu edad una vez, aunque no lo creas —. Javi echó el ajo molido, la sal y la pimienta en la sartén con el aceite de oliva caliente.

—Hormonas. Sé qué son. Las tuyas no pueden estar atrofiadas.

—Las hormonas no se atrofian. Aumentan o disminuyen —replicó Javi. —Es de imaginar que las tuyas están en niveles normales.

—¡Oh, muy por encima! —se rio Gabriel. —Sólo con ver un par de nalguitas y empiezo a sentir que se...

—¡Demasiada información! —lo interrumpió Javi.

—Yo soy el típico varón americano saludable. No me avergüenzo.

`Se fueron al comedor principal cuando ya estuvo cocida la carne y en su punto los vegetales al vapor. Gabriel se sentó como siempre, a la derecha de Javi, que también se sentó donde siempre, a la cabeza.

—Te he hecho esta pregunta antes y tú siempre encuentras una forma de evadir la respuesta. Todavía quiero saber, Papá. ¿Eres feliz estando solo? Y no me digas que me tienes a mí. Soy tu hijo, no la pareja romántica que creo que necesitas.

Gabriel tenía razón. La evasión a veces es la mejor forma de mantener a raya revivir la angustia que la experiencia nos otorga, estemos listos o no para recibirla.

—¿Alguna vez te has preguntado si tengo razones para no contestarte la pregunta?

Gabriel miró a Javi con la cara en gesto que indicaba que ciertamente se lo había preguntado. —No creí que fuera porque estás tratando de ignorarme, aunque a veces la noción me ha cruzado la mente.

Ya habían terminado de comer y llevaron los platos al fregadero.

—¿Para qué tenemos lavaplatos si nunca la usamos? Ésa es otra pregunta que quisiera que me contestaras. Claro, a menos que sea otra pregunta parecida a tu reserva sobre vivir solo.

—No me gusta la idea de guardar platos sucios hasta que la máquina se llene y se justifique ponerla en marcha —Javi respondió. —Lavar platos es tiempo para pensar y dialogar. Provee la oportunidad de organizar los pensamientos.

—¿Cuánta organización estás realizando en este momento?

—Está bien, payasito —le dijo Javi. —No te molestes en secarlos y déjalos en el escurridor. Vamos a sentarnos un rato.

Se fueron a sentar de lado a cada extremo del sofá de la sala.

—Quiero que me hagas un favor —Javi dijo. —Quiero que te acuestes con la cabeza sobre mi regazo —. Gabriel lo miró extrañado, con la cabeza inclinada hacia el lado y las cejas levantadas. —Sígueme la corriente. Es algo que los padres a veces hacen con sus hijos. Hoy quiero asegurarme a mí mismo que eres mi criatura, una que necesita escuchar una historia que no he querido contarte como hablan los pacientes en la sala de espera del consultorio de un médico, que no tienen de qué más hablar e intercambian cuentos que ambos olvidarán tan pronto uno de ellos se vaya a que lo examinen.

Gabriel se deslizó por el sofá y puso la cabeza sobre los muslos de Javi, que le frotó la cabeza. —Te quiero tanto, Gabriel. Si me sangre corriera por tus venas no podría adorarte más. Tienes derecho a escuchar lo que tengo que decirte. Puede ayudarte a comprender mis motivos para rehusarme a enredar mi vida con la de alguien más.

Gabriel clavó sus ojos en el rostro de Javi. Probablemente podía presentir que, fuera lo que fuera que su papá tenía que decirle, debía ser algo crucial, algo profundamente personal.

Javi le contó a Gabriel de la forma en que conoció al doctor Toro, se fue a vivir con él a los dieciocho años, cómo había dependido para tanto de lo que era importante en su vida, de la mano y el amor de Javier. Entonces le dijo del sufrimiento sin límites que había experimentado con la pérdida de Javier, lo que pasó en su vida cuando Javier murió, cómo tuvo que rehabilitarse emocionalmente al recordar lo que adoraba Javier de él y lo que Javier había esperado de él. El recuerdo de Javier lo había sostenido por más de nueve años. Reconocía que no era saludable, que el mismo Javier habría visto aquello con malos ojos, que no podía vivir para siempre albergado bajo la sombra de su miedo, de un sentido etéreo de traición a Javier si dividía su corazón entre su recuerdo y la presencia de alguien más en su vida. No estaba seguro de que podría querer a nadie más de la forma en que había amado a Javier.

Gabriel se enjugó las lágrimas de Javi que le rodaban por la cara, pero no del todo. Las suyas se mezclaban con las de su padre.

—Papá, ¿has guardado eso dentro de ti todo este tiempo? ¿Con quién más has compartido esto?

Javi sacudió la cabeza. Compartirlo habría sido dejar ir parte de todo.

—Lo siento tanto, Papá. Ahora entiendo tanto. Quiero que en algún momento puedas sobreponerte a tu duda. Tienes tanto que dar. Un ser humano como tú, tan extraordinario, tú tienes todo el derecho de ser feliz otra vez —. Javi le dio las gracias. —¿Estabas tratando de pagar lo que él hizo por ti cuando me adoptaste?

—Gabriel, ni siquiera lo pensé. Llegaste a mi vida de forma casual, nada más que yo quería darle mi tiempo a alguien que lo necesitara. No hubo plan. BEA también contribuyó con el centro. Pero no, no lo hice por mi propia experiencia. Tú te me adentraste en el corazón, tú y tu sarcasmo y tu pesimismo falso.

—¿MI falso qué? —Gabriel preguntó.

—Eras más cínico que pesimista, pero sí, eras pesimista de una manera optimista. Eso no tiene sentido, ¿verdad? —preguntó Javi. —Estabas tratando de hallar algo que te probara que no era correcto lo que creías del mundo, tan negativo de tanto, pero tenías esperanza en medio de tu desesperanza. Y mira lo que resultó. Mira lo que sigue resultando. Tu historia ni siquiera comienza. Sé que vas hacia algo grande, Gabriel. Y yo quiero asegurarme de que eso suceda. Quiero vivir lo suficiente para verte llegar a la cima a la que vas a llegar un día.

—¿De verdad crees eso de mí? ¿Tanta confianza tienes?

—No hay quien me convenza de lo contrario —le respondió Javi.

—Por alguna razón llegaste a mi vida.

—No creo en eso de fuerzas cósmicas que operen para poner a alguien en el camino de otro. Pero vivo agradecido de que lo que sea, ahí estabas, para darle sentido a mi vida.

Permanecieron en silencio por largo rato. Los ojos de Gabriel estaban muy abiertos, fijos en el plafón, cuando Javi le dijo: —Es casi medianoche, hijo mío. Hora de irnos a la cama.

Cerca del mediodía del miércoles la recepcionista le anunció a Javi que el señor O'Keefe lo esperaba. Recogió un bloc de hojas amarillas y un par de rollos de croquis y salió a encontrarse con Walt.

—¿Qu! te parece el Ganso de Neón para almorzar? —le preguntó Javi. —Tienen cabinas anchas y podemos esparcir los documentos sobre la mesa —. Notó que esta vez Walt tenía su propio bloc amarillo con notas escritas en la primera hoja.

—Bien. ¿En taxi?

—No, manejo yo. Estoy estacionado al lado —contestó Javi.

En el Ganso de Neón tomaron una cabina hacia el fondo. Decidieron rápido y pidieron sus platos.

—Tengo algunos apuntes aquí para que los consideres —Walt dijo. Volteó varias páginas del bloc. —Podemos revisarlas ahora y seguir en el despacho o posponer el trabajo y nada más almorzar.

—Eso es un cambio, este foco en los negocios —dijo Javi con una sonrisa —. No me quejo.

—¿Sabes? Me has metido miedo en el alma —dijo Walt. —No quiero correr el riesgo de que me digas que no estoy haciendo lo que debo. Me tienes cagado del terror.

—Cuidado con el lenguaje, por favor. Eso no se lo permito ni a mi hijo en mi presencia —. Javi fingió que lo decía seriamente. Notó la cara color tomate de Walt. —Bromeaba.

—¿Ves cómo me tienes? Soy plastilina en tus manos —Walt dijo. Se llevó la mano a un lado de la cara.

—Nos convendría relajarnos, Walt. Podemos mantener un clima profesional y seguir siendo razonables en el área social —. Javi sugirió que disfrutaran del almuerzo y comenzaran con lo de trabajo en las oficinas de BEA. Había reservado la sala de conferencias para la reunión con el señor O'Keefe, pero Carl Richardson la necesitaba para una junta a las tres y media, cuando el ingeniero y el señor O'Keefe tendrían que salir, le dijo la administradora de las oficinas. —No hay problema —dijo Javi.

Walt le describió algunos de los requisitos del proyecto según los había discutido con Claude, con reacción de dos o tres de sus asociados en O'Keefe Financial. Una prioridad era reservar espacio y recursos para una expansión futura. Walt resumió lo que llamaba el plan de diez años, preparado con vista al crecimiento de la firma durante los tres años previos. Naturalmente, nada podía asegurar que el crecimiento seguiría al mismo ritmo, pero mejor estar preparado. ¿Qué pensaba Javi de todo eso?

Javi dijo que tenían que bajar hasta lo fundamental. Primero BEA tendría que saber los metros cuadrados que estimaban que iban a necesitar. ¿Se habían decidido si renovar o construir? Claude y Walt pensaban que sería mejor construir, especialmente si se quedaban en el distrito financiero. Eso tampoco estaba esculpido en mármol todavía. Para Javi ésas eran buenas noticias: si usaban tecnología BayToro, levantar una estructura nueva les proporcionaría más estabilidad estructural, con mayor seguridad de algo más duradero y resistente.

A las tres y media se cambiaron al despacho de Javi. A eso de las cuatro estuvieron de acuerdo que habían logrado bastante. Javi necesitaría tiempo para preparar una propuesta, entonces para hacer una presentación y recibir la reacción de Claude y Walt y quien más hiciera falta. —¿Cuánto tiempo crees que necesites para volver a hablar sobre planes definitivos y acuerdos finales? —Walt preguntó.

—A juzgar por mi experiencia, puedo decirte que alrededor de tres meses.

—¿Tanto? —preguntó Walt, sorprendido.

—Eso es bastante uniforme.

—Oh, no me quejo. Nos da más tiempo para colaborar —dijo Walt.

—Tienes razón —respondió Javi. —Voy a estar fuera las próximas tres semanas, comenzando este viernes, pero tan pronto regrese, este proyecto será mi prioridad.

—¿Te vas de vacaciones? —Walt preguntó y Javi confirmó. —¿Vas a quedarte en la ciudad o vas a algún otro lugar? Digo, en caso de que tenga que comunicarme contigo por alguna razón, por lo del proyecto. ¿Cómo me pongo en contacto?

Javi se rio. —Si estoy de vacaciones, eso quiere decir que no voy a estar disponible para trabajar con los proyectos de nadie, inclusive el tuyo.

—¿Quién va a estar a cargo, entonces? —. Sonaba Walt más al borde del pánico de lo que Javi pensaba que se justificara.

—Si necesitas darnos alguna información o tienes algo que consultar, puedes preguntar por Eric Sawyer. Se va a encargar de todos mis proyectos en mi ausencia.

—¿Cómo van a saber todo lo que necesitan saber? Digo, solamente he trabajado contigo —respondió Walt, ya visiblemente agitado.

—Tranquilo, Walt. Son solamente tres semanas. No será un retraso y, además, no me voy a ir para siempre.

—¿A dónde vas?

—Vamos a Nueva York primero y el destino final es Roma.

—¡Tan lejos! —exclamó Walt. Parecía que no le alcanzaba el oxígeno de un tanque, con la misma urgencia.

—Mira, parece que quieres que el proyecto siga a toda velocidad, sin tardanza ni recesos. Se lo voy a notificar a Oliver, para que se lo reasigne a Raymond Herdina. Es un ingeniero muy competente y probablemente esté feliz de hacerse cargo del proyecto.

Walt no respondió de inmediato. Miraba directamente a la cara de Javi. —¿Lo dices en serio?

—Estoy intentando hacer lo mejor que le convenga al cliente. Ése eres tú. Si te sientes incómodo con el arreglo que tenemos, no tengo problema en pedirle a Oliver que haga lo posible por satisfacerte. Este proyecto es muy importante para nosotros. No quiero hacer de esto algo personal —explicó Javi. Ya se sentía incómodo de que Walt tuviera aquella cara de incredulidad.

—No quiero que nadie más toque nada de esto, Javi. Solamente quiero trabajar contigo —dijo Walt con la firmeza de un padre que le exige al hijo regresar temprano con el carro o ya verá. —Tengo dificultad en entender por qué estás tan dispuesto a pasarle el proyecto a otro, como un centro que se para en medio de la cancha y escoge pasarle el balón a un receptor y no al *quarterback*. No tiene sentido.

Javi trataba de explicarle sin caer en la condescendencia, que sólo lograría ofender a Walt. —En nada. Me importa este proyecto y estoy comprometido personalmente a realizarlo. No quiero pasárselo al aguador ni al que carga los balones. ¿Estás dispuesto a esperar a que regrese?

—¿Qué remedio me cuesta? —preguntó Walt, derrotado. Javi lo miró fijamente. —Oquéi, oquéi, tengo una alternativa, pero es mala, así que no es alternativa. Olvídalo, me estoy comportando como un niño —. Pausó. Se miró las manos, que tenía unidas y hacía círculos con los pulgares. —Te has dado cuenta de que posponer el proyecto no es la verdadera cuestión, ¿no? Eso lo sabes.

Javi rio. —Sería presumido de mi parte suponer eso. Vamos a dejarlo donde está. El día después de regresar te doy un timbrazo y señalamos día y hora para reunirnos.

—De acuerdo, de acuerdo. Esperaré. Más vale que me traigas un buen recordatorio.

—Me parece que una tarjeta postal va a ser todo —dijo Javi.

—Me tengo que conformar con lo que me toque —le respondió Walt.

37 Los chicos se divierten

Caminaban por la Vía Sistina para volver a la *Piazza di Spagna*, esta vez temprano en la mañana, antes de que el lugar entero, desde los escalones hasta la fuente, se convirtieran en una masa palpitante de gente. Hacía calor y estaba húmedo, pero no querían ponerse pantalones cortos o sandalias. Bajaron los escalones, ya con las filas descendientes de gitanitos a ambos lados, y bajaron a cruzar la plaza hasta la Vía del Corso, donde esperaban poder entrar a algún *negozio* a tomarse algo frío, pero no encontraron nada. Hubo un tejano caritativo que les tomó una foto en los escalones, con lo que habría sido el *palazzo* de Karen Stone en el fondo. Javi se rio de pensar que estaba en una escena de *La primavera romana de la señora Stone*, haciendo del buscón que le rondaba la casa desde los escalones.

De nuevo en la Vía Sistina caminaron una cuadra por una acera tan angosta que solamente podía ir por ella uno a la vez, para dejarle espacio a otros transeúntes que se acercaban de la dirección contraria. Alcanzaron a ver una *gelateria*. Gabriel quedó asombrado ante la variedad. Javi no creyó que pudieran ingerir más carbohidratos tan temprano en el día. El desayuno, un derroche de carnes, frutas, panes y hasta *frittate*, lo había llenado sin que se diera cuenta. Cuando se levantó para salir, el peso de la barriga lo trajo a la realidad.

En Nueva York se habían alojado en el Millennium, de frente a los tenedores gigantes del

World Trade Center, donde habían tomado el tren subterráneo hasta más arriba de la calle 42. Dondequiera que miraba Gabriel se le caía la quijada.

—Ya has estado aquí antes, ¿sí?

—Viví al norte de aquí. Visitábamos la ciudad a veces —le respondió Javi.

—Eso explica que nada te impresione —le dijo Gabriel.

—Todavía, todo. Es que no tengo la mandíbula tan suelta como tú.

Javi había comprado boletos para una función de *Dreamgirls* y una representación nueva de *El violinista en el tejado*, que resultó demasiado larga para Gabriel: durmió durante casi todo el último acto. Javi casi se le une para la siesta. En Londres solamente habían tenido tiempo para ver el centro de la ciudad y tomar un paseo por el Támesis. A Gabriel le había gustado tanto la comida en un restaurante turco que sugirió quedarse un día adicional allá en el hotel del puente de Westminster para probar algo más del menú. Javi le prometió que en su próxima visita pasarían más tiempo y hasta harían excursiones a Windsor y Oxford.

—¡Súper! Les podría decir a mis amistades que fui a Oxford y no estaría mintiendo.

Roma resultó tan espectacular como Javi había soñado. Dondequiera que miraba veía un recordatorio de la Roma imperial y su grandeza arquitectónica, mejor conservada que la que había visto en Atenas. Después de dos días en la capital, Javi alquiló un carro y se fueron al distrito de los lagos en ruta a Verona.

—Si Julieta hubiese visto toda esa gente tratando de subirse a ese balcón, se habría lanzado al vacío —dijo Gabriel.,

—Sí, claro, si en realidad hubiese vivido ahí.

Siguieron a Florencia, que para Javi había sido el verdadero destino, aunque todavía les quedaba un viaje de un día a Venecia. Se inscribieron en el Hotel Mediterráneo y siguieron a pie el borde del *Fiume Argento* hasta la *Piazza della Signoria*.

Atardecía. Los restaurantes alrededor de la *piazza* tenían mesas y sillas plegadizas montadas bajo paraguas enormes que anunciaban Cinzano. En la puerta de uno de los restaurantes leyeron el menú. Una familia japonesa se puso de pie de una de las mesas para irse y Gabriel corrió a tomarla antes de que una pareja llegara a tomarla. Vino un *cameriere* a tomarles el pedido. Javi pidió *un pezzo di pizza al pomodoro ed un altro di olive, con un succo d'arancia, senza ghiaccio.*

—¿Qué fue eso? —preguntó Gabriel. Cuando Javi le explicó que era un pedazo de pizza de tomate y otro de aceitunas con un zumo de naranja sin hielo, Gabriel contestó: —Alardeador.

—Hablo inglés, señor —dijo el *cameriere*.

Gabriel pidió tres pedazos de pizza con todo y el *cameriere* lo miró extrañado.

—Un solo ingrediente por pedazo, Gabriel.

—¿Qué? ¿Cómo puede ser eso en Italia? —Gabriel preguntó. Javi le explicó que para los italianos era una vulgaridad, un despliegue de exceso. Gabriel se conformó con tres *pezzi*, uno de queso, uno de salami y otro de pepperoni, con un zumo de naranja también. Cuando le trajeron el pedido, amontonó los tres pedazos, uno encima del otro.

Se pusieron de pie cuando acabaron. Un grupo de colegiales de los Estados Unidos avanzó hacia la mesa para asegurarla.

—¡Pirañas! —les gritó Gabriel sin voltearse a mirarlos. —Menos mal que me recorté la cola antes de venir. Me la habrían pisado.

—Hicieron lo mismo que nosotros.

—¿Dónde aprendiste italiano? ¿Has estado escuchando esos cartuchos de Berlitz? Ya sabes, italiano para viajeros.

—Estudié italiano por tres años en la universidad —le dijo Javi mientras caminaban.

—¿Por qué? ¿Pensabas venirte a vivir aquí?

—Este viaje se planificó hace muchos años, Gabriel. Sólo que no iba a ser tan corto como éste. Iba a cursar estudios posgraduados aquí en Florencia. Arquitectura. No hay lugar mejor —dijo Javi, con un poco de añoranza en la voz. —Las cosas tomaron otro rumbo. Tuve que sustituir unos planes con otros. La vida siempre se planta en medio del camino —dijo, consciente de que se hacía eco de las palabras de Gabriel en otro momento.

Caminaron hasta Santa Croce con la intención de entrar a la basílica. Javi quería ver las tumbas de Galileo, Miguel Ángel y Maquiavelo y el monumento a Enrico Fermi. El letrero al frente indicaba el precio de admisión en liras y la cola para entrar era como serpiente alrededor de la *piazza*. Estuvieron de acuerdo en que no valía la pena. Fueron a la *gelateria* del otro lado de la calle.

Cuando Gabriel vio la versión a menor escala del "David" de Miguel Ángel en la *piazza* más abajo de donde habían comido antes, dijo: —Creía que era más grande.

—El original lo es. Está en la *Accademia* —dijo Javi. —Es mucho más alta que ésta.

—No me refería a la estatura —le contestó Gabriel.

—Un verdadero *connoisseur* —le dijo Javi, riendo.

Su habitación en el hotel tenía una vista del Duomo y los tejados entre el hotel y la catedral. Javi se paró por la ventana por un rato. Habría sido maravilloso compartir esa imagen con Javier, aunque ahora no podía pensar en estar con Javier sin también estar

Gabriel con ellos. Se le ensombreció el gesto. Su abuela, allá en la isla, decía: "El hombre propone y Dios dispone". Donde estuviera Javier, no era allí, como lo habían planificado, pero su presencia seguía envolviendo a Javi en un éxtasis de amor y ternura. *Tenerezza*.

Javi había tenido la previsión de comprar boletos para el Museo Uffizi para ese día. Le habían advertido que las colas para comprarlos en Florencia eran fenomenales de largas y luego los visitantes todavía tenían que esperar, porque solamente le permitían la entrada a cierto número de personas a la vez. No le habían mentido. Estuvieron en cola fuera del edificio por casi dos horas. Una vez lograron ingreso, Javi dijo:
—Valió cada minuto de espera.
Gabriel hizo el ruido. —Digamos que valió diez de esos minutos. Doce, como máximo.
Para cuando llegaron a la *Accademia*, cuya escultura principal era el "David", la cola era un absurdo de larga. Para ese ingreso Javi no había comprado boletos por adelantado.
—Ya has visto pipis antes, ¿sí? —preguntó Gabriel.
—No que hayan durado 470 años.
Fueron hasta la *Piazza del Duomo* a ver las puertas del bautisterio, casi invisibles detrás de una pared de camisas estampadas de flores, sombreros de paja, batas de casa y quemaduras de sol, todos marcados con señas que gritaban: *Made in U.S.A*. De camino hacia la Vía Trípoli vieron el *Ponte Vecchio*; Javi respiró hondo. Quería que todo ese aire histórico le impregnara los pulmones. Tras su retorno lo único que le quedaría sería los recuerdos y las fotos. Hasta el momento, todo era

bueno. Gabriel estaba con él: eso nada más hacía que el viaje fuera una maravilla.

Al anochecer ese día fueron a cenar a un restaurante en la Vía Ghibellini. Javi le explicó a Gabriel que la pasta no se serviría con albóndigas. Según la describían, vendría con una salsa de carne.

—Ahora veo. Andaba buscando las albóndigas. ¿No hacen albóndigas en Italia?

—*Polpetta*. Es un plato separado —le dijo Javi.

Cuando el *cameriere* trajo la albóndiga, Gabriel empezó a reírse. —Esto no es una albóndiga. ¡Es una bola de toro!

No pudo aguantar la risa Javi. Tampoco pudieron dos turistas americanos al otro lado. Eran dos hombres con demasiada bisutería y un bronceado pronunciado de los de cama de bombillas de broncear, que les preguntaron a Javi y Gabriel si querían sentarse con ellos a cenar. Javi les dio las gracias y rechazó la invitación cortésmente. Durante el resto de la cena evitaron mirar hacia aquella mesa.

Una familia de cinco estaba sentada al otro lado. Cuando Javi y Gabriel se pusieron de pie para salir, Javi escuchó el acento distintivo en español. Como se acostumbraba en la isla, Javi les deseó buen provecho, al terminar una comida, a otros que aún comían. Javi no había abandonado el hábito: era asunto de buenos modales.

—¡Ay, igual! —dijo la mujer. Quería saber de dónde eran Javi y Gabriel. Gabriel no respondió, porque no entendía. Javi le contestó. —¡Nosotros también! ¿De qué pueblo? —. Javi le dio el nombre del pueblo donde había vivido. —¡Qué coincidencia! —exclamó la mujer con mucho entusiasmo. El marido sonrió y asintió con la cabeza. —¿Conoce a los Mantero?

Vivían en la misma calle que sus padres, poco más arriba. —Me temo que no.

—¿De veras? Son muy bien conocidos. Su hija fue finalista de *Miss Universe*.

—Llevo muchos años fuera de la isla. Desde que era adolescente. Probablemente mis padres los conozcan —contestó Javi.

—¿Son hermanos? —preguntó el marido. Uno de los niños miraba por la vidriera sin tocar la comida. Los otros dos se enredaban fideos en los dedos y se hacían morisquetas.

—No, éste es mi hijo —dijo Javi. No dijo su nombre.

—¡Ay, Dios mío! —la mujer exclamó sorprendida, con una mano contra la mejilla. —Usted debe haberse casado muy joven.

—Muy. Siempre me dicen que me veo más joven de lo que soy.

—Yo lo hacía de veinticinco —dijo el hombre. Javi se rio. Les deseo buen provecho nuevamente.

Al salir Gabriel le preguntó si conocía a la gente que mencionó la mujer. —En esa imitación de pueblo todo el mundo se conoce.

—Entonces los conoces.

—Ciertamente —Javi le contestó. No había pensado en sus padres hacía tiempo, al menos no con mucha preocupación. El nombre de Javier había sido un borrador metafórico. Quedaban trazas de la marca del lápiz, pero tan tenues que se requería mucho esfuerzo para descifrar los surcos de su nombre de pila. La mención de los Mantero y su hija, la reina de belleza, le hizo aflorar el retrato de familia a la conciencia.

En la mañana se fueron en carro hasta Venecia. Abordaron el *vaporetto* en la orilla contraria y se encontraron a unos treinta metros de la *Piazza San Marco*. Javi se bebió la fiesta visual arquitectónica: la catedral a un lado, los edificios comerciales que formaban una clausura amurallada al espacio abierto. Javi había comprado ya los boletos para el palacio del *Doge*, pero no para la catedral, cuya cola de ingreso era una fila increíblemente estática de gente en sandalias de caucho, gorras de béisbol y pantalones cortos: no era difícil adivinar de dónde venían. Después de tanto esperar, los iba a decepcionar saber que no podían entrar a la catedral en pantalones de las Bermuda. Los alemanes tendrían que echarse encima una camisa sobre las espaldas color de langosta.

—¿Eso es verdad o ese tipo nos está tomando el pelo? —le preguntó Gabriel cuando estaban frente a la que suponían ser la celda de donde se había escapado Giacomo Casanova en la prisión *Piombi*.

—No creo que se lo esté inventando —Javi le dijo. —Si no fue en ésa, fue en una de éstas.

—Bueno, por lo menos no dijo que Washington había dormido aquí —dijo Gabriel en voz baja; Javi dio un resoplido. —Mazmorra fría y húmeda.

—Las prisiones medievales generalmente lo eran —Javi le dijo. —Si fueran como el Ritz, todos irían matando para venir a pasarse temporadas en ellas.

Era demasiado temprano para almorzar. Sus relojes fisiológicos estaban todavía fuera de sincronización. Era una diferencia de siete horas de Nueva York, con otra de tres horas de la hora en casa. Era la una en Venecia, pero en California eran las once de la noche. Ya llevaban dos semanas fuera; sus cuerpos ya estarían ajustados. —El mío, no —dijo Gabriel. —Es la terquedad mexicana, ya sabes. Otro lado de la venganza de Moctezuma, pero sin la aflicción intestinal.

—Vamos al Caffè Florian —sugirió Javi. —Es ese lugar allá, donde están todos los paraguas —. Gabriel lo siguió. El lugar estaba de tepe a tepe, pero lograron encontrar una mesa para dos.

—¿Qué vamos a tomar aquí?

—Un *espresso* —respondió Javi. —A menos que quieras una cerveza.

—No tengo edad —le dijo Gabriel muerto de la risa.

—Eso no es lo que le dices al del abasto de la esquina cuando tus amigos y tú van a comprar sus paquetes de seis botellas. No soy tan tonto.

Gabriel se rio con más fuerza todavía. —Oquéi, me tomo la cerveza, pero sólo porque me lo pides y soy débil bajo la presión de mi núcleo social.

Hablaron poco allí sentados, aparte de observaciones sobre los comentarios de los americanos feos alrededor. Oyeron comparaciones de los restaurantes "en América", el café en "América", los precios, los coches, los niños, la comida de "América" con los italianos, en las que la versión de "América" siempre era superior a la italiana. Algunos extendieron sus opiniones para incluir a Alemania, Austria y Francia, en lo que habían pasado setentaidós horas la semana anterior.

Javi recordó la promesa de Javier del viaje hasta allí mismo, para tomarse un *espresso* en el Caffè Florian, que ya Javier había visitado antes de conocer a Javi, el famoso lugar que Javier había visto en una película con Katharine Hepburn, *Summertime*, muchos años atrás. *Aquí estoy, mi amor, echándote de menos.* Se le nublaron los ojos. Huyó de los pensamientos malos.

Caminaron hasta un restaurante al aire libre, un anexo a uno atestado de gente al otro lado de la *piazza* pequeña. Bajo un toldo había ocho mesas de cuatro sillas cada una. Gabriel pidió lo mismo que días antes en la *Piazza della Signoria* y lo consumió de igual forma. Javi pidió el *pezzo* de pizza de aceitunas.

Caminaron hasta una estación para subirse a una góndola. Hora y media más tarde, con cuatro pasajeros más, navegaron por las calles acuáticas. Gabriel le susurró en el oído: —Qué suerte, no oler esto en las películas. Cuando enseñan las parejas en escenas románticas, con el gondolero dándoles serenata, deberían ponerles una pinza de ropa en la nariz —. Era una lástima, le dijo Javi a Gabriel, con esos edificios de una hazaña de ingeniería, una ciudad sobre pilotes sumergidos, y el hedor que los rodeaba.

Salieron debajo del Rialto, que habían cruzado a pie ese día, hasta el Gran Canal, donde se unió la góndola a otras en derredor de un bote donde un acordeonista tocaba "O sole mio", seguido de "Torna a Sorrento" y, finalmente, "Al di la". Antes de retirarse, el acordeonista pasó el sombrero entre los turistas.

Gabriel comenzó a reírse otra vez. Muy cerca de la oreja de Javi le dijo: —Malditos gabachos. No saben convertir la moneda, apuesto. Le están dando al hombre billetes de cien liras. A lo mejor creen que va a pagar la hipoteca de la casa con eso.

De vuelta del paseo Javi pensó en ir a bordo de otro *vaporetto* a Murano. Sin embargo, ya se comenzaba a poner el sol. No quería ir manejando a Florencia en la oscuridad por aquellas carreteras de carriles estrechos y perderse.

Regresaron a Roma sin ir a Bolzano, cerca de la frontera con Austria. Javier mencionaba de vez en cuando que en invierno, cuando no tuviera clases Javi, podían darse un viaje para esquiar en Innsbruck o tal vez en algún lugar en Suiza. Habrían de ser viajes futuros, con Gabriel. Se le ocurrió que ya Gabriel estaba grandecito. Pronto se iría a otra universidad. A lo mejor regresaba después de graduado a vivir con él o en un lugar cerca. Tal vez no. Lo embargó el miedo. Por supuesto que sabía que algún día Gabriel tendría una vida separada de la suya, probablemente con su pareja, pero nunca podía imaginarse a su hijo en algún lugar donde no se vieran por lo menos una vez a la semana.

—¡No, mi Dios! —se sorprendió diciendo en voz alta.

—¿Qué pasa? —preguntó Gabriel, preocupado.

—Nada. Recordé algo que dejé sin hacer en el trabajo —le dijo Javi, intentando como pudiera de reponerse sin estrellar el carro contra los rieles laterales de la autopista.

—No vale la pena preocuparse, Papá. De todos modos, va a tener que esperar hasta que regreses. Me imagino que no es asunto de vida o muerte.

Ya en Roma volvieron a alojarse en el Intercontinental. Fueron en carro a Nápoles y Pompeya. Capri habría sido interesante, pero esperar tres horas para ir a la isla desde Nápoles era demasiado para luego regresar a oscuras. Gabriel dictó su veredicto: la pizza de Nápoles, solamente la de Nueva York la superaba. El último día fueron a *Piazza Navona* y al Panteón en la mañana y en la tarde fueron por tren a El Vaticano. A pesar de que ya la religión no le era de importancia a ninguno de los dos, Javi quedó maravillado con la arquitectura. —Una cosa es verlo en películas y fotos, pero ser testigo de la majestad de esto es una experiencia inigualable —dijo Javi.

Habían dejado la fuente de Trevi para esa noche. La multitud no disminuía en la noche. Empujaron y dieron con los codos hasta que se abrieron paso hasta el borde. Se pararon de espaldas y lanzaron monedas a la fuente. —Ahora tenemos certificados oficiales de turista —Javi dijo.

Esa noche Javi se acostó y se enterró debajo de una frazada. Se había cansado del calor que tuvieron que resistir cada día y bajó el termostato del aire acondicionado en la habitación. No había oído a

Gabriel acostarse. Abrió los ojos y vio su esbozo luminoso como de aparición contra la luz del farol de la calle, que entraba por los vidrios de las puertas francesas que daban al balcón. Estaba sentado en el borde de la cama.

—¿Te pasa algo? —Javi le preguntó, pero Gabriel no dijo nada. —¿Quieres que encienda la luz? ¿Qué sucede?

—Necesito que hagas algo por mí —le dijo al fin Gabriel. Una vez Javi levantó la cabeza de la almohada y la sostuvo con la mano, Gabriel dijo: —No quiero que malinterpretes lo que te voy a pedir —. Calló un momento. —Hace un tiempo que me conoces, creo que me conoces mejor que nadie. Conoces mi historia. A mí nadie me ha tenido en sus brazos con intenciones que no fueran las de usarme —. Javi estaba perplejo. No podía verle la cara a Gabriel ni sabía por dónde iba todo esto. —Esta noche cuando cenábamos, no sé, pensé en algo. Te he preguntado si te gusta estar solo. Como dices, nos tenemos el uno al otro. Y eso a lo mejor no basta, pero algo es algo, ¿verdad?

—Es más que un simple algo, Gabriel. Para mí lo es todo —dijo Javi en un tono afectuoso que expresara sus sentimientos de la forma más sincera.

—Hoy me di cuenta de que necesito que alguien me tome en sus brazos. Quiero que alguien que me quiera me tome en sus brazos y me haga sentir humano. No de una manera sexual. Simplemente porque soy humano y necesito contacto humano. No debería ser mucho que pedir, ¿no crees?

—No, no lo es. Creo que te entiendo. Bueno, sí, te entiendo —dijo Javi.

—¿Me dejas acostarme en tu cama para que me abraces? —. La sorpresa y la posibilidad de que esto se convirtiera en algo más hicieron a Javi mantenerse callado. —Me quieres, ¿verdad? —Gabriel le preguntó en un tono sedoso despojado de malicia.

—Más de lo que jamás podrás saber.

—No, yo creo saberlo. No te estoy pidiendo nada que me tomes en tus brazos hasta que me duerma. Del modo que habría querido que el monstruo lo hiciera si en algún rincón de su ser todavía hubiese un ápice de decencia y afecto. No recuerdo que nadie me hiciera eso de niño. Ahora soy un adulto, como dices. Tengo un hogar que todos quisieran tener, alguien que cuida de mí y me apoya en todo lo que hago, suficiente inteligencia para salir bien en la escuela. No tengo contacto humano. Me vienen a la mente los monitos de los experimentos de comportamiento, ya sabes cuáles, los de introducción a la psicología, los bebés monitos que prefieren al muñeco con la toallita tibia que al que los alimenta, pero está hecho de alambres. Van y se toman el alimento y de inmediato se van al muñeco tibio. Me siento como uno de esos monitos, excepto que no tengo al muñeco tibio.

Gabriel le había tocado lo más profundo de su corazón, pero no sabía cómo responder.

—Necesito que alguien que me quiera me abrace, que me tenga en sus brazos. Nada más. ¿Podrías hacer eso por mí?

Javi aguardó un momento antes de sentarse en el borde de la cama. —Gabriel, creo que entiendo lo que dices y lo que me pides. No te voy a negar la oportunidad de sentirte como dices que necesitas. Tenemos que tener algo muy claro. Es tenerte en mis brazos. Nada más. No me opongo de ninguna manera a abrazarte y demostrarte mi amor de una forma en la que no lo he demostrado antes —. No hablaba Gabriel. Javi seguía viendo el perfil fornido de su torso como un hilo de luz contra el fondo iluminado. —Va a pasar una vez, esta noche. No sucederá nunca más. Tienes que respetar eso.

—Te prometo que sí. No te pido más. No quiero nada más.

Javi bajó la cabeza y se deslizó hacia el otro lado de la cama. Levantó la frazada. Gabriel se metió debajo. Javi tiró la frazada sobre los dos. Se le acercó a la espalda de Gabriel. Le escurrió el brazo derecho debajo del cuello a Gabriel y le puso el brazo izquierdo a lo ancho del pecho.

—Gracias —le dijo Gabriel.

—Por nada, Gabriel. Ahora duérmete. Mañana va a ser un día muy largo.

Javi sostenía un fardo frágil de humanidad, fuerte en el exterior y vulnerable en sus adentros. Quería alcanzar la mejilla de Gabriel y darle un beso paternal, pero temió que se confundiera Gabriel con el gesto. Se percató de lo mucho que amaba a esta criatura, la ternura que le despertaba Gabriel, el afecto protector que no había sentido por nadie en su vida. A lo que hubiese allá fuera en el universo que le había traído a Gabriel a su vida, lo agradecía. Casi valía la pena creer aquello que decía Gabriel de que todo pasaba por alguna razón. Ahí, en ese momento, el motivo era que le trajera felicidad a Gabriel como se la traía Gabriel a él.

Para sorpresa de Javi, durmió más profundamente de lo que lo había hecho en mucho tiempo. Se despertó y encontró a Gabriel feliz, vestido y listo para ir a desayunar.

—¡Dormilón! Vamos a perder el vuelo si no te apresuras a salir de esa cama.

Y Javi supo que lo quería ahora más que antes, algo que hubiese pensado imposible.

38 El futbolista presenta su caso

El vuelo de regreso fue como si hubiesen abordado el avión tres días antes y todavía estuvieran en el aire. Una noche en Nueva York, una hamburguesa doble para Gabriel y llegaron a su ciudad la próxima tarde. Cuando el taxi los dejó en la casa y entraron, Gabriel le dio un abrazo muy fuerte a Javi.

—Has sido tan generoso conmigo. Nunca voy a olvidar este viaje. Se va a quedar todo alojado en mi mente para siempre como una película y tú y yo vamos a estar en cada fotograma. Gracias, Papá.

—Vamos a ver la película juntos, no importa dónde estemos —le contestó Javi.

Javi pensó quedarse en casa el día siguiente. Tenía la cabeza en algún punto entre el Atlántico, pero el cuerpo estaba en la orilla del Pacífico. Había que lavar ropa: tres semanas de cambios diarios. Había que ir al mercado. Se tenía que ir a la oficina de correos a reclamar todo lo que habían suspendido de entrega. Estaba a punto de tomar el inalámbrico para llamar a BEA cuando Gabriel dijo: —Hay que lavar ropa, tengo que ir al mercado y se tiene que buscar el correo. Tengo mucho que hacer hoy —. Javi ya no tenía excusa.

—¡Excelentes! —le dijo a todo el que le preguntó sobre las vacaciones. —No sabía cómo me hacían falta.

La administradora de la oficina había asignado temporeramente a Victoria con Emma Garrick y a

James Dillon. Estaba haciendo algunas tareas para ellos y volvería al despacho de Javi el día siguiente. Se le presentó al nuevo recepcionista, alguien que lo sorprendió. ¿David Kohner? Oliver había dicho una vez que le desagradaba emplear a varones para puestos de recepcionista. Nunca tenían la intención de hacerlo de carrera. Siempre estaban en transición a algo más, a un verdadero trabajo, un mes después de invertir tanto dinero en adiestrarlos.

—¡El célebre ingeniero Toro! Es un placer conocerlo —dijo David, un rubio delgado de unos veintitantos. —Aquí tiene una estiba de mensajes —. Buscó en un cajón y le entregó a Javi un bloque de papelitos rosados de dos centímetros de espesor con nombres, números de teléfono y resúmenes de la razón por la llamada. —Los primeros siete son de un tal señor O'Keefe. Dijo que entendía que usted estaría de vuelta ese día. Eso fue hace dos días. Llamó ayer otra vez. Yo no sabía cuándo usted regresaba, así que le dije que tan pronto lo viera pasar por la puerta le daría sus mensajes. Suena agresivo.

Se destornilló Javi de la risa. —Sí, un poco, pero es muy buen cliente, así que lo toleramos.

No bien Javi se había servido su tazón de café y se sentó a su escritorio, zumbó el teléfono. David anunció al señor O'Keefe, aguardando por la línea tres.

—Walt, ¡qué sorpresa! —dijo Javi.

—La sorpresa es toda mía. He estado llamando. No estaba seguro si habías desertado al bloque soviético.

—La idea me cruzó la mente. Pueden beneficiarse de ponerles detalles a esos edificios stalinescos —. Javi recordó los edificios de la era de Mussolini en Roma, de los que le dijeron que había muchos más en Milán: austeros, amenazadores, cuadrados, esteroidales.

Walt quería saber qué tal le había ido en el viaje, si lo había disfrutado y si se alegraba de estar de regreso.

Sí, contento de estar de vuelta, pero con cierta medida de pesar. Había sido un viaje fenomenal. —¿Recibiste mi tarjeta postal?

—No —dijo Walt. La reacción cortaba más que un cuchillo afilado.

—Ah, probablemente viene de camino. La eché hace dos semanas.

—Pensé llamar a Oliver y pedirle tus datos de contacto. Supuse que habías entregado tu itinerario en caso de que te necesitaran.

—Pues no, no dejé itinerarios, pero te agradezco la intención —le dijo Javi.

—¿Cuándo nos reunimos? Tengo la tarde abierta —le dijo Walt con aplomo indiscutible.

—¡Walt! Acabo de entrar a mi despacho. No he tenido oportunidad de ver los asuntos pendientes. Es demasiado pronto.

—¿Cuánto tiempo necesitas, entonces? Mis noches también están disponibles. ¿Qué tal el jueves por la noche?

No iba a aceptar la invitación de todos modos —Ni jueves ni viernes, lo siento —respondió. Jueves tenía ensayo y el viernes era noche de El Bandoneón. De hecho, Sigfredo había llamado la noche anterior para asegurarse de que Javi estaba de vuelta, como había planificado. Le dijo que le tenía una sorpresa preparada. Sigfredo no le daba ni la más mínima pista de lo que era, pero le aseguró de que iba a quedar impresionado.

—¿Me vas a esquivar otra vez? —le preguntó Walt.

—Ésa es una de esas preguntas cargadas de las que nos advertían en la clase de lógica, pero te la voy a virar al revés. Nunca te he esquivado, en primer lugar. No en lo que concierne al trabajo. Una vez no quise hablar contigo hasta que me pasara el mal rato. Y no, no te

estoy esquivando. Tengo un compromiso en mi calendario que no puedo cancelar.
—Déjame probar suerte con almuerzo el viernes. Tienes que comer, ¿no?
—No tengo inconveniente con eso. Entonces, te veo el viernes.
—Me alegra oír tu voz otra vez. Necesitaba esa droga —Walt dijo.
—Eres demasiado amable.

La noche del jueves Javi fue de pasajero en la Harley. Gabriel fue manejando a El Bandoneón. Gabriel había estado amolando a Javi para que lo dejara acompañarlo. Gabriel era todavía menor de edad y no lo permitían en el club en horas regulares, pero el ensayo no era problema. Javi se sentía un poco cohibido, pero se las arregló para ejecutar como todos esperaban.
Cuando se acercaban a la puerta de entrada, Javi vio a Omar, cuya sonrisa se había desvanecido.
—¡Don Javier! —dijo Omar y señaló hacia Gabriel. —Y éste, ¿quién es? —. Era un tono más acusador que inquisitivo.
—Gabriel, él es Omar —dijo Javi y se dirigió a Omar. —Gabriel es mi hijo.
—¿Usted tiene un hijo? Nunca pensé... —dijo Omar. Alcanzó el tirador de la puerta para dejarlos entrar.
—La mayoría de la gente tampoco —respondió Javi. Se había dado cuenta de que Omar miraba a Gabriel de arriba a abajo en un espíritu de escepticismo y lo que Javi intuyó como celos.
El viernes sería noche de lunfardo. Casi todos los tangos serían predominantemente en el dialecto bonaerense. Le habían dicho que se había desarrollado entre convictos que intentaban ocultarles a los guardias

penales de lo que hablaban. Javi pensaba que era un cuento apócrifo, pero el hecho era que él había hecho muchas investigaciones para entender lo que estaba cantando cuando la ocasión lo requiriera. Para los que no estaban informados, le había dicho un lingüista argentino, Mlton Acevedo, profesor en la universidad estatal en Berkeley, era una forma opaca, como el tex-mex, que requiere el dominio del inglés y el español para entenderse, como les sonaba a los parisinos el francés rural del norte de Haití. Era, sin embargo, pintoresco y enigmático. Javi había llamado al profesor para que viniera al club la noche de lunfardo y el hombre había prometido tratar de ir.

Para Gabriel era más impenetrable aún. Aunque su madre era oriunda de Tejas, su padre era de Ciudad Juárez y había evitado hablar español por temor a más discrimen del que sufriría en Estados Unidos. No les habían enseñado español a los hijos. —Como a Viki Carr —Javi bromeó cuando Gabriel se lo refirió. A la que en verdad se llamaba Victoria Carreño, las monjas del colegio le prohibieron hablar español. Había crecido pensando que ser bilingüe era una tara social.

La orquesta había preparado un sinnúmero de piezas de lunfardo. Abrirían con "Cambalache", de Eduardo Santos Discépolo, crítica a la deterioración de la sociedad argentina: "Que el mundo fue y será una porquería, ya lo sé, en el 506 y en el 2000 también". Le seguía "El ciruja", de Francisco Alfredo Marino, un tango sobre un deambulante en un encuentro fatal con cuchilladas. Las canciones de apertura reflejaban la naturaleza medular del tango de lunfardo, con referencias a bajas pasiones, asesinatos, crueldad humana y traición. Le había tomado meses a Javi aprender de memoria la letra de muchos, porque gran parte de ellos no guardaban relación con el español corriente. Sin embargo, "Yira, yira", también de Santos

Discépolo, tenía un significado especial para él. Tan pronto los acordes se abrieron a la letra, se transportó a los días en que podía sentarse en las rodillas de su padre y oírle la voz profunda, melodiosa, darle serenata al niño. "Cuando la suerte que es grela, fayando, fayando, te largue parao... La indiferencia del mundo que es sordo y que es mudo recién sentirás..." Desde el principio el tango manifestaba la misoginia intrínseca del género, algo que Javi manejaba poniendo el foco en el dolor y la desilusión con la justicia y la traición romántica al hombre que canta, en lugar de en la posición filosófica sobre la mujer en general. "Yira, yira" era un tango testimonial sobre la crueldad de los seres humanos los unos con los otros: la suerte traidora es *grela*, mujer.

"Seguí mi consejo" era un tango cómico lleno de recomendaciones irónicas para que un hombre se aproveche de todos, las mujeres inclusive, sin poner gran esfuerzo en el intento. A Javi le gustaba la versión de Carlos Gardel, pero prefería el estilo de Roberto Goyeneche. Ése sería el último tango de la noche, la pieza adicional luego de "Mala entraña", por uno de los poetas del tango, Celedonio Flores: "Te criaste entre cafichos, malandrines y matones". Javi pensaba que esos tangos exigían cierta sensibilidad para poderse escuchar sin pasar juicio. Había tratado una vez de explicarle las letras poéticas de los tangos en lunfardo a Eric Sawyer. Javi no olvidaba el tono de Eric al emitir su juicio: —¡Mi Dios, eso suena horrible!

—No, no tanto. Es como ver bailar *L'Apache*. Aborreces la violencia, pero puedes valorar el arte —. Por la expresión de Eric se dio cuenta de que el argumento no había sido convincente.

En el repertorio de la noche se incluiría el favorito de Javi, "Filosofía barata". Advertía contra vivir sin pensar en la fragilidad de la vida y apresurarse al final que encaraban todos los seres humanos.

A pesar de la interrupción, hasta Sigfredo comentó que Javi estaba en perfecta forma. La última noche de lunfardo había sido cuatro meses antes. El público ovacionó. Sigfredo y Julio Malerba decidieron repetir la sesión más adelante en el año. Era ésta. Gabriel se sentó a una mesa frente a la orquesta. El rostro le reflejaba cierta fascinación. No entendía ni jota de la letra, le dijo más tarde a Javi. —¡Pero esa pasión tuya! ¡La profundidad del sentimiento! No me imaginaba que llevabas todo eso adentro, Papá —. Javi sonrió y se subió a la Harley. Ya había pasado la medianoche. Gabriel sentía orgullo de él. No le importaba la valoración de nadie más. Se asió de la cintura del hijo y siguió como si no tuviera ninguna preocupación en el mundo.

Javi deseó que Sigfredo se hubiese reservado la sorpresa hasta más tarde, después de la presentación. Cometió el error de subirse al proscenio antes de que saliera Javi para anunciar que Roberto Goyeneche estaba en el público, honrando El Bandoneón. Los aplausos sonaban como chaparrón sobre techo de metal. Las rodillas le comenzaron a temblar a Javi. ¡Maldito Sigfredo! —El Polaco Goyeneche, nuestro querido intérprete del tango, esta leyenda viviente, nos acompaña durante su visita al estado por motivo de compromisos profesionales. ¡Sentimos gran orgullo! Nos honra haciéndonos dignos de su presencia. Esperamos que no quede desilusionado. Por lo menos, le aseguramos que haremos lo posible por no dejar que se vaya insatisfecho, ¿verdad, muchachos? —dijo Sigfredo, dirigiéndose a la orquesta. Los másicos se pusieron de pie e hicieron reverencia. —Y ahora, nuestra estrella, a quien han venido a escuchar, ¡Javier La Plata!

Sigfredo bajó del proscenio. El foco de luz siguió a Javi desde la entrada al vestidor hasta el centro del escenario. Lo recibieron aplausos ensordecedores. Abrieron los violines. Les siguió el bandoneón con un *ostinato* quejumbroso antes de que se oyera el piano. Ya no había manera de salir corriendo a toda velocidad en la Harley.

No pudo explicarse cómo, pero por fin pudo controlar los nervios. Después de un par de peticiones por canciones adicionales, les dio las gracias a todos y les deseó buenas noches. Siguieron aplaudiendo. Una vez estuvo fuera de la vista del público se volteó contra una pared con los brazos extendidos como crucificado, respiró profundo y se preguntó: —¿Cómo diablos pude salir de eso?

Sigfredo vino al vestidor, un área del tamaño de un armario grande, con Roberto Goyeneche en arrastre.

—¡Señor Goyeneche, qué honor! No sé cómo pude pararme ahí sabiendo que me escuchaba.

—¿De qué hablás, pibe? —preguntó el famoso Polaco. ¿De qué hablaba Javier La Plata? —Si tenés un talento único. Me dice Sigfredo que ni argentino sos. ¡Me engrupiste! Creí que escuchaba a otro Jorge Falcón. Un Jorge Falcón pierna, mucho mejor parecido y efervescente, joven y lleno del tono de la experiencia que no podés tener a tu edad. ¡Esos vibratos! Me traqueteaban las costillas —. Se volteó hacia Sigfredo. —Sigo, hermano, cuando dijiste que tenías aquí a un virtuoso, pensé: "¡Qué macana que me quiere meter! ¿Un virtuoso? ¿Y qué hace por el norte en lugar de estar acá si es tan bueno?" Ahora sé que no exagerabas. Valió el viaje desde Los Ángeles, que ya es mucho decir.

Javi no sabía dónde esconder la cara. ¿Qué podía nadie contestar a eso? ¡Era Goyeneche, por Dios! Goyeneche en la carne, el que oía con Javier en noches de invierno en Boston y que escuchaba en su tocadiscos cuando llovía afuera y aquella voz invitaba a la nostalgia, el que pintaba con la palabra y transportaba a quien lo oía a su sur querido. Y ese Goyeneche lo bañaba con elogios. Más tarde no pudo recordar de qué más hablaron en los diez minutos más que estuvieron el Polaco y Sigfredo en el vestidor. Tal vez fue más, pero el tiempo pasó tan rápido que todo parecía de una infinitésima fracción de nanosegundo.

—Si alguna vez querés progresar en tu carrera más allá de esta ciudad, tengo las conexiones —dijo el Polaco. —Me voy en unos minutos. Creo que el chofer de la limusina está a punto de dormirse. Sigfredo sabe cómo comunicarse conmigo. Sería un gran placer darte una mano. En Buenos Aires serías sensación, Javier.

Se dieron las manos. Sigfredo y Goyeneche salieron. Javi permaneció allí, sentado con los codos sobre los muslos y las manos sirviendo de sostén para la cabeza. Tenía el cerebro al estallar. Se levantó para cambiarse a la ropa de motocicleta y estaba en calzoncillos cuando entró Sigfredo. —¿Qué te dije, Javier La Plata, qué te dije? ¿Me creés ahora? ¿Sos una maravilla!

¿Oís, Javier? Es todo para vos.

39 El cantor de tangos

Javi y Gabriel acababan de entrar de una carrera ese sábado por la mañana. Javi fue al encimero de la cocina, donde había dejado una botella de agua de manantial. La quería a temperatura ambiente y no fría. Timbró el teléfono. —Oh, Dios, que no sea Walt— dijo.

Gabriel contestó. —Hable —dijo, como de costumbre. Había decidido que las llamadas de fines de semana no eran tan importantes o por lo menos eran de conocidos. —Oh... hola... Yo bien. ¿Tú...? No mucho. Acabo de entrar de una carrera. ¿Qué se te ofrece...? Claro que estoy seguro. ¿Por qué no lo estaría...? —. Cubrió la bocina, miró a Javi y susurró: —Alma Rosa —. Javi echó la cabeza hacia atrás por la sorpresa. Desde la vez que le hizo clara la situación con Gabriel a ella y a su familia no habían sabido de ella. —¿Qué has leído ahora...? Sí, ya sé de eso... Ah, veo... No sé quién te mandó a llamar, pero les puedes decir a todos que su preocupación es un desperdicio... ¿Ah, sí, preocupada, eh...? Sí, ya sé que es mi madre. Me parece que fue ella quien lo olvidó la noche que me tiró a la calle con nada más que la ropa que llevaba encima... Oh, verdad es, siempre será mi madre, porque es un hecho biológico y lo dice el acta de nacimiento... ¿Sabes? Gracias por la preocupación. Está mal dirigida. Tú suenas más ignorante que preocupada. Aquí no pasa nada, todo está a pedir de boca, súper, no puede ponerse mejor, cariños a todos, adiós.

—¿Qué fue eso?

—Han estado leyendo sobre el cáncer gay. Estaba verificando que no lo tenga yo —dijo Gabriel —. Estúpida ignorante.

Ninguno de los dos conocía a nadie que padeciera de la enfermedad sin nombre a la que solamente se referían por los síntomas y el perfil social de los que la padecían.

—Bueno, a lo mejor están interesados auténticamente —dijo Javi.

—Supongo que cualquier cosa puede ser. En todo caso, sería un interés bordado de supuestos ignorantes. Típico. El cáncer gay es al que me expuso mi madre cuando me sacó de la casa. Torcidos.

Con la partida de Gabriel tan próxima, Javi quería pasar tanto tiempo con él como fuera posible. Walt había invitado a Javi a salir varias veces. Javi había tratado de explicarle con la sutileza que podía que no era el momento justo. Había aceptado una invitación a una exhibición de *Todo sobre Eva* en el cine de arte, pero Gabriel condujo el carro. Cuando Walt vio a Gabriel no se notaba obviamente el desagrado, pero tampoco tenía gesto de gran felicidad. Gabriel le había sugerido a Javi que lo invitara a ver la misma película en el tocacintas de video que había comprado. Javi le dijo que mejor era salir. Si Walt venía a visitar sería más difícil deshacerse de él.

Después de la película esa noche de jueves, fueron caminando hasta un restaurante de hamburguesas al dar vuelta a la esquina del teatro.

—¿Dónde escondes todo eso? —Walt le preguntó a Gabriel. —Tienes el cuerpo de alguien que come solamente proteína vegetal.

—Tengo un metabolismo que no descansa— Gabriel le respondió con una risita.

—Es un chico en franco desarrollo —dijo Javi—. Todavía no alcanza su pleno potencial.

Gabriel había pedido una hamburguesa doble con un batido de vainilla, que llevó a Walt a preguntarle cómo era posible que estuviera en forma tan impresionante si se alimentaba con todo lo dañino; Javi no dijo nada. Gabriel se encogió de hombros.

Walt preguntó qué planes tenía Javi para el fin de semana.

—El sábado por la tarde tengo práctica de béisbol —Javi dijo.

—¿Béisbol?

—Tercera temporada —respondió Gabriel.

Javi explicó que era la liga de verano de la ciudad. Jugaba receptor con Esos Chicos, el equipo gay.

—¿Béisbol? Guau. No lo habías mencionado antes. Me sorprende —dijo Walt. Sorbía de una taza de café negro. —¿Juegas bien?

—¿Me vas a ofrecer un contrato? —le preguntó Javi. Se había apresurado a enjugar una gota de chocolate caliente que le colgaba del bigote.

—Si fuera dueño de un equipo, por supuesto —dijo Walt. —No quise decir lo que me salió. Debí preguntarte si jugabas mucho.

Javi se rio. —La misma pregunta con palabras diferentes.

—Déjeme responderle de esta manera —Gabriel dijo, dirigiéndose a Walt. —A este señor lo admitieron en una institución de la primeras de la nación con una beca para jugar béisbol. Cuando tienen el banquete de fin de temporada, los policías, los fontaneros y los bomberos vienen a arrodillarse frente a él, a pedirle el autógrafo.

Walt miró a Gabriel y luego a Javi.

—Bromea. Solamente vienen los bomberos a adorarme a los pies.

—Me identifico —dijo Walt. —No con lo de la broma. Con lo de los que vienen a adorar.

Gabriel miró a Javi e hizo el ruido. —Oquéi. Sin bromas. Ha ganado el trofeo de mejor jugador dos años corridos.

—¿Algo así como el jugador más valioso?

—No como. Es exactamente el jugador más valioso —dijo Gabriel.

—Ya, ya, basta —dijo Javi. Miró a Gabriel. —Pareces mi representante de relaciones públicas.

—Necesitas uno. Te desperdicias, Papá —Gabriel le dijo. Miraba hacia Javi sobre el borde del envase del batido que sacudía para vaciarlo.

—Porque quiere —dijo Walt.

—Oh, estoy de acuerdo, completamente —le dijo Gabriel. —Necesita un coordinador social para hacer malabarismo con todas las invitaciones que recibe y no acepta. Yo me di por vencido. No tenía vida, ocupándome de la suya. El timbre del teléfono es como las campanas de la iglesia en Navidad. El día entero, toda la noche. No sé cómo pegar el ojo una o dos horas.

—¿Acabaron? —Javi preguntó. —No soy mercancía negociable. De verdad, ya bastó.

—Espérate un momento. ¿Dice la verdad? —Walt le preguntó a Javi.

—Tráigame la Biblia, para juramentar —dijo Gabriel.

—En nada. Casi todas las llamadas que recibo en casa vienen de tu número. La mayoría —dijo Javi con la cabeza hacia el lado de hastío con la conversación.

—Ah, bueno. Eso está bien. Oquéi —dijo Walt y sonrió como a niño que le prometen un helado.

Timbró el teléfono. Gabriel levantó el inalámbrico de la cocina. —¿Algo que no hayas dicho todavía...? Oh, perdón, señor O'Keefe. Creí que era un amigo de la universidad. Aguarde un momento, por favor.

Javi torció los ojos hacia el cielo.

—Saludos, Walt... Descansando después de hacer ejercicio. ¿Cómo estás esta mañana...? Estupendo... ¿Esta tarde? Recuerda lo que te dije de los sábados por la tarde... Depende, a veces un par de horas, otras, más... Mañana jugamos contra los Cachiporras, el equipo de la policía... No, no son gay, por lo menos no todos... Sí, es verdad, el equipo tiene un nombre muy gay... Si gustas, claro. Está abierto al público. La Dieciocho con Alvarado. A las dos... Nos vemos allá.

—¡Oh, cómo crece tu fanaticada! —dijo Gabriel. —Ted Williams no te lleva nada. Creo que ni Babe Ruth.

—¿El Gay Babe? Ug —dijo Javi.

Walt ya estaba en los bancos cuando Gabriel y Javi llegaron. Javi se había puesto las zapatillas de béisbol en el carro. Hacía demasiado calor para ponerse pantalones largos de bayeta. Llevaba calzoncitos de gimnasia y una camiseta roja.

—¿Qué tal? —saludó a Walt. —Espero que hayas traído loción protectora contra el sol.

—Bronceador —dijo Walt. Llevaba pantalones cortos a cuadros de las Bermuda y una camiseta azul sin mangas. Javi sintió que se apoderaba de él el bajo cerebro cuando vio el pecho, los brazos y las piernas de Walt. Le recordaron que era un ser sexual, sin importar cuánto reprimiera su deseo desde la muerte de Javier.

—¿Vas a practicar con esos pantaloncitos?

—Con este calor no puedo ponerme nada más.

—¿No tienes miedo de que te lastimes algo cuando te deslices? —le preguntó Walt.

—Ya me encargo de no deslizarme —dijo Javi entre carcajadas.

—Podrías tener un percance genital de vestuario —Walt dijo.

—Eso está todo donde debe estar y protegido —respondió Javi. Se rio y se fue a reunirse con los demás jugadores.

Gabriel vino a sentarse al lado de Walt. —Tienes el papá más sexy de la historia —le dijo Walt.

—¡Uuuuh, no le diga esas cosas a su hijo! Aunque sea verdad.

Después de la práctica Walt quería saber si Javi y Gabriel podrían ir con él a tomar algo. Javi le dijo que tenía que irse a casa a asearse. No estaba vestido para ir a ninguna parte. Tenía planes para esa noche. —Pero gracias, Walt. Dame un vale para otra ocasión, por favor. Danos, digo, danos.

Cuando se subieron al carro, Gabriel dijo: —Creo que tuvo la verga parada durante la práctica entera.

—No seas craso. Aunque sea verdad.

Ya eran casi las ocho y media la mañana del día siguiente cuando Javi y Gabriel llegaron al parque para el partido. Casi todos los bancos estaban ocupados, aunque ninguno de los dos equipos había salido de los vestidores. Varios de los fanáticos saludaron a Javi. Vio a Jules entre ellos, de pie y silbando para acaparar la atención de Javi, que lo saludó con la mano. Al cruzar hacia los vestidores, vio a Walt sentado en el banco más bajo y cercano al diamante del lado de Esos Chicos.

—¿Dormiste aquí? —Javi le preguntó.

—No, pero llegué bien temprano. No quería perderme ni un segundo de la emoción.

—Voy a tratar de no decepcionarte —dijo Javi, sonriendo y caminando hacia los vestidores.

Esos Chicos ganaron nueve a cero. Faltaba un partido, el de campeonato, para que terminara la temporada. Javi y sus compañeros estaban invictos en los quince partidos: las puntuaciones habían estado peligrosamente cerradas los domingos durante los que Javi había estado en Italia, pero de algún modo salieron adelante. El periódico principal de la ciudad le había dedicado al equipo un artículo en la revista dominical de la semana anterior, con una foto de Javi como la estrella del equipo gay. Los fanáticos se aglutinaban alrededor de los jugadores, saludando y felicitándolos. Los Cachiporras, ganadores del segundo puesto en el campeonato, vinieron a felicitar al equipo triunfador. Se volverían a enfrentar el domingo siguiente.

—Si decides cambiar de equipo la temporada que viene, espero que te vengas al nuestro —le dijo uno de los policías al estrecharle la mano a Javi.

—No creía que nuestra clase jugaba para su equipo —le respondió Javi.

—Te sorprenderías.

—No, en realidad, no. —le dijo Javi con una carcajada.

Walt logró llegar hasta Javi según se alejaba el policía. Había sido un partido muy excitante. Había que darle mucho crédito a Javi. ¡Qué gran jugador era! Cada vez que veía una jugada de Javi quedaba más impresionado que con la jugada anterior. ¿Qué, podría Javi decirle, no era capaz de hacer bien, excelentemente, en realidad?

—Conducir un autobús —dijo Javi. —Y eso, porque no lo he intentado todavía.

—Lo doy por seguro. Dime, ¿quieren Gabriel y tú venir a almorzar. Invito y pago.

Gabriel había caminado hacia ellos y estaba parado detrás de Walt. —Esa sí es una gran idea. Almorzar.

—El equipo siempre va a un desayuno almuerzo a Shirley's, en la 15, entre Jackson y Buchanan —Javi dijo. —¿Quieres acompañarnos?

—¿A quién le dan pan que llore? Claro. Y gracias. Te sigo en el carro.

Javi necesitaba media hora para darse un duchazo y vestirse. En Shirley's se sentaron en un salón aparte, con el equipo y algunos invitados, como siempre, reservado para Esos Chicos los domingos en la temporada de béisbol. Shirley y su pareja Maddie eran auspiciadoras del equipo. Las mesas, cubiertas en manteles de hule a cuadros rojos y blancos, todas eran para cuatro. Martin se sentó con Javi, Walt y Gabriel; Jerry se fue a otra mesa. Los jugadores pidieron mimosas, jugo de naranja con vodka y *bloody Marys*, los que tomaban alcohol, café y tortillas, quiche, panqueques, , torrejas y, para algunos, bistec con papas fritas a la cabaña, que tenían la reputación de ser las mejores de la ciudad.

La vellonera tocaba un disco de Rick Astley.

—¡Es demasiado temprano para eso! —gritó Frederick.

Una voz al otro lado gritó: —¡Ignóralo! — y todos rieron.

Walt sonreía sin decir mucho, como si fuera un espectador todavía sentado en los bancos a orillas del diamante. Pidió torrejas, huevos revueltos, salchichas y zumo de naranja. Javi quería un *bloody Mary* de inmediato, seguido de huevos fritos y panqueques con arándanos azules.

—¿Qué tal un *bloody Mary*? —dijo Gabriel. Antes de que Javi objetara, la mesera dijo que no parecía de edad para pedir eso. —Oquéi, oquéi. Zumo de naranja. Una tortilla de vegetales, salchicha de pavo y todas las papas fritas que quepan en el plato.

Cuando casi todos habían terminado, se quedaron donde estaban, conversando y tomando café. Walt se puso de pie para ir al baño. Regresó algunos minutos más tarde. La vellonera tocaba "For once in my life", "Por primera vez en mi vida", de Stevie Wonder. Gabriel le preguntó si había seleccionado esa canción.

—Sí. Es una canción bonita —dijo Walt. Tan pronto terminó ésa, volvió a oírse a Rick Astley: "Nunca voy a dejarte ir".

Andrew le gritó a Frederick: —Hey, Fred, ¡te la dedican! —e irrumpió la risa general.

Dean se puso de pie y empezó a bailar. Llegó a donde Javi, le tomó la mano y lo levantó. Los dos bailaron mientras los demás ululaban y silbaban.

—¿Tendrán la de Marvin Gaye, "Sanación sexual"? —gritó Gabriel por encima de la música.

Uno de los que estaban a la mesa del lado dijo: —Soy terapeuta certificado, pero eres demasiado joven para mí —. Se rieron los que lo oyeron, Gabriel inclusive.

Cuando terminó la canción se oyeron aplausos y gritos de aprobación. Javi volvió a la mesa. Ante los aplausos, Javi se puso de pie e hizo una reverencia. Dean se le acercó y chocó la cadera contra la de Javi.

—Algo más que haces muy bien —señaló Walt. Javi rio.

Javi se rehusó a permitir que Walt pagara la comida. Era su invitado y el de Gabriel.

—¿Dónde aprendiste a bailar? —le preguntó Walt cuando salieron. —¿En las discotecas?

Javi se rio. —He ido a una discoteca una vez en mi vida. Detesto regresar a casa hediendo a nicotina barnizada de cervecería. Bailar estaba bien, pero no el arrebol posterior.

—Entonces, ¿dónde?

—¿No has oído decir que nacemos con el ritmo en las venas? Es una vergüenza social ser latino y no saber bailar —Javi dijo. —Mi madre me enseñó.

—Dudo que tu madre te haya enseñado esos pasos. O lo de la cadera. O a levantar los brazos. O a sacudir la cabeza. Muy sexy, por cierto —Walt dijo.

—En eso tienes razón —respondió Javi, riendo. —Estaría en franca mortificación si lo viera. ¿Nunca has visto "Soul Train"?

—No bailo mucho. A lo mejor algún día me puedes dar lecciones, pero empezando con algo lento —dijo Walt.

—Oye, la caridad empieza por casa —dijo Gabriel. —Primero me tiene que enseñar a mí. Este latino tampoco sabe bailar. Otra desgracia social en mi expediente.

—Voy a programar una sesión de estudio con Arthur Murray una de estas noches —dijo Javi.

La última semana de agosto, Gabriel se iría a asistir a la semana de orientación en Pittsburgh. Javi le había pedido que hiciera una lista de lo que todavía necesitaba.

—Una cajita lapicera con sacapuntas incrustado. Y una caja de ocho crayones extragrandes. Marca Crayola. Mejor la caja grande, la de cien crayones, con azul morado, albaricoque y rosado clavel. Nada menos que lo mejor —le dijo Gabriel.

—Oh, jo, jo, qué jocoso. En serio.

—¡En serio es que lo digo! —le respondió Gabriel, riendo.

—Quiero que vayamos a la tienda de ordenadores —le dijo Javi. —Quiero comprarte una máquina MS DOS para que te la lleves —. Javi había comprado su propia unidad para la oficina de la casa. Oliver estaba ya listo para ponerlo todo en un sistema computarizado, pero estaba evaluando un sistema de diseño por computadora antes de tomar la decisión final. La variedad aumentaba y no era posible saber dónde terminaría la volatilidad del mercado ni qué programas prometían apoyo posterior del fabricante.

—Ya te me adelanté en ese departamento, Papá. La universidad tiene un requisito de sistema de ordenador personal. Se puede comprar el sistema completo en la librería de la universidad.

Tendría que dejarse para cuando llegaran a Pittsburgh. Mejor así. De otra forma, tendrían que cargar todo eso en el avión. Se fueron a comprar ropa de otoño.

—Debimos esperar a llegar a Pittsburgh. Kaufmann's seguramente tendrá buenas ventas —. Gabriel le preguntó qué era eso. —Es una cadena local del estado. La fundó el hombre que comisionó a Frank Lloyd Wright a construir *Fallingwater*.

—Oye, a lo mejor podemos sacar tiempo para visitar el lugar —sugirió Gabriel. —Es un monumento nacional.

—Mira, si quieres visitarlo con compañeros o con alguna excursión, espero que lo disfrutes —le dijo Javi.

—¿Entonces no quieres ir?

—Ya estuve. Es un bloque de cemento sobrestimado y opresivo. Fui en verano. Creo que las paredes sudaban, de tanta humedad. Pude entender por qué la esposa de Kaufmann's se dio un pistoletazo en esa casa —respondió Javi mientras caminaban a la sección de abrigos de hombre. —Hay un lugar cercano para practicar el canotaje de agua blanca. En el río *Youghiogeny*. ¿*Fallingwater*? No creo. Te lo regalo.

—Tu opinión difiere de la mayoría de los que saben de esas cosas.

—Por eso le llaman opinión, no hecho contundente. Cada cual que aplique su propio criterio. Ve y visítalo. Luego me dices lo que te pareció— respondió Javi.

—¡Mi papá es un iconoclasta! —dijo riéndose Gabriel.

El último domingo de agosto abordaron el vuelo a Pittsburgh. La orientación comenzaba el martes. Se inscribieron en el Hyatt Chatham. Javi condujo en el carro de alquiler al distrito comercial. Gabriel quedó sorprendido por la falta de gente en el centro de la ciudad. En casa un domingo por la tarde el distrito financiero no estaba tan concurrido, pero en el resto de la ciudad estaban las multitudes sin fin.

Javi se estacionó y fueron a pie hasta Primanti. —Durante la temporada de fútbol este lugar no se vacía —dijo. —Los fanáticos de los Piratas no están tan interesados en sándwiches de papas fritas. Pero tú sí, apostaría.

—Me asusta lo bien que me conoces.

Pidieron y se sentaron por el ventanal que daba a la avenida Liberty. Javi se rio. —¿Ves esa mesa? —preguntó, señalando con una sacudida de la cabeza una mesa a la derecha de Gabriel. —Ahí í mismo estaba el día que conocí a Walt.

—¡Ah, pillín! Por eso querías venir aquí a comer. ¡Para remontarte por el camino de los recuerdos con el hombre que ha de ser tu marido!

—¡Nada de eso! —Javi protestó. —Es todo coincidencia.

—¿No me dijiste una vez que no creías en coincidencias o que nada sucediera por una razón?

—Lo sostengo —le contestó Javi, aunque desde que había dicho eso su convicción sobre el tema había flaqueado un tanto.

—A este niño le luce que te engañas a ti mismo, Papá. A este chiquilín le parece que su papi se engaña más de lo que lo engaña a él.

Tarde la mañana del lunes fueron al Mellon Bank en la avenida 5 a abrir una cuenta corriente para Gabriel. El oficial del banco sugirió que se abriera la cuenta a nombre de los dos con la dirección de casa en lugar de alguna en Pittsburgh, donde Gabriel estaría por tiempo limitado. Claro, tal vez tres años durante los meses escolares, pero no permanentemente. Javi hizo un depósito inicial de tres mil dólares. En el futuro haría transferencias electrónicas según fuera necesario.

—¿Son para la matrícula esos fondos? Eso no sería suficiente —dijo el oficial del banco.

—No, ya eso está pago —dijo Javi.

—Esta cantidad es mucho más del promedio —el hombre respondió.

—Mi hijo está más allá del promedio. Confío en mi hijo completamente. Sé que no se va a ir por ahí a desperdiciar el dinero que me gano con tanto esfuerzo —. Miró a Gabriel y sonrieron.

Las próximas noches Javi condujo al lado sur de la ciudad, para que Gabriel pudiera subir en el inclinado Monongahela y disfrutar la vista, desde el monte Wáshington, de la ciudad entera, conectada a todo lo que le circundaba por puentes. —George Wáshington fue agrimensor aquí —señaló Javi. En la confluencia de los ríos Ohio, Allegheny y Monongahela estaba el Parque de la Punta, con su hermosa fuente. Una noche fueron a comer a la calle Carson y pasearon por el centro, para que Gabriel viera la magnífica arquitectura de la ciudad, inclusive la cárcel del condado de Allegheny, conocida por uno de sus presos más famosos, Ed Biddle, que se escapó con la mujer del alcaide, la señora Soffel. Desafortunadamente, la corte del condado estaba ya cerrada. Las escalinatas al estilo de pata de perro eran de una belleza extraordinaria, lo mismo que la torre Koppers y el *Mellon National Bank*, comenzando con sus techos sorprendentes, de una magnificencia que solamente podía apreciarse del ático del edificio U.S. Steel.

—Creo que a ti te interesan más los edificios lindos que a mí —le dijo Gabriel. —A mí me interesa más de qué están hechas las cosas, qué las pone en marcha, no la decoración.

—¿Haces distinción? —. Javi se había alarmado.

—Tranquilo, Papá. No del todo. Solamente no al grado que tú quieres verlos juntos.

—¡Gran consuelo! No heredaste mis genes, es obvio. Creo que eres hijo del lechero.

—De pies a cabeza, soy todo tú —replicó Gabriel, que miraba por la ventana. Javi se aseguró de que Javi pudo entrever su sonrisa de ego inflado.

El miércoles ya Gabriel estaba instalado en su habitación en la residencia estudiantil. Le habían asignado un compañero que no había llegado todavía. Era de segundo año y ya había estado en la universidad el año anterior. Javi lo llevó a pasar la noche en el cuarto de hotel. Estaban viendo televisión, apoyados en los almohadones de la cama tamaño *king*. Javi empezó a reírse a carcajadas. El televisor estaba sintonizado a la estación KDKA, en el informe del tiempo.

—¿No lo reconoces? —Javi preguntó, señalando al televisor. El meteorólogo estaba de pie en una plataforma exterior que se levantaba contra el fondo de la ciudad. Tenía puesto un peluquín de lo más vergonzoso, como un panqueque que le recordó a Javi los días que veía la misma estación cuando estudiaba en Pittsburgh.

—Ni idea —le dijo Gabriel.

—¡Ah, fíjate bien! Es Bill Cardille —. Gabriel seguía sin reaccionar. —"¡Vienen por ti, Bárbara!"

—Ése no es el tipo de *La noche de los muertos en vida*. No puede ser Harry Cooper.

—No, no, no. Es "Chilly Billy Cardille", el reportero que daba los informes sobre el avance de los zombis —dijo Javi.

—¡Ah, joder, tienes razón! Sí que tiene una alfombrita bastante fea en la cabeza.

Se rieron. —Le pudieron añadir otra trama, donde los zombis atacan la estación de le televisión y corren despavoridos al verle el animal muerto y aplastado en la cabeza —Gabriel dijo entre risas.

—"¡Vienen por ti, Chilly Billy!" "¡No, no vienen! ¡Ya estoy inoculado en eso que llevo en la cabeza!" —dijo Javi, imitando el tono aburrido de seriedad de Bill Cardille.

El jueves en la mañana tuvieron que despedirse. Javi intentó representar el papel del padre orgulloso que deja atrás al hijo para que se enfrente a la vida por sí solo. El estoicismo se le derrumbó cuando Gabriel le echó los brazos y de inmediato sintió la cabeza del muchacho contra la suya. —¡Carajo —dijo, sin importarle quién oyera —, te dejo aquí porque es así como tiene que ser! Voy a quedar como un desgraciado, tan solo que ni quiero pensarlo —. Tenía la cara enterrada entre el cuello y el hombro de Gabriel.

—Me vas a hacer mucha falta, Papá. Pero es como dices, tiene que ser.

—Sí, ya lo sé —. Recordó al jovencito desafiante que encontró en el cuarto mal iluminado de paredes amarillas en el centro juvenil. También recordó a su madre, obsesionada con aferrarse a la cadena que creía haberle enganchado y fijado al collar apretado en el cuello del viejo Tomás Eduardo. No iba a ser su madre. Su amor por Gabriel no lo permitiría.

—Llámame cuando quieras. Con cargos revertidos o los dejas en la cuenta de tu teléfono en la residencia, no me importa cómo lo hagas —le dijo Javi con la mano abierta contra la mejilla de Gabriel. —Te prometo que no voy a llamarte más de ocho veces al día —. Gabriel dejó salir una risita entre sus propios sollozos. —Doce, no más de doce, vas a ver. No, espero a que me llames tú, no quiero interferir con tus estudios. Sólo lo necesario.

Lo vio en el espejo retrovisor cuando se alejaba. Sintió que le arrancaban las uñas de la carne.

De vuelta a casa estacionó en la cochera. Había dejado el carro en el estacionamiento a largo plazo en lugar de llamar a un taxi cuando habían salido el domingo. Entró por el balcón. Abrió la puerta del frente y entró al recibidor. Dejó el equipaje en el corredor, por la puerta de la sala. Era imposible aceptar que esa casa tan sola estaba bañada de buhardilla a sótano con la presencia de su adorado Gabriel. —No voy a llorar. No voy a llorar —se dijo. —No será para siempre —. En la mesa del recibidor vio el llavero de Gabriel. Alcanzó las llaves. —Voy a tener que decirle a ese muchacho que cuelgue sus llaves en la cocina, donde van. ¿Cuántas veces te lo voy a tener que decir, Gabriel? —. Miró la foto en que estaba con Gabriel en la Sierra Nevada en un viaje para esquiar, cada uno con el brazo echado sobre los hombros del otro. Rompió a sollozar. —Tú deja las llaves donde te parezca, mi niño.

40 Extraño en el paraíso

El jueves por la tarde se reunió con Walt en BEA. Estaban a pocos detalles de finalizar el acuerdo para el proyecto. BEA se haría cargo de todo lo que tuviera que ver con la construcción, inclusive el diseño, que tendrían que aprobar Walt y Barton. —Esta es la ventaja de no tener accionistas —le dijo Walt a Javi, quien le respondió:

—Sí, tienes razón y entonces tienes tú que encararte personalmente a todas las consecuencias —. Todo lo concerniente al uso de la tecnología BayToro sería asunto de Oliver; O'Keefe Financial no intervendrían en eso. Las fechas de inicio y entrega final se tenían que concretar todavía. Oliver también estaría a cargo de presentar las facturas para pago según el porcentaje de terminación.

—En contemplación del acuerdo final, tú y yo debemos ir a celebrar mañana en la noche —sugirió Walt.

—Es de mal agüero ir a celebrar algo que todavía no se ha completado. Es como brindar con agua.

—No creo que supersticiones. Me sorprende que tú sí, un hombre de ciencia y objetividad —Walt contestó.

—Todos tenemos nuestros puntos ocultos de creencias metafísicas, allí donde nadie las ve. Como el afecto, en algunas ocasiones.

—Veo. Lo que quieras creer, te lo dejo a ti. Mi departamento son las festividades. A partir de mañana por la noche. No me digas que no, por favor. Me vas a hacer creer que te caigo mal. Me tienes con complejos.

—No confundas la magnesia con la gimnasia, Walt. Me caes muy bien. Bien bien, a decir verdad —dijo Javi y se le alumbró la cara a Walt. —Es que los primeros viernes de cada mes tengo un compromiso en el barrio italiano. Tal vez podamos cambiar para el domingo, ¿te parece?

—Aguántate un momento. Primero, gracias por decir que te caigo bien bien. Me siento menos mal mal. Y dime ¿qué vas a hacer allá? No me vas a decir que tienes un trabajo de tiempo parcial en Mama Carmela's.

—Todavía no. Nunca se sabe. Puede ser que quiera ir a probar suerte lanzando masa de pizza al aire —dijo Javi. —Es otra cosa, algo que me ata de las ocho a la medianoche.

—Ahora sí que me picaste la curiosidad.

—Canto en un club de tango —le dijo Javi.

Walt lo miró con la incredulidad marcada en la cara. —¿Cantas tangos también? Todavía no puedo imaginarme que no haces.

—No lavo ventanas. Alquilo para que lo hagan.

—¿De verdad cantas tangos en un club nocturno? ¿Aquí en la ciudad? —preguntó Walt.

—Así es. En un viejo cine que han rehabilitado como club nocturno en la calle Green. Hace dos años que canto ahí.

—¿Por qué no habías dicho nada antes? —quiso saber Walt.

—No hay de qué hablar, de veras. Sólo te lo mencioné porque ibas a creer que estoy rechazando tu oferta de salir a celebrar, que, de verdad, quiero hacer —explicó Javi. Hacía días sentía que la armadura de resistencia se les estaba descascarando, tal vez por darse cuenta de que la pregunta de Gabriel sobre su soledad no era tan retórica como él la había creído.

Poco a poco estaba tomando pasos para, por fin, acabar con aquello que antes no le había parecido tan urgente.

—¿Cómo se llama el lugar?

—El Bandoneón. Se refiere a un instrumento característico del tango. Esta noche mi nombre sube a la marquesina y mañana por la noche subo yo al escenario.

—¿Lo sabe Oliver? —preguntó Walt.

—No hay necesidad de decírselo. No tiene nada que ver con mi trabajo aquí. Aquí nadie lo sabe. Ni si pasaran por el club. Mi nombre aparece como Javier La Plata. El tango no es un género tan popular que todos se sintieran atraídos hacia él como si se tratara de que los Beatles se reunieran. Y más cuando se cantan en español —Javi explicó. —Es música argentina y uruguaya.

—¿No me tomas el pelo? ¿De verdad cantas en un club nocturno?

Javi rio con estrépito. —¿Qué gano con mentirte, Walt? Por razones que Walt no entendería y que él mismo no tenía muy claro, Walt se hacía querer cuando decía tales cosas y sin proponérselo. —Y, ¿sabes a quien no creo que me vaya a encontrar allí? A tu amigo el del pasadía del cuatro de julio colgado de ti.

—¡Ay, Javi! Otra cosa que haces muy bien es enterrarme hondo el cuchillo y entonces darle vueltas de un lado a otro.

Javi se rio. —No seas tan dramático. Tienes que saber que te lo digo en broma.

—No me da gracia. Me causó mucho dolor pensar en lo que pudo suceder. Fue algo que puso nuestra relación...

—Amistad —lo interrumpió Javi.

—Amistad y relación de negocios, sí, ya te entendí. Puso en peligro nuestra amistad. No creo que hayas captado la extensión completa de la desesperación que sentí.

No cabía duda de que aquello era llaga abierta para Walt —Disculpa, Walt. Es una falta mía de sensibilidad —. Su reacción tomó a Javi mismo por sorpresa. No era solamente una disculpa. Si hubiese tenido a Walt de pie frente a él en ese momento, lo habría acercado a él para besarlo. Profundo y apretado.

—Disculpa aceptada... Así que el primer viernes del mes, ¿eh?

—Sí. A lo mejor alguna noche de éstas te gustaría venir y darte un trago. Sólo que no me digas cuándo. No puedo ver bien a nadie con el foco de luz en la cara, pero si sé que alguien que conozco está entre el público, me pongo muy inseguro —. Se mentía. De verdad quería que Walt fuera, aunque Walt no entendiera la letra, Javi podía cantar un tango romántico y dedicárselo: nadie lo sabría, ni él mismo. Ya le hastiaba la mesura.

—De acuerdo, de acuerdo. No te voy a decir cuándo vaya a estar en el público.

Ya era hora de ponerle fin a aquello, se dijo Javi. Ya había jugado con Walt lo suficiente, aunque no era su intención jugar. Se avergonzaba de sí mismo. El desenlace ya era inevitable. Se sintió liberado.

El lunes a las nueve de la noche Sigfredo presentó a Javier La Plata con el mismo resultado de siempre. La orquesta había tocado por cerca de una hora. Entonces se fue de receso antes de que Javi subiera. Abrió con uno de los favoritos de la orquesta, porque tenía una introducción instrumental extendida que les permitía a los bandoneonistas desplegar su dominio del instrumento. Entonces entró Javi: "Yo me vividó dando tumbos, rodando por el mundo... Sé que en la vida se cuidan los zapatos andando de rodillas". Era "Qué me van a hablar de amor", de Stamponi y Expósito. Después del primer descanso Javi regresó, de nuevo con aplausos, con "Pa que sepan cómo soy", algo del repertorio común y una de las favoritas del auditorio. El segundo descanso terminó con "Desencuentro", el más conocido de los tangos de Aníbal Troilo, que Goyeneche había hecho famoso, pero que Javi había escuchado por primera vez en la voz de Raúl Lavié en Nueva York. Cerró la noche con la tercera petición de números adicionales, "Que me quiten lo bailao".

Al apagarse el foco y mirar hacia la barra lateral vio el perfil inconfundible de Walt O'Keefe, encumbrado sobre todos los demás. Walt levantó el trago en dirección de Javi. En lugar de irse al vestidor, fue donde estaba Walt. De inmediato hombres y mujeres le hicieron un cerco. "Maravilloso como siempre". "Sos tan talentoso". "Me llegás, me llegás al fondo". "Sólo venimos cuando usted canta". Dio las gracias por los elogios y estrechó las manos de los que se la ofrecieron. Una de las mujeres le sopló un beso cargado de vodka y trató de besarlo en los labios. Volteó la cara y la mujer tuvo que conformarse con la oreja derecha. Walt lo miraba todo con cierto grado de desagrado que percibió Javi en la penumbra del salón.

—¡Viniste! ¿Qué te pareció?

—No entendí ni papa, pero te veías como que estabas muy dentro de todo, una entrega sincera. Felicidades, por lo que te importe.

Le chocó el comentario a Javi. —Me importa mucho.

—Mira, me he dado cuenta de algo. ¿Podemos hablar en otro lugar?

—Sígueme —le dijo Javi y trató de abrirse camino entre los que venían a felicitarlo y las mujeres que trataban de agarrarlo para halarlo hacia ellas. Todas esas demostraciones, que generalmente le parecían molestias, esa noche lo tenían enfadado. Llegaron al vestidor. Walt entró detrás de él y Javi cerró la puerta tan pronto Walt estuvo adentro. En las sombras del corredor al otro lado creyó haber visto una mujer que se les acercaba. Acerrojó la puerta.

—Como te empecé a decir, me he dado cuenta de algo —dijo Walt. Javi lo miró a los ojos. Walt era el hombre que le había enseñado a Javi lo que significaba aquello de irlandés negro. Errol Flynn nunca había sido así de hermoso. —Llevó meses persiguiéndote. No puedes ser tan denso de mente que te haya eludido esa realidad. De hecho, creo que la razón por la que me mantienes desequilibrado es porque has jugado con mis sentimientos. Ya me doy cuenta. Finalmente, me doy cuenta —Walt lo decía con la voz de un orgullo propio herido y angustia. —Nuestra relación de negocio seguirá siendo lo que es. No tenemos que mezclar eso con lo que esto haya sido.

Javi sintió en la boca el calor ácido de algo que le subía a la garganta y que conocía bien, que le hacía querer arrojar. Trató de decir algo, pero Walt levantó la mano y le indicó con ella que no terminaba.

—Eres un ser excepcional. Desde el día que te vi por primera vez sabía que quería tener algo contigo. No digo que en las oficinas donde trabajas. En Pittsburgh. Hasta allá se remonta este sentimiento. Me has intrigado. Sí, primero pudo ser atracción animal, lo reconozco, pero es mucho más que eso ahora, Javi. Tres meses, tres llevo esperanzado, desde que te vi de nuevo. No he salido con nadie más desde ese día. He querido concentrar todo mi esfuerzo en traerte hacia mí —. Se detuvo un momento, no para buscar las palabras, sino para tragarse la rasgadura emocional. —He tenido oportunidades de reiniciar amistades de intimidad, pero nadie es ya suficiente comparado contigo. He estado fascinado como un tonto contigo. He puesto el corazón a tus pies. Nada parece funcionar. Ahora me siento humillado por mi propia culpa. Soy una persona decente, no soy tan feo, por lo menos no lo creo. He tenido bastante éxito en lo que hago. Creo que sería un buen partido. Solamente he estado en una relación con una persona en mi vida. Antes de eso tuve un amigo, otro jugador de fútbol, casado, y me cansé de ser lo otro, lo que nunca merecería amor ni respeto. Le seguí el juego hasta donde me lo permitió la dignidad. Algo así me ha ocurrido esta noche. Esta noche lo he visto todo íntegro, el cuadro completo. Estoy muy por debajo de tu categoría. Bien abajo. Has sabido eso desde que nos conocimos. Tú debes pensar que no soy más que un deportista común que no salió tan mal. Fui yo quien se prendó locamente de ti que no pude darme cuenta del lugar que he tenido en tu vida —. Pausó de nuevo. Javi pensó hacer aclaraciones, pero decidió esperar a que Walt se sacara todo aquello del pecho antes de hablar otra vez. La voz de Walt bajó en volumen e intensidad, cargada de tristeza y derrota. A Javi lo sobrecogió darse cuenta de lo que había hecho. —Es todo lo que tenía que decirte y ahora mejor es que me vaya. Fue una buena actuación. A lo mejor debes seguir algo que explote todo ese talento.

    Walt comenzó a voltearse. Javi lo tomó del brazo. La chaqueta del traje de Walt era tan liviana que casi se le deslizó entre los dedos.

    —Hablaste y yo he escuchado. Que hayas interpretado mis acciones de la manera que lo has hecho es evidencia de tu falta de conocimiento de lo que ha sido mi vida. En algún momento querría que me dieras la oportunidad de compartir contigo mi lado de la historia —. El rostro de Walt demostraba que no sabía dónde iba a terminar esto. —Mientras tanto, te pido que me hagas un favor, una especie de cortesía final, si es como prefieres verla. No es como yo lo veo, pero si he significado para ti lo que dices, creo que me merezco por lo menos ese favor. ¿Sería mucho pedirte que nos encontráramos en mi casa?

—¿No puedes decírmelo aquí? Yo ya no tengo más que decir.

—Pero yo sí. Éste no es el lugar para ese tipo de conversación.

Alguien tocaba a la puerta, llamando a Javi por su nombre., —¿Estás ahí? —preguntó una mujer.

—Lo siento, señora. Estoy ocupado en este momento. Vuelva más tarde, por favor.

Oyeron los tacones alejarse hacia el área del frente.

—Hasta ahora no te he pedido nada, Walt. Por favor.

—No sé dónde vives —dijo Walt.

—Toma —. Alcanzó un trozo de papel de la mesa donde se sentaba a empolvarse la cara antes de cada presentación. Escribió la dirección. —¿Sabes dónde está? Es la esquina de...

Walt sonrió de manera inverosímil. —Sé exactamente dónde queda. Ju. Nunca te he visto afuera. He ido por esa calle muchas veces. ¿Tu casa es la de la esquina? ¿Pete Meyerson es tu vecino?

—Sí, lo es.

—Es cliente nuestro. He estado en cocteles en esa casa —dijo Walt. Parecía más sosegado, lo que tranquilizó a Javi.

—Entonces no necesitas direcciones. Dame tiempo para cambiarme. Sigue adelante y espérame al otro lado de la calle. ¿Puedes hacer eso? —. Javi estaba tratando de comunicarle con el tono de voz que era una súplica.

—Está bien. Te espero allá —le dijo Javi. Puso el vaso vacío de coctel sobre la mesa y salió.

Al rato Javi abrió la puerta con sigilo y temor, sospechando que pudiera la mujer andar por allí. En lugar de salir por la puerta principal o la del fondo, salió por una puerta lateral de escape de incendio que daba al callejón donde estaba la Harley. Sigfredo le había dicho una vez que la puerta no estaba alambrada para que sonaran alarmas de fuego.

—¡Hey, don Javier! —oyó a Omar detrás de él. —¿Todo bien? ¿Se encuentra bien?

—Sí, Omar, todo bien, gracias.

Omar se le acercó. —¿Seguro? Se ve un poco agitado.

—No, Omar, estoy bien.

—Usted sabe que estoy aquí para lo que se le antoje, ¿verdad? Lo sabe, ¿verdad?

—Eres muy amable, Omar. Te agradezco la preocupación —. Estaba al subirse a la Harley.

—Día o noche, estoy disponible para usted. Lo que quiera, ¿lo sabe?

—De nuevo, eres muy amable —dijo Javi. Sintió los pasos de Omar mientras se ponía el casco y estaba al poner el motor en marcha.

—Sabe que usted me cae muy bien, ¿verdad? Muchísimo. Haría cualquier cosa por usted.

Javi se volteó, ya listo para despegar. —Omar, si alguna vez necesito algo de ti, te lo dejo saber. Te doy las gracias otra vez por ser tan amable.

Omar se acercó y le puso una mano al manubrio de la Harley. —Usted es tan lindo, don Javier.

—Gracias, Omar. Eres muy guapo.

—Entonces...

—Omar, prefiero que no vuelvas a mencionar esto. No es apropiado. En este momento tengo que irme de prisa. Creo que debes encargarte de la puerta antes de que se incomode Sigfredo. Buenas noches, Omar.

Dio reversa con los pies y salió disparado del callejón. En el espejo retrovisor vio a Omar en las sombras siguiéndolo despacio, hasta que Javi lo perdió de vista.

Subió la colina y dobló a la derecha para entrar a su calle. Walt estaba en el carro, al otro lado de la calle. Javi se le acercó por el lado del chofer sin quitarse el casco. Wall miró con aprensión mientras trataba de alcanzar la manija para subir el vidrio. Javi se quitó el casco. La expresión le cambió a Walt a una de alivio instantáneo. —Estaciónate en el acceso a la cochera, por favor.

Walt lo siguió. Javi oprimió el botón del operador automático del portón de la cochera, donde dejó la Harley. Walt apagó el motor del carro,

—Esa Harley, ¿tuya?

—Y tuya se la necesitas —le dijo Javi. Había subido hasta donde estaba Walt y le pidió que lo siguiera para entrar a la casa por el portón principal.

—Supongo que nunca imaginé que fueras el tipo —Walt dijo—. Pensé que sería de Gabriel.

—Parece que los pongo a todos a suponer cosas. O a no suponerlas —le dijo Javi. —Gabriel la conduce también.

Una vez estuvieron dentro de la casa, vio Javier de nuevo las llaves de Gabriel sobre la mesa. Sonrió sin saber exactamente por qué. Llevó a Walt a la sala y le pidió que se sentara en el sofá. ¿Quería Walt algo de tomar? Javi tenía de todo. Nada quería Walt. Nada más que un vaso de agua muy fría. Tenía la boca reseca, dijo. Javi se excusó y fue a la cocina por el vaso de agua con hielo y se sirvió otro para él sin hielo. Regresó a la sala.

—¿Vives solo en esta casa?

—Ahora que Gabriel se fue a la universidad, sí. Completamente solo —respondió Javi.

—Es mucha casa para una sola persona —comentó Walt.

—¿Me disculpas un momento? Tengo que ir a buscar algo —. Javi se fue al estudio y de un cajón sacó una cajita envuelta en papel de regalo. Regresó a la sala para sentarse al lado del sofá opuesto a Walt. Puso la cajita sobre la mesa de centro.

—No te has equivocado en tu apreciación de mi distancia —le dijo Javi. —Tu evaluación de mis razones está completamente errada. No solamente ha sido la incorrecta, sino que tus palabras me han herido profundamente. Sin embargo, camino aquí me di cuenta de que estando ajeno a mis motivos es comprensible que llegaras a esa conclusión —. Notó que Walt se veía incómodo y tal vez no era solamente por lo que decía. —¿Me permites tomar tu saco?

—Ah, sí, por favor —dijo Walt. Javi lo tomó. La tela estaba mojada, seguramente porque era una noche demasiado calurosa para esa época del año.

—Lo voy a colgar en el armario de abrigos del recibidor —. Se levantó, fue al corredor y colgó el saco. De vuelta al sofá, dijo: —No sé si sepas qué hago con mi tiempo libre. Iba de voluntario a un centro juvenil, a ayudar a algunos residentes con asignaturas de matemática. Allí fue donde conocí a Gabriel. Era un niño con problemas, lleno de ira, a quien su propia familia había tratado con crueldad horrible desde una edad temprana. Me enamoré de ese niño —. Walt lo miró confundido, de una manera que Javi entendió por interpretar incorrectamente lo que había dicho. —Me enamoré, pero ni siquiera relacionado remotamente con algo sexual. Sedujo mi compasión con su inteligencia, su necesidad desesperada de que alguien se ocupara de él como algo más que un desecho. No lo deseo como hombre. En esta etapa de nuestras vidas sería incesto. Entendemos perfectamente lo que somos el uno para el otro.

—Creo que me di cuenta las veces que estuve con ustedes dos.

—Espero que sí. No he estado relacionado sexualmente con nadie en casi diez años. Diez en noviembre, exactamente.

Walt comenzó a voltear la cabeza lentamente con un gesto de escepticismo.

—Puedes creer lo que quieras. Te puedo asegurar que no ha habido nadie en mi vida desde que mi pareja murió cuando yo estaba en mi último año de universidad.

—Lo siento —dijo Walt.

—Gracias —. Javi pausó. Temía comenzar a llorar, pero pudo espantar las lágrimas. —Tuvimos una relación especial. La gente dice eso cuando alguien se muere, pero en mi caso es cierto. No hubo más que amor entre nosotros, nunca una frase agria, un desacuerdo. Ya sé que suena increíble, pero era como lo describo. Era mi vida entera. Su muerte casi me destruyó. Pude sobreponerme a la angustia. He tenido oportunidades de llevar relaciones en varios niveles de intimidad. El sexo no es tan difícil de conseguir en cualquier lugar de esta ciudad. Creo que la impulsan las hormonas y un estímulo que hace de cualquiera el blanco de un emparejamiento momentáneo sin ataduras ni compromiso. Cuando oigo cuentos de amistades los empiezo a ver como perros: la perra está en celo, se le monta el perro de turno y la deja preñada. Y se va al próximo si está en celo otra vez para lo mismo. El sexo despojado de afecto no me interesa. Otros llegan al amor por el sexo. Yo opero a la inversa: llego al sexo por el amor. Mi pareja y yo salimos en citas durante tres meses antes de que nos viéramos desnudos.

—No he vivido en un convento —dijo Walt. —No sé qué pienses de la gente que ha llevado una vida de sexo indiscriminado, pero si eso te ofende, seguramente pienses muy poco de mí. Tuve mi momento para eso. Se redujo considerablemente durante los últimos cinco o seis años, nada en los últimos tres meses.

—No era necesario que me lo dijeras. Tampoco te juzgo, Walt y, además, eso no es asunto de nadie. Simplemente te estoy explicando por qué lo que te parece indiferencia o menosprecio no es lo que he sentido por ti. He esperado por alguien con quien crea que puedo vivir feliz. Después de todo este tiempo, no estoy como para pegarme de alguien nada más que por estar acompañado. He llenado mi vida de actividades, de modo que no siempre estoy solo. Es lo que vengo haciendo hace una década.

Javi calló. Walt miraba el vaso de agua sobre la mesa.

—Mi autoestima está hecha un mierdero —Walt dijo. —He concluido que no te merezco. Eso fue lo que traté de decirte esta noche. Ahora que me dices esas cosas, no me has ayudado a mejorar la manera en que siento de mí en relación contigo.

—Dime algo, nada más para no suponer cosas que no son —le dijo Javi. —Estás en lo correcto, no puedo ser tan denso. Ahora sabes que mi actitud no ha tenido nada que ver con ser bruto. ¿Has estado tratando de decirme que me amas?

Walt levantó la cabeza. La volteó hacia Javi. —Si quieres que te lo diga nada más que por alimentarte el ego, estás de suerte. Te adoro, Javi. Has acaparado mis pensamientos al punto en que he estado delegando mi trabajo en la oficina, porque temo que esté tan distraído que cometa un error desafortunado y de malas consecuencias. He estado inmerso en la fantasía de una vida contigo, de lo que sería llegar a casa y encontrate cada tarde y poder estrecharte entre mis brazos, besarte y decirte lo mucho que te quiero. ¿Te contesté la pregunta?

—Me siento muy mal de que te sintieras como me dijiste esta noche —Javi le dijo. Señaló a la cajita sobre la mesa. —Quiero que desenvuelvas esa caja.

Walt levantó la caja. Deshizo la cinta turquesa y deslizó los dedos con cuidado debajo de los dobleces del papel. Adentro había un estuche aterciopelado que le cabía en la palma de la mano. Levantó la tapa. En el estuche había una llave, una llave de puerta. Sacó la llave y la sostuvo entre los dedos.

—¿De qué es?

—Es una llave de oro sólido en una argolla en la que solamente cabe esa llave —le dijo Javi.

Walt la giró, perplejo.

—¿Qué abre?

—Esta casa tiene tres puertas que dan al exterior. Todas abren con la misma llave. Excepto el estudio desocupado sobre la cochera, esa llave abre todas las puertas de esta casa. Mientras tú te ocupabas de concluir que jugaba con tus sentimientos, yo estaba pensando llamarte en la mañana para preguntarte si tenías planes para la noche. Es un fin de semana largo. Pensé que podíamos pasar más tiempo juntos hasta que llegara el Día del Trabajo.

—Ah, Javi. Lo siento. Lo siento tanto —dijo Walt con un tono bajo y envuelto en verdadero arrepentimiento. —Ojalá hubiese una frase mejor que lo siento que pudiera usar. Quisiera tragarme todo lo que te dije.

—Ahora dime cuánta dicha sentí cuando me dijiste todo lo que dijiste en el club. Te preparaba una sorpresa. Ahora sé que debí darte una pista antes, antes de que te cansaras de mi reticencia hacia tus avances. Tengo parte de la culpa, por esperar tanto. Si ese es el caso, me merezco todo lo que dijiste. Hasta tu desprecio.

—Por favor, ¡no digas eso! Ya me siento enfangado, Javi. Lo siento. Tal vez, sí, los dos cometimos el error, uno por tomarse tanto tiempo y el otro por no esperar lo suficiente. Pero no me acuses de sentir por ti nada menos que un amor abarcador. Me has tenido enredado en tu voluntad sin darme esperanza. Yo...

—Estoy exhausto —dijo Javi. —De oír lo que no quería oír y de tener que hacer tanto esfuerzo por explicarme —. Javi bajó la cabeza y se inclinó hacia adelante con las manos cruzadas y los antebrazos sobre los muslos.

—¿Qué hago ahora con esta llave? —le preguntó Walt.

Javi levantó la cabeza lentamente, deliberadamente, y la volteó en torno a Walt. Se tomó un rato en responder.

—¿Qué clase de persona sería si te hubiese dicho que sacaras esa llave del estuche nada más que para que la vieras antes de que te la quitara? Es obvio que no has pensado antes de preguntarme eso.

—Parece que todo lo que digo esta noche es lo que no debí decir.

—Entonces ya no digas nada —. Javi se quedó callado. Separó las manos. Todavía inclinado hacia el frente, sin mirar a Walt, le preguntó: —¿Te gustan las tortillas?

Walt lo miró. —Sí, me gustan —. La manera en que contestó le dejó ver a Javi que no entendía qué tenía que ver la pregunta con nada.

—¿Qué te gusta en ella? —preguntó Javi, la vista fija todavía en la mesa de centro.

—No sé... Vegetales, supongo. Queso. Cebollines. ¿Te gustan a ti?

Javi volteó la cabeza hacia Walt. —¿Qué clase de pregunta es ésa?

—¿Esto es algún tipo de acertijo?

—Solamente si también tú eres muy denso —le contestó Javi.

—¿Quieres ir a un sitio de esos abiertos toda la noche para comerte una tortilla?

—¡De desayuno, Walt! ¡De desayuno en la mañana! ¿Cómo quieres los huevos en el desayuno? —preguntó Javi con impaciencia fingida—. ¿Y medallones de salchichas de pavo? Tocineta no. No como tocineta. Café. ¿Negro o con crema? ¿Azúcar? Se me acabó el zumo de naranja. Tengo de arándano. Dime, ¿qué?

—Javi, por despertarme contigo, aunque me muera de hambre.

—No es necesario. Entonces —dijo Javi, poniéndose de pie y ofreciéndole la mano a Walt—. Basta de hablar. Ha sido un día muy largo y espero que la noche sea más larga todavía.

Durante el resto de su vida, Javi nunca olvidó lo radiante de la sonrisa de Walt cuando el Muro se puso de pie y lo envolvió en los brazos.

41 Razón de padres

No supo Javi cuándo por fin se durmieron o quién cayó primero. Abrió los ojos, probablemente instado por la luz del sol que entraba por las ventanas del frente. No se movió. Estaba reclinado sobre el lado bajo el peso del brazo sólido que pertenecía a alguien cuyo respirar sentía en la nuca. Comenzó a deslizarse, con la esperanza de no despertar a Walt. Fracasó en el intento.

—Te amo —dijo Walt mientras trataba de retenerlo donde estaba.

—Te amo yo también.

Walt empezó a reír. —Tal vez no lo creas, pero así es como imaginaba nuestro primer despertar juntos. Excepto la habitación. Veía esto suceder en mi casa.

—¿No en el Motel 6?

—Como lo soñaba, no había nada sórdido entre nosotros. Mi sueño se ha convertido en realidad. ¿Ya te dije que te amo? Ah, sí, creo que sí. Te lo vuelvo a decir.

—Igual te despertaste en tu casa —le dijo Javi.

—Gracias, Javi por hacerme sentir bienvenido en tu vida —. Walt lo apretó hacia él y lo besó en el cuello.

—Gracias por tu paciencia. Creo que debo volverte a pedir perdón por eso.

—No, no tienes que hacerlo. Ya no —le dijo Walt. —La paciencia depende del valor lo que se espera. Me hace feliz que todo eso se haya esclarecido. Nunca me habría perdonado alejarme sin comprender.

—¿Quieres tu tortilla? Tengo que ir a cocinar.

—No tiene que ser ahoritita, ¿verdad? —Walt preguntó.

Comieron tortillas de almuerzo en las primeras horas de la tarde. Javi dijo que si no salían de la cama se iba a desmayar de deshidratación. Se sentaron a la mesa de la cocina en batas de baño. El día que Javi había ido al centro a recoger la llave de oro, entró a una tienda por departamentos a buscar una bata azul oscuro de tela de toalla para Walt en la sección de altos y gruesos. Walt había dicho que tenía que asearse un poco. De la cama Javi le había dicho que fuera al baño. En una taza al lado del lavamanos, Walt encontraría un cepillo de dientes. Las toallas de mano estaban en la tablilla de arriba y las toallas de baño estaban en la tablilla de abajo del mismo estante. —Hay tres jabones diferentes, una barra de aceite de oliva, otra de jabón desodorante y una de los jabones que alegan ser 99% puros, los que anuncia la estrella pornográfica, Marilyn algo. No tengo piojos ni caspa, así que puedes usar mi cepillo de cabello. O no, tú decide.

Desde el baño Walt dijo que tenía que ir a su casa un rato.

—Estás en tu casa.

—Gracias. Quise decir que hay cosas que tengo que hacer esta tarde. Puedes venir conmigo, si quieres —dijo Walt.

—¿Cuánto tiempo vas a estar fuera?

—¿Quieres decir que puedo volver esta noche, también? —Walt le preguntó.

—¿No quedó eso establecido esta madrugada? Tengo que preparar el menú del día. Dos de cada plato.

La sonrisa en el rostro de Walt estaba tallada de oreja a oreja. —Entonces, si no vienes conmigo, tengo que recoger alguna ropa.

—Vamos arriba —dijo Javi. Subieron las escaleras. Javi se sentó en la cama, que tendría que tender más tarde. —Ve allá detrás, al armario, y abre la puerta —. Frente a Walt había un cuarto del grande de una habitación, con ropa colgada a un lado y al nivel del piso un estante para zapatos. El otro lado tenía lo mismo, pero vacío. En los extremos de ambos lados había cajones de cedro empotrados en la pared. —¿Ves el lado vacío? Es el tuyo.

—¿Cuándo hiciste todo esto?

—El jueves cuando vine del ensayo. Guiado por la esperanza y el optimismo y urgido por tramar una sorpresa.

—¡Ay, mi amor! Ahora sí me siento como un idiota —Walt dijo.

—¡Basta! Lo dije anoche y lo dije de verdad. Sal, ven acá —dijo Javi. Cuando salió Walt le dijo: —En la cómoda de torre, abre los cajones de arriba —. Walt los encontró vacíos. —¿Ya sabes para qué son o te vas a hacer el bobo, como hiciste con lo de la tortilla? —. Walt no halló qué decir. —Y la cómoda horizontal ahí contra esa pared, busca en los cajones de la izquierda. Todos esperan por tu ropa interior y calcetines.

Walt se sentó a su lado en la cama. —Voy a hacer lo mismo en mi... en la otra casa.

—Sobre eso tenemos que hablar más tarde —. No sabía qué haría Walt, si quedarse ahí solamente parte del tiempo, tal vez los fines de semana y venir a cenar un par de veces por semana. Abrigaba la esperanza, no obstante, de que Walt viniera a vivir con él. No lo quería en la casa parte del tiempo solamente. Podían hablar de los detalles luego, tal vez cerrar la otra casa o instalar una línea de teléfono adicional para Walt. Por el momento era todo una nubosidad de opciones. No quería que Walt se sintiera presionado a hacer algo que lo incomodaría, aunque ya, sin intentos de presunción,

Javi estaba casi seguro de que lo que le pidiera a Walt, Walt lo haría. Lo asustaba todo ese poder: no quería ejercerlo. La presión tiende a incubar el resentimiento. Prefería que saliera de Walt sin tener que sentir que estaba doblegándose ante Javi.

—Parece que ya tienes algunas ideas —dijo Walt.

—Ideas y concreciones son dos cosas diferentes. Hablemos de lo que tú quieres.

—Te quiero a ti —le respondió Walt.

—Me refiero a algo que todavía no tengas.

Walt regresó al atardecer. Había llamado a Javi antes de venir para dejarle saber que venía de camino.

—Walter el Muro O'Keefe, tienes llave. No tienes que advertirme. ¿Qué, crees que tengo que sacar a los dos que tengo en la cama antes de que llegues?

—Ya me pasó antes. Tres, eran tres, no dos. No bromees con eso.

—No soy antes, soy ahora y luego. Muy luego. ¡Ya ven! —le dijo Javi.

Walt se trajo una bolsa de lona y algunos artículos en ganchos. Había parado en la florería de uno de esos supermercados de lujo donde una lata de salsa de tomates cuesta lo mismo que un Fiat. Le trajo a Javi un ramo de rosas rojas. Cuatro docenas. Javi las llevó al comedor y las puso en un florero vacío en la mesa.

—Las primeras rosas que me dan en mi vida. Gracias.

El domingo se fueron a dar un paseo en carro y luego a caminar por la orilla norte de la ciudad. Javi le dijo a Walt sobre su costumbre de ir al restaurante sobre las rocas a sorber un *bloody Mary* y a quedar hipnotizado por los matices del océano. Walt quiso acompañarlo en el rito. Condujeron hasta la colina y caminaron sobre el piso cubierto de cáscaras de maní del bar. La mesa con vista al océano estaba ocupada. Se sentaron a otra para almorzar.

—Ya no importa —dijo Javi. —Mira hacia afuera. La lluvia caía tan fuerte que no podía verse nada.

—Voy a decirte algo con bastante trepidación— dijo Walt. Calló un momento para tragar el bocado de trucha asada. —Mañana... —pausó de nuevo, pero no le quedó claro a Javi que fuera por interferencia del pescado. —Mañana tengo una invitación a una reunión. Algunos amigos... Gente que conozco hace tiempo. Dos de ellos me dieron mucho apoyo cuando tenía dificultades con salir del armario... Uno de ellos era un jugador de básquet profesional. Todavía no ha salido del todo. Ya sabes, una personalidad del deporte y eso.

Javi seguía colgado de cada palabra. —Estoy seguro de que no fue fácil.

—A decir verdad, aprendí a ignorar los comentarios, especialmente los de otros jugadores. Uno de ellos fue el primer hombre que me la chupó. Estaba en un programa de introducción a un partido en Chicago, hablando pestes de la gente como yo, que le damos mal nombre al deporte. Los que le dan mal nombre al deporte son los del equipo al que pertenece. Estaban al fondo del barril del séptimo sótano esa temporada.

Javi se rio. Había notado que varios en el restaurante señalaban hacia ellos. No era seguro no ser el tema de las conversaciones. Con un metro noventaicuatro de estatura, el jugador maricón de fútbol no pasaba desapercibido. Walt dijo que la verdadera prueba llegó cuando abrió su negocio: cuando se trata de dinero, a nadie le importa si el hombre que les aumentaba el capital chupaba verga.

—Me decías de la reunión —dijo Javi.

—Ah, sí. A eso voy... Es una fiesta anual del Día del Trabajo. No se me olvida tu reacción a la última reunión a que te invité. No es imprescindible que...

—¿Va a estar la misma gente? —Javi preguntó.

—Dos de ellos, pero fueron los que se ofrecieron a tirar a aquel tipo a la calle si no se iba ese día.

—Queda esperanza —dijo Javi medio en broma.

—Se reúnen a las dos. Es el condominio de una persona excelente. Creo que te caería bien. Alfred Burnside, un sureño trasplantado. Su pareja es bombero. En el armario, me parece —. Walt miró a Javi a los ojos. —Ahora viene lo difícil. No confirmé ayer por no saber si querrías ir. Sin ti no voy —. Javi aceptó.

—Ah, ¡qué bueno! Son gente buena, buenos amigos, de veras. Quiero que los compartas conmigo, que sean nuestros amigos. Ya han oído un poco de ti.

—Todo bueno, espero.

—Mejor que bueno —dijo Walt. Ya verás.

Cuando entraron Javi y Walt, ya casi todos los invitados estaban sentados en la sala, un área bastante grande con una vista despejada de la bahía hasta la ribera opuesta. Javi creyó poder tocar las boyas que flotaban en la distancia.

Todos se pusieron de pie para saludarlos. Walt tomó la mano de Javi y la levantó con los dedos entrelazados. Todos comenzaron a aplaudir y a expresar su alegría.

—¡Válgame, por fin! ¡Damon, tienes que ver esto! —gritó el hombre que se presentó como Alfred. —¡Ven, ven acá, Damon!

—¿Éste es el hombre que viene arrastrándote el alma por meses? —preguntó uno de los invitados que era más alto que Walt. Javi supuso que era el jugador de básquet.

—¡Qué alivio! —dijo un hombre que salió de la cocina con una bandeja de entremeses. —¡Oye, Damon! ¿Qué estás haciendo allá atrás? ¡Tienes que ver esto! —. El hombre, Lee, le dio un fuerte abrazo a Javi.

—Te estamos tan agradecidos, Javi. Ya no tenemos que oír tanta queja, la historia de infortunio, la maldición del amor no correspondido, de dolor suicida. ¡Ni te imaginas! Ya pensábamos no invitarlo a nada más. Este cansón, con tanto gimotear y crujir de dientes, tanto hablar del hombre que no le daba ni una pizca de esperanza, este hombre excepcional, este individuo único, ¡este jodido papasote que lo mataba de indiferencia!

—Así que no todo era bueno —se volteó Javi para decirle a Walt, que se rio y se puso color carmesí antes de acercársele a Javi y darle un beso ligero en los labios.

—Te tengo que decir, ahora veo la causa de tanto revuelo, ¡joder! —dijo uno que vino a darle la mano. —Edmund. Un gusto enorme en conocerte, Javi. Me alegro por los dos. Estuve a punto de tirarme a sus pies y dejar que me cogiera como quisiera con tal de que dejara de hablar de ti.

—¡Damon, me cago en Ceuta! ¿Qué estás haciendo? ¡No vas a verte mejor por pasar una hora frente al espejo! —gritó Alfred y se volteó hacia Javi, le puso la mano en el hombro y le dijo: —Te has ganado la lotería irlandesa, Javi. Creo que los dos se la ganaron. ¡Enhorabuena! —. Alfred estaba a punto de volver a gritar, cuando Damon entró a la sala. —¡Mira, Damon, nuestro chico por fin está comprometido!

—¡Joder! —gritó Damon. —¡Si es Javi Toro!

—¿Ya conocías a Javi? —preguntó Alfred. —Oye, ¿me has estado engañando otra vez?

—No, tonto. Javi Toro, el jugador del que te hablé. Esos Chicos. El que estaba tan bueno, ¡y que pudo haber jugado para las ligas mayores! —. Damon le dio la mano y le echó un brazo por los hombros. Javi lo reconoció de los partidos contra el equipo de bomberos,

Las Luciérnagas, y de los banquetes al final de la temporada.

—Este año volvemos a llevarnos el campeonato —Javi dijo. —Ustedes son buenos, pero tan buenos como nosotros. Último juego el fin de semana que viene.

—¡Les van a meter la cachiporra a los policías! Un hombre con un marido de estreno siempre juega mejor —Damon dijo.

Un hombre que Walt le presentó como Philip Tsui dijo del otro lado de la sala: —¿Es verdad que ustedes se conocieron hace seis años y no habían vuelto a verse?

—Así es —dijo Javi —. Bueno, en realidad nos vimos dos veces en Pittsburgh. No nos conocimos hasta mayo de este año. Lo había visto cuando jugaba con los Steelers. Sigue igual de atractivo que entonces. La única diferencia es que ya no suda tanto.

—Bueno, recientemente ha vuelto el sudor —Walt dijo.

—¡Cuenta, cuenta! —exclamó Ed Eckhardt.

—No, que me da dentera de pensar en nuestra vida amorosa últimamente —dijo Tom Grant. Aparentemente era la pareja de Ed Eckhard. Ed le echó una mirada fatal.

—Bueno, me jodo —Alfred dijo. —Oquéi, Javi, ahora puedo decirte, y si le dan celos a Walt, bueno, me importa lo mismo que una plasta de mierda seca de perro. Estás más bueno de lo que decía éste. Y si todo lo demás que ha contado de ti sobre el trabajo y tu inteligencia es verdad y si rompe contigo, que sea yo el primero en saberlo —. Se volteó hacia Damon. —Lo siento, querido, te pongo en sobre aviso.

Hubo risas entre todos.

—Lo siento por ti, Al. Eso no va a pasar —dijo Walt. Añadió que no se trataba solamente de que fuera tan educado, tan dulce, tan inteligente, tan buen padre de su hijo adoptivo, tan buen atleta. El viernes por la noche había descubierto que era un cantante de mucho talento.

—¡Centella! Tienes el marido perfecto, como esos aparatos que anuncian por televisión, los de Ronco —dijo Ed Eckhard.

—¡Exacto! —le contestó Walt. Le soltó la mano a Javi y le echó por detrás los brazos por los hombros. —¡Hace planos, diseña, inventa, ejerce la paternidad, pero, esperad, que hay más! Hasta canta y me vuelve loco cuando hacemos el amor, digo...

Lo interrumpió Javi. —No vamos a tocar eso.

—¡Coqueto! —dijo Alfred.

Fue muy diferente a la catástrofe del cuatro de julio. Cuando se fueron al anochecer le dijo a Walt: —Vamos a tener que invitarlos a nuestra casa pronto. Excepto Ed y Tom. Bueno, Ed, sí. Solo.

Walt sonrió. Era el espejo de la dicha. —Sí, los invitamos.

42 El horror del pasado

Poco a poco las pertenencias de Walt comenzaron a llenar los cajones y las tablillas del baño. El botiquín del baño, que Javi también había vaciado en mitad, demostraba su presencia más permanente, a largo plazo.

Durante una de las llamadas semanales entre Javi y Gabriel, Walt carraspeó. —¿Quién está ahí? —Gabriel preguntó.

—Walt.

—¿Walt el Muro? Suena serio. La tos, también.

Javi se rio maliciosamente. —Puede ser.

—Ah, hay una historia detrás de esto. Tengo que oírla —dijo Gabriel.

—Concéntrate en la física y la química inorgánica.

Javi escuchó el ruido aquél de su hijo. —Donde hay misterio hay algo hace que me pica la curiosidad.

—Descuida. Ya te la rascaré. En el momento apropiado —. Javi colgó con la despedida de costumbre: —Te quiero, te quiero, te quiero, mi niño.

—¿Ya le dijiste? —Walt preguntó.

—Hay cosas que se dicen mejor en persona.

—¿Temes que no le guste?

—¿Bromeas? Se va a poner estático. Quiero que me lea la dicha en el rostro cuando se lo diga —. Javi contaba con ello sin saber con certeza cómo reaccionaría Gabriel. Era cuestión de tiempo.

Walt hizo cambiar su número de teléfono a una segunda línea en su nuevo domicilio. La otra casa permanecería cerrada por el momento. Javi pensó que una llamada a un agente de bienes raíces, cuando Walt estuviera listo, sería la confirmación de su compromiso emocional. No quería apresurar nada. Se había firmado el acuerdo final del proyecto. —No me importa lo que diga Oliver ni lo que quiera —había dicho Walt —. No tengo preocupación alguna y sé que ahí estarás para defender mis intereses —. Javi le dijo que en eso no debía tener duda alguna. Se lo había aclarado a Oliver, en caso de que pudiera haber algún conflicto de intereses: Walt y él eran pareja. No le vio sorpresa a Oliver en la cara cuando se lo dijo; se limitó a felicitarlo sonriente y a decirle: "Eso lo veía yo venir hace meses".

—Y ahora, ¿se puede celebrar? —Walt le preguntó. Javi le dijo que tenían que invitar a Oliver y al resto del equipo. —Eso será cuando haya que hacerlo con BEA. Hablo de una verdadera celebración y para eso no quiero a nadie más presente.

A fines de octubre Javi tenía que viajar a Pittsburgh por asuntos de la empresa relacionados con US Steel. Se reuniría con gente de la gerencia primero y por la tarde con un equipo técnico. Llamó a Gabriel para dejarle saber su itinerario. —Estoy contando con que tengas tiempo para que cenemos juntos —le dijo a Gabriel. —Donde quieras menos en uno de esos sitios de comida rápida —. Gabriel sacaría el tiempo necesario: estaba loco por ver otra vez a su papá. Javi lo buscó al anochecer.

—Debiste subir a mi habitación. Quiero que conozcas a mi compañero de residencia y que veas el cuarto.

—Subo al regreso.

Fueron a la calle Carson, a un restaurante español nuevo del que Javi había leído algo en la revista *Pittsburgh*. Pidieron una paella y los dos quedaron decepcionados. En casa se habían acostumbrado a los platos de arroz de Leticia's, típicamente mexicanos, sabrosos y auténticos. —Esto sabe como si no les hubiera dado tiempo de condimentar —Gabriel observó. Javi estuvo de acuerdo. Hasta los mejillones estaban duros y gomosos.

—Te tengo noticias —dijo Javi después de dejar más de la mitad de la paella en el plato y tomaban una copa de tinto— "El *sommelier* debe estar de vacaciones"—especuló Javi, tomando del tinto para enjuagar el resabio rancio del conejo. —Estamos juntos Walt y yo.

Se abrillantaron los ojos de Gabriel, tanto, que se le hizo un nudo en la garganta a Javi al darse cuenta de la reacción del hijo. —¡Papá, Papá! ¿En serio? ¡Ah, Papá! ¡Me entran ganas de bailar de la alegría, aquí mismo, ahora mismo! ¿Desde cuándo?

—Van dos meses. Siete semanas y tres días y sí, llevo la cuenta.

—¿Por qué esperaste tanto para decírmelo? —. La sonrisa de Gabriel era tan amplia y sincera que de nuevo le afloró el sentimiento a Javi.

—Quería ver tu reacción cuando te lo dijera. Estaba casi seguro de que te alegrarías por mí, así que quería que fuera en persona.

—¡Papá, Papá! —. Bajó la cabeza para acercarla al borde de la mesa y entonces la levantó, con los ojos en los de Javi. —¿Sabes? Voy muy bien en mis clases y estoy relativamente feliz aquí, aunque preferiría estar en casa. Ahora quisiera estar allá para ser parte de esa felicidad tuya —dijo Gabriel y calló por un momento. —Está cabrón, Papá.

—Cuidado con el vocabulario, hijo. Recuerda: solamente lo que yo ya he dicho.

—Es una ocasión especial. Permíteme un "cabrón".

—Si permito uno, sabe Dios dónde acabas —le dijo Javi, fingiendo reprender al hijo. —Bueno. Dejé de cantar.

—¿Por qué? —preguntó Gabriel, en verdad sorprendido. —Algo que haces tan bien y que gusta tanto. Creía que era algo importante para ti.

—¿Recuerdas lo que dijo Margo Channing in *Todo sobre Eva*? Ahora tengo un hogar a donde ir.

—¡Ay, Dios mío! ¡Espero que no empieces a cambiar las cortinas por lacitos de cintas color lavanda!

—Así de doméstico no soy. Ya sabes lo que quiero decir. Tengo que dejar ir las cosas que hacía para sentirme seguro y productivo. Que mi vida tenía sentido aparte de cuidarte.

—¿Y qué de esos fanáticos que te adoran? De seguro no están muy contentos, por no hablar de Sigfredo.

—Sigfredo... Sigfredo se enojó bastante. Estaba negociando una grabación con un sello argentino. Creo que pensaba más en él mismo. Iba a ser mi agente. Y luego Omar...

—¿Omar, el sacaborrachos? —preguntó Gabriel.

—Omar estaba a dos pasos de empezar a acecharme. Me daba lástima. Si en dos años no me fijé en él, no sé qué le hizo pensar que me podía interesar. Bueno, es que no piensa.

—Ahí vuelves, rompiendo corazones —dijo Gabriel.

—Después que no rompa el tuyo ni el de Walt, estamos en paz.

Javi subió a la habitación de Gabriel. Pudo ser el armario de Gabriel en casa. Con su compañero, un joven de la constitución de un cable de televisor y prueba contundente de que no todos en la universidad tienen con qué pagarse un buen recorte de pelo, se habían puesto muy creativos. Prepararon camas de litera con los marcos de las camas mismas. Se las ingeniaban para caminar entre los escritores. Javi dejó escapar una risita. Hasta la habitación en casa de la tía Elisa y el tío Ramfis había sido más grande que aquello. Supuso que las celdas de prisión de ese tamaño se habrían considerado castigo cruel y fuera de lo común.

—¿Cuándo vienes para Acción de Gracias? —le preguntó Javi. No era cuestión de si iba. Gabriel le dijo que planificaba llegar el día antes, miércoles. —¿Cuántos días te vas a quedar? ¿Hasta el domingo?

—El sábado. No quiero atascarme en el aeropuerto el domingo, con todo ese tráfico —le dijo Gabriel.

—Te compro los boletos y te llamo con el itinerario. Los puedes recoger en el mostrador de la línea aérea en el aeropuerto.

Javi y Walt fueron a recibirlo a la puerta de llegada del aeropuerto. Fue uno de los primeros pasajeros en salir. —Es bueno ser hijo de la clase privilegiada —dijo. —Le tengo lástima a la clase común que tiene que conformarse con segunda clase —. Javi lo abrazó muy fuerte y le dio el beso de costumbre en la mejilla.

Walt se alegró también de verlo. Iba a darle la mano, pero Gabriel le dijo: —Oye, ¿qué clase de recibimiento es ése para el hijastro? ¡Venga! —. Se abrazaron. Añadió Gabriel: —Recibes lo mismo que Papá — y lo besó en la mejilla. Los pasajeros que les pasaban por el lado tenían que suponer que veían a un padre orgulloso, todo aturullado con las demostraciones de afecto del hijo. El corazón le martillaba el pecho a Javi.

Eric y Esther Sawyer habían invitado a los tres a la cena de Acción de Gracias. Javi lo agradeció, igual que a Oliver, y Walt les dio las gracias a Alfred y Damon, a Ed y a Tom. Javi y Walt explicaron que eran sus primeras fiestas como familia. Para Javi y Gabriel era lo mismo de las veces anteriores. Walt se les unió en la preparación sin reservarse su felicidad, que hacía sin esfuerzo.

Javi encendió el fuego en la chimenea de la sala el jueves por la noche después de cenar. Se estiró en el sofá con la cabeza en el regazo de Walt; Gabriel se sentó de espaldas a la chimenea, frente a la mesa de centro. Tomaban vino blanco. Gabriel contó anécdotas de la universidad. —¿Tuviste alguna clase con Peter Capell?

—Menso.

—¿Qué clase de expresión tan cruel es ésa? —Walt preguntó.

—¡Es un menso sin redención! —dijo Gabriel. —Nadie le ha enseñado por dónde se va a la ducha. Es como un carro ambulante de cebollas —. Javi y Gabriel se rieron.

—No ha cambiado en nada —dijo Javi. —Siempre me sentaba al fondo del aula. Cuando entraba el calor me aseguraba de sentarme cerca de una ventana. La fila que quedaba más cerca de las ventanas siempre estaba en gran demanda.

—Ustedes son unos despiadados —Walt dijo. Entonces él también rio. Hizo el cuento de un profesor en Stanford que no sabía dónde vendían lavado bucal ni cepillos de dientes. —Abría la boca y era como si explotara un pozo séptico.

—Eres un hombre despiadado —Gabriel dijo y todos rieron.

A Javi se le hizo extraño cerrar la puerta de la habitación al acostarse. Era la prueba más clara de que era una forma diferente de vida. Le pareció más extraño aún cuando Gabriel cerró su propia puerta, algo que nunca había hecho desde que vivían bajo el mismo techo.

El viernes Walt tenía que ir a la oficina. Javi y Gabriel planificaron pasar el día de compras. No compraron nada. En vez se fueron a mirar etiquetas de precio y la mercancía en un par de tiendas por departamento y a una sucursal de cadena nacional que acababa de abrir en el distrito de lujo de la ciudad, una corporación de efectos electrónicos con sede en Minneápolis.

—¿Quieres ir al otro lado de la bahía en la lancha? —Javi le preguntó a Gabriel.

—Si podemos ir adentro. Hace frío allá en el agua.

Fueron hasta el embarcadero a comprar los boletos, pero cuando llegaron la cola llegaba a la acera. Cambiaron de planes y se fueron a una trampa para turistas en la misma cuadra. Regresaron a casa. Cuando llegó Walt calentaron lo que quedaba de la noche anterior para cenar.

—¿Qué creen? —preguntó Walt. —¿Creen que podríamos posar para una pintura de Norman Rockwell en la cubierta del *Saturday evening post*?

—Puede ser —dijo Javi. —Gabriel tendría que sentarse en una silla de comer para bebés. Yo tendría que ponerme el uniforme de béisbol y tú llevarías las hombreras debajo del jersey de fútbol. Nos haría ver menos amenazadores para la América promedio. Tiene sus posibilidades.

—Tendría que teñirme el cabello de rubio —dijo Gabriel.

Walt se rio. —No creo que esa América promedio mítica esté lista para nosotros. Prefieren vernos en paradas de orgullo gay, medio desnudos en chaparreras de cuero o vestidos de mujer con maquillaje absurdo y ridículo para poder reírse de nosotros y confirmar sus prejuicios.

—Ah, en ese caso, yo puedo ponerme un delantal sobre un vestido desaliñado. Una peluca con peinado de panal de abejas y un kilo de maquillaje. Tacones, también. Y espejuelos de *Dame* Edna colgados de una cadena —dijo Javi. Se volteó hacia Walt. —Y tú puedes ponerte tus chinos ajustados con tu paquete gigante como en una escena burguesa de Tom of Finland —. A Gabriel le dijo: —Para ti, pantaloncitos de cuero, un arnés y sargentos de pezones.

—Javi, por Dios. Ni John Waters pudo haber concebido algo así —dijo Walt.

—Oh, sí, claro que sí —dijo Gabriel.

—Madre mía, me casé con el engendro de John Waters —dijo Walt, y todos rieron.

El sábado por la tarde Javi y Walt llevaron a Gabriel al aeropuerto. Gabriel le dijo a Javi que lo dejara frente al terminal. No había razón para desperdiciar dinero en el estacionamiento.

—¿Te avergüenzas de tus padres? —Walt preguntó.

—Ni siquiera te voy a contestar esa pregunta tan absurda.

—Te voy a dejar frente al terminal principal, para que no tengas que caminar hasta acá del estacionamiento. Nos vamos a encontrar en algún punto entre el mostrador de Continental y la puerta de salida. ¡Qué desvergüenza! ¿Cómo se te ocurre decidir que me tienes que ahorrar el gasto? Sí, ya mismo me voy sin despedirme —dijo Javi.

En la sala de salida se abrazaron y se besaron y hablaron sobre la Navidad hermosa que tendrían. A Javi se le humedecieron los ojos cuando Gabriel desapareció delantal adentro.

A principios de diciembre Javi estaba de espaldas en el gabinete debajo del fregadero en la cocina, terminando la instalación de un grifo. Walt estaba sentado cerca, listo para ayudar si Javi lo necesitaba. Sonó el teléfono; Walt lo contestó. Walt no sabía quién preguntaba por Gabriel.

    Javi tomó el inalámbrico. —¿Sí...? Oh... Sí, la recuerdo, Alma Rosa. Gabriel no está... No por poco más de una semana... Está estudiando en la costa este... No, es que no va a venir hasta las vacaciones de Navidad... —. Walt estaba parado en la puerta. Le indicó a Javi con las manos que quería saber quién era. Javi levantó la palma de la mano hacia Walt y torció los ojos hacia el cielo, sacudiendo la cabeza en gesto de incredulidad. —Pittsburgh... No, no puedo darle el número de teléfono sin su autorización... Puedo llamarlo esta noche y preguntarle ¿Para qué lo necesita, si puedo preguntar...? Oh, lo siento. ¿Cuándo es el entierro...? No podría venir a tiempo. Está en exámenes finales de semestre... Perdone, pero en vista de su experiencia con ustedes, ¿usted cree que Gabriel pondría en peligro sus estudios para venir a enterrar a ese hombre...? Oh, en eso se equivoca por lo ancho. Sé el cuento entero, señorita... Como quiera. Le avisaré —. Apretó el botón para terminar la llamada. Le dijo a Walt quién era. El padre biológico de Gabriel había muerto. Se le olvidó preguntar de qué. En realidad, no le importaba.

    —¿No vas a llamarlo? A lo mejor quiere llamarlos, por lo menos —dijo Walt.

    —No tengo que pensarlo. Cuando llegue aquí ya se lo diré, en caso de que quiera ir a visitarlos. Definitivamente no voy a llamarlo ahora.

    —¡Pero es su familia! ¿Crees que tengas derecho? —protestó Walt.

    Javi se sentó a la mesa de la cocina. —Ven, siéntate aquí. Déjame contarte una historia.

    Ya hacia el final de la narración Walt se había cubierto la boca, agradecido de que no acababa de comer. Tenía los ojos como si estuvieran a punto de saltar de las cuencas después de oír los detalles.

—Nunca te dije cómo Gabriel terminó en el centro juvenil. Ahora ya sabes.

—De veras eres el padre de ese muchacho, Javi —dijo Walt con la voz trémula. —Padre no es el que deposita el semen en una placa de Petri pulsante.

—Eso es demasiado gráfico, pero tienes razón. Si yo hubiese sido heterosexual y hubiese tenido un hijo natural, no lo habría querido más de lo que quiero a Gabriel. Conocer su historia me abrió una herida profunda en el corazón. Desde el día que lo conocí le dio significado a mi vida, ese chico asustado fingiendo tener al diablo por la cola para que nadie le viera las cicatrices.

—Me da vergüenza admitir que me pasaron muchos pensamientos por la mente cuando lo conocí en el P.M. No es común que un adulto gay sea tan amigo con un hombre más joven sin... Ya sabes, sin otro interés.

Javi le dijo a Walt de la vez que lo trajo a casa a estudiar y lo encontró en una posición sugestiva. Gabriel había concluido lo mismo. —Tengo ojos. Reconozco que mi hijo es muy guapo, con un cuerpo muy atractivo, además de ser tierno e inteligente. Su belleza física me hace orgulloso de ser su padre por consentimiento mutuo. Estoy seguro de que no eres la única persona que ha pensado lo mismo. Alguien en el trabajo, quizás varias, han llegado a la misma conclusión. No puedo reunirlos a todos y explicarles cómo son las cosas, así que elijo ignorarlos.

Todo aquello sobre el padre había sacudido a Walt, lo del tío y la madre desalmada.

—Y ya que estamos con el tema de cuentos de horror, es hora de que te diga también el mío, Walt. Ya te dije que mi pareja había muerto cuando estaba en la universidad. Quiero darte el trasfondo antes de decirte el resto.

Walt se quedó inmóvil mientras escuchaba a Javi, quien le relató los sucesos aquellos de su vida con profunda emoción, pero sin lágrimas. Comprendió en ese momento que ya había aceptado, por fin, la pérdida de Javier, que solamente le quedaba vivir agradecido de la abundancia de amor que había recibido de Javier, que ahora tenía que entregarse a una vida de igual plenitud de amor con Walt. Sanar había tomado mucho tiempo, pero al fin había llegado.

Esta vez fue Walt quien sollozó y Javi quien lo consoló. —Ahora entiendo tantas cosas. Tal vez yo también hubiese sido igual de esquivo ante la posibilidad de exponerme a ese dolor una vez más, Javi. Te revestiste de una armadura contra la angustia, ya sé —. Walt se enjugó las lágrimas. —Espero que nuestra vida juntos compense todo ese dolor.

Javi le tomó la cabeza en las manos y la besó.

43 El yerno sorpresa

Llegó y se fue la Navidad. Javi esperó hasta la noche antes de Gabriel regresar a Pittsburgh para ir a su habitación a decirle lo de la muerte de su padre biológico.

—Espero que comprendas por qué no te lo dije antes.

—Gracias por no arruinarme la Navidad con esa noticia —le dijo Gabriel. —Y gracias por no llamarme para decírmelo —. Calló un momento. —No la voy a llamar. Es como volver a entrar a una cueva después de escapar del laberinto para ver la luz del sol por primera vez. Papá, tú eres la luz de mi vida, que pudo ser total oscuridad. Tú eres mi padre, el que muchos quisieran tener. Yo sé que ni soñar habría podido lo que es mi vida si no me hubieses rescatado y me hubieses dado todo el cariño que me tienes. El accidente biológico que fue mi vida pertenece al pasado.

Javi no dijo nada. Le revolvió el cabello. —Cuando regreses a Pittsburgh, recuerda que tienes suficiente dinero en el banco para darte un buen recorte de pelo.

Dos semanas antes de las vacaciones de Pascua, Javi lo llamó para preguntarle las fechas de viaje.

—¿Crees que pueda traer a un amigo de visita?

—¿Qué amigo es ése? —le preguntó Javi.

—Un buen amigo —Gabriel dijo y pausó. —Un novio.

—¿Un qué? —Javi gritó.

—¿Estás enfadado?

Arena que la vida se llevó

Javi rio. —¡Claro que no! Es que me has dado una sorpresa.

—¿Crees que le molestaría a Papá Walt? —preguntó Gabriel tímidamente. Javi rio más todavía.

—¡Oye, Walt! —gritó Javi hacia el salón de estar. —Vamos a ser abuelos jóvenes.

Walt vino al estudio. —¿De qué hablas?

Gabriel podía escuchar a Javi gritar en la bocina. —¡No digas eso, Papá Javi! ¡No digas eso! —. Javi lo ignoró.

—¡Nuestro hijo se casa!

Walt rio. —Dile que ya tengo la etiqueta. Azul pálido, muy a la *Pixberg*.

—¿Oíste?

—Vamos, Papá. No te mofes de mí.

—Mi niño, nadie se mofa de ti. Estamos divirtiéndonos a tus expensas, es todo. ¡Ay, espera, es lo mismo! —dijo Javi.

—Ja, ja. Hablo en serio. ¿Puedo?

Javi se volteó hacia Walt —Quiere saber si puede acompañarlo el novio a casa para Pascua.

—¡Ay, por favor, ya! —oyó Javi decir a Gabriel.

—¿No es uno de esos hampones de Pittsburgh, por casualidad? ¿Uno de esos chicos de Bloomfield con conexiones a la *cosa nostra*? —preguntó Walt lo suficientemente alto para que Gabriel lo oyera.

—Dile a Papá que es de Faribault, Minnesota.

—¿Minnesota? ¿Qué vamos a hacer para Pascua? ¡Esa gente ponen maíz en los batidos! —gritó Walt. —Esos fanáticos de los Vikings todos tienen tuercas sueltas en la cabeza.

—Ja, ja —dijo Gabriel—. ¿Acabaron?

—Niño mío, ¡ya has crecido! —Javi le dijo. Miró hacia Walt. —¿Qué dices?

—Gracias por la cortesía de preguntar primero —Walt gritó desde la puerta. —Eres un hijo muy considerado. Claro que puedes, por Dios. Hasta lo vamos a dejar dormir adentro,

—¿Cómo se llama? —Javi preguntó.

—Hugh. Hugh Kaisersatt de Faribault, Minnesota.

—Hugh Kaisersatt de Faribault, Minnesota. Bueno. ¿Qué vas a hacer en cuanto a los boletos? Los puedo comprar para primera clase aquí o puedes comprarlos allá.

—No creo que Hugh pueda comprar boletos de primera clase para volar de costa a costa —Gabriel dijo.

—¿Vas a viajar en segunda clase? —Javi preguntó.

—Obvio. No me voy a sentar en primera comiendo nueces tibias y viendo películas mientras Hugh va en el furgón de cola.

—¡Todavía no tienes la licencia de matrimonio y ya estás haciendo sacrificios! —le dijo Javi. Puso la mano sobre la bocina del teléfono y soltó una carcajada mirando a Walt.

—No puede ser así de malo —dijo Gabriel.

—Eres demasiado joven para saber la verdad, Gabriel. Vas a llegar hediendo a humo de cigarrillo, expuesto a Dios sabe qué plagas del tercer mundo. Es un hecho científico —dijo Javi con la boca en posición de risa para que la viera Walt.

—No sé, Papá.

—Oye, niño tonto. Creía que me conocías mejor que eso. Si ese hombre es tan importante para ti que hasta dejarías de venir si él no puede pagar el boleto, simplemente dame las fechas exactas y las horas en que quieres viajar.

—¿Harías eso? —Gabriel preguntó.

—Ahora sí me estás encojonando. Ya tienes otra palabra que puedes usar delante de mí —Javi dijo. —Dime y le pido a nuestro coordinador de viajes que te haga las reservaciones. Santo Cristo, un paso hacia el frente y dos hacia atrás.

—Gracias, Papá. ¿Tienes lápiz?
—¿Te importa si uso un bolígrafo? —le preguntó Javi.
—Ya deja de vacilar con ese muchacho —Walt le dijo.

Era un día de abril más frío de lo que se hubiese esperado en el área de la bahía. La neblina estaba espesa. Javi pensó que el avión tendría que aterrizar en Las Vegas y esperar que se levantara aquel toldo. Por suerte, mejoró para cuando Gabriel entró a la sala de espera con Hugh Kaisersatt a su lado. "¡*Hitlerjugend!* Uno de los chicos de Brasil", pensó Javi tan pronto vio a Hugh. Contra la tez más oscura de Gabriel se veía casi fantasmal, si no hubiese sido por las dos chapas rojizas en las mejillas regordetas. Javi se apresuró a recibir a Gabriel, abrazarlo y besarlo en ambas mejillas antes de volverlo a abrazar y tomarle la cara entre las manos. Notó que Hugh estaba petrificado, mirando a su derredor como si esperara que apareciera el pelotón de fusilamiento para exterminar la exuberancia de los Toro. Se puso más tieso todavía cuando se acercó Walt y le hizo a Gabriel lo mismo que Javi. "Minnesota sube al escenario", pensó Javi.

—Papá Javi, Papá Walt, les presento a Hugh Kaisersatt —dijo Gabriel orondo, feliz de ver de nuevo a sus papás y de tener el placer de presentarles a Hugh.

Javi y Walt decidieron que era preferible la cautela. Estrecharon la mano húmeda y, notó Javi, un poco temblorosa. de Hugh. "No temas, que no te voy a besar", se dijo a sí mismo. "Eres capaz de salir corriendo montaña arriba".

Javi se encontró de parlanchín desde que salieron del aeropuerto y hasta que llegaron a la ciudad. Le preguntó a Hugh sobre su estado de origen, su pueblo, su especialización—"Ah, ingeniería de computadoras. Suena interesante"—, sus planes para el futuro, sus padres, a qué se dedicaban sus padres, hermanos si tenía alguno. Estaba sentado de lado para mirar a Hugh, sentado detrás de Walt al volante y tan pegado a la puerta, evidentemente temeroso de que pudiera rozar la pierna de Gabriel por equivocación y fueran a pensar que era marica. Hugh era demasiado tímido o estaba abrumado, pensó Javi. Walt, por otro lado, le echaba miradas que le pedían a Javi que se controlara, miradas que Javi ignoró. Ya estaban cerca de la casa cuando Walt le puso una mano en la rodilla. Si estaba tratando de conseguir que Javi se calmara, fracasó. Javi puso su propia mano en la de Walt y la acarició.

—Tiene una casa muy buena, señor —le dijo Hugh a Javi.

—Así me parece, sí, que tenemos una buena casa. Gracias, Hugh. A la orden.

Walt y Javi les siguieron a Gabriel y a Hugh al segundo piso. Gabriel los llevó a su habitación. Puso su maleta en la cama.

—Pon la tuya ahí —le indicó a Hugh, señalando a una butaca de orejas en una esquina cerca de las ventanas laterales. —Vamos a colgar las camisas y los pantalones en el armario más tarde. Aquí —dijo al abrir uno de los cajones del vestidor. Movió sus calzoncillos hacia un lado. —Puedes poner lo demás aquí.

—No, está bien. Lo puedo dejar en la maleta— Hugh dijo.

—Claro que no —dijo Gabriel. —Vamos a estar aquí casi una semana. No puedes dejar tu ropa en una maleta. Es más fácil si la pones acá.

Fue en ese momento que Javi se dio cuenta de que su niño iba a compartir su habitación y a dormir en la misma cama que Hugh Kaisersatt. ¿Qué importancia podía tener? ¿No era eso lo que se esperaba? Hubiese sido más extraño si Hugh de Faribault en Minnesota, el maicero, hubiese ocupado la habitación de huéspedes. Pensó en Gabriel y Hugh en puntillitas pasando de una habitación a otra cuando ya Walt y él se hubiesen ido a dormir. Como todas las primeras veces, era asunto de acostumbrarse.

Para el domingo Javi había planificado un viaje por carretera al valle. Le preguntó a Gabriel qué planes tenían para el domingo y, cuando Gabriel le dijo que ninguno, Walt respondió: —Está decidido, entonces. Al valle nos vamos.

Javi estaba más tranquilo después que Walt le había dicho la noche anterior, ya acostados, que se notaba demasiado ansioso. El pobre minnesotano debía estar azorado.

—Cagado del miedo —Javi dijo.

—Ahora también yo puedo usar esa palabra —le dijo Walt antes de apretarlo contra él. Javi sintió el entumecimiento de Walt entre las piernas.

—Walt, no piensas hacer lo que creo, ¿verdad?

—Sí. Ya van veinticuatro horas desde la última vez y ya sabes que es mi tiempo máximo de espera —le respondió Walt al oído. Le acarició el muslo a Javi.

—¿Con nuestro niño en la habitación del lado?

—¿Qué, es la primera vez? No va a saber nada. Lo hacemos calladitos. Además, tengo la seguridad de que está haciendo lo mismo a puerta cerrada —. Comenzó a besar a Javi por el cuello. —Y acostúmbrate. Ésta puede ser la primera de una larga lista de experimentos he trae a casa.

Fueron al valle a tiempo para almorzar en su restaurante italiano favorito. Javi no podía determinar si este Hugh de Faribault era taciturno o simplemente huraño. ¿Le había hecho mala impresión al yerno en potencia?

Para la cena Javi puso en el horno la lasagna vegetariana—'No, ningún maldito maíz", le había dicho a Walt cuando se lo sugirió en broma—que había preparado la noche anterior a la salida al valle. Los otros tres estaban sentados a la mesa de la cocina. — Oye, Gabriel, ya sabes cuál es tu tarea. Y usted, señor —le dijo a Walt —, solamente está exento por servirle de anfitrión a Hugh. Y qué tal del Norman Rockwell, ¿eh? —. Nadie explicó nada, pero Walt y Gabriel soltaron risitas.

Walt y Hugh se quedaron a la mesa mientras Gabriel preparaba la ensalada. Javi había comprado mazorcas de maíz, dos para cada uno, que hirvió en una solución de agua, jugo de limón y una cucharadita de azúcar. Walt había estado al pendiente de la operación. Le preguntó a Javi si se le había olvidado la sal. — ¡Anatema! —respondió Javi.

—La sal endurece el maíz —Hugh respondió.

—¿Ves? El experto y yo coincidimos —dijo Javi. Tuvo que aguantar la risa, pero se volteó para mirar a Walt con los ojos muy abiertos, como para decir: "¿Dime cómo un estereotipo de convierte en estereotipo?" Walt rápidamente evadió la mirada de Javi.

Se sentaron a la mesa del comedor, Walt a la cabeza, Javi a su izquierda y los muchachos a la derecha. Javi notó que la mano derecha de Gabriel había desaparecido bajo la mesa, al igual que la izquierda de Hugh. Cuando ninguno de los dos jóvenes miraba, le señaló a Walt con los ojos el asunto de las manos. Walt dio un resoplido. Nunca había hecho eso en casa de sus padres ni en ningún lugar, le dijo más tarde a Javi, aunque con Javi lo haría por debajo y encima de la mesa donde fuera y cuando fuera. Los muchachos debieron sentirse muy a gusto, por fin. Eso o estaban cachondos, dominados por la revolución de las hormonas. Saludables.

—Tengo un trabajo de tiempo parcial en el Mellon Institute —dijo Hugh cuando Javi le preguntó si tenía un empleo en el campus. —Es un consorcio.

—No sabía de eso.

—Sólo lleva año y medio de operaciones —Gabriel aclaró. —Es un centro de supercomputadoras.

—Ah, debe ser la Cray-1 —Javi dijo.

—Sí, la misma —confirmó Hugh. —Son asombrosas para trabajo gráfico y procesamiento de cálculos. Lo operan Westinghouse, la Universidad de Pittsburgh y la Universidad de Carnegie Mellon.

—Debes ser muy inteligente para tener un trabajo como ése siendo estudiante de segundo año —Walt comentó.

—Bueno, de eso no sé —Hugh dijo.

—No seas tan modesto, Hugh —intervino Gabriel. —Hugh tiene una beca de la Administración Nacional del Espacio y la Aeronáutica. No se las dan a cualquiera.

—Tenemos aquí un verdadero fideicomiso de cerebros comiendo lasagna —dijo Walt. Hizo un brindis a la tecnología, las familias felices y el amor nuevo.

Javi reclutó a Walt para lavar los platos. Hugh se ofreció a ayudar. —Ah, Hugh, ya tienes mi devoción total —dijo Javi. Se volteó para mirar a Gabriel y Walt, a la mesa de la cocina. —Éste, mejor es no dejarlo ir.

—Ya, Papá Javi, ponlos en la lavaplatos y vamos a sentarnos en la sala —dijo Gabriel.

—¿A quién le gustan los platos sucios almacenados en una caja de metal? No es higiénico —Hugh dijo.

—Ahora soy yo quien no va a dejarte ir —le dijo Javi. —Gabriel, puedes regresar solo a Pittsburgh.

Hugh, con el paño de secar, dio un doble resoplido.

Mientras tomaban vino en la sala, discutieron las opciones para la semana. Walt sugirió que fueran en carro por la carretera 1, tal vez para llegar a San Simeón. Podían echar una caminata por el bosque nacional Los Padres. San Luis Obispo sería estupendo: Javi le recordó a Gabriel las veces que habían almorzado en *The Apple Orchard*—"¿A quién le importa el plato principal? Es ese pastel de manzana celestial por el que había que llegar hasta allá"—o si decidían ir en otra dirección, la vista desde Punta Reyes era asombrosa. ¿Había visto Hugh *Los pájaros*, de Hitchcock? Podían ir a Bahía Bodega, con sus lindos paisajes, donde Hitchcock había filmado la película. Entonces podían irse al borde del Río Ruso, como tantas veces habían hecho Javi y Gabriel, para cruzar hasta Santa Rosa—Gabriel sabía exactamente dónde estaba aquel restaurante mexicano donde hacían el guacamole fresco, en la mesa misma. Claro, podían cruzar los puentes, ir a los bosques, como lo hacían Javi y Gabriel si el tiempo estaba para eso.

Cuando Gabriel dijo que Hugh quería ir a Alturas de Homo Disney, Javi dijo: —Ahí pueden ir a cualquier hora. Creí que querrían aprovechar que hace buen tiempo para ir en viajes por carretera. A Hugh le gustaría, ¿verdad, Hugh?

—Sí, claro —dijo Hugh.

—¡Qué malo, que la nieve ya se derritió en la sierra! —Javi dijo. —¿Sabes, Hugh? Yo llevaba a Gabriel allá a esquiar. De eso no se puede hacer mucho en Pittsburgh a menos que vayas al majado de patatas de Hidden Valley. En esta temporada pasada no llegamos a ir. La próxima Navidad, allá nos vamos. Yo tengo... Nosotros tenemos un apartamento allá.

—¿Por qué no me has llevado a ninguno de esos lugares? —Walt preguntó.

—Tranquilo, mi amor. Es que hemos estado demasiado concentrados en el trabajo y en nuestras cosas. Tenemos que diversificar.

—Papá Javi es un gran guía —dijo Gabriel.

—Pues, espero llegar a ver lo buen guía que es —Walt dijo, con los ojos puestos en la copa de vino. Sorbió y sonrió. Javi lo apretó contra sí.

—¿Podemos llevarnos la Harley? —quiso saber Gabriel.

—Algo más que tu otro papá no ha hecho conmigo —Walt dijo. —Darme una vuelta en la moto.

—Eso no es justo. Te lo he pedido dos veces y siempre me dices lo mismo, que no hay quién te agarre en una de esas cosas.

—No mientes —le dijo Walt. No le había contado antes a Javi que cuando era adolescente, allá al norte de Indiana, su primo favorito Melvyn se había estrellado en una motocicleta y muerto al instante. No se sentía seguro sin el marco de un carro que lo protegiera en la carretera cuando iba sobre ruedas.

—Veo. Bueno, no vuelvo a sugerirlo. Lo siento —dijo Javi. Miró a Hugh. —¿Qué dices, Hugh?

—No. Opino como el señor O'Keefe.

Javi miró a Gabriel. —No hay más que hablar —. Gabriel comenzó a batir los brazos como si fueran alas y a cacarear como gallina. —¿Quieres que comparta tu experiencia de la primera vez que corriste en la Harley?

—No hace falta —Gabriel respondió.

En la madrugada, cuando estaba todavía oscuro afuera, Javi se despertó por un ruido que le era desconocido, algo que no había oído desde que vivía en la casa. Sacudió a Walt para que se despertara. —¿Oyes eso?

—¿No sabes qué es?

Javi respondió que no. —¿Mapaches?

—Es una variación de los ruidos del amor. Duérmete.

Javi comenzó a reír.

—Estate quieto. Te pueden oír y avergonzarse. Sé discreto, mi amor. Ya pronto se acaba y puedes volver a dormir.

Javi amortiguó la risa con la almohada.

—No tienes remedio —dijo Walt. Le echó el brazo por la cintura y le dio un mordisco en el lóbulo de la oreja. Se le erizaron los vellos del brazo a Javi y sintió acalorarse. Sería su turno por segunda vez esa noche. Tuvieron cuidado de no hacer ruido. Tenía razón Walt: el ruido cesó alrededor de una hora después de haberlos oído.

Los muchachos se fueron a los viajes que Javi sugirió. Gabriel condujo el Mercedes más viejo, el que conocía de los días en el centro juvenil. Javi había comprado uno de regalo para ambos, Walt y él, hacía un año y dejaban el viejo en la cochera, en caso de que al regresar Gabriel necesitara transportación que no fuera la Harley. Walt les había ofrecido el Audi, pero recordó que lo necesitaba para una junta martes y miércoles en la tarde. Entonces tenía que regresar al Valle de Sonoma a visitar a unos clientes, un actor de Hollywood muy huraño y su pareja, dueños de viñedos, para informarles personalmente sobre unas inversiones que no habían salido como se esperaba. Hugh y Gabriel fueron con él. Ocupó el asiento trasero. Gabriel tenía la mano derecha sobre el muslo izquierdo de Hugh durante casi todo el viaje. Walt concluyó que querían estar a poca distancia el uno del otro para sentirse uno, contrario a lo del día que llegaron. Estaba cómodo en el asiento de atrás. Pensó en esa peculiaridad de Gabriel, que hacía lo mismo que Javi cuando manejaba, con la mano en el muslo de Walt. A veces creía que una fuerza cósmica había separado a Javi de Gabriel y a la larga se habían reencontrado en el tiempo. Los dos eran tan parecidos en tantos modos que lo había llevado a creer en la metafísica. Y creyó que los había encontrado a los dos para completar lo que el universo mandaba.

Todo eso le contó a Javi cuando estaban solos. Javi pensó en los dones que las llamadas fuerzas cósmicas le habían conferido. —Mi vida está envuelta en la tuya y la de nuestro hijo —le dijo a Walt. —Ya no soy uno. Soy solamente un borde de un triángulo equilátero de amor y realización —. Solamente esperaba que esas mismas fuerzas que lo habían llevado a la felicidad no lo castigaran de la manera que lo habían hecho cuando se llevaron a Javier.

El sábado siguiente fueron de nuevo al aeropuerto. En la sala de espera de la puerta de salida ejecutaron el rito de costumbre. Javi retuvo a Gabriel más tiempo que en otras veces. Le revolvió el cabello. No encontraba la manera de dejarlo ir. No parecía molestarle a Gabriel.

—Lo vas a asfixiar —le dijo Walt—. Déjame algo a mí.

Se separaron.

Javi extendió la mano para que Hugh la estrechara. Hugh la dejó sin tocar y en vez le dio un abrazo casi tan apretado como el que le había dado Gabriel. Fue iniciativa suya besar a Javi en la mejilla. Dejó a Javi tan mudo como le había pedido Walt la semana anterior. —Vengo de una familia en la que demostrar afecto se considera extraño. Sólo se abraza y se besa a los bebés. Perdone que haya estado tan distante el día que llegué. Era como llegar a otro planeta. Le envidio a Gabriel la suerte de tener dos padres como ustedes —. Hugh entonces hizo lo mismo con Walt. —Gracias por su hospitalidad. Pasé una semana en el paraíso.

44 Un regreso prodigioso

Javi le consiguió una pasantía a Gabriel en BEA por el verano. Gabriel no estaba seguro de querer regresar a casa para eso. Había decidido vivir fuera del campus el año siguiente. Sería menos caro que la residencia de estudiantes si compartía un apartamento con tres estudiantes más.

Javi sabía por dónde iba todo y para quién resultaba más barato. —¿De cuándo a acá has tenido que preocuparte por el costo de tu hospedaje o de tu educación, Gabriel? Ésa ha sido mi prioridad, tu educación —le dijo Javi menos que feliz. —Cuando se vive fuera del campus hay que cocinar. Eso te toma tiempo que podrías dedicar a tus estudios. Mantener la limpieza de un apartamento no es lo mismo que desempolvar la habitación de un dormitorio —. Casi le llamó palomar, pero habría resultado contraproducente.

Como sospechaba, Hugh estaría compartiendo el apartamento en verano y trabajando a tiempo completo con el consorcio. Alquilarían una habitación en un edificio de apartamentos, un lugar que habían arrendado dos que iban para el último año de estudios.

—¿Juego algún papel en la decisión que tomes? —preguntó Javi. Sentía la sangre llegándole a punto de hervor.

—Claro que sí, Papá. Por favor, no te enojes conmigo.

—No estoy enojado —mintió. —Me tomé la iniciativa de hacer que Oliver te ofreciera la pasantía.

Eso es un punto a tu favor en tu expediente y te da experiencia que puedes aplicar a tu carrera. ¿Qué vas a hacer en Pittsburgh durante el verano? Hugh tiene un trabajo en su campo. ¿Qué has asegurado tú? —. Javi trató de aplastar su infelicidad, pero sabía que se le iba a salir de control. Nunca había sido capaz de retener lo que de verdad sentía sobre nada que le fuera importante.

—Todavía nada, pero estoy buscando.

—En medio de esta recesión económica, ¿qué crees que vas a encontrar? Hay gente con experiencia perdiendo el empleo. ¿Has pensado en eso? —preguntó Javi. —No quiero que vayas a buscar trabajo a un Burger King nada más porque quieres quedarte en Pittsburgh. Probablemente tengas que tomar turno doble, uno en Burger King y otro en Hardee's para pagar el alquiler nada más.

Detrás del comentario quedaba implícita la advertencia de que no iba a pagarle el alquiler.

—Estás pesimista, Papá.

—No, realista. Si me dijeras que ibas a estar mejor académica y profesionalmente en Pittsburgh, te diría que era una decisión magnífica. Las posibilidades en este momento me parecen lóbregas.

Entonces Gabriel dijo algo que terminó por agredir a Javi. —Lo voy a consultar con Hugh —. Igual pudo haber dicho: "Jódete". Estaba herido y fúrico. Se preguntó si estaba actuando en forma controladora. No, no era eso. Se hubiese rendido si Gabriel le hubiese dicho que estaba planificando algo de valor profesional durante el verano en Pittsburgh. Javi le hubiese pagado hasta los víveres.

—Sí, hazlo —le dijo a Javi antes de añadir un adiós seco.

Esa noche se lo dijo a Walt tan pronto entró por la puerta.

—Javi, nunca te había visto así tan lleno de ira.

—Porque nunca lo he estado en mi vida. Que me haya dicho que iba a consultar con Hugh, fue la gota que colmó la copa. ¿Hugh? ¿Qué sabe ese mamavergas de nada?

Javi intuía que Walt iba a comentar sobre la palabra que ahora podría decir delante de él. Debió reconsiderar.

—¿Crees que no soy razonable, que soy un adicto al control?

—Aunque lo fueras, en este momento no te lo diría, pero no, no es así. Tienes el derecho a estar enfadado. Dale tiempo, Javi, deja que haga lo que tiene que hacer, consultar el oráculo, a Hugh, lo que sea. Confía en su juicio. Ese muchacho tiene buena cabeza.

—En eso tienes razón, pero temo que cuando la cabecita manda, la cabezota deja de funcionar —dijo Javi.

—No reduzcas el amor a eso, Javi. Es amor de juventud.

—Amor. Amor. Será. En este punto, el amor queda eclipsado por la lujuria. Si escoge chingar sobre lo que es sensible, va a terminar chingándose el futuro, también —. Walt se sorprendió, notó Javi. De seguro iba a hacer un comentario sobre su vocabulario, pero nuevamente pareció medir el nivel de fuego. —Sí, lo dije. Chingar. Chingarse. Siéntete en libertad de usarla.

Javi sabía que su mal humor tenía un impacto nocivo en Walt, que no tenía culpa de nada.

—Lo siento, Walt —le dijo mientras comían dos días después de la conversación con Gabriel. —He sido un desconsiderado.

Walt le tomó la mano. —Ya sé que es un momento difícil para ti. Ten paciencia. Estoy seguro de que todo se va a arreglar.

—No debería desquitarme contigo. Fui un patán anoche —. Por primera vez desde la primera noche que pasaron juntos Javi no había demostrado interés alguno en hacer el amor. Walt no dijo nada cuando Javi no le correspondió sus caricias. Se sintió culpable del desprecio. Cuando estaba solo en la casa rompía a llorar. Ya no tenía coraje. Ahora estaba triste como no lo había estado desde aquella tarde de miércoles cuando recibió la terrible noticia en el hospital.

—Estoy seguro de tu amor, Javi. Ya sé, ya sé que no es fácil.

—¿Recuerdas la noche que me dijiste que no te merecía? ¿Qué estabas debajo de mi categoría? Eres tú, tú a quien no merezco.

—Si repites eso alguna vez me vas a hacer el hombre más desdichado del universo. Por favor, no lo digas jamás —le rogó Walt.

Estaban lavando platos cuando oyeron el timbre del teléfono. Javi miró a Walt.

—¿Contesto? —Walt preguntó.

—No, déjamelo —. Esperaba que fuera Gabriel y a la vez sentía zozobra de pensar en lo que podría oírle decir.

Era Gabriel, le indicó a Walt con un movimiento de la cabeza. —¿Cómo estás, hijo...? —. Se sentó, sin saber cuál sería su reacción física a lo que dijera Gabriel. —Me alegro... ¿De veras...? ¡Felicidades...! —. Puso la mano sobre la bocina y sin palabras le hizo saber a Walt que Gabriel había tenido todas Aes.

Walt susurró: —Dile que le envío mis felicitaciones.

—Papá Walt se alegra por ti también... ¿Lo has pensado? ¿De lo que hablamos la última vez...? —. Era

mejor acabar de sacarlo del medio. —Ah, bien, bien...
—. El inalámbrico comenzó a temblarle en la mano. Lo
estabilizó con la otra mano. —Bueno... —. Walt estaba
de pie frente a él, batiendo las manos, queriendo saber
qué había dicho Gabriel. Javi le levantó la mano con la
palma hacia afuera. —Ujú... Bueno, entonces. Voy a
echar la bola a correr. Tengo que decirte algo, hijo... El
corazón se mi hizo del tamaño de un guisante en estos
días pasados. Me alegro que llamaras... No es culpa
tuya. Ya sabes cómo me preocupo... Llámame mañana,
¿oquéi...? Te quiero mucho. Papá Walt también te envía
su cariño.

Oprimió el botón para acabar la llamada. Respiró
tan hondo que parecía combatir la sofocación. Puso la
cabeza contra la pared encima del teléfono y comenzó a
sollozar con tanta intensidad que temió por sí mismo.

Walt se le acercó y le puso las manos sobre los
hombros. —¿Qué pasó?

Javi se tiró contra el pecho de Walt. —Viena a
casa.

—Ah, bebé, ¡qué chingada alegría me da por ti!

Javi dejó de sollozar y empezó a reírse. —No
abuses de mi debilidad.

Gabriel había hablado con Hugh. —Ese muchacho,
te digo, ¿ese minnesotano?, vale mucho —Javi dijo. —
Le dijo a Gabriel que tenía que pensar en lo que era
mejor para él, que sería difícil estar separados, pero que
él lo esperaría. Era nada más que por el verano, le dijo.
Tenían el teléfono y el correo. Al final, todo estaría
bien. Le dijo que si su relación no podía resistir una
separación de tres meses, seguramente no valía la pena
sostenerla.

—¡Ves? Solamente tenías que darle tiempo —dijo
Walt, frotándole la espalda.

Gabriel llegó tres días más tarde. Javi lo abrazó más estrechamente que las otras tres veces en el último año.

—¿Dónde está Papá Walt?

—Trabajando. Son solamente las cinco. Yo me fui antes de tiempo para venir a recibirte.

No mencionaron el incidente desagradable, de lo que Javi se alegró. Sabía que Walt se alegraría más aún. El lunes siguientes Javi y Gabriel entraron juntos a BEA. La nueva recepcionista ya tenía mensajes para Javi, quien le presentó a Gabriel. —Ya me estaba preguntando quién sería este guapote —dijo Adele. —Si se puede preguntar.

—Se puede —dijo Gabriel con una sonrisa amplia y sincera.

—Se nota el parecido —dijo Adele.

—Todos lo dicen —Javi contestó.

Quedó asignado Gabriel a un proyecto de construcción al este de la ciudad. Se trataba de un edificio de altura mediana para el que se usarían las modificaciones más recientes a BayToro. —¡Estupendo! —dijo. —Me llevo a Pittsburgh esta información cuando regrese. Estudiamos esta tecnología en una clase de ingeniería el semestre pasado. Pienso escribir mi tesina sobre BayToro. Después de todo, es mi patrimonio.

Javi le dijo a Gabriel que saldría mejor llevándose la Harley cuando el tiempo lo permitiera. De lo contrario, podía usar el Mercedes Benz viejo. Todas las noches después del trabajo se ponía al teléfono para llamar a Pittsburgh. —Tengo curiosidad por ver la cuenta de Pacific Bell este mes —le comentó Javi a Walt una noche. —Debe alegrarse de que somos ricos.

—No, nosotros debemos alegrarnos. Somos los que vamos a pagar la cuenta.

Gabriel y Walt iban a los juegos de béisbol los domingos y acompañaban a Javi al desayuno almuerzo de costumbre. El primer domingo que Jerry y Marvin vieron a Gabriel, corrieron a abrazarlo. —¡Nuestro ahijado está de vuelta a casa! —dijo Jerry y Marvin añadió: —Dinos que vas a hacer felices a tus papás y te vas a quedar aquí.

—Mis papás saben qué es mejor para mí, así que se van a alegrar cuando me vaya. Ustedes pueden venir a visitar.

—¿Pittsburgh? —Jerry preguntó. —Ajá... Te dejamos saber.

—¿Has visto *Auntie Mame*? —preguntó Marvin. —¿Qué digo? Ustedes probablemente se sientan a verla y repiten el diálogo de memoria. Recuerdas cuando Patrick le dice a Mame que creía que Vera era inglesa, porque suena inglesa y Mame le dice: "Es de Pittsburgh", y Patrick dice que le pareció que sonaba británica y Mame le dice: "Bueno, cuando una es de Pittsburgh, hay que hacer algo".

Uno que había estado oyendo dijo: —Y en *No me envíes flores*, con Doris Day y Rock Hudson. Cuando Doris Day le dice a Clint Walker que Rock trabaja para una compañía que hace transistores y que con uno de ellos se podría alumbrar a Pittsburgh y Clint Walker le responde: "Pues por lo que he visto de Pittsburgh deberían dejarla a lo oscuro".

—¡Esnobs! —dijo Gabriel. Los demás se rieron. Marvin y Jerry llevaron a Gabriel al banco, al lado de Walt.

El último sábado de agosto Walt y Javi llevaron a Gabriel de vuelta al aeropuerto. Le desearon suerte en los estudios. —Saluda a Hugh de nuestra parte —le dijo Walt.

El próximo año Gabriel regresó en las fiestas de costumbre, con Hugh en remolque. Hugh había evolucionado de capullo retraído a un hombre revoltoso. Javi le dijo a Walt que echaba de menos a la versión tímida.

—Debiste dejar dormido a ese dragón —le respondió Walt. —Estimulaste ese despertar.

El próximo verano Gabriel regresó de nuevo a su pasantía en BEA. Al final del verano volvió a Pittsburgh para lo que sería su último año. Javi se sentía tranquilo por su constancia y estabilidad, cuando su relación con Hugh persistía sin inconvenientes o por lo menos ninguno que Gabriel hubiese compartido con Walt y él.

Walt le había preguntado a Gabriel si tenía planes específicos para después que terminara sus estudios. Gabriel mencionó varias posibilidades que pensaba explorar. Javi le recordó que siempre tendría algo esperándolo en BEA. Gabriel asintió. Javi lo tomó como una buena señal. De regreso del aeropuerto ese sábado Walt le dijo: —Te das cuenta de que es posible que no regrese aquí —. Javi dijo que sí con la cabeza sin decir nada. —¿Cómo crees que vas a reaccionar si es lo que elige hacer?

—En silencio me he dicho que tengo que aceptar lo que decida. Estoy seguro de que para cuando llegue el momento de su decisión final estaré más conforme. Resignado. Le hemos dado una educación, no un lazo del que pueda colgarse si lo obligo a escoger algo que no quiera y lo haga nada más que por satisfacerme a mí. Puedo aceptar su decisión, pero no saber que lo he hecho infeliz.

Walt puso su mano sobre la de Javi, que, como de costumbre, tenía sobre su muslo. —Te quiero tanto.

—También yo te quiero, Walter el Muro O'Keefe. Mi muro de fortaleza.

Javi y Walter fueron a Pittsburgh para la ceremonia de graduación. Javi había propuesto un viaje a Europa, los tres, por un mes. Podían ir a España primero, luego a Francia e Italia. Gabriel posiblemente quisiera revisitar los lugares a donde habían ido en Italia. Walt podría compartir esa experiencia y el círculo se cerraría.

Podrían por fin entrar a la Accademia y Santa Croce.

—¿Javi? —preguntó Walt. La pregunta lo devolvió a la tierra. —Es posible que Gabriel tenga otros planes. Unos que incluyan a Hugh. No me cae mal Hugh, pero no pienso que quiera viajar por todos lados con él. ¿Por qué mejor no les hacemos el regalo de ese viaje? Tú y yo podemos ir en el otoño, cuando ya las multitudes se hayan reducido.

—Supongo que es una alternativa. No lo mencionemos.

—La idea es tuya, mi amor. No lo menciono si tú no lo mencionas.

Las carpas gigantes se habían levantado sobre la sección central de la plaza en la universidad. La brisa jugaba con los bordes blancos y amarillos. Unas cuatrocientas sillas plegadizas llenaban el espacio frente al proscenio, donde había un atril donde estaría a la derecha de los graduados.

Camino al lugar de la ceremonia, Javi se encontró con el profesor Mead en su toga, listo para la procesión académica.

—¡Javier Toro! —dijo el profesor Mead con gran entusiasmo. —¡Qué placer volverte a ver! —. Se dieron la mano.

—¡Profesor Mead, mi mentor y amigo! —. Javi se retiró para dejar a Walt frente a ellos. —Profesor, no sé si conoce a mi pareja, Walt...

—¡el Muro O'Keefe! Ya lo había visto, pero no así de cerca. Es un enorme placer saludarlo, señor O'Keefe

—dijo y le dio la mano. Se dirigió a Javi: —¿Aquella conversación que tuvimos hace algunos años sobre ayudar a tu muchacho a que lo admitieran aquí? ¡Qué hallazgo! Raras veces enseño clases subgraduadas, pero tuve el privilegio de tenerlo en una. Es uno de los discípulos más brillantes que he tenido, con la excepción de quien tengo al frente. Ustedes están en una categoría aparte. Esos genes deberían enlatarse y venderse.

—Es usted tan amable, profesor Mead. Gracias. ¿Usted sabe que Gabriel es mi hijo adoptivo?

—¡Algo se le pegó! Mucho, yo diría. Le sugerí que siguiera estudios posgraduados. Sería mi asistente de investigaciones —dijo el profesor Mead. —Me dijo que prefiere ir primero a un empleo de tiempo completo y luego regresar a la universidad. Le dije que mientras esté yo aquí, la oferta sigue en pie. Debes estar muy orgulloso de Gabriel.

—Ni se imagina, profesor.

Walt y Javi fueron a tomar sus lugares bajo la carpa, en asientos por el centro, cerca del área alfombrada para la procesión académica. Todavía no habían visto a Gabriel: no habían querido interferir con las celebraciones estudiantiles la noche anterior.

Poco después de la hora señalada salió música grabada de los altoparlantes al frente. El claustro y los administradores desfilaron primero, seguidos por los subgraduados y, al final, los posgraduados. Javi le pegó con el codo por el brazo a Walt cuando el hijo se acercaba. Gabriel sonrió y les tiró un beso con la mano.

Todos se sentaron después del himno nacional y la invocación del capellán de la universidad. El presidente de la universidad dio la bienvenida. Los candidatos a maestría y doctorado subieron uno por uno al proscenio, le dieron la mano al decano de la escuela posgraduada y al presidente y salieron por el otro lado.,

El decano de artes y ciencias vino al atril. Anunció el orador principal, el presidente de una empresa aeronáutica que habló demasiado tiempo y repitió los lugares comunes de siempre. Nada en su discurso habría formado parte de un tomo sobre los mejores de todos los tiempos. El mismo decano regresó al atril para anunciar al primer honor de la clase graduanda de estudios subgraduados de ese año: Gabriel Madrid Toro.

Walt y Javi se miraron con ojos humedecidos. El pecho a Javi le temblaba, tratando de aplacar los sollozos. Se tomaron de la mano cuando Gabriel subió. Felicitó a sus compañeros graduandos. —No hace mucho me habría parecido difícil siquiera comenzar a imaginarme que un día me estaría dirigiendo a ustedes. Yo era un niño de la calle, un deambulante, por razones que no tuvieron nada que ver con mi voluntad. El destino me sonrió. Recibí mucha ayuda de una organización sin fines de lucro cuando conocí al hombre que me conduciría por este camino.

Javi le apretó la mano a Walt. Le dolía el alma de pensar en aquel adolescente que había conocido en el centro. Y aquí estaba ahora.

—Recibí mucho más de lo que merecía del hombre que me adoptó y me cuidó hasta que llegué a lograr lo que he hecho hasta ahora. Me dio esperanza, me apoyó, me sostuvo. Me hizo ver lo que nadie más había visto en mí, inclusive yo mismo. Si me pusiera de pie aquí hoy y dijera que le estoy agradecido por su amor y apoyo, me quedaría corto en expresar mis verdaderos sentimientos. No me dio solamente lo necesario. Me consintió. Sí, debo admitirlo, soy un mocoso malcriado.

Walt y Javi oyeron risas y carcajadas. Javi sonrió a la vez que se le derretía el corazón hasta los dedos de los pies.

—Mi Papá Javi me enseñó a aceptarme sin importar lo que nadie pensara de mí. Luego mi Papá Walt llegó a nuestras vidas con su inteligencia, ecuanimidad y paciencia. Nos convertimos en una familia completa. No como la hubiese querido Norman Rockwell, pero familia al fin.

Nuevamente se oyeron las risas y hasta aplausos por diversos puntos.

—Dos papás inteligentes, cada uno talentoso en su campo, cariñosos y generosos con un hijo consentido. No he necesitado nada desde que estoy bajo su protección. Uno de ellos, mi Papá Javi, es un egresado de esta misma institución, un personaje célebre en el mundo de la ingeniería. Bueno, en la medida que haya celebridades en la ingeniería.

Hubo risa general.

—Es un inventor que ha revolucionado la industria de la construcción y ha hecho nuestras vidas más seguras. Mi Papá Walt no necesita presentación. Es presidente de una empresa de inversiones, graduado de la Universidad de Stanford. La gente de Pittsburgh lo conoce mejor por sus días con los Steelers. el Muro. Walter O'Keefe.

El auditorio irrumpió en aplausos y vítores. "¡Vivan los Steelers!"

—Quisiera no tener que abochornarlos, pero aquí vamos. Papá Javi, Papá Walt, por favor, pónganse de pie para recibir todo mi amor y mi gratitud.

Los concurrentes aplaudieron desde antes de Javi y Walt ponerse de pie. Cuando lo hicieron, el lugar se encendió de alegría. Walt le tiró un beso de mano a Gabriel; Javi se puso la mano sobre el corazón y la extendió hacia el frente antes de volver a sentarse. Lo demás que dijo Gabriel ya no lo oyó Javi y dudaba que Walt lo hubiese oído.

Cuando desfilaron los graduados al final de la ceremonia, la multitud vino donde Walt a desearle bien y a felicitarlo por las palabras de Gabriel. "¡Qué orgullo debe ser!" fue mayormente lo que dijeron los que se acercaron. Un rato más tarde, pudieron escaparse a buscar a Gabriel. Dieron con él, que también andaba buscándolos. Javi lo estrechó tan fuerte que Gabriel se levantó varios centímetros del suelo. Tuvo que luchar para hallar la forma de dejarlo ir. Walt se le acercó y también lo abrazó, meciéndolo de lado a lado. Fueron a la recepción, donde más fanáticos de los Steelers rodearon a Walt; hasta tuvo que firmar programas de la ceremonia. Muchos de los compañeros de Gabriel también vinieron a felicitarlo.

—¿Dónde está Hugh? —preguntó Javi.

—¿Hugh? Hugh se fue hace dos días. No quería venir a la ceremonia. Se montó en el carro y se fue a Faribault.

Javi estaba confundido. Miró a Walt.

—Y eso, ¿qué significa? —Walt preguntó—. Digo, para ustedes dos.

Habían llegado a la habitación de Gabriel en la residencia, donde había empacado lo que se llevaría en el avión. El resto se iba por UPS. Les dijo a Javi y a Walt que volvía a casa hasta que supiera algo de alguna de las diez empresas con las que se había entrevistado. Había vendido el computador personal—IBM sabía cómo hacerlo todo obsoleto al poco tiempo de comprarse, para obligar a los usuarios a remplazar el que había tenido por tres años, pero había oído de una micro que fabricaba una empresa en Cupertino o Sunnyvale. Ya vería.

—Hugh se va a Houston a trabajar para la NASA. Ellos le pagaron la educación. No tenía que irse a trabajar para ellos, pero eso fue lo que eligió. Se había entrevistado con *Computer Sciences Corporation* en

Long Beach. Allá pudo trabajar con NASA Ames. Tienen una Cray, pero decidió otra cosa. Long Beach habría sido perfecto para nosotros. Me hubiese podido quedar en la misma área o por lo menos en el mismo estado. A decir verdad, no quería ir a Houston a vivir en el armario de Hugh.

—Lo siento —dijo Javi.

—Está bien. Ya estoy en paz con eso. Bueno, quizás no del todo. Creía que íbamos a pasar el resto de la vida juntos, donde fuera, como ustedes dos. Mis sentimientos no fueron factor en sus cálculos. Sé que debería estar más enfadado, pero, ¿saben?, no lo estoy. No puedo explicarlo. Le deseo suerte.

—Tu actitud es admirable. Me impresiona —le dijo Walt.

—Papá Javi, ¿qué era aquello que decías? Era el equivalente en español de: "La vida me dio limones y yo hice limonadas", ya sabes. ¿Cómo decía?

—Hacer de tripas, corazones.

—Eso era. ¿Alguna vez te dije que eso no tenía sentido alguno para mí? —le dijo Gabriel. —Bueno, ahora, sí.

45 La conexión trunca

—Nos sentimos muy orgullosos de haber jugado un papel, aunque fuera pequeño, un papel en el éxito de este joven —dijo Oliver en la fiesta de bienvenida que dio BEA para Gabriel. Todos se habían quedado al terminar el día de trabajo para unirse a la celebración. Javi se paró junto a Gabriel, con el brazo sobre sus hombros. Gabriel le dio las gracias a Oliver y a todos los que lo habían ayudado en BEA. —Nada de presión —Oliver dijo. —Pero ya sabes que tienes un puesto aquí si lo quieres.

—Muy honrado, señor Kepner, gracias —dijo Gabriel. —Por el momento voy a considerar mis opciones. Ya hablaremos.

En casa esa noche Gabriel entró y se encontró al equipo de béisbol que lo esperaba para celebrar. —Gracias, amigos, muchas gracias —Gabriel dijo después de alrededor de una hora con ellos. —Por favor, discúlpenme. Llevo dos días sin descansar. Espero que entiendan si me retiro para irme a recostar.

Después que todos se habían ido, Walt le dijo a Javi que notaba que algo le pasaba a Gabriel. Tal vez Javi debería ir a ver.

Gabriel estaba en la cama, las piernas colgadas sobre el borde y un brazo sobre la cara.

—No te ves contento —le dijo Javi a la vez que se sentaba junto a Gabriel. Le puso la mano en la rodilla.

—He estado pensando —. Gabriel pausó. Se quitó el brazo de la cara. —¿Qué dirías si te digo que quiero visitar a mi familia? En la que nací, no la verdadera —. Se sorprendió tanto Javi que se le trabó la lengua. — Veo que no lo aprobarías.

—No es algo que has mencionado antes... Si crees que debes... Es decisión tuya —Javi le respondió. —¿Hay una razón especial por la que pienses que debes hacer eso?

—No sé explicarlo. A lo mejor solamente quiero ir a enseñarles lo bien que me ha ido sin su ayuda. Una especie de pulgar contra la nariz. ¡Na na na na na na!

Javi rio. —Eso suena infantil, pero es posible que necesiten que se lo hagas. ¿Quieres que te acompañe?

—No, gracias. Pueden ponerse con groserías y no podría tolerarlo. En vez de una venganza liviana se podría convertir en una fiesta de puñetazos y bofetadas.

—Mejor que no sea así. No te crie de esa manera —dijo Javi. Sonrió y besó a Gabriel en la frente.

Cuando llegó Javi del trabajo el próximo día, Gabriel estaba sentado a la mesa de la cocina. Delante tenía un tazón vacío de café. Estaba encorvado en la silla, mirando hacia el piso. La visita no había salido bien: lo supo Javi tan pronto lo vio. Gabriel miró hacia arriba.

—Pésima idea, lo de ir a esa casa. Nunca sospeché que encontraría lo que encontré.

—¿Se pusieron con algo malo? —. Javi colgó las llaves en el gancho de la pared y sacó una silla para sentarse.

—Toqué a la puerta. Salió Alma Rosa y cerró la puerta, como para dejarme saber que no era bienvenido. Le dije que llamara a su mamá y me dijo que estaba ocupada. Mamá debió oír algo, porque sacó la cabeza por la puerta. Me miró como si no me reconociera. Entonces dijo: "Ah, si eres tú. Te ves diferente". Le pregunté cómo estaban los demás. Me dijo que su marido había muerto ya hacía más de dos años. Le dije que ya lo sabía. Alma Rosa se encargó de dejarme saber que Matías se iba de voluntario al ejército. Le pregunté por Mickey. Ninguna de las dos dijo nada. Dije que quería ver a Mickey. Se miraron la una a la otra.

Alma Rosa le dijo a Gabriel que Mickey se había ido de la casa hacía como seis meses. Había dicho que se iba a buscar a Gabriel. Creían que era con él con quien estaba. Nadie sabía dónde estaba.

—¿Se fue o alguno de ustedes lo estimuló con sus abusos para que se fuera? —preguntó Gabriel, ya encolerizado. La madre le dijo que nadie lo había echado. Mickey había cambiado mucho del niño que Gabriel conocía. Era irrespetuoso, siempre de mal humor, mal educado, odioso. Le había matado el gato a la vecina. Lo habían suspendido varias veces del colegio por pelear. El colegio le había advertido que lo iban a expulsar permanentemente si volvía a meterse en otra pelea.

—Con el último incidente vino a la casa todo agitado. Ni el tío Bernardo lo podía convencer para que fuera a estar un rato con él —dijo Alma Rosa.

Nadie podía imaginarse el horror que sintió Gabriel al oír todo eso. Quiso dar un alarido. Le dieron deseos de estrangularlas a las dos. ¿Cómo era posible que alguien fuera tan ciego, tan estúpido?

—No seas tan duro con ellas, Gabriel. Es algo que ni siquiera pudieron sospechar —le dijo Javi. Tenía el corazón hecho un nudo por el malestar de su hijo.

—No saben a dónde pudo ir. Sospecho que sé. Por ese vecindario cuando un niño se va a la calle tiene pocas alternativas. Yo tomé una de ellas. Hacerse miembro de una ganga es otra. O pudo hacerse un operador independiente, un pillo. Las malas opciones son indeseables, pero el hambre y el frío escogen por uno —. Gabriel comenzó a gemir y a sacarse las lágrimas de los bordes de los ojos con una mano. Prosiguió con la voz quebrada. —Tengo que ir a buscarlo. No puedo quedarme sin hacer nada, preguntándome qué le pasó a mi hermanito. Cierro los ojos y lo veo, un niño inocente que quería tanto. Adivino el dolor en su carita. Le veo las lágrimas rodándole por el rostro, Dios sabe dónde, pasando por quién sabe qué.

—¿Cómo crees que vas a hacer eso?

—No sé. Creo que voy a empezar por los lugares a donde yo fui hasta que caí en el centro juvenil. Voy a buscar ahí, también. Si no está por ahí, voy a empezar a preguntar por el vecindario. Ése es siempre el último lugar para investigar. Nadie quiere meterse en nada, no saben nada. Se quieren mucho, todos son compadres y comadres, hasta que alguien tiene un aprieto como éste. Entonces, sálvese quien pueda y allá cada cuál a rascarse con sus propias uñas. Es mejor empezar por donde a los extraños no les importa decir lo que sepan —Gabriel dijo como si estuviera trazando un plan de acción en voz alta.

—Si necesitas mi ayuda con algo, ya sabes que puedes contar con ella, no importa para qué —Javi le dijo. Le frotó el pecho, le tomó la mano y le acarició la mejilla. Cuando llegó Walt a la casa, Javi le contó lo que le dijo Gabriel. No veía a menudo que Walt se afectara de tal modo, tan vulnerable. Era un golpe tal que Walt empezó a presionarse los bordes de los párpados para detener las lágrimas antes de que le llegaran a las mejillas.

Gabriel pasó dos días en la Harley por las calles que escogió para la búsqueda. Uno de los que se vendía parado en el mismo lugar donde lo había hecho Gabriel le dijo que había visto a alguien así, le parecía, pero que eso también sonaba a cualquiera. Sin una foto, Gabriel podía hacer muy poco. No tenía ni una vieja. Su descripción de Mickey venía de la memoria, de una imagen que había retenido en la mente hacía ya más de seis años.

Fue por los sitios donde se reunían los de las pandillas. Buscó un billar donde los parroquianos todos se veían demasiado jóvenes para estar fuera de la escuela, las fronteras delineadas de acuerdo con el color de la piel en cada uno de los tres lugares, nunca el mismo de un local a otro, los tatuajes en tinta verde de una lágrima brotando de un ojo dibujado sin arte alguno, cruces, inscripciones en caligrafía de manuscrito medieval, de acuerdo con la pandilla que fuera. Buscó entre las gangas mexicanas y centroamericanas. A Mickey no lo habrían reclutado gangas anglo a no ser para torturarlo, violarlo y matarlo. Volvió al vecindario. Abrigaba la esperanza de que alguien supiera algo, pero confirmó lo que ya sabía. Estaban más interesados en lo que había sucedido con Gabriel desde la última vez que lo habían visto. —Bien, gracias —fue lo único que les dijo.

—Es hora de ir a la policía —le dijo Walt a Gabriel la noche del segundo día.

—No quiero meterlo en problemas —le dijo Gabriel.

—¿Qué te hace pensar que ya no lo esté? —le preguntó Javi. —Si está en custodia policíaca, es más fácil dar con él. Puede que necesite fianza o alguna ayuda.

La mañana siguiente Gabriel fue a la jefatura de la policía: la misma descripción, las mismas preguntas, las mismas respuestas sin pista alguna. Uno de los oficiales de escritorio le sugirió que hablara con uno de los detectives que podría darle más información. El detective le recomendó que fuera a la morgue. Gabriel se paralizó. Nunca consideró esa posibilidad. El detective le dijo que tenían allí mismo un álbum de fotos de los cadáveres sin reclamar. Tal vez era mejor que Gabriel mirara el álbum antes de ir a la morgue. Lo sobrecogió el terror.

—Papá, sé que quizás no puedas si estás ocupado, pero si puedes, te agradeceré mucho que vengas.

—¿Dónde estás? —Javi le preguntó. Cuando Gabriel le dijo, le respondió: —Salgo en este momento—. Le dio instrucciones a Victoria de que tomara mensajes, que regresaría más tarde. Se fue en taxi a la jefatura. Un policía en la recepción lo dirigió a donde se encontraba Gabriel. El detective había traído una carpeta negra, el álbum. Gabriel necesitaba a su padre al lado; Javi acercó una silla a la mesa donde estaba Gabriel. Como si temiera que un monstruo horrendo pudiera saltar de las páginas de la carpeta, Gabriel miró las fotos de caras desfiguradas de toda raza posible, algunas tan mal que sus propios familiares más allegados no habrían podido reconocerlos. Al voltear cada página, antes de pasar a otra, Gabriel se iba sintiendo más optimista, por no encontrar nada allí. Poco antes de llegar a los últimos pliegos, se le ensombreció el semblante.

—Éste es, Papá. Éste es mi hermanito —Gabriel dijo en medio de sollozos y gemidos tan profundos que el corazón se le hizo trizas a Javi. Estrechó a su hijo contra él. ¿Qué podía decirle para consolarlo, que todo iba a estar bien? No encontraba palabras con las que pudiera consolar a su hijo: por primera vez no daba con palabra alguna. Tuvo que conformarse con ofrecerle su presencia en aquella tragedia.

—¿Estás seguro?

—¿Ves esta cicatriz en la frente? —preguntó Gabriel, el dedo sobre un punto en la foto. Comenzó a correr los dedos por la superficie de la filmina que cubría la foto, como si así pudiera aliviar el sufrimiento del hermano. —Fue un golpe que se dio un día que se subió a un árbol en el patio y cayó sobre una roca. Parecía un escorpión. Yo lo molestaba, llamándolo el Hijo del Escorpión y él se enfadaba conmigo.

La palidez se había apoderado de la cara del muchacho en la foto. Ya los labios se habían tornado de rosado a un matiz cianótico cuando tomaron la foto. Tenía el cabello engomado a la cabeza en un amasijo de grasa. Gabriel no apartaba la vista de la foto, humedeciéndola con lágrimas y frotándola.

—Es éste —Gabriel le dijo al detective. —¿Dónde puedo reclamar el cadáver? —. El detective le dijo que había papeleo que llenar antes de que fuera a la morgue. En la recepción le dirían lo que había que hacer. No eran trámites que hicieran allí.

—Lo siento, señor. Debe ser muy fuerte. Por la fecha impresa en la foto le puedo decir, diez días más y el cadáver se habría ido a la fosa común —le dijo el detective.

Gabriel y Javi le dieron las gracias. Fueron hasta una estación al frente de la jefatura. Un oficial le dio a Gabriel varios conjuntos de documentos para llenar. —Oprima al escribir. Están en triplicado —dijo y se fue.

Javi y Gabriel fueron a la casa de la familia. El hermano mayor salió al balcón. No los saludó. Gabriel preguntó por la madre del hermano.

—No llega del trabajo. Algunos tenemos que trabajar, ¿sabes? —Matías dijo. —¿Qué quieres?

—Encontré a Mickey.

—No digas. ¿Y dónde estaba ese hijo de la chingada? —preguntó Matías.

—Cuidado lo que dices —le gritó Gabriel.

—¡Huy, míster poderoso, mantenido! ¡Ya ves cómo tiemblo! Te puedes llevar tus trompadas. Cuida tú lo que dices, puto —le dijo Matías en un tono de innegable socarronería.

Gabriel no reaccionó. —Cuando venga tu mamá dile que el cadáver de Mickey está en un depósito. Ya hicimos arreglos para que lo entreguen. A menos que vayan a hacer algo por él ahora que está muerto, me encargo de los arreglos fúnebres.

Matías no dijo nada, pero no parecía que la noticia hubiese tenido en él el mismo impacto que había tenido en Gabriel.

—Me puede llamar a este número para dejarme saber lo que quiere hacer. Si no sé de tu madre, haré lo que sea necesario por mi hermanito por mi cuenta —. Gabriel le entregó a Matías un cartoncito.

Luego de una cena en casa durante la que solamente se habló lo necesario, timbró el teléfono. Gabriel contestó. Por lo que dijo, Javi y Walt sabían que era Alma Rosa. Su mamá estaba muy compungida, pero no tenía dinero con que pagar por entierros. Si Gabriel podía hacerse cargo, los podía llamar para decirle cuándo sería.

Gabriel mandó a transportar el cadáver a una funeraria que hacía cremaciones. Pasó un momento solo con Mickey en un salón a media luz donde el cuerpo yacía en una camilla, cubierto con una sábana morada. Salió a la sala de espera y llamó a Walt y a Javi para que pasaran un rato con él. Los tres se echaron el brazo el uno sobre el otro. —Adiós, Mickey. Ojalá hubiese podido hacer más por ti. Ahora estás en mejor lugar —dijo Gabriel, sus palabras aplastadas bajo el peso de la tristeza.

Entraron el director fúnebre y un asistente. Se llevaron la camilla. Gabriel no llamó a Alma Rosa ni a nadie más. Ellos tampoco lo llamaron a él. Walt, Javi y

Gabriel llevaron las cenizas de Mickey a un lugar en los jardines de la ciudad que le gustaba de niño las raras veces que sus padres llevaban a los hijos a sitio alguno. Vaciaron la urna en la esquina de un huerto de camelias, la flor que florecía en invierno, cuando otras flores ya se retiraban para regresar con la primavera.

46 El hoy llega a su fin

Al terminar el verano, Gabriel se fue a tomar un empleo en Louisiana. Javi nunca había oído hablar de la empresa, pero eso, dijo, no significaba nada. Gabriel le aseguró de que era una compañía con buena reputación con una base amplia de clientela. El sueldo era magnífico.

Javi y Walter se adaptaron a su nido vacío de tórtolas, como llamaban la casa. A principios del año siguiente Javi sugirió que comenzaran a trazar planos para una casa nueva, una casa que cupiera en sus vidas y no a la inversa. Sería algo de eficiencia de energía solar, que tomara en cuenta el impacto ambiental. Walt estuvo de acuerdo en que era buena idea. Javi le pidió a Eric Sawyer que comenzara con los croquis. Sería de dos pisos más sótano, cuatro dormitorios, con suficiente espacio en el primer piso para un cuarto de gimnasia, un estudio lo suficientemente grande para acomodar dos escritorios de tamaño profesional, un salón de estar con vista a poniente, sala y comedor y, más que nada, una cocina espaciosa. Walt quería una buhardilla terminada, como la de la casa donde se crio en Indiana. Cochera para cuatro unidades, en caso de que Gabriel decidiera que estaba mejor en su casa que en el pantano de Louisiana. Chimeneas: una para la sala, otra para la habitación principal en el segundo piso y otra para el salón de estar, dijo Javi. Nada de enseres de gas fluido: le temía a las líneas de gas en una zona que temblaba.

Compraron un solar en el lado oeste de la ciudad, nueve mil metros cuadrados, en un distrito que estaba en gran demanda y, por lo tanto, tuvieron que pagar de acuerdo con la tasación de terrenos por allí. El vendedor les aseguró que desde la buhardilla, cuando terminaran la casa, podrían ver el océano, por supuesto, en un día despejado. —Habla mierda inflada —dijo Walt —. Como los vendedores de carros usados.

La construcción comenzó a fines del verano. Llevaría la versión más reciente de BayToro, que protegería la casa hasta con un terremoto 8.5. Ya a fines de la primavera le habían vendido la casa a una familia de Boston: seis niños, el mayor de nueve años.

—Liebres ocupaditas —dijo Walt después de cerrado el trato.

Almacenaron todo lo que no cupo en un condominio temporero de dos dormitorios. Javi quería conservar el mobiliario de la casa que desocuparon, con la excepción de los aparatos electrónicos y el escritorio del estudio. Walt sugirió cambiar los muebles de la sala por algo nuevo.

—Bueno —dijo Javi. —Pero nada más que eso y los escritorios dobles. Quiero mantener la casa llena de recuerdos —. Aparte de cambiar el juego de colchones en su cama tamaño *king* y la *queen* de la habitación de Gabriel, no quería cambiar nada más. —Cuando venga de visita quiero que lo encuentre todo como estaba la última vez que durmió en su cama.

Inscribieron la casa en el registro municipal igual que la anterior, como propiedad común. Las cuentas de banco estaban en ambos nombres. Las pólizas de seguro de vida de cada uno tenían al otro de beneficiario, con Gabriel como beneficiario secundario: cualquiera de los dos que muriera primero prometía entregarle parte del beneficio a Gabriel. Los vehículos también estaban registrados a nombre de los dos.

—Si Mahoma no nos deja casar, burlaremos a Mahoma —dijo Javi un día que Jerry y Marvin vinieron a traerles un regalo para la casa nueva.

—Un día de estos, ya verás —dijo Marvin.

—No en estos tiempos en que rigen los lobos reaccionarios con piel de oveja —respondió Javi.

Walt caminó hasta ponerse detrás de la butaca de Javi en la terraza y le echó alrededor los brazos. —Cuando sea, bebé, allí voy a estar ahí con mi etiqueta azul pálido, la que guardo para ese día del arco iris.

—No cuentes con pararte a mi lado en esa indumentaria.

Gabriel vino a casa para Navidad, acompañado de Brian Racette, de Peoria, Illinois. Era profesor de escuela secundaria en Baton Rouge. Se habían conocido en un club nocturno en Nueva Orleans y de inmediato hicieron *clic*, dijo Gabriel, sentado en la banqueta al otro lado de Walt, al encimero que separaba la cabina de desayunar del resto de la cocina. Gabriel le tomó la mano a Javi y guiñó. Walt miró por encima de ellos a Javi con un gesto de desagrado. Era obvio que habían hecho *clic*, le susurró Walt al oído a Javi cuando ya estaban en la cama esa noche. —Y siguen haciendo *clic*, a juzgar por esos ruidos que salen de la habitación de Gabriel.

—Si lo hubiese sabido, habría mandado a diseñarla con su habitación al otro lado de la casa.

—Ahora necesitaríamos el apartamento encima de la cochera en la otra casa —Walt dijo —. Se la pudimos amueblar a él y al novio *du jour*.

A principios del próximo verano llamó Gabriel para decir que venía a casa por unos días. Había tomado un puesto en Seattle y quería pasar por la casa. Era un ascenso, gerente de departamento, con un aumento considerable.

—Te va a venir bien —Javi le dijo —. Seattle es mucho más costosa que Shreveport —. Era una visita de dos días. Ni Javi ni Walt preguntaron por Brian o como se llamara, de Baton Rouge. O Peoria.

—¿Recuerdan a Brian? —preguntó Gabriel.

—Ah, sí, el de la Navidad —Javi dijo. Miró a Walt con la ceja derecha levantada en arco, como para decir: "Ya sabíamos que esto venía". —Sale con otro que está en el armario, casado, creo. Fue mejor así. Me había cansado de sus ronquidos. Y de su armario. Bien cerrado y oscuro.

—Cuando uno se cría como te criaste tú, es fácil olvidar cómo opera el resto del mundo, Gabriel —le dijo Javi.

—Yo estoy fuera y lo llevo a orgullo —replicó Gabriel.

—Y eso es bueno. Debes alegrarte de que eso no ha significado que te nieguen un empleo o te despidan del que tienes o de que te vandalicen el carro.

Cuando Gabriel se marchó con su remolque de alquiler montado en la parte trasera del Volvo, una tristeza inmensa se apoderó de Javi. No estaba seguro de que Gabriel estuviera simplemente cambiando de empleo. Parecía que no podía encontrar su lugar en el mundo. No obstante, era joven, le había dicho Walt. Con el tiempo echaría el ancla.

A diferencia de lo que habían previsto, la compañía de Walt había progresado más allá de lo que señalaba el plan de diez años. Había desalojado a los inquilinos del segundo piso cuando Claude le señaló que pronto los consejeros de inversiones en el tercer piso iban a tener que poner escritorios de litera. Los inquilinos no se fueron en paz. Demandaron a O'Keefe Financial en corte para recibir compensación por pérdidas y gastos de mudanza.

En el banquete de fin de temporada de béisbol ese año, donde Javi nuevamente recibió el premio al mejor jugador, anunció que había sido su última temporada. Causó gran revuelo e incomodidad entre sus compañeros de equipo, que no sospechaban que no podrían contar con él nuevamente. Habían terminado invictos otra vez y se habían ganado el odio respetuoso de los policías, los dueños de tabernas y los bomberos. Los jugadores de Esos Chicos sentían gran orgullo y derivaban mucha satisfacción por ganarles a esos equipos, a veces por dígitos dobles, uno que otro sin permitir una sola carrera.

Javi también anunció que BEA sería uno de los auspiciadores para la temporada siguiente. —Ya van a tener uniformes nuevos sin tener que pagar por ellos con su propio dinero. Guantes, también. Y muchos bates y pelotas.

—De esos ya tenemos bastantes —gritó Dean de la mesa contigua, que causó mucha jocosidad.

—Hablo de las que puedan tirar al aire —. Javi estaba consciente de por qué lo decía. Quería suavizar el efecto de la bomba de desilusión que sintieron sus compañeros con su decisión.

—Esto es algo que te has merecido hace tiempo —le dijo Oliver a Javi una tarde de septiembre en su despacho. Los otros tres allí eran los demás principales de BEA. Oliver había descorchado el champán y lo servía en las copas. —Brindemos por nuestro nuevo socio. Es lo mejor que le ha sucedido a BEA en su historia.

—Quisiera decir que me llena de humildad esto —Javi dijo —, pero tengo que estar de acuerdo contigo. Me he quemado las nalgas trabajando para BEA.

Agradezco este ascenso. Y a juzgar por las edades de ustedes, voy a estar aquí por décadas —. Todos rieron.

—¿Cuánto más orgulloso puedo estar del amor de mi vida? —dijo Walt cuando Javi entró por la cocina.

—Ya me estaba preguntando dónde andarías tan tarde. Tal vez un compromiso con un jovencito de esos que te echa el ojo, comencé a pensar.

Javi miró a Walt fijamente a los ojos. —¿Recuerdas la noche que me dijiste que estabas por debajo de mi categoría?

—¡Tú y tu memoria elefantina!

—Sí. No lo olvides. Esa noche estabas pescando —Javi dijo.

—No, no fue así.

—Sí, eso mismo hacías, pescando a ver cuál era mi reacción. Si lo hubieses creído de verdad, no te habrías molestado en venir a mi vestidor. Te hubiese ido para olvidarte de mí.

—De acuerdo, de acuerdo. Puede que tengas razón.

—La tengo, Walt. Esa noche me heriste hasta la médula de los huesos. Esta referencia de ja ja a un amorío: si la vuelves a repetir, aunque sea en broma, me habrás apuñalado el corazón por el mismo centro.

—Perdona. No quise decir nada con eso.

—Me alegra que te disculpes. Cuando creas que no vas a decir nada con lo que vas a decir, no lo digas —le dijo Javi sin la más leve traza de sonrisa en los labios.

El rubor y la expresión de Walt le dijeron a Javi que no había esperado esa reacción. Estrechó a Javi contra él; Javi le echó los brazos por el cuello. —Te he sido y te voy a ser fiel. Voy a seguir amándote completamente, fielmente a ti solamente, Walt.

—Los dos, Javi. Los dos.

Javi sacó un sobre de la chaqueta. Se lo entregó a Walt. Después de mirarlo, le dijo Walt: —¿Esto es broma?

—¿Eso te parece broma?
—¿En dos semanas? ¿No es un poco apresurado? —preguntó Walt
—Dime, ¿se va a desplomar el mundo financiero en tu ausencia?

El vuelo de la ciudad los llevaría a Nueva York por dos días. De ahí irían directamente a Roma. Javi había hecho arreglos para algunas excursiones, pero también había ido a través de un agente norteamericano para alquilar los servicios de una limusina, chofer incluido, durante el tiempo que estuvieran, para que los transportara de y al aeropuerto, y además los escoltara a donde fueran: los lagos, Padua, Siena, Verona, Florencia, Venecia, de vuelta a Roma para ir a Nápoles y Capri. Se hospedarían en el Intercontinental en Roma, en el Leopardi en Verona, el Westin en Florencia y el Palazzo Gritti las dos noches en Venecia.

—Eres un saco de sorpresas, ¿lo sabías? —Walt preguntó. —Nunca hemos tomado vacaciones juntos fuera de Estados Unidos. Acabo de darme cuenta de eso. Esto puede recompensar por todas las que no hemos tomado antes.

Se fueron la primera semana de octubre. Las masas de turistas ya no estarían, por lo menos en su mayor parte, y no tendrían que lidiar contra los empujones, las colas interminables para entrar a museos y catedrales. El otoño en Nueva York era fresco y agraciadamente seco. Era la época del año en Nueva York que mejor conocía Walt, por ser la temporada de fútbol. Cenaron en el restaurante a lo alto del *World Trade Center* y les dio tiempo para ir en tren subterráneo a ver la ciudad desde el edificio *Empire State*. Al otro día temprano subieron a la lancha a Staten Island para ver la ciudad desde el otro lado.

En la noche abordaron el avión a Roma. Sintió nostalgia Javi, tal vez porque era la segunda vez que se iba de viaje a donde Javier y él estaban supuestos a ir y el otro que había esperado tomar con Gabriel y Walt juntos. Se sentó de lado, con el espaldar levemente inclinado, de modo que pudiera darle la cara a Walt, su pintura viviente que habían pintado los maestros solamente para é. Walt lo notó mirándolo. También se viró para mirar a Javi a los ojos. Javi miró atentamente a cada centímetro cuadrado del rostro de Walt, como si tuviera que aprenderlo de memoria, por si alguna vez no podía verlo y tuviera que retener la imagen esculpida en la mente. Los dos sonrieron.

Visitaron los mismos lugares que Javi y Gabriel y añadieron otros que Gabriel y él no habían visto por falta de tiempo y por las multitudes abominables. Hubiese deseado que Gabriel los acompañara, el adolescente asombrado de todo lo que veía como un niño que absorbe el mundo sin entenderlo por completo. De ese tiempo solamente quedaba la película compartida en el recuerdo.

Las tres semanas se fueron como tres días. El día que regresaban a Nueva York le dijo Walt que se sentía como si acabaran de llegar; Javi estuvo de acuerdo.

—Vamos a tener que hacerlo de nuevo —dijo Javi. Walt le dijo que no iba a argüir en contra de ese plan.

En casa encontraron cuatro mensajes de Gabriel en el contestador. El primero era para saludar. El segundo, para preguntar dónde estaban; que había llamado y no los había encontrado ni sabía de ellos. Ya para el tercero estaba muy preocupado, que no sabía qué estaba sucediendo y que por favor lo llamaran. Al cuarto dijo que había llamado a BEA y le habían dicho dónde estaban, que habría agradecido que llamaran antes de irse y le informaran.

De él, sin embargo, no supieron hasta la segunda semana de diciembre. Dijo que quería pasar Navidad en la casa, probablemente no para recibir el año nuevo. Quería saber si podía acompañarlo alguien.

—¿Y de quién se trata esta vez? —Walt preguntó.

—Pronto sabremos.

Un par de días antes de nochebuena, Gabriel llegó en carro. Había compartido el tiempo de manejar con el hombre que verdaderamente necesitaba, alguien que era muy distinto a los demás, David Ecale. Se habían conocido en una discoteca donde David era cantinero.

—¿Qué edad tendrá? Menos de veintiuno no puede ser, porque no podría trabajar de cantinero —le dijo Javi a Walt después que se fueron David y Gabriel a dormir más temprano de lo que Javi hubiese esperado.

—A lo mejor trabaja con identificación falsa. No puede tener más de quince. O puede ser un subdesarrollado, no sé. ¿Has visto fotos de esos hombres refugiados de Biafra que parecen de doce?

—Esperemos que solamente sea un malnutrido o un jockey. Debe usar pijamas de preadolescentes.

Walt levantó la cabeza. —Por lo que estoy oyendo, no creo que intervengan pijamas

En mayo Javi recibió otra llamada de Gabriel. Sus llamadas se hacían menos frecuentes cada mes. —Supongo que es la ley de la vida —le había dicho a Walt. —Tenemos que contentarnos con saber que los criamos tan independientes que puedan sobrevivir por su cuenta —. Walt no dijo nada. Estaba sentado al lado de Javi en el salón de estar, leyendo el periódico. Javi lo miró. Walt lo miró a él y asintió con la cabeza. —¿Te aburro? —Javi preguntó.

—Tú nunca podrías aburrirme, mi amor. Es que no quería mirarte para ver el abatimiento en los ojos, el que he oído en tu voz sin mirar en tu dirección.

Javi puso la cabeza en el hombro de Walt.

Gabriel se mudaba a Los Ángeles. Había estado tratando de mudarse allá y consiguió un puesto con *Hughes Aircraft*. Era un buen cambio, mejor sueldo, un ascenso, en verdad. Quería venir a pasar unos días con ellos camino a Los Ángeles, si no tenían inconveniente.

—Ésta es tu casa, Gabriel. Sigue siéndolo. No importa dónde estés ni dónde vivas.

—¿Qué fue de David? —Walt preguntó cuando Javi dejó de hablar.

—No preguntar, no decir —respondió Javi.

—Gabriel llegó con el remolque de alquiler montado detrás de la camioneta Dodge Ram por la que había cambiado el Volvo.

—Un tragón de gasolina —dijo Walt.

—¿No lo son todos? —dijo Gabriel.

No hubo mención de David Ecale durante los primeros dos días. Al tercero, Gabriel dijo que se mudaba a Glendale, un suburbio de Los Ángeles, porque su pareja se había ido allá hacia dos meses y no podía aguantar su ausencia, con las tarifas aéreas tan altas, imposible ir semanalmente. Maurice Weinblatt era contador.

—Le dije que si las cosas no le salían bien podíamos venirnos acá. Papá Walt podía emplearlo y tú podías emplearme a mí —dijo Gabriel. Javi no estaba seguro de que lo hubiese dicho en broma. Lo ignoró.

Javi y Walt lo besaron de despedida cuando se fue el sábado por la mañana. Ninguno de los dos hizo ningún comentario. Javi respiró profundo; oyó cuando Walt hizo lo mismo.

47 Aguijones fatales

A excepción de la apendectomía de Walt un año más tarde y la muerte de Marvin, todo era rutina en sus vidas. Jerry estaba inconsolable; le pidieron que viniera a pasar un fin de semana con ellos, lo más que podían hacer por él.

—No puedo imaginarme perder a alguien que se quiere tanto, que uno ha pasado la mitad de la vida con él —Walt le dijo a Javi cuando despidieron a Jerry.

—No hay que pasar treinta años con alguien para desplomarse ante la mera posibilidad de vivir sin él— le respondió Javi.

—¡Ay, perdona, mi amor! No pensé antes de hablar.

—Tranquilo. Limítate a no darme razón alguna para tener que pasar por eso otra vez, porque entonces voy a tener que estar más agradecido todavía de tenerte. Eso es un peso enorme.

—De acuerdo, de acuerdo. No lo tengo pensado. Y lo mismo va por ti, para que lo sepas —Walt dijo. Le echó el brazo a Javi por los hombros y caminaron hacia la casa.

—No quiero sonar melodramático, Walt, pero no creo que pueda sobrevivir si te pierdo.

—No tienes que preocuparte. Nos vamos juntos, ya verás —. Al llegar a la puerta, trajo a Javi hacia sí, lo apretó más de lo que acostumbraba cuando le daba demostraciones de su amor sin límites y lo besó en la frente.

Esa noche Javi llamó a Gabriel para decirle del fallecimiento de Marvin. Dejó el mensaje en el contestador, para que lo llamara más tarde. Tres días más tarde recibió una llamada en el despacho. Era Maurice Weinblatt.

—Siento molestarlo, señor Toro. No nos hemos conocido. Soy la pareja de Gabriel —le dijo Maurice.

—No es molestia. Espero que podamos conocerte en algún momento.

—No sé cómo más decirle esto. Gabriel está muy enfermo —dijo Maurice. Javi sintió que la sangre le bajaba a los pies. Antes de que Javi pudiera decir nada más, Maurice añadió: —Nosotros no hemos vivido juntos ya hace dos meses, pero él había dado mi nombre en caso de emergencia en el trabajo y me llamaron con la noticia, así que fui a verlo. Está en el hospital Keck, en la Universidad del Sur de California.

—¿Qué tiene mi hijo, Maurice? —. Javi podía escuchar la desesperación en su propia voz.

—Tenía una fiebre muy alta que no se le bajaba con nada y una tos seria. Por algunas semanas ya se sentía débil, como si tuviera influenza, había dicho. Tenía dificultad al respirar.

—Dificultad al respirar. ¿De qué? —. Javi trataba de espantar los pensamientos que le venían a la mente, esperanzado de que no fuera lo que temía.

—Pulmonía, *pneumocystis carinii* —dijo Maurice. Después de algunos segundos sin respuesta, preguntó: —¿Bueno? ¿Está ahí?

—Sí, Maurice. Dame un momento, por favor. No te vayas —. Javi puso el tubo sobre el escritorio y se cubrió la cara con las manos. Sacudió la cabeza violentamente, como si con ello pudiera alejar de él la realidad. Levantó el tubo de nuevo. —Gracias por esperar. Salgo esta misma tarde para Los Ángeles. Y gracias por llamarme, Maurice.

—Siento mucho ser quien tuvo que darle la mala noticia, señor. Gabriel es una persona como pocas. Nos conocimos en el momento equivocado, es todo. Yo esperaba que pudiéramos recomenzar nuestra relación —dijo Maurice. —Gabriel habla tan a menudo y con tanto orgullo de sus papás que a veces me parecía tenerlos de vecinos. Muchos de nosotros no tenemos un buen padre ni una buena madre, mucho menos dos papás como los describe Gabriel. Ustedes son héroes de epopeya griega entre sus amigos.

—Gracias por decírmelo. Eres muy noble.

Llamó a Walt, pero no se podía hacer entender. Estaba a punto de dar un alarido de dolor y angustia. Cuando por fin pudo articular la noticia pudo oír el gemido de desesperación de Walt.

—¿Cuándo nos vamos? —preguntó Walt.

—En el primer vuelo que consigamos tan pronto lleguemos al aeropuerto.

—Voy de camino, Javi. Nos encontramos allá. Nos vamos en lo que primero aparezca.

Cuando vio a Walt en el aeropuerto, se deshizo en llanto. No podía pararse derecho. Se sostuvo de Walt, que no estaba mucho mejor que él, apretado contra él, las manos en puños cerrados sobre los hombros de Walt. Permanecieron en el mismo lugar algunos minutos, hasta que pudieron controlar los sollozos. Ninguno dijo nada. Se acercaron al estante de la línea aérea. Salía un vuelo en dos horas. Llegarían a LAX a las nueve de la noche.

No hablaban durante el vuelo. Javi se preguntó si toda esa apertura, toda esa liberalidad en la que lo habían criado Walt y él pudo ser tóxica para Gabriel. Lo había hecho creer que el mundo y sus peligros estaban fuera de la burbuja de invencibilidad en que

vivía. Se culpó a sí mismo. Se volteó hacia Walt y le dijo lo que estaba pensando.

—La pesadumbre puede hacerte pensar así, Javi. No puedes culparte. Has dicho que la independencia de Gabriel tiene que ser a lo que aspiran los padres de sus hijos. No es culpa de nadie.

Comenzó a torturarlo la faz de Gabriel el día que se conocieron. Podía reconstruir mentalmente cada instante que habían compartido, cada palabra entre ellos, la dicha de los dos, la ansiedad sobre si entraba o no a la universidad, la hinchazón del pecho cuando lo vio desfilar en su graduación, la angustia de tener que enfrentarse a la suerte de su hermano. Era poca la posibilidad de que pudiera vivir sin Walt, pero tampoco podía pensar en su vida sin Gabriel. Ahora se dirigían a algo que Javi vislumbraba como lo peor de su vida, inclusive la muerte de Javier.

Se fueron en taxi a Keck. Una vez supieron el número de cuarto, se apresuraron al ascensor como si cada segundo contara, no para verlo Javi antes de que viniera la muerte a llevárselo, sino porque estaba convencido de que su presencia era lo que necesitaba Gabriel para recuperarse. Una vez había rescatado a Gabriel de las garras de la crueldad. Esta vez no sería distinto.

—Necesitan estas batas —les dijo un enfermero antes de que entraran al cuarto. Trató de entregarles la vestimenta, protectores de los ojos y guantes de caucho.

—¿Está loco, imbécil? Ése que está ahí dentro es mi hijo, no un leproso. ¡Métase toda esa basura por el culo! —le gritó Javi al enfermero—. ¿Cómo es posible que en estos tiempos puedan ser tan ignorantes?

—Lo hacemos por su protección, señor— respondió el enfermero, que miraba a Walt y tal vez se sintió algo amenazado.

—No necesitamos su maldita protección. ¿No oyó? —le dijo Walt.

Empujaron la puerta. La cara húmeda por el sudor de la fiebre, allí estaba su hijo, con la respiración entrecortada, una cánula de oxígeno debajo de la nariz. Un suero intravenoso bajaba de una bolsa hasta una aguja en el brazo: ¡una aguja! ¡Con el horror que le daban las agujas a su niño! Tenía un moratón en el otro brazo, donde le habrían sacado sangre, ¡otra jodida aguja para torturar a su hijo! Parecía dormir o quizás estaba demasiado débil para abrir los ojos. Javi le tomó la mano, pegajosa y ardiente como carbón encendido. Se asustó Gabriel y abrió los ojos.

—¡Papá, Papá! ¡Lo siento tanto, Papá! —dijo en un tono contenido y apenas audible.

—No me enfades, Gabriel. No tienes nada por qué decir que lo sientes. Vas a ponerte bien, ya verás. Aquí estamos. Todos nos vamos a poner mejor. ¿No es así como ha sido siempre, unidos en la fuerza para sostenernos?

—Vas a estar bien, hijo, hijo mío. Nos vamos a asegurar de eso —le dijo Walt.

Gabriel trató de hablar. Javi le dijo que no desperdiciara su energía hablando. Lo que necesitaran saber ya lo sabrían por el médico y los enfermeros. Javi le tomo una mano otra vez y Walt la otra, parados a cada lado de la cama.

Gabriel pudo decir: —Me tienen para hacerme una biopsia en la mañana. Con eso determinan el tratamiento.

—¿Una biopsia? Eso quiere decir que confían en que lo que tengas es tratable. ¿Ves? No hay por qué preocuparse innecesariamente —dijo Javi, que sentía tratar de convencerse a sí mismo. Miró a Walt y los dos sonrieron del mismo modo, tratando de dibujarle una cara feliz a algo que exigía compasión, tal vez hasta piedad.

Era la una de la madrugada cuando Gabriel comenzó a sonar como si se asfixiara. Los dos vieron la desesperación en la cara de Gabriel y de inmediato apretaron el botón para llamar a la estación de enfermeros. Alguien contestó por la bocina que vendrían rápidamente. Javi le frotó a Gabriel el pecho empapado en sudor. Walt le sostenía una mano entre las suyas. Se tomaban demasiado tiempo. Javi acababa de volver a oprimir el botón cuando apareció un enfermero vestido como para dar una caminata en el espacio. No sabían si era hombre o mujer. El enfermero, supusieron que era, alumbró las pupilas de Gabriel con una linterna de mano. Su niño sonaba como si se estuviera ahogando de adentro para fuera.

El enfermero llamó por ayuda. "¡*Stat*!" Llegaron dos astronautas más.

—¡A cuidado intensivo, rápido! —dijo el enfermero. Javi y Walt se movieron hacia el lado, para que los prácticos pudieran sacar la cama. El enfermero les dijo: —Hay una sala de espera allá para la sala de cuidado intensivo —y señaló hacia el final del pasillo.

—¿Qué sucede ahora? —preguntó Walt.

—Tenemos que hacer algo para dilatarle los bronquios. Es lo que ocurre con estos casos de pulmonía. Tenemos que abrirle las vías respiratorias —el enfermero dijo.

Javi y Walt fueron a sentarse en la sala de espera. Una hora más tarde entró un hombre con batín blanco.

—Toro — dijo desde la puerta. Javi y Walt se pusieron de pie.

—Oh, pueden quedarse donde están —dijo el hombre —. Soy el doctor Coy —. Lo saludaron Javi y Walt. —No les voy a mentir. Está muy delicado, en mal estado. No sé si haber venido antes lo habría ayudado.

Le hicimos análisis de sangre al admitirlo. Su sistema inmunológico está prácticamente agotado. No sé si pueden oír las voces allá adentro —. Oían ruido, pero no se entendía qué decían. —Lo están intubando. Hacemos todo lo que podemos, pero no puedo prometer un desenlace positivo. Ya quisiera. Lo siento.

El doctor Coy salió. Javi no sabía qué hacer con las manos. Algo lo asfixiaba como si no fuera Gabriel solamente quien no podía respirar. Trató de calmarse cuando Walt le tomó la mano y se la apretó.

El reloj de pared decía que eran las seis y cuatro cuando el doctor Coy entró. —Hicimos todo lo que pudimos. Siento mucho su pérdida.

Trajeron el cuerpo de nuevo a la ciudad en una caja temporera de metal. La tercera funeraria que llamaron por fin aceptó el cuerpo, pero solamente si el féretro se mantenía cerrado. La mayoría de sus amigos que quedaban vivos y casi todos los de BEA y O'Keefe Financial vinieron a darles el pésame. Jerry se mantuvo al lado de Walt y Javi durante el velatorio.

Oliver le dio un abrazo fuerte a Javi. Se le acercó al oído y le dijo que en los años 70 había perdido un hijo en un accidente automovilístico. Conocía el dolor. Gabriel había sido una luz brillante en el trabajo y le tenía mucho afecto al joven. La noticia lo había entristecido mucho. Javi le dio las gracias por acompañarlos.

Javi miró fijamente el féretro, tratando de aceptar el hecho de que su niño estaba en esa caja. Pudo mantenerse en relativa tranquilidad hasta que llegaron al cementerio. Walt había sugerido la cremación. —Quiero poder visitar su sepultura —le dijo Javi. Walt estuvo de acuerdo. Habían comprado un lote que ya tenía la tumba mientras la funeraria preparaba el velatorio; Walt se había hecho cargo de esa tarea. Javi le preguntó a Walt si creía que se le debía notificar a la familia.

—¿Para qué molestarse, Javi? ¿Qué hicieron por él mientras podían? No quiero compartir mi dolor con esa gente.

Cuando los acomodadores del cementerio removieron la tapa y Javi vio que bajaban el ataúd a la fosa, se desmayó. No fue hasta que volvió en sí que supo que Walt lo había sostenido para evitar que cayera y lo tomó en los brazos. Encontró una tumba aledaña donde poner a Javi y le puso su chaqueta doblada debajo de la cabeza. Las cuarenta y pico de personas que habían venido al cementerio se acercaron a ver si ya estaba bien. —Lo va a estar. Necesita un momento, es todo, pero va a estar bien —les dijo Walt. Cuando Javi recuperó el conocimiento, solamente quedaban Walt y él en la tumba.

—Necesitamos una lápida grande de granito. Algo que nadie que pase por aquí pueda ignorar.

El casero de Gabriel en Glendale llamó a Javi para preguntarle qué iba a hacer con sus pertenencias. Tenía que preparar el apartamento para alquilarlo otra vez. Javi le dijo que pusiera en cajas los documentos de Gabriel y que se asegurara que su diploma de universidad estaba entre los documentos: —Estaba enmarcado. Debe ser fácil de identificar —le dijo Javi. Todo lo demás lo podía regalar, desechar, vender o quedarse. Sí, inclusive su reloj y el anillo. Todo.

Dos semanas más tarde UPS dejó una nota de intento de entrega. Javi y Walt fueron a la estación de la compañía a recoger tres cajas grandes que venían de Los Ángeles. Se sentaron en el salón de estar para abrir las cajas. Cartas, que Javi pasó por el triturador de papel, papeles del trabajo, una Polaroid de Gabriel y Hugh besándose en la residencia de estudiantes, fotos de Gabriel con un grupo en la Aguja del Espacio en Seattle, Gabriel con una docena de collares de cuentas en el cuello durante Mardi Gras, Gabriel con dos hombres más en un lugar cuyo letrero de fondo identificaba el lugar como "La Te Da Key West" donde había otros aparentemente bailando por el borde de una piscina. Una foto enmarcada de Gabriel, Javi y Walt en su graduación de universidad, una foto enmarcada de Javi y Gabriel frente al letrero de Alioto's, una foto de Gabriel con el brazo sobre los hombros de Javi durante una caminata, otra con Javi y Walt en Carmel, con Javi en una cabaña de esquí en el lago Tahoe, otra de Javi y él en el Rialto de Venecia y la que había tomado un extraño en los escalones de la *Piazza di Spagna*.

Javi juntó las enmarcadas y las colocó en una tablilla en los libreros empotrados de la sala de estar, excepto la de la graduación con los brazos de los tres entrelazados. Esa iba a una de las mesas de la sala. Walt encontró el diploma. El vidrio estaba quebrado. Javi lo llevaría a cambiar y el diploma colgaría de una pared en la habitación de Gabriel.

El resto lo dejaron en las cajas. Las pusieron en el borde de la acera, para que se las llevaran los basureros.
—No es saludable mantener eso en la casa. No nos va a decir nada sobre su vida que él hubiese querido que supiéramos. Si no lo compartió, sus razones tendría — dijo Javi.

48 De frente al pasado

Veinte años después de haberse ido Javi de la isla, el Instituto de Ingeniería Arquitectónica de la Sociedad Nacional de Ingenieros Mecánicos llevaría a cabo su convención anual en la capital. Le habían notificado que recibiría un premio conjunto de esa sociedad y de la Sociedad para el Avance de la Ingeniería de Materiales. Naturalmente, su trabajo con ingeniería de control sísmico estaba estrechamente vinculado con el premio. Era un reconocimiento que debieron dar hacía tiempo, le dijo el director del Instituto de Ingeniería Arquitectónica.

Había pensado excusarse con algún pretexto relacionado con el trabajo. Se lo dijo a Oliver, quien le dijo que lo haría muy infeliz con ese plan. Se lo debía a BEA, le dijo, pero mayormente se lo debía a sí mismo.

—En seis años no te he pedido nada —le dijo Walt. —Es hora. Tienes que ir—. Javi mantuvo su resistencia a comparecer. —Oquéi, hazlo por mí. Soy egoísta, lo admito. Quiero estar allí a tu lado para poder jactarme de ser la pareja de ese hombre famoso.

Javi rio. —Eso mismo he estado viviendo yo desde la primera vez que nos aventuramos a salir en público. Ahora ya me convenciste.

Saldrían un miércoles. La convención comenzaba jueves y duraría hasta el sábado. Javi no estaba seguro de la fecha de regreso. Quería enseñarle a Walt lo que más pudiera de la isla mientras estuvieran allí.

—¿Qué te parece visitar a tus padres? — Era la pregunta que había temido que le hiciera Walt. Lo había considerado y no le agradaba pensar que si se negaba Walt trataría de persuadirlo. A Walt no le podría decir que no. Recordó a Gabriel y cómo deseaba visitar a su familia para alardear, cuando dio con la noticia desafortunada de su hermano y la tragedia que le siguió. No sabía nada de su familia. Había hablado con su madre por última vez hacía tanto tiempo, que ni recordaba cuándo—tal vez cuando llamó para Navidad a instancias de Javier. ¿Estaban vivos? ¿Cómo se sentiría al ir a su casa para encontrar a otros viviendo en ella después que sus padres habían muerto? ¿Iría donde algún primo a informarse de lo que pasó? Se vería como un ingrato, el mal hijo.

—No sé todavía —fue lo mejor que pudo contestar en ese momento.

Sacó un disco compacto de grabaciones masterizadas de Carlos Gardel. Tocó la tercera pista, "Volver".

> *Volver, con la frente marchita,*
> *las nieves del tiempo platearon mi sien.*
> *Sentir que es un soplo la vida,*
> *que veinte años no es nada.*

¡Nada! ¡Veinte años, nada! Igual que su vida con Walt había comenzado anteayer, siempre nueva, siempre húmeda de rocío aun cuando se habían asentado en la paz de una rutina mundana, porque cada día se despertaba y encontraba a Walt a su lado, como aquel sábado después de la noche de tango, que hacían el amor todas las noches, a veces a pleno sol, como si se acabaran de conocer y estuvieran consumando su pasión sin extinguirla, como si su dolor por la pérdida de Gabriel y Javier fueran puntos clave en su historia de desilusiones vitales solamente aliviadas por la maravilla del muro de apoyo que era Walt. Pensaba que los veinte años alejado del varón y la hembra cuya coincidencia fertilizada era él habían ocurrido hacía más de un siglo, algo envuelto en una mortaja polvorienta y olvidada en un hueco a miles de años luz de su presente. Su curiosidad sobre el destino de esa existencia momificada no era tan motivadora como para impulsarlo a ver nada en esa casa, en ese vecindario, en ese pueblo.

Acordaron que el regreso sería el martes. Eso les daría tiempo a ir en carro por la isla, subir a las montañas que Javi nunca había visto, visitar el bosque lluvioso, tal vez llegar al islote donde Javier y él iban a bucear. —No es tan malo allá, en la isla. De hecho, es bonita y puede ser muy divertida. Es que yo no disfruté mi vida allí.

Volaron a Atlanta para abordar otro avión hasta la isla. Al atardecer se inscribieron en el Intercontinental después de estacionar el carro de alquiler en el lote al lado del hotel. En ese mismo hotel sería la convención. Su suite daba al Atlántico. Salieron al balcón. A su izquierda vieron la llama moribunda del sol. Tal vez podrían bajar a darse una nadadita antes de cenar, si Walt quería. Bajaron. Al otro lado de la muralla detrás del hotel, hacia el océano, mientras caminaban, vieron a los navegantes en sus *Speedos* y tánganas, frotándose el bulto en la ingle a la vez que los miraban y se lamían los labios.

—¿Creerán que eso es sexy? —preguntó Walt desternillado de la risa.

—Con tanta competencia, tienen que comunicar la intención rápidamente. Y ya sabes, mercancía que no se exhibe, no se vende.

Iban hacia la orilla cuando oyeron silbidos. Miraron hacia atrás. Un par de fisiculturistas estaban recostados de una palmera enana. Uno de ellos dijo: —¡Ay, papi! ¡Y dos de ellos!

—Tal vez debemos regresar —Walt dijo. Esto empieza a parecerse a Cabeza de Lobo.

—No llevo mi traje de baño blanco transparente —Javi respondió.

—No, pero tienes ese traje de baño de línea baja y puede tener el mismo efecto. Me da la impresión de que esos no necesitan mucho.

Javi soltó una carcajada. Dieron la vuelta. Ya estaba oscureciendo de todos modos.

En la recepción del hotel la mañana siguiente Javi se encontró con algunos compañeros de universidad. Presentó a Walt como su pareja. Los dejó que concluyeran lo que quisieran. Entre otros asistentes había un puñado de colegas de Pittsburgh. Se dieron la mano; Walt de nuevo se presentó como la pareja de Javi.

Convino la sesión de la mañana. Comenzaron los discursos. Durante el receso de la mañana caminaron entre los quioscos de fabricantes de materiales y compañías de ingeniería. Oliver le había dicho a Javi que no valía la pena desperdiciar dinero montando quioscos en esa convención. BayToro no necesitaba ese tipo de publicidad.

Asistieron a una sesión de un grupo de interés especial, un seminario ya tarde en la mañana. Un conferenciante de sistemas de diseño y manufactura con asistencia de computadores, auspiciado por el fabricante del programa, hizo la presentación. Ni Javi ni Walt habían oído del conferenciante ni de la universidad donde trabajaba. En Los Ángeles meses antes Javi había asistido a un seminario similar y había terminado corrigiendo al conferenciante que hizo la presentación. Éste iba por la misma ruta.

Se sentaron a una mesa desocupada para almorzar. Poco después se le unieron seis hombres más.

—Perdóneme si me equivoco —le dijo a Walt uno de los de Pittsburgh que había venido a sentarse con ellos. —Creo que sé quién es. No se ofenda si me equivoco, pero, ¿no es Walter O'Keefe?

—¿Por qué me voy a ofender de que me confundan con alguien como el Muro?

—Usted es más alto que nadie aquí y, con ese cuerpo, estaba seguro de que era el Muro. Lo vi jugar muchas veces en el estadio *Three Rivers*. Tómelo como un cumplido. Admirábamos mucho al Muro y no nos gustó nada que se fuera con los malditos 49ers —dijo el hombre.

—No está ofendido, porque es el Muro —dijo Javi.

—Y aunque no lo fuera.

—¡Ya sabía yo, ya sabía! ¿Qué ha estado haciendo? —el hombre preguntó. Walt le dio la versión corta de lo que había emprendido.

—¿No echa de menos el fútbol?

—A los cuarentaiséis sería el jugador más anciano de la liga profesional —dijo Walt.

—No parece de esa edad. Seguro que podría patearles el culo a dos o tres si volviera.

—No creo que patearlos sería lo que le interesaría ya —Javi dijo. Sintió la punta del zapato de Walt debajo de la mesa.

—Entonces, ¿por qué está en la convención? ¿Promoviendo su empresa de inversiones? —preguntó otro.

—No, acompaño al ingeniero Toro. Somos pareja.

—¿En algo de ingeniería? —otro más de los comensales preguntó.

—No, en algo doméstico —respondió Walt.

—Ah, ya veo... Interesante —dijo el que había hecho la pregunta. El tema cambió rápidamente a asuntos profesionales.

Esa noche Javi llevó a Walt a la parte histórica de la capital, con su arquitectura colonial y calles angostas de adoquines. La ciudad estaba alumbrada: dos cruceros repletos de turistas habían anclado esa mañana: los pantalones cortos, las batas de casa y chanclas de playa estaban por todos lados. Javi los llevó por el lado exterior de la ciudad, el lado del Atlántico, donde las olas del océano rompían espumosas y blancas visibles en la oscuridad. —Es espectacular, ¡asombroso! —dijo Walt, obviamente impresionado.

El viernes por la noche era el banquete de etiqueta donde Javi recibiría el premio, Ingeniero Mecánico Distinguido. Ninguno de los que se habían sentado con ellos el día anterior se sentaron a su mesa, colocada justo frente a la tarima.

La conversación giró principalmente en torno de BayToro, sus rasgos distintivos, su probada eficacia donde se había aplicado en los países de ambas costas del Pacífico, en partes de Europa, especialmente en Grecia e Italia. Hasta en la cuenca del Caribe. Walt calló durante la mayor parte de la cena. Por fin el presidente de la sociedad se puso de pie, pronunció una introducción breve para explicar la importancia del premio que esa noche se le confería y las contribuciones del premiado al avance de la profesión de ingeniería mecánica y la de materiales. Llamó al ingeniero Javier Toro para que subiera al proscenio a recibir el galardón. Los asistentes aplaudieron efusivamente. Javi le dio las gracias a la sociedad y en especial a la junta de directores, expresó que recibía el premio con humildad, en particular por saber que se encontraba en la compañía de grandes ingenieros que habían recibido el premio antes que él, mencionó su compromiso con la profesión, su admiración por las contribuciones que sus colegas hacían para mejorar la condición humana, nuevamente les dio las gracias a todos y regresó a la mesa, en la mano un facsímil de metal de una rueda montada en un bloque de madera.

Al poco rato el banquete se convirtió en una fiesta con barra abierta y una orquesta que tocaba música de la isla. Docenas de hombres y mujeres se le acercaron para felicitarlo por el premio y su trayectoria sorprendente, especialmente para alguien tan relativamente joven, pero, claro, con un currículum como el suyo, con ese trasfondo académico, prácticamente se había asegurado el triunfo.

—Perdona, ¿no eres Tomás Eduardo Príncipe? —alguien le preguntó a Javi. Walt estuvo a punto de intervenir para decir que el hombre estaba equivocado.

—Soy yo —contestó Javi. Reconoció al hombre de inmediato. —¡Filiberto Montalvo Fagundo! Caray, hombre, ¡qué sorpresa!

—Te reconocí, pero cuando anunciaron tu nombre pensé que me había equivocado. Es un placer volverte a ver, hombre. —dijo Filiberto Montalvo Fagundo, que le preguntó a Javi sobre su vida después del internado. Javi le contaba, inclusive de la adopción que originó el cambio de nombre, cuando Walt le tomó la mano para quitarle el vaso vacío de coctel y decirle: —Voy a buscar otro trago ¿Quieres otro?

—Ah, Filiberto, lo siento. Walter O'Keefe —. Estrecharon las manos. Filiberto se veía más bajo todavía al lado del exjugador de fútbol. Walt se quedó a su lado el tiempo prudente. Entonces se excusó para ir a la barra.

—No tiene pinta de ingeniero. Parece más futbolista —dijo Filiberto.

—Eso era —dijo Javi, riéndose.
—¿En la universidad?
—Secundaria, universidad y después de los estudios. Walt era jugador profesional de fútbol con la liga nacional.
—Oh, guau. No se oye mucho de esos tipos que después de jugar sigan otra profesión —dijo Filiberto.
—Tienes razón, no es frecuente. Es más común que se vayan a vivir a Montana y compren un rancho de sementales —Javi dijo y sabía que la broma había eludido a Filiberto. —O se hacen comentaristas de deportes o representantes de fabricantes de colonia y ropa interior. Por otro lado, ahí tienes a Walt, que terminó su maestría en administración de empresas en Stanford y es dueño de una empresa de inversiones muy exitosa.
—¿No trabajan juntos? Creí que eran socios —Filiberto dijo justo en el momento que volvía Walt con los tragos en la mano.
—Lo siento —le dijo Walt a Filiberto —. Olvidé preguntarle qué toma.
—No se preocupe. Nada por el momento, gracias. Me decía Tomás Eduardo que jugaba fútbol profesional.
—Así es —dijo Walt.
—No creo haber oído su nombre antes, pero no sigo el fútbol profesional mucho. Ya sabe, aquí el beisbol es rey —dijo Filiberto.
—Entonces supongo que fue aquí donde recibió Javi su corona. Es un jugador de béisbol increíble —le respondió Walt.
Filiberto se dirigió a Javi: —¿Todavía juegas béisbol?
—En una liga de la comunidad. Tú jugabas fútbol en el internado.

—Sí, pero ya sabes lo poco que interesa eso aquí. No he tocado un balón desde mi último año de secundaria —dijo Filiberto.

Javi hizo una pregunta que no acostumbraba hacer y que lo molestaba que le hicieran, pero no pudo aguantarse: —¿Te casaste? Si mal no recuerdo tenías una noviecita. ¿Cómo se llamaba, que no me acuerdo?

—Phyllis. Phillis Berkowitz —dijo Filiberto. Sí, nos casamos. Tenemos dos hijos, un varoncito y una hembrita. Y tú, ¿cuántos tienes?

—Uno. Murió.

—Oh, siento saberlo. ¿Qué le sucedió? —Filiberto preguntó.

—SIDA.

—Oh... Oh, terrible —dijo Filiberto. —Debe haber sido un golpe duro.

—Los que asesta la muerte siempre lo son —dijo Walt.

—¿Dónde está la mamá?

—Supongo que en California. Yo lo había adoptado. Walt y yo lo criamos —replicó Javi.

Filiberto parecía confundido. Soltó una risita incómoda. Miró a Walt y luego a Javi. —¿Ustedes dos?

—Sí, nosotros dos —le contestó Walt. —Somos pareja, ¿ves? —añadió con cierto grado de orgullo exasperado, como si se hubiese cansado de la aparente confusión.

—Ah, ah, oh, sí, ahora entiendo... Bueno, nunca me hubiese imaginado —Filiberto dijo. Se dirigió a Javi: —No eras así en el internado.

—Por supuesto que lo era, nada más que tú no lo sabías. O no lo querías saber. Parece que se te han olvidado muchas cosas con los años. A mí no se me ha olvidado nada —dijo Javi.

Filiberto calló por un momento. —Bueno, felicidades otra vez. Me alegro que nos hayamos conocido, señor O'Keefe —dijo y se fue sin estrechar la mano de ninguno de los dos.

—¿Qué diablos ha sido todo eso? —Walt preguntó.

—Le acabo de dar el tema llameante para la próxima reunión de exalumnos —. Javi se echó a reír.

—¿Crees que es bien parecido?

—Algo. Jamás como tú.

—En aquel tiempo creí que lo era. Era mi flechazo en silencio. Jugaba con mis sentimientos, siempre llevándome al borde de algo y luego, cuando las cosas se iban a poner demasiado evidentes, se retiraba.

—De esos todos hemos tenido uno —dijo Walt.

—Yo tenía dieciséis años, hambriento de afecto y demasiado sensible. Se jactó de lo que me hacía con otro después de graduarse —dijo Javi. —Ese alguien estaba en un año detrás del mío. Cuando regresó al internado al terminar el verano, hacía comentarios solapados. Dijo cosas que solamente Filiberto le hubiese podido contar. Mi primer desengaño sentimental.

—¿Tomás qué, ése era tu nombre?

—Sí —Javi contestó. —Tomás Eduardo Príncipe Berberena. Es como montarse en una máquina del tiempo para ir al pasado cuando oigo ese nombre.

—¿Era tu nombre antes de que tu amante te adoptara? ¿Y te lo cambiaste al nombre de ahora?

—Sí. Su nombre era Javier Toro. No era mi amante, como tampoco lo eres tú —Javi dijo. —Detesto esa palabra. Tiene una connotación de algo sucio, ilícito. Preferiría llamarte marido, si no fuera porque parece que estamos imitando a los heterosexuales. Tienes que haber notado que solamente te llamo así cuando estamos entre amigos gay.

—Te amo. ¿Has notado que te lo digo cuando estamos con amigos gay y cuando estamos solos? ¿Te lo había dicho hoy, que te amo? Necesitaba darme esa dosis de declararte mi amor.

La clausura oficial de la convención fue el sábado, después del almuerzo. La multitud en el área de recepción era tan temible, que Javi se alegró de que hubiesen pospuesto la salida hasta el martes.

—¿Qué te gustaría hacer esta tarde? —le preguntó Javi a Walt. Le propuso opciones: podían ir al este, al bosque lluvioso o al oeste, pero no muy lejos en esa dirección. Era una distancia más larga y los sorprendería la noche en un área que Javi desconocía.

Decidieron ir hacia el este. Había un balneario público que Javi recordaba como bonito, bueno para nadar, con oleaje apacible. Pudo constatar Walt que Javi tenía razón. Se pusieron loción bronceadora el uno al otro. Nadaron hasta y desde las boyas, unos 60 metros en total, antes de dar una caminata por la orilla. El paisaje incluía la vista de la cima del bosque lluvioso, El Yunque.

En las duchas Walt comenzó a reírse. Dobló la cabeza hacia el lado. Javi miró hacia donde se refería Walt. Un hombre de piel bronceada en extremo, en un bikini de rayas verdes y amarillas se había bajado la trusa hasta la mitad de las nalgas y miraba en dirección a Walt. Cuando se fijó Javi, el hombre se dio vuelta y se sacó el pene medio erecto. Se dieron vuelta Walt y Javi para irse. Entre risas, le dijo Walt a Javi: —Si miras hacia atrás, te conviertes en estatua de sal.

Regresaron al hotel temprano en la noche y fueron a un restaurante típico antes de ir a compartir una ducha tibia. Luego de hacer el amor, yacían despiertos en la cama, Javi con la pierna sobre la de Walt. Eran las once de la noche allí, pero eran las siete en casa.

—¿En qué piensas, mi amor? —preguntó Walt.

—He estado pensando sobre nuestra conversación —dijo Javi antes de pausar. —Sobre mi familia.
—¿Qué decidiste sobre la visita? —le preguntó Walt. Se viró de lado hacia Javi. Las luces de la habitación estaban apagadas, pero la luna brillaba lo suficiente para que a cada uno le fueran visibles sus facciones.
—Hace mucho tiempo. Quizás deberíamos visitarlos, después de todo. Pienso que si la recepción es fría, ya sabré no volver. Si se repusieron de mi desaparición y tienen una disposición más positiva, es posible que tengamos una relación de algún tipo. Al menos no una de distanciamiento. Llevó veinte años más que dispuesto a ignorarlos. Debo confirmar si mi actitud se justifica. ¿Qué crees?
—Como siempre, mi amor, ya has pensado las cosas y has concluido con una solución razonable —le respondió Walt.
—Ése no es siempre el caso, pero lo tomo como cumplido —le dijo Javi.
—Ésa fue mi intención.

El domingo después de almorzar, se fueron en carro al centro de la zona metropolitana. El Azabache aún estaba allí, impermeable al tiempo. Javi le señaló a Walt su lugar de primer empleo.
—Ay, mi amor, ¡ese lugar cabría en nuestra cocina! — dijo Walt.
—En el cuarto de lavandería.
Se fueron por la carretera de cuatro carriles al pueblo. Cuando salió Javi de la vía principal y dobló por donde creía que vivían sus padres, se dio cuenta de que había pasado de la entrada, porque no reconocía ninguna de las casas. Al final de esa calle, dobló a la derecha y de nuevo a la derecha en la próxima esquina,

hasta llegar a la casa correcta. Se estacionó al frente. La casa tenía pintura reciente, al contrario de la del lado, que obviamente no recibía una mano de pintura hacía años: le crecían líneas de hongo negro por los bordes de la verja de cemento frente a la casa.

La madre de Javi estaba sentada en una mecedora del balcón. El tiempo no pasaba en vano. Llevaba lentes oscuros, seguramente de receta, y tenía el cabello mitad plata y mitad negro, nada sólido de un color u otro. Tenía puestos una blusa azul de mangas cortas y pantalones negros.

Sintió las piernas desfallecer, pero se las arregló para salir del carro. Walt se bajó por el lado del pasajero del frente. Los dos llevaban traje, pero sin corbata. Javi le había advertido a Walt que su madre juzgaba a las personas por la manera en que se vestían. Ir en pantalones cortos de las Bermuda y sandalias no lo habrían hecho verse aceptable. Su madre no sabía la diferencia entre un traje de hipermercado de barrio y los Armani que llevaban puestos, pero un traje era un traje.

Javi no se quitó los lentes ahumados.

—Señora —dijo desde el portón de hierro forjado que daba entrada por la verja y le llegaba a medio pecho. El portón estaba allí desde sus ocho años, pero la verja era ahora de cemento donde hubo ladrillos en su niñez. Supuso que habían empañetado los bloques. —Usted, ¿es la dueña de la casa?

Su madre estaba bordando algo en un marco redondo, tal vez una pieza para un vestido de hilo.

—Sí, soy yo.

—Usted y yo estuvimos en un hospital a la misma vez en una ocasión —dijo Javi. Walt estaba parado detrás de él.

—¿En un hospital? ¿Qué hospital era ése? —preguntó ella en un tono bajo de voz, el que siempre

usaba cuando no sabía hacia donde tiraba la conversación.
—*Ryder Memorial.*
—¿Ryder Memorial? He estado ahí muchas veces. ¿De qué tiempo habla? —preguntó. Javi notó que estaba metiendo los pies en los zapatos, señal de que se apretaba a entrar a la casa y cerrar la puerta.
—Un miércoles de octubre en el 1950. En Ohio —dijo Javi, una referencia al pabellón de maternidad del hospital.
Ella se dejó caer el marco en el regazo. —¿Octubre del 1950? Yo di a luz un bebé allá ese mes.
—Creo que ese bebé era yo —le dijo Javi.
—¿Usted? No. Yo lo sabría.
Javi empuñó la manija del portón y la deslizó hacia el lado. —Soy Tomás Eduardo, Mami.
Ella dejó salir un grito. —¡Muchacho, no te reconocí! ¡Te ves tan diferente! —dijo. Puso el bordado en una mesita al lado de la mecedora y se puso de pie. Caminó hacia la entrada a la casa. —¡Ay, Dios mío, cómo he soñado con este momento, cuando podría abrazarte otra vez! —. Trató de alcanzarle el cuello, pero su estatura lo hizo imposible. —¡Mírate, si estás hecho un hombre! Para mí, has seguido siendo un niño, un niño que necesitaba que lo cuidaran, mi hijo, ¡qué alegría! —. Siguió asida de Javi lo que mejor pudo. Él se agachó para besarla y ella le tomó la cabeza para cubrirle la cara de besos. A Javi se le formó un nudo en la garganta que le imposibilitó decir nada. —Entra, entra. ¿Te vas a quedar?
Javi subió. Se dio vuelta, buscando a Walt. Lo vio parado por la verja. Le batió la mano para que subiera.
—No, Mami. Vine a una convención y pensé que sería bueno venirte a visitar —dijo, mientras halaba a Walt para que se acercara. —Mami, éste es mi socio, Walt O'Keefe.

—¿Habla español? —le preguntó la madre a Walt.

—Lo siento, no, señora. Ni inglés hablo bien— respondió Walt.

—¿No habla inglés? ¿Y qué habla? —ella preguntó, confundida y en inglés muy claro, el tipo que había aprendido en escuela secundaria cuando en las escuelas de la isla se enseñaba en inglés, por la década del 1940.

—Está bromeando, Mami —dijo Javi.

Ella miró a Walt y se rio. —Siéntense, siéntense —dijo la madre, señalando en el balcón hacia butacas de hierro forjado acojinadas. Pensó Javi que tenían menos de veinte años. —¿Te vas a quedar? —volvió a preguntarle a Javi.

—No, no puedo —le contestó Javi. —Vine a una convención profesional. Tengo queregresar al trabajo mañana —mintió.

—¡Tan pronto! ¿Qué se puede hacer en tan poco tiempo? ¿Fuiste a ver a tu abuela? —preguntó. —¿Y a tu tía Elisa?

—No he visto a nadie. Eres la primera persona que he visitado y muy probablemente la única.

—¿Quieren tomar un jugo de china? —preguntó la madre. —Lo exprimo fresco, del árbol en el patio. ¿Quieres verlo? ¡El patio se ve tan bonito! Tengo orquídeas colgando del palo de china y del de limón. ¿Quieres verlo?

—A lo mejor en un rato, Mami. No, no apetezco jugo —contestó Javi. Miró a Walt. —¿Quieres un zumo de naranja?

—No, no, gracias. Acabo de almorzar —dijo Walt, como si Javi no lo supiera.

—¿Por qué no te vas a quedar? ¡Ay, mira el bigotón! —dijo la madre y fue a tirarle de los bigotes ligeramente a Javi. —¿Por qué no te afeitas eso?

—Supongo que porque me gusta —dijo Javi, sonriente. Bajo circunstancias diferentes, le habría dicho que a Walt le encantaba.

—*Míster*... ¿Cómo dijo que se llamaba? —le preguntó a Walt. Éste le contestó. —Míster O'Keefe, ¿qué quiere tomar? Tengo jugo de guanábana, néctar de guayaba y jugo de melocotón. De todo, menos Coca-Cola.

—Señora, no deseo nada, gracias. Usted es muy amable —respondió Walt.

—¿No van a tomar nada? Tengo galletitas Cameo. ¿Quieren galletitas Cameo?

—No, Mami. De verdad no queremos nada, no te preocupes —dijo Javi.

—Me están despreciado la comida —dijo ella, un tanto herida.

—No, es que acabamos de almorzar. Estamos llenos, Mami. Por favor, siéntate. Vinimos a verte, no a comer. Siéntate, siéntate, vamos a hablar un poco. Tenemos mucho de qué ponernos al día. Ven, ven, siéntate en la mecedora.

—Ay, Virgen Santa. Está bien —dijo ella. Javi le preguntó dónde estaba su papá. —Ya sabes —le contestó ella con el pulgar hacia la boca y el resto de los dedos encogidos hacia adentro, como si estuviese sacudiendo el contenido de una botella para tomar de ella. —A lo mejor está en casa de Chato. Déjame llamarlo por teléfono —. Se levantó para ir a hacer la llamada.

—Es buena gente —dijo Walt. Javi asintió con los labios fruncidos. —Creo que está sobrecogida por verte.

—Sí, eso creo.

La madre salió al balcón. Su padre no estaba allá. Si Javi quisiera, podía ir al pueblo y buscarlo en el Molino Rojo o en el Bar de Moncho, tal vez en El Nilo.

Podía estar en alguno de esos negocios. Y se sentiría muy contento de ver a Tomás Eduardo. Lo mencionaba tan a menudo, a Tomás Eduardo. Se preguntaba: "¿Qué estará haciendo Tomás Eduardo? ¿Has sabido de él?"

Javi no supo qué contestar. Preguntó por la hermana. Se había casado y vivía en Swedesboro, un lugar en Nueva Jersey. No sabían mucho de ella. El marido era aquel vagabundo que había sido compañero de Tomás Eduardo en el internado.

La corrigió Javi: —Estaba en la clase un año más bajo de la mía.

—Tienen dos niños. No le veo ningún futuro a ese matrimonio, ¿sabes?, con lo poca cosa que es. Muchas veces se lo advertí, ¡muchas!, que no se casara con él. Ya sabes lo desafiante que es. ¡Voluntariosa! Antes de la boda, me dijo: "Si no me dejan casarme con él, nos fugamos", así que le dije: "Te vamos a casar, te vamos a dar una recepción y entonces te puedes ir a hacer lo que te dé la gana. Nada más te pido que me dejes la casa limpia" —. Al terminar, la madre se frotó las manos verticalmente dos veces, como para sacarse una mancha. Javi comprendía el código. Una casa limpia era la que la hija no había enlodado con un embarazo previo a la boda. En aquel vecindario había varias casas enfangadas del piso al techo.

¿Qué tal de la titi Elisa y el tío Ramfis? La madre no los había visto hacía meses. La abuela Marcela vivía con ellos ahora. De seguro estaban estafándole el chequecito de Seguro Social, sospechaba la madre. — Es lo que le hace al hermano loco, ese estorbo público. Ya conoces a Ramfis. Mata a cualquiera por una moneda de cinco centavos. Ese Ramfis es un maceta de rabo a cabo —. Ada e Isabel, las dos casadas, dos desastres, mejor no hablar de eso. —Sabes, con todo este hablar —dijo ella—, no me has dicho en qué trabajas. Alguien en El Azabache, allí en la joyería donde trabajabas, allí alguien me dijo que eras médico en Boston. No sabía qué decir. No sabemos de ti hace mucho tiempo.

—No soy médico ni en Boston ni en ningún lugar —dijo Javi y se rio. Le explicó sobre sus estudios subgraduados y posteriores, su trabajo y su invención. Llevaba más de once años con la misma empresa y ahora era socio.

—Cuando me preguntan, les digo que eres abogado. Era lo que querías estudiar cuando estabas en el internado —dijo ella —. Supuse que era lo que habías estudiado, derecho.

Javi sintió estar recibiendo un adiestramiento de actualización de lo que había su vida en aquella casa. Decidió que era mejor decir lo menos posible y limitarse a lo esencial. —Nunca quise estudiar derecho, Mami. Eso era lo que siempre decías que tenía que ser. Tomé una clase de derecho constitucional en la universidad. Hasta ahí llegué.

—Cuando llegaron y los vi, creí que eran agentes del FBI. Ustedes se ven como esos tipos de la fuerza de choque. Te cuidas, Tomás Eduardo. Eso se ve. Y sé que te ha ido bien —le dijo la madre antes de voltearse hacia Walt. —Se ve que a usted también le va bien —, dijo y se rio. —Tienen que perdonarme. No he puesto nada en la estufa y quiero cocinarles la cena.

—No, Mami, no tienes que cocinar nada. Por favor, nada más siéntate aquí.

—Me estás despreciando la hospitalidad —dijo ella.

—No es eso. De verdad no tenemos mucho tiempo y almorzamos no hace ni una hora. En donde vivo no es ni siquiera mediodía y no tenemos el estómago preparado para más comida tan temprano.

—Está bien, porque para cuando esté la comida, van a tener hambre —dijo la madre.

—No, Mami. Tenemos maletas que preparar, asuntos de último minuto que resolver. No quiero ir manejando de noche. Ya noté que el tráfico ha cambiado. Algunas calles que eran de ambas direcciones ahora son de una sola y hay carriles en algunas calles para autobuses nada más. No quiero meterme en líos.

—¡Ay, Virgen! —dijo ella, juntando las palmas de las manos. —Eso me pone triste, que vinieras para más que por un ratito. ¿Vuelves mañana?

—Lo siento mucho, pero no podemos. Tenemos que regresar al trabajo. Éste no fue un viaje de placer. Vine a recibir un premio.

—¿Un premio? ¿Qué premio? —, quería saber la madre.

—Un premio de una sociedad de ingenieros mecánicos —le respondió Javi.

—Creía que eras arquitecto. ¿No me dijiste que eras arquitecto?

—No. Bueno, a veces trabajo como ingeniero arquitecto —, explicó Javi. —Mi trabajo es mayormente en ingeniería mecánica y de materiales.

—Ah, ¿sí? ¡Miren! Has salido bien. ¿Qué premio era ése? *What award was that?*

—Ingeniero mecánico distinguido del año —dijo Walt sin intentar ocultar su orgullo.

—Ah, ¿sí? Eso es nacional, ¿verdad? —, preguntó la madre.

—Sí. Me lo otorgaron dos sociedades. Una es internacional —le dijo Javi. —¿Recibes el periódico del domingo?

—Sí —dijo la madre —, *El Nuevo Día*.

—Tienen una foto mía recibiendo el premio.

—¡Ay, déjame ir a buscarlo! —exclamó la madre y entró en la casa. En ese momento, se dio cuenta Javi de algo.

—Se confundieron con el nombre. Dice Javier Toro en vez de Tomás Eduardo Príncipe —. Javi miró a Walt. Estiró la boca hacia abajo y los lados de la cara, tensando los tendones del cuello. Walt comenzó a reírse; Javi sacudió la cabeza.

La madre salió con el periódico. —¿En qué página está? —preguntó.

—No estoy seguro. En las primeras seis o siete, creo —respondió Javi.

La madre buscó. Allí estaba, Tomás Eduardo estrechando la mano de alguien, con algo que parecía una rueda en la otra. Su madre comenzó a leer el artículo en voz alta. "Un ingeniero oriundo de la isla, Javier Toro..." —¡Se equivocaron de nombre! —dijo, alterada.

—Sí, ya sé. A lo mejor mañana ponen la corrección.

—¡Más vale! ¡Qué huevo! —dijo la madre.

Una vecina iba por la acera, la señora Cáceres, *Misi Cáceres*. Les echó un vistazo a las tres personas reunidas en el balcón.

—Ése, ¿es Tomás Eduardo? —preguntó misi Cáceres.

—¡Sí, mi Sito! —contestó la madre.

La vecina entró. Se acercó a Javi y lo abrazó. —Has estado fuera mucho tiempo, ¿verdad? Tu mami me dijo que eras abogado en Boston. Ya sabes, está muy orgullosa de ti, que has alcanzado esas alturas, un muchacho de nuestro vecindario.

—Gracias, misi Cáceres —dijo Javi. Le preguntó por el marido. Había muerto el año anterior; Javi le dio el pésame y presentó a Walt, un socio. La señora le dio la mano. Javi preguntó por sus hijos. Dolores se había casado con un médico y tenía cinco niños; vivían en la capital. Margarita terminaba un doctorado en salud pública en Illinois. Gilberto estaba a punto de terminar su tesis doctoral en la Universidad de California en Los Ángeles: se refirió a la universidad por sus siglas en inglés. Javi recordó cuando el casi doctor se conocía como *Gilberta*.

—Ah, carretera abajo de donde vivimos nosotros, más o menos —dijo Walt.

—Creía que vivías en Boston —dijo misi Cáceres.

—Bueno, no. Estudié en Boston. Vivo en el norte de California —le aclaró Javi.

—¿Cerca de donde vive Gilberto? —misi Cáceres preguntó.

—No tanto. Los Ángeles está bastante más al sur de nosotros —Javi le dijo.

—¿Y ya te casaste? —preguntó misi Cáceres.

—No, todavía, no —le dijo Javi. Miró a Walt de soslayo. Si misi Cáceres no hubiese estado hablando en inglés para beneficio de Walt, no habría podido él seguir el interrogatorio. Javi le habría tenido que explicar más tarde en lo que permitiera la risa.

—Hace un tiempo Milagros me dijo que tenías novia de compromiso. Creía que ya estarías casado. Ya estás pasándote. ¿Qué esperas? Acaba de casarte, ¡dale más nietos a tu mami!

Javi pensó decirle que le daría a su madre tantos nietos como los que le daría Gilberto a ella.

—¿Trabaja con Tomás Eduardo? —le preguntó misi Cáceres a Walt.

—Sí, trabajamos juntos. Prácticamente vivimos juntos, de tan cerca que trabajamos —Walt le respondió.

—Yo estudié en la Universidad de Nueva York, *en juay iu*. Recibí mi grado de maestría en administración escolar allá —dijo misi Cáceres. —Y cuando Gilberto termine el doctorado, pienso ir a Los Ángeles. Margarita creo que se va a tardar más en terminar —. Le dijo a Javi que había sido una sorpresa muy grata haberlo visto otra vez, le deseó buen viaje y le dijo que no esperara tanto para regresar casado. Se fue.

Cuando misi Cáceres ya estaba alejada, su madre dijo: —Esa mujer, la peor directora de plantel para la que he trabajado, ella con su maestría de *en juai iu*. Margarita... Esa barata. Casada dos veces, la primera vez con un arrabalero desempleado. Ahora está casada con un costarricense, probablemente porque él necesitaba residencia permanente en Estados Unidos. Ya conoces a esa gente. ¿Y *Gilberta*? Fui su maestra de segundo grado. Desde entonces ya los compañeros lo llamaban maricón. La madre no podía encargarse de los asuntos de la oficina. Pasaba más tiempo regañando a los niños que le ponían nombres. "¡Mariconcito, pato, mujercita!". Eso le gritaban los muchachos. Y tenían razón, ¡es un tremendo maricón!

Cuando Walt lo miró, Javi levantó la ceja derecha.

—Siento tener que irme, Mami, pero de veras que tenemos que ponernos de camino.

—¿Cuándo regresas? —la madre le preguntó.

—Imposible decir. Una de las sociedades a la que pertenezco va a celebrar su congreso anual aquí el año que viene. Soy miembro de la junta de directores. Es casi seguro que venga a eso. Dentro de un año.

—¿Y antes no? —preguntó la madre, reteniéndolo por un brazo.

—Tengo demasiado trabajo para sacar tiempo.

—La próxima vez, nos dejas saber. Tu papá habría estado aquí si hubiese sabido que venías —dijo la madre.

—Te prometo que lo voy a hacer así —. Javi la besó, ella lo abrazó apretado y los siguió hasta el lado del chofer del carro.

—Fue un placer conocerla, señora —dijo Walt antes de entrar al carro.

—¡Ay, gracias, míster O'Keefe! Encantada en conocerlo.

Ella se recostó contra la puerta del carro del lado de Javi. —Nos has hecho mucha falta, Sito. Tu papá, muchísimo. Se va a poner muy triste de no haber estado aquí para verte.

Javi iba a darle una tarjeta profesional hasta que recordó qué nombre estaría impreso en ella. Sacó del sobre el contrato de alquiler del carro, le arrancó un pedazo y escribió dos números de teléfono. Entonces tachó el número del trabajo, donde no conocerían a ningún Tomás Eduardo, y le dio el papel a la madre. —Éste es mi número de teléfono. Puedes llamarme cuando gustes. Tu número, ¿es el mismo?

—El de siempre —dijo la madre.

—Cualquier cosa que necesites o para saludar nada más, llámame cuando quieras, Mami.

Dio marcha al motor y bajó la palanca de cambios, con el pie en el freno. Su madre sintió el tirón y se retiró del carro. Javi subió la ventana, se despidió con la mano y dio marcha hacia adelante.

—Supongo que invitarla a visitarnos no será posible —dijo Walt.

—Una vez se dé cuenta de que su hijo se graduó de mamarle la verga al vecino para convertirse en otra *Gilberta*, se le pegará un ataque de pánico. ¡Imaginar todas esas precauciones inútiles! Seguiría con un infarto. No quiero su sangre en mis manos.

—Es buena gente, de todos modos. Digo, por otro lado.

—Sí, ¿verdad?

49 Se apagan las luces

Regresaron un año después: otra convención, otro premio, esta vez menos ambulatorio para Javi. Se había fracturado un tobillo. El borde de la tumba de Gabriel estaba más alto y lejos de lo que había calculado cuando caminó de espaldas después de remplazar las flores marchitas de los floreros a los lados de la lápida. Las últimas habían sido rojas. Las nuevas eran amarillas y naranja.

Con la pierna en un yeso, caminar por la playa no sería posible. Subió a la tarima con el apoyo de muletas. Walt no confiaba en ellas: se fue detrás de Javi al subir y al frente al bajar.

No llamó a nadie para decir que iba. Habían hablado por teléfono con alguna frecuencia su madre y él. Tenía quejas que presentarle al hijo, ninguna de las que les había presentado a las personas que podían hacer algo para remediarlas.

—Tu padre está aquí enfermo —dijo un día unos doce años más tarde. Javi le preguntó qué le pasaba. La madre le dijo que lo había golpeado un carro cuando trataba de cruzar la calle para ir al correo. —Es un edificio nuevo. El tráfico es terrible por ahí, carros de tres direcciones. Es difícil saber cuándo es seguro cruzar, no hay semáforo, no hay cruce de peatones. Mala para cruzar hasta para alguien que va sobrio.

—¿Hay algo que pueda hacer? —Javi le preguntó.

—No, yo lo estoy cuidando. Ya te dejo saber si algo cambia.

Dos días más tarde llamó. Su padre iba en declive rápidamente.

—Me tiene harta la gente que viene a decirme que debería estar en un hospital. El hermano, ya sabes, ese pendejo Miguel, se paró aquí en el pasillo y me dijo: "Si todavía pudiera conducir, yo mismo lo llevaba al hospital. ¡A ese hombre lo tiene que ver un médico!" ¿Te puedes imaginar? Qué cojones, decirme a mí lo que mi marido necesita.

Javi no dijo nada para contradecirla. Prefirió creer que si se lo decía el tío Miguel, ella tendría suficiente buen juicio para llamar una ambulancia. Cuando la llamó de nuevo el próximo día, la madre le dijo que la enfermera del frente—"Tú sabes, Brunny, tú la conoces, la que es profesora en la Escuela de Salud Pública de la universidad estatal", pero Javi no sabía de quién le hablaba la madre—dice que está en muy mal estado. Dice que ella misma está dispuesta a irse en la ambulancia con él hasta la sala de urgencias.

—¿Qué crees de eso? —Javi le preguntó. Sabía que aquello iba a terminar mal. Cuando la madre mencionó la sala de urgencias, inmediatamente se le abrieron las compuertas de los malos recuerdos de Javier y los de Gabriel en aquella cama luchando por respirar, una imagen de desesperación que nunca le abandonaba la memoria aunque no aflorara constantemente. No muy lejos de aquélla estaba la de la expresión amable de Javier en su cuerpo sin vida.

—Si se va a morir de todos modos, ¿qué importa si se muere aquí o en el hospital? —la madre preguntó.

Su pensamiento, tan práctico, lo dejó boquiabierto. Su opinión de la madre nunca había sido la que otros considerarían el tipo que un hijo tendría de su madre, pero esto se filtraba por debajo de la corriente de sus sentimientos envenenados para bajar a un nivel que no había pensado posible. Le dijo que la llamaba en la mañana.

—Tal vez es que está abrumada, ya sabes, bajo tanta presión. El estrés le hace eso a la gente —Walt le dijo cuando Javi le resumió la llamada telefónica.

—Te voy a tomar la explicación como la más caritativa que debo hacer mía también —. Lo dijo sin mucho convencimiento.

Llamó, como había prometido. —Brunny se fue con él en la ambulancia. Yo estaba muy molesta. Los vecinos vinieron a meter la nariz donde no deben. Les grité que yo no quería que se lo llevaran, que yo quería cuidarlo hasta que muriera.

Las palabras habían dejado a Javi tan atónito que no pudo hacer comentario alguno. Aunque lo hubiese intentado, las palabras no le habrían llegado a la boca.

—Ya sabes que yo no conduzco, así que no tenía forma de irme detrás de la ambulancia. Si me hubiese ido con él, no habría tenido forma de regresar. La perra ésa de tu hermana, que vive a diez minutos del hospital, pero no coge mis llamadas, así que no tenía transportación ni un sitio donde quedarme. Estoy esperando aquí a que llamen del hospital.

Por la tarde volvió a llamarla Javi. Su prima Zoila estaba en el hospital. Su padre estaba inconsciente y en soporte vital. No creía que pasara de la noche. —Zoila me dijo que tenía que hacer arreglos con la funeraria. Odio esa palabra, "tiene", no la soporto, tú lo sabes, lo sabes bien. ¿Quién es ella para decirme lo que tengo que hacer? No sirvo para que me manden. No puedo permitir que nadie trate de controlarme.

Le vino a la mente a Javi una de aquellas estrategias que desarrolló desde la temprana adolescencia, una que nunca tuvo que usar en su relación con Gabriel ni Walt. Se trataba de sugerir lo que fuera necesario hacer, pero darle la vuelta de modo que su madre pensara que era decisión suya desde un principio. "Lo haría de esta manera, pero, claro, tú tal vez quieras hacerlo de la mejor forma". "Si estuviera en tu lugar, lo haría así, pero tú siempre sabes hacerlo mejor". Nunca podían cruzarle los labios frases siquiera parecidas a "hay que hacer", "tienes que hacer", "es necesario que hagas". Lo que fuera permanecería sin hacerse o pospuesto hasta que no pareciera que lo hacía por mandato ajeno. Era evidente que Zoila no había interactuado con su madre lo suficiente. Para colmo, Zoila era hija del tío Miguel, lo que indicaba el defecto genético, ese asunto de decirles a los demás qué tenían que hacer.

—¿Has pensado en qué preferirías hacer, si hay algo que tal vez se pueda hacer?

—¡Nada! Voy a esperar a que llame. Supongo que será ella la primera en saber lo que pase, la entremetida —respondió la madre.

Era cerca de las siete de la noche, las diez en la isla, cuando timbró el teléfono. El panel de identificación del número de origen de la llamada en el inalámbrico era el de la madre.

—Pues, mira, llamó. Se murió hace una hora —dijo la madre como si le estuviera informando que había llegado un paquete que no esperaba.

Javi no sabía si darle el pésame o solamente preguntarle qué arreglos fúnebres pensaba hacer: ya no era opción. Era su padre, no solamente el marido de la madre. —¿Cuándo crees que pongan el cadáver en capilla ardiente?

—No sé. Ésa es otra cosa que ahora tengo que resolver. ¿Por qué no lo dejaron morir aquí? Todo habría sido más sencillo.

Javi se lo dijo a Walt. —Lo siento, Javi. ¿Te dio alguna indicación de lo que iba a hacer ahora?

—No sabe. Creo que no quiere saber y si otro lo hiciera por ella, sería mucho más feliz.

—¿Cuándo viajas? —le preguntó Walt.

—Voy a esperar a que ella me diga qué va a pasar.

La tarde siguiente acababan de regresar de una ceremonia en el centro juvenil. Habían hecho un donativo cuantioso y establecido un fondo en fideicomiso para la ampliación de las facilidades y los servicios. Brenda se había jubilado, pero asistió a la ceremonia. Ella saludó a Javi con un abrazo y un beso. Había sabido de Gabriel, pero nunca tuvo la oportunidad de darle el pésame a Javi. Se sentía feliz, sin embargo, de poder estar en la inauguración del Centro Juvenil Gabriel M. Toro.

Walt vio la luz intermitente del contestador. Tocó el mensaje. "Soy yo, Milagros. Tengo información que darte sobre el entierro. Llámame".

Javi sentía que se le había agotado la energía después de un día de fuertes emociones. Ver la foto de Gabriel y él colgada en el área de recepción del centro lo hizo sentir desfallecer. No estaba seguro de querer llamar a la madre. Lo hizo de todos modos luego de haberse tomado un vaso de agua.

—Zoila dijo que murió de septicemia —dijo la madre. —¿Cómo se atreve? ¿Septicemia? ¿Qué tiene que ver eso con que un carro le hubiera dado un trastazo? Ésa está implicando que yo lo tenía en condiciones antihigiénicas.

—No creo que eso específicamente estuviera relacionado con el golpe, Mami.

—Voy a esperar a que me den el acta de defunción para enseñarle que murió de un mal pulmonar de tanto fumar. ¡Septicemia! ¡Qué pantaletas tiene esa mujer! —dijo la madre. Javi entendía la conexión: desangramiento interno por el impacto, que le dañó los órganos internos. La sangre se le envenenó.

Javi no dijo nada más. El velatorio sería el lunes, en dos días, y el entierro sería el martes. Javi le dijo que haría reservaciones con la línea aérea, un hotel y un carro de alquiler lo más cerca posible del pueblo.

—¿No vas a quedarte conmigo, con todo esto que pasa? —la madre le preguntó.

—No creo que sea apropiado ni conveniente, Mami. No voy solo —. Pensó también en lo que ella le había dicho sobre el calentador de agua que no funcionaba. No iba a remplazarlo, porque le gustaban las duchas con agua fría. Los platos podían lavarse con agua fría igual que con caliente, que le resecaba las manos. Los calentadores eran un lujo. La unidad de ventana de aire acondicionado que su padre había instalado en lo que fue la habitación de Javi también se había eliminado. Era agosto. Walt tendría que dormir solo en una cama de media plaza demasiado corta para su estatura, en otra habitación. A la madre se le conocía la costumbre de dejarles a los colchones la envoltura plástica en que venían cuando eran nuevos, según ella, para que duraran más. Javi sabía, por sentido común y estudios, que la retención de humedad en los colchones los pudría de adentro hacia afuera y desarrollaban hongos nocivos. El ruido del plástico debajo de las sábanas tampoco dejaba dormir, igual que el calor del plástico hacía que se le pegaran las sábanas a la piel y había que pasar la noche buscando un punto menos caluroso. No podrían dormir. No iba a someter a Walt por una sola noche, mucho menos por tres.

—¿Con quién vienes? Tenemos dos habitaciones desocupadas —dijo la madre.

—Walt viene conmigo —le respondió Javi. Estaba tan acostumbrado a ser uno con Walt que olvidó las implicaciones de lo que le había dicho a la madre.

—¿A qué viene? ¿Qué viene a hacer?

—Viene porque Walt y yo compartimos la vida y no sería considerado de mi parte dejarlo atrás —le respondió Javi. Esperaba que con eso entendiera sin abundar ni detallar. —A él le gustaría estar conmigo para ofrecerme su apoyo.

—No me parece que debas aparecerte con otro hombre. ¿Qué va a decir la gente? No es lo correcto. Me sentiría muy incómoda. No, no, tú ven solo.

—Eso no va a ser posible, Mami.

—Bueno, haz lo que te parezca, pero que no te sorprenda el recibimiento que vas a recibir. A tu papá no le habría gustado. Tú sabes lo que pensaba de... de esas cosas.

Javi recordó una vez en que los amigos del vecindario estaban en la terraza de su casa haciendo comentarios despectivos de Faelo, el maricón del pueblo. "Ese hombre no escogió ser así. La gente no escoge que se mofen de ellos. Dios lo hizo así. No deben hablar así de él", había dicho su padre. Había bajado el periódico del sábado que estaba leyendo hasta su regazo para decirlo.

—Como siempre, poniendo palabras en boca de otros para justificar sus propias objeciones. Esta vez usa las de un muerto —Javi le dijo a Walt. —No vamos,

—Javi, no te preocupes por mí. Yo estoy bien. Ve y entierra a tu padre.

—No. Él está muerto. No va a saber si estoy o no. Mi madre va a pensar que triunfó con su homofobia y sus prejuicios.

—De acuerdo, de acuerdo. Creo. Te agradezco la consideración, pero si cambias de parecer, ya sabes lo que pienso.

Javi llamó a la florería de la funeraria para pedir una corona fúnebre de un metro de diámetro, de claveles rojos y blancos, los colores de su partido político. Su padre se habría sonreído al verlos. Querían saber qué escribir en la cinta. "De tus hijos", les dijo Javi. Sería su chiste privado. Que entendieran lo que les diera la gana. La madre alegaría, naturalmente, que era del hijo y de la hija.

Javi esperó casi tres meses antes de volver a llamar a la madre. Cuando contestó estaba contenta de oír su voz. Fue igual que en otros tiempos, cuando llamaba a su casa y nunca escuchaba la voz del padre. Odiaba el teléfono y, cuando se veía forzado a usar uno, se dejaba el tubo a varios centímetros de la oreja, como si temiera contagiarse de alguna bacteria tecnológica. La única diferencia ahora era que no se mencionó nada del entierro ni nada que se le relacionara, a excepción de la explicación, cuando Javi preguntó, sobre la causa de muerte. El acta de defunción señalaba que había sido septicemia. Ella, sin embargo, sabía que eso era incorrecto. Era el cigarrillo lo que lo mató. Por eso le advertía a cada fumador que conocía que dejara ese mal hábito, que podía matarlo como mató a su marido.

—No vas a creer lo que me hizo esa Irma Rivera la semana pasada —dijo la madre. Así era, nunca lo creería, porque apenas conocía a Irma Rivera para creer o dudar. —Iba caminando para la iglesia. Cuando pasé frente a la casa de ella, me paró. Esa mujer, ¡tan dominante y odiosa! Me preguntó: "¿A dónde vas con ese vestido rojo? ¡Ten respeto por tu difunto marido! No lleva tres meses de muerto, ¡y tú te pones eso como si fueran nueve años! Vete, vete a tu casa a cambiarte". Pero, ¿qué se cree ésa, tan atrevida? Yo estaba que me llevaba el diablo —. La madre había subido el volumen de voz igual, como si reviviera el momento, pero diciendo lo que no pudo decirle a Irma Rivera. —¿Por qué no puedo ponerme lo que me dé la gana? Yo estaba de lo más feliz hasta que vino esa jamona a arruinarme el día.

—¿Seguiste andando?

—No, qué va. Me vine a casa y me cambié. Después de todo, si eso era lo que decía la bruja ésa, ¿qué iba a decir la gente del pueblo? Pero, mira, yo estaba furiosa, ¡furiosa!

—La próxima vez te puedes ir en otra dirección —le dijo Javi.

—¿Y sabes quién se apareció la semana pasada? Tu hermanita —la madre dijo—. Se divorció del atorrante. Vive en una casa en la capital con los tres hijos. ¡Tres hijos! Tuvo tres hijos con ese imbécil retardado. ¿Sabes lo que decía tu papá? Cuando se iba decía: "¿Le va a parir más muchachos a ese baladrón? Yo se lo decía a ella y se molestaba muchísimo. Ya la veo, en corte todos los meses, exigiéndole manutención.

Callaba Javi. La madre le dijo que Julio Mantero estaba grave. Igual estaba Anita Torres, dos casas más abajo.

—Pero nadie habla de eso. Tú sabes cómo es esa gente, tan de altura y de usted y mande y ahora comidos de cáncer —. Javi quería saber qué tenía que ver la posición social con una enfermedad, pero su sentido de discreción prevaleció sobre una discusión inútil, tratando de deshacer prejuicios que nunca morirían. La próxima vez que hablaran mencionaría a alguien más o tal vez a los mismos, con algún padecimiento y emitiría el mismo juicio, aunque tratara él de hacerle ver la irracionalidad de su creencia. Una vez había leído que Pyotr Tchaikovsky muerto de cólera, pero la familia hizo lo posible por encubrir la causa de muerte, porque solamente la gente de clase baja moría de cólera. Tal vez su madre era zarina de su propio imperio del desvarío.

En lo sucesivo solamente llamaba cuando no encontraba la factura del agua, del teléfono, de la electricidad y necesitaba que alguien llamara a la compañía para que le expidieran otra factura. Javi le decía que esas cosas se resolvían con pagos por teléfono o Internet. Ella decía lo de siempre, que ella no confiaba en ninguna de ésas, que nunca hacía pagos por correo, que nunca había tenido cuenta corriente, que todo lo pagaba de contado en las oficinas. Javi le decía que se encargaba. Entonces le decía del pago por tarjeta de débito y la cantidad.

—Te voy a mandar el giro —decía. Javi le aseguraba que no era necesario, que, total, no era tanto, que no era problema. "Carmen siempre paga", decía la madre, citando un diálogo de la película *Carmen la de Ronda*, con Sara Montiel. "¿Cuánto dijiste que era?", preguntaba nuevamente, él se la contestaba, pasaban a otro tema y volvía la madre a hacer la misma pregunta. No estaba seguro si la madre tenía problemas con la memoria o estaba esperando que le volviera él a decir que no le debía, que lo olvidara, que no aceptaría pago. Las conversaciones con la madre a veces sonaban a diálogos del teatro del absurdo. Tal vez la madre resentía tener que pagar una factura cualquiera. Le preguntaba con incredulidad sobre la desfachatez de esas compañías al atreverse a cobrarle.

A través de los años sus conversaciones telefónicas se hicieron menos frecuentes. Él le oía los mismos relatos, a veces las mismas situaciones con personajes diferentes, muchas veces quejas que venía haciendo por años sobre los vecinos desconsiderados y la hija malagradecida. Él no podía compartir con ella nada sobre su vida doméstica y, por lo tanto, se limitaba a oírla con paciencia, a veces por más de una hora. La madre casi no podía oírlo. Remplazó las llamadas con arreglos florales y tarjetas para su cumpleaños y el Día de las Madres. Para Navidad se aseguraba de que recibiera un regalo mucho antes de las fiestas. Ella lo llamaba para darle las gracias, que le había encantado, que el Nacimiento era precioso y lo había puesto en una mesa del balcón, que la repisa de pared era bella, aquel mármol tan bien tallado, que iba a buscar a alguien que hiciera los huecos en la pared del pasillo para instalarla, igual las botellas de Boucheron, Trésor, Opium, Christian Dior, la pañoleta Hérmes, los zarcillos Pandora, el collar de lapis con los pendientes tan bellos.

Javi se jubiló de BEA cuando cumplió los sesentaicinco años. Quería dedicar su tiempo a servirles de tutor a los niños en el Centro Juvenil Gabriel M. Toro. Con mucha renuencia cedió a la petición de Walt de que dejara de conducir la Harley, la que había comprado diez años antes, bajo protesta de Walt, para remplazar la Sportster original. —Ya no tienes tan buena la vista, Javi. Deja de ser tan terco. Te pones en peligro y pones a los demás en peligro también cuando vas por ahí en esa trampa mortal sobre dos ruecas.

Walt tenía setentaicuatro cuando también dejó la presidencia de O'Keefe Financial. Le había dicho a Javi que no se retiraría hasta que los dos tuvieran tiempo para pasarlo juntos. La primera oferta pública de acciones de la empresa veintidós años antes había sido increíblemente ventajosa. Le pidió a la junta de directores que nombraran a un principal diferente. Claude había muerto varios años atrás y su hijo, también de nombre Claude, había tomado su lugar. La versión más joven del padre había resultado tan brillante y visionario como el padre. La compañía había llegado mucho más lejos de lo que hubiese pensado Walt, con tres sucursales nacionales y más de cuatrocientos empleados.

—A lo mejor es verdad que le bajó por los genes al joven —dijo Javi.

—O tal vez el joven les prestó mucha atención a las lecciones que le dio el papi —respondió Walt.

Javi cambió la ceremonia de cambio de flores en la tumba de Gabriel a una vez al mes. Walt lo acompañaba para asegurarse de que no caminaba hacia atrás y se rompía más huesos.

—Yo lo tengo todo naturalmente fuerte —le dijo Walt. —Viene de todos esos años jugando fútbol. Todo en mí todavía está duro.

Javi soltó una carcajada sonora. —No tienes por qué recordármelo.

—Pero ustedes los mariquitas que juegan béisbol, tienen esos huesos de vidrio. Si se te parte uno ahora, no vas a poder pedirlo por el catálogo de Fingerhut.

—¿Todavía existen? ¿Los catálogos esos? —Javi le preguntó en serio.

—Si no los tienen, de seguro alguien anda vendiendo huesos por eBay o Amazon. Pero los tuyos son únicos. Igual que el resto de ti. Todo tú.

—Nada más porque tú lo sacas de mí, mi amor.

Todos los días cuando el tiempo lo permitía, se sentaban tomados de la mano en la terraza a ver el sol ponerse. Un día Javi se viró hacia Walt y le dijo: —Nos hemos vuelto dos viejas maricas trilladas.

—Mejor viejas maricas trilladas que malvadas y amargadas.

Javi miró hacia las nubes. Esperaba ver los perfiles de Javier y Gabriel en ellas. Cuando creyó que estaban allí, Gabriel y Javier les sonreían.

50 Hoy

La mayoría de la gente se había ido. Solamente quedaban algunos rezagados en una esquina. Su hermana estaba todavía sentada al frente con su hija—lo era: se lo había confirmado Leonor, una antigua vecina que sabía de la fisura irreparable entre los hermanos. Cerca de las once las dos mujeres se pusieron de pie y se acercaron al ataúd antes de retirarse de la capilla por el lado opuesto a Tomás Eduardo.

Al fin estaba solo. Fue hasta el féretro.

—Quisiera haber sido mejor hijo, Mami —susurró. —No sé qué más hubiese podido hacer por ti. Tu carapacho endurecido me hizo pensar que ya no me necesitabas. Yo sé de esos carapachos. He tratado de ponerme uno, pero la debilidad por el amor y el afecto y la necesidad de saber que hago feliz a alguien siempre me lo agrieta y se hace boronías. Alguien que se satisface con mi cariño incondicional y lo reciproca. Adiós, Mami.

Al salir a la galería Raúl Hernández estaba parado por la puerta principal.

—¿Cómo vas a llegar a casa, Tomás Eduardo? —preguntó.

—Tengo el número de una compañía de taxis aquí —respondió Javier, ya cansado de responder al nombre que no llevaba, pero por el que todos lo habían llamado. Había estado en una máquina del tiempo, haciendo travesía por la turbiedad repugnante del pasado.

—¿No te vas a quedar en casa de tu mamá? Está aquí abajo —dijo Raúl Hernández. Señalaba hacia donde estaría la casa. Javier le dijo que tenía reservaciones en un hotel en el complejo turístico de la playa. —¿Dónde crees estar, en Nueva York, donde tú vives? —. Javier no se molestó en corregirlo: para los del pueblo cualquier lugar en el lado oeste del Atlántico Norte era Nueva York. —No vas a encontrar taxi a esta hora aquí. Dejan de operar al anochecer. Ya sabes, el problema de la criminalidad aquí. Si me das la oportunidad de ir a bajarle la tapa a la caja de tu mamá y de cerrar las puertas, te llevo.

—No, sería una imposición —respondió Javier.

—Muchacho, deja eso. Claro que no. Será como en los viejos tiempos —dijo Raúl Hernández.

Salió al rato. Buscó la maleta en el armario y se negó a ponérsela en las manos a Javier para llevarla al carro.

Estaban a eso de unos nueve kilómetros de distancia del complejo turístico cuando Raúl Hernández mencionó a compañeros de escuela en los que Javier no había pensado en años o tal vez nunca. Dos de ellos estaban en prisión por tráfico de cocaína. Javier tenía que acordarse de Orlando Cestaris, el sobrino del guardia. Sí, de hecho, lo recordaba. Era demasiado alto para su edad y rezumaba hombría ya a los diez años. El otro era el hijo del electricista del pueblo, que se había hecho médico y cumplía una sentencia por violar a una mujer en el consultorio durante un examen pélvico.

—Espero que otros hayan corrido mejor suerte— Javier dijo.

—Ah, sí, claro. Muchos están muy bien —. Raúl Hernández pausó. —¿Viste a Che Francisco? Estaba allí con Nadia, la mujer.

—No me fijé —respondió Javier.

—Ah, pues, fíjate, lo adinerado que está ahora.

—Debe ser muy feliz —respondió Javier.
—¿De verdad no lo viste? Ustedes fueron vecinos, ¿verdad?
—Sí, allá en el reparto. Hacía tiempo que no lo veía cuando me fui del pueblo. Nunca fuimos muy amigos —dijo Javier.
—¿Ah, no? Yo creía que sí. Él venía a casa de mis papás de vez en cuando —dijo Raúl Hernández. —Hablaba mucho de ti.
—No digas. Qué curioso. Yo de él nunca he hablado —contestó Javier.

Pasó un rato de silencio de alguna incomodidad para Javier. Sospechaba saber por dónde iba la intención de aquella palidez ambulante.

—Creí que habrías venido con tu esposa —dijo Raúl Hernández.
—No soy casado.
—¿Ah, no? ¿En serio? Yo sí, ¿ves? Supongo que ella y yo nos habíamos conocido por tanto tiempo que al final ya parecía que era lo único que nos quedaba por hacer. Mis padres fueron los instigadores principales. Tuviste suerte en irte para Nueva York —dijo Raúl Hernández. —Lejos de parientes entremetidos, y...
—Vivo en California, no en Nueva York. No tengo mujer —Javi lo interrumpió. —Tengo marido hace treintaiocho años. Nuestra unión se reconoció legalmente hace cuatro años, pero no necesitábamos una licencia matrimonial para validar nuestro amor.
—Ah, veo... ¿Sabes? Eso del matrimonio entre gente del mismo sexo no llegó aquí hasta hace como año y medio.
—Cuando se trata de asuntos sociales progresistas esta isla siempre está como los güevos del perro, al final y debajo del roto del culo —le contestó Javi. Se repitió la risita irritante y chillona de Raúl Hernández.

—Yo no conozco a nadie que se casara así. Digo, ¿verdad?, aquí en el pueblo, nadie —dijo Raúl Hernández.

—De seguro no sería por falta de candidatos —señaló Javier, provocándole la risita de cojinete sin lubricar al chofer.

—¿Entonces no tuviste hijos? —preguntó Raúl Hernández. Javier creyó que trataba de traer el tema para confirmar lo que sospechaba o para compararse con los seis o siete que él tenía.

—Tuve uno adoptivo, un muchacho muy bueno que habían rechazado los ignorantes de sus padres. Murió de SIDA a los veintiséis años —dijo Javier. Raúl Hernández no hizo comentario. —Mi nombre no ha sido Tomás Eduardo Príncipe desde los dieciocho años. También a mí me adoptó un hombre mayor, un médico de la capital que se compadeció de mí y del maltrato que me dieron mis padres. Los dos. Mi padre adoptivo era un cirujano de mucho prestigio. Se llamaba Javier. Javier Toro. Se encargó de educarme en Boston, donde fue a trabajar para tenerme cerca cuando nos fuimos de la isla. Tomé su nombre en agradecimiento. Murió de una embolia hace ya casi cuarenta años. Me dejó una educación universitaria sólida y todo su dinero. Soy ingeniero mecánico. Trabajo para la firma de ingeniería más grande de la costa oeste de Estados Unidos. Pronto me jubilo de la firma y de su junta de directores. Mis inventos contra movimientos sísmicos enriquecieron a la empresa a la vez que a mí e hicieron más segura la sobrevivencia de la humanidad. He tenido una vida plena.

—¡Ah, veo! Has estado muy ocupado desde que te fuiste del pueblo, ¿verdad? Digo, por lo que dices —señaló Raúl Hernández.

—Así es. También jugaba béisbol con una liga municipal donde vivo y cantaba una noche al mes en un club nocturno de tangos.

—Ah, ¿sí? ¡Qué talentoso saliste!

Llegaron a la puerta principal del hotel.

—Te voy a esperar —dijo Raúl Hernández. —Las habitaciones están esparcidas. Te quiero llevar a tu habitación.

—No, si no hace falta, gracias, Raúl. De aquí me encargo yo. Has sido muy amable en traerme. Te agradezco mucho la generosidad, especialmente por ser tan tarde —dijo Javier. Abrió la puerta y alcanzó la maleta en el asiento trasero.

—Me estaba preguntando... ¿Crees que te gustaría tener un poco de compañía esta noche? Digo, debes estar muy entristecido. Esto tiene que haber sido muy duro para ti —Raúl Hernández dijo en un tono bajo, casi balbuceando. —A lo mejor quieres sentarte a hablar un rato, no sé. Puedo ir a tu cuarto cuando te...

—Raúl —lo interrumpió Javier. —Has sido increíblemente generoso y de verdad que te lo agradezco mucho. Ha sido un día muy largo. Tengo que irme a dormir para poder levantarme temprano. Anda y regresa y que tengas buenas noches. De seguro ha sido un día muy largo para ti también. Tu señora debe estar esperándote con ansias.

—Ah, no, si yo estoy acostumbrado, así que...

—Yo no. No estoy acostumbrado. Gracias otra vez —dijo Javier y cerró la puerta antes de alejarse hacia la sala de recepción del hotel.

Esperaba que Raúl se fuera de inmediato, pero no lo hizo así. No supo cuánto tiempo permaneció Raúl Hernández allá afuera, pero cuando salió no vio al director fúnebre. Hubiese querido saber qué viejos tiempos habían sido aquellos, pero no era tan abrumadora la curiosidad.

—Mi amor, ¿cómo te las has arreglado sin mí? —le preguntó a Walt por el celular.

—No bromees. Esta casa está tan vacía sin ti. Si hubiese sabido esto, me hubiese ido contigo y simplemente me habría quedado en el hotel esperándote.

—Pudiste conducir el carro de alquiler hasta aquí. Tengo la vista tan mala que ni siquiera podía ver la carretera en ruta al hotel. Me siento solo aquí, en esta habitación del tamaño de nuestro baño. Me va a dar mucha alegría irme. Cuarentaiocho horas más. Mientras tanto, no te vayas por ahí a buscar mi sustituto.

La línea pareció caer.

—¿Bueno? ¿Walt?

—Javi, ¿qué me has dicho sobre ese humor enfermizo? —Javi oyó la herida en la voz de Walt.

—Tienes razón. Perdóname.

—¿Cómo salió todo hoy? —Walt le preguntó.

—Mejor de lo que esperaba, tan incómodo como preví —contestó Javi. —El entierro es mañana en el Cementerio Nacional. No creo que haya ninguna clase de recepción al terminarse. No tienen ésas aquí. Celebrar la vida es contradictorio a la fijación que tienen en restregarse en la tragedia. Voy en la limusina de la funeraria hasta el cementerio, para luego llamar un taxi hasta el Hyatt en la capital. Mi vuelo sale a las nueve menos veinte de la mañana al otro día. Solamente me quedo la noche porque necesito desenrollarme la cabeza. Si puedo alcanzar un vuelo de noche hasta Atlanta o Dallas y luego conectar con un vuelo a casa, trataré de dormir en el avión. Voy a verificar antes de inscribirme en el hotel.

—Diría que te quedaras la noche, pero soy egoísta. Te quiero aquí junto a mí. Puedes dormir en casa mientras yo cuido tu sueño —le dijo Walt.

—Necesito el descanso. Ya sabes, ya no tengo dieciocho.

—No tienes que recordármelo. Vivo agradecido de eso, mi amor. Que Dios te cuide para que regreses lo antes posible. Te digo diez veces que te amo, porque desde anoche no te lo podía decir.

—Te lo digo once veces. Y una más por si no podemos hablar en la mañana.

—Antes de que te vayas a dormir, tengo que decirte algo. Nunca he creído que pueda vivir sin ti, Javi. Hoy lo he confirmado.

Javi sonrió. —Igual te digo. Sin ti, nada, mi vida. Nada.

51 Mañana

En una lápida de granito tan grande que nadie al pasar la pueda ignorar, en un cementerio que da al océano Pacífico, hay una inscripción:

Gabriel M. Toro
20 diciembre 1961 - 10 febrero 1988

Walter C. O'Keefe-Toro
18 mayo 1941 – 16 noviembre 2022

Javier Toro-O'Keefe
26 octubre 1950 – 19 noviembre 2022

Autor

Joseph F. Delgado es el autor de *El cura se nos casa, un guion novelado, Las fronteras del deseo* y *Ser diferente en Puerto Rico, el peso de la memoria*, además de varias colecciones de cuentos en inglés y español. Es el editor de la única versión bilingüe de *La cuarterona* de Alejandro Tapia y Rivera. Entre sus películas se destaca *Seis personajes en busca de autor*, del escritor italiano Luigi Pirandello. Su obra de teatro *Aplastado en el cruce o la tiranía de la libertad* fue finalista en el "2019 Downtown Urban Arts Festival" en Nueva York. Ha sido crítico literario de la revista *Críticas*. Obtuvo el grado de doctor en filosofía en lingüística en la Universidad de Minnesota y el de doctor en leyes de la Universidad de Pittsburgh. Ha sido profesor de literatura y lingüística en las universidades de Minnesota, Puerto Rico y Carolina del Sur. Es miembro del PEN Club y reside en el estado de Carolina del Sur.

Made in the USA
Middletown, DE
07 November 2023